［韩］郑景允 著
张静怡 译

U0615423

金秘书为何那样

外语教学与研究出版社
北京

目 录

楔 子

　　10 月 31 日晚上 10 点 30 分，极东连锁酒店露天泳池旁的加勒比休息室。

　　柔和的灯光倾泻在室外游泳池上，水面上泛起粼粼波光。著名爵士歌手正在一旁的舞台上唱着艾拉·费兹杰拉德的"Misty"，声音多少显得有些压抑。鸡尾酒吧前三三两两聚集了一些谈笑风生的知名人士，其中还包括几个艺人。

　　在舞台和泳池正上方的二层有一个空间与其他地方隔绝，可以完美保护个人隐私。那是只有超级 VIP 才可以预约的"风水宝地"。而今天坐拥这块"风水宝地"的正是唯一集团副会长李英俊一行。他们所在的唯一集团在过去五年中从没有跌出过国内十大企业的前五名。

　　唯一集团的李会长抱病许久，在过去的七年间，一直都是他的次子李英俊在幕后掌管公司的运营。李英俊从小就格外出众，这一点谁都无法否认。"上帝是公平的"这句鸡汤话至少在李英俊身上显得有些苍白无力。

　　李英俊修长的身体躺在意大利产的高端沙发上，凸显出完美的身材比例。他一完成工作就马不停蹄地来到了这里，身上还穿着黑色西装。可即便是西装正统而生硬的设计感也无法隐藏他颀长的四肢和结实又性感的身躯。他就像一头皮毛泛着光泽的美洲豹，躺在大理石上，浑身上下都散发着一种充满野性和欲望的气场。

　　李英俊出众的地方又何止是身体呢？他的眉毛纤细而浓重，好像用细细的毛笔一笔一画地描出来的。眉毛下方是他目光深邃的眼睛，还有那直挺的鼻梁和厚重而坚毅、尽显男子气概的嘴唇。这一切，竟无一处可以指摘。

　　这还不是全部。如果只是长得好看还能让人少一分嫉妒，可就连他的能力也是别人望尘莫及的。

　　无论是学习、运动还是演奏乐器，一样不落地都是他的拿手好戏。在接受正规教育期间，他更是在规则允许的范围内数次跳级，赴美留学归来后，他就直接进入了唯一集团继承人的锻炼历程。此后，他又自请了两年的海外派遣工作，之后便正式接手公司经营，果断地进行了大规模的组织改革和人事调动。经历一番阵痛后，公司的局面焕然一新。与没有野心、一心经营集团本身的父亲不同，李英俊带领集团迈开了果决而具有攻击性的步子，取得了令人瞩目的业绩增长。

李英俊是神赐予的礼物。他像是神喝干高咖啡因功能饮料后，花了三昼夜，毕其功于一役制造出来的一件杰作。

"英俊哥，今天怎么这么沉默寡言？发生了什么事吗？"

有多高的地位，人际关系的范围就有多广，李英俊几乎时刻被人包围着。今天来参加私人聚会的都是他事业上的知己和活跃在各界的美女。在这些美女中，已经和李英俊保持定期见面一个月之久的吴智兰气呼呼地尖叫道：

"英俊哥！我问你今天为什么不说话呢。"

这时，极东连锁酒店老板的小儿子挥着手插话道：

"谁能给我们家智兰分点儿眼力见儿啊？"

"天啊，哥哥你真是太无礼了，这叫什么话？"

"人家英俊哥哥不说话，你就应该想到'看来今天英俊哥哥有心事'，然后闭上嘴巴喝你的酒得了。这么没有眼力见儿可怎么办啊？"

"出什么事了吗？到底什么事？嗯？"

智兰一脸撒娇的表情扑通坐在英俊脚边，胸脯在衣领下若隐若现。周围男人们的眼珠子不约而同地闪闪放光。

然而，李英俊并不关心周围发生的任何事情，包括坐在他脚边的智兰。李英俊仍然陷在他深刻的思考中，已经连续两个半小时了。

看到英俊没有了平日里的欢快和自信，一行人都觉察出了不同寻常的气氛，一副小心翼翼的样子。只有没有眼力见儿的智兰还在继续纠缠不休。

"英俊哥哥……"

就在这时，准确地说是两个半小时后，英俊开口了。

"嗯？你说什么，哥哥？"

"为什么……"

"我听不清。"

智兰把脸凑到英俊跟前，英俊顿时横眉道：

"你干什么？给我起开。"

智兰被英俊冰冷的语气吓得直往后退，从沙发上摔下来，一屁股跌坐在地上。

"哥，哥哥？"

"啊……真是要疯了。"

英俊拨弄着头发坐起身，长长地叹了一口气，好像着了迷似的自言自语道：

"金秘书她……"

在这个世界上，即使被判了死刑也可以要求二审，但在李英俊的世界，无论是在工作中还是在个人生活中，都没有"第二次机会"这样的概念。只要判了死刑，那就爽快地就此结束，所以他周围鲜有长期工作的员工也是理所当然的事情。自从李英俊坐上副会长的位置后，至今仍旧留在他身边的只有唯一集团的职业经理朴侑植社长和英俊的私人秘书——金微笑。

这样的金秘书难道……？

英俊今天一直沉浸在压抑的氛围里，由此可以推测，在他身上的确发生了本世纪独一无二的特殊事件。人们窃窃私语的声音逐渐消失，紧张感慢慢弥漫开来。一行人热切期待着英俊马上说出令人震惊的话来，嗓子里不约而同地咽下一口口水。

然而，从英俊嘴里真挚而严肃地说出的话语并没有什么惊世骇俗的内容，也不是什么让人战栗的反转事件，而是一个简单到令人发指的疑问。甚至是压根儿无法得知发问对象究竟是谁的疑问。

"金秘书她……为什么那样呢？"

怎么会突然冷不丁地冒出这么一句话来。

闻言，在座所有人都不约而同地露出一副吃了屎的表情。

正 文

001

笑盈盈的金秘书

一周前，也就是 10 月 24 日上午的 6 点 30 分。

可以远眺汉江的超高层公寓的顶层灯火通明，这里就是唯一集团李英俊的住宅。

李英俊时常外出活动，出差相对频繁，而且多在家里办公，所以上班时间并不确定。可他就像得了强迫症似的，总是早上 5 点就起床，开启紧张的一天。起床时间本就相对较早的李英俊今天起得更早，因为他要代替父亲出席五大集团会长早餐座谈会。

从更衣室的落地窗望去，浸润在晨色中的城市景观一览无余。李英俊怔怔地凝视了一会儿尚未熄灭的路灯，走向衣柜前那个设计独特的衣架。

那里挂着金秘书刚刚取出的定制款灰色西服套装和衬衫，以及一条浅紫色真丝领带。这种复古却不老气的设计和色调非常适合早餐会。

英俊从容地换上衬衫和正装裤子，低头看向成排的桌子，上面摆放着搭配领带的袖针、领带夹、手表以及今天要用的手帕、钢笔等各种物件。他刚刚还想着要更换这几天下来用腻了的打火机，可还没等他开口，新的打火机就已经出现在他的眼前。

在他拿起袖针的瞬间，传来了一阵敲门声。

"副会长，您换好衣服了吗？"

"嗯，进来吧。"

一个身着围裙的女人推着放有早茶的手推车走了进来，在她身后还跟着一个身穿黑色正装的女人，她的手上拿着一台平板电脑和两个智能手机。

"您的早茶。今天为您准备了大吉岭春茶，因为您今天要去参加早餐会，所以没有另外准备早餐。"

"放那儿吧。"

穿围裙的女人停下手推车，恭敬地问安后不紧不慢地走了出去。这时，梳着高高发髻的黑色正装女子径直向英俊走来，并向他递上了平板电脑。

"这是今天的日程。"

"谢谢。"

"不客气。现在给您倒茶吗？"

"嗯。"

英俊跷着二郎腿坐在旧式长椅上浏览当天的日程安排。正装女子收起银盘上的茶壶套，提起陶瓷茶壶。经滤茶器流出的红茶顿时在房间里散发出清新而芬芳的茶香。

女子笑盈盈地走上前递过茶盏。英俊拿着刻有华丽纹样的茶盏喝了一口后，恶作剧似的开起了玩笑：

"因为是你倒的，所以感觉更好喝了呢。"

"看来您忘了有个词叫'甜言蜜语'。"

"啊，被发现了。"

英俊被女子严肃的态度逗乐，咻咻地笑了好一阵。他一边看着那条定在当晚的德国大使馆招待会日程，一边认真地问：

"今天状态如何？"

"非常好。"

"这可是重要场合。晚上不会有什么失误吧？"

"我又不是才工作一天两天，瞧您说的。"

这位黑色正装女子就是跟了英俊九年的金秘书，外派工作的两年里也一直辅佐着他。九年间，她不但担任过英俊的个人秘书、随行秘书、礼宾秘书，偶尔还要做英俊的专人司机，在像今天这样重要的聚会上做英俊的女伴。如果用一种工具来形容她，金秘书绝对称得上是一把连指甲剪都配备齐全的多功能瑞士军刀。作为一个二十九岁的未婚姑娘，金秘书不仅工作出色，还拥有一副纤细苗条的好身材，甚至同时具备了凹凸有致的完美曲线和清纯美丽的容貌。

这时，金秘书外套右侧的口袋振动了起来。刚才倒茶时，她将两部智能手机分别放到了左右两侧的口袋里，振动的这部是黑色手机，也就是英俊的私人电话。

金秘书似乎不用确认就已经知道了来电者是谁，她小心翼翼地问道：

"要接吗？"

小口喝茶的英俊不耐烦地冷哼一声：

"不要接。有必要让一个罪人的电话破坏早上的好心情吗？"

金秘书利索地按掉了电话，只见手机屏幕上出现的是昨天被炒鱿鱼的某职员的名字。

过了一会儿，金秘书走向衣架，再次确认过英俊的外套后，拿起领带问：

"为什么说是罪人呢？"

"并非只有偷盗或是害人才是罪过。"

英俊一个人没头没脑地喃喃自语着。他喝了一口红茶后放下茶盏，从座位上站起身来。

他傲慢而从容地走到金秘书跟前，扣上衬衫衣领的扣子，直直地盯着金秘书。

"无能，以及认识不到自己无能的无知也是一种罪过。"

李英俊继续说着金秘书无法理解的话。金秘书熟练地将领带系在英俊的脖子上，仍然保持着一副笑盈盈的表情。

不知不觉间，英俊的衬衫衣领下就出现了一个模样美观、无可挑剔的领结。

"可是我实在无法理解。"

英俊戴上手表等所有饰品，把棱角齐平的格纹手帕塞进兜里，接着向后伸出双臂。身后的金秘书拿着外套，像是早就候在那里一样，把英俊的手臂套进了外套的衣袖里。灰色外套唰地爬上他的肩膀和手臂，裹住他的上身。

"金秘书你知道吗？"

"您指的是什么？"

英俊掸了掸外套上的褶皱，扣上扣子，最后又在手腕上倒了一滴金秘书递过来的香水，站到了三面镜前。

太阳还没有升起，房间里却显得格外明亮。究其原因，不是因为照明，而是因为气宇轩昂地站在镜子前的英俊全身散发出的光芒。

英俊盯着镜子中的自己看了好一阵，一副无比满足的表情。他以一种自然到恬不知耻的态度说：

"你说为什么会有无能之人呢？"

英俊的一番话足以让一个普通人频频露出惊恐之色，然而金秘书似乎早已对这种事情见怪不怪，只是随口附和道：

"就是说啊。"

"明明很容易啊，努力争取就可以了。竟然连这种简单到不能再简单的方法都消化不了。这到底是为什么呢？"

"因为大部分的人都跟副会长您不一样。"

金秘书亲善的微笑和解释似乎仍旧无法解开英俊的疑问。他反问道：

"是吗？"

"当然。我有生以来从没见过副会长您这样的人呢。"

听到金秘书笑盈盈地说出这番话来，英俊耸耸肩，扑哧一笑，又重新照起镜子来。

先驱，本义指马车队中跑在最前面的马，引申指在思想上和行为上走在前端的人。然而此人并非一般意义上的先驱，而是自恋狂界的先驱，是讨厌鬼里彻头彻尾的极品。

大部分人在面对李英俊后都会有种难以言说的别扭情绪。这是因为他虽然讨人厌，却又优秀到能够让人理解他的讨厌。

"好像又来电话了。"

这次是商务手机。金秘书立刻将手机放到耳边，礼貌地接起电话。

在金秘书接电话期间，仔细端详着镜子的英俊发现了自己头发中的一根白发。他一脸惊愕地盯着那根白发，似乎在无声地感叹"这种可怕的事情怎么会发生在我的身上！"英俊小心地将它拔了下来，愁眉苦脸地问道：

"谁啊？"

金秘书立刻挪开耳边的电话，笑盈盈地回答：

"是罪人中的罪人呢。要我来帮您处理吗？"

002

此女只应天上有

营销室长办公室那扇厚厚的木门后面传来罪人室长鬼哭狼嚎般可怕的叫喊声：

"误会！这是误会，误会！嗯……哼……您听我……呃！"

男子模糊不清的哭诉声瞬间淹没在英俊雷霆般的吼声里。

此刻正在营销室长办公室里瑟瑟发抖，有如在阳光明媚的日子里抖动被褥的男人，就是现年三十三岁的奉专务，是除了英俊和朴侑植社长以外公司里最年轻的高管。

他解释称，因为最近业绩突然下滑，还搞砸了一个项目，需要安慰一下受伤的心灵，所以近来经常出入各种风月场所。可没曾想，其中一处不仅被警察当场查封，他还好巧不巧地赶在大白天上班时间接受了全套服务。

事情闹得越来越大，已经严重到无法将此事归结为个人过失的地步，就连媒体都炸开了锅。唯一集团宣传组组长为了把头条新闻标题"色情场所实况触目惊心！唯一集团高管出入江南某色情场所被揭发！"中的"唯一"替换成"某"字，马不停蹄地四处奔波，累到虚脱住院。

今天，为了一次性完成死刑的宣判和执行，英俊甚至屈身来到了营销室长办公室。换作以往，他只会把人叫去自己办公室，可能是因为早上发现了那根白发，心情不太美丽吧。

"金秘书！"

经过一段长时间的等待，英俊在门里大声呼喊金秘书，死刑似乎已经执行完毕了。

"是！"

金秘书赶忙回应。她回头看向奉专务的秘书，笑盈盈地低声送上忠告：

"千万不要在副会长面前袒护专务。"

奉专务的秘书听了金秘书的话后猜想到了里面发生的事情。她一脸紧张地抬起头看着金秘书，结结巴巴地问：

"为……为什么？"

金秘书的表情似乎在说："连这也要问，真是什么奇怪的人都有啊。"她莞尔一笑反问道：

"你想陪葬吗？"

"不……不想。"

奉专务的秘书"咕咚"咽着口水，摇了摇头。金秘书接下来说的话更是令她瞪圆了眼睛：

"你闭上嘴巴不要说话，我会看着办的。"

"啊？"

虽然没有听明白金秘书的解释，但当她看到门里面的新世界后，已然完全理解了金秘书的话。

营销室长办公室和平时没什么两样，可气氛却截然不同，仿佛被本世纪规模最大的寒潮席卷过一样。冰冷而肃杀的空气让人不由自主地浑身发抖。

李英俊像尊雕像一般优雅地坐在办公桌前。不停抽噎着的奉专务畏畏缩缩地低头站在一旁。平时傲慢到脖子像打了石膏一样的奉专务提心吊胆地站在那里，活像一个因为砸坏校长室的玻璃窗而被罚站的小学生。这场景让人真切地感受到了副会长的威严。

"我都说完了。下一个日程安排是什么？"

"是绿源酒店的午餐。离出发时间还有 30 分钟左右。"

"啊！请您原谅我吧，副会长。呜呜……"

奉专务哀怨而迫切地望着金秘书，可金秘书却只顾着整理自己带来的材料。这时，英俊刚要取出一根香烟叼在嘴里，金秘书立刻走上前一把抢过香烟，笑盈盈地数落道：

"哎呀，您明知道整栋大楼都是禁烟的。"

"我现在心情太差，就放过我这一次吧。"

"不可以。请您使用外面的吸烟室。"

"切。"

英俊霍地站起身，把脱下来的外套搭在一侧的肩膀上，走了出去。

金秘书确认英俊彻底离开后，走到奉专务身边。他整个人瘫坐在座位上抽泣不止。

"专务。"

"呜呜……呜……金秘书……我……我……"

金秘书伸出手轻轻拍打奉专务的肩膀，用温和的语调安慰说：

"我一会儿上去和副会长再好好说一说。副会长那是对您有感情才会这样做的，您不要太伤心了。要是一点儿感情都没有的话，又怎么会如此待您呢？都是为了您好才这样的。"

听到这番似乎能抚慰灵魂的话语，奉专务抬起头，用噙着泪水的双眼望着金秘书。

"呜呜……真……真的吗？真的是这样吗？"

"哎哟，当然啦。不要担心啦，快起来吧。今天早点儿回去休息，不要再去那种奇怪的地方过夜了。您这样可就对不起尊夫人了，这多丢脸啊。"

"说的是啊……真是鬼迷了心窍啊。"

"请您不要忘记此刻的心境，以后也要努力生活啊，奉专务。"

"嗯，谢谢你，金秘书。不愧是金秘书啊。"

"加油，奉专务。加油加油加油……"

金秘书用略带撒娇的语气为他加油打气，那张笑盈盈的脸庞仿佛教堂入口的圣母玛利亚像一样慈祥与温暖。

也许是这亲切的安慰让奉专务的心中涌出了无限希望，他猛地从座位上站起身，朝正呆站在一边的专务秘书喊出可笑的口号，并跑出了办公室。

"Miss 吴！AZA[1] AZA！我们重新起航吧！Fire！"

"啊，好……加油……"

终于，房间里只剩下两个人。一直面露难色注视着奉专务背影的专务秘书转身面向金秘书。

"那我们专务可以继续工作了吗？"

"天哪，你在说什么？你见过副会长给别人第二次机会吗？"

金秘书没有正面回答，而是抛出了一句简短的疑问。她起身拨通了电话，语气温和地说：

1　AZA，韩语里"加油"的音译，大多连用。

"我是金微笑秘书。奉专务被辞退了，这边已经处理好了，请把桌子和办公用品都撤了吧。在副会长去确认之前，尽快。"

于唯一集团一众高管和秘书而言，金秘书绝对是秘书界的名将，堪称秘书界的人类文化遗产。理由只有一个：

她是唯一一个能够和李英俊组成梦幻搭档的人，他们之间更是有着堪比夫妻的超强凝聚力，更重要的是，她可以微笑面对这所有的一切。

003

突如其来的辞职

深夜，德国大使馆招待会结束后返程的路上。

行驶的礼宾车在信号灯前停下，英俊收起望向车窗外的目光，轻轻转动脖颈。

平时总是将头发高高梳起的金秘书今晚身着露肩韩式礼服，披着长发，和平日呆板的着装相比，今晚的衣着让她更加优雅而富有魅力。

英俊想起刚刚暂时离开座位和朋友交谈时，有几位男士接近她和她搭讪的场景。

"你有时候真让我惊讶。什么时候学会的德语啊？"

"您这话什么意思？"

"我是说刚才想撩你的那些家伙啊。你好像用德语跟他们聊了很久的样子。"

"啊，那些人啊。"

她文静地用手遮着嘴笑了笑，补充道：

"其中有两位是德国人，另一位是法国人。没办法用英语沟通呢。"

"你还会说法语？"

英俊露出惊讶的神色，羡慕地看着金秘书。金秘书则摆出一副嫌弃的表情平静地说了起来：

"在您的逼迫下，我受尽各种折磨才好不容易快速学会了日语和汉语，哪还有时间学什么德语甚至法语呀？那都是靠眼色啦。"

"眼色……？"

"如果一边递香槟一边使眼色，那就是在说'暂时失礼了'；如果不时望向窗外，那就是没话找话尬聊天气，可以直接无视；如果一边看着副会长您所在的方向一边说话，那十之八九是在称赞您，只要笑着点头回应就可以了；如果感觉到搭讪的意味，那就悄悄用左手摸耳环。"

金秘书左手无名指上戴着一枚设计简洁的金戒指，那是两年前在公司运动会上抽到的奖品。

"眼色绝对是一张无敌的自由通行证，它能攻克包括语言隔阂在内的所有阻碍！"

即使聊到严肃的话题，金秘书依然是一副笑盈盈的样子。

"挺厉害嘛。"

"真的吗？"

"真的。"

"那现在，您是在夸奖我吗？"

"那么有眼力见儿的人连这么明显的夸奖都听不出来吗？"

英俊咻咻地笑着挖苦道。金秘书立刻开心地来了一发海狗式鼓掌。

"哎呀呀，真是活久见啊，没想到我也有被副会长称赞的一天。"

"我并不吝啬于称赞别人，只不过没什么值得称赞的事情罢了。"

虽然这话听起来是无与伦比的狂拽酷炫，但只要稍微细想一下便会发现，其实这也不是什么完全无法理解的事情。事实上，从李英俊的角度来看，能让他觉得了不起的厉害角色有多少呢？

"如果我真的那么厉害，那也都是托副会长您的福。"

"是吗？"

"当然啦。"

英俊想起最近一直忙于工作，没能好好关照她，便问道：

"今天辛苦了。有什么想要的吗？"

"我没关系的。"

"想要什么尽管说。"

"真的不用了。您上个月不是才给我买过昂贵的包包嘛。"

"上次买的是包吗？不是皮鞋吗？"

"我就说嘛。就知道您记不住的。"

笑盈盈地摆着手的金秘书忽然温柔地唤了一声：

"副会长。"

"怎么了。"

"您得发一下招聘广告了。"

"什么？"

"招聘广告。"

金秘书依然一副笑盈盈的样子。

"我，打算辞职了。"

"怎么这么突然？"

"出于个人原因吧。"

"一定要辞职吗？"

"是的。"

英俊出神地望了金秘书许久，而后他耸了耸肩，摆着一张扑克脸高冷地吐出几个字来：

"那随你便吧。"

＊

"我打算辞职了。"

"那随你便吧。"

英俊在宽敞得显得冷清的床上辗转反侧，黑暗淹没了他。他眨了眨眼，看了一下时间。

10月25日凌晨2点30分。

虽然平时也会失眠，但今天难以入睡的理由，英俊却不得而知。

他平时最厌烦没有答案的问题，在他绞尽脑汁不停思考的时候，时间仍旧嘀嗒嘀嗒地不停流逝着。

＊

早上8点。

在家中工作时，书房就成了办公室，那里环绕着密密麻麻塞满了各种书籍的书架。无处安置的书籍堆积成山，笔记本电脑等各种办公设备以及长短不一的线缆乱七八糟地摆满了长长的办公桌。

"无论如何都不能再这样下去了。不如把书房扩建一下吧？"微笑环顾四周，叹气道。

英俊一边看着电脑屏幕一边毫无诚意地予以回应：

"好啊。"

"把隔壁的三角钢琴搬到客厅，再把那面墙拆掉就可以了。"

"想法不错啊。金秘书去推进一下吧。"

"什么时间开工比较合适呢？"

"嗯……十一月底左右吧？"

"啊……"

金秘书没有立刻回答。

她迟疑的样子有些反常，英俊抬头问：

"怎么了？"

"那个时候我可能已经……"

004

让我用心把你留下来！留下来！！

英俊一边抚弄着下巴一边靠向真皮转椅的椅背，椅背随即发出刺耳的"吱嘎"声。微笑不由打了个寒战，立马拿出笔记本记下了什么。

对于做了九年搭档的他们来说，这该是件再自然不过的事了吧。英俊似乎不用看就知道微笑在备忘录上记下了什么内容，无非是"更换书房转椅"之类的字句。

果不其然，意料之中的话语从她口中说了出来：

"书房的家具也该趁这次机会全都换掉才是。等新秘书上任之后……"

"是真心的吗？"

英俊双手十指交叉托着下巴的模样比平时更有魅力。或许是因为他今天的面色稍显苍白，眼神看起来更加深邃吧。

"我问你是不是真心的。"

"是真心的。"

微笑过于干脆的回答让英俊一时不知该如何回应。他呆呆地看着微笑，真挚地问道：

"凌晨上班很辛苦吧？给你买辆车怎么样？"

微笑露出弯弯笑眼，本就细长的眼睛眯得更细了。

"年初您不是已经给我买过了嘛。"

"我买过吗？"

"是的，我还换了一顿炒年糕吃。"

"什么意思？"

"说来话长，总之因为个人原因我把它卖掉了。"

"呃。"

"抱歉，当时应该及时告知您的。感觉您好像也不会太在意,所以就……"

英俊看起来不太高兴，许久没有说话，过了一会儿却又摇着头大方地说：

"没关系。又不是什么大不了的事儿。那就再给你买一辆吧。价格不用担心，挑一辆自己喜欢的吧。"

"哎哟，不用了。我不是因为上班辛苦才想要辞职的。您不是也很清楚我不睡懒觉的嘛。"

"那又是因为什么？"

提问之后大概是想到了什么，英俊扑哧笑出来。

"啊啊，我知道了。"

微笑瞪圆了眼睛看着英俊，英俊一脸确信，正经八百地说：

"没睡。"

"啊？"

"我说我没和前天见面的那个女人睡。"

"啊？？"

"又不是小孩子了，怎么还这么个嫉妒法儿。"

微笑不禁"噗"地笑喷，英俊顿时皱紧了眉头。

"脏死了，干吗呢你？"

"抱歉。我帮您擦擦。"

看到微笑掏出手绢试图擦拭笔记本电脑的外壳，英俊连忙制止她，粗鲁地说道：

"扔了。"

"好。"

"总之，别再想那些没用的了。明天我包个影院，很久没有单独和你一起看电影了。"

微笑虽然面带笑容，内心却依然坚定。

"朴代理上午会发布招聘启事，我们先进行最大程度的筛选，副会长只需要进行最终的面试就行了。"

英俊一脸茫然地看着微笑，许久才又开口道：

"是因为上个月传的绯闻吗？我不是已经解释清楚了嘛。我摸着良心发誓，真的没跟她睡。"

"副会长，我要跟您说几次呢？就算您和那些排成队的女士们一觉睡到大天亮也没有关系的。"

听到这话，英俊那光滑的脸庞就像皱巴巴的纸张一样拧成了一团。

"你怎么能这么看我。"

"拜托您以后不要在凌晨3点叫醒我让我代驾了。总之，辞职并不是因为这个。"

"是因为从上个月开始一直让你加班，甚至周末也要工作吗？过度劳累导致流鼻血的事情也不是一次两次了。你怎么突然这么不专业啊？啊，生理期吗？"

原本笑盈盈的微笑，额头青筋凸起。

"哎哟，真是奇怪啊，胸口好像涌上一股黑漆漆的怨念呢。呵呵。总之，我会特别为副会长安排好面试流程，不会让您感到不方便。"

英俊沉默片刻，冷冰冰地说：

"你看着办吧。我没有理由挽留一个要走的人。"

005

金氏三姐妹

硕大的招牌上，"去吧猪皮"四个大字闪烁着耀眼的光亮。

这家位于郊区的烤猪皮店生意惨淡，真是可惜了那充满感性的致敬情怀和文化底蕴的店名[1]。店铺较之以前破败了不少，微笑环视一圈，发现两位姐姐正围坐在用油桶改装而成的简易餐桌旁，便笑盈盈地冲二人说：

"大姐二姐，快吃起来啊。"

"谢啦，微笑。"

"你也一起吃吧，微笑。"

"我就算了。话说你们脸色怎么这么差啊？按时吃饭了吗？还是很辛苦吗？"

两个姐姐相差一岁，和过年那会儿相比，二人憔悴了不少，一脸疲态。

身形瘦削，戴着厚厚的酒瓶底眼镜，镜片后的眼睛看上去在滴溜溜乱转的那位就是微笑的大姐必男。她心肠软，总是把"对不起"挂在嘴边，职业是麻醉科医生，在一所地方私立医科大学（她的母校）的附属医院工作。

"昨天歇班，晚上打工来着，没睡好……"

"大姐你可真是……平时忙着工作学习已经够累了，晚上不休息打什么工啊？"

"末熙开业的时候我想给她贴补点儿，所以得提前攒些钱……"

面容憔悴的必男小心翼翼地抬起筷子夹起一块肉放到嘴里。微笑的脸上闪过一丝心疼。

1　该店名出自一句诗，原意为"褪去虚有其表的外壳"。

"姐！干吗跟微笑说这些啊！"

正在远处收拾猪皮的饭店老板被二姐末熙的平地一声吼吓了一大跳。

和必男一样，个子矮矮、身形肥圆的末熙也是一名医生。不过因为家里条件不好，她不得不放弃专科医生的学习，就职于一家地方医院。

"微笑，这事儿你不用操心。以后我们的事情我们会自己看着办的。你什么都不用担心。来，来，快吃，快吃。今天我请客，你们只管敞开了吃。大叔！可以单点一份儿吗？"

末熙夸下海口，让大家敞开了吃，实际上却比必男还要谨小慎微。微笑怜惜地看着她，重新下了单：

"老板，再来两份猪皮、两份猪排，还有一瓶可乐。"

加点的东西还未送上桌，围坐在一起的三姐妹陷入了沉默。

"对不起，微笑。大姐只想着自己，没有照顾好你们，这段时间让你……呜呜……"

必男在饭桌前心酸地流下了眼泪，末熙也低下头哽咽起来。

"姐，不是那样的。要是当初我没有选择复读，咱们家学习最好的微笑也不至于放弃上大学的机会，早早进入社会挣钱供我们上学……"

"对不起。呜呜……微笑啊，真的对不起。"

见姐姐们哭成一团，微笑也被这情绪带动，鼻尖泛起酸意。平复了好一会儿，微笑才笑盈盈地回应道：

"没关系的。再怎么说姐姐们都努力工作还债了，至少没像爸爸那样到处闯祸。"

听到这话，姐姐们顿时睁大了眼睛。

"什么？闯祸？"

"嗯，我没跟你们说，你们应该还不知道，其实，咱爸年初欠了一屁股债。他不好意思跟咱们说，一直硬撑到现在。"

姐姐们面面相觑，惊到合不拢嘴。

"欠债？欠了多少？"

"三千多[1]。"

1　即韩币 3000 多万，约合人民币 18 万元。

"什么！三千？出了这么大的事儿，怎么都没跟我们说啊？"

"说出来给你们添堵？大姐每天都忙得不可开交，二姐当时工作的医院又突然关了门，没日没夜地做着短期兼职。"

"啊……"

必男和末熙震惊到说不出话来，可微笑还是一副笑盈盈的表情。

"当时正好赶上必男姐还贷，身上没有一点儿闲钱。真的很绝望来着，呵呵呵。"

"所以，都解决了吗？"

"嗯。卖了车，勉强抵上了。"

"车？什么车？你有过车？"

"嗯。因为没赶上公交车迟到了 10 分钟，副会长给我买了车，让我上下班用。才开了一周就卖了。切，早知道我就不花那么多钱贴玻璃膜了！我用卖车的钱还完咱爸的债，手里正好剩下十万三千块[1]。给了老爸十万块车费送走他之后，心里空荡荡的，于是就在车站里买了三千块的炒年糕。"

虽然听起来毫无真实感，但这的确就是赤裸裸的现实生活。

"啊……"

"反正事情都过去了。好在大家的辛苦没有白费，债务也差不多快还清了。剩下的债，姐姐们从上个月开始已经在还了，爸爸也已经完全振作起来。现在没有需要我操心的事情了，我心里从来没有这么轻松畅快过。所以，你们也别再说什么'对不起'了。"

微笑夹起煎盘上烤熟的猪肉和猪皮，一一放进姐姐们的盘子里，只给自己的盘子里放了一些烤蘑菇和烤蒜。

"你也吃点儿肉啊。"

"是啊，微笑，多吃一点儿。你这么瘦可怎么办啊？"

"我最近正在减肥呢。总跟着副会长参加派对和聚会之类的活动，吃的食物虽然量小，热量却高得离谱，只吃一点点就会立刻胖起来，太可怕了。我现在已经胖了一斤了，再胖下去可怎么活啊？呵呵呵。"

微笑不但个子高挑，令两位姐姐艳羡不已，而且从头到脚都是那样苗

1　约合人民币 600 元。

条有型。除了令人侧目的丰胸和翘臀之外，一点儿赘肉都没有。这丫头居然还要减肥，甚至还面带微笑地施加语言暴力，说什么"再胖下去可怎么活"。必男和末熙看着微笑平坦的小腹，脸上不约而同地闪现出一丝哀怨。

006

卡拉梅尔糖的味道

微笑以前可不是这样，自从九年前进了唯一集团才突然变得异常讨人嫌，好像被谁传染了一样。

"再胖下去"也依然活得很好的末熙嘲着筷子，露出一脸微妙的表情。

"之前就很好奇来着，我说微笑，像宴会派对那种场合，你也会跟去吗？"

闻言，方才还在为吃不吃烤蘑菇苦恼良久的微笑紧紧闭上眼睛，咕咚咕咚地喝起水来。她点点头说：

"嗯。有些场合必须要有同伴陪同参加。准确地说，不是跟去，而是一起去。"

"同伴？"

你说的同伴该不会是……那种……伴吧。必男和末熙互相使了个眼色，脸色不知不觉阴沉下来。

"啊，对了！差点儿把这个给忘了！"

微笑把带来的两个购物袋分给两个姐姐。

"这是什么？"

购物袋里装着各种奢侈品牌的包装盒。从大小来看，应该是价格不菲的香水、化妆品和钱包之类的东西。

"这是副会长给我的。大姐跟二姐分着用吧。"

"这些都是李英俊给你买的？"

听到必男好不容易才问出口的话，微笑不知道该怎么回答，只是眨了眨眼睛。

　　每当英俊需要以个人名义送别人礼物的时候，都会将信用卡和物品清单交给微笑，指示她把东西买回来。而每到这时，英俊总会习惯性地让微笑也顺道买一些她想要的东西。

　　当然，这种习惯不是一开始就有的。别看微笑已经笑盈盈地辅佐英俊这么多年，她也曾两度对英俊发火，顶撞他。正是这第二次发火促使英俊养成了这个好习惯。

　　出差、夜班、双休日加班，累到流鼻血的微笑偏偏又赶上生理期，就在她感觉天旋地转要晕过去的那一秒，她开始孤注一掷地寻找放在抽屉里的应急粮——一盒卡拉梅尔糖。她翻找了许久，可就是找不到。这时，浑身飘散着卡拉梅尔糖味道的英俊冷不丁地突然出现在她面前，嘱咐她帮他代买送给朋友的礼物。这就是"第二次"事件的祸根。

　　英俊做梦都没想到，惹得微笑鬼哭狼嚎的居然只是区区一盒卡拉梅尔糖。从那以后，每当英俊拜托微笑代买礼物的时候，都会让她买一些自己喜欢的东西，说白了就是支付一笔跑腿费。

　　"这事儿说来话长，那什么，反正就那么回事儿……没错，是副会长买给我的。"

　　闻言，姐姐们脸上的疑惑之色又加深了一层。微笑却是一副笑盈盈的神情。她身体前倾，好像有什么好事要告诉姐姐们似的悄声说：

　　"其实，之前我都会偷着把这些东西一件一件地转手卖给二手市场，不过现在也没那必要了，姐姐们用吧。都是一些超级值钱的好东西哦。"

　　必男和末熙留心打量微笑的脸庞和身体，露出格外复杂的神情。

　　"话说你们怎么一直不说话啊？"

　　"微笑，你……"

　　微笑明媚的脸色突然暗淡下来。犹豫了好一阵后，她一脸惋惜地说：

　　"还是很困难吗？那我……先不辞职了吧？"

　　"什么？你辞职了？"

　　"嗯。我昨天请辞了。招聘启事明天就出。好歹也工作了九年，心里还真不是滋味儿啊。"

　　听到这番话后，姐姐们阴沉沉的脸色这才好不容易舒展开来。

"就是，就是，做得好，做得好。这些日子以来你为我们受了太多苦……"

说着，姐姐们又垂下头去。微笑笑盈盈地补充道：

"哪有，什么苦不苦的。其实，我挺幸运的。老实说，以我现在的年龄和资历，像这种大公司部长级别的待遇还能去哪儿找啊？工作虽然辛苦了一点儿，但也很有意义，努力辅佐配合优秀的人，也让我进步了许多。说真的，我现在的确不太想辞去这份工作，可是……"

"你到底为什么突然要辞职啊？"

"一方面是因为工作实在太忙，而且，如果现在不辞的话，可能永远都辞不掉了。"

姐姐们睁圆了眼睛，一副不明所以的样子。微笑望着姐妹俩，撇嘴笑道：

"你们不是早就有对象了嘛。"

"那倒是。"

"趁现在还不算太晚，我也得慢慢地开始谈个恋爱，以后好嫁人啊。"

"嗯？"

现在正是应和微笑，给她温暖鼓励的好时候，可是必男和末熙的脸上却浮现出难以言喻的复杂神情。啊，分明有什么猫腻啊，可微笑的表情又是如此明朗纯真，让人不得不相信。这到底是什么鬼？

"大姐二姐，怎么这副表情啊？"

"那个，微笑啊，你是不是……"

末熙正要询问微笑，微笑放在简易桌子上的手机就嗡嗡地振动了起来。液晶屏幕上清楚地显示着"副会长"三个字。

"哦？这个点儿……该不会又让我代驾吧？"

微笑抬头看了看指向 11 点的钟表，不安地接起了电话。

"您好，副会长。"

果不其然，微笑猜得没错。她长叹一声，很快又笑盈盈地回复道：

"非常抱歉，我今天有点儿事，所以您能找韩司机帮您开车吗？哎哟！是，是，那是当然！我当然知道您肯定不会答应。那，要不这样吧，副会长，实在抱歉，您今天不能跟那位女士睡一晚吗？就一晚。您不累吗？一定要回家吗？您稍等一下，今天是星期四，那应该是吴智兰小姐吧。那位可是非常有魅力的……啊！我知道了！我已经知道了，所以请您不要突然大喊大叫啦！差点儿没把我吓死！"

微笑面带微笑地贴着听筒，轻声细语地说：

"不过话说回来，副会长，确实是那样没错啊。就算您现在回了家，家里既没有等您回家的人，也没有和您唠叨的人，您为什么这么执着于回家呢？您就在外面睡一晚吧。就算您外宿不归也不会有人说什么的……"

微笑瞬间紧闭双眼，远远地拿开了耳边的手机。手机那头传来李英俊激烈的怒吼声。

微笑颤抖着瞪了手机好一会儿，待对方平静下来，便长长地呼出一口气，重新笑盈盈地接起电话。

"我这就打车过去，您稍等一下。请您别再喝酒了。"

必男和末熙静静地望着挂掉电话站起身来的微笑，表情变得愈发复杂了。

"大姐二姐，不好意思，你们先回家吧。我把副会长送回家之后就马上回去。这是钥匙……啊！真是添乱啊，本来就忙不过来，偏偏在这种时候掉东西。"

微笑俯下身正要捡起掉落的钥匙，突然惊叫出声，吓得直往后退。

"妈呀！蜘蛛！"

话音刚落，必男和末熙就闪电般地飞身过去抓住了蜘蛛。

"微笑，你现在还没克服蜘蛛恐惧症吗？"

微笑面色铁青地站在一边抖个不停，她目光呆滞地望着两个姐姐，莫名其妙地问道：

"大姐二姐，我小时候真的没有走丢过吗？大概四五岁的时候。"

"这孩子怎么又问这个。真的没有过啊。"

微笑恍恍惚惚地沉思了一会儿，而后又明朗地笑着挥挥手，起身离开了饭店。

必男呆呆地望着微笑匆忙离开的背影，沉默许久之后终于开了口：

"喂，金末熙。"

"怎么了。"

"李英俊和微笑的关系，你怎么看啊？"

"我和姐姐想的一样。"

"是吧，怎么说呢……"

"不好说，对吧？"

"其实一开始我怀疑过他俩是那种关系。虽说微笑长得漂亮身形苗条，外表完全不输明星，可她只有高中学历，没有任何工作经验，当时一下就被录用本身就有点儿不对劲儿，再加上九年来他们几乎天天待在一起，李英俊还给她买车，随随便便就送她昂贵的礼物，这实在太让人起疑了……"

"可是听他们说话又不像是那种关系。"

"就是说啊。"

"是真的很奇怪啊。"

"可是末熙呀，其实刚刚听他俩打电话，我想到一点。"

"姐姐也是吗？"

"嗯。"

两人互相对望，异口同声道：

"老夫老妻！"

"倦怠期夫妻！"

007

不可以放开哥哥的手哦

车内一片沉寂，只听得见汽车的引擎声。

英俊面朝顶棚，闭着眼躺在放平的副驾驶座上，这会儿又悄悄睁开了眼睛。

"你刚才干吗呢？"

"哎哟，您没睡啊？"

微笑向下拨动转向灯拨杆，车内随即响起嘀嗒嘀嗒像时钟一样有规律的声音。驾驶座上的微笑注视着车窗外，她的侧影令英俊感到陌生。英俊忍不住又问了一遍：

"我问你刚才跟谁在一起呢。"

"这个嘛……"

微笑像在故意气他一样，回避了英俊的问题。英俊不快地瞪了她一眼，愤然说道：

"找好下家了吗？"

"您指的是公司吗？"

"嗯。"

"还没。"

"会继续待在首尔吧？"

"这个也不确定。"

"连基本的计划都没有，怎么就突然辞职呢？"

微笑正凝视着车窗外的马路，闻言，她转过头笑盈盈地回答说：

"我也该去寻找自己的人生了。"

车里的沉默愈发深重了几分。

不知过了多久，英俊突然露出一脸无语的表情，抛出一句同样令人无语的话来：

"你这说的哪门子屁话？"

"哎哟？您这话说得有点儿过了吧。"

"那我呢？"

"怎么突然说起您自己来了？"

*

10 月 26 日早晨 5 点，英俊家。

天刚拂晓，卧室里便开始传来吵闹的呼叫声。是管家的叫醒电话。

不知为何，今天的床铺干干净净地空了出来，窗前却立着一个修长的人影，是英俊。往常这个时候，他都会用犹带睡意的声音接听电话。

"到底为什么……"

呼叫声响了许久，英俊依旧一动不动地盯着日历闹钟的表盘看个不停。他似乎被什么迷了心窍，自言自语起来：

"奇怪。为什么睡不着呢？"

*

10 月 30 日下午 4 点。

趁上司不在，副会长室所属的几位秘书凑在一起热烈地讨论着什么。

"这个不错啊，资历出众，照片看起来也和部长形象相似。"

"可惜这个人无法入选。"

"为什么？"

"因为她姓牛。"

微笑匪夷所思的话令围坐在圆桌旁的三名秘书不约而同地露出了诧异的表情。

"部长，您这话是什么意思呢？"

简历照片上的女人确实和微笑长得十分相似。微笑目不转睛地盯着简历上的姓名栏说：

"如果她通过了最终面试，不就成了'牛秘书'嘛。当然了，她是绝对进不了面试的。"

"啊……"

应该称之为不可抗力吗？

普天之下唯我独尊的李英俊"牛秘书，牛秘书"地叫上几声，免不了会犯高血压。为了防止此类事件发生，淘汰此人实属无奈之举。

"这分明就是'姓'别歧视嘛。"

公司业务负责人朴代理摇头道。围坐在一起的大家被她的话逗得咻咻笑出了声。

"可不是嘛，估计这个人到哪儿都不知道自己究竟为什么会在第一轮就被筛掉。"

朴代理静静地望着笑盈盈的微笑，冷不丁地突然问道：

"部长，您为什么辞职啊？"

"嗯？"

"事情发生得太突然了……"

微笑看着难掩不舍的朴代理，似乎陷入了沉思。没一会儿她又露出灿烂的笑容回答说：

"如果长时间没有任何想法地一味奔跑，偶尔就会想要停下来，看一看自己跑了多远，周围都有些什么，对吧？我辞职的理由和这个差不多。

而且……”

朴代理和其他两名秘书的视线齐刷刷地集中到微笑身上。

“我还想尽快找到一个人。”

“那人是谁啊？”

到处散落着各种简历的桌旁，微笑静静地托着下巴凝视半空，自言自语道：

“其实，我甚至都不知道自己想找的究竟是人还是记忆。因为当时我还太小。虽然只有零碎的记忆，却怎么都忘不掉。我好奇得都快疯了，可就是怎么也想不起来……”

“微笑，别哭。眼睛闭紧，不要哭。不可以放开哥哥的手哦。哥哥一定会送你回家的，我们一起离开这里吧。”

集中到自己身上的视线似乎令她觉得很不自在，方才还在失神发呆的微笑突然吐了吐舌头接着说：

“大家或多或少都有过那种经历吧？”

大家面面相觑，不约而同地耸肩摇头说：

“没有欸。”

“啊，那就算了！赶紧工作吧！”

微笑尴尬地笑了笑，低头看向成摞的简历。听到朴代理接下来的提问，微笑再次抬起头来。

“我实在想象不出您实习期那会儿的情形。话说您刚进公司的时候是什么样儿啊？”

“我刚进公司的时候？”

“是的。那时候的副会长也和现在很不一样吧？”

“副会长他，那可真是了不起呢。要说他有多了不起啊……”

说到这里，所有人的眼睛里都泛起了光亮，似乎对微笑接下来的话充满了期待。

“如果说现在的副会长是一颗顶级钻石的话，那当时的副会长应该是颗打磨前的原石吧，从各种意义上来讲。呵呵……”

表面上笑呵呵的微笑不由攥紧了拳头，手背上青筋毕现。

008

Dr.朴

"沙发也太硬了吧，差不多就换一个呗？"

"这是新买的欸。"

"你这品味也是没谁了。居然会花钱买这种东西。"

"你这小子真是……"

任凭朴侑植在社长办公室里大吼大叫，自然舒展地横躺在待客沙发上的英俊依旧一副悠然自得的样子，像在自己家里一样，没有任何顾虑。

"喂……李英俊，想休息的话去你自己房里休息，嗯？"

"我愿意。"

"要是有话说，下班之后去我家喝一杯也行啊。大人您身为老板，定能充分理解我们这些雇佣小兵的苦衷。我要是不好好干，下次人事变动就该卷铺盖走人了。"

作为唯一集团职业经理人之一的朴侑植是英俊留学时结识的朋友。除了身体素质极差以外，绝对称得上是一个不可多得的杰出人才。论天资，他甚至可以与英俊一较高下，在事业上他是英俊可靠的帮手，也是唯一一个可以让英俊吐露心声的对象。

"所以说啊，老板现在不是让你休息一下嘛。"

"现在不是休息的时候啊。你看不见我在忙着处理积压的结算工作吗？"

"看不见。"

"请您睁开眼。"

英俊睁开眼朝办公桌一侧瞥了一眼，随即又不耐烦地闭上眼，有气无力地自言自语起来：

"理由是什么呢？"

"什么理由？"

"突然辞职的真正理由。"

"啊，你是说微笑秘书啊。"

"突然莫名其妙地说什么寻找自己的人生，真让人无语。"

"咳。"

朴侑植从抽屉里掏出一把综合维生素片和保健药品，和水一起吞下。英俊发觉他的反应有些意味深长，于是再次睁开眼看着他说：

"你还'咳'？！这什么态度啊？"

"我们微笑秘书工作几年了？"

"九年。"

听到这个回答，方才还在呆呆地望着窗外的朴侑植突然自言自语道：

"正好应了'逢三六九会来'啊。"

"什么三六九？"

"就是倦怠期。"

"倦怠期？"

英俊饶有兴致地看着侑植，侑植扑哧笑道：

"你知道的，我和女朋友在交往刚好满一个月的那天结了婚。"

侑植在美国留学期间和一个漂亮女人坠入了炽热的爱河。女人与他同岁，是现代舞专业的学生。自第一次见面起，二人心中就燃起了猛烈的爱火。交往刚满一个月便步入了婚姻的殿堂，是一对名声在外的恩爱夫妻。

回国后的夫妻俩无儿无女，在外人看来似乎过着甜甜蜜蜜的二人世界，不曾想在结婚十周年纪念日的当天，两人并没有交换感人至深的礼物，反而一起提交了离婚协议书，在法院门口分着吃了一碗牛杂汤之后，便淡然地分手了。

"结婚三周年纪念日那天，她对我说：'我到底为什么会和你这种男人相爱呢？'结婚六周年纪念日那天，她对我说：'只要听见你的喷嚏声我就莫名其妙地心烦，一看见你的后脑勺我就想一巴掌拍过去，我到底为什么会变成这样呢？'还有最后一次，结婚九周年纪念日那天……"

侑植停下来长吁一声，转而用严肃的口吻继续说道：

"她对我说：'混蛋，你不要呼吸，别浪费空气。'"

英俊皱着眉头反问：

"我可以笑吗？"

"好笑吗？"

虽然确实很好笑，但又不能如此回答。因为此刻的侑植周遭正形成一种氛围。一种如果有人回答说好笑，他就会立刻哭出来的氛围。

"现在回过头去看，好像每到那时候都正好赶上倦怠期。我们总是借口工作忙、太麻烦而忽略了真正的问题所在，最终到了无法挽回的地步。那什么，不是有这么一说嘛，就像冰箱冷藏室里略微烂掉的苹果。"

"烂掉的苹果？怎么突然说起苹果来了？"

侑植脸色煞白，刚吸完一袋营养剂的他这会儿又撕开一袋红参汁猛吸起来。

"冷藏室里有很多水果，你发现其中一颗苹果略微烂了。其实只要把烂了的部分剜掉就可以吃，但是你觉得麻烦，不愿意这样做。于是你把它推到一边，先拣好的水果吃。直到某一天，当你取出那个被推到一边的苹果时，才发现它已经完全腐烂变质，就算剜掉烂了的部分也不能吃了。"

眼神恍惚凝视半空的侑植唰地将喝完的红参汁袋子扔进垃圾桶，接着说了起来：

"这种倦怠期不只出现在夫妻之间。无论是分手的情侣还是我们公司离职的职员都遇到了这种状况，而第三年、第六年、第九年出现这种情况的概率最高。"

英俊从沙发上直起身子，一脸真挚地问道：

"是因为倦怠期吗？"

"有可能啊。你跟微笑秘书几乎每天都一起共事，待在一起的时间比一般夫妻多得多。出现倦怠期也是理所当然的事。不过正因为人家是金秘书，才坚持了这么久。如果换作别人，估计连三个月都撑不过呢。"

"不是，为什么啊？遍地都是迫不及待想要跟我搭上关系的人，哪怕只是擦过我的衣领都会令他们感激涕零，为什么连三个月都撑不过呢？"

面对英俊这种恬不知耻的态度，侑植无可奈何地叹了口气，摇头道：

"啊，是，您说得是。"

英俊好像完全无法理解这种感性的表达，不过好在他头脑转得快，似乎有所领悟。他站起身，一边整理衣着，一边说道：

"重点是通过对话寻找突破口啊。"

"正是。"

"受益匪浅，朴博士。"

"别叫我朴博士。不是跟你说了嘛，叫我 Dr. 朴或者朴社长，要不然就叫我名字。"

"我考虑考虑，朴博士。"

英俊固执地脱口而出，好像故意与侑植作对似的。说罢他便大步流星地走了出去。

侑植恍惚地看着即使在男人眼里也魅力四射的英俊，心里突然感到一种莫名的不安，慌忙叫住了英俊：

"喂，等一下！李英俊！"

"怎么了？"

英俊抓着门把手，转过头往后一看，只见侑植露出温暖的笑容问他：

"你不需要咨询一下如何寻找突破口吗？"

英俊优雅地捋了捋发丝，冷冷地说：

"一个因为没能找到突破口而离婚的人，问不问都一样。"

"哦……"

侑植茫然若失地盯着哐当一声关上的房门，突然噈噈地发出怪叫，砰砰地捶打胸口，而后又慌里慌张地拿出什么东西喝了起来。是中药镇静剂。

009

老照片

英俊走进办公室的时候，微笑正坐在秘书室的办公桌前，笑盈盈地低头看着什么。听到开门声，她条件反射似的猛地站起身来。英俊瞟了一眼她的办公桌问道：

"看什么呢？"

"老照片。"

英俊大步走到微笑的办公桌边，发现了很久以前的老照片，脸上掠过一丝微笑。

那是九年前的照片，当时的他们还没有成为默契的搭档。在总务部的聚餐中，两人望着不同的方向，隔着长条桌远远对坐。

照片里的微笑令英俊隐约感到一丝生疏，他静静地观察了许久才后知后觉地找到了原因。

"那时候的金秘书这么小吗？"

"嗯，当时刚刚高中毕业。"

稚嫩的脸庞、半长不短的头发和乡土气浓重的打扮是微笑二十岁时的形象，然而不知不觉间她已经蜕变成一个外貌品性皆成熟，浑身散发着干练美的女人。

"这张是什么时候拍的？"

"这张是我正式成为副会长秘书之后，上班第一天拍的照片。当时没有三脚架，我就把相机放在梳妆台上，也没找好角度，猫着腰就拍了，哈哈哈。"

照片看上去应该是在家里拍摄的，微笑比出胜利的手势，露出灿烂的微笑。她甚至完全没有留意背景，就连破破烂烂的壁纸也被原封不动地拍了进去。

微笑说她在收到高考成绩单的那一天被人赶到了大街上。据说是因为在商业街经营一家大规模乐器店的父亲被人诈骗。无法抑制心中怒火的微笑父亲为了找到诈骗犯，疯了似的开始扫荡全国各个角落。微笑为了筹措当月的生活费，只得冲锋陷阵在谋生之路的最前线。

尽管微笑的高考成绩排名全国前百分之一，高中综合成绩测评名列前茅，可以让她一路领奖学金领到手软的大学数不胜数，然而理想与现实之间总是存在一条无法跨越的鸿沟。

当时还在地方私立医科大学上学的两个姐姐就是拼了命地兼职做家教也无力承担父亲欠下的巨额债务，以及她们自己的学费、住宿费和生活费。已经失去生活意志、像个废人一样四处奔波的父亲身边甚至没有一个能够劝阻他的人，因为微笑的母亲在她很小的时候就因病过世了。

她说她就这样打消了上大学的念头。而当时哭得最伤心的人既不是她的家人，也不是微笑自己，而是她的班主任。可想而知当时的情况有多么急迫。

在填写高考志愿书前就早早放弃了大学梦的微笑转而在某私人律师事务所做起了处理杂务的兼职工作。她真挚诚恳的态度受到律师的赏识，次年二月，在律师的推介下，她以临时外派人员的身份进入唯一集团，担任总务部某临退高管的秘书。

当时正好赶上英俊留学回国，为了积累实务经验，英俊不停奔走于各个部门间，而他俩就是在照片里的那次聚餐上相遇的。

"我第一次见到副会长的时候啊，这第一印象还真是难以言说呢。"

见英俊一脸诧异，微笑不由捂嘴笑了起来。说实话，她对英俊的第一印象应该是："哇，什么鬼？明明很讨人厌，却又不觉得那么讨厌。"奈何她又不能当面说出口。

"这叫什么话？"

"反正有这么一回事儿。您还记得那天发生的洗手间事件吗？"

"什么洗手间事件？"

"您忘了吗？当时我不是浑身发抖，杵在洗手间门口死活不进去嘛。"

"是吗？"

"也是，您怎么可能记得呢。"

当天，在聚餐气氛正高涨的时候，微笑走出房间，在洗手间门口不知所措。

临退上司劝她喝下的两杯啤酒对向来滴酒不沾的微笑而言无疑是致命的。此刻她的膀胱即将达到临界点，正在进入核爆前的倒计时阶段。

然而她却进不去近在眼前的洗手间，因为有只蜘蛛正在入口的角落里努力地编织着自己的家园。

不知道从什么时候开始，微笑就一直被严重的蜘蛛恐惧症折磨，只要一看见蜘蛛，尤其是那种晃晃悠悠地吊在蜘蛛网边缘的蜘蛛，她就会颤抖。别说是移动身体，就连呼吸都会变得异常困难。

"我听见身后传来嗒嗒嗒的皮鞋声，回头一看，发现副会长刚好站在门口。"

"我？"

"是啊。我一和您对视，您就立刻问起我的名字来。"

眼神恍惚地凝视着半空的微笑额头突然青筋凸起。

"然后副会长您就……"

和那时一样，英俊清秀的脸上依旧毫无表情。

"您就那样走掉了。"

"这样啊……"

荒唐至极的窘况，无动于衷的反应。这完全就是李英俊的做派。

"当时的情形才不是您一句简单的'这样啊……'就能概括的！您是转过身嗖的一下就走掉了！有句话我早就想对您说了，天哪，有人站在那里瑟瑟发抖，您难道不应该问一句出了什么事吗？"

"大概是我没那么好奇呗。"

"哈。"

"所以那只蜘蛛后来怎么样了？"

"后来餐厅服务员赶过来三下五除二就抓走了蜘蛛，也不知道他们是怎么知道的，简直就是我的救世主啊。"

"你现在还害怕蜘蛛吗？"

"嗯，这一点怎么也克服不了呢。"

"咳。"

英俊从桌上散落的照片中拿起一张看了起来。照片背景是某大学医院，微笑正挽着两个身着白大褂的女子，盈盈地笑着。

"你姐姐？"

"对。大姐是大学医院麻醉科的研究员，二姐是内科医生。戴眼镜的那个是我大姐必男，个头矮小、身形胖乎乎的那个是我二姐末熙。"

"我好像知道你父亲是什么时候结扎的，你又为什么叫微笑了。"

"如果有人问起为什么老三又是女儿的话，那就微笑面对吧。"

"什么？"

微笑好像无法理解英俊的反应，瞪圆了眼睛抬头看着他。

"没什么。"

微笑一副"这人说话怎么这么无趣"的表情，又看了英俊好一阵，而后她把这张照片放了回去，又从桌上拿起另一张照片来。

"这张是出国的时候拍的呢。"

照片的背景是仁川机场的出境口，又一次露出盈盈笑容的微笑眼睛肿得鼓鼓的，像被打了一样，鼻尖还透着猪仔一样的粉红色。

"你那天哭了吧？"

"稍微哭了一下下。"

"为什么？"

"嗯……怎么说呢。从小到大都没有出过国，虽然只是短暂地离开，但也让我觉得害怕……对家人也有些不舍……大概就是因为这些吧。"

010
Nash equilibrium[1]

就在微笑即将结束三个月的临时工作时，公司的前辈悄悄给她透了个信儿，说是集团正在为即将外派出国的李英俊寻找一位秘书，让微笑报名试一试。当然，去一个语言不通的国度工作两年时间一定会非常辛苦，不过这待遇可真是丰厚到让人无法拒绝啊。

不管学生时期的成绩有多么优异，微笑的最高学历也只是高中毕业，工作经验不过就是三个月的临时秘书而已。以这样的资历去竞争会长次子的海外随行秘书一职简直就是天方夜谭。可是她在听到薪酬金额的瞬间，内心立刻燃起了欲望之火。要知道这个岗位的年薪简直丰厚到即使 24 小时连轴转也依然令她心怀感激的地步。

微笑抱着"反正也吃不了亏"的想法递交了简历，却怎么也没想到一下就通过了面试。现在想来，可能真的是上天保佑吧。

"债都还清了吗？"

"还没。"

1　纳什均衡（Nash equilibrium），又称非合作博弈均衡，是博弈论的一个重要术语，以约翰·纳什的姓氏命名。

"下家也没找好，你到底是怎么想的啊？"

"您这是在担心我吗？"

闻言，英俊不假思索地脱口而出："谁担心你了。"

微笑随即笑盈盈地说：

"大姐二姐一起加入了还债的队伍，那笔巨额债务减了不少。现在已经还得差不多了，从上个月开始我就没再过问了。大姐二姐说剩下的钱她们会自己看着还的。"

听了她的回答，英俊依然莫名感到不快。

他沉默了好一阵，似乎在寻找话题。

"都九年了，还是那张熟悉的脸，一点儿都没变呢。"英俊低头看着照片，低声呢喃道。

无论是在两年外派工作期间所拍摄的各种照片里，还是在英俊正式掌管公司运营以来的工作生活中，正如英俊所说的那样：笑盈盈，笑盈盈，微笑一直都是那副笑盈盈的模样。

"真的吗？"

"是啊。"

"副会长也一点儿都没变呢。"

除了那几根新长的白发。

"一点儿都没变？开什么玩笑？金秘书如何我不知道，反正现在的我可比当时进步了不止一星半点。"

的确如此。不仅外表变得更加成熟沉稳有男人味，他在公司里的地位也一路飙升，就连资产也跟着急速增值。他说自己变得比以前更好了，这话听起来一点儿也不奇怪。只是这种话从他自己嘴里说出来，还是让人有点儿难为情和倒胃口。他那冲破云霄的自尊心和愈发严重的自恋病症就暂时不讨论了吧。

"九年来，不对，是有生以来，每个小时，每一分，每一秒，我都没有虚度。"

微笑一边麻利地将散落在桌子上的照片拢在一起，一边看着英俊说：

"那是当然啦。"

"金秘书居然还有工夫厌倦，真是让我惊讶。该不会一直以来都没好好工作吧？"

"您这话是什么意思？"

"我是说，如果你是因为倦怠期才这样的话，那就好好整顿一下自己的精神面貌。"

听到英俊的严厉警告，微笑忍不住笑出声来，不过又马上低下头道歉说：

"对不起，我不该笑的。不过，我一直都认真工作，从不偷懒，这一点副会长您比任何人都清楚，不是吗？"

"那到底出了什么问题啊？"

"我已经跟您说过了呀。"

英俊的眼底不由露出一抹疑惑的神情。

微笑将整理好的照片装在信封里推至一边。只见敞开的抽屉已经被清理干净，垃圾桶里塞满了各种废旧的办公用品。这么看来，微笑刚才分明是在收拾办公桌无疑。

"请您接收一下。这是通过首轮资料审核的面试人员。明天上午秘书小组会先进行初试。之前已经向您汇报过了，我们会筛选出一部分合适的人选，您只需要进行最终的面试即可。"

微笑笑盈盈地递过文件夹，英俊冷冰冰地怒视她道：

"你要继续这样下去吗？"

"抱歉。不过我一定会在离职之前为您找到比我优秀百倍的秘书。"微笑笑盈盈地向英俊致歉。

所谓"伸手不打笑脸人"，英俊无法再对她鸡蛋里挑骨头，于是继续用他冰冷的眼神打量她片刻后噔噔噔地走进了自己的办公室。

"咻……"

房间里只剩下微笑一个人，她不由叹了口气。整理完抽屉，垃圾桶被塞得满满的。正当她准备弯腰清理垃圾桶的时候，一种奇怪的心情莫名袭来，她歪了歪头一脸疑惑。

"所以那只蜘蛛后来怎么样了？"

"咦？我刚刚有说过是蜘蛛的原因吗？"

*

10月31日下午3点。

"不会吗？"

"啊，不是的。很在行的。"

"那就唱吧。"

"以我们的气魄和忠诚的心，不管有什么苦难，爱国的心永不改变，木……槿花三……千里华丽江……山，大韩人民走大……韩的路，保全我们的江……山……"

"好了。"

"咻……"

"下面就来考一下经济方面的常识吧。请简要说明一下 Nash equilibrium。"

哇哦，这烧热的平底锅上"咕噜噜"滚动着的纯正美式发音。然而，对于完全不知该如何作答的文学系面试者来说，这无疑是个陷阱。

"啊？"

"不会吗？"

"啊，不，不是的……"

"那博弈论呢？"

"那个……"

"1993 年诺贝尔经济学奖的获得者[1]是？"

"咳咳。"

李英俊双手十指交叉托着下巴，无精打采地坐在巨大的书桌前，他看起来比传闻中的更有魅力且更讨人嫌。这微妙的违和感与根本无从回答的问题加剧了面试的紧张感。进入最终面试环节的最后一名面试者只觉眼前一片漆黑。话说如此荒唐的提问，前面那些面试者全都答上来了吗？

"世界上飞得最快的鸟是？"

"啊！这个我知道！一眨眼的工夫[2]！"

三号面试者好不容易碰上一个知道的问题，激动地大喊出声，然而很快又因为一种无法言喻的羞愧感红了眼眶，最终彻底崩溃。

"呃……"

"好走不送。"

1　1993 年诺贝尔经济学奖的获得者是美国学者罗伯特·福格尔和道格拉斯·诺斯。

2　韩语中，"工夫"与"鸟"发音相同。

011

大龄单身女青年

女人晃晃悠悠地走出小会议室，英俊揉着刺痛的太阳穴，趴在了桌上。他精神恍惚，像遭人毒打了一样，浑身酸疼。习惯性失眠的英俊本来就缺觉，这一周以来更是几乎每天睁眼到天亮。

"请问 1993 年诺贝尔经济学奖的获得者是谁？"

这时，头顶上方好像传来了微笑的声音，英俊也不知道她是什么时候进来的。

他直起身抬头看了看微笑，不假思索地抛出一句话来：

"哪有人会闲着没事记那种东西啊？"

"哎哟喂，就是说啊。"

笑盈盈的微笑嘴角不由一阵痉挛。

三名面试者在结束最终面试后都不约而同地红着脸走出来，一脸无语地看着微笑，依次问道："安提瓜和巴布达的首都[1]是哪里？"，"那只'看不见的手'到底是谁的手？反正不是我的啊？"，以及"您知道 1993 年诺贝尔经济学奖的获得者是谁吗？"。她只知道"看不见的手"是亚当·斯密提出的经济学术语，至于其他问题的答案，她根本没有头绪。提问者的意图显而易见。

"哈……"

微笑长叹一声，正想说些什么，却欲言又止，她向前走了一步，目光直直地盯着英俊：

"副会长，您真的没事吗？"

"你怎么总是说一些莫名其妙的话啊？我怎么了？"

"从早上开始您的脸色就一直不太好。是哪里不舒服吗？"

微笑担心得直跺脚，英俊却摆出一副不耐烦的样子，一边朝她挥手一

---

1 安提瓜和巴布达的首都为圣约翰。

边扭过头去。

"我都说了是因为太累了。"

"真的是因为太累才那样的吗？"

"是啊。"

"累只是借口吧，您该不会是因为我要辞职，舍不得我，难过得睡不着觉吧？"

英俊心头一紧，强装淡定地说：

"谁舍不得你了。"

"好失望，我倒是真的有些不舍呢。"

英俊直起上身，靠向椅背。

见他许久没有说话，似乎陷入了沉思，微笑也就没再多说什么，转过身准备离开。就在她握住门把手刚要转动的瞬间，英俊用真挚的声音叫住了她：

"金秘书。"

"是。"

听这声音，想必接下来的话题应该很严肃，于是微笑顺从地再次走到桌前。

"金秘书应该很清楚。"

"您指的是什么？"

"我不会给任何人第二次机会，绝不。"

"是的，那是当然。"

"不过。"

英俊稍稍皱起眉头。每当他的自尊心受到伤害或是做他不想做的事情时，他就会习惯性地露出这副表情。

"对微笑你，我就破例再给一次机会。这是绝无仅有的一次机会，你要好好考虑一下再做选择。"

李英俊傲慢至极，活像在赐予圣恩一般，而承蒙这圣恩之人还是主动提出辞职而非被他辞退的下属。如果眼前这个人不是李英俊的话，那妥妥地要被微笑耻笑一番了。

"您的意思是？"微笑笑盈盈地反问道。

英俊抬起头看着她，从容不迫地说：

"我给你升职为理事。如果业务太忙，我就再给你配一个专职助理。升职之后公司会给你配车，你要是愿意的话，我还可以自掏腰包给你置备个大房子。你还有多少债务没还来着？这笔债我一样可以替你解决。有任何需要尽管提，不要有任何顾虑。不过，你得留下来继续为我工作才行。"

"哇哦。"

微笑在脑海里估算着什么，脸上依旧是一副笑盈盈的表情，过了许久才继续说道：

"这也太赞了吧。"

"我敢保证，你去哪儿都享受不到这种程度的待遇。"

"那是当然啦。"

"而且，你去哪儿都遇不到像我这么完美的上司。"

"可不是嘛，您说的都对。"

英俊露出淡定从容的微笑。

"虽然我并不知道金秘书想要实现的个人目标究竟是什么，不过我劝你还是到此为止，干净利落地放弃为好。这机会成本也太高了点儿，不是吗？"

微笑笑盈盈地看着英俊，而后打开手里的平板电脑保护套，从里面拿出了什么，果决地放到桌上。

那是一个全新的白色信封，上面整洁地写着三个大字——辞职信。

微笑默默观察英俊，见他微微皱起的眉头又舒展开来，继续说道：

"抱歉。"

"没关系，不要紧。你不用在意我。"

"真的很抱歉。"

"有什么好道歉的。强扭的瓜不甜。今后可别后悔再来纠缠我就行。"

英俊佯装镇定，摆出一副若无其事的表情。微笑冲他露出娇滴滴的笑容，立刻回答说：

"真是太感谢了，副会长。"

"没什么。"

"所以，还请您以后不要再故意刁难面试人员，把她们拒之门外了，好不好？"

"我尽力吧。"

微笑忙着汇报明天的日程，暂时转移了注意力，没能发现英俊紧闭的双唇在剧烈地颤抖着。

"这是明天的日程，从一大早开始就排得满满当当，所以今晚还是不要过度饮酒为好，就算您今天还是会玩到很晚，也请您千万不要让我代驾了。我今晚绝对会关机睡觉的。"

微笑笑盈盈地起身离开，就在抓住门把手的瞬间英俊叫住了她：

"等一下。还有一件事。"

"嗯？"

"那个，是什么意思？"

"您指的是什么？"

"你不是说，现在要辞职去寻找人生的意义嘛。"

"没错。"

"你好好解释一下这到底是什么意思。"

不同于以往，英俊这次的提问真挚到令人惊恐，然而微笑却轻松地一语带过：

"这么久以来我一直工作缠身，现在我想拥有一些属于自己的时间了。而且……"

"而且？"

"我现在也该谈谈恋爱，准备嫁人了啊。我都二十九岁了。"

012

转起碾子唱起歌

回到 10 月 31 日晚上 10 点 30 分，极东连锁酒店露天游泳池旁的加勒比休息室。

英俊拨弄着头发直起身来，他长长地叹了口气，失神地自言自语起来：

"金秘书她……"

一行人一脸紧张地望着英俊。英俊的视线一一扫过他们——事实上只是眼神掠过他们而已，他甚至连是谁在场都不知道。此时英俊脑子里一团糟，心里更是憋闷得像要爆炸一样。

"金秘书她……为什么突然那样呢？"

直到现在，英俊似乎才终于明白过来，自己为何会在过去一周的时间里彻夜难眠。

"属于自己的时间""恋爱""嫁人"，金微笑居然可以随随便便地谈及这种事，她说得那样若无其事，仿佛在说别人的事情一样。在金微笑口中的"人生"里，李英俊甚至没有一丝一毫的存在感可言。

"为什么呢？到底是为什么呢？"

正望向远方的英俊忽然优雅地抬起手指，指向瘫坐在地上的智兰。

"你。"

"嗯？"

"觉得我怎么样？"

"哥哥怎么突然问起这个？真是新鲜。"

"我问你觉得我怎么样。"

智兰完全不知道英俊究竟想要得到什么样的答案，一时惊慌失措，只得吞吞吐吐、小心翼翼地一句一句回答说：

"哥哥不仅是个天才，还很有钱，而且还会经营公司，能力出众……"

哦，智兰似乎答对了，英俊的表情稍微舒展开来。一时兴起的智兰微微抬高嗓门，继续称赞了起来：

"哥哥不但长得帅，个子高，有风度，还很会说话，魅力爆棚，而且还……还很性感……"

智兰用意味深长的眼神朝英俊眨了眨眼，而后将手挪向他的脚踝附近：

"我的好哥哥呀，你要这样折磨我的小心心到什么时候呀？人家已经欲火难耐了呢。"

"注意事项，金秘书之前没有转达给你吗？"

"嗯？什么？"

"她应该告诉过你绝对不要触碰我的身体才对啊。"

英俊冷冰冰地怒视智兰，好像要把她吃了一样。惊恐的智兰赶忙将手收了回去。英俊转而又问了一个让人猜不透的问题：

"那好，我换个问题。你会不会对近在咫尺的我视而不见，转而看上别的家伙呢？"

智兰睁圆了眼睛，立刻摇着头回答道：

"怎么会呢！除了英俊哥，我绝对、绝对不会看上任何家伙。"

"是吧？"

"当然。"

"就是！除了我哪儿还敢看上别的家伙呢？！"

"嗯！"

"那……"英俊欲言又止。

他撩了撩头发，抖着腿喃喃自语起来，焦躁不安的样子一点儿也不像平时的他。

"那金秘书为什么那样呢？到底为什么？金秘书为何那样？"

金秘书，金秘书，金秘书，哎嗨哎嗨哟，转起碾子唱起歌，李英俊简直要把金秘书编成民谣唱出来了呢。

"同样身为女人，你应该知道答案才对啊！说说看啊！快说啊！"

英俊气沉丹田，声音洪亮地发号施令。围坐在一起的一行人一个个都如坐针毡。这人疯了吗？吃错药了吗？怎么突然这样啊？

"我怎么会知道？这种问题得亲自问了才知道啊。"

"你让我亲自去问？那我的自尊心可……"

英俊无法控制自己的感情，猛地站起身来，又一屁股瘫坐在沙发上。如是反复数次之后，英俊望着天空哀号道：

"天啊！金微笑你怎么可以这样对我……我……我！"

＊

从刚才开始就一直觉得耳朵发痒的微笑一边用棉签轻轻掏着耳朵，一边盯着笔记本电脑右下角显示的时间——晚上10点40分。

"会不会是副会长在骂我啊。"

微笑正在准备留给新任秘书的业务守则。她呆呆地看着电脑屏幕，而后打开了网页浏览器。

一个小小的光标在主页面的搜索框里闪烁着。

她的手几次放到键盘上又立刻抽了回来，就这样迟疑了好一阵后，她终于咽了咽口水，在搜索框里输入了几个关键词。

不到一秒的时间，各种信息都跳了出来，铺满了整个屏幕。微笑熟练地翻看了几页，表情没有任何变化。

"果然不是那么容易能找到的。"

她沉思了一会儿，又在检索词后面加了两个关键词：

绑架事件，儿童

微笑点开各种网页，仔细查看了许久，好像在寻找着什么。她不由得摇着头叹了口气。

一直以来，微笑时不时地会询问父亲和两个姐姐，自己小时候有没有走丢或是被谁关在某个地方过，然而家里人早就被她问到厌烦，她每次都会得到同样的答案——完全没这回事。

微笑也曾怀疑过家人是否在说谎，但是在仔细观察过他们的神情和脸色后，又打消了这种想法。特别是大姐，她是一说谎就会露馅，什么都写在脸上的人，绝对不可能把一件事藏这么久。

那它究竟是什么呢？真的只是一场梦吗？

"别哭，微笑，不要哭。"

"嗯……我害怕！……好奇怪！"

"那不是……只是因为太黑了，看起来像……而已。"

"那它是什么啊？"

"呃，那是……"

"是……？"

在她四五岁时的记忆里，那个和她并肩而坐的少年大概几岁呢？六七岁？也可能是个小学生吧。

不一会儿，微笑的脑海里响起了隐隐约约的旋律。虽然想不起是哪首歌，但它分明是一首童谣。

连同这首童谣一并想起来的，还有到处像是被橡皮擦去、布满窟窿的对话和阴森森的氛围，以及温柔得让人听了想流泪的声音：

"哥哥帮你解开。我们一起离开这里吧。"

013

L'araignée Gypsie[1]

是被人绑在一起关在哪里了吗？难道是诱拐？

微笑多次搜索不同的关键词，结果却还是和往常一样，无论怎么找都找不到她迫切需要的信息。

微笑把手从键盘上移开：

"不管了。到底要从哪里找起，又该怎么找呢？"

她挠挠头，长叹一声，自言自语道：

"找到了又能怎样？人家会记得我吗？不对，这么看来，对方比我大，应该会记得吧。"

也许这并不是什么大事，可微笑却如此执着，其中的原因到底是什么呢？

说不定这只是长久以来在她的想象中被无限放大的事物而已。

微笑从记事起就没了妈妈，爸爸又总是忙忙碌碌的，两个姐姐还都是玻璃心的娇娇女，别说照顾妹妹了，她们反而需要妹妹的照顾。

是因为内心的孤独吗？

二十几年来，她总是对别人关怀备至，一味地牺牲和忍让，就连她的

1　源自法语儿歌《吉卜赛蜘蛛》。

工作都需要极致的关怀贯穿始终。

现在的她已经厌倦了像这样付出关怀。

或许正是那种渴望得到关怀、得到温暖慰藉的心情促使她翻开了那段记忆。她将那段记忆粉饰成了理想中的样子，让想象不断地膨胀。

微笑靠在转椅的椅背上，疲倦和困意一股脑地涌了上来。

"啊，困死了。副会长肯定会打来电话，真的要把手机关掉吗？他到底……安的什么心……为什么……每次喝酒都让我……代驾啊？"

微笑喃喃自语，困得睁不开眼，不一会儿就进入了梦乡。

微笑陷入无意识状态，脑海里突然响起奇妙的歌声。这旋律分明是她熟悉的儿歌，歌词却是外文的。外国人？不对，如果真是那样，这韩语说得也太溜了吧。

"哥哥帮你解开。"

剪刀。那沐浴在皎洁月光下的，是一把刀背上刻有鸽子图案、手柄为黑色的细长剪刀。

"闭上眼睛。在我让你睁开之前，绝对不能睁开，绝对不行。知道了吗？跟哥哥拉钩。"

"嗯，拉钩。"

"来，牵着哥哥的手。"

微笑不知道这究竟是白日梦还是鬼压床，可他的手是那样温暖而柔软，触感是那样生动而真实。

二人就这样走了五步左右的距离，不知从哪里传来了刺耳的吱呀声。

"哥哥，有声音。"

"什么声音都没有。"

"明明有声音啊！你没听到吱呀声吗？"

"什么声音都没有，你继续闭好眼睛！这一切都只是个梦，一个能让你长高的噩梦[1]，梦醒了就什么都不记得了！"

"真的吗？"

"真的。离开这里就会忘掉所有的一切。"

刺耳的声音仍在耳边回响着。吱呀吱呀。这声音让她想起游乐园里生了锈的秋千，好像某个沉甸甸的物体有节奏地晃动时发出的摩擦声。

吱呀吱呀。

"哦，哦……？蜘蛛！蜘蛛它……！啊啊，哥哥！我害怕！"

微笑吓得直哆嗦，蜷缩起身子，一不小心从椅子上滚了下来。

吱呀吱呀。

老旧的转椅转动时发出的噪声可怕得令她要惊厥。那是直到现在还会时不时出现在她潜意识里的声音。

"啊，啊啊，我害怕，我害怕……！"

微笑实在无法克制心中极度的恐惧，她双手抱头，缩成一团，瑟瑟发抖。

奇怪。是蜘蛛吗？

世上不可能有那么大的蜘蛛啊。

是什么呢？那到底是什么呢？

"没关系，没关系。别哭了，这是梦，梦醒了就什么事都没有了，什么也想不起来了。微笑，笑一下，就像刚才那样。"

"不行，我做不到。我害怕，我害怕……谁……谁来……帮我一下！"

这时，放在手边的手机突然响了起来。

"啊……"

木琴铃声响了七次，微笑才勉强打起精神，颤抖着接起了电话。

"喂，喂您好。"

1　韩国有"做噩梦会长高"的说法，多用来安慰做噩梦的孩子。

"是我。"

打来电话的人是英俊。

"副会长……"

英俊似乎感觉到微笑的声音有些反常，于是略微提高了嗓门：

"声音怎么这样？出什么事了吗？"

只一通电话，英俊就能准确无误地察觉出其中的异常。往常遇到这种情况，微笑定会惊讶得瞠目结舌，然而今天不知道为什么，她甚至有些感激英俊敏锐的洞察力。她的身边哪还有这样的人，哪还有只听声音就会立刻问她出了什么事的人。

"没，没什么。刚才眯了一会儿。现在去接您吗？"

"不用。没那必要。我在家门口呢。"

"这么快？那太好啦。明天的日程排得很满，今天您就好好休息吧。明天一早我就去您家……"

"开门。"

"嗯？什么门？"

"跟我聊一会儿。"

"什么——？"

微笑一脸茫然地眨巴着眼睛，整理混乱的思绪。片刻之后，她径直走到玄关，透过猫眼向门外望去。

天上地下唯我独尊的李英俊在圆圆的门镜面前也一样束手无策，他正滑稽地扬起圆鼓鼓的漫画脸站在门外。

*

"您请进。"

微笑打开门，站到一侧，温柔地请他进门。然而英俊却仍旧站在一居室楼房狭窄的过道上，一副公事公办的态度。

"不用了。我来只是想问你一件事。"

"您是怎么来的？"

"开我的车。"

"天哪，您酒驾啦？这可不行啊！"

"我一滴酒都没喝。"

和英俊定期举行私人聚会的好友大都是名声在外的酒鬼。和那些人混在一起居然没喝一滴酒，还真是稀罕。

"不是，为什么啊？"

"现在最重要的不是那些小事。你刚才说的恋爱啊结婚啊什么的，都是真心的吗？"

"我为什么要说违心的话呢？"

"怎么这么突然？难道你一直都在瞒着我跟其他家伙交往吗？"

微笑瞪圆了眼睛打量着英俊，而后小心翼翼地问道：

"副会长，您这是生气了吗？"

"没有啊。金秘书跟谁交往都不关我的事，我为什么要生气？"

"就是说啊。"

见微笑眨巴着眼睛，磨磨蹭蹭卖关子，英俊立刻犀利地逼问道：

"我问你话呢，快回答我。"

"我并没有偷偷交往的对象。我没有理由瞒着您和别人偷偷交往，况且这么久以来我哪有时间和别人交往啊？早上6点就要上班，下班时间又不确定，只要您有需要呼叫我，不管我是在睡觉还是在方便都得呼啦一下飞奔过去。呵呵。"

英俊摆摆手，一脸不解地看了看微笑，继续追问下去：

"那你解释一下现在这种状况。"

"什么？我不是已经跟您详细解释过很多次了嘛。"

"没有足够的说服力。尽管我投入了巨大的机会成本，你却依然选择辞职的真正理由，一个有说服力的理由。"

014
我需要你

微笑摸着下巴，似乎陷入了沉思，良久她才冷静地回答道：

"您提出的条件的确十分优厚，但是仔细想来也不能称之为巨大的机会成本。因为，这毕竟关系到我的后半辈子。"

"后半辈子？"

"是的，后半辈子。如果我留在副会长身边，继续像现在这样一心忙于工作的话，说不定就会在不知不觉间错过适婚年龄，不是吗？"

"适婚年龄这种东西错过了又怎样？就因为这个吗？"

"'适婚年龄这种东西'？'就因为这个'？如果我一下子错过了适婚年龄，您又看我不顺眼炒了我，到时候我成了无业游民该怎么办呢？"

面对微笑的抗议，英俊露出十分宽厚仁慈的表情。

"你应该很清楚，我是个言出必行的人。你放心，我会保障金秘书终身享有劳动权。"

听了这话，微笑连眼皮都没眨一下，立刻笑盈盈地补充道：

"哎哟喂，我更讨厌那样。副会长现在的意思是让我后半辈子也一直辅佐您，一个人孤独终老吗？"

"那你到底想怎样啊？"

英俊终于恼羞成怒，不耐烦地抬高了嗓门，可微笑仍然态度坚决，轻声细语地回答道：

"我一直在副会长身边工作，实在辛苦太久，现在我既不想要钱，也不想要华丽光鲜的生活。我只想和别人一样，找个平凡的对象，谈一年恋爱就步入婚姻的殿堂，有个温馨的小家，生下一儿一女，过安稳恬静的小日子。现在姐姐和爸爸也都安定下来了，我不想再活得那么辛苦了。"

微笑话音未落，英俊突然皱紧了眉头：

"没想到金秘书竟然是个极端的利己主义者啊。那我怎么办？"

"啊？副会长怎么总是把我的事情扯到您自己的身上呢？"

"九年来我们每天一起共事，从我接管公司开始，你就一直在配合我所有的一切。你这样突然辞职，我……"

"我？"

"我……"

"副会长您？"

英俊犹豫了半天才勉强说了一句：

"我……我会不方便的！"

"是，肯定会不方便的，那是自然。"

应该说这是一种只有在一起久了的两个人才会有的感应吗？微笑虽然笑得灿烂，英俊却从她的脸上捕捉到了一丝微妙的违和感。他一脸严肃地指责微笑：

"你不要笑呵呵地摆出一副不情愿的表情，我看着很不爽。"

"好。"

两人之间萦绕着一种令人窒息的紧张气氛。

终于，英俊开口打破了这漫长而又让人浑身不自在的沉寂：

"咻……好吧。"

"什么'好吧'？"

"金秘书。"

"在。"

"你知道我是单身主义者吧？"

"当然了，这点我很清楚。"

"别奢望我会做出更多的让步。"

"啊？"

"我跟你谈恋爱，你留下来继续工作吧。"

*

一小时之后，也就是 11 月 1 日深夜 12 点 30 分，英俊出现在朴侑植公寓的客厅里。

侑植睡眼惺忪地看了看对面的英俊，长长地叹了口气。也不提前联系一下就突然找上门来，不由分说地把人叫醒，还当是出了什么惊天动地的大事儿呢，结果就为了这事儿。

"你说了'我跟你谈恋爱，你留下来继续工作'这种话？对金秘书说的？喂，你开玩笑的吧？你真的那么说了？"

侑植难以置信地问了一连串问题。

"所以，微笑秘书听了这话是什么反应？"

英俊摩挲着盛着咖啡的马克杯，十分严肃地回答道：

"她的脸贴近我的脸……"

听到这儿，刚刚还困得一直揉眼睛的侑植一下精神起来，两眼放光。

"贴近你的脸？"

"吭吭地闻了闻……"

"什么？"

"对我说'好像没喝醉啊'。"

*

"噗！哈哈哈哈哈哈哈哈哈！绝啦！不愧是微笑秘书啊！"

捧腹大笑的侑植看到英俊凌厉的眼神，立马犯怵，赶忙闭上了嘴巴。

"也不愿意谈恋爱，那是想跟我结婚的意思吗？"

英俊唉声叹气地小声嘀咕着。侑植听到后不假思索地反问他：

"你想太多了吧？说不定她是真心不想和你谈恋爱呢。"

"怎么可能。"

英俊一副难以理解的表情抬眼看着他。就连同样身为男人的侑植也觉得英俊的脸俊美得无可挑剔，魅力爆棚，简直就像一幅让人觊觎的肖像画。侑植愣愣地看着他，突然产生了一种疑问：

"李英俊，你为什么对微笑秘书这么执着啊？"

"执着？"

侑植剥开一颗红参软糖放进嘴里，慢慢嚼了起来。

"微笑秘书的确人美心善，聪明伶俐。不过说实话，以你的条件，随便就能找到她那样的秘书不是吗？况且微笑秘书的学历也一般。"

"微笑在作为我的秘书执行业务的时候，学历、条件这种东西并没有任何意义。"

侑植听到他不带半点儿犹豫的果断回答，阴险地笑了起来。

"你喜欢微笑秘书吧？"

"当然喜欢了。"

英俊十分爽快地回答道。侑植轻轻地摇了摇头，又问道：

"不是，我说的不是甲方和乙方、经理和客户的关系，而是男女之间的关系。我问的是李英俊你的心意，而不是副会长的心意。你有没有把金微笑当作女人来喜欢，而非秘书。"

英俊盯着马克杯里黑亮的咖啡愣了一会儿，自顾自地嘟囔道：

“男女之间，这个嘛……”

英俊一时说不出话来，不自信的态度和他一点儿也不搭。不一会儿，他像是下定了决心似的坚定地说道：

“总之，我需要微笑。”

015 因为你是微笑啊

“为什么？”

英俊十分从容而优雅地换了换跷起的二郎腿，淡然地说道：

“她就好比专门为我量身定制的西装。工厂批量生产的成品穿着不合身，我也瞧不上。”

“真是一段可怕又残忍的发言呀。微笑秘书听了肯定会受到暴击。”

“所以我才给了她相应的待遇啊。我的耐心现在也快用完了。”

吧唧吧唧，咂咂，吧唧吧唧，咂咂，空荡荡的客厅里回响着侑植咀嚼红参软糖的声音。

过了许久，一直在黑暗中茫然凝望侑植的英俊，突然莫名其妙地问道：

“你为什么结婚啊？”

“想结就结了呗。”

侑植扑哧一声笑了出来，那神情仿佛在说，这么理所当然的事情竟然也要问。英俊依旧一副严肃的样子：

“所谓结婚究竟是怎么一回事啊？”

“播撒情感的种子，用关爱浇灌，经过长时间的精心耕作开出花朵，最终结成爱情的果实。”

“你的爱情果实不是落果了嘛。”

“闭嘴。”

英俊才不管侑植有没有"呃"一声惨叫并紧紧抓住胸口，他依然面不改色地说道：

"你看吧，结果还不是一样？所谓结婚不过就是一场签字游戏罢了，根本没必要因为担心错过适婚年龄就战战兢兢，非要结出果实挂满枝头不可。"

七窍生烟的侑植瞥了英俊一眼：

"你到底居心何在？"

"什么意思？"

见英俊面无表情地望向自己，侑植意味深长地回答道：

"也是，这么看来，你身边一直不缺女人，可我从来都没见你和她们有过肢体接触，更别说是上床了。"

"别说得好像进过我卧室一样，倒人胃口。"

侑植咻咻地笑了笑，故意气他似的补充道：

"反正我说的都是事实嘛。之前你那位'周四女'还问我，你是不是同性恋。"

"疯子。"

见英俊一脸无语，皱起眉头，侑植向前俯身，凑近他问：

"难道你对女人有什么心理阴影吗？"

英俊扭过头，眼神迷离地望着窗外，仍旧避而不答，只低声呢喃道：

"我讨厌女人。"

"那金秘书呢？"

"金秘书不一样。"

"都是女人，有什么不一样？"

"金秘书她不是女人。"

侑植大吃一惊：

"嗬！你这家伙，这句话绝对不能对女人说啊！"

英俊异常平静地说了句意味深长的话：

"微笑她……不是女人，她就是微笑。"

*

被英俊好一通折腾之后，微笑完全没有了困意。很久没敷面膜的她刚撕开面膜封袋，门铃就突然响了起来。

"谁啊？"

见没人回应，微笑透过猫眼往外一看，整张脸立刻拧成了一团。

"哎哟，该来的还是来了啊。"

房门啪嗒一声打开的瞬间，门外的女人就疯了似的闯进来，甩象帽[1]似的甩动着她及腰的大波浪鬈发，在狭小的房间里四处搜寻着什么。

"哪儿呢？"

微笑一根根地捡起掉在地板上的长发，安静地回答：

"吴智兰小姐，您是不是脱发啊？头发一直在掉，您就别甩了，老老实实地待着吧。"

"我问你人在哪儿呢？！"

虽然她问得莫名其妙，但微笑不用想都知道她在找什么。

"30 分钟前就离开了，您没见着吗？"

"什么？"

"他压根儿就没进来，站在门口简单说了几句就走了。您都火急火燎地追到这来了，就该好好监视到底才是啊。"

"呃……"

"啊……在车里脑子溜号了吧。等他的时候在做什么呢？玩 KakaoTalk[2]？"

"看了眼网络小说……"

"啊，等一等就能免费阅读的那种？看到欲罢不能，时间不知不觉就过去了呢。我能理解。"

智兰哑口无言，只得气呼呼地点了点头。

"哎哟，这可怎么办呀，好可惜。"

微笑自始至终都是一副笑盈盈的模样。脸色红一阵青一阵的智兰猛地挺起她坚挺的胸脯，蛮横地叫嚷道：

"喂！你谁呀？你算什么东西，为什么一直在英俊哥身边晃悠啊？"

"我是副会长的私人秘书。"

"这点我也知道！可是你为什么……！"

1　朝鲜族传统舞蹈象帽舞，舞者以颈项的力量频频摇动头部，使象帽的飘带旋转如风。

2　一款韩国免费聊天软件，类似于 QQ 和微信。

"副会长和我绝对不是您想的那种关系。您请放心。"

微笑灿烂的笑容令智兰彻底丧失了斗志。她实在难以理解，歪着头呢喃道：

"那，那到底是为什么……？"

"'已经交往了一个月，英俊哥到底为什么不肯和我睡，除了我以外他到底都和谁睡'，如果您好奇这个的话，那我就告诉您好了。"

智兰好像还知道害羞，她满脸通红，瞪圆了眼睛。微笑只笑盈盈地说了一句话：

"谁也不睡。"

"什么？"

016

人家是直男好吗

"我是说，他从来不跟任何人睡。副会长喝了酒就回家，都是一个人睡的。"

"你怎么知道……"

微笑仍是一副笑盈盈的样子，她亲切地补充道：

"我可是比您年长六岁的姐姐。我们的关系也没那么熟络，还是互相用敬称吧，嗯？"

那张笑脸虽然透着十足的乖巧和温顺，却又有一种让人无法抗拒的力量。面对微笑温柔的魄力，智兰立刻变得恭顺起来，悄悄打量着微笑的脸色说道：

"啊……好。"

"我刚才说到哪儿了？"

"说到不跟任何人睡。"

"啊，对，没错。目前为止您有没有和副会长在私下里，也就是一对一地单独见过面呢？"

"没，没有。"

"那这期间有没有过肢体接触呢？"

"啊，这个……"

微笑笑盈盈地看着不知如何作答的智兰，开口道：

"只要没有特别的事情，副会长每隔一周都会在周二、周四和好友举办私人聚会。这是证明他拥有良好人际关系的对外活动。换句话说，这也是业务的延伸。"

一直在脑海里飞快地推算着日期的智兰这才明白过来，突然"啊"的一声张大了嘴巴。

"现在您知道了吧，吴智兰小姐就是受邀参加周四聚会的那位。周二是另外一位，两周前，那位因为和您一样追上门来，像个疯子一样冲我大呼小叫，正好被副会长逮了个正着，于是副会长就立刻跟她断绝了来往。您现在理解了吗？"

"啊……"

微笑的脸上带着温柔的笑意，像是在召开说明会一样，一板一眼地继续说道：

"虽然这听起来非常残忍，但是对副会长而言，女人无异于高级的绸缎领带、昂贵的手表和镶嵌着钻石的袖钉。女人是为了点缀着装、向别人炫耀而佩戴的饰品。对他来说，女人就是这样的存在。他喜欢用饰品来装扮自己，而在日常生活中或是睡觉的时候又极其厌恶饰品的存在。"

"什么……！"

"在我跟着副会长工作的九年里，他没有和任何一个女人交往过。虽然出过不少绯闻，但是他没有和任何人上过床，也没有和任何人谈过恋爱，这一点我比谁都清楚。"

"这，这太不像话了。怎么会有那种男人……"

智兰一脸狐疑地看着微笑，口中喃喃自语。微笑笑盈盈地斩钉截铁道：

"没有和我交往。"

"难道……"

"不是 Gay。"

"那到底是……"

"到底是因为什么，您到现在还不明白吗？"

智兰呆呆地看着微笑，微笑仍是一副笑盈盈的表情。

"这不明摆着嘛，他是本世纪最强悍的自恋狂啊。他有任何不足的地方吗？这样一个完美到零缺点的人，除了自己以外，还有谁能入得了他的眼啊？'你们这种货色竟敢高攀我'，这就是他的内心 OS[1] 啊。"

"天啊！"

智兰好像受到了致命一击，完全说不出话来。微笑见状又轻声说道：

"一棵根本爬不上去的树，一开始就不该抬头看。您现在大四快毕业了吧？"

"没，我大三。去年挂科留级了，没能升大四。"

"什么，挂科留级？！就算您摊上一个有钱的老爸，您再怎么不懂事也不能这样啊。私立大学一年的学费多贵啊。这世上到处都是上不起大学、辛苦工作到腰椎间盘突出的人，您怎么能活成这个样子呢？真是没良心啊，要打屁股蛋儿才行。"

"姐姐……"

"交男朋友也一样。不要一看见外表光鲜、多金的主儿就一口咬住不放，交往的时候要慎重地观察对方才行。幸好副会长对您没有那方面的想法，要是遇见个变态那可怎么办呀？这世上最重要的就是自己，您连这点都不知道吗？"

被微笑的一番话打动的智兰不由红了眼眶。微笑拍拍她的肩膀，笑着说：

"不管内心有多么孤独，多么疲惫，只要打起十二分的精神，就什么都能做到。所以，以后就请努力地生活吧。学习也要努力才行。学习也是分时候的，该学习的时候就得好好学习，错过了就很难重新来过了。"

"说得是，谢谢姐姐。呜呜……"

"加油！"

"好的，姐姐也加油！"

"如果没有其他事情的话，现在可以走了吗？面膜干掉之前我得赶紧贴

1　OS，英文 overlapping sound 的缩写，"内心独白"的意思。

上才行。"

"啊，那是当然。不好意思，占用姐姐的时间了。那个，要是偶尔想起姐姐，可以来找姐姐玩儿吧？"

"很抱歉，我马上就要移民了，所以您还是不要来了。"

面对微笑笑盈盈的脸庞，和那段似懂非懂的话，智兰疑惑地歪了歪脑袋，而后行礼道别，走出了微笑的家。

"姐姐，今天真的真的非常感谢。"

"哪儿的话。"

"那就再……"

没等智兰说完再见，微笑就哐地关上房门，脸上仍旧挂着一副笑盈盈的表情，自言自语起来：

"真是搞不懂，怎么都是一个样啊，连一个月都坚持不下来。我还以为她能多坚持一段时间呢，真是可惜啊。话说回来……"

微笑回到房里，陷入了沉思。不知不觉间，她的脸上失去了笑意。

"明明是个比花心大萝卜还不如的人物，到底喜欢他什么，一个个都迫不及待地想要得到他。可是……"

微笑长叹一声，仔细打量一番镜子里的自己，一边贴着面膜，一边有气无力地喃喃自语："我的心情……怎么这么糟呢。"

每个月第二周的周三晚上，李会长夫妇都会雷打不动地把小儿子英俊叫到家里一起用餐，微笑也时不时会受邀前往。这也是二老感谢微笑一直以来辅佐儿子的一种方式。

在其乐融融的氛围中结束用餐后，父子俩像平时一样移步二楼的书房，聊一聊公司经营的事情。

在对话正式开始之前，正坐在沙发上喝茶的李会长突然紧紧盯住英俊胸前那条红色的绸缎领带。

那是一个无论什么时候看起来都无可指摘的漂亮领结，就在刚才英俊用完餐站起身的时候，微笑又帮他整理过一次。也许是她作为礼宾秘书所养成的习惯使然，以至于在这种家庭场合也依然无法丢弃这种习惯，李会长已经不止一次看到她帮英俊整理衣服了。只是，今天她为英俊整理衣服的画面却总是浮现在李会长的眼前。

或许是因为白天听到的那个消息吧。

"领带都是微笑帮你系的吗？"

英俊平静地回答李会长突如其来的发问：

"如果没有特殊情况，基本上都是金秘书负责给我系。"

"原来如此。从什么时候开始的？"

"从什么时候开始的……"

哎哟，还真是，从什么时候开始的？

英俊睁圆了眼睛，把茶盏放到桌上，看上去多少有些惊慌失措。

淡绿色的茶水表面漾起阵阵波纹，待水面渐渐平静下来的时候，英俊忆起了许久以前的往事。

017

贤妻良母

无论是谁都有直觉准到爆的时候。对英俊而言，那一天就是这样。

一个刚满二十岁、还未褪去婴儿肥的女职员因为不胜酒力，两杯啤酒下肚，双颊就泛起了淡淡的粉色，全程都牢牢抓住了英俊的视线。让他急于上前确认的是女职员左侧脸颊上那个深陷的酒窝，而且不同寻常的是，她只有这一个酒窝。

"您叫什么名字？"

"我叫金微笑。"

本以为已经永远地结束了，不曾想却再一次相遇了。缘分到底是怎么一回事？为何如此神奇？

不过，重逢的喜悦也只是暂时的。

"金微笑小姐，您认识我吧？"

"当然认识。"

"是吗？我是谁啊？"

"您是会长的儿子。"

微笑虽然一副笑盈盈的模样，心里却充满了畏惧。她那煞白的脸色、僵硬的嘴唇、紧握的拳头、瑟瑟发抖的身体都如实地反映出她此刻惧怕的心情。

微笑似乎不是因为碰到会长的儿子而感到紧张的。她一直不停地偷瞟洗手间的入口处，那视线的尽头是一只正在努力抽丝结网的蜘蛛。蜘蛛顺着一根细长的蛛丝径直而下，微笑不由打了个冷战，不自然地将头别了过去。

是因为蜘蛛。

英俊因为微笑记不得自己而有些失落，不过这样反倒也值得庆幸。

"咦？难道……不是吗？"

"对，是会长的儿子。"

微笑抬起头来，嘴角不住地颤抖着。可笑的是，她故作自然地强行微笑，反而显得更加不自然。

"工作还顺利吗？"

"嗯……顺利。除了这个月末要离职以外。因为是临时派遣的工作。"

"有去的地方吗？"

"这个，我的情况比较困难，所以无论如何都得找到工作才行……"

她那蹩脚的妆容和一头半长不短的头发就像她的回答一样令人尴尬。身上那套破旧的正装松松垮垮，像是别人穿旧了留给她的样子，脚上那双皮鞋的鞋头磨损严重，皮子已经泛白。她看上去不像是早早进入社会的新人，倒像是一只刚刚出生的小鹿。

英俊从微笑身上原原本本地感受到了她当时的那种心情。那是一种尽管因为一无所知而对所有的一切感到畏惧、生疏和厌恶，但出生在茫茫原野本就是一种罪，所以无论如何都要用无力的双腿支撑身体站起来，拼命逃亡的心情。那是一种为了不被狮子吃掉，就算只有微弱的力气也要拼尽所有力气奔跑的迫切心情。

当时，英俊急需一个能够在为时两年的海外派遣工作期间负责个人业务和礼宾的秘书。

那时的英俊似乎仍被困在很久以前的那个地方，无法逃离的样子，他极其讨厌年轻女性，因此正在寻找一名男秘书。

然而英俊似乎可以接受同样身为年轻女性的微笑。微笑和其他女人之间像是隔了一扇因合页生锈而无法打开的木门，微笑在这边，其他女人则被隔离到了另外一边。这也许就是英俊毫不抗拒地接受微笑的原因吧。

英俊即刻向总务部的一名秘书致以谢意，继而鼓动她让即将结束外派工作的微笑来参加自己海外随行秘书的正式面试。微笑没有一丝怀疑就提交了资料，认认真真地参加了面试。

如果不是因为家境突然变得困窘，微笑似乎根本不会考虑就业这种事情，就连常见的 WORD 文字处理资格证书都没有出现在简历里。除了英俊以外，没有人看过她荒唐地附在简历上的高考成绩单原件和虽然写得很用心但却惹人爆笑的自我介绍。

面试当天，微笑被问到"梦想是什么？"。她铿锵有力地回答："贤！妻！良！母！"。

虽然好笑到爆，英俊却不能笑出来。因为他担心自己一旦笑出来，太过真挚又极度紧张的微笑会瞬间记录。

就这样，对教科书以外的世界知之甚少的微笑被正式录用为英俊的私人秘书。

其实微笑并非一开始就能胜任各项工作。因为不管内心有多么迫切，对于能力以外的事情也只能束手无策，无法发挥出超人般的力量。

在美国分公司工作刚满一周的那天，微笑搞砸了一个重要的晚宴。事情的起因是她听错了美国专职秘书转达的着装礼节。

回来之后英俊大发雷霆，那张自始至终都笑盈盈的脸庞完全僵住，微笑泪眼婆娑地看了英俊好一阵，突然大喊出声：

"你叫我怎么办啊？！大家为什么都只针对我一个人啊？！我是女超人吗？专务就这么了不起吗？什么都懂吗？一辈子都不会犯错吗？"

微笑暴跳如雷地顶撞英俊，像极了一个挂在悬崖边上的人。导致她做出这番举动的或许是乡愁，又或许是在一个陌生的环境里四处碰壁令她心力交瘁吧。要一把放开她的手吗？不，如果放手，她就会坠下悬崖。可是不放手，手臂又很疼。直接放任不管让自己舒服一些会不会更好？

面前这道难题，不对，是面前这道无解的错题，令英俊苦恼万分。

她的处境是那样岌岌可危，惹人心疼……仿佛镜中的自己，令英俊再熟悉不过。

什么东西能让一个走投无路的人重新站起来呢？安慰？温暖的鼓励？

都不是。这种时候，最能让人分泌肾上腺素的，是不服输的傲气。这是英俊基于多年经验得出的秘诀。

"没错，我不会犯错，什么都懂，我就是这么了不起。看不惯吗？看不惯的话你也好好干啊。不想听人唠叨就变得跟我一样了不起啊！"

当时正是年轻气盛、血气方刚的时候，换作现在，英俊完全可以更加委婉地表达内心的想法。

"专务你知道吗？"

"什么。"

"碰上你我真是倒了八辈子血霉了。我活到现在还是第一次见到你这样自恋到变态的人物。"

"以后你会一直见到的。"

"我疯了吗？我不见！不见！我要辞职回韩国，你还是另请高明吧，你这个扫把星！"

微笑出言不逊，满嘴脏话。说罢她砰的一声踢开房门，嗖地溜掉了。

第二天早上5点，微笑赶忙跑去上班，恭恭敬敬地将双手搭于腹前九十度鞠躬，送上肚脐礼问候：

"什么事情我都愿意做，请您饶了我这一次吧，就一次，专务。"

"我说过要杀了你吗？"

闻言，微笑擦去眼泪，长舒了一口气。重新扬起笑容的脸庞肿肿的，像是哭了一整晚的样子。

就是从那天开始的。从那天起，微笑就开始用心为英俊系领带，直到现在。

018

做你的新郎

"咳咳咳……哎哟……我要死啦。"

李会长喝人参茶呛到，咳嗽起来，嚷嚷着自己要死了，这才把英俊的思绪拉了回来。他连忙起身拍打父亲的后背：

"您慢点儿喝，这么着急干什么？"

"咳……确实，真正着急的是另一件事。"

"什么事？"

"咳咳。你先坐下。"

重新坐下来的英俊听到李会长接下来的话，表情瞬间僵住了。

"听说微笑辞职了？"

"消息传得可真快。"

"咳咳。"

李会长有话要说的时候，总是会平白无故地给人使眼色，尴尬地干咳几声，这是他的老习惯了。

"爸，您说吧。"

"你真不打算结婚了？"

"抱歉。"

"你爸爸我，咳咳！临死之前就想抱一下孙……咳咳！呜呜，我上辈子造了什么孽，生了俩儿子都是一个德行，咳咳咳！"

英俊长叹一声，视线转向窗外。见儿子又要试图蒙混过关溜之大吉，李会长赶忙把想说的话偷偷掺杂在咳嗽声里：

"我，咳咳！我对儿媳妇没什么要求，咳咳！没有任何要求！咳咳咳！"

英俊猛地站起身，整理好衣服之后就迈开了脚步。

就在他打开房门正要走出去的瞬间，李会长叫住了他：

"对了，英俊。"

"是。"

"你哥他马上就要回来了。"

"啊,是吗?"

"你要好好待他啊。"

"那是自然,不用您说我也知道。"

英俊没有回头,机械地回应着父亲的话。不经意间,他的脸上泛起苦涩的微笑。

崔女士是英俊的母亲,尽管已过花甲之年,但她美丽的容颜和紧致的皮肤却依旧不减当年。对微笑来说,多愁善感、善良仁慈的崔女士绝对是贤妻良母的典范。

在等待英俊下楼期间,微笑和崔女士在客厅里喝起了下午茶。

"今天要聊的事情好像格外多呢。我们微笑等烦了可怎么办啊?"

不知从何时起,李会长夫妇开始直呼微笑的名字,对待长期辅佐英俊的微笑就像对待自己的小女儿一样亲切。这种情况并不多见,微笑心里多少会有些负担,不过她并不讨厌这种亲近的感觉。

"不会的,很久没和夫人这样坐着聊天了,我很开心呢。"

"是吗?哎哟,我们微笑觉得开心,真是我的荣幸呢。"

崔女士捂着嘴笑了起来,不知怎的有种尴尬的气氛从她身上传了过来。果不其然,她真的问了一个令人尴尬的问题:

"不过……我听说你辞职了?"

"是的。"

"为什么?英俊为难你了?"

"不是那样的。"

"那是怎么回事?"

"也没什么。"

"没什么是什么?突然辞职的理由是什么啊?"

"我现在也该准备嫁人了。"

没等微笑说完,崔女士大吃一惊,没端稳手中的茶杯,滚烫的茶水一下子洒在桌子上,茶杯滚落到顶级地毯上,留下了难看的斑驳渍迹。

"啊，夫人！您没事吧？"微笑连忙检查崔女士的手是否被烫伤。

她迅速弯下身子，处理混乱的局面。

一直发蒙的崔女士这才回过神来，她一把抓住微笑的手腕，迫不及待地问道：

"等一下！微笑，你不是在和我们家英俊交往吗？"

"什么？没有，夫人！绝对、绝对没这回事！"

微笑唰的一下红了脸，一脸严肃地矢口否认。崔女士的脸色变得更难看了。

"啊！那，你有男朋友了啊！"

"不，不是，不是那样的。"

"没有男朋友，又为什么说要嫁人呢？"

"我现在想休息一下，谈谈恋爱，趁年轻赶紧嫁出去。"

"那……那你……，哎哟，头好晕……"

崔女士突然按住太阳穴，晃悠了一下，微笑赶紧搀住她：

"夫人，您没事吧？"

"啊，我没事，就是有点儿吃惊……"

崔女士喝了微笑给她倒的水，努力试图振作起精神，良久她才小心翼翼地开口：

"那个，我个人想问你一个问题，你别误会，也不要跟英俊说，好不好？"

微笑完全猜不出夫人到底想说什么，就糊里糊涂地点了点头。

"好的。"

"那个……就是，我家英俊他是不是……同，同，同性……呃。"

崔女士无论如何都说不出"同性恋"这三个字，捂着嘴低下了头。

"会长他很忙，身体又不好，没怎么留意过英俊。英俊带去各种聚会的那些女孩儿都不是他的女朋友，只是为了给别人看的。怎么说好呢，装饰品，对吧？没错吧？"

Nice，夫人，正解！母亲果然是伟大的。微笑不自觉地用力点了点头。

"所以我才理所当然地以为你们两个在交往呢。可是你们并没有在交往……那我家英俊他真的是同……性恋吗？"

微笑实在不忍心跟夫人说实话：其实您儿子不是同性恋，而是一个"除了镜子里的自己以外，无法爱上任何人的，无药可救的自恋狂"。

"夫人，您别担心。副会长他不是同性恋。我在他身边辅佐了这么久，比任何人都清楚这一点。我可以在我母亲坟前发誓。"

"真的？"

崔女士闻此，喜形于色，抬起头来，可是紧接着她的脸上又再次露出了尴尬的神色。

"那，那个……"

"夫人，您请说。"

一阵尴尬至极的沉默过后，崔女士终于打开了话匣子：

"微笑啊，你觉得我家英俊怎么样啊？"

微笑虽然不知道夫人想要什么答案，不过天底下毕竟没有想听儿子坏话的母亲。

"那还用说嘛，副会长绝对是世上最棒的男人了。外表、能力、魅力、性……格，每一方面都很出色。"

"是吧？我觉得也是。"

"咳……是的。"

"那，我们家英俊……"

崔女士又开始卖起了关子。她接下来要说的这句话令微笑感到一阵猛烈的眩晕。

"做微笑的新郎如何？"

019

了不起的 B 王[1]

回家的路上，车内一直被沉默笼罩着。无论是开着车的英俊，还是坐

---

1 B王，网络用语，大意指做作、心口不一的人。

在副驾上望着窗外的微笑，都各自陷入了沉思。

"想什么呢？"

"没什么。"

微笑初见英俊时，他还只有二十四岁，却已经拥有了一切。

这并不仅仅是因为他有含着金汤匙出生的富贵命，更是他理直气壮、无所畏惧的面貌和态度，以及不懈努力的成果。他就像在质问"我毫无保留地倾尽了全力，而你呢？"。这份自信让人甚是羡慕。

手握高考成绩单被人赶到冰冷街头之后，微笑就养成了一个独特的习惯——强颜欢笑。

离开学校不到一周，不对，是不到一天的时间，她就已经意识到：课本上学来的东西完全派不上任何用场，至少在这里是这样的。

打工的那段日子里，她遇到了各种各样奇奇怪怪的人。

在便利店打工的时候，只要有外国人进店，年轻的男老板就会立马躲得远远的。那个连最简单的英语会话都不会的老板，在第一次发工资的时候就对微笑说"领了工资都是要请客的"，硬是从她手里抢走了一万韩元[1]，让她在附近的小吃店买来小吃答谢大家。那天微笑吃到的炒年糕和血肠苦苦的，难吃得要命。

她曾经还和一个比她年长一岁的女学生一起在网吧做过夜间兼职。女学生连加法都心算不明白，到处寻找计算器。起初微笑以为女学生只是开开玩笑，没想到女学生仗着自己比微笑工作早，开始变本加厉地欺负她，让她清理吃剩的食物残渣、脏兮兮的烟灰缸、堵塞的马桶等等，凡是女学生不愿意干的活儿统统推给了微笑。如果微笑不肯照做，女学生就会把她正在吸着的烟头拿到微笑眼前晃悠，叫嚣"看什么看，死丫头"。

不只这些人，围绕在微笑身边的所有人都很奇怪。他们之中有一大半连最简单的常识都不知道。有的人不认识中学水平的英语单词，甚至还有人不清楚因数分解的基本公式和一些最基本的历史常识。他们之中根本就不存在高考成绩排名全国前百分之一、高中综合成绩测评全校第一的人。

1　约合人民币 60 元。

我比他们学习好，为人真挚善良，为什么非得这样活着不可呢？他们玩乐的时候，我在努力学习，为什么会变成现在这个样子呢？

沉浸在这种想法之中久了，头脑似乎也变得愈发僵硬起来。曾经的自己在学校里两耳不闻窗外事，只顾埋头学习，骄傲地以为自己是世上最了不起的人物。自认为那些人远不如自己，可如今却又不得不屈居于他人之下。

这样的自己，实在太委屈了。

为了克制住心底的委屈，微笑选择的解决办法就是微笑。无论是遇到卑鄙龌龊之事而怒不可遏的时候，还是面对灰色阴霾而伤心难过的时候，抑或是莫名发脾气的时候，她都会选择微笑面对。因为如果不这样做，她似乎每天都会发火、哭泣、闹脾气。要是因为发火、哭泣、闹脾气而丢了兼职工作，那可绝对不行。所以，在大姐二姐拿到医师资格证、能够挣钱养家之前，不管有多么伤心难过，都得咬着牙扛下去才行。

她表面上笑容满面，内心却变得越来越扭曲。

而彻底击碎这一切的人正是英俊。

她不明白，世上怎么还会有英俊这种人的存在。

他无所不知。去海外工作之前，英俊要求微笑学习各种他认为必须具备的基本知识，严苛程度令她恨得牙痒痒。即便是复习高考她也从来没有拼命到鼻血狂流过。

久而久之，一心为钱而来的微笑转而想要追上他的脚步。驱使她拼死拼活投身于这份工作的是她从未错失过第一名的自尊心。

然而，不管微笑怎么努力都追不上英俊的脚步。他永远在微笑之上。

尽管英俊是微笑永远无法超越的存在，但微笑从来都没有气馁过，也没有想过要放弃。理由说来也真是可笑，因为英俊不是一般的了不起，而是"非常"了不起。

不管英俊给她安排了多么辛苦的工作，自己身体上有多么疲惫，她的心里都不再像从前那样委屈了。就算是受苦，至少也是在远比自己优秀的英俊手底下受苦，想到这里，心情也就没那么糟糕了。

就连她自己都搞不清楚，怎么会因为这种不像话的卑怯理由就向现实妥协了。

然而，在美国生活不过一周，她就遇到了一道坎儿。

微笑从未在国外担任过私人秘书的工作，在礼宾和行程安排方面频频出错也是在所难免的。好在英俊对一些细小的错误也都是睁一只眼闭一只眼，没有计较。微笑对此也是心存感激，努力想要做到更好。然而，她还是闯了大祸。

英俊收到一位重要人士的晚宴邀请，可能是与对方秘书沟通不畅的缘故，微笑理解错了对方传达的着装要求，带去的衣服是休闲正装，而当天的晚宴又必须穿着晚礼服才能出席。时间紧迫，没办法重新取回衣服，结果他们连会场都没能进去，只得灰溜溜地无功而返。

英俊火冒三丈，这段时间以来发生的事情一幕幕地从他的脑中掠过。

我太累了，我想回韩国，我想回家。小小年纪就为了赚钱养家背井离乡，吃苦受罪，这都是为了谁啊，我真是太委屈了。

英俊当着微笑的面，一条条地斥责她的各种失误。她真想在英俊清秀的脸上痛快地来一记上勾拳，然后撂挑子不干，逃之夭夭。这没有答案的人生实在太憋屈太让人寒心了。

即便如此也应该忍到底才是。谁知一时头脑发热的微笑也跟着抬高嗓门，顶撞了英俊，好像还飙了脏话。她痛痛快快地说完心里话就直接逃跑了。说不定，就连这期间内心积存的与此事毫无关联的怒火也一起发泄到了英俊的身上。

但是，这不过是一时之快。

回到住所之后，微笑才后知后觉地认识到自己闯下了大祸。

如果她挣不了钱，两个姐姐就只能休学了。这样一来，尽快毕业取得医师资格证，然后大笔赚钱还债的计划也将化为泡影。她实在算不出究竟要干到哪年哪月才是个头。

况且，倒打一耙也得有个分寸啊，犯错的明明是自己，火气反倒比谁都大，实在让人过意不去。真是没脸再见英俊了。他本就是个自尊心很强的男人，这下肯定要下达解雇通知了。

怎么办，怎么办，就在她不安到浑身哆嗦的时候，突然收到了一条短信。见发送人是英俊，她迟迟不敢查看。

要是让我明天开始不要再来上班了该怎么办？如果被炒鱿鱼了该怎么办？微笑没有勇气确认短信内容，她闭起一只眼睛，用另外一只眼睛偷偷瞥了眼手机，竟情不自已，泪如雨下。

我认可你敢于顶撞我的韧劲。明天 5 点之前来上班。

微笑哭了一整晚，一边哭一边练习系领带的方法。即便如此，她也想表达一下内心的歉意和感激。

第二天一大早就赶去上班的微笑完美地帮英俊系好了领带，英俊相当满意地咧嘴一笑，什么也没有说。

在微笑眼里，那张笑脸充满了魅力。虽然英俊只是微微扬起了一侧嘴角，像是在嘲笑的样子，可是不知为何，他看起来是那样的帅气。为了给英俊系领带而靠近他的时候，鼻尖嗅到的体香令微笑面红耳赤，心跳不已，她曾以为那只是因为自己哭了一整晚的缘故。

是啊，原来还有那种时候啊。

时间过了太久，已经忘得一干二净了。

020

B 王被拒

"你刚才好像和我妈聊了很久的样子。"

沉浸在回忆中的微笑被英俊的话吓了一跳，连忙四处张望起来。不觉间英俊的车已经开到了微笑的家门口。

英俊那张青涩的脸庞，不知何时已经蜕变得那么有男人味儿了。曾经的每一天都是那么的漫长，而九年的时间却好像白驹过隙，这种心情真是难以言表。

"啊，是的，聊了会儿。"

见微笑吞吞吐吐含糊其词，不像她的一贯作风，英俊一脸严肃地敲着方向盘问道：

“我妈说什么了？”

微笑这才彻底回过神来，她收紧放在膝盖上的手，用力攥成拳头，斩钉截铁道：

“那个，副会长。”

“嗯。”

“面试的事情，您打算回绝到何时呢？”

“说什么呢？”

“您不是已经故意回绝了整整一周了嘛。”

“没有……我是真的不满意才那样的……”

英俊像是故意惹人生气似的噘着嘴，活像一个小学生。啊，九年前的他虽然讨人厌，但也还是个很不错的男人呢，现在怎么就变成这副模样了呢。

“上周吴智兰小姐找来我家了。”

“啊？什么时候？”

“就是上次您来我家胡言乱语一通之后。”

“什么叫‘胡言乱语’啊，真是太过分了。下次聚会别叫她了。”

“不用您说我已经自行处理好了。”

“干得漂亮。”

“总之，不只吴智兰小姐一个人这样。一直以来那些觊觎您的女人也都以为我和您是那种关系呢。”

“是吗？”

英俊望着窗外，一副无所谓的样子。

“不管怎么说，我们好像在一起太久了。”

“我们之中有谁不知道这一点吗？”

“我不是那个意思。我想跟您说的是，这样很容易让人产生误会。今天就连您母亲也那么说来着。”

“嗯。”

依然是无动于衷的反应。

微笑终于忍不住，厉声大喊道：

“‘嗯’？！您居然还‘嗯’？！别人都把我当成您的情妇啦！这个问

题很严重好嘛！"

"金秘书什么时候开始那么在意别人的目光了？"

"从盘古开天辟地的时候开始！"

英俊瞥了一眼发牢骚的微笑，陷入了沉思。所谓结婚，不过就是一场签字游戏罢了。可恶。那算得了什么。有什么不能做的？反正就算结了婚，生活也不会有任何改变。每天早上上班前，微笑都会帮我打点好一切，然后就和微笑一起工作，再和微笑一起下班。要说有什么不同的话，也只有和微笑同床共枕这一点罢了。

同床共枕。

英俊眉头微皱。

不是挺好的嘛。说不定那些令人厌恶的噩梦也会因此而有所改善呢。如果对方是金微笑的话，赌一把又何妨。

一直以来，英俊都认为寄希望于那些模糊不清的假设，根本就是失败者的行径。但是现在他已经没有那个闲情去计较这些面子了。

他不能就这样放走微笑。哪怕是不择手段也不想错过她。不管这是出于对微笑——一个让他感到舒心的同事——的执着也好，还是出于源自其他理由的私心也罢。

"好吧。看在你我多年的情分上，我就做出一万分的让步吧。"

"什么让步？"

"如果你那么想结婚的话那就结吧。不是很简单嘛。只要提交材料，然后继续像现在这样生活就行了。"

"您现在到底在说什么呢？"

"结婚吧，和我。"

英俊的话真挚到令人恐慌，微笑唰的一下红了脸。

"什么……？"

英俊望着微笑瞠目结舌、手足无措的样子，觉得甚是可爱，而后又一字一顿清清楚楚地说了一遍：

"我跟你结婚。"

"啊……天哪，副会长……我……我完全没想到……我的天哪，这该如何是好啊。"

"怎么？太感动了吗？"

微笑一副快要哭出来的表情，盯着英俊看了好一会儿，然后紧紧闭上眼，开口坦白：

"对不起。"

"嗯？"

"您好像没能充分理解我当时说的话。副会长您……"

英俊呆呆地望着微笑的脸，她接下来要说的话直接令英俊的瞳孔失去了焦距。

"您不是我喜欢的类型。"

"什么？"

"我说您不是我喜欢的类型。第一点是体贴，第二点还是体贴，我喜欢体贴又温柔的男人。就算要结婚我也想从对方那里得到满满的爱呢。真的很抱歉。"

"金秘书……？你说什么？你现在在说什么呢？你……你说点……我能听懂的话。"

英俊像丢了魂儿似的嘟囔着，微笑直勾勾地看着他，残忍地补了一刀：

"祝您早结良缘。"

"呃……"

直到微笑下车进了家门，英俊依旧瞪着眼睛，像尊蜡像一样僵在原地。

021

B 王，请接收我的爱心发射！

微笑进了家门打开灯，刚把包放在桌上，手机铃声就响了起来。

她还在犹豫着要不要接，响得正起劲儿的电话就自动安静了下来。

"咻……"

微笑摘下耳环习惯性地走到窗边，竟发现英俊那辆银色捷豹还公然停在狭窄而昏暗的巷子里，心里不由咯噔一下。九年前胡乱顶撞他后拔腿就跑时的心情和现在如出一辙。

就在这时，包里传来了不祥的提示音：

KaTalk[1] 来短信啦！

微笑把摘下的耳环放在桌上，掏出手机，随即看到一条简短的信息。不出所料，发信人正是英俊：

> 为什么这样？

> 对不起。前几天您说要交往的时候，我真以为您是开玩笑呢。

> 过去的事情就不要再提了，可你竟然说我不是你喜欢的类型。

> 我总不能说谎吧。

> 金秘书你疯了吗？居然对我不满意，怎么会有你这样的人呢？我到底哪里让你不满意了？你脑子进水了吗？

这是真实发生的事情吗。脑子里想的都是自己，一点儿也不为别人着想，不愧是李英俊。

> 不是，等一下。副会长，您先冷静一下。我并不是对副会长您不满意。其实我觉得您是一位非常出色的人。像我这种平凡的女人，实在是高攀不起呢。

这句话是真心的。说实话，若不是在过去的九年里担任了英俊的私人秘书，微笑甚至不敢看他一眼，毕竟他身居高位，从各种意义上来讲的确如此。

1　KaTalk 即 KakaoTalk 的简称。

那就直接结婚不就行了嘛。

嗯？什么情况？不应该啊。

她原本笑盈盈的嘴角瞬间僵住了。实在无言以对的微笑只得一边强颜欢笑一边在对话框里胡乱输入分号，手指不自觉地微微颤抖起来。

；；；；；；；；；；所以说，我就是对副会长的这一点不满意。

你刚才不还说，并不是对我不满意。为什么又改口啊？

哇！请您不要开玩笑。

没开玩笑啊。我现在非常严肃好嘛！

请您看看自己现在的所作所为。副会长您总是随心所欲地独断专行，从来不去考虑对方的立场。

微笑棒棒哒。累积在心底的情绪一点一点地被释放出来。

所以呢？你是想说，九年来我让你很为难，所以现在要向我示威吗？

不是的，不是那样的。

微笑盯着一闪一闪的光标看了好一会儿，终于，她咬紧嘴唇，手指在屏幕上嗒嗒嗒嗒地飞舞起来。即便是每天都能面对面相见的人，有些心里话也是无论如何都说不出口的。而 KaTalk 的出现正好解决了这个难题，这也正是它的便利之处。

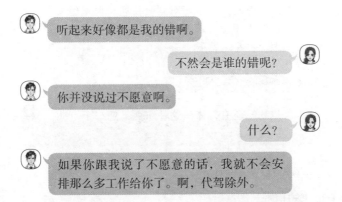

啊，没错。说实话是挺为难的。您知道我为了伺候自以为是、自私自利、重度洁癖、极度追求完美，还整天一边照镜子一边感叹自己长得帅的副会长有多辛苦吗？九年来我从早忙到晚，从来都没有属于自己的时间，不管您吩咐什么，我都照单全收，我当然很为难啦！！！！！！！！！！！！！！！

哎哟喂，真是痛快啊。微笑似乎觉得这样做还不太够，于是又在句尾狠狠地打上 15 个感叹号，发了出去。

过了相当长的时间，微笑才收到回信：

听起来好像都是我的错啊。

不然会是谁的错呢？

你并没说过不愿意啊。

什么？

如果你跟我说了不愿意的话，我就不会安排那么多工作给你了。啊，代驾除外。

这么看来，好像不管英俊吩咐什么，微笑都从来没有坚决拒绝过，向来都只是恭恭敬敬地听从他的吩咐。嗯……这么细细追究起来的话，应该算是双方的过失吗？那些模棱两可的碰撞事故中的受害者，应该就是这种心情吧。

微笑一时哑口无言，哭笑不得地看着手机屏幕，待她在心里整理好想说的话后，又冷静地打开了对话框。

总之，就像您说的那样，过去的事情就不要再提了。不管怎么说，我好像已经厌倦了。

我保证，一定减轻你的工作量。

不是，我不是那个意思。

那是什么意思？

之前已经跟您说过了，我现在既不需要钱，也不需要工作。我只想找个爱我的人安安稳稳地过日子。无论出于什么目的，我都不愿意接受那种没有任何诚意、像是施舍一样显摆自己的求婚。我想要的是那种发自内心、让我感动的求婚。赤裸裸的残酷现实我已经体验够了，也该去寻找些浪漫了不是吗？虽然您跟我求了婚，但是说实话，浪漫这种事情对副会长您来说未免太过勉强了吧。不过，副会长对自己浪不浪漫就不好说了。

你真的这么想吗？

是的。还有，体贴这种东西，您一丁点儿都没有。

这时，突然又来了其他信息。

KaTalk 来短信啦！

哇，这么严肃的时刻，到底是谁啊。微笑退出对话窗口，确认了一下，发现是朴侑植发来的信息。

她刚一打开朴博士的对话框，一条让紧张感瞬间消退的信息就立刻跳了出来：

微笑秘书，很抱歉这么晚打扰你，我正玩得起劲，爱心突然用光了。快给我发射一颗吧！三克油¹！

---

1 英文 Thank you 的中文谐音，"谢谢"的意思。

哇！越有钱的人越小气啊，就不能自己买点爱心吗？！再说 Anipang[1] 都过时多久啦，这些怀旧的家伙们呐！

以朴博士的性格，如果现在不给他发爱心，他绝对会妨碍两人的对话一直到底，绝不放弃。

心急的微笑赶紧打开了 Anipang APP。

就这么一会儿工夫，英俊就急不可耐地发来了信息。

这帮人真是够了，还让不让人活啦！我会一件一件地解决你们的问题，你们稍微等一等啊！

一天到晚忙得要死，居然还有闲工夫玩 Anipang，真够狠的啊。在微笑的 Anipang 好友排名中，英俊和朴博士分列第一名和第二名。其实，英俊那个无法超越的分数是他和微笑合作完成的。当然了，这是朴博士做梦都想不到的事情。

微笑心急如焚地发送完爱心后，重新打开和英俊的对话框，再次走向窗前。

可是刚刚还停在巷子里的银色捷豹不知何时已经消失不见了。

"哦？已经走了啊？"

微笑看着空出来的位置，心里突然空落落的，有种莫名的空虚感。

"奇怪，怎么会突然这……样？"

她看了看手机屏幕，发现上面留有一条完全无法理解的信息：

 你记住，这个世界上只有两个人是绝对不能在我面前提"体贴"二字的，一个是我哥，另一个就是你，金微笑。

暂且不说这句话的含义……

微笑闯祸了。

直到现在微笑才理解，刚刚还在和她说着严肃话题的英俊为何会突然驾车离开。

"呃……啊？我，我刚才把爱心发给谁啦？"

1　一款类似《开心消消乐》的手机游戏。

吱呀，吱呀。

帮帮我，拜托，谁能帮帮我。我好害怕。疼，好疼。帮我解开。拜托把这个解开。太疼了。这种事情为什么会发生在我的身上？到底为什么？

"您问为什么？"

谁？啊，原来是微笑啊！

"因为副会长您不是我喜欢的类型。来，吃完这颗爱心就滚开吧。"

什……什么？

"啊！这么看来，有位女士刚好和副会长您是天生一对呢。"

你在胡说八道些什么呢？

"在那里。她不就在那里嘛。赶紧转过身，抬起头好好看一看。"

吱呀，吱呀，吱呀。

"嗝！"

英俊霍地坐起身，双手抓住脖子，痛苦万分。

"嗝……嗝……"

英俊在宽敞无比的床上痛苦地滚来滚去，过了好一阵才缓过气来。

"呼……"

反复出现的噩梦还夹带着奇奇怪怪的情节。也许是他荒唐地被微笑拒绝后产生的后遗症吧。

英俊一边大口喘气，一边盯着指向凌晨两点的钟表。这时，手机信息提示音响了起来。

他半信半疑地伸手拿起手机，脸色瞬间变得愈发冷峻起来。

1　时间结束。

延

英俊呐，你现在应该做着美梦甜甜地睡着了吧。我觉得能够酣睡入梦是件幸福的事呢。哥哥实在太羡慕你了。

"妈的。羡慕个屁啊，大混蛋……因为你，我要承受这种痛苦……"

英俊像是跑完马拉松全程一样，满身大汗地从床上滚下来，慢吞吞地爬向浴室。

他径直来到淋浴间，把水龙头开到最大，穿着衣服就钻进了像瀑布一样倾泻而下的凉水中。冰冷的水流淋在身上的那一刻，他瞬间无法呼吸，心脏仿佛停止了跳动。

英俊看着仍旧沉浸在一片黑暗中的浴室窗外，身体突然一阵战栗，惨叫出声：

"啊！够了，到此为止吧，拜托！也该适可而止了不是吗。该死！"

他用拳头猛锤了几下瓷砖墙面，而后长舒一口气，环抱膝盖蹲坐下来。淋湿的睡裤向上卷起，露出的两侧脚踝处各有一条明显的疤痕。

*

"有人就好清淡口，不爱多盐刺激的重口味。老话说得好，'萝卜白菜各有所爱'。你这样华丽丽的男人，微笑秘书整整看了九年，想必早就看腻了吧，所以现在转而喜欢平凡男人了。个人喜好而已，尊重，尊重。"

嘤……嘤……嘤……[1]

"我不能就这样放她走。"

"为什么？难道天下无双的李英俊沉迷于微笑秘书不可自拔了吗？"

嘤……嘤……哗……唧……嗖……Biu……Biu……嘤……

"我不能没有微笑，不然没法工作。"

"那就装疯卖傻死缠烂打。"

嘤……嘤……唧……唧……

"那么做还不如去死……"

"那就去死呗。哦，这感觉不错啊。照这样下去绝对能刷新纪录啊，耶。"

---

1 模仿 Anipang 游戏的音效，下同。

嘤……嘤……嘤……嗖……Biu……Biu……

啪!

英俊那饱含情感的拳头一挥,侑植手里的手机便无可奈何地飞了出去。和它一起飞走的还有侑植创下 Anipang 最高纪录的机会。

"啊!李英俊你这个禽兽!我要和你同归于尽!"

"Time Over",声优姐姐的声音是那样的冷酷无情,侑植简直快要哭了出来。他摇摇晃晃地走过去捡起掉在地上的手机,顺势瞥了眼英俊,感知到气氛异常后,乖乖地坐在了沙发上。

英俊舒展开身体,性感地横躺在沙发上,直愣愣地看着天花板。他依旧是那样的魅力四射,实在令人难以想象,此刻的他因为昨晚遭遇了惨无人道的拒绝后,直到现在都还没缓过来。

"天下无双的李英俊居然被自己九年来的左膀右臂拒绝了,真是遗憾。况且对方还在吵到不可开交的间隙向你发射了爱心,实在够新奇的。这也太过分了吧。没想到金秘书是这种人,太差劲了……"

"闭嘴。"

"是。"

一结束早上的高管会议,英俊就来到侑植办公室,自始至终都在没完没了地嘟囔着:怎么办?怎么办才好!

"真是和尚念经啊你。"

见英俊恶狠狠地怒视自己,侑植瞬间僵住了,一边揉搓着满是鸡皮疙瘩的小臂,一边闭上了嘴。

从什么时候开始的呢?

应该是微笑第一次给英俊系领带的那天吧。

她的手法令人心情大好,柔软到好似做了一场美梦,温暖到让人泛起困意。同样是来自年轻女人的碰触,微笑却完全没有让英俊感到不快或是畏惧。所以,拜托微笑照料自己的事情渐渐多了起来。

在遇到微笑之前,英俊从来不会在外面喝酒。因为没有人为他代驾。

他信不过任何人,包括出租车司机、代驾司机,甚至是专门驾驶礼宾车辆的公司专职司机。一想到独自一人迷迷糊糊地坐上一个信不过的人开的车，英俊就觉得可怕。

但是微笑不一样。

所以待英俊坐上副会长的位置，再也无法逃避私人聚会的时候，他便要求微笑考取驾照。聪明伶俐、无所不能的微笑很快便拿到了驾照，从那以后，但凡遇到紧急情况，微笑还要担起司机的职责。

不仅仅如此。

在出席一些正式场合，以及必须有女伴一同前往的场合时，英俊就需要一位搭档。比起那些难以配合的女人，他当然更愿意选择令他舒心百倍的微笑，所以他还会要求微笑一同出席这些场合。

起初微笑似乎还有些踌躇不决，可没曾想她竟然完全没有怯场，出色地完成了搭档的任务，就连英俊都为之惊讶。所以自此以后，但凡出席正式场合，微笑还要担起英俊女伴的角色。

除此之外，微笑还要兼顾秘书的核心职责，负责处理重大而艰巨的各种事务。正如微笑所说，九年来英俊确实没少使唤她。

就算当事人没说过不愿意，这也不能成为使唤别人的理由。毕竟她独自承担过量业务的事实不用多想就能知道。

况且，因为当时家境困难，微笑根本无法辞去工作，所以尽管她当初并没说过不愿意，但那并不代表她不想说，恰恰相反，或许她只是说不出口，不能说而已。

或许是依靠微笑将近十年的英俊过于满足于舒适的现实生活，才会轻易地相信微笑以后也定会陪在自己身边吧。

英俊突然陷入一片混乱。

他此刻从微笑身上体会到的情感究竟是空虚还是背叛，又或是其他什么呢？

023

七天份牛骨汤

侑植一直默默地望着沉思中的英俊，终于忍不住小心翼翼地开了口：

"我妈是个非常安静的人，一辈子都在伺候我爸、照料子女，从来没有大声说过话。"

侑植莫名其妙的一番话语把英俊从思绪中拽了回来。英俊望向侑植，侑植继续说道：

"老爸的六十大寿一过，老妈就开始坚持不懈地炖起了牛骨汤。"

"牛骨汤？"

"嗯。听说每次都会炖上一周的量。老妈总是十天半个月才回一趟家，一个人的海外旅行好像格外有趣。老爸就不一样了，没有老妈的日子里，体重那是两斤两斤地往下掉。老妈的旅行又持续了几次，突然有一次就再也没有回来了。"

"别兜圈子，有话直说。"

"老妈和老爸最终离婚了。"

"离婚难道也会遗传……"

"闭嘴。"

侑植勃然大怒，待心情平复之后又云淡风轻地说了起来。

"我好奇了很久，去年一次偶然的机会，我试着询问我爸为什么跟我妈变成了那样。"

"为什么？"

"他只说了一句话。"

"说了什么？"

"比恶评更可怕的是不予置评。"

闻言，英俊整张脸拧巴得不成样子。

"所以你的意思是，一直默默工作的金秘书突然要辞职，是因为这些年来我对她没有一丝一毫的关心？"

"虽然令人惋惜，但这却是事实，不是吗？"

英俊长叹一声，咬牙切齿地站了起来。

"你想干什么？"

侑植话音刚落，英俊就抓起上衣前襟啪地一抻。整理好着装后，他冷冷地回道：

"等着瞧。想来就来，想走可就没那么容易了。"

*

傍晚时分，微笑一边等待走进小会议室参加最终面试的应聘者，一边茫然地在便签上胡乱涂写着什么。

"你记住，这个世界上只有两个人是绝对不能在我面前提'体贴'二字的，一个是我哥，另一个就是你，金微笑。"

英俊有一个比他年长两岁的哥哥。身为长子的哥哥以旅行为借口四处游荡，因为身体原因未曾参与过公司的运营。微笑知道的仅此而已。

兄弟俩发生过什么事情暂且不论，毕竟这是他们二人之间的问题。可英俊却说，另一个就是金微笑。这是什么意思呢？

倘若英俊在这九年里给予过微笑催人泪下的关怀，抑或是体恤微笑到令她诚惶诚恐的地步，微笑倒是能够理解其中的含义。可事实并非如此，微笑想破了脑袋也无法理解那句话的意思。

"嗡嗡……"

微笑长吁一声，正装口袋里的手机突然振动了起来。

结果显而易见的面试正在小会议室里火热进行中，微笑瞥了眼会议室紧闭的大门，小心翼翼地接起了电话。来电人是微笑的高中同学。

"贞熙呀！好久不见啊。"

"最近还好吧，微笑？方便接电话吗？"

"工作时间，不方便说太久，简单说重点吧。"

"周末有时间吗？"

"怎么了？有什么事吗？"

"是英善的事。"

英善是微笑的朋友，在知名报社的编辑部工作。

"我之前不就说过，英善她肯定恋爱了嘛？怎么可能骗得过我的法眼呢。话说她月底就要嫁人了，新郎是同家报社的社会部记者。英善说她现在实在太忙没时间挨个儿通知大家，所以就由我出面代为转达了。"

"天哪，真的吗？是该好好祝贺一下啊。可是这月底就结婚，怎么这么着急啊？"

"还能因为什么，这不明摆着的事儿嘛。人家太心急，弯道超速啦。"

"我的天。"

"总之，这周六下午说是要拍婚纱照呢，有时间的话我们去当伴娘吧。"

"那我问下我们老大再给你回电话吧。虽然他肯定不会同意。"

"好。"

"贞熙，那你呢？不结婚吗？不是交往很久了吗？"

"啊……我吗？我的情况有点儿一言难尽……我正在考虑要不要先同居，以后再办婚礼呢。"

"这样啊……"

贞熙和男友已经谈了近五年的恋爱，不过因为男方创业失败的缘故，置办婚礼似乎成了她想都不敢想的事情。

微笑低头看了看自己在沉思中创作的作品——便签上胡乱涂画的树枝和没有意义的几何图案。其中还有几个美元符号。

末熙姐曾经说过这样一句话。不对，仔细想了一下，其实微笑也不清楚那句话究竟出自末熙姐还是必男姐，抑或是某个高中同学。不过这并不重要。

如果贫穷从窗户缝里溜了进来，爱情便会飞速逃离那扇大门。

国内十强企业之一唯一集团总裁之子，就目前的情况来看，绝对是没有任何竞争对手的有力继承人，一个一辈子都衣食无忧的男人。微笑竟然拒绝了此等男人的求婚，怕不是真的疯了吧。

浪漫能当饭吃吗？装作拗不过直接答应不行吗？不过，拒绝了英俊的求婚，也不代表注定要和穷人交往不是吗？人不能只为了吃饭而活吧？

况且还有一件亟待解决的事情等着她呢。

没错，就是她记忆里的那个哥哥。

他的手温暖得让人流泪。她疯狂地想要找到那双手的主人。

"你呢？还没有男朋友吗？"

"哎哟，你帮我介绍几个吧。"

"之前给你介绍了那么多回，你不是都抽不出时间嘛，你个臭丫头！"

"哈……确实。哦……？不是，等一下。"

原本无精打采转着圆珠笔的微笑忽然睁大了眼睛：

"你说英善的新郎是社会部的记者？"

"嗯，怎么了？"

024

一匹孤独的狼

"得嘞！"

微笑突然萌生了一个想法，通过在春或许能够从过去的儿童事故案例相关报道中找到一些蛛丝马迹。当时还是四五岁的样子，也就是说事情发生在二十五年前。时间过去了太久，一般人很难在网上查到相关信息，但报社内部人员却能相对容易地接触到这类信息。

就在这时，小会议室内传来一阵脚步声。不知不觉间面试好像已经结束的样子。

"我知道了，贞熙。我下班以后再打给你。"

微笑挂断电话，笑容满面地起身开门，接待应聘者：

"很辛苦吧？"

"怎么会，一点也不觉得辛苦呢。和传闻不一样，副会长超级 nice 呢。"

嗯？哎哟？今天的反应有点不一样啊？

微笑尴尬地笑了笑，从上到下扫视了一遍第十位应聘者金智雅。

和其他应聘者一样，金智雅有着和微笑相似的形象、身高和体形，不同的是，她既没有愁眉苦脸地发牢骚也没有一副泫然泪下的模样，反倒露出一脸满意的微笑。

"副会长他没提什么刁钻的问题吗？"

微笑一边指引她出去，一边问道。金智雅点点头回答道：

"是的。虽然问题很难，但并不刁钻。听说副会长是经营学专业出身，没想到文学方面的知识也如此渊博。我们在短暂的时间内，对海明威的作品世界展开了很有深度的讨论。"

"海明威？咳咳。"

"是的。面试快要结束的时候，副会长还给了我关于人生的建议。真是不敢相信，如此年轻的副会长居然会有这么深刻的见地。实在让我印象深刻。"

"关于……人生的建议？"

"副会长对我说，只有真正热爱自己的人才能成为至高者。真的好感动。"

啊，真是字字珠玑啊。如果能忽略当事人的真实为人的话。

微笑把应聘者送到电梯厅前，仍旧无法掩饰内心的混乱，良久才一脸疑惑地歪着脑袋回到了小会议室。

此时此刻的英俊正站在斜阳映照的窗前，俯瞰三十层楼下的光景。

看着英俊身后拖着长长的影子，微笑觉得心里某个角落突然一沉，心情也变得微妙起来，虽然她并不知道为何会产生这种感觉。

"啊，金秘书来了？"

"是，我刚送走面试者。"

"嗯。"

往常这种时候，英俊不是严肃地谈论工作，就是制造讨人厌的恶作剧，从不给人任何喘息的空间，然而此刻的他却仍旧背对微笑，俯瞰着脚下的世界，活像一匹孤独的狼。

很久没有仔细打量过他的背影了，那梳理齐整的发丝、坚毅而宽阔的肩背、纤细而笔挺的腰身和那双线条优雅又不失性感的大长腿浸润在金色的夕阳里，有种令人心猿意马的强大魅力，另一方面又让人耳目一新，别有一番滋味。

"你说得没错。"

"什么？"

"我的确自私自利又自以为是。所以微笑要离开这样的我，并不是没有道理的。"

这话听起来有种不明缘由的怅然，微笑的脸上笑容不再。

哎哟，这人为什么突然这样呢？是我太过分了吗？

她突然感到分外歉疚，僵在原地望着他的背影，开始不知所措起来：

"副会长，那，那个，前几天的事情，我并不是那个意思……"

"不，我现在才明白过来。"

英俊缓了口气，淡淡地继续说道：

"我活到现在，想要的东西就没有得不到的。只有一样除外，一个叫金微笑的女人。"

"啊……"

听到这番意料之外的回应，微笑多少受到了一些冲击，表情僵硬地闭上了嘴巴。英俊则用他低沉粗犷却又无限甜蜜的声音继续说了下去：

"刚刚面试的金智雅小姐，通知她明天来上班吧。还有微笑，你就再辛苦一个月，做一下交接吧。一直以来……"

英俊顿了顿，又轻声说道：

"一直以来真的非常感谢你，真心的。"

似是感叹岁月蹉跎一般，他的声音中带着一丝叹息。

"天哪，副会长您……"

"我要说的都说完了。金秘书还有什么想对我说的就在这儿说吧。"

"不是，那个，一路走来确实很辛苦，不过其他人也都跟我一样吃了不少苦……一直以来我也真的……真的非常感谢您。剩下的一个月里……咳，我会尽心尽力地……辅佐您。"

"谢谢。你出去吧。"

小会议室被一片沉寂笼罩着。一阵无力的脚步声过后又传来了轻轻的关门声。

"咻……"

英俊舒展开肩膀叹了口气，瞬间，会议室的门哐的一声被再次打开，侑植咋咋呼呼的叫嚷声随即四散开来：

"喂！李英俊！什么情况？！刚才出什么事了吗？"

"没啊，怎么了？"

"微笑秘书怎么了？刚才瞥见她，好像哭了啊？"

不会吧，这就哭了？我的演技这么逼真吗？哪怕有一个不足之处也好啊，我这万恶的才能啊。

英俊在心里尽情地自我吹捧了一番后，回过头面无表情地回了一句：

"睫毛掉眼睛里了吧。"

"不像哎。"

"行了，你干吗来了？"

"好奇你这次会不会又让人家吃闭门羹，参观来了呗。"

"没有。我让人家明天来上班了。"

"哇，你小子！你真打算就这样放微笑秘书走吗？"

侑植暴跳着抬高了嗓门儿。英俊从容地看着他，突然露出一抹邪恶的微笑，脱口道：

"谁准许的。"

"嗯？"

英俊手法优雅地将了将发丝，真挚地说道：

"竟然想甩了我一走了之。这分明就是犯罪啊，论罪当处终身监禁。"

"那你的意思是，要牢牢抓住她？"

"那是当然。她到死都逃不出我的手掌心。"

"嗯……这女人可是一口回绝了你的求婚，有那可能吗？"

"从现在开始你可瞧好了。我要让你见识见识什么是真正的电影大片。"英俊两眼放光地笑道。

"朴博士的脑子除了工作以外没有半点用处，你父亲却不一样啊。"英俊莫名其妙地补充道。

"什么？"

"比恶评更可怕的是不予置评。相当有用嘛。"

025

我们走着瞧

"金秘书！"

"是！"

"请问您有什么需要吗？"

星期六上午，英俊正在家中办公。他习惯性地叫了声"金秘书"，书房外却传来了截然不同的声音。他这才想起来微笑不在，不由皱紧了眉头。

"请问您有什么需要吗？"

微笑的继任者——金智雅好像在和机器人对话一般面无表情。她完全遵照微笑告知的秘书手册，看起来却没有一点儿人情味。

"没什么。你出去吧。"

换作是微笑，肯定一眼就能看出英俊现在的不便之处，并立即提出相应的解决方案，然而金智雅却不一样。也许是英俊戴上了有色眼镜的缘故，他甚至看不到金智雅正在努力的样子。

"啊，那个……副会长。"

"嗯。"

听到英俊公式化的回应，金智雅踌躇了好一会儿才开口问道：

"我昨天发现秘书业务中好像还包含了私人服侍部分，我是不是也……"

"私人服侍？"

见英俊直勾勾地盯着自己，智雅突然畏首畏尾起来，好不容易才勉强回答道：

"是，比如为您系领带……"

这确实是礼节上必不可少的一环，不过坦白讲，秘书和上司面对面站着系领带的行为正常吗。不，细细想来，这种"不正常"的行为还不止一件两件。从旁观者的角度来看，实在很难将二人的关系归结为一般意义上的上下级关系。

说不定……或许…… 要是早知道还要接管这种事的话，当初就该再仔细考虑考虑的。智雅的表情复杂得难以言喻。

"啊，那个啊。"

英俊利落地收拾好局面。

"那种事就不劳你费心了。就算你扑过来硬要给我系，我也会拒绝的。你好大的胆子。"

本就面无表情的智雅变得更加茫然了。啊，这种心情该怎么形容呢？有种酣畅淋漓的畅快，又有一种说不出来的不爽？

"是。那么今后我需要做的是……"

英俊突然打断了智雅的话：

"既然话说到这儿了，我就明说吧。金智雅小姐以后就是金微笑秘书的替补了。"

以离职人员继任者身份来到唯一集团的金智雅目前还在业务交接中，至于为何突然变成了替补，她不得而知。

"今后，你只要辅助微笑秘书的工作就可以了。除此之外的其他事情，尤其是我的私事，你不必做，也不能做。"

"什么？"

这些要求和当初面试的时候完全不同。她十分不解地看着英俊，但英俊却一脸满不在乎，自顾自地说道：

"你不用担心。就算工作量有所减少，你的工资还是会按照雇佣合同上的规定照发不误的。"

"那……"

"微笑秘书不会离职，她会一直干下去的。这一点你要心中有数，接下来的一个月里，你要像现在这样假装交接业务。今天听到的话不要对任何人提起。明白了吗？"

"没有，不明白。明白个屁啊，完全不知所云。"虽然智雅很想这么说，但英俊似乎不会允许她继续提问下去。

"愣着干吗？"

"啊？"

"出去吧。"

英俊一个优雅的手势打发走金智雅后，立刻从座位上站了起来。

吱呀。

椅子发出的吱呀声响令他不由打了个寒战，他咯噔咯噔地迈开步子走进了书房里的浴室。

"啊。"

他对着洗手台前的镜子张大嘴巴，伸出了舌头。只见舌尖上冒出了白色的溃疡。都是因为最近一直失眠，再加上神经紧张造成的。

他轻叹一声，在抽屉里翻找一阵，掏出了一瓶地瑞舒林[1]。棉棒在哪儿呢？如果微笑在的话，早就找好送过来了吧。

果然，没有她的人生简直无法想象。

英俊对着镜子再次伸出舌头，拿起沾有药剂的棉棒轻触患处。

他紧紧抓住洗手台的一角，疼得扭来扭去，良久他猛地抬起头，恶狠狠地嘀咕道：

"竟敢让我承受这般痛苦。"

也对，太容易对付也没什么意思。这一点分明是微笑的长处。

"平凡的男人？平凡的浪漫？开什么玩笑。我们走着瞧，看你抛下我能不能得到这些东西。"

　　　　*

"金秘书。"

"是，副会长。"

"不，不是微笑秘书。"

通过最终面试、很快便来公司上班的智雅，比微笑小两岁，也姓金。

为了业务交接，昨天微笑从早到晚一直带着智雅熟悉工作。英俊像是计划好了似的一整天都对微笑不理不睬的。有事情吩咐时就喊一声"金秘书"，还执意在后面加上一句"不，不是微笑秘书"。故意在微笑面前摆出一副趾高气扬、神气十足的样子。

1　地瑞舒林，用于治疗口腔溃疡等炎症的药物。

"一直以来真的非常感谢你。"

听到英俊对她说出这句话的当晚，她彻彻底底地失眠了。

那是过去九年来，她从未看到过的模样。僵直的肩膀、微微低垂的头，他的背影看起来是那样的孤独而落寞，让人直想紧紧地抱住他。

"是我太过分了吗？""哎呀，好像是我太过分了。""没错，的确是我太过分了！""我真是该死啊！"……连绵不绝的思绪如此无限反复了一整夜，她终于下定决心，要就自己无礼拒绝求婚的蛮横行为，好好地向他道个歉。

然而对方却是持续的漠不关心，置之不理。

那件事情之后，直到现在她都没能和英俊对视过一次。这也是过去九年来从未有过的事情，微笑不免感到格外的惆怅和慌张。

怎么办才好呢，怎么办。

也许是因为这莫名的焦躁不安，几年来好不容易有了属于自己的时间，微笑却如坐针毡。

智雅现在还不熟悉业务，能不能好好地辅佐英俊呢？她会不会不小心失误惹恼了他呢？微笑的脑袋里满满都是担心。

"你在听吗，微笑？"

026

重获自由的囚犯

"嗯？啊……"

"你怎么了，从刚才开始就一直愣神儿。"

"没，没什么。大家聊什么呢？"

"嗯，秀妍老公出轨，被当场捉奸了。"

好闺蜜今天拍摄婚纱照，这些丫头都是来给新娘子当伴娘的。这种场合什么话该说什么话不该说，心里还没个数嘛，真让人寒心呐。

"天哪，是吗？什么情况，什么情况？跟我说道说道。说不定以后我还用得上呢。"

哎哟喂，超速行驶未婚先孕的女主角又添了把火嘿。

"听说她委托私人侦探秘密跟踪丈夫，一路杀进汽车旅馆，闹得不可开交。看见床上脱得精光、魂飞魄散地跳下床的丈夫，她双腿发软，两眼一抹黑，直到听见背上孩子哇哇的哭声，才好不容易打起精神，一把薅住了小三儿的头发。"

"哼，先把丈夫海扁一顿才对嘛。"

"丈夫留着以后慢慢儿严刑拷打就是了，先解气才是最要紧的。"

"说的也是。"

微笑在旁默默听着大家伙聊天，脑海里突然浮现出一个个奇怪的画面。密切融入英俊的日常生活、事无巨细地全面辅佐他的金智雅，给英俊系领带的金智雅，给英俊倒茶的金智雅，英俊生病时触摸他额头的金智雅，在正式场合做英俊女伴的金智雅，九年后在家门前的车里被英俊求婚的金智雅，还有总有一天会和英俊同床共枕的……

薅头发应该从哪儿薅起呢？是贴头皮的发根还是发梢呢？如果对方是长发，不会打滑吗？薅住以后要抡着转一圈吗？

心情为何会这样呢？为了寻找自己的人生而下定决心抛下那个自恋狂重症晚期患者的我，为什么会有这种感受呢？

"微笑，你怎么了？刚才就看你不对劲，脸色煞白煞白的。哪儿不舒服吗？"

"没有，有点胀气呢。"

不对，不对，这种心情就像是关了很久之后才被放出来的囚犯。一个正常人就算只被关上一周，都会变得精神恍惚，这是人之常情。况且我还被关了九年之久，连一个周末都没有，无法适应也是情理之中的事。

"您好。"

微笑叫住了路过的服务生。衣着花哨的家庭餐厅服务生赶忙走过来俯下身：

"您好，女士，请问有什么需要吗？"

"我要续杯。"

"好的，女士，只有碳酸类的饮料可以续杯。我们这里有可乐、雪碧，还有芬达，芬达有菠萝味还有橙子味[1]……"

啊。也许是因为餐厅的规定，这种不适合用在碳酸饮料上的敬语让人听起来十分反感。如果英俊遇到这种状况，肯定不会善罢甘休，绝对会一脸傲娇地对服务生说：

"竟敢把全是添加剂的劣质碳酸饮料和本尊相提并论！我不想再在这种掉价的地方吃饭了。走吧，金秘书。"

英俊生动的表情和声音鲜活地浮现在微笑的脑海里，她情不自禁地爆笑出声：

"噗哈哈，啊，抱歉。请给我雪碧吧。噗……"

"好的，请您稍等，马上为您准备。"

服务生尴尬地笑了笑，而后掏出什么放到了微笑一行人的面前：

"尊敬的顾客，我们现在正在做一项顾客问卷调查，请问您能抽出一点时间来吗？如果您配合填写的话，我们可以免费赠送您一道副菜。不会耽误您太长时间，您不妨试试。[2]"

"呃……"

微笑实在听不下去这让人颤抖的敬语模式，立刻点了点头，急忙接过调查问卷。

服务生离开后，微笑给在座的闺蜜每人都分发了一张调查问卷。大家伙的聊天因此而被打断，她抓住机会终于说出了一直想说的话：

"那个，英善呐。"

"嗯？"

"在春是社会部的记者对吧？"

"嗯，没错。"

"那，能不能让他帮我查一下以前的案子啊？"

---

1 这里的"有"字均使用了不恰当的敬语，敬称对象为各种饮料。
2 没有区分主语，全部使用了敬语。

"案子？"

围坐在一起的五个朋友齐刷刷地看向微笑。

"啊，不是什么大案。就是我们四五岁的时候，发生在首尔的诱拐绑架儿童案。"

英善闻言，表情变得微妙起来：

"范围太广了。虽然不知道你想查的是什么，不过这样查起来就等于海底捞针啊。"

微笑沉思了一会儿，像是打定了主意，点点头补充道：

"那就缩小范围，帮我集中查一下诱拐案吧。案发时间大概就是那时候。"

"什么？诱拐？你……小时候发生过什么事吗？"

听到英善的问题，微笑才恍然惊醒连忙摇手，说道：

"不，不是！不是我，是有人让我帮忙打听打听的。"

"是吗？那好吧，我先帮你问问。"

"谢啦。"

"多给点份子钱哈。"

"哎哟。"

这时，一直埋头研究调查问卷的某个人突然发起牢骚：

"嘿，这是哪门子的调查问卷啊，问的都是些什么鬼？调查对象仅限未婚人士起码要在上面标注一下吧。白看了半天。"

同样在查看调查问卷的微笑，表情也变得五味杂陈。

想和有好感的异性一起去什么地方？请简要写明。

如果对某个异性产生了好感，想做的事情是什么？请简要写明。

想从有好感的异性那里收到什么礼物？请简要写明。

问题比较简单，但总觉得有什么地方不太对劲儿。是哪里总让人觉得反感呢？首先，问卷的主题就完全让人摸不着头脑。而且时下又怎么会有调查问卷用"请简要写明"这种生硬的命令式口吻呢？更何况还是在这家毕恭毕敬地使用敬语，甚至对碳酸饮料和尊贵的顾客都一视同仁的餐厅呢？

微笑有些疑惑，抬起头环顾四周。

果不其然，其他桌的客人也在忙着研究那份奇怪的调查问卷。

也许，是因为心情的缘故才会产生这种莫名熟悉的感觉吧。

微笑歪着头拿起圆珠笔开始作答。

*

"哇，来真的吗，你这个可怕的家伙。一定要做到这个份儿上吗？直接去问她本人不就行了，真是个惊世骇俗的小心眼儿。"

侑植正孤军奋战地在近五十张调查问卷里寻觅微笑的名字，他无力地笑着说道：

"居然有人会在第一个问题'想和有好感的异性一起去什么地方'下面回答'汽车旅馆'，什么鬼，世道如此险恶还会有所谓的浪漫吗。"

英俊站在客厅一侧的台球桌前，一边在球杆的皮头上打着巧粉，一边命令道：

"别废话，赶紧找。"

侑植噘起嘴巴，哗啦哗啦地继续翻找着，突然发出一声感叹：

"啊，找到了！"

027

土老帽

"写的什么？"

侑植顺着问卷仔仔细细地读起来，倏地揉了揉鼻尖，扑哧一声笑开了花：

"本以为消失不见的浪漫原来在这儿呢。"

"说什么呢？"

侑植抬起头，温柔地笑着说道：

"她想去的地方是游乐园，想做的事情是一起去汉江边看烟花，想收到的礼物是九十九朵玫瑰花，和家门前巷子里的一个浪漫的吻。"

英俊皱着眉头幽幽地说了句：

"土老帽一个啊。"

"是吗？这不正是金秘书的风格嘛。"

英俊将上身俯向台球桌，而后又将球杆长长地拉向身后，郑重其事地自言自语道：

"嗯……下周开始就该忙起来了，这么多事情什么时候才能做完呢？"

啪！

飞出的主球利落地将 6 号球打进洞后，在原地打转起来。

英俊沉思了好一会儿，一边低头看着桌上剩下的 7、8、9 号球，一边自信满满地说道：

"说起来这不过就是效率问题嘛，看来得动动脑子了。"

说罢，英俊再次俯身用力推杆，主球瞬间迅速飞出，将剩下的球依次打进了洞里。

"哇，不愧是李英俊啊。一杆儿收啊。"

李英俊仿若受之无愧，自信满满地直起身，舒展胸膛，轻轻舒了口气。他挽起衬衫袖口，两手叉在腰间，那玉树临风的姿态，耀眼得简直让人不敢直视。

"朴博士，以防万一，你现在就给微笑打个电话，明天下午 5 点以后拖住她，让她动不了身。"

"万一她有约在先该怎么办？"

"你要知道，除非是特殊情况，九年来她可从来都没有过双休日。好不容易休息一天，能立马有约吗？她肯定计划好了要在家大扫除。你确认下吧。"

侑植一脸狐疑地瞥了眼英俊，乖乖给微笑打去了电话：

"啊，微笑秘书。是我，朴博士。嗯。你干吗呢？朋友要结婚啊？……那太好啦。代我向新人祝贺哦。嗯。啊，我？我当然是在家闲着没事儿干喽。中午和朋友见面吃了什么呀？哇，真的吗？那家的意大利面还不错吧？啊，新口味的牛排啊。怎么样？好吃吗？用石板装盘吗？哦，不是吗？那还挺失望的。"

见二人像大妈似的聊起来没完没了，英俊眉头一皱，侑植赶忙直奔主题：

"那个，我也没什么别的事情，就想问问你明天干什么。嗯？要大扫除？晕，绝了。啊，没什么。那你下午应该没什么特别的事要做了吧？晚上和我一起看个电影怎么样？英俊？啊，英俊说明天很忙没时间呢。嗯。原来你喜欢看大片儿啊。OK，那就看那部吧。我订好票，5点左右去你家接你。"

侑植挂掉电话，丢了魂似的愣愣地望着英俊。

"看什么看？"

"真要大扫除呢，你俩有心电感应吗？"

"在一起那么久了，自然心有灵犀一点就通。"

"真是稀罕啊。这么灵验的感应，怎么一到关键时刻就不顶用了呢？"

英俊翻了个白眼，侑植连忙闭上了嘴巴。

*

第二天，11月11日，星期天下午5点。

微笑一出家门就发现了英俊，却不见原本约好要一起看电影的侑植。

"天哪，副会长，您好。"

英俊俯视着一直笑盈盈的微笑，淡然地说道：

"不要当着别人的面儿露骨地摆出一副惊慌失措的表情，很失礼哎。"

"抱歉。不过，您怎么来了？"

"我有话要说。"

"真是抱歉，现在有点不方便呢。我和朴侑植社长有约在……"

"朴博士今天不会来的。"

"什么？"

"那是我安排的。"

微笑脸上的笑容最终消失殆尽。她瞪圆了眼睛问道：

"您这是何必呢？您直接对我说不就行了嘛。"

"如果我约你见面，你肯定会觉得不自在啊。"

一向目中无人的英俊怎么还会替别人担心了？想到这里，微笑有些慌乱，脸红了起来。

"不，不……不会的。"

"先上车。去兜兜风怎么样？"

英俊甚至还帮她打开了副驾驶室的车门，微笑的脸红得更厉害了，老老实实地上了车。

*

空中旋转餐厅的360度落地窗下，即将闭园的游乐场全景尽收眼底。唯一乐园——唯一集团子公司、巨型游乐园——在漆黑背景的衬托下，犹如宝石一般光彩熠熠。

微笑摆弄着唯一乐园的吉祥物——小牛犊玩偶，不时偷偷地望向英俊。

只见他正望着窗外，从容地将一块顶级韩牛牛排送入口中。他拿起餐巾轻轻地沾了下嘴唇，姿势优雅得就像是一幅画，而后他轻声呢喃道：

"好像有点硬啊。"

可能是微笑对吃不讲究吧，她觉得牛排已经入口即化了。

"需要叫厨师长过来吗？"

微笑习惯性地想要起身，英俊立刻抬起右手阻止了她：

"不用，你安心吃饭吧。"

"啊……是。"

微笑重新低头看着盘子，耸肩尴尬地笑着说：

"早知道您要来这种地方，我就穿得正式点了。"

"这里又没有别人，有什么关系。没事的。"

这间餐厅的视野和配套设施都极具艺术感，是唯一集团社长级以上人员接待贵宾专用的预约制私人餐厅。古风古韵的装潢高贵至极，偌大的空间却只摆放了寥寥无几的桌子，甚至还空无一人。微笑环顾四周，忍不住责怪起自己这身牛仔裤配T恤外加防风夹克的着装来。

"话说您这么突然，是有什么事吗？"

"没什么。金秘书辛苦工作了这么久，我都没有好好地说声谢谢。这是犒劳你的礼物。"

"天哪，副会长……"

微笑似乎很感动的样子，脸颊微微泛起红晕。灯光影影绰绰地映照在她的脸上，虽还是那张常见的脸，无论是在办公室还是在家里，但不知怎的今天却感觉有些特别。

相对而坐的英俊唰地红了脸。

"哦……"

我为什么会突然这样？有些慌乱的英俊连忙咕嘟咕嘟地喝下冰水，一阵干咳。好在灼热的脸颊很快便恢复了正常。

"我们两个很久没有这样一起悠闲地吃饭了吧？"

"是。"

"上一次是什么时候来着？"

"今年四月份。"

"啊，是金秘书生日那天。"

"是。"

扭捏了半天的微笑悄悄打量着英俊的脸色，坦白道：

"那个……副会长。抱歉现在才告诉您，那天回家的时候，您不是给了我一个蛋糕嘛……"

028

B 王之狗

那个蛋糕是英俊特地委托著名的糕点师亲手制作的。上面还加了"金秘书，祝你万寿无疆"这几个十分诙谐的字样。

"怎么了？"

"我本想拍照留念的，可一拿出来就结结实实地摔在了地上……"

本是笑着的英俊眉毛微微一抖。提出辞职后越来越肆无忌惮了啊。见着机会就开始气我？

"没关系，没关系，反正事情都过去了。"

"对不起。"

"没什么，不用在意。"

对话就这么结束了，两个人都尴尬地望向窗外。

过了好一会儿，都只听到刀叉和碟子咔嗒咔嗒的碰撞声，天色越来越黑，游乐场也到了关门的时间。

广播里的闭园通知夹杂着怀旧流行歌曲的声音隐隐传来，微笑莫名地感到有些失落，连忙找话题：

"我五岁之前住在这附近的再开发地区。"

英俊点点头，就好像他亲眼见过似的附和道：

"对，那个时候这附近还全是住宅区。"

"对，虽然不全记着，但家门前巷子的景象我还记得很清楚。巷子的入口处有根巨大的电线杆，上面有处奇怪的斑点，就像个怪物。到了晚上电线杆的影子拉得老长老长，超级吓人。还有巷子尽头那家……"

微笑没有继续讲下去，好像是记起了不愿想起的事情似的，她打了个哆嗦，摇了摇头说道：

"我怎么会突然提起巷子尽头那家呢？"

"你问我我问谁？所以那家怎么了？"

"啊……记不起来了。"

"你是不是傻？"

听到英俊冒出的这句话，微笑强颜欢笑，说道：

"哎哟，伟大的副会长，您小时候的记忆肯定是像超清显示器一样清晰吧。"

"是啊。可能是吸奶瓶吸得太累，我总是吃着吃着就睡着了呢。"

英俊有时候会若无其事地说些玩笑一样的话。

"哎哟，是吧？"

微笑翻着白眼做了个鬼脸，英俊扑哧一下笑了。

"你什么时候搬的家？"

"不太清楚，但听说我们家算是所有再开发搬迁居民中最后搬出去的。"

"是吗？为什么？"

"不光有赔偿金的原因，还有那时候妈妈病得厉害，爸爸为了照顾妈妈，晚上几乎都不在家，我和姐姐们玩到很晚才睡。搬家可能是妈妈去世以后办完葬礼才进行的吧。"

"节哀顺变。"

"反正都是小时候的事了，我连妈妈长什么样都不记得了。"

微笑耸耸肩，盈盈笑着。英俊这次没有乱开玩笑破坏气氛，而是静静地点了点头。

"那个时候副会长应该是九岁吧。真是想象不出您小时候天真烂漫的样子。"

"想象不出也没关系。因为我一点也不天真烂漫。"

"是吗？"

"那时候我也像现在这样，样样出类拔萃，是个响当当的人物。"

"是，是，那是当然。"

"真的。但是……"

"但是什么？"

"那时候我并不是很快乐，特别是四年级的时候。"

"为什么呢？"

微笑的眼睛瞪得圆圆的，有些不解。英俊喝了口水润了润干燥的嘴唇，耸耸肩说道：

"原因很多。那时……我连跳两级，和我哥同级。家里长辈说为了我好，把我和我哥安排在同一个班。但我反而更累了。我和我哥的朋友们总是打架。他们说我小小年纪太张狂，总是招惹我打我。我也不愿认输，也总是咬紧牙关和他们拼命。"

"幸好还有哥哥在。"

"幸好什么。那个家伙和他们合伙一起欺负我。啊，不讲理的家伙。"

看着英俊顽皮地咪咪笑着，就好像看到了他小时候调皮的样子。

时光仿佛又回到了两人还没有因为辞职的事变得生疏的时候。微笑感觉自在了些。

"您大哥是在尼斯吧？"

"嗯。"

"那之前去法国出差，怎么一次也没去见过他呢？难道……关系不怎么好吗？"

英俊的眼神变得深邃，他愣愣地盯着盘子好一会儿，然后放下刀叉，换了个话题：

"你养过狗吗？"

"什么？"

"狗，宠物狗。"

竟然转移话题，真是罕见。英俊自尊心极强也毫无忌讳，最讨厌含糊不清的东西，他竟然避而不答，真是令人难以想象。

"没有。"

"很久以前我养过一只血统纯正的金毛犬。名字叫 Bigbang Andromeda Supernovasonic。"

"咳咳。"

微笑听到这个中二病的名字，一时不知所措。

"那个狗的名字，是副会长您小时候亲自取的吧？"

"你怎么知道？"

微笑强忍着笑摆了摆手，英俊咧嘴一笑继续说道：

"Bigbang Andromeda Supernovasonic 特别温顺。从不乱叫，而且很伶俐，也很听我的话。但是 Bigbang Andro……"

029

Bigbang 的磨牙棒

"我们就简称它为'Bigbang'好吗？"

微笑一插嘴，英俊十分不满地看着她重新说道：

"总之那家伙，有个奇怪的习惯，每次给它磨牙棒它都会埋进地里，可能以为别人不知道吧。而且埋起来以后再挖出来也好啊，但每次都是埋完就忘记了。"

"就像人的健忘症吧？"

"可能吧。"

"那有什么问题吗？"

"Bigbang 活了十年，后来得肺炎死了。"

"啊，好可惜。您很伤心吧，您哭了吗？"

"你觉得我会哭吗？"

"不会。"

微笑完全不理解英俊到底想要说什么，一脸诧异地眨着眼睛，过了一会儿，他才淡然地说道：

"虽然 Bigbang 很久以前就不在了，但现在，我家院子里的某个角落肯定还留有它以前埋的磨牙棒吧？"

"也许吧。"

"记忆。"

他闭上嘴顿了顿，接着又十分痛苦地说道：

"记忆就是那样。就算埋得再深，再怎么忽略它，存在过的事实是不会消失的。"

"好像是呢。"

"我和我哥的关系也不是不好。我俩的关系，说起来……就好比是 Bigbang 和磨牙棒。你能理解吧？"

像 Bigbang Andromeda Supernovasonic 和磨牙棒的关系。他和他哥的关系到底是好是坏呢？这话说得像磨牙棒一样，实在让人听不懂。

微笑笑盈盈地看着英俊好一阵子，说了一句：

"是，完全能理解。"

"那就好。"

微笑实在不知道他在说什么，扭头转向窗外，望着不知何时已经空空如也的唯一乐园，喃喃自语道：

"已经关门了，好可惜。该早一点来的。"

"唯一乐园，你之前去过吗？"

"小的时候就只去过一次。是小学二年级的时候爸爸带我去的。姐姐们玩游乐设施玩得不亦乐乎，我只是在旁边看着。"

"为什么？"

"老早以前的事了，我也不知道是为什么了。但是长大以后想想，多少也能理解些。"

"理解什么？"

"有三个孩子，如果全买通票很贵的嘛。而且就算花大价钱买了票，我那么年幼，胆子又小，也没什么能玩的。"

英俊应了一声，又叹了口气，微笑像是辩解似的又补充道：

"但是我坐了旋转木马。"

"好玩吗？"

"嗯，超级好玩。"

"是吗？那一起去玩那些游乐设施吧？"

"下次有机会吧。"

啊，这么说来……没有下次了呢。

她离职以后，应该不会再和唯一集团的副会长有什么交集。等哪天英俊再从副会长晋升为会长，可能这辈子能和他再见上一面的概率，还不如在厕所被雷劈的概率大吧。

微笑的脸上不觉间蒙上了一层阴影。

"小心啊，被我看到丑陋的样子我可不饶你。"

"什么？"

"吃完饭直接去玩的话，可能会头晕。"

"什么——？难道——？"

"我说了是犒劳你的礼物嘛。"

微笑瞪圆了眼睛，英俊自信满满地伸出手，指向窗外：

"我已经做了指示，仅此一天夜间特别营业。而且通票……"

英俊的手指优雅地在空中画了个圈，指向自己帅气的脸：

"就在这里。"

"啊……副会长，我……我真的……"

"嗯？怎么了？"

"我真的非常感谢，但这有点……"

"没什么好害羞的。"

"不，我不是害羞……"

"这种东西就是得哇哇大叫才有趣啊。"

"救，救，救，救命啊！啊，啊，啊，这个能停下来吗？我受不了了，啊！受不了了，到最高了，最高了，最高了！"

"这可是高空五十六米！在这儿停下更可怕吧？"

"不，不，不坐了。拜托让我下去吧。"

"你不是想坐嘛。就别推辞了，尽情享受吧。"

"呃，呃，不，不坐了！不要不要不要不要！我真的很讨厌您这一点！啊啊啊啊啊！"

漆黑的夜空中久久地回响着微笑和英俊的惨叫声。

"看来你有手抖症啊。"

微笑手中的纯净水瓶随着她抖动的手疯狂地抖来抖去。

"副会长，那种东西您坐两次也没关系吗？真的不害怕吗？"

"对。因为真正的恐惧不是坐那种无聊的游乐设施能体会到的。"

"是吗？副会长您怕什么呢？"

"那是……"

微笑眼睛瞪得圆圆的，抬头看着英俊。

"秘密。"

他吊足了人的好奇心，又故意不说出来。微笑长长地叹了口气。

"唉……早知道就不问了。"

微笑坐在过山车前的长凳上，低垂着脑袋仍然抖个不停。生平第一次高空体验加上瞬间加速留下的后遗症，以及越来越冷的天气，让她止不住颤抖起来。

"冷吗？"

030

Queen Dragon[1]

"嗯，有点。"

她低垂着头，一双锃亮锃亮的褐色牛津皮鞋的鞋尖进入她的视线。接着肩膀传来温暖的感觉，魅惑的香气四散开来。

"啊……"

英俊的外套很大很温暖，就好像是被他抱着一样，她一下子害羞起来。

"接下来玩什么呢？还有比这更刺激的吗？"

微笑不想被发现自己已经红透了脸，没有抬头。

"想玩什么随便说。今天在这儿我全部满足你。"

他这样恶作剧似的说道，她本应反击回去的，但不知道为什么，却没办法像从前那样自然而然地顶嘴。

"您说的就像……"

"嗯？"

过了好一会儿微笑才镇定下来，突然抬起头说道：

"就像整个唯一乐园属于您一个人似的。"

"就是我的啊。"

"并不是！"

微笑翻着白眼回答道。英俊从容地俯视着她，冷冰冰地说道：

"你不会想开那种幼稚的玩笑，说'唯一乐园是属于所有小朋友的'吧？"

微笑听了笑盈盈地来了个海狗式鼓掌，英俊扑哧一笑说道：

"就宽恕你这一次。"

"之前还说不给第二次机会的，这次怎么这么宽宏大量？"

"我乐意。"

1　龙王后。

英俊突然伸出手：

"你要去玩别的吗？"

"得去坐旋转木马啊。"

"天啊。"

微笑喜出望外，愣愣地盯着他的手，老老实实地牵了上去。

这并不是微笑第一次牵英俊的手。因为在正式场合作为他的女伴被护送的时候，牵手或挽胳膊是常有的事。

但是现在和那时候不同，这次并不是为了做给别人看，并不是工作。

牵住手后英俊拖着她大步流星地往前走，微笑看着他的背影，不觉咯咯地笑了起来。

他的手非常温暖，温暖得让她隐约回想起以前的事。没想到他还有这样的一面，真让人惊讶。

"为什么笑？"

"没什么。"

"真无趣。"

英俊觉得旋转木马实在是幼稚，怎么都不肯坐。微笑撇下他，一个人坐个不停。

坐了一遍又一遍，一圈紧接着又一圈。直到觉得胃里开始翻滚，实在受不了了，微笑才大喊一声"停！"，然后像个醉汉一样踉踉跄跄地走了下来，此时英俊还是站在原地等她。

他拎着她的包，就像一直站在那里，很自然地等着她一样，这一幕让微笑十分感动。

"再多玩一会儿也没关系的。"

"这就足够了。再玩就该腻了。"

"是吗？"

微笑轻快地走到英俊旁边，看他只穿着单薄的高领衬衫，便开口问道：

"我把外套还给您吧？"

"不用。"

"您不是怕冷嘛。不觉得冷吗？"

"终于说对了一句话。我从刚刚开始就冷得要死。"

"那我还给您吧。"

"我说了不用。"

微笑听着这一连串冷冷的回答，咯咯笑了起来。就在此时，本已停下的旋转木马再次转了起来。

一闪一闪旋转着的华丽灯光，唤来淡淡乡愁的风琴声，还有那温暖得直让人发困的柔软外套，这一切莫名地让人想哭。

仿佛回到了很久以前，那时她牵着爸爸的手，忍着困意等待着什么时候才能轮到自己。

大人的回忆就是这样的吗？让人鼻子直发酸，内心一阵刺痛。

"我以前的家大概是在哪个位置呢？"

"在哪儿呢？"

微笑默不作声地伸出手，重新牵起英俊那温暖的手。似乎是自己的错觉，她感觉他的肩膀好像突然蜷缩了一下。

"希望是在旋转木马这儿。"

英俊呆呆地望着旋转木马，好一会儿才开口说道：

"不是鬼屋吗？不，说不定是公共厕所或者野生动物园的熊洞那儿。"

"真是的，您也太过分了吧。"

"哪有太过分。又不是一两天了。还是快走吧。"

"切，那也是太过分了。"

微笑虽然一直不停地嘟囔着，但自始至终都没有放开英俊的手。

离开旋转木马没多久，微笑就发现了些不同寻常的苗头。

英俊和刚才不同，这次大步流星地走着，似乎目的地很明确。此外，他已经接连看了三次手表，就好像和别人有约似的。

唯一乐园里有一条横跨东西的人工运河——The One River（唯一之河），那里泊着一艘名为 Queen Dragon 的小型游船，每隔 30 分钟运行一次。英俊正直直地朝 Queen Dragon 号走去。

"您现在要坐这个吗？"

"怎么？你害怕吗？你不是都知道的嘛，这是定期安检的，没事的。"

"嗯，不是……，我不是害怕。"

运河上像是提前规划好的一样，星星点点地聚集着几群不知是天鹅还是鸭子的白鸟。微笑瞥了一眼鸟群，心情忐忑地上了船。两人刚一上船，Queen Dragon 号就好像提前等在那儿似的，立刻鸣起汽笛出发了。

船头劈开水面，发出清爽的声响，微笑看着这一切，抚摸着吉祥物玩偶问道：

"唯一乐园的吉祥物为什么是小牛呢？"

一直抬头望着天空的英俊淡然地回答道：

"我曾祖父属牛。"

"哦。"

微笑点点头，突然眯起眼睛又问英俊：

"那么，难道 Queen Dragon……"

"我曾祖母属龙。"

031

埋葬

无语。

微笑望着英俊的脸，看得有些不太清楚。突然间他的脸被照亮了，亮得耀眼。

砰！砰！

伴着震耳欲聋的爆炸声，整个天空绽满了各色各样的烟花。

"天哪！这是什么？"

"我不是说了嘛，'离职'礼物！"

明明听得出"离职"这个词是故意加重了语气的，但微笑望着眼前恍如梦境的光景失了神，什么话也说不出来。

大大小小的烟花就像花朵一样绽放，然后又像蒲公英的种子四散开来，渐飘渐远，继而消失不见。微笑仰望着天空中依次绽放的美丽烟花，开心得合不拢嘴。

"哇！真的……太漂亮了！第一次这么近距离地看烟花……哇，真好！太美了！"

也不知道她到底有多开心，只见她像个小孩子似的拍着手，还像个兔子似的蹦蹦跳跳。

"快看那个，副会长！快看！"

"啊……"

英俊看着微笑，直直发呆，突然眼眸一震。哎？等等。我为什么在这里？我在做什么？这是哪儿？我是谁？

"不漂亮吗？"

"嗯……漂亮。"

不知从什么时候开始，英俊的眼睛从烟花上移开，停留在了微笑的脸上。在柔和的火光映衬下，微笑那本来就美丽的脸庞显得更加线条柔美，让人怜惜。

英俊因为被工作缠身，以前一直没有好好看过微笑的脸。这一刻，他看着微笑的脸，仿佛又回到了过去。

我以为说忘了，一切就都会安然无恙。

一切都是因为哥哥带来的拼图，那块刚好多出来的拼图。

因为这个拼图大家都开始痛苦起来。我以为只要我假装忘了，就可以阻止所有人的毁灭。

所以我把它埋在一个深深的坑里。就像替代朋友来认真听我故事的宠物狗埋掉磨牙棒并彻底忘记一样。虽然我从来不曾有过这样一个朋友。将那短暂而又似永远的时间以及糟糕的记忆全都埋了进去，还用脚把它踩得结结实实。

那一瞬间，周围的一切就像一个破灭的谎言，一下子都回到了现实。但是直到很久以后，我才知道，那时候被一起埋葬的还有"我"。

为了弥补不足而努力是人的本能。

为了拯救已经被埋没的"我"，我更加执着和纠缠于自我。但是，即使过了几个月，甚至几年，我还是没能找到"我"。任何地方都没有。

然而……

"我叫金微笑。哥哥你叫什么名字呀？"

在经过很长时间再次见到微笑的时候，在看到她红彤彤的脸蛋儿的时候，在看到她左脸上深深的酒窝的时候，在听到她用细细的、颤抖的声音说"我叫金微笑"后由怀疑变得确信的时候。

扑通扑通。

英俊感受到了心脏跳动的感觉，虽然不知道在哪里，但是分明隐藏在某个地方。

扑通扑通。

"金微笑小姐，您认识我吧？"

"当然认识。"

"是吗？我是谁啊？"

"您是会长的儿子。"

都说五岁前的记忆是没有意识的，微笑好像也确实忘记了那天的事情以及"我"的存在。

虽然有点遗憾，但是也没关系。因为她不记得那天的事情也正是"我"长久以来所希望的。

是的，没关系。

并不会因为看不到就完全消失。因为证据在这里，了解我的她在这里，就像站在我眼前好让我看见她一样。

因为微笑，找回了心脏和"我"之后，英俊九年来的生活都非常平稳，而且别无所求。

英俊觉得如果就一直这样生活下去，并不会有什么问题。可是……

现在你到底想去哪里？

"太酷了。在副会长身边还能享受到这种好事，真好。"

英俊从沉思中缓过神来，抬头看着天空，反问道：

"喜欢吗？"

"嗯，太喜欢了。"

真喜欢啊，嗯？原来这么喜欢，嗯？我的自尊心和胸膛被你接连不断地咣咣砸了这么大的钉子，你现在还笑得出来，嗯？

"虽然想毫无遗憾地陪你看烟花……"

"什么？"

英俊说因为下达的指示太晚了，所以没能买到足够的烟花。

英俊正想着"可能没剩下多少了"，这时一个巨大的心形烟花在空中炸开。这就是最后一个烟花。

"哇。"

四周渐渐归于平静，微笑高兴得像海狗一样鼓掌。

"真的太感谢了。"

"这算什么啊。"

英俊耸耸肩。微笑直直地看着英俊的侧脸，好像要说什么，一个劲儿地笑着。

"怎么了？"

"太感动了，真的。太感谢了，副会长。"

一直没有表现出丝毫关心的英俊看着笑个不停的微笑好一阵，犹豫了一会儿缓缓伸出了手。

这么看来，以前英俊好像没有表现得让人满意过。

"感谢什么啊。"

我才应该感谢。

"副会长您……？"

英俊像称赞孩子一样，用手轻轻抚摸着微笑的头，然后又忽然把她的头发弄乱。

"啊！干什么呀！"

"我愿意。"

英俊倏地转身，咯噔咯噔地走了。微笑用一种意味深长的眼神久久地看着英俊的背影。

032

心意

"今天真的很开心。"

"你能开心就太好了。"

"真的好久没有像这样放下心来玩了。"

"我也是。"

"我明天一早就会去您家上班。您回去吧，晚上睡个好觉……"

"等一下。"

车在家门前停下，两人正在告别，英俊突然打断了微笑的话。

以前英俊送微笑回来的时候总是在车里告别完就直接开走了。但是今天不知为什么他从车里下来，和微笑面对面站着，似乎有什么事情的样子。

英俊咯噔咯噔地向着车尾走去。微笑看着英俊的后脑勺，安静却又尖锐地问了一句：

"不会是在后备厢里放了九十九朵玫瑰花吧？"

英俊突然停下脚步，转过身，面无表情。

"对，是玫瑰花。"

"在汽车后备厢里滚来滚去几小时的花束，不看也知道像超炫屏一样鲜艳。"

"是吗？"

英俊自信地笑着走过去，打开后备厢，把装在塑料泡沫冰箱里的花束取出来，利索地除去缓冲材料，然后拿着花出现在微笑面前。

茂盛而又惹人喜爱的粉色花束熠熠生辉，一片叶子都没有损伤。

微笑接过散发出浓郁香气的巨大玫瑰花花束，平静地说：

"我还想着怎么会有这么奇怪的问卷调查来着。您太让我意外了。居然这么辛苦地为我准备了这些。"

"辛苦什么。为金秘书做这些是最基本的。"

英俊依然从容地笑着。微笑笑盈盈地看着英俊问道：

"您以为我会被这种方式诱惑，然后说'我会努力工作一辈子'吗？"

"啊，微笑果然不会中招啊。"

两人互相看着笑了一会儿，微笑慢腾腾地从包里拿出什么东西来。

"今天是光棍节，本来想拜托朴博士转交给您的。收下吧。"

唯一集团的零食制作子公司"唯一制果"在三年前推出了一款新产品"胖胖棒"。"胖胖棒"分量充足，一上市就野心十足地成了纤细的光棍节巧克力棒的竞争对手。但是上市三个月后就惨遭失败，最终退出市场。

"偏要把我的眼中刺——竞争对手的产品送给我。感觉真是……"

果然不能顺利地送出去。微笑皱着眉头，嘟囔着：

"啊，这是我的一片心意。能不能不追究这些，直接收下？"

"一片心意？"

英俊看着微笑悄悄递过来的两盒巧克力棒，阴阳怪气地说道：

"啊，金秘书的心意就是超市里买的巧克力棒。而且还是我和朴博士每人一个的心意。"

"随您怎么想吧。草莓味的是朴博士的，巧克力味的是副会长您的。顺便说一句，副会长您的更大，也更贵一点。"

"好。这点我比较满意。"

微笑听了这话又笑了起来。

"今天真的非常感谢。不过您的醉翁之意我会全部忘记的。"

"不，到死都别忘了，甚至到来世也要记得。"

英俊脱口而出。他不经意地看了一眼微笑，向车的方向走去。

"再见。"

微笑向打开车门坐进车里的英俊挥挥手。英俊又从车里下来，往微笑的方向大步走来。微笑瞪圆了眼睛。

"您忘了什么吗……？"

英俊什么话都没说，表情严肃地走过来，直到再走一步两人的胸就要贴在一起的时候，他直直地盯着微笑。

微笑抬头看着英俊，笑着伸出手。

她迅速用手指挡住英俊的嘴唇。

"这个绝对不可以。"

微笑笨拙地推开英俊的脸，赶紧唰的一下避开了。

独自留在巷子口的英俊低着头，哧哧地笑了一阵，马上驾车离开了。

*

送走英俊后，疲惫的微笑一洗漱完就睡着了。忽然明亮的光线让她睁开了眼睛。可能是忘了拉上窗帘，明亮的月光透过窗户照射进来。

微笑做了个梦，梦见了很久前的那一天。

"这里是你家吗？"

"嗯。"

"快进去吧。怎么睡着睡着就出来了？"

"哥哥，现在腿还疼吗？"

"不疼。"

"那为什么一瘸一拐的？"

"这……没什么。"

"哥哥你家在哪里？我下次去找你玩。"

"我家离这里很远。"

"特别远吗？"

"是的。"

"那我让我爸爸用自行车带我去就可以了。"

"不用。我很快就来找你玩。"

"真的吗？"

"嗯，真的。"

"我一定不会忘记哥哥的名字的。……哥哥"

"傻瓜。不是那个名字。我的名字是成……，李成……！"

时针指向凌晨3点。微笑看着时钟，仍然像做梦一样睁着眼喃喃自语。

"那天也是这样明亮的月光……，李成……镇？李成焕？李成贤……？

啊，到底是什么来着？"

*

英俊听完因为和微笑出去玩而被推迟的海外事业部视频业务报告时已经是凌晨 3 点。就算现在就闭眼睡觉也只能睡两个小时，好像还不如通宵。

英俊敲了敲疲惫的肩膀，从书房的书桌前站起身来，翻了翻放在书桌一角的两盒巧克力棒，拿起用精美的红色无纺布包装的那盒。

手巧的微笑以前也时常把一些东西利落地包装起来当作礼物送给英俊，但是可能因为这次微笑强调了"心意"，英俊感觉有些特别。

东张西望的英俊拿着巧克力棒向书房一边的墙走过去。

他打开一个巨大的装饰柜，里面陈列着到现在为止他在各个比赛中得到的奖状、金牌以及一等奖奖杯。他把放在显眼位置的奖杯推到一边，放上了微笑送的礼物。

"嗯，画面不错。"

英俊关上装饰柜的门，重新走回书桌前，看着剩下的那盒巧克力棒。

他撕下写着"给朴博士"的字条，扔进垃圾桶里，胡乱地拆开包装，拿出一根草莓味的巧克力棒咔嚓咔嚓地吃了几口，突然皱起了眉头。

"哎，太难吃了，味道怎么这样？"

他唰的一下把剩下的巧克力棒扔掉，拿出一根烟，径直走到窗边，点上烟后深深地吸了起来。

033

电眼杀

"您以为我会被这种方式诱惑，然后说'我会努力工作一辈子'吗？"

"啊，微笑果然不会中招啊。"

"傻瓜。什么不会中招，我能让你中什么招。"

英俊长长地向空中吐出一口白色烟雾，嘿嘿笑着自言自语道。

"知道潜伏期最可怕的是什么吗？是自己不知道已经被感染的事实。"

轰轰烈烈的诅咒已经开始了。虽然你可能还不知道。

*

唯一集团的高管会议每天早上 7 点 30 分准时召开，而星期六这天却提前了 30 分钟。因为是一年一度的全员团结运动会，难得英俊也亲临公司参加了会议，原本一小时的会议也似乎因此变长了，很晚才结束。

走出会议室，英俊瞥了一眼旁边哼着小曲儿的侑植。

今天侑植将代替英俊致开幕词，他穿了一身酒红色的公司运动服，脖子上却系了一条毫不搭调、纹样花哨的丝巾。

"朴博士，哪儿不舒服吗？"

"干吗这么问？"

"那么土的丝巾是怎么回事？"

"怎么土了？这是亮点，增加魅力的亮点。今天我一定要让某人注意到我。哈哈。"

"想让谁注意到你啊？"

侑植从怀里掏出钱包，四处环视了一下，像是要给人看什么宝贝似的，拿出一张照片给英俊看。

"这是谁啊？长得跟用来观赏的食人鱼一样……"

英俊的话还没说完，侑植激动地抬高了嗓门儿：

"什么？食人鱼！竟然对公主群里的领头美人鱼大放厥词！"

运动会的闭幕式上邀请了知名女团演出，可能说的就是那个吧。

"再敢侮辱美人鱼，绝不饶你！你，会死在我手里！"

"你试试。"

英俊冷冰冰的一句话，让侑植立马没了气焰，哆哆嗦嗦地降低了声音：

"老婆也走了，我只剩下我的美人鱼了，不要这样嘛。"

"你眼光可真差，那张脸涂抹得那么过分，你还觉得好看？还不如金秘书的素颜好看呢。"

英俊用一种十分可怜的态度看着侑植，侑植勃然大怒喊了起来：

"别在大叔粉面前骂我的美人鱼！我们的美人鱼可是在竞争率500比1的试镜中脱颖而出的，可谓是传奇中的传奇，又谦逊又善良，是个让人赞不绝口的小姑娘呢。"

"病得不轻，是重症患者啊。"

"小小年纪长得多漂亮啊，是吧？哎哟，是喝露水长大的吗？"

"人如果只喝露水早就饿死了。得亏你工作能力好，都多大年纪了，还分不清现实和幻想吗？"

侑植见英俊一脸的同情，一股傲气油然而生，斩钉截铁地说道：

"反正比起得不到满足的丑陋现实，我宁愿选择不切实际的幻想！"

"闭上你那讨人厌的嘴吧，而且你一个也得不到。"

"你想一想啊。微笑秘书既喝酒又吃肥肠，吃鸡爪，吃活章鱼，吃大蒜，还有大蒜味儿，还打嗝放屁，早上起来还有眼屎。啊！还拉屎吧。说不定现在她正坐在这栋楼某个洗手间的马桶上哼哼……"

面无表情的英俊一下变得凶狠起来。

"闭嘴。"

"拉了半天……"

"还不闭嘴！"

啪！

英俊一下把手里拿着的文件夹扔到侑植的脸上，猛地一转身，大步流星地走了。

鼻尖发红的侑植看着英俊的背影，又哆哆嗦嗦地嘟囔道：

"哎哟！瞧这脾气！"

＊

"怎么样，排得痛快吗？"

"唉……还是不太行呢。"

"您吃点消化药吧，我觉得很有效。"

微笑大便不畅已经第四天了，她轻轻摸着硬邦邦的小腹长叹了口气。

"之前吃过几周，可能我是神经性的吧，没什么效果。"

智雅坐在秘书室的办公桌前担心地抬头看着她，手里还拿着一本书。清爽的蓝色封面上印着书名《古老的故事》。

"这是什么书？"

"啊，是言情小说。"

"哎呀，我也喜欢言情小说，就是忙得没空看。"

微笑满脸开心地走近智雅，接过那本书细细打量着说道：

"哎呀，这不是作家墨菲斯的作品吗？"

"是啊。我也是很久没看了，昨晚才拿出来。墨菲斯大大真是了不起啊。那么细腻的心理描写和情欲描写，简直让人欲罢不能啊。"

"嗯。我特别喜欢《电眼全杀》，还有《把我，给你》。啊！还有系列丛书《吞噬你》真的超棒……！"

"对！超棒！"

两个人全都"哈哈哈"地笑着一下子红了脸，同时喊道：

"色情得要命吧？"

"超级色情吧？"

两个人害羞地直咚咚跺脚，连忙用手给脸扇扇风。

"一个大男人怎么那么了解女人的心思呢……"

听到智雅这句话，微笑瞬间瞪大了眼睛。

"什么？作家墨菲斯是个男的？"

"您还不知道啊！墨菲斯大大是个男的。现在估计有三十五六岁吧。听说十年前他刚出道的时候，关注过他个人主页的人还亲眼见过他呢。传闻他长得又高又帅，一双电眼魅力十足，是名副其实的电眼全杀呢。还有传闻说他是某个超级富豪家的长子……不过，到底是真是假我就不知道了。"

"哎哟，好神秘啊。他的主页是哪个呢？"

"现在已经没有了。其实这本书最初也只是作为个人日志登在个人主页上的。噔噔噔噔——这就是作家墨菲斯真正的处女作。"

"嗯？处女作不是《我想做你的解热剂》吗？"

"那是出版作品中的，实际上《古老的故事》才是最早的作品。"

"噢噢。"

"这本书现在一册都卖到十五万[1]了。这都还买不到呢。我也是去年托认

1　约合人民币 900 元。

识的姐姐好不容易才弄到一本。花了我十万[1]。"

"天啊，什么书那么贵？"

"但贵也值啊。这是本自传小说，特别有趣，超级好看。"

"那借我看看。"

"啊……这可不行……"

"我会爱惜地看，不会弄脏的。就借我一次嘛。"

"哼哼……"

就在两个人缠磨不休的时候，门口传来一阵动静。原来是英俊开会回来了。

034

厌恶至极

"您回来了。"

"都准备好了吗？"

"准备好了，状态极佳。"

英俊看了一眼身着公司运动服的微笑和智雅，开口问道：

"都报了什么项目？"

"我报了百米冲刺、接力赛跑和呼啦圈，金智雅秘书报了抢吃面包和男神女神两人三足。"

"拼上老命也要拿个满贯，有这个觉悟吧？"

英俊这个问题明显地散发出一种"绝对不是开玩笑"的气息。

智雅吓得倒吸一口凉气，偷偷地看着他的脸色，微笑则若无其事地从容回答道：

"嗯，不知道还能不能发挥出往年的实力。"

1　约合人民币 600 元。

"如果没自信拿第一，干脆就别参加。"

"哎哟，怎么能那样呢。这种活动的意义就是重在参与嘛。"

微笑话音刚落，英俊就瞪大了眼睛，板起脸来。

"太不像话了！你那是竞争失败者的辩解。"

"是，我会全力以赴的。"

"还是没听懂啊。所谓'宁死不败'，就是宁肯死也不能输的意思。只是全力以赴还不够，一定要给我拿第一。"

"Yes, sir! "

微笑笑着装模作样地敬了个礼，英俊这才满意似的淡淡一笑，进了办公室。

智雅偷偷瞄了瞄关上的门，噘起嘴嘟囔道：

"副会长看起来真是有点那个。"

"哪个？"

"说得就像只要不是第一名就都是倒数第一似的。这种公司举办的运动会谁会那么拼命啊……"

"哎呀，是吗？"

微笑笑盈盈地看过来，眼里不知何时已经杀气腾腾，一种"第一只能是我的！"的铁血意志在熊熊燃烧。

九年里这对一直作为搭档的老板和秘书，不知怎的看起来既不像又很像。一个直截了当地"很优秀"，另一个表面谦逊实则"很优秀"。

"智雅，赶紧拿上东西。副会长出发时我们也得……"

这时，办公室的门内传出一阵让人不明所以的低沉声响。似乎有什么很重的东西掉在了地上。紧接着传来了英俊的大喊声：

"金秘书！"

这一声大喊听起来就像气流从丹田而出，没有经过声带，直接爆发出来的一样。

其中不言而喻的愤怒和暴躁让智雅不自觉地哆嗦起来。包括头皮在内的全身毛孔瞬间紧紧收缩，寒毛哗的一下竖了起来。

"是！"

两个人猜测肯定是发生了什么，像弹簧一样迅速跳进办公室。

只见英俊扶着办公桌站在一旁，地上零零散散地满是从键盘上崩落的键帽，刚换了没多久的笔记本电脑被摔了个粉碎，残骸散落一地。

微笑看了一眼面色沉重的英俊和周围的情况，快步走到他身边，她接下来的举动却让人摸不着头脑。她从办公桌一角的办公用品盒里拿出剪刀，蹲下身子，快速剪断捆着笔记本电脑电源线的尼龙束线带，塞进口袋里藏好，这才霍地起身检查英俊的情况。

"副会长，您没事吧？有没有伤到哪儿？"

"是谁？刚才是谁用那个整理了电源线？"

英俊好像已经知道了答案似的，直接冷冷地望向智雅。

和他对视的一瞬间，智雅浑身都打了一个寒战，嘴巴和身体都好像被冻住了一样，动弹不得。

"对不起，是我。一不小心忘记了。请您原谅我吧。"

微笑笑着略带撒娇地回答道，但英俊还是愤怒地瞪了智雅很久，然后大步流星地走向门口。

"副会长，笔记本电脑是送去修呢，还是……"

"做好备份，扔了。"

"是。您先出发吧。我们马上跟上。"

英俊瞥了一眼笑呵呵的微笑，欲言又止，一脸不满地走了。

英俊走后，办公室的门哐的一声关上了。智雅双手放在胸前，这才敢长长地喘了口气。

"呼……"

"智雅，我不是说过多次了吗？副会长最讨厌束线带，让你千万不要用的。"

"啊，我一时忘记了就……"

"幸好我也在。搞不好，实习还没结束你就被炒了。"

听到这儿，一直愣在原地的智雅忍不住叫屈：

"不是，那算多大的事儿啊？用束线带整理电线再正常不过了，竟然因为这个就把好好的笔记本电脑砸了？"

微笑冷静地收拾着碎了的笔记本电脑，智雅看着她觉得很是荒唐。可能是过于激动了，她又稍稍地抬高了嗓门。

"有话就不能好好说吗？副会长的性格怎么这样呢？您是怎么辅佐了他

九年之久的？不觉得很晦气吗？"

听到这话，微笑勃然大怒。

"天哪，你说的这是什么话？犯错的不是你吗？"

"啊……"

"我讨厌蜘蛛，一看到挂在空中的蜘蛛我简直能吓得昏过去。智雅你不是也说过讨厌公共洗手间盖着盖子的马桶吗？每个人不都会有一样厌恶至极的东西吗？因为这个，就说别人晦气什么的，做人怎么能这样呢？"

"对，对不起。"

"不是一句对不起就能完的。还有，话是没错，副会长确实有独断专行的一面，但实际上还有谁像他一样出色呢？你看看周围的人，哪怕是副会长的脚尖，他们也望尘莫及……"

嘟嘟嘟嘟嘟。智雅听着微笑不停歇的唠叨，不知道为什么突然想起了自己的妈妈。

智雅的妈妈今年已是结婚的第三十个年头了，最近正在和父亲冷战。她妈妈仅仅和父亲对视一眼就会嘟囔："哎哟，哎哟，真是让人心烦啊！只要我能看不见那家伙，就别无所求了！"那种状态持续了大约一个星期的时候，跟妈妈要好的前邻家大婶来玩，说了句"智雅她爸看起来长得像模像样的，人却不顶什么用啊"。母亲立刻大喊"你这娘们儿是不是疯了！"，狠狠地把她骂回了家。从那以后，前邻家大婶和妈妈便再没有来往。就算丈夫再怎么让人厌恶至极，但好像只有妻子才有骂他的权利。

"知道了吧？一定要谨记，以后小心。"

"是，对不起。"

微笑看着低下头的智雅，突然露出一抹意味深长的神色，笑了起来。

"觉得抱歉吗？"

"是。"

"真的吗？"

"是，真的。"

"真的抱歉的话，那本书借我看看吧。我会爱惜着看的。"

"啊……好吧。"

智雅一脸的不情愿，微笑却完全相反，满脸笑嘻嘻的，笑起来没个完。

035

低配版

大型综合运动场的室内体育馆里到处挂满了巨大的横幅，人山人海，呼声震天。观众席上各个部门的员工们也分别穿上了红色、蓝色、黄色等原色马甲，排列得十分整齐，看起来就像飘动着的美丽彩纸。

但是热情也是有限度的。下午4点邻近闭幕式的时候，光看脸色就能分辨出员工们的工作年限和级别了。二十多岁的员工依然生龙活虎，而科长级别以上的员工早已面色泛黄。

呼啦圈比赛一结束，刚刚结束比赛的员工和准备下一场比赛的员工混作一团，运动场一时成了阿修罗战场。值此兵荒马乱之际，有人叫住了微笑。

"部长！金微笑部长！"

"嗯？"

听到熟悉的声音，微笑转过身，看到朴代理正焦急地喊着自己。

"部长！"

"啊，朴代理。哈哈，我得了第一呀！最后的时候虽然有点险，不过我怎么可能输呢。"

"您本来就很厉害。您那腰细得跟蚂蚁似的，怎么那么能转呢？大家都看得目瞪口呆呢。"

"过誉啦。不过你怎么还不做跑前准备呢？马上就是两人三足了吧？怎么不见智雅呢？"

"啊，正想说这事呢。智雅好像吃坏了肚子，都去过五趟厕所了，说是实在没办法参加呢。"

"哎呀呀，坏事了。到底哪儿出了问题？"

"说是刚刚在吃面包比赛的时候，抢吃掉的红豆面包有点酸溜溜的。"

"哎哟，怎么办呢？"

"部长，您能替智雅出战吗？"

"那有什么不能的，快走吧。"

往两人三足比赛场地走的时候，朴代理脸上浮现出一抹意味深长的微笑，他凑到微笑耳边悄悄说道：

"您赚到了，部长。"

"嗯？"

"其实，智雅的搭档是高贵男科长。"

"高贵男科长？是谁啊？"

"天哪，您不知道高贵男吗？他可是我们公司男神中的王牌。您不觉得他的名字都透着满满的男神气息吗？"

"男神？哇！厉害了！"

"看那边。那边，那个人就是高科长。是不是又高大又帅气？"

"哪儿呢，哪儿呢？"

微笑望着朴秘书指的地方，脑袋转到两点钟的方向。长得超级帅……呃……说实话真没看出来。

"他毕业于首尔大学，听说家庭条件也很好呢。还有传闻说他名下有一套江南的公寓。年方三十三，目前单身。真的很不错吧？"

"啊……嗯。"

首尔大学毕业的海归，唯一集团会长的儿子，包括江南一百多坪[1]的豪华顶层公寓在内，仅其名下的房产和金融资产就数不胜数，再加上年方三十三，从未交过女朋友，这样一个男人，微笑贴身辅佐了九年之久，所以对高贵男，实在无法说出一句"不错"。

但是，哎？怎么感觉这么不爽呢？

微笑摸着下巴，有种难以释怀的感觉，此时场内响起了广播。

"请参加男神女神两人三足的选手各就各位。"

"您真漂亮。"

"什么？"

"您很漂亮，童颜貌美呢。"

1　100 坪相当于 330 平方米。

微笑用主办方准备的彩绳把两个人的脚腕绑得牢牢的，高科长一刻不停地说些乱七八糟的话，费尽心机地想讨微笑欢心。但是微笑一直只是笑盈盈的，她的注意力完全不在他这儿。

"高科长，脚腕会不会绑得太紧了？"

"不会，我觉得没关系。"

"您别这么敷衍，好好看一下。一会儿跑起来，如果疼那就麻烦了。"

"没事，跑起来如果疼，就悠着点儿跑呗。"

"不行。一定要得第一。"

"哈哈，只不过是公司内部的运动会而已……"

"不是，什么叫'只不过'啊，您说得倒是轻松。有人还跟我说'宁死不败……只是全力以赴还不够，一定要给我拿第一'呢！"

"是谁说的？"

"副会长。"

"啊……是。咳咳。"

"您一定要拼命跑，知道了吗？"

"是！"

这个拼命好像是从多种意义上讲的。

"加油！"

"加……加油！"

两个人面对面握紧拳头互喊加油，貌似亲近了些，高贵男开始慢慢搭话。

"那个……金微笑部长，您是哪个学校毕业的？"

"政尚[1]女子高中。"

"哎哟，部长，还以为您只有美貌是女神级的，没想到连幽默感也这么强，哈哈哈。"

不是幽默啊，是真的啊。

"我是首尔大学经营系的，是副会长的学弟。"

"是这样啊。"

"哎哟，我个子太高了。有一米八三呢，您肯定很不方便吧。真是很抱

---

1 韩语中，"政尚"与"正常"发音相同。

歉啊。"

这是在炫耀身高吗？如果想炫耀自己了不起，就干脆爽快一点，至少态度要明确吧。

微笑起身，从头到脚打量了他一番，然后笑盈盈地回答道：

"比副会长矮一点呢。不过也不错啦。我们会这样全力冲刺的，来活动一下脚吧。"

高科长轻轻活动了一下绑着的脚，仍不罢休，聊起天来没完没了。

"听说您马上就要辞职了，是真的吗？"

"是。"

"肯定又痛快又不舍吧？"

"是啊。"

"您辞职以后去哪儿呢？"

"还没定。我想先休息一段时间。"

"啊，就是得休息休息。说实话，女人们在外面工作一整天，是很辛苦的。"

"没有啊，完全不辛苦。"

"啊，这样啊，不辛苦啊……"

高科长尴尬地扭捏了好一阵子，直到两个人站到了起跑线上，才问了一个问题，让人一下就明白了他的意图：

"虽然有些失礼……您现在有男朋友吗？"

"没有。"

高贵男莫名红了脸，挠着后脑勺又问了句：

"您喜欢游乐场吗？"

"喜欢。"

"您这个周末要干什么呢？"

"不知道，还没计划呢。还不知道到时候能不能休息。"

微笑仍然笑盈盈地看着高贵男的脸，他好像很难为情似的，脸变得更红了。

"那，您有时间的话，能和我一起吃个饭吗？"

"啊……？"

036

外向的鼻毛男

天哪，天哪，怎么办，仔细一看这男的……微笑刚刚还直直地看着高贵男的脸，突然脸唰的一下红了，连忙扭开了头。

"啊哈哈。您不用这么害羞。我没有别的意思。其实是我收到了两张绿源酒店的自助餐餐券，没人和我一起去。不知道您是否了解，绿源酒店的自助很贵的。哈哈。"

"啊……我……"

怎么办，这可如何是好呢。

他，鼻毛露出来了，我要不要告诉他呢。如果告诉他该怎么跟他说呢？鼻毛怎么会跑到外面来呢？一般男人也是常常照镜子的吧？

见微笑说不出话，只是红着脸一副手足无措的样子，高贵男满意地笑了。

"没想到您性格这么内向啊，您看起来可不像呢。"

"啊，不，那倒不是……"

"吃过饭以后我们去唯一乐园，我会买好通票的。虽然唯一乐园的通票很贵，但是买下午场，再加上员工折扣，性价比还不错，怎么样？"

暂且不说为什么要提到性价比，外向的鼻毛男啊，你还不知道通票的意义吧。

微笑不情愿地看着高贵男的脸，突然间像挨打了似的眼前一阵发黑。

"啊？等等！这么看来……"

微笑惊慌地瞪大了眼睛，接连转了好几下头，看了看周围。

跟"男神女神两人三足"这个标题十分相称，四周围满了所谓的优秀单身男员工。

但是男神到底在哪儿呢？别说男神了，放眼望去，只看得见哺乳类甚至鱼贝类的动物。这里是动物园吧！是水族馆吧！

微笑终于明白从刚刚开始就不爽的心情是怎么回事了。在英俊的身边待了太久，所以一直没有意识到的，而且毋庸置疑百分之百确定的一个事实就是：今后无论去哪儿，不管见谁，都会有一种到了动物园甚至水族馆的感觉！

和李英俊这个人共事的九年里，微笑的眼光已经高到珠穆朗玛峰上去了，今后见谁还会看得上眼呢。如果一开始就以李英俊为参照对象，很显然那些平凡的恋爱连开始的可能都没有吧。

微笑猛地扭头，绝望地望向远处的主席台。

果不其然。

李英俊跷着二郎腿坐在那儿，后背似有光环照耀，那姿态魅力十足。他似是一副早就料到如此的表情，从容地俯视着她。

*

"烦死了，怎么还不结束。什么时候才能见到我的美人鱼呢？哈啊。"

侑植长长地打了个哈欠，用手背擦了擦眼角渗出的眼泪，啧啧地吸着袋装红参汁。

坐在旁边的英俊则是一副悠闲的表情俯瞰着运动场。他的视线正正停在了微笑身上，她正等待着参加两人三足比赛。

"哎呀？微笑秘书怎么在那儿？不见金智雅秘书的影子，看来是去做替补了啊。话说……"

侑植偷偷地打量了英俊的脸色又接着说道：

"出大事了！那儿可是聚集了公司全部的单身帅哥，万一我们的微笑秘书在那儿和谁看对眼了怎么办。"

"不可能。"

"你可不要过于自信，到时候摔个跟头碰一鼻子灰啊。"

"微笑不可能和任何家伙看对眼。因为她中了诅咒。"

"什么？"

"应该说是电影大片的诅咒吧。"

"没头没尾地说什么呢？"

英俊从容又优雅地指向运动场的一角。

"电影大片。耗资巨大的大制作。投资越大，票房也越有保障。"

"那谁不知道？但诅咒是怎么回事……？"

"看过了斥资三亿美元的 IMAX 科幻电影,再看低成本的三流情色电影。"

"晕!"

"那画面入得了眼吗?"

果然如此。就这么远远看去,明显可以看出微笑满脸不乐意地等待着上场顺序。而贴在她旁边的家伙虽然在未婚女员工中很有人气,但仅看他的外形就已经像是满屏雪花的黑白无声电影,太可怜了。

"啊,李英俊,你太可怕了……!"

侑植不由自主地露出恐惧的眼神看着英俊。

英俊微笑地看着运动场,身上有一种邪恶的气场。

"你就尽最大的力气蹬腿挣扎吧,金微笑。"

正在英俊微笑的瞬间,发令枪砰的一声响了,男女搭档们开始一齐向前跑。

可能因为脚踝被绑着,所有人都步履蹒跚、跟跟跄跄,还有的摔倒在地上打滚,现场呈现出滑稽的场面。

侑植看着这些俊男靓女们的滑稽表现,笑得前仰后合,连眼泪都笑出来了。

"哇,这是谁想出来的? 真是太逗了。哈哈哈。"

正在这时,一对搭档以超出正常的速度一马当先。他们一一甩开对手,好像脚上装了马达。

英俊正好奇这对选手是谁,盯着运动场,表情突然变了。

"英俊,你的表情为什么突然变得这么焦虑?"

"这个……"

"哎呀,我还以为是谁呢,原来是微笑秘书他们啊。"

侑植看出英俊的脸颊热得厉害。他摇着手中的袋装红参汁嘚瑟地说道:

"真酷啊。看影子几乎是一个人。从一开始出发就形同一体的配合。完全就是一个身体啊,一个身体。弄不好会产生感情呢。"

"你真是……"

侑植把空包装扔进垃圾桶,仍然没眼力见儿地喃喃自语。

"哼,大片的诅咒。"

"闭嘴。"

"好像看了一部制作优良的反转电影啊。剧情结束之前,眼睛都无法离开呀。这情节，让人手心都出汗了。"

"朴博士。"

"哎呀，还别说，他们紧紧贴在一起，互相搂着对方的腰，分明就……反正会碰到的，怎么样？"

"我让你闭嘴。"

英俊紧紧咬着牙，一副狰狞的表情。

可不是嘛。微笑紧紧搂着一个陌生男人的腰，一寸空间都没有。他们还喊着"一二，一二"的口号，稳稳当当地奔跑着。

正如侑植所说，身体的一部分碰到了也不一定。也不知道那个畜生一样的小子心里有什么阴险的想法。这种第一名到底有什么用，竟然还担心后面有人追，使出吃奶的力气去跑。

"那个傻瓜疯了吗？这种运动会重在参与，谁会拼了命去跑……！"

哎？这么看来……

"还是没听懂啊。所谓'宁死不败'……只是全力以赴还不够，一定要给我拿第一。"

哎，搬起石头砸自己的脚说的就是这种时候啊。

037

好气哦

"英俊？李英俊？你没事吧？"

"妈的！"

英俊坐立不安，抓着椅子的扶手，像是要把它捏碎了。侑植好像意识到了英俊的状态比想象的严重，打开包翻出一个东西，递给英俊，满是担心的表情。

"不要太激动，喝点这个。"

英俊打开盖子，把侑植递过来的牛黄清心丸制剂一饮而尽，然后长长舒了一口气，竭力地深呼吸。

是的。问责这种事情以后也可以做，先把跳动的心脏安稳下来。

这时，传来了主持人激动的声音。

"好，今天的第一名是——大家都看到了吧？这两位为我们展现了超常的合作精神。哎，难道没有什么期待吗？什么期待呢？什么期待？是的！就是情侣的期待！交往吧，交往吧！"

大家都和着拍子连声呼喊"交往吧！"，不觉间全场洋溢着其乐融融的气氛。"合为一体""唯一"等标语引发了现场观众集体没羞没臊的壮观景象。这也是主办方期待的最温馨的场面。

除了一点，那就是"合为一体""唯一"这些标语的表意非常不明确。

"太幼稚了。还是集团活动呢，腐朽的东西。"

英俊眼神冰冷，语气坚定。侑植听了这话，后背发凉，战战兢兢。正在侑植预感到不妙的时候，英俊马上就说出了侑植预想中的话。

"从明年开始取消这个运动会。"

"喂，李英俊。"

"我再也忍不了了。我先走了。"

英俊一下子站起身来，冷静地转过身走下楼梯，对身边的随从视若无睹。随从和其他高管也都慌慌张张地跟着站了起来。

"哦？副会长，闭幕词怎么办！"

侑植着急地大声问道。但是英俊头也不回地大步走去。正在这时，

"闭幕词你替我……？哦，啊！"

哐当！

英俊还没说完话就一脚踩空，狼狈地摔倒在地上。

*

"交往吧，交往吧！"

观众群的大声呼喊让微笑慌张得说不出话来。

如果只是因为两个未婚男女配对，在跑步比赛中获得第一名就要交往，

那世界上哪还有单身的人呢？虽然从观众的立场来说，和着拍子连声欢呼非常有趣，但是如果真的轮到自己置身其中就会无比闹心。

微笑皱着眉回头一看，发现高贵男好像乐在其中，脸色红扑扑的，还咧着嘴笑。你有什么好开心的，一个劲儿地笑！天气这么冷，快让你那柔软的鼻毛回去吧！

微笑虽然咬着牙拿到了第一名，但是不知道应该笑还是应该哭。

微笑无端地觉得后脑勺有点刺痛，她转过身看着主席台这边。

她感到有些奇怪。英俊分明应该坐在那里的，但是不知道为什么没看到他。刚刚还像竖着拇指、看着圆形竞技场的尼禄皇帝一样，傲慢地坐在那里。

不仅英俊不见了，连侑植、高管和随行人员都从座位上消失了。不应该发生这种事情啊。

这时，英俊的一名个人警卫神情焦急地出现了。他向主席台下面的医务组猛烈地挥着手，还对着对讲机大声说着什么。一定是发生了什么事情。

微笑眼前变得一片漆黑，好像停电了一样。只有心脏怦怦跳动的声音和眩晕感，连耳朵都听不到了。

"副会长！"

不知不觉间，她的身体本能地朝向英俊的方向。

"啊！停停停！疼疼疼疼疼！"

微笑听到这生不如死的叫声，回过神来，向后看。她看到了一边假装疼痛，一边跳着的高贵男。

"部长！绳子不是还绑着吗！哎！"

微笑赶紧解开绑在脚踝处的绳子，头也不回地向主席台跑去。

"怎么突然不见了，去哪儿了？部长！金微笑部长！等颁奖仪式完了再走啊！部长！"

微笑像离弦的箭一样横穿过宽阔的运动场，来到与主席台相连的选手出入口。警卫已经挡住了通道。她赶紧把出入证给警卫看，然后又开始跑了起来。虽然她上气不接下气，感觉呼吸困难，但还是不能减慢速度。她除了想亲眼确认英俊的状态，其他什么都不想。

室内运动场的走廊又窄又长，到底还要跑多久？

就在微笑感觉呼吸困难，眼前变得忽明忽暗的时候，她看到了穿着黑色西服的随从们像一群蜜蜂一样聚集在那里。果然，英俊一条腿的膝盖弯曲着，瘫坐在最中间。

"副会长！"

尖锐的声音在狭窄的通道里响起，仿佛要震破耳膜。人们的视线都投向了微笑。

"怎么……！副会长，到底怎么回事？呼……呼！"

一口气跑过来的微笑气喘吁吁地挤到身材高大的警卫员中间，看着英俊。

英俊一看到微笑就用手挡住左脚脚踝，满面愁容地转过头去。

"受伤了吗？怎么突然受伤了？伤到了哪里？呼……呼。有多严重？嗯？"

微笑急切地追问，还没喘过气来。英俊背过脸去，一句话都不说。

"很疼吗？哪里，哪里？哪里疼？"

"这么多人在，安静点。"

"我问你哪里疼！"

"金秘书。"

"疼的话就说啊！"

"我们都知道微笑你声音好听，你小声点。"

"为什么不说？快说啊！"

"金秘书……"

"我让你快说啊！说啊！说！副会……！"

"啊，被你吵死了！吵死了，吵死了，吵死了！"

脸色通红的英俊高声喊道。周围的随从们都缩着肩膀。现在到底谁该说谁吵呢。

"为什么为一点小事这么胡闹？都说了楼梯有点滑！"

话虽如此，但是英俊那褐色休闲套装上已经到处都沾满了灰尘，分明不仅仅是滑倒而已。

"说谎！你看看你的衣服。为什么变成了这样？不是滑倒，是滚下来了吧！对吧！没有受伤吗？伤到头了吗？快点痛快地说出来吧！"

"没关系！没关系！说了没关系！"

"喝酒了吧？"

"没喝酒。"

"看来真喝了啊！"

"没有，说了没喝，你怎么老是这么说？"

"那是为什么！又不是孩子，好端端的人怎么就从楼梯上滚下来了？"

微笑的声音在走廊上回荡了一阵又渐渐消失了。

高管和随从们看着两人之间的纠缠，都吓到了。

唯我独尊的李英俊，虽然因为太出色而让人讨厌，相反也因为太出色而让人怎么也讨厌不起来。当然，在他面前谁也不能顶撞或者提出异议。

这样的英俊面对微笑的顶嘴，不对，应该是面对一个像结婚三十年的老婆发出的唠叨，竟然全都乖乖接受了。这种模样不太合常理，但又显得如此和谐。

英俊长吁了一口气，挥挥手示意微笑走开：

"真的没事，别一惊一乍的，让开。"

038

温热

英俊用手撑着，从地上站起来，左脚刚一接触地面，就发出了一声沉闷的呻吟。

"啊！"

他摇摇晃晃，一副痛苦的表情。微笑赶紧钻到英俊左边的腋下，扶住他。

"你看，不是伤到了吗！哎，我真是没法活了，没法活了！"

"你太吵了，叽叽喳喳的。"

"我带你去医院。"

"我能走。放开。"

"放什么放。再靠紧点儿。"

"让你放开。太狼狈了，这算什么呀！"

"知道狼狈还会那样滚下来？"

随行人员呆呆地看着两人吵吵闹闹、肩并肩走着的样子。其中一人后知后觉回过神来，准备走过去扶英俊。

"副会长，我……咳。"

这时他感到背后有人紧紧地拽住了自己的夹克领子，他回头一看，发现了一脸笑嘻嘻的朴侑植社长。

"社长？"

"插手副会长的私人欢乐运动会，多扫兴啊。你就别管了。现在插手的话，会和那边的高科长一样，升职机会泡汤，还要被调到国外去呢。"

"什么？"

*

英俊去了一趟医院再回到家时，天已经黑了。

玄关和前厅灯火通明，管家和保姆听到英俊受伤的消息，都大呼小叫地等待着吩咐。只微笑一个人大呼小叫就够人受的了，英俊立刻下令让他们马上下班。不过5分钟，所有的人都离开了，这时候家里才终于安静下来。

英俊一瘸一拐地坐进扶手椅，把打了石膏的左腿搭在脚凳上。医生说是韧带拉伤，需要固定一周左右。英俊长长地叹了口气，接过微笑递过来的水，一口吞下止痛药，松了松领带。

"当着那么多人的面，我那样子可真是丢脸啊。"

"副会长，现在是样子的问题吗？没有大碍就是万幸了，您就知足吧。"

"嗯，不论何时样子都很重要。"

可不是，英俊板着脸捋了捋头发，虽然他看起来略显疲惫，但依然俊秀无比，让人完全想象不到他刚在公司高管面前跌份儿失了形象。

微笑瞟了一眼英俊脚腕上的石膏，把空杯子放在桌上，开口问道：

"您真的没事吗？要不要住院观察几天？"

"只不过是崴了脚，住什么院。"

"以后万一疼起来怎么办。"

微笑皱着眉头俯视着英俊。盈盈的笑容一直是她的标志，现在的她却全然不同。

"你这么丧的表情我还是第一次见。"

英俊用手指着她的脸庞，斗气地嘻嘻笑着，微笑仍然紧锁着眉头。

"这么担心我吗？"

"这叫什么事儿啊？真是的……"

微笑哭丧着脸打量着英俊的脚腕，十分担心地嘟囔着，英俊却像个没事儿人似的，一脸悠闲地说道：

"我只是没有计算好走到台阶的距离而已。"

微笑眯起眼睛反驳道：

"您计算到台阶的距离干什么。直接用眼睛看着走不就好了。您不会走路时在想别的事儿吧？什么事让您想到这个份儿上？"

英俊似是不想回答，扭过头一阵干咳，微笑也不再追问此事，又接着问道：

"还有没有其他疼的地方？"

"手腕有点……"

摔倒时撑着地的右手手腕这时才觉得酸痛，英俊皱着眉头，来回扭动着右手手腕。

微笑不知去了哪儿。一会儿，她拿着一条热腾腾的毛巾回来，扑腾一屁股坐在地板上，把毛巾轻轻地敷在英俊搭在椅子扶手的手腕上。

"烫吗？"

"不烫，刚刚好。"

"副会长，现在这副虚弱的样子和您太不搭了。"

微笑一边嘟囔一边用热毛巾包住英俊的手腕，酸胀的疼痛一下子被一阵温暖掩去，英俊觉得有股让人心情愉悦的温暖气息在体内弥漫开来，整个人变得软酥酥的，就像快要睡着了一样。

英俊扭过头细细地打量着微笑的样子。

为了方便跑步，她扎了一个利落的马尾，光洁的额头上多了几丝自然滑落的碎发，不像平时那样。漂亮精致的弯眉下，睫毛又长又密，鼻梁又翘又挺，嘴唇就像是用水墨画笔蜻蜓点水般描画出来似的，线条十分圆润柔和。

和九年前相比，她的脸上多了一些斑点，因为一直面带笑容，眼角也多了几条细纹，但不论是那时还是现在，微笑一直都很漂亮。

"您怎么这么盯着我？我脸上粘了什么东西吗？"

"我……说过漂亮吗？"

"什么？"

"你。"

微笑见英俊语气相当真诚，便直直地盯着他的脸看了很久，然后调皮地说道：

"没有。从来没有。"

"啊……是吗？"

为了活跃气氛，英俊一脸不乐意地耸了耸肩，微笑这才露出了笑脸。果然还是看着笑盈盈的微笑，才觉得心情万分舒畅。英俊扑哧一下笑出了声。

"我去买点膏药吧？"

"不用了，没事儿。"

"贴上总比不贴好……"

微笑腾的一下起身，却像被泼了一盆冷水似的，一下僵在原地。

"都说了没事儿，没事儿。"

"啊……"

英俊抓住了微笑的手腕，他的手就像在发高烧一样烫得厉害。虽然不知道这股高温是来自热毛巾，还是来自英俊本身，总之，那是种感觉很不一样的体温。

"坐下。"

微笑扭扭捏捏地蜷缩着坐好后，英俊抓起她的手，久久没有放开。

微笑受不了这尴尬的沉默，悄悄地从他掌心里撤出手腕，捡起掉在地板上的毛巾递了过去。

"谢谢。"

"不客气。"

两个人单独在一起的情况也不是一次两次了，可此刻这尴尬的气氛却愈来愈浓。好奇怪。回想一下，从一周前光棍节那天不算约会的约会以后，两个人就一直是这种状态。

"你累了吗？"

"不累。"

"我有点累了。"

"那您闭上眼睛休息一会儿吧。"

"好。"

温暖的气息让他觉得越发疲软，眼前开始变得朦胧。

英俊望着天花板上的吊灯，慢慢地闭上了眼睛。

微笑坐着的地方传来了衣服摩擦的沙沙声，还有她轻轻的呼吸声。也许是无聊吧，还听到她玩弄手指的声音。

"今天……有趣吗？"

"有趣，直到这事儿发生之前。"

"什么最有趣呢？"

"接力赛跑。让我想起了以前的事，感觉特别好。"

"是吗？不是两人三足吗？"

"唉，别提了。年纪轻轻的大男人，身体竟然那么笨重。您知道'咿呀咿呀'地赶起来有多辛苦吗！"

039

金贵

"你怎么能和不认识的男人贴得那么紧呢？"

"只要能得第一，有什么不能的？"

"第一至上主义是个问题啊。就是因为大家都想得第一，人们才变得这么冷漠。公司内部运动会的意义就是重在参与，谁让你那么拼命跑了？傻乎乎的。"

"啊……？等等。这……怎么感觉体内有什么一下子沸腾起来了？"

"那是你的心理作用。"

"是吗？"

"总之，喜欢那家伙吗？"

"哪个家伙？"

"就是你两人三足的搭档。你不是说'现在想恋爱结婚'吗。那个被称为男神的家伙，不是正适合你恋爱结婚吗？"

微笑沉思了好一会儿，冷不丁地说道：

"恕我无可奉告。"

"嗯……是吗？"

"天哪，您不要一副什么都懂的表情。让人心情很不好。"

"你爱说不说，又不关我的事。"

"真差劲儿。怎么看我也不会对您有感情的，副会长。"

"那种话可不要随便说，像我这样的男人打着灯笼都找不到。"

"切。"

"你现在还是想辞职吗？"

"这个嘛……多亏了智雅，我的工作量减少了，也有了自己的时间……您好像也比以前好多了……"

"我的提议仍然有效。"

"但我还是不改初衷。"

"不改初衷……太过分了。头也不回……这种条件不是应该说'我愿意'吗……"

"这关系到我的人生，我不能只看条件，就这样轻易做决定吧？"

"真是……真是贵啊。"

"贵吧？当然了。我可是很贵的女人。"

"贵……"

说着说着，对话突然就中断了，英俊不知何时已经脑袋歪到一侧睡着了。

"看来真是累了啊。"

微笑深情地看了他好一会儿，轻轻地伸手摸了摸毛巾。刚刚不愉快地谈话的工夫，毛巾已经变得温温的了。

微笑打算再去热一下毛巾，刚从座位上起身，就听到英俊低沉沙哑的梦呓：

　　"微笑……不要……走。"

　　微笑一动不动地猫着腰站在原地，两颊渐渐泛起红晕。

　　"来，妈妈，叫妈妈。"

　　"请送我回家吧，阿姨。我想回家……"

　　"我让你叫妈妈！快点！要是我当时生下了那个孩子，那个人就不会抛弃我了。"

　　"阿姨……"

　　"不是阿姨，叫妈妈！赶快叫！叫啊！快点！"

　　"妈……妈……"

　　"现在我也有这么英俊的儿子了，他会重新回到我身边吧？好开心。"

　　"现在送我回家吧，好吗？妈妈、爸爸和哥哥都在等着我呢。我想回家。快送我回去吧。求求您了。"

　　"哎哟，你很爱你的家人？"

　　"是！所以赶快送我回去吧。我绝对不会报警的，拜托……"

　　"爱？真可笑。你知道什么是爱吗？你觉得这世界上有爱吗？"

　　"您在说什么我完全听不懂。请送我回家吧。求求您了。"

　　"你也觉得我这样很可笑吗？好啊，就连你也觉得我可笑。你这么小小年纪，因为是个男人，就觉得我可笑吗！"

　　"不……不是，不是那样的！"

　　"闭嘴！我为他付出了所有，他却让我落得这样一个下场。说什么会爱我一辈子，会离了婚和我结婚的……却又说为了他那傻孩子不能离，重新回到了他那猪一样的老婆身边！"

　　"救命啊！谁来救救我！拜托！"

　　"你看看我这副鬼样子。这就是爱。我说这就是爱，这就是结婚！你知道什么意思了吗？"

　　"不知道，我不知道……！放了我！放我离开这儿！"

"咳咳！"

睁开双眼，眼前还是一片漆黑。英俊突然觉得喘不上气来，他抓着脖子，猛烈地咳嗽着。这时，后背传来熟悉的温暖。不用回头看就知道，那是微笑的手。

"对不起。我看您好像做噩梦了，强行把您弄醒了。"

"啊……"

英俊仍在颤抖的手上全是湿漉漉的冷汗。他捋了捋凌乱的头发，这才镇定下来。

"做得……好。"

"我也经常做噩梦，所以我知道那种感受。真的很不好受吧？"

微笑想帮他尽快从噩梦中解脱出来，一直和他搭话，把他拉回现实。

"您怎么样？要喝点冰水吗？"

"嗯，谢谢。"

"您不要再睡着了，我马上给您拿来。"

英俊愣愣地看着脚步匆匆的微笑，声音嘶哑地问道：

"现在……几点了？"

"8点。"

英俊低着头，脸色苍白，过了好一会儿，又轻声问道：

"金秘书，你能不能在这儿睡了再走？"

"什么？"

"我让你睡了再走。就今天。"

"睡了……再走？在这儿？"

本是笑盈盈的微笑突然激烈地咳个不停。

"咳咳！咳咳！咳咳！"

*

11月17日晚上8点，仁川机场国际到达口。

一位戴着深色墨镜的美男子像走T台似的，姿态优雅地走出来，环视着四周。

"好黑。"

男人长长地舒了一口气，旁边路过的女人们纷纷转头。

"这个世界还是没变。好黑，好黑……为什么这里也这么黑啊。"

他充满忧愁的嗓音里，似乎还包含着一种湿润的感觉。

男人苦恼地摇摇头。有个女人见状突然感到一阵晕眩，连忙抓住自己的后颈。她平生第一次有这种感觉，就像看到初生的动物一样。那个男人散发出让人难以抗拒的魅力，唤起了让人无法忽略的强烈保护欲。天哪，好想把这个男人紧紧抱在怀里啊！

"……嗯？"

一直不停叹气的男人似恍然大悟，突然抬起头，优雅地摘下墨镜。

"啊，现在好多了。"

男人这时才觉得视野开阔起来，一脸舒畅地嘻嘻笑着环视周围。

和他对视的那个女人唰地红了脸，只见他眼角含笑魅力爆棚，从夹克内侧的口袋里掏出手机。

不知他向谁拨了一通电话，只见他十分高兴似的抬高了声音。

"妈，是我！您的小可爱，大儿子李成延！哈哈哈。是，我刚到。"

男人笑着的脸上突然掠过一丝惊慌失措的神色。

"什么？您问我在哪儿？能在哪儿啊。当然是韩国了。我不是说会今天到吗。啊？嗯？我没有说吗？啊……原来我没说啊。那你们什么时候回来？什么？明天？我一个人等着得多无聊。唉，那我先去英俊家吧。知道了。"

挂了电话后，男人面容苦涩地摩挲着手机屏，叹了口气，抬起头，又一次和刚刚对视的女人四目相对。

他眨着眼睛抛了个媚眼，那女人被他性感的秋波迷昏了头，一时气喘吁吁，摇摇欲坠。

"那么，走吧。"

男人拔腿迈步，他的发丝随风飘扬，不知从何处有幽幽的花香扑鼻而来。

040

别闹

　　微笑和英俊忙得错过了晚餐，只是喝了咖啡，喝着喝着俩人又争论了起来。争论的主题和往常一样，不过是一些非常琐碎的小事。

　　"又不是要活个一千年一万年，您非要那么挑剔吗？只要饱饱口福就可以了啊。"

　　"所以说，我没觉得饱口福啊。"

　　"我都说了是天上的咖啡。真的很好喝。"

　　"还是你多喝一点吧。不管是天上的咖啡，还是地下的岩层水，只要是从哺乳动物臭烘烘的肠子里出来的东西，我都不喜欢喝。"

　　"如果您手里拿着的是我偷梁换柱的猫屎咖啡，您要怎么办？"

　　"啊，对了我有件事情需要道歉。三年前的圣诞节，我送过你巧克力吧？我当时说是亲自向意大利大师定制的。"

　　"是。超级有面子的那个……啊？不会吧！"

　　"对，其实那是那天临时在百货商店买的。真正请大师制作的那个，前一天被我下酒吃光了。"

　　"您太过分了！您怎么能这样？"

　　"伤心吗？"

　　"您怎么还能说出这种话？"

　　"骗你的。"

　　"咳咳！"

　　"说实话，是蓝山吧？"

　　"是，是蓝山。"

　　"我就说嘛。"

　　微笑气鼓鼓地瞟了一眼英俊，偷偷看了下他的马克杯，然后问道：

　　"您都快喝完了啊，我再去煮一点吧？"

英俊瞥了一眼微笑的杯子，见她的咖啡还剩大半，便开口问道：

"你怎么不喝？"

"太多了。"

"你不喝就给我，我喝。"

"那我们换换？"

"也好。"

两个人很自然地交换了杯子，继续喝着剩下的咖啡。

会客厅里萦绕着淡淡的咖啡香，伴随着轻啜咖啡的声音。

微笑凝视着马克杯里黑亮的咖啡，轻声问道：

"您，经常做噩梦吗？"

"难说。"

这个回答很含糊，既没肯定，也没否定。

微笑耸了一下肩，尴尬地笑了笑，然后轻声说道：

"不知道从什么时候起，但凡睡得浅，我就会做噩梦，还有一些奇怪的梦。"

"你那是因为压力太大。"

"天哪，就是啊。是谁给了我那么大的压力呢？"

"米尔顿·弗里德曼[1]。"

"啊，真是讨厌死了。总之，之前我说过吗？我总是做同样的梦。"

"从没听你说过。"

微笑双眼蒙眬地望向窗外灯光闪烁的夜景。

"我分不清那是我小时候经历的事，还是前生的事，又或者说只是我的梦……梦里总有一个哥哥出现。"

英俊略微惊慌地看向她，微笑却失了神似的继续说道：

"那个哥哥好像是个小学生……皮肤白白的，个子高高的，眼睛很圆……长得就像王子一样帅气。虽然我不知道那晚我为什么会和他待在一起，但是房间里很黑，也特别冷。而且……"

"朴博士说有压力的时候吃点甜的最好。"

---

1 美国经济学家。

微笑听到英俊莫名其妙的话，一下从思绪中清醒了过来，眨着眼睛问道：

"给您拿点零食吗？"

"不用了。"

"但是，偶尔会有胆战心惊的感觉……"

似是对话间抓到了什么线索，微笑没有就此放下梦的话题。英俊已经很明显地皱起了眉头，但她并没有察觉。

"房门外面显然有什么东西。您知道我有蜘蛛恐惧症吧？"

提到蜘蛛，微笑不由得浑身一哆嗦。她转而表情坚决、语气坚定地接着说道：

"也许我的蜘蛛恐惧症就是这么来的。"

"门外有蜘蛛吗？"

听到英俊的问题，微笑点了点头，又不太确信地说道：

"但是……最近我开始怀疑那到底是不是蜘蛛。如果说是蜘蛛，那也太大了……到底是什么呢……可我也不愿再去想了。怎么说呢，总感觉如果那不是蜘蛛……应该是更加恐怖恶心的东西……"

像是回忆起了什么讨厌的东西，微笑突然打了个冷战，脸不知何时已经变得像纸一样苍白。

英俊静静地看着她的脸，语气诚恳地打断了她的话。

"长大以后再回到小时候去过的地方，会有一种奇怪的感觉吧？"

"是的。"

"比如说'这儿以前有这么窄吗？这个原来是这么小吗？'之类的。差不多就是这类情况。小时候个头太小，所以相对来说所有的东西都看起来很大。"

"那么那个……真的是蜘蛛吗？"

英俊回答得十分爽快，就好像当时他在场一样：

"是。"

"但是。"

"没有'但是'。你还记得我之前说过的磨牙棒的事情吗？"

"Bigbang 埋起来的磨牙棒吗？"

"对，就是那个。"

"您怎么突然提起那个呢？"

"就算记不起来，那磨牙棒肯定还在某个地方。虽然埋了起来，眼睛看不到，但它并没有消失。那么我们有必要去挖开确认吗？"

"是吗？"

英俊喝光了剩下的咖啡，摩挲着空杯子，又继续说道：

"费劲挖开之后，会不会发现它已经多处腐烂、面目全非？如果是那样，还不如不看。"

"那倒是。"

微笑点点头看向英俊。

英俊笑嘻嘻地摇晃着空空的杯子，嘴角翘起一抹温柔的弧线，温暖的咖啡让他的嘴唇看起来润润的，洁白整齐的牙齿和粉色的舌头若隐若现。

见这张脸也不是一天两天了，微笑此刻却莫名地心跳加速。她尴尬地扭过头去，开始收拾桌子。

"您也累了，我先走了。您休息吧。"

"走什么走。都说了让你睡了再走。"

"您就别闹了。"

"我没闹。别走。今天我真的不想一个人待着。"

本以为是开玩笑的，没想到他说得那么诚恳，微笑一下慌了神，唰地红透了脸。她拿起放杯子的茶盘，非常生气。

"您把我当什么人了？您就一点也不觉得失礼吗？"

"我又没说睡一张床。你想什么呢？"

"啊……"

确实是呢。微笑的脸本来就红，这下红得更厉害了。

"没看出来啊，金秘书，居心叵测啊。"

英俊摸着下巴自言自语，微笑则尖叫着起身离开了座位。

正在这个时候，在慌里慌张的脑袋、沉重的茶盘、运动会的后遗症等等的综合作用下，事故最终发生了。她的脚一下子绊在桌腿上，身体失去了平衡。

"啊！妈呀！"

茶盘滑落，上面的两只马克杯飞了出去，微笑搶着两只胳膊摔倒在地。

接着微笑眼前一黑，只听到杯子在地毯上骨碌碌滚动的声音。黑暗中微笑感觉自己的胸和肚子紧紧贴着什么，有种结实又温暖的触感，手指传来有力的心跳。

"呃……！"

041

自我拷问

听到英俊的哼唧声，微笑才打起精神，发现英俊就在自己眼前。微笑一时搞不清状况，懵懵地眨着眼睛，愣了很久。

"金秘书！小心点啊！我的手腕又抻着了。怎么办，疼死我了！"

英俊发牢骚的时候，上身不停地摇晃，微笑的身体也跟着晃起来。

微笑这才百分之百地搞清了状况。好像是摔倒的时候，英俊想要接住她，两个人滚作一团了。此时此刻，英俊四仰八叉地躺在地上，微笑则整个人刚好趴在他的身上。

惊慌失措地直扑腾的微笑，突然起身从一侧退下去，坐在了地上：

"对，对不起。"

"竟然把我的身体当安全气囊，这是犯罪，无期徒刑。"

英俊调皮地开着玩笑，咯咯笑着坐起身，微笑只是满脸通红，没有搭话。

"怎么了？受伤了吗？"

她的视线躲躲闪闪，飘忽不定。说话结结巴巴，像个傻瓜一样。

"啊……没，没，没有。没有。"

这尴尬无比的回答，让英俊也尴尬地撇开头。

"不管怎么说……睡了再走还是太勉强了，是吧？算了，你下班吧。"

"什么？"

"我让你回家。"

"您不是说今天不想一个人待着的吗……"

"我叫朴博士来就行了。"

英俊哧哧笑着，来回扭了扭疼痛的手腕。一股令人不安又十分凄凉的气氛莫名地弥漫开来。

微笑看着英俊的脸，莫名地有种感同身受的感觉。她好像下定了什么决心，表情悲壮地悄悄挪动膝盖，凑到了英俊跟前。

"我在这儿睡了再走。"

英俊一脸惊讶地看着她，微笑伸出两只手，握住他的手腕，慢慢地说道："万一您再做噩梦的话……我了解那种感受。经历了那么恐怖的事情，醒来却只有自己一个人，那样真的很不好受。所以，我会陪着您的。"

英俊紧紧盯着微笑的脸。

好漂亮。

怎么这么漂亮。从内到外，无一例外，都美到极致。

甚至，如果有人路过，不管是谁，他都想抓住问一问："我们微笑漂亮吧，你见过这么漂亮的女人吗？"

英俊喜欢和人保持适当的距离，过近的距离会让他感到害怕。

如果和微笑走得非常近，而且陷入其中，英俊可能就会变得像现在一样，因为沉醉在这种舒适中而向微笑讲述那天发生的事情，并从她那里得到一些安慰。那么她努力忘记的那段记忆，回想起来没有一点美好的那段记忆，就会因为他而再次被记起。而且，她在今后的人生中也会带着曾经承受过的痛苦而生活。

那样太可怕了。可能正因如此，英俊才给自己洗脑，说服自己微笑只是同事而已，不想越过那条线。

即使他们不是恋人关系，微笑还是毫无怨言地一直留在英俊身边。所以英俊才会安于现状，自认为微笑以后还会继续留在他身边。

英俊后知后觉地自我拷问。

金微笑对我来说到底是什么？是怎样一种存在？

是火热的激情？还是细水长流的感情？

是啊，这么说来他们已经一起度过了太多时光。

非微笑不可的固执，没有微笑会生不如死的心情，虽不强烈但非常急切的渴望，这些都是英俊切实的感受。

也许这也是爱情的一面吧。

虽然明白得太晚了，但是如果稍微深入地想一想，这本应该是非常简单的事情。

如果爱情不是自私的，英俊不会把微笑留在身边这么久。如果他害怕微笑会因为自己而记起那天的事情，那么放她走才是最明确的答案。

反正事情已经这样了。对，今后也要像现在一样守护她。

绝对不会把这份痛苦分给她，绝对不会，哪怕一点点也不会。

英俊看着微笑的脸，一言不发。过了好久，他又让人讨厌地说道：

"随你怎么想。我的意图就是让你睡在这里，这样一来，关于我的绯闻就会充斥所有的媒体，让你进退两难，最终不得不嫁给我。这么没眼力见儿，所以受了九年罪吧。傻瓜。"

"都露馅了，就别装模作样了。等您睡着了以后，我会到客房锁上门睡觉的，您放心吧。"

微笑并没有反击英俊的玩笑，态度真诚地说完以后，忽地站起身伸出手来。

"抓着我的手站起来。"

"哈。"

天花板上吊灯的光照在微笑身后，像一圈光环。

英俊呆呆地看着微笑的脸庞和手，感到无比温暖，哧哧笑着伸出手来。

正在这时，桌上英俊的手机响了起来。

*

金碧辉煌的商住两用高级公寓的大厅里走出来一个女子。虽然她穿着俗气的酒红色运动服和防风夹克，但是她那丰满的胸部和纤细的腰身把人体的线条美凸显得淋漓尽致。

让人印象深刻的还不止这一点。本来拥有这种身材的人即使脸蛋儿稍微差点也没关系，但是她偏偏还拥有像娃娃一样精致的脸蛋儿和明朗的笑容。

"晚上好。"

成延笑着和这个散发着香味，款款走来的女子打招呼。她微微点头。

"晚上好。"

对于成延的魅力和暗送秋波的眼神，女子不为所动，飞快地从他身边走过。这很罕见。

成延困惑地看着女子的背影好一阵，又马上迈开了脚步。

出入顶层公寓的大门固定在门吸上，微微敞开着。

大厅的保卫人员已经通过对讲机确认过，英俊分明知道成延会上去。但是几年没见的弟弟只是在门前等着，并没有为哥哥举行什么盛大的欢迎仪式。当然，打电话的时候成延就已经预料到了。

他表情略带苦涩地穿过前厅，走进客厅。

英俊一个人站在落地窗的正中间，背对着成延。窗前美丽的夜景像一幅画一样铺展开来。

"房子不错啊。"

成延脱下外套，走到沙发边，就像在自己家一样悠闲地坐下，对着英俊的背影打招呼。

"好久不见啊。"

"嗯。"

"过得还好吗？"

"我就那样呗。你呢？"

"就像你看到的一样。"

042

鄙视

　　成延打开双臂，甜甜地笑着。他高挑纤细的身形，以及清晰分明的五官都和英俊非常相像，但他们给人的印象却正好相反。英俊充满男性魅力，给人英气逼人的印象，成延却表现出温顺、柔和的女性气质。两人的性格也完全相异，所以他们从小就是一对让父母操心的兄弟。

　　"怎么突然来这里？"

　　英俊依然没有转身。听到弟弟刻薄的问话，成延抿嘴笑着反问：

　　"听说爸妈去了乡下？"

　　"爸身体不好，气喘加重了，所以去济州岛的别墅住几天再回来。"

　　"啧，我完全不知道呢。"

　　"买机票之前，先打电话问一下不就知道了。"

　　成延感到英俊话里带刺，笑着无力地反驳道：

　　"我不想辩解什么，但是确实因为新书收尾，一直忙得不可开交。身为长子，没能照顾到家里，非常抱歉。"

　　"应该抱歉的事可不止这一件。先不说这个，你为什么来我这里？你有很多地方可以去啊，为什么来我这儿呢？"

　　"当然有很多地方可以去。但是不知道为什么今天就是想来找你。"

　　成延俊美的外表，加上他能莫名地让人产生保护欲的气场，使得他的恋人遍布世界各地。他借口去旅行，在海外漂泊了近十年。偶尔回韩国时也大多借宿在她们家里。这次不知道为什么如此反常。

　　"你好像自己一个人住？还没有女人吗？"

　　英俊没有回答。成延温柔地笑着，补充道：

　　"跟我说实话。"

　　"什么？"

　　"其实你不是不喜欢女人，而是害怕对吧？为什么呢？"

英俊毫无反应，仍然没有回答。

"别害怕。女人是一种美好的存在。温柔、温暖，还能给你舔舐伤口，安抚每个角落。"

他迷离的眼神和阴森的嗓音让英俊皱起了眉头。

"少说这些恶心话。"

"哈哈哈！你真的还是和以前一样啊。"

成延咯咯笑了一阵，突然又发问：

"对了，我听说你的私人秘书已经连续工作了很长时间。有几年了？"

"谁说的？"

"妈妈说的。"

英俊皱着眉头，低声说道：

"净说些没用的……"

"妈妈好像很喜欢那个姑娘。叫什么名字来着？嗯……好像是能让人心情变好的名字……"

"马上就要辞职了，你别管。"

虽然英俊故作镇定，但是成延还是隐约看出了点什么，笑着问道：

"能在你这么挑剔的人身边待这么久的女人，一定有什么特别之处吧？"

英俊的下巴在颤动，一副咬牙切齿的样子。

"什么时候介绍一下。我很好奇是怎样的一个女人。"

"你走吧。"

"啊，弟弟竟然对好久不见的哥哥这么冷漠，真是伤心，伤心啊。"

"我帮你打电话，你去浩镇他们家的酒店睡吧。"

英俊的话像冰霜一样冰冷无情。成延听后慢慢地站起来，绕过沙发，走到英俊身边。

成延靠近英俊，直到再靠近一步两人的肩就要撞上为止。他们并肩站着，弟弟英俊显得更高一些。

"不管什么时候都是你更高，你做得更好，你得到更多的爱。"

"这是我的错吗？"

"不，都是因为我不够好。对，这是事实。但是……"

本来眼神恍惚地看着窗外的成延转过头来，直直地注视着英俊的眼睛。

"但是，英俊啊，你为什么这样呢？反正你已经很优秀了，就算什么都不做也能独占一切。你为什么还这样呢？为什么把我变成这样？因为你我觉也没法睡，什么事情都做不了。从那天开始到今天一直都这样。"

"你想听什么回答？"

成延好像受了极大的伤害，但是英俊却丝毫不为所动。

成延看着英俊镇定、冷静的眼睛好一阵，无力地喃喃自语：

"无法讨厌你实在太痛苦了。"

英俊冷冷地看着成延，没有表现出一丁点儿的感情，干巴巴地说道：

"你太懦弱、太无能。你就是那种为了保护自己，一直逃避，然后让别人痛苦的人。"

成延听了英俊犀利的话，脸色忽红忽白。

"李英俊，你怎么能对我……"

"我也不讨厌你。但是我……"

英俊好像什么都没感觉到，呆呆地看着成延惨白的脸，冷冷地说道：

"鄙视你。"

*

微笑回到家，脱下外套，挂在椅子上，无力地瘫坐在地。

"呼……"

她长长地呼了一口气，但是并没有缓解心中的郁闷。

"别走。今天我真的不想一个人待着。"

英俊第一次说这种话。也是第一次表现出如此软弱的一面。

当然，这也会让人怀疑，英俊是为了留下要走的人而在故意演戏。但是梦魇的时候，身体的痛苦挣扎绝对不是演戏。微笑经历过同样的痛苦，所以马上就知道。

"没事吧。"

微笑突然想起了在客厅摔倒的瞬间，脸都红了。因为摔倒的时候两人纠缠在一起，所以多少有点害羞，但是氛围实在太浪漫了。

指尖好像还能感受到他的体温和心脏的跳动。这是一种非常新奇的感觉，在英俊身边这么长时间都从未感受过的。

微笑平复了一下小鹿乱撞的内心后才缓过神来。

这个自恋的皇帝，这个让人讨厌又让人实在讨厌不起来的人，原来也是个"男人"。

为了强行甩开这种莫名其妙又尴尬的心情，微笑突然起身走向浴室。

"咦？"

正在微笑脱掉裤子和袜子准备洗澡的时候，突然感觉有什么东西掉了下来。她看到一个长长的东西掉在地上，是一条中间被剪刀剪断的束线带。这是早上为了不让英俊看到，匆忙塞进口袋里的。

"啊……原来这个还没扔呢。"

043

不好的事情

一条象牙色的尼龙束线带。

微笑曾经问过英俊为什么这么讨厌束线带。

"就跟金秘书讨厌蜘蛛一样。"

仅这一句就让微笑彻底理解了。啊，就算不知道原因，但是知道这种讨厌的感觉。

"恐惧……"

微笑弯下身准备捡起束线带的时候，发现了脚踝上的一处淤青，她吓了一跳。

这是两人三足比赛时，绑绳子留下的痕迹。因为渴望得第一名，把脚踝绑得很紧，所以产生了淤青。

"要好几天才能消吧。怎么办？在看不到的地方，应该没关系吧。"

她看着自己的淤青，好像不是那么疼。但是用手触摸脚踝的时候，简直疼得让人眼泪打转。

突然，浴室外传来了吵闹声。是桌上的手机响了。

微笑匆忙跑出去看手机，只见液晶屏上显示的是一个即将结婚的朋友的名字。

"嗨，英善。"

"微笑呀，没在忙吗？"

"嗯，刚到家。正要洗漱呢。"

"这样啊。"

"有什么事吗？"

"没有，也不是什么特别的事，就是你上次拜托的那件。在春在调查过程中和编辑部部长一起喝酒，好像听到了些奇怪的事情。"

"什么奇怪的事情？"

"很久以前，你们公司会长的儿子曾经失踪过。你知道吗？"

"什……什么？这是什么意思？"

这件事，微笑是第一次听说。

"据说是小学的时候，兄弟两人都在上学的路上失踪了，最后只回来了一个。多方打探，甚至动员了所有警力，都没有找到一丝痕迹，三天后的凌晨，那孩子出现在一个让人完全想不到的地方。发现他的时候他已经虚脱了，在派出所门前昏了过去，那儿是再开发地区，和最初推测的他的失踪地点方向完全相反。也就是现在唯一乐园的所在地。"

微笑的头皮一阵发麻，浑身竖起鸡皮疙瘩。

"可能是被精神病人绑架监禁，然后逃出来的。当时集团方面立刻封锁了相关报道，并放话说如果消息走漏，一定会强硬对待，所以这个事情就被压下去了。也没有留下什么资料，只有当时相关方面的一部分工作人员知道这件事。"

"兄弟中的哪个呢？难道是我们副会长……"

"当时部长的女儿和被诱拐的那个孩子都是四年级，所以他记得很清楚。部长的女儿现在三十五岁，你老板现在多大？"

"三十三。"

"啊啊，那应该是哥哥吧。因为那时受了打击，所以才不能参与公司的经营，现在还待在国外啊！"

"啊……"

微笑挂了电话以后，仍然像遭受重击似的，呆呆地站了很久。

*

"是谁召唤我啊？"

侑植站在咖啡厅的桌旁开着滑稽的玩笑，微笑却和平时不一样，没有笑。

"真没意思。"

侑植"哼"了一声，一扭一扭地坐到了正在打招呼的微笑对面。

"大星期天的，我们甜美的微笑秘书竟然找我出来，真是荣幸啊。"

"对不起，打扰您休息了。"

"没有，没有。今天刚好英俊也没来烦我，我正觉得无聊呢。他脚踝的伤怎么样了？"

"早上打电话的时候，虽然他没有说疼，但应该是很疼的样子，因为声音听起来不怎么好。"

"嗯。这次摔得那么结实，这几天肯定会浑身疼。你强行取消了他的所有日程，做得很好。如果放任那家伙不管，老了肯定会落下病根的。"

侑植低头浏览了一遍菜单，喊来服务员点了饮料。

"微笑秘书，你喝什么呢？"

"跟您的一样吧。"

"两杯营养山药汁。山药是国产的吧？啊，对了，这药能帮我热热吗？很金贵的，只能热 30 秒。早了晚了都不行。明白吗？"

这点单点得跟讨人厌的恶婆婆似的，服务员一脸不情愿地接过菜单和中药袋子走了。

两个人寒暄了一会儿，侑植直视着微笑，认真地问道：

"所以，你想问我什么？不是有事想问才找我的吗？"

"啊……果然被您看穿了。"

微笑只是低头盯着桌子，久久难以开口，她的眼底蒙着一层平时少见的阴影。

166

"晚上没睡好吗？"

"我想了解点事儿。"

"是英俊的事吧？"

微笑犹豫地酝酿了很久，终于下定决心似的，紧紧握住拳头问道：

"社长，您说您是留学的时候遇见副会长的吧？"

"嗯。怎么突然提这个？"

"那么，那之前的事您知道吗？"

"什么事？"

"副会长小的时候……他或者他周围的人，有没有谁经历过不好的事情或者……"

侑植正望着含糊其词的微笑，这时刚刚点的饮料送了过来，打断了对话。

不知道那样过了多久，侑植晃着中药袋子，冷不丁地说道：

"自从我遇见英俊，成了他最铁的朋友，这么长时间以来，那家伙提起小时候的次数，一只手都能数得过来。不仅仅是他，就连待我像亲儿子一样的会长和夫人，对以前的事情也是只字不提。一般来说，儿子的朋友来家里做客，总会拿小时候的黑历史开开玩笑吧？我也隐约觉得他小时候肯定是发生过什么。"

"所以，您也不知道啊。"

"不好意思没帮上忙。但你问这个做什么呢？不好的事情是什么？"

微笑不知道该如何说，也不知道该从何说起，她苦恼了很久，开始坦白：

"很久以前我就一直想找一位哥哥。人有时候会有一些明明想不起来，却又莫名很执着的记忆。那位哥哥对我来说就是这样。可能是想得太久了吧，那位哥哥就好像变成我理想型一样的存在了。"

"嗯。"

"五岁之前，我都是住在再开发地区，就是现在唯一乐园的所在地。我要找的那个哥哥，当时好像是被监禁在我家附近的一座空房子里。不知道怎么回事，有一晚我也和那个哥哥待在同一个地方。"

"什么？监禁……？到底是怎么回事？"

044

欧若拉

"我的家人也都不知情，再加上我只有零零星星的记忆，所以我现在也搞不清，那到底是梦，还是真实发生过的事情。但是，昨天我偶然间听说了二十四年前，唯一集团会长的孙子被诱拐的事情，虽然这件事现在已经完全被掩盖过去了。"

"什……么？"

侑植惊慌地瞪大了眼睛看着微笑，微笑像是在回想着什么，表情呆滞地继续说道：

"会长的孙子，也就是副会长和他的哥哥，兄弟两人都在去学校的路上失踪了，却只回来了一个。失踪以后，被精神病人抓走监禁起来的孩子，三天以后才逃出来。那孩子被发现的地方，正是我家所在的再开发地区。"

"天啊，不是，怎么会有那种事？"

"我很确定。当时我遇见的那个哥哥，这些年来我一直在寻找的那个哥哥，肯定是唯一集团第三代中的一位。根据接触过那个案件的人推测，他现在应该是三十五岁。"

侑植兴致勃勃地说道：

"那肯定是成延了。"

"这点我也想到了。但是……"

"但是？"

"还有一点不是很确定。那年龄，好像是根据所在的年级推测的。"

"啊，英俊跳级了。等等，二十四年前的话……"

"我听副会长亲口提起过，他说四年级的时候他和哥哥在同一个班。"

"那就不太好说了。你怎么不直接问他本人呢？"

"我当然也那么想过。但是……不管怎么说还是有点……"

"嗯。也不是什么好事，确实很为难。我们再一起想想吧。"

满脸担忧的微笑看起来很陌生。一直笑盈盈的人突然严肃成这个样子，真是让人担心。

"但是，这个事情你为什么问我呢？"

"我以为您会知道点什么。"

"不，我不是那个意思。从某种角度来看，这是老板的私生活，是很难开口的。你为什么这样毫不顾忌地全都告诉我呢？就不怕我到处乱说吗？"

微笑眼睛瞪得圆圆的，摆摆手，无所谓地回答道：

"当然不怕了。我很了解您不是那样的人，才告诉您的呀。"

"你怎么知道我不是那样的人？"

"我还是信得过您的。"

"是吗？我什么地方让你那么信任？"

"您是副会长最信任的人。"

听到这个爽快的回答，侑植露出一抹意味深长的微笑：

"啊。所以说到底，你信任的不是我，而是英俊啊。"

微笑听了惊慌地红了脸，一时手足无措，侑植仍然笑嘻嘻地说道：

"被人全心全意地信任是一件幸福的事。所以英俊也不愿意放开你吧。"

"哎，不是的。只是我好使唤，在一起时间久了比较自在而已。而且再和新人磨合也比较麻烦……"

"你不是也很清楚吗？以我的了解，英俊可不是仅仅因为这个就会把一个人留在身边那么久的人啊。"

侑植从容地看着脸颊绯红的微笑，眯起眼睛接着说道：

"虽然他那个家伙自以为是，只考虑自己。"

"很可恶。"

"对，那个家伙还以为周围的人都是给他陪衬的屏风。"

"如果周围的人都是阿拉斯加的鲑鱼，他肯定以为自己就是在高高的天上俯瞰它们的欧若拉。"

"如果世界是个金字塔，那家伙肯定以为他就是金字塔最顶上的那个尖儿。"

"但是……从某种程度上来讲，也是事实吧？"

"是啊。所以更可恶。"

"他确实是可恶，但是又很奇妙地让人觉得没那么可恶呢。"

两个人同时露出一副吃到坏东西的表情，嘀咕了很久，突然扑哧笑了。

侑植撕开中药袋子，插进一根吸管，轻轻吸了一口，然后说：

"是啊，那样的家伙只会用那种方式表达。这一点，除了你还有谁能理解，谁能接受呢？所以你不要辞职，就这样继续留在他身边吧。"

微笑的脸一红，侑植又认真地问道：

"你喜欢英俊吧？"

"什么？您突然说什么啊！"

"我在旁边看着真是要急死了，你们俩。"

也许是太慌张，微笑的脸更红了，整个人都诚惶诚恐。侑植欣慰地看着她，突然想起了什么，两眼直放光。

"啊，刚才的事情，刚好成延哥回国了，要不我去稍微打探一下？"

"哎呀，副会长的哥哥回国了吗？什么时候？"

"哎？你不知道吗？昨天晚上他去英俊家了啊。"

啊，怪不得。

本来还缠着说让她睡了再走，不知接了谁的电话，就疯了似的把她赶回了家。微笑这才明白原来当时是接了哥哥的电话。

"副会长和他哥哥的关系好像不怎么好……"

听到这句话，侑植的表情一下僵住。

"何止是'不怎么好'啊。而且我也觉得成延哥有点那个。虽然我只见过他两次，具体也不太了解，但觉得他并不是一个让人愉快的人。尤其是对女人。万一你以后遇到他，千万不要和他走得太近。"

"为什么？"

"微笑秘书，你看着我。"

"我看着呢。"

"我让你好好看着我的眼睛。怎么样？有没有一种沦陷的感觉？有没有觉得手脚麻酥酥的，感觉天旋地转，双腿松软无力？"

微笑的表情变得有些微妙，似乎被弄糊涂了。

"对不起，没有。为什么会那样呢？"

"如果说我是'买炸鸡时附赠的冰箱贴'，那么成延哥……"

见微笑露出惊讶的神色，侑植耸了耸肩接着说道：

"废车场里抬汽车的起重机上有那种超大超强的磁铁，你知道吧？他就是那个。"

"什么？"

"论起风骚，他可以称得上是王者了。只要一对视，你立马就会成为他的俘虏。他就是这样的人。"

"哎，哪有那样的人？"

"等等，这么看来……"

侑植的眼球滴溜溜地转了好一会儿，他蜷缩了一下肩膀，长叹一口气，嘟囔道：

"真让人羡慕啊。"

045

爱我你就抱抱我

白色的天花板，白色的墙，还有印满字迹的儿童病号服。

苍白纤细的左臂上难看地插着针头和长长的输液管。小男孩静静地看着注射液一滴一滴地滴下，耳边传来手表嘀嗒嘀嗒的声音。

旁边有人在抽泣，是妈妈吗？

"别哭了，老婆。再这样下去你也要晕倒了。"

"但是……呜呜。那么聪明的孩子变得像个傻子一样，连话也不会说，只呆呆地睁着眼睛……呜。"

"等等吧。等过段时间，会好起来的。"

"这话都说了一星期了！万一！万一……就这样永远回不来，我……我……呜呜呜！"

"唉，你这个人真是。"

不是我的错，不是我的错。

这都是因为那个家伙。不是我，是那个家伙太坏。谁让他在那儿装了不起的了？都是他自作自受。

也看看我吧。不要只看那家伙。也不要用那种眼神看我，好好地看看我。也像爱那家伙一样来爱我吧。拜托。

"成延，成延，你怎么了？"

"呃……"

"睡着睡着怎么哭了？嗯？"

酒店套房的卧室里挂着遮光窗帘，暗得让人分不清现在是什么时候。

成延坐起身，用手背擦了浸满汗水的脸，打了个寒战。

"呼，呼，又是那个梦……那到底是谁，是谁？"

"你做梦了啊，成延？"

"抱着我。"

他把头埋进女人高挺的双胸之间，尽情享受着肌肤之亲带来的温暖触感，反复说着：

"抱着我，抱着我。"

"亲爱的，你真是的。我现在不是抱着嘛。"

"再抱，抱得更紧一些！"

"你突然怎么了？我害怕。"

"害怕？你说你害怕？你知道什么叫害怕吗？"

"成延……"

"小时候，因为我弟弟我被精神病人绑架了，一个人被关了三天。你知道我有多害怕吗？因为那时的创伤，我的人生到现在还在延续那种痛苦！"

虽然成延嘴上说着害怕，但其实他的话并没有触动那个女人分毫。因为成延的声音听起来就像是提前录好内容的自动应答系统，十分机械，这声音里好像缺少了什么重要的东西。

"天啊，真是可怜。"

"快安慰我，爱我。"

"好，我会好好安慰你，所以你要像昨晚一样让我欲死欲仙啊。我感觉我要升天了。我敢说，在精力旺盛的男人里，我还没见过你这么棒的。亲爱的，你真不一样。"

"你说……我不一样？"

"嗯，很帅，我真的很喜欢。你是最棒的！"

女人娇滴滴地笑着。听到她浅薄的话，成延一下停止了动作。

"你太懦弱、太无能。你就是那种为了保护自己，一直逃避，然后让别人痛苦的人……我鄙视你。"

"不是。"

"亲爱的？"

"不是！"

"嗯？"

"别装作一副了不起的样子！我很痛苦啊！我这么痛苦你难道看不见吗？为什么没有人能理解我？为什么！为什么！"

"天啊，疯了吧，这个人怎么回事？"

成延像疯了似的，一直自言自语，女人吓得悄悄退到一边，连澡也没洗，连忙穿上衣服逃出了酒店。

成延一个人坐在黑暗中，似是凝视着半空，一直不停地嘟囔着：

"你怎么能这样对我……你怎么能这样对我……！"

*

"一家人好久没有像这样聚在一起了，真好。"

听到李会长这么说，崔女士温柔地笑弯了眼睛，责备成延道：

"你应该经常回来的，再这样下去，我就要忘记我大儿子长什么样了。"

"我回来了，您很开心吧，妈妈？"

"那还用说。"

"哎，明明我走了您更开心。"

"什么？哎呀，你这孩子！"

因为成延顽皮的玩笑，客厅里传出一阵嘻嘻哈哈的笑声。

李会长放下茶杯问英俊：

"你这个家伙一向是铜墙铁壁，挨了刀子都不流一滴血，怎么会突然从台阶上滑下来呢？"

"我也不知道。"

英俊一脸不情愿地含糊其词，坐在他身旁的崔女士脸上又蒙了一层阴影。

她的视线明明是落在英俊左脚腕的石膏上，但不知为何，眼神却很涣散，仿佛是在看着石膏里面的其他东西。

"你要时刻保重身体。这么重要的时期，如果你受了重伤，公司方面也会损失巨大。"

听到李会长的话，崔女士怒从中来，抬高嗓门喊道：

"孩子都受伤了，你这说的是什么话！现在公司是重点吗？"

"一旦身居要职，人的身体就不只是属于自己的了，所以我才这么说。我又怎么会不担心英俊呢？"

成延听到李会长和崔女士你一言我一语地说着，脸上的笑容不知何时已消失殆尽。

英俊察觉到周围气氛的变化，连忙表情僵硬地打断了他们。

"以后我会格外小心。"

"那是，这才对嘛。金秘书也因为这件事吓得不轻吧。"

崔女士突然提到微笑，英俊的脸上隐隐掠过一丝慌张，成延见机插嘴问道：

"金秘书是谁？"

046

禁忌

崔女士瞪大了眼睛，来回看着两个儿子。

"天哪，原来成延你还没见过她？她在英俊身边待了那么久，为什么会没见过呢？"

"金秘书和我因为公司的工作一直很忙，哥哥回国更是罕见的事情。我都好几年才见哥哥一次，微笑能有什么特殊的事情跟他碰面呢？"

英俊皱着眉头含糊其词，成延却两眼放光，刨根问底地追问崔女士：

"她工作几年了？"

"得有十年了吧？"

"多大了？"

"今年二十九岁。不过你怎么对她这么关心？不行，我已经认定微笑是英俊的媳妇儿了。你不是有很多女朋友嘛。"

"妈，反正英俊对结婚也没什么兴趣嘛。"

"那也不行，你别靠近她。"

"漂亮吗？"

"那当然。要说起她有多漂亮……"

崔女士刚要像个没分寸的大妈夸女儿似的开口夸微笑，英俊突然开口说道：

"爸，年初东南亚事业部的实地考察，我想把越南分公司也纳进去。"

英俊极少打断母亲的话。不用问就知道，英俊这是在蓄意阻挠什么。

"噢，是吗？本来我也想提一提这件事的……"

父子俩一旦谈起工作，就不会中途停歇。看来今天也要聊个没完没了了。崔女士早已料到会如此，为了方便李会长和英俊谈话，打算回避。

"成延，我做了你喜欢的生姜桂皮茶，我们去喝个痛快……"

崔女士从沙发上起身，悄悄看了一眼成延，突然感到非常不安，心里咯噔沉了一下。果然，成延望着李会长和英俊，脸色难看极了。

"英俊你……"

听到成延阴沉的声音，李会长和英俊中断了谈话，转过头来看着他。

"英俊你真是一点都没变啊。总是只考虑你自己。"

对话突然中断，客厅陷入一阵尴尬的沉默中。刚刚还其乐融融的氛围瞬间冷却，紧张的气氛暗潮汹涌，就好像面前正摆着一颗随时可能爆炸的炸弹。

"成延。"

"不管是过上五年，十年，还是更久……英俊也不会变的。也是，那家伙之前也是始终如一。那种矢志不渝简直让人尊敬。"

在座的所有人都僵住了脸，但是面色苍白的成延却带着一种喜人的微笑，继续说道：

"至少，我原谅了过去所有的事。因为英俊是我的弟弟。"

李会长皱起眉头，瞥了一眼英俊，煞费苦心地安慰成延：

"成延，是，是，我们都明白你的心意。"

之前成延以旅行为借口出国以后，就一直留在海外，并不经常回国，这都是有原因的。

兄弟俩懂事以后，只要全家人聚在一起，就总是纷争不断，也总没个结论，不过是反复地消耗感情罢了。

大部分的纷争几乎都是因为成延和英俊过去未能解开的那个疙瘩。

十年前的某一天，成延和英俊吵嘴，成延怒不可遏地拿起瓷茶碟扔了出去。

飞出的茶碟正中英俊的额头。英俊因此火冒三丈，也不顾哗哗流着的血，像疯狗一样扑向成延。

那时，兄弟两人都是血气方刚的年纪，便展开了惨不忍睹的激烈搏斗。

有两个男孩的家里，这种事情虽然罕见，但也不是没有。问题是这血溅当场的搏斗就发生在父母面前。

崔女士一番阻拦后晕了过去，这才使纷争告一段落。李会长为了把兄弟二人分开一段时间，只能赶走大儿子。当时英俊刚刚留学归来，正计划学习经营公司，而成延一直对公司没什么心思，只是在公司挂职而已。所以成延被派往了中国分公司。

成延一开始就对公司的经营没兴趣，也没什么才能，他立刻扔下辞职信，宣布要从兼职作家转型做职业作家，并开始了长久的海外旅行。

不管过程如何，所有人的伤痛都好像暂时被掩盖了起来。最近十年里，并没有起太大的纷争，一直过得很好。让人还以为很久以前的那件事，已经随着岁月的流逝被遗忘了。

但那好像只是李会长和崔女士的愿望而已。

"哥哥你既然说都原谅了，那就好。那么事情不就结束了吗？如果说都原谅了，就该像个男人一样彻底忘记。为什么都这么长时间了，你还揪着二十多年前的事情不放呢？"

不会轻易认输的英俊这么一说，李会长立刻察觉到不同寻常的气氛，连忙抬手制止。

"英俊，够了。你先走吧。"

英俊一脸不满地起身，打算就此离开，成延却不想就此罢手。一直以来在这个家里被默认为禁忌的话题，终于被说了出来。

"李英俊，你不要乱说。如果不是你当时把毫不知情的我带走并丢在那里，现在坐在那个位置的人应该是我吧。"

"所以呢？"

"当时哪怕你回来找过我一次，我现在也能像你一样，能舒展身子睡个好觉。"

"所以说——"

"如果不是你当时无法战胜负罪感一直撒谎！胡乱指认丢下我的地点！我也不会被关在那儿三天！那么现在我——"

英俊眼睛不带丝毫感情地嘲讽道：

"所以，你到底想让我怎样？我都说了我不记得了。彻底不记得了。"

"你这个混蛋！"

成延怒不可遏，腾的一下起身，像十年前的那天一样，拿起茶碟，想要扔向英俊，此时，脸色苍白地站在一旁的崔女士突然发出一声瘆人的惨叫：

"啊啊！啊啊！"

也许是怕旧事重演，崔女士大受刺激，像疯了一样突然大喊着径直走到英俊身边，紧紧把他抱在怀里，对成延喊道：

"成延！现在可以放手了！够了！够了！你到底打算折磨人到什么时候！别人不说，你也不能对小贤这样！你不能这样！只有你……"

崔女士歇斯底里地喊着，成延满眼惊慌地看着她，小心翼翼地开口说道：

"妈妈？你在说什么？你说小贤……是谁？"

在他的质问下，李会长和崔女士不约而同地露出了极为惊慌的表情。

"啊……"

崔女士突然一个趔趄，紧紧攥着英俊外套的衣摆，从椅子上摔了下来。

"老婆！"

"妈！您没事吧？"

英俊将大口喘着气的崔女士扶了起来，李会长连忙搀扶着她疾步往外走去，朝他身后的两个儿子大声喝道：

"你们两个赶紧给我走！这段时间我都不想看到你们！怎么每次见面都不安生！"

李会长人都已经走出客厅了，满含怒气的高喊声仍然回荡在整个走廊中。

直到他的声音渐渐消散，空荡的客厅里不知不觉中被寂静填满，只剩下英俊和成延两个人大眼瞪小眼地看了半天。

英俊率先开口：

"哥，如果你觉得这样做，心里能好受一点的话，那就不要假仁假义的，你讨厌我也好，厌恶我也好，照实说就是了。不管你原不原谅我，我都无所谓。你选择原谅我，我不会感激你；你不原谅我，我也丝毫不觉得愧疚。反正我什么都记不起来了。"

"李英俊……你真是……厚脸皮啊。"

"随便你怎么想。"

英俊将自己的想法一吐为快之后，无奈地扫了成延一眼，断然地转身走出了房间。

047

糟糕

快要走到二楼卧室的时候，崔女士恢复了些许气力，自己边走边抽泣着说道：

"老公……老公……我心好痛，不知道以后该怎么面对他们……呜呜。"

李会长若有所思，眼神放空，饱含深意地说道：

"老婆，刚才……你提到英俊以前的名字的时候……"

听到那个名字之后，在场的人明显只有成延一个人对此感到惊讶，而英俊就像是对此早有耳闻一样，波澜不惊。

"老婆，其实我早就觉得，英俊他……也许已经恢复记忆了……"

"啊？你说什么？"

"没，没有，我没说什么。也许是我杞人忧天。"

*

在人迹罕至的巷子里，凛冽的风裹挟着寒气，从大衣的缝隙间往人身体里钻。

英俊靠在车身上，掏出一根烟叼在嘴里，打开打火机。橙色的火光中突然闪过一个模糊的场景。

"哥哥，你叫什么名字呀？"

"成贤，李成贤。"

"成延？"

"不是，是李，成，贤。"

"李，成，延。"

"你……真是个笨蛋，跟我哥一模一样。"

"哇！哥哥，你还有哥哥？"

"对，是一个非常糟糕的家伙。"

“你说糟糕？”

“对，糟糕透了。”

“哇哦。”

“我说他糟糕，你‘哇哦’什么？”

“好羡慕哦！我很喜欢吃糕呢。”

“我现在是该笑还是该哭呢？”

“微笑没有哥哥，只有几个姐姐。每次和姐姐们在一起玩娃娃的时候，她们总是把最丑的娃娃给我。我要是也有一个‘糟糕透了’的哥哥就好了。”

“你是女孩子，当然不可能有哥哥了[1]。你不要妄想了。你要是有哥哥的话，就只能落得我这样的下场。等我从这里出去之后，首先要给那家伙一记上勾拳……”

“上勾拳是什么？是吃的东西吗？”

“小孩子不要问这个。”

“啊，对了！那让成延哥哥当微笑的哥哥不就好了嘛！”

“我都说了我叫成！贤！再说了此‘哥’非彼‘哥’，你要叫我‘欧巴’才对。你这个笨蛋！”

“微笑不是笨蛋！微笑才五岁，已经比上幼儿园的姐姐们认的字多了。”

“你在开玩笑吗？我像你这么大的时候都在背千字文了。”

“哼！微笑还很会撕贴纸，完好无损地撕下来。”

“哎哟！郁闷死了！”

打火机上的火一熄灭，记忆就在重新变得黑暗的巷子里消失无踪了。五岁少女甜甜的笑声似乎还飘荡在黑暗中。他扑哧笑了一声。

英俊长叹一口气，吐出的烟圈连成一条白色的线，渐渐消散不见。

英俊的视线落在单身公寓三楼的一扇小窗户上，那里悬挂着粉红色的窗帘，正是微笑的房间。

他几乎无法再控制住自己心中的抑郁。他很想和某个人聊聊天，开开玩笑，哪怕只是一会儿。他想要证明“我”这个人真实地存在着，想得快

1　韩语中“哥哥”有两种叫法，女性和男性对哥哥的叫法不同。

要疯了。

他漫无目的地开车出来，等他回过神来的时候，已经在不知不觉间来到了微笑家的门口。

星期天的傍晚时分，和微笑年龄相仿的女孩子们肯定还在和朋友们一起吃饭购物，享受难得的休息时间，但是她的房间却还亮着灯。这都是因为某个无良的老板，在过去的九年间一直以工作为借口束缚着她，也从未想过以后要放手。

她的休息时间原本就少得可怜，他不想打扰她。他打算就这样在远处看着，等这根烟抽完了，他也该回去了。

直到他看到那个扎着丸子头的女孩，她迎面走来，身上穿着一条印有猴子图案的睡裙，外面套着一件起了不少毛球的针织衫，脚上踩着高仿的阿迪达斯拖鞋，手里提着一个黑色的塑料袋。

耳机里播放着河琳的歌，间或还夹杂着拖鞋踢踢踏踏的响声。微笑随着音乐的旋律迈动着步伐，不知不觉就走到了家门口的巷子里。

她晃荡着手里那个装着一盒鸡蛋的塑料袋，拼命想要甩掉脑子里的想法，却未能如愿。从昨天开始，英俊的脸庞就一直在她脑子里挥之不去。

而此时，她的眼前突然出现了一个男人，他正在巷子的一角抽着烟。她见他关掉打火机，朝自己走来，连忙垂下头，暗自加快了脚步。不料那个男人却径直与她擦身而过。似乎是腿脚不便，他的步伐一瘸一拐的。微笑放慢了脚步。

等到她被烟味麻痹的鼻子闻到熟悉的古龙水香味，这才后知后觉地反应过来，连忙摘下了两耳中的耳机。

"哇呀！"

微笑被吓得不顾形象地怪叫一声，连忙安抚着自己受惊的心脏，只见英俊一边抽着烟，一边认真地盯着她。她大声叫嚷道：

"副会长！您吓死我了！"

"你做什么亏心事了？干吗这么大反应？"

"呼……"

微笑忙着呼哧呼哧地深呼吸，好不容易平复了七上八下的心，这才发现自己两手空空，连忙低头看向地面。

"哎呀！我的鸡蛋！"

微笑连忙把插着耳机的手机交给英俊，蹲在地上收拾残局，看到十个鸡蛋已经碎了九个，她带着哭腔说：

"啊啊，怎么会这样。"

英俊可顾不上那些鸡蛋是否"全体阵亡"，他拿着微笑的手机看了看上面的歌单，不快地问道：

"《别处》《出发》《旅行》……？这都是什么。你就这么想离开吗？"

"哎呀，不是这样的！不过果然如此吗？怎么歌单上全是这种歌曲呢？"

"难道是潜意识……"

"不是！"

见微笑反应激烈，英俊做出一副无所谓的样子，扑哧笑了一声。

"你这是刚从便利店回来？"

"对。我肚子饿了，本来打算煮鸡蛋吃，结果冰箱里面一个鸡蛋都没有了。话说回来，副会长怎么跑来这里了？"

048

翻肚皮的金鱼

"我在回家的路上突然想起你，所以就过来了。"

"您的意思是您想起我，所以特意来找我的？"

"没错。"

微笑满脸通红，猛地扭过头去，正好看到英俊停放在巷子旁的汽车，惊讶不已地问道：

"您的腿都成这个样子了，还开车过来？"

"我伤的是左腿，对开车一点影响也没有。"

"不行！医生都发话了，您必须休养一个星期！"

"知道了，知道了，我想安静一会儿，你就别唠叨了。"

英俊一脸不耐烦地皱起眉，朝她摆了摆手。微笑察觉到他的异样，连忙闭上了嘴。

上小学的时候，微笑班上养了一条金鱼。那条金鱼有大红色的鱼鳍和白色的肚皮。

金鱼欢快地在小小的鱼缸里游泳，可是没过多久，它的动作渐渐慢了下来。有一天早上正好轮到微笑做值日，这条金鱼有气无力地把嘴伸出水面，一张一合地喘着气。等到中午的时候，它最终还是翻着肚皮死去了。

英俊的眼神与那天早上金鱼的一模一样。那种因为无法呼吸而痛苦无助，期盼着别人施予援手的恳切的眼神。

"您是刚从父母家回来吗？"

微笑见英俊紧紧咬着嘴唇不说话，连忙追问：

"您来的时候碰到谁了？脸色怎么这个样子？"

"我的脸色怎么了？"

"您的脸色很难看，发生什么事了？"

"什么事都没有。你别瞎操心。"

微笑抬起头盯着避而不答的英俊看了许久，确信一定发生了某些事情。

虽然她很想知道发生了什么事，但她知道这个男人的自尊心太强了，哪怕她再怎么追问他也不会老实交代，她此刻能做的也只是给他安慰。

"其实我刚刚心里也很烦躁，心情不是很好。"

"是吗？我们倒是心有灵犀呢。"

两人温情地对望了一眼，微笑笑着提议道：

"这种时候吃点辣乎乎的东西最合适不过了。我家里还有两包超辣味的方便面。我把这些煮了，你跟我一起吃吧？"

"方便面？"

"对。虽然我最近在节食减肥，但是今天破例陪你一起吃。"

英俊静静地低头看着她笑盈盈的脸，说出来的话却煞风景得令人生厌：

"你不知我的原则吗？我才不吃这种把含有化学添加剂的面疙瘩和含有化学添加剂的液体混在一起的东西。"

微笑不以为然，笑眯眯地反击道：

"又不是天天吃，只是偶尔吃一次。不管是充满化学添加剂的食物，还是卫生又健康的食物，现在只要能缓解压力不就得了？"

"这怎么能行。这里面加了太多防腐剂，死的时候尸体都不会腐烂。"

"哎哟，您适可而止吧。再说了，别说这是不可能的，就算真是那样，不会腐烂不是更好吗？说不定这还是能让副会长完美无缺的肉体千秋万代地保存下去的好办法呢。"

"真让人无语。"

微笑见英俊扑哧笑了起来，连忙从袋子里拿出一颗黏黏糊糊的鸡蛋给他看，说：

"这颗鸡蛋就当特别优待留给您了。"

"那当然，还用说吗？"

英俊一副理所当然的荒谬模样惹得微笑哈哈大笑起来。

她笑了许久，这才喘口气走到前头。

"您可不能因为我的房间太乱说三道四哦。我要是早知道您要来，肯定提前打扫一下……"

微笑踩着拖鞋朝公寓公共入口走去，察觉到英俊没有跟上来，她回头看去。

果不其然，他仍旧愣愣地站在原地，纹丝未动。

"您怎么了？"

对微笑来说，英俊的家也是上班之地，所以她能够毫无顾忌地进出，即便留至深夜也丝毫没有觉得不自然。

但对于英俊来说，微笑的家却并非这种存在。过去那么长的时间里，他从没有参观过微笑的家。遇上出外勤晚下班的情况，最多也就是送她到家门口，哪怕是有急事来找她也从不曾进她家里。

"不必了，下次有机会再说吧。"

英俊生硬地拒绝了微笑的提议，微笑静静盯着英俊看了片刻，随即露出一副了然的神色，上前一把拽住他的西装袖子。

"好冷啊，快进去吧，快点，快一点啦。"

她笑嘻嘻地拉着他，他踌躇半晌，只好装出拗不过的样子，挪开步子跟上她。

小而温馨的单间公寓内暖烘烘的，让人耳朵发热，空气里还隐约透着一股淡淡的香味。

"请进吧。"

微笑把放在玄关的黑色高跟鞋推到一边，特意留出空间让英俊脱鞋，随后以迅雷不及掩耳之势冲到洗衣机前盖上了洗衣筐的盖子。英俊虽然瞟到了一件粉红色的水滴花纹内衣，但也硬是摆出一副此地无银三百两的样子，干咳了几下，脱下鞋子径自走了进去。

微笑家的总面积可能还没英俊家的主浴室大，不过正所谓麻雀虽小五脏俱全。

玄关前面的空间虽小，却设有一间浴室，浴室门旁边连接着精巧的厨房，还有一张两人用的小餐桌。

房间内的地板上铺着一张看似价格不菲的高级象牙色地毯，英俊觉得这地毯似曾相识，蓦地想起几年前他买过一张地毯想铺在卧室里，收到之后发现颜色不合心意，于是便让微笑撤走了。如今转念一想，以微笑的性格肯定不会随意扔掉，他还纳闷怎么没再见过这地毯了，原来被她放在了这里。一想到这事儿，他就忍不住想笑。

门口正对着的小窗子上挂着一层薄薄的蕾丝窗帘，在外面看的时候分明觉得是粉色的，没想到进来一看其实更接近杏色。

顺着窗帘垂下来的方向往下看，有一张小巧的单人床放在小窗之下，床对面摆着一张家庭用办公桌。房间里飘着的淡淡香味似乎源自办公桌一角整整齐齐摆放着的化妆品。微笑身上日常散发的香味正是这种。

虽然家里干净到不需要再收拾什么，但微笑还是一边在厨房转悠着收拾，一边不好意思地问道：

"我家是不是有点简陋？"

"不是有点，是非常简陋。"

面对他毫不犹豫的光速回答，微笑报以甜甜一笑，轻哼了一声之后连连咂舌。

"我跟你开玩笑的，其实很温馨，很好。"

"我听着可没觉得像玩笑。"

"要说程度的话大概能占到51%吧。"

"那不就代表剩下的49%是真心话吗？"

049
一枝独秀

微笑忍不住发出一声怒吼，一边谴责英俊的玩笑，一边给他空出位置坐下。

"哎哟，真是无话可说，我就不计较了，您随意坐吧。"

见微笑劝自己坐下，英俊反而有些不知所措。

因为她笑盈盈地指着的方向，竟然是她的床，那张铺着白色床垫的小床。

这下子，唯我独尊的李英俊乱了阵脚，经过一番犹豫之后，他最终选择坐在桌子旁的椅子上。

"这里更舒服一点。"

"那椅子是便宜货，而且已经很旧了，您坐着可能会不舒服。"

"你不用管我。"

"那您随意吧。"

微笑毫不在意地转过身去站在燃气灶前，一边拿出锅具，一边开口问英俊。

"要不要我给您泡杯茶，您一边喝一边等？"

"不用了。"

"嗯，让我找找，我把泡面放哪里来着？冰箱里有哪些水果呢……"

在微笑忙着翻找收纳柜和冰箱的时候，无所事事的英俊注意到了微笑的书柜。

书柜和书桌被收拾得整整齐齐，正如她的性格一样，正合他的心意。

他扫视了一圈上面放着的书，伸手抽出一本日语自学教材。

从书上泛黄的书页足以看出岁月的痕迹，英俊随手翻开这本书，下一秒便忍不住笑了出来。

只见单元开始的那一页上写着"作业，拼命去背，明日上班之前测试"。这些字迹似乎有些熟悉。能不熟悉嘛。那可是出自他自己的手笔，那时的微笑应该还没有正式成为他的秘书。

他一边回想着过去的种种，一边继续翻页，又发现了她留下的几处涂鸦。在象形文字模样的涂鸦中间有一行字极为显眼。

黑白无常罢工了吗？赶快把混蛋专务抓走啦！

微笑到底有多讨厌他，居然称他为混蛋专务？英俊忍俊不禁，把书本重新放回书架，然后抽出旁边的一本书继续翻看起来。

这本书被一层色泽柔和的无纺布包着，应该是她爱不释手的一本小说，书角因为常年翻看的缘故，已经染上了一层汗渍。

英俊随便翻开书中的一页，脸色突然变得僵硬起来，片刻后，他的脸颊和耳郭，甚至连脖子都不受控制地发烫起来。他立刻合上书缓了口气，随即尴尬地瞟了一眼微笑，长叹了一口气。

他颇为无奈地把书丢在一旁，下一秒视线落在了书桌上的笔记本电脑上。

轻轻触碰鼠标之后，进入休眠状态的电脑屏幕立刻亮起，15 英寸的液晶显示屏上满是正在运行的办公软件，开着的每一个窗口都是有关业务的。桌面上甚至没有一个游戏软件。他打开网页收藏夹，却发现里面只有一连串公司的内部网页。

英俊内心不禁有些苦涩："难道我过去就是这样剥削微笑的吗？"

他轻抚着手中的鼠标，片刻后起身走向微笑。

微笑正站在燃气灶前等着水开，英俊走到她身边并肩站着，低头看向锅具，干干净净的不锈钢锅底不知何时开始冒起了一两点气泡。两人都没说话，只是看着锅，沉浸在自己的思考中。微笑率先开口，打破了沉默。

"是不是很神奇？不需要任何丰富的食材，只要在煮开的沸水里放一包佐料就能完成一道料理了。"

"的确。"

"方便倒是挺好的，但是不知道从什么时候开始，生活好像也变得越来越快餐化，总觉得少了点什么。"

"什么意思啊？"

"快速便捷地做好之后再迅速吃完，虽然很便利，但是感受不到更深层的美味和感动。人们习惯于这种快餐文化，所以对待生活也越来越马虎，每当想到这个我都觉得很难过。"

区区一碗泡面而已，这种话题似乎过于深奥了。英俊默默地盯着微笑看了一会儿，一改往日抬杠的习惯，反而十分认真地回答了她这个问题。

"你没必要难过，就算地球上所有的人类都快餐化了，也有一个人一枝独秀。"

"哦，您是说您本人就是那个出淤泥而不染的真君子咯？"

"没错，我从没想过要简单随便地过完这辈子。"

"哎哟，真的一次都没有过吗？"

"没错，一次都没有过。"

他这番话不像是虚张声势，毕竟以他的性格，在这种事上简直是有过之而无不及。虽然这样的他会有点讨人嫌，但不能否认他在很多方面都值得尊敬，对此微笑也没什么好反驳的。

英俊得意地耸耸肩，骄傲地补了一句。

"万事全力以赴，从小时候开始，便是我的信条。"

小时候。

这句话勾起了微笑的回忆，她把泡面抱在胸口，小心翼翼地抬头观察着英俊，半晌才艰难地开口问道：

"副会长，您小时候有没有……"

她几次三番欲言又止，好不容易开了个头却又说不下去。听说了多年前的那件事之后，她一直烦恼不已，追问事实并不难，问题是要如何取舍？

如果英俊不是那个哥哥，那他肯定也没遭遇过那件事，问了倒也无所谓，可万一他就是那个哥哥的话……

微笑突然想起英俊经历梦魇时那无法呼吸的痛苦表情，脸色不禁变得苍白。

"我小时候怎么了？"

"小的时候……"

微笑在英俊身边工作九年有余，假设他真的遭遇过不幸，而且从未对微笑和侑植提起过，就代表那件事带给他的打击无法言喻。或许还有其他的苦衷，但只要她设想的可能性多一分，她就不想直接去撕开他的痛处，或者说她不能这样做。

看到英俊惊讶的目光，微笑赶忙避开视线，顺便扯开话题。

"没什么。"

"真是无聊。"

不知什么时候，锅里的水已经沸腾起来了。

"泡面要全熟的吗？"

"你自己看着办吧。"

"那我就煮全熟啦。"

"好吧。"

"事后可不能抱怨……啊！"

她撕开泡面袋子，把面掰碎扔进锅里的时候，一不小心被几滴沸水溅到了。这真是烫在微笑身，急在英俊心，把英俊吓得不轻。

"笨死了！你到底在干什么啊！过来！"

050

安慰

英俊火急火燎拉着微笑走到洗手池边，打开冷水帮她冲洗右手，嘴里还止不住地唠叨着。

"哪有人会把这东西随手扔进沸水里啊？你是三岁小孩吗？你傻啊？"

英俊一时心急，涨红着脸，大发了一通脾气，稍稍冷静之后，左左右右观察着微笑的手问道：

"没事吧？还是很烫吗？哪里？是这里吗？痛吗？"

"只是有点热而已，没事的，真的没事。"

尽管微笑镇定地回答了他，英俊还是眉头紧锁不肯放开她的手，一边左右翻看她的手，一边用凉水为她按摩。

英俊的举动令微笑突然觉得有些不自在，或许是隔着冷水也能感受到他体温的缘故吧。

"真的已经没事了，放开吧。"

微笑强行把自己的手从英俊手里抽出来，脸红得像刚蒸过桑拿的人一样。

"刚才还说这全是添加剂呢，想不到您吃得还挺香的。"

虽然英俊只吃了面，不过还真是从头到尾都没抱怨一句，这一点让微笑颇为惊讶。

"看来这东西也并非完全不合您胃口。"

微笑递了几个橘子给英俊当餐后甜点，他一边吃一边耸耸肩转移话题。

"谁知道呢。"

转念一想，这是他第一次吃到微笑亲手下厨做的东西。

虽然不是很丰盛的饭菜，但莫名让他有一种被正式招待的感觉，心中很是满足。况且真如她所说，这顿火辣辣的泡面让他一把鼻涕一把泪，满头大汗，把他沉闷的心情一扫而空。

"谢谢款待。"

"客气了。"

微笑双手托着下巴盯着英俊。虽然他跟这略显简陋的餐桌格格不入，但是他的笑容似乎比刚才轻松了许多。

"出什么事了？"

"什么。"

"来这里之前，一定有事对不对？谁给您使绊子了吗？"

"你觉得我会被人使绊子吗？"

"不会……那么是有人说您什么了吗？"

"没那回事。"

"怎么没那回事了，我瞧您这脸色就是有那么回事。到底是哪个不要命的，竟然敢说我们副会长？要是让我知道是谁干的，我肯定直接给他脸上来一拳！大不了掏一点医药费就行了呗？"

微笑假装恶狠狠地捶了一下饭桌。英俊看着她，笑了起来，觉得十分荒唐。

"你竟然带着笑盈盈的表情说出这种荒唐的话，真是让我刮目相看啊。"

"说说而已嘛。"

微笑可能感觉有些尴尬，红着脸，斜眼看着英俊又说道：

"所以请您不要这样一副无精打采的表情了。一点都不适合副会长您这样决然的人。"

"你现在是在安慰我吗？"

"当然啊。"

"听起来不像啊。"

"您是被骗大的吗？除了我，谁敢安慰您呢？"

微笑看着笑容满面的英俊，果不其然，没有比这更好的安慰了。

确实。

只有微笑能够做到。除了她，谁会这样揣摩他的心思，给他送上依靠的肩膀呢？

"金秘书。"

英俊满意地笑着，甜甜地叫了一声微笑，然后又莫名其妙地说：

"我头脑聪明，外貌出众，钱也很多，Anipang 也玩得好。"

"所以呢？"

"所以现在别抵抗了，嫁给我吧。"

"啊？噗！"

微笑睁圆了眼睛哈哈大笑。英俊也耸动着肩膀笑出声来。

两人互相对望，畅快地笑了一阵儿，又回到平常的状态。他们互相看着对方，表情轻松了不少。

"啊，对了。我的平板电脑在办公室里吗？"

"没有，在我的文件包里。"

微笑马上从椅子上站起来，从包里取出平板电脑。英俊高兴地接过电脑，喃喃自语。

"正好。"

"怎么了？"

"朴博士今天一整天都没有行程安排，八成是在玩 Anipang，刚才都打破我的记录了。"

"天啊。输了可不行。我来帮您，赶紧灭了他。"

"OK."

微笑提着椅子，屁股都不挪，迈着小碎步移动到英俊身边，贴着他坐下来。英俊已经打开了 Anipang APP。他突然认真地问道：

"你没跟朴博士告密吧？"

"什么？您说上次我和您一起创造新纪录这件事吗？"

"对啊。"

"哎，您把我看成什么人了。您再找一个像我一样嘴严的女人试试。"

"反正绝对不能说。"

"嗯嗯。"

"不要回答得这么敷衍。"

"知道啦。您就别担心了。而且，最近比较流行的是 Friends POP。"

"哦，是吗？"

"朴博士和金专务早晚会放弃 Anipang，转战 Friends POP 的。副会长您要先下载下来，熟悉起来。"

"对，不能输给朴博士这种玩家。"

"加油。"

两人侧身紧贴而坐，欢快地交谈着。窗外的夜色在无声无息中悄悄加深。

*

"太冷了。快进去吧。"

"没关系。"

微笑在家门前送英俊，英俊的手机突然响起了短信提示音。

"谁啊？"

"还能是谁？"

"朴博士说了什么？"

"说我抢走了第一名，一半都是骂我的话。"

"有点过意不去呢。看来明天要敬上红参软糖了。"

"这有什么过意不去的。不用在意，快进去吧。"

"我看您走了之后再进去。"

英俊面对仍然固执己见的微笑，无奈地转过身，移动受伤的脚，一瘸一拐地向他的车走去。

微笑呆呆地看着英俊渐渐模糊的背影，不知为什么突然感到一阵寒意袭身，哆嗦了一下。刚才还没感觉到冷，真是奇怪。

然而奇怪的事情还没有结束。

英俊打开车门，正准备坐进车里，突然又向后看了一眼。

和微笑眼神相接的时候，英俊魅力十足地眯眼笑着，对微笑说了一句话。虽然因为距离远，以及呼呼吹来的冷风，无法听清说了什么，但是从嘴型微笑就完全可以知晓。

"今天谢谢你了。"

051

Jinx

直到英俊的车驶出巷子，只留下红色车尾，微笑好像被什么东西迷惑住一样，仍然站在那里挥动着手。

过了很久，微笑才回过神来，赶紧跑回了家。为了完成还在处理中的文件，微笑坐到桌前，却突然发现笔记本电脑的桌面铺满了英俊的头像，令她哑然失色。那是公司官网上的个人照片。

"真是拦不住啊！这又是什么时候放上去的？"

微笑爆笑出声，试图把桌面背景换回去，可转而又仔细地看了起来。

她移动鼠标，把桌面上的图标全部移到一边，英俊那帅气的脸庞清晰地呈现在眼前。

微笑伸出手，轻轻抚摸着英俊那浓密的眉毛，目光深邃的眼睛，笔挺的鼻梁和紧闭的嘴唇。

"我……怎么会突然这样？"

微笑的脸火辣辣的，心脏胡乱地跳个不停。这一切似乎并不仅仅是因为又冷又干燥的天气。

*

11 月 22 日早上 5 点 30 分。

微笑下了公交车，向英俊的公寓走去，脚步比平时稍快一些。因为今天公交车到得比平时晚，出勤也就晚了一点。

咯噔咯噔。

皮鞋敲击地砖的声音，有微微的节奏感，像一曲活泼的打击乐。真不愧是作为礼物收到的昂贵皮鞋，连声音都不一样。

昨天下午，老板外出后，大家利用下午茶的时间开了一个团队会议。在调整日程安排，讨论任务分工的时候，话题不知不觉转向了其他方面。起因就是向来以添油加醋而闻名的某职员说自己从恋人那里收到了一双新皮鞋。不久前她跟爱人抱怨每天跑来跑去，鞋跟都快磨平了，于是她爱人就把用来买汽车音响的钱拿出来给她买了名牌皮鞋。在场所有女人都露出了羡慕的眼神，嘴里发出"哇哇"的感叹声。

微笑羡慕地咋呼了一阵，忽然醒悟过来。她的皮鞋买了还没一年，已经破得掉过好几次跟了。

她想，现在也不需要再为债务挣扎，所以这次要下决心用自己的钱买一双昂贵的皮鞋。正想着，咨询台的职员推着不知从哪儿来的手推车进来，一副莫名其妙的表情说道：

"部长，副会长让我把这个送到您面前。"

只见手推车上整整齐齐地堆着十个长方形的盒子。看一眼就大概知道是名牌皮鞋的包装盒。

和鞋盒一并收到的袋子里装着微笑的辞职信和英俊亲笔写的字条。

金秘书，你的皮鞋太旧了。这是对你那天请我吃饭的报答。虽然你给我吃的只是一碗不值钱的方便面。

突如其来、让人惶恐的礼物；职员们嫉妒、让人惶恐的眼神；到头来不过是种自我炫耀，但是对英俊来说已经是最大程度上的致谢；还有他竟然注意到微笑的旧皮鞋，对微笑如此关心。这一切都让微笑既惊讶又害羞。她满脸通红，一时不知所措。

如果不是后来收到一条短信，这种感觉也许会一直持续下去。

礼物满意吗？好好想想吧。直到地球灭亡也绝对遇不到我这种男人的。雇佣合同可以改成终身制，随时都可以跟我提。

英俊带来的感动就此消失，下班路上微笑又重新将辞职信塞进了他的手里。

*

英俊送来的皮鞋竟然像自己试穿后买回家的一样，都非常合脚，很合微笑的心意。

微笑眼神恍惚地低头看着鞋面上那令人愉悦的美丽光泽和线条精致的鞋跟，突然停下了脚步。

纤细的鞋跟陷进了走道上宽松的地砖缝里。

"啊！不行！我的皮鞋！"

她使出全身的力气拔出陷在缝隙里的皮鞋，哭丧着脸看看四周，好像地球即将灭亡一样。

"今天才刚刚开始，就这么不顺！一大早的，这算什么事儿啊！今天肯定要倒霉一整天了！"

同一时间，英俊家。

英俊偏偏今天身体不舒服，拖着沉重的身子调整了早上的安排。早茶向来都是在微笑报告一天日程的时候喝的，今天要在床上喝了。

英俊疲惫地看着管家放在床头桌上的伯爵红茶和热乎乎的司康饼，深深地打了个哈欠，抓起了花纹华丽的茶杯柄。

就在这一瞬间，好端端的茶杯柄从茶杯上掉了下来。如果不是茶托和床头桌，英俊就被茶水烫伤了。

"呃。"

英俊把床头桌推到后面，抚摸着自己长了胡子、失去光泽的下巴，绷起了脸。

"有种不祥的预感啊。"

*

外出活动结束回公司的路上，乘坐英俊的车一起回来的侑植惊讶地反问道：

"Jinx[1]？"

"对，毫无缘由地打碎茶杯或者碗碟，那么一定会发生什么事情。"

坐在副驾驶座上的微笑听了英俊的话，表情阴郁地向后看着他。

"啊，我也是。如果早上发生倒霉的事情，就会倒霉一整天。"

"朴博士，你没有吗？"

"这个嘛，Jinx是真实存在的吗？"

说完，侑植看着车窗外，陷入了沉思。而后他忽然摆起架子，解释道：

"举一个非常有代表性的例子。不是说早上看到黑猫或者听到乌鸦叫就会倒霉一整天吗？如果遇到了这种情况，还是安然无恙地度过了这一天，那么就会马上忘掉这些事。但是如果经历了不好的事情，就会想：'这分明是因为Jinx！'要我说还是心态问题。"

"哼。"

英俊好像并不信服地回应了一句。侑植似乎想起了什么，不顾一切地说道：

"啊，这么说来，我早上跑步的时候看到了黑色的猫，还听到了乌鸦叫。回到家喝营养剂的时候，因为手滑把玻璃杯打碎了。"

坐在副驾驶座上的微笑听了这话，转过头去，露出恐怖的眼神。

"天啊，社长，也是没谁了。那怎么办呢？"

"还能怎么办。都说了是心态问题。我绝对不会执迷于Jinx这种东西。

1　Jinx，"厄运、霉运"的意思。

英俊你，还有微笑也一样。我们不要把心思花费在那些偶然发生的事情上。"

这话不无道理。

英俊缓缓点了点头，好像突然想起了什么，认真地指示微笑：

"啊，金秘书。帮我把今晚的聚会取消了吧。然后订一个水果篮。"

"干什么用的呢？"

"探病。"

"探病？谁生病了吗？"

微笑打开记事本又合上，睁圆了眼问道。英俊略带苦涩地看着侑植说道：

"朴博士，你也取消晚上的行程。"

"为什么？"

"金圣基那家伙不久前脸色就不太好，听说住院了。明天手术。我也是接到胜洙哥的电话才知道的。"

052

内痔外痔混合痔

听到这个消息，侑植惊讶地瞪大了眼睛。金圣基是英俊和侑植留学时关系很好的学弟，某物流集团老板的儿子。

"手术？怎么突然做手术？"

"说是痔疮。"

"哎呀，天啊！"

"好像比想象的还要严重。胜洙哥见过他了，说他根本走不了路，只能手脚并用地爬。"

"那家伙！看他那灌酒的样子，我就料到会有这么一天！你也小心啊，小子！"

侑植突然激动地喊道，然后抚摸着自己的心脏继续说道：

"大家都要好好保重自己的身体。想要爱别人，就得先爱自己。"

"朴博士，你要去哪儿吗？别走得太远了。"

"人在的时候没感觉，走了以后才知道。看看我，老婆离开以后，空留我一个人，我有多么寂寞心痛。你能体会吗？"

"你要走去哪里啊？回来。"

"你知道我的心情吗？你不知道！秘书每次接内线问我'是夫人，不对，前？夫人？的电话。给您转接吗？'的时候，你知道我是什么心情吗！'前'和'夫人'后面的问号是什么？到底是什么啊？啊？"

"朴博士，你听得到我说话吗？竖起你的耳朵，清醒一点。"

也不管英俊说什么，侑植都没有任何回应，只随着自己的意识，继续自言自语道：

"哪怕是现在，我也很希望她能重新回来，但是不可能了。失去了才知道珍惜……已经晚了啊！我真是傻瓜啊！傻瓜！倦怠期来的时候应该及时克服的！唉！"

英俊叹了口气，朝微笑打了个手势，使眼色示意她说句一针见血的话，让博士清醒过来。但最近不知为什么，微笑的感性指数急剧上升，别说是一句一针见血的话了，只见她十分惋惜地看着侑植，对他的痛苦感同身受。

"社长，觉得为时已晚的时候，恰恰是最早的时候。您就试着提议重新开始吧。"

"不。我老婆已经和别的男人交往了。上周日下午偶然看见的。我看到她和一个男人走在一起。看到曾经属于我的女人和别的男人肩并肩走在一起，那种心情，那种心情……"

英俊开口打破了车上长久又沉重的沉默：

"这心情就像看我哥写的三流小说。"

听到这句话，侑植和微笑都红了眼：

"李英俊，你！"

"副会长，您太过分了！"

"吵死了。别再说那些没用的了，赶紧回到现实吧。"

侑植埋怨地看着冷嘲热讽的英俊，揪心扒肝地说道：

"你们也一样。别等着失去以后再后悔，趁还在的时候好好相处啊。"

"人家做个痔疮手术，你怎么得出了这么个结论？"

英俊心寒地看着侑植，又偷偷地瞥了一眼微笑，希望她能够明白他的内心。

正在这时，电话响了。

除了司机，车上的所有人都把手机设置成了木琴铃声，三个人各自掏出自己的手机。

中奖的是侑植。他低头看着手机屏，脸上蒙上了一层阴影。来电人正是刚刚话题中的主人公，他的前妻。

侑植摩挲着手机，犹豫了很久，他看了看英俊和微笑的眼色，小心翼翼地接起了电话。

"亲爱的。"

即使离婚了，每次打电话时侑植还是像之前那样，称呼前妻为"亲爱的"，甚至是"老婆"。不知是有心还是无意，听起来不得不让人惋惜。

"侑植，忙吗？"

车里特别安静，手机里清晰地传出侑植前妻的声音。

"不，不忙，刚在外面忙完，正在回公司的路上。"

"这样啊。"

"突然打电话过来，是有什么事吗？"

"没有，就是有点好奇你过得怎么样……有没有按时吃饭？营养剂和补药都好好吃了吗？家里的卫生有没有好好打扫？如果工作太忙，就找人来打扫。家里灰尘多对身体也不好。"

看来侑植说的"人在的时候没感觉，走了以后才知道"这句话，对他的前妻来说也是一样的。隐约听起来，她的唠叨声里包含着浓浓的惋惜和不舍。

"别担心。我自己也挺好的。倒是你，真的没事吗？"

"能有什么事。"

"是那家伙……对你不好吗？"

"哪个家伙？"

"星期天下午我看到了，你和一个男的走在一起。"

"星期天下午……？哦，那个人是房产中介。离婚的时候你转到我名下的那家店铺，租赁合同到期了。日本料理店不做了，我打算开一家咖啡厅。"

听到这个解释，侑植面露喜色。

"是吗？原来是这样！我还以为……"

"你还以为我有什么不好开口的苦恼吗？你真是，一点都没变啊。"

"你有什么话，总是憋在心里，我没法儿知道嘛。我本来就没什么眼力见儿，你再不告诉我，我怎么知道呢。"

"哎哟，亲爱的……"

"出门多穿衣服。别要风度不要温度，再感冒了。"

接着是一阵沉默，但沉默中包含着的感动和真情，直让人眼中泪水打转。

"侑植，今天晚上你有时间吗？"

"嗯？今天晚上？"

"请我喝杯鸡尾酒吧？去我们常去的那家酒吧。很久没有一起喝酒了，我想和你喝一杯。"

一直静静地偷听通话的微笑这时和英俊对视了一下，脸颊微微泛起了红晕，朝他盈盈一笑。不知为何，看着这样的她，英俊的脸也一下子红了。

"啊，不好意思，明天晚上可以吗？"

"我什么时间都可以。看来最近你也是忙到很晚啊？"

"不是，今天晚上说好要去医院了。"

"医院？为什么突然去医院？"

"那个啊，是圣基[1]病得厉害，现在只能趴着……"

说着说着，侑植突然像被泼了冷水一样，背脊冷得发麻，他后知后觉地慌忙解释道：

"啊……哎？这，这话有点奇怪。亲爱的，圣基吧，喂？没挂电话吧？不是那样的，圣基是我学弟的名字。他叫金圣基。哈，这家伙的名字，怎么偏偏，喂，亲爱的，在听吗？他，喂？突然得了痔疮。不，要做手术住院了，喂，不知是内痔还是外痔，啊算了，喂？喂？亲爱的！亲爱的！老婆！"

---

[1] "圣基"在韩语里发音同"性器"。

053

现在！立刻！马上！

电话不知道什么时候挂断了，茫然若失的侑植晕乎乎地回头看着英俊和微笑。两个人都难掩慌张地看着他。还不如嘲笑我呢，尽情地嘲笑我吧！

侑植扯着自己的头发，"哇哇"地叫喊着，无力地问道：

"黑猫、乌鸦、破碎的杯子，这里边哪个是我的Jinx呢？"

英俊和微笑同时回答道：

"全都是。"

"全部都是。"

*

工作任务蜂拥而至，一直忙到傍晚，微笑和英俊才得了点空闲，把图纸铺在办公室的待客桌上，谈论起英俊公寓的书房扩建工程。下周就要开始动工了。

"我觉得这样就可以了，如果您有什么不满意或者需要补充的，请您告诉我。"

"没有。"

"施工结束后，您再觉得不方便就麻烦了，还是现在好好看看吧。"

微笑仔细地看着图纸，认真地说道，但英俊并没有看图纸，而是直直地盯着她的脸，敷衍地说道：

"只要你满意，我就满意。"

如果是往常，微笑肯定会当成耳旁风，然后一笑了之。但此刻，她尴尬地转过头去，而英俊依旧舒适地倚在沙发上，从容地看着自己。

最近英俊好像是有点变了。他的眼神比以前更温柔，态度也和气了许多，和他一点都不搭调。

如果真的变了，是什么时候变的呢。

也许是在唯一乐园那次算不上约会的"约会"之后。

"那么，就按这个施工了。施工期间，您要住的酒店客房，我已经让他们布置了。"

"谢谢。"

"您客气了。"

英俊出神地低头望着桌子，过了好一会儿，他突然问道：

"刚刚朴博士在车上说的话，你还记得吗？"

"什么话？"

"'失去了才知道珍惜'那句话。他问我们看到自己前妻和别的男人并肩走在一起，是什么心情。"

"哦，记得。"

"所以我也想了想。如果有朝一日金秘书你辞职离开以后……"

微笑望着含糊其词的英俊，脸上掠过一丝不舍，好像不用听他说完，就已经知道他想要说什么。自尊心那么强的自恋狂之王竟然也会说出这样的话。

"天哪，副会长……"

"如果有朝一日金秘书你辞职离开以后……看到我和别的女人并肩走在一起，你会是什么心情呢。"

嗯？这话在转达的过程中好像很微妙地调转了立场？一般这种时候说"金秘书和其他男人并肩走在一起，我的心情会很差"不才是正常的吗？厉害。装作为别人着想，却隐约抬高了自己，真是技巧高超啊。

微笑那刚刚还一副哀伤的表情，瞬间变得苦涩。

"啊……那个……是啊。"

但不管怎么说，英俊和别的女人走在一起确实让人心情很差。不对，这么想来，之前参加过英俊社交聚会的那些女人，虽然知道他们并没有什么，但心情也有点差呢。不对，不是有点，是心情特别非常超级之差。超级。

"金秘书。"

英俊轻轻地叫了微笑，他的声音像往常一样没什么起伏，语调十分平和。

"是。"

"这个我还给你。"

英俊轻放在桌上推过去的，正是微笑的辞职信。

"别要求我再给你机会。"

这是挽留要离职的人该说的话吗?！看到英俊不坦率的态度,微笑不觉笑了出来。

也是,堂堂李英俊做到这个份上,已经十分罕见,都能上国外头条了。

微笑拿起那份辞职信,对折起来放进外套的口袋里,淡淡地说道:

"那我再考虑一下。"

不仅仅是为英俊考虑,微笑自己也需要时间,来理清迄今为止混乱的心绪。

"好。"

"就只有一下下。"

"不要考虑太久。"

"嗯。这个嘛……怎么办好呢?呵呵。"

微笑故意气人的话音刚落,桌上英俊的手机就突然振动起来,显示有新的信息。

确认信息以后,刚刚还带着浅浅笑意的英俊,一下子僵住了脸。

他严肃地看着微笑,一改刚刚平和的态度,就像大战在即的将军一样,中气十足地命令道:

"金秘书,你现在立刻去麦天利[1],买两份最新菜单里面最不好卖最贵的产品和刚炸的法式薯条!一定要刚炸的。然后回来的路上去天使咖啡(Cafe Angel)买两杯加浓美式咖啡。晚一点也没关系,糖和吸管各两份,餐巾五张,一定要带好!明白了吗?"

"啊?什么?"

微笑似乎觉得很荒唐,反问道:

"怎么突然……?副会长您不是从来不吃快餐的吗?而且之前还嚷嚷着天使咖啡难喝,再说糖……"

"住口!让你做你就做,竟然敢跟我顶嘴?"

刚刚还融洽的气氛转瞬即逝。真应了那句"江山易改,本性难移"。微笑原本笑盈盈的脸瞬间拉了下来。

---

[1] 麦当劳和乐天利的合成词,乐天利是隶属于乐天集团的连锁快餐企业。

"赶紧走！现在！立刻！马上！"

"遵命！我走，这就走！"

英俊气势汹汹的怒吼吓了微笑一大跳，她像崩爆米花似的一下子从椅子上弹起来，风风火火地从办公室里走了出去。

"咻……"

麦天利的店面与他们所在的大厦隔着两条街。卖不出去的高价商品还没提前整理打包，肯定要花上一点时间。炸薯条也需要一些时间，天使咖啡的店员动作也是慢得出奇。再加上她还得拿上糖包、吸管还有餐巾纸。

"这样应该能空出 30 分钟的时间。"

为了把微笑赶走，英俊从椅子上站起来朝她大吼大叫。等她走了以后，英俊低头看向仍然亮着的手机屏幕。

"英俊，前几天我真的很抱歉。为了解开心结，和哥一起喝杯茶聊聊吧。你肯定忙，我去办公室找你吧。我刚从出租车上下来。马上就上去了。LOL[1]……"

他重新坐回沙发上，略微烦躁地嘟囔道：

"这个家伙，我就知道他早晚有一天会搞这一出。"

054

19禁

"哇，李英俊，办公室不错啊。公司氛围也比我工作那会儿好了很多呢。"

"那天发生的事一点都没有影响到我的心情，所以你完全不必担心。麻烦你有话直说，说完赶紧回去吧。"

面对英俊公事公办的态度，成延仍然报以从容的微笑，并打起了太极：

---

1 LOL，网络用语，"大笑"的意思。

"副会长果然是日理万机啊。连跟哥一起喝杯茶的时间都没有，幸好我辞职了。我可受不了这种生活。"

见英俊面无表情地坐在那儿，成延走到了他的办公桌前，若无其事地问道：

"金秘书去哪儿了？"

英俊闻言也同样若无其事地回答道：

"金秘书刚刚不是才把你领到这儿来了嘛。你在说什么？"

英俊用一个荒唐的理由把微笑打发去跑腿之后，让金智雅顶替她过来带的路。

"咦，不是那个金秘书呀。好像是叫……微笑吧？"

英俊靠在椅背上，抬头用锐利的目光盯着成延：

"我让她出去办点事。不过，哥为什么这么关心我的秘书啊？"

成延靠坐在英俊的书桌一角，继续说道：

"你那么珍惜的女人，我当然想亲眼见见了。"

"谁说我珍惜她了？"

"难道不是吗？"

对于他从容不迫的反问，英俊只是闭口不答，不想对此予以否认。

"我想亲眼见见九年来一直悉心照顾我弟弟的是怎样的一个女人，看看她是多么的心胸宽广，又多么的温暖。"

"你见了又能怎样？"

"这个女人如果有那么好，肯定也多少可以抚慰我的痛苦，不是吗？"

成延笑得一脸和煦，那笑声令人毛骨悚然。英俊微微皱了下眉头：

"你别骗我了。"

"这怎么是骗你呢？"

"你不过是因为伤害不了我，所以就想从我珍惜的女人身上下手，玩弄她之后再把她抛弃。难道不是吗？"

"你不要误会。我没有那么残忍。我才不会玩弄感情、欺骗女人，因为爱情可是很美好的。"

"很遗憾的是，你可能无法如愿。"

"为什么？"

英俊就像在公众面前做演讲一样，自信满满而斩钉截铁地说：

"哥肯定以为自己虽然在其他方面都比我略逊一筹，但是在女人这一点上比我要强。然而这完全只是你的'自以为是'。"

"呃……喂，就算是这样，你也说得太直白了吧。"

"你不要以为世界上所有女人都会受你迷惑。毕竟世事无绝对，任何事情都有例外。"

"哦，那金秘书就是那个'例外'吗？"

"没错。"

成延的脸上浮现出一个微笑。

"既然你这么有信心，为什么还硬要把她支出去呢？至今为止为什么一次都不让我见，把她藏得那么深呢？难道不是因为没有信心吗？"

"随便你怎么想。"

成延站起来，朝英俊抛了一个肉麻的媚眼。

"你知道至今为止，面对我的诱惑不为所动的女人有几个吗？"

"我不想知道。"

"一个都没有。我不骗你。连一个都没有。"

"真是好极了。"

"嗯？"

"真是非常好。怎么办，我真是嫉妒得快发疯了。"

咦？英俊嘴上明明说着诸如"非常好""嫉妒"之类的话，脸上却丝毫没有嫉妒的表情。

成延只觉得自己就像幼稚的小学生，在向朋友炫耀新买的橡皮擦，结果发现朋友的笔盒里不仅放着各种昂贵的橡皮擦，还有彩色的铅笔。他忍不住涨红了脸。

"哥就是为了告诉我这些，才专程来公司找我的吗？"

"不是，当然不是为了这个……"

"我下午还要开会，你赶紧回去吧。"

英俊对成延还是一如既往，他公事公办的态度让成延犹豫着要不要离开。成延突然把手里拿着的一本书递了过去。

"我出了新书，今天是来送签名版给你的。"

厚厚的书本裹着粉红色的封皮，上面标有"19周岁以下禁止阅读"的字样，耐人寻味的书名被印在极为显眼的地方。封皮上挤满了令人眼花缭乱的宣传语。

在言情小说界如彗星般横空出世的作家墨菲斯，时隔两年发表新作。令人苦恼的人，她的名字叫作"女人"。本世纪绝无仅有的极致华丽的色情盛宴。只要你一翻开书，就会感受到一种陌生的战栗。作家墨菲斯的全新作品——《雪上加霜的女人》！

英俊一动不动地盯着这本书的封面，毫不掩饰地皱起了眉头，说道：
"我很感激，你的好意我心领了，不过书我就不收了。"
"你看起来一点都不感激。你现在是瞧不起我吗？"
"我完全没有瞧不起你。你似乎挺出名的。"
"没错。我有不少书迷，销量也一直很好。我的代表作从很久之前就一直是类型文学界的畅销书。"
"这就是你喜欢的生活？"
"没错，我喜欢写作。"
"有自己想做的事情真好啊。继续努力吧。"
嗯？感觉怎么怪怪的？成延一下子回不过神来。
英俊的态度像过山车一样，起伏不定。但是说这话的人本身太优秀，反倒让成延觉得自卑和惶恐，丝毫不觉得对方不像话。这是怎么回事？心里到底为什么觉得不痛快呢？
"不管怎样，我不想把这种书放在我的书架上，你还是拿回去吧。"
成延无可奈何地重新把书收了起来，移步往外走，突然回头向他告别道：
"我会常来的。"
英俊闻言皱紧了眉头，问道：
"你什么时候出国？"
*
"等一下，让我再核对一遍。两个'揭谛揭谛，波罗揭谛'汉堡，刚炸的法式薯条，两杯加浓美式咖啡，糖包和吸管各两份，五张餐巾纸……应

该没漏掉什么吧？"

微笑依次确认两只手上提着的纸袋和外带咖啡盒。

好像所有人都对她老板的急脾气心知肚明，知道他不愿意久等一样，今天她去的几个地方全都畅通无阻。她去的时候，新出品的汉堡已经在做着了，薯条也正好刚出炉。咖啡店也一样，接待她的店员与其他店员截然不同，很快就帮她冲好了两杯咖啡。店员看样子像是新来的。

难道是因为今天运气好？今天早上碰到那么糟糕的事情，她本来还在担心来着，但是一整天下来厄运似乎已经离她而去了。

不过，等她心情愉悦地爬上连接公司大门的长长楼梯后，突然感到一丝异样。

当她正对这异样的气氛感到疑惑时，突然发现好多人的目光都聚集到了一处。众人目光的焦点处有一个男人正在逐级而下。

微笑以为那是哪个艺人，在好奇心的驱使下，随着人们的目光抬头看向那个男人。就在此时，突然有什么东西在风的吹动之下从原本拿在男人手里的书中飘了出来。

落在微笑脚边的是一张用涂布纸做的薄薄的书签。

055

惨淡收场

唯一集团总部大厦门口陷入一阵骚乱。这都是因为正顺着楼梯走下来的成延，他身上散发出的荷尔蒙，魅惑人心。

修长而挺拔的身材，俊美的五官以及犹如画中人般的非凡姿态，除此之外从他身上还能感受到其他男人身上所没有的某种东西。用时下的话来说就是致命的魅力。

成延一级一级地往下走，在他走下楼梯的过程中，路过大厦门口的女性都像被传染了某种疾病一样，一个个变得精神恍惚。

成延每次看到大家为他沉醉的反应都非常满足，直到听到与他隔着几级楼梯站着的女人呼唤的声音他才回过神来。

"那个……"

"什么事？"

成延的视线从头到脚地打量了她一番，立即对她的身份了然于心。因为她胸前挂着贴有她的证件照的工作证，上面写着"副会长专属秘书室首席秘书金微笑"。哟！真幸运！

"这个掉了。"

"啊，谢谢。"

成延接过书签，肉麻兮兮地朝她眨了眨眼。微笑见状立即变了脸。那表情就像是打开了新世界的大门。

我就说嘛。任何事情都有例外？你以为这样就躲得开吗？成延转过身面对着英俊所在的大厦顶层，在心里呼喊着："看到了吗？李英俊！"

"那个……不好意思，我想问那本书！您是在哪间书店买的呢？"

"啊？"

成延再次低头看向微笑，这才发现她的眼睛直勾勾看着的不是自己的脸，而是他左手拿着的那本书。

"那本书！那不是作家墨菲斯的新书吗？我听说还在预售，难道已经在卖了吗？在哪里卖呢？"

"啊，这个。这是作者提前赠送给我的。应该很快就会发行的。"

微笑闻言瞪大了眼睛。

"真的吗？那么，难道！您是出版社的人吗？"

成延不打算放弃这个机会，他温和地笑着，努力将自己的魅力指数提到最高点，一下子释放出来。

"不，我就是作家墨菲斯。"

"天哪天哪天哪！真的吗？哇哦，太棒了！这是真的吗！"

没错。你以为你是例外，我就没有办法了吗……嗯？

微笑满脸笑容地放下手里的麦天利塑料袋和外带咖啡盒，伸出手想要跟他握手。一般的女人这时候应该会害羞得说不出话来啊。怎么是这个反应？

"我是您的铁杆粉丝。能麻烦您给我签个名吗？"

她淡定自若地与他握了手，然后依次从口袋里翻找出一支迷你圆珠笔和印有小熊图案的笔记本，朝他递了过来。

成延注意到粘在圆珠笔上的一粒灰尘，似乎是衣服口袋里带出来的。他的脸上瞬间滑过一抹难以形容的凄凉。这莫大的屈辱感是怎么回事？

成延尴尬地笑着说：

"你就把这本书收下吧。这就是签名版。"

"哇哦！真的吗？这样也可以吗？太荣幸了！既然我已经开了口，那能顺便麻烦您在这里写上'堂山洞白雪公主金微笑小姐,祝你幸福'这句话吗？哦，'堂山洞白雪公主'是我的网名。"

微笑兴奋不已地笑个不停，脸上满是对墨菲斯的憧憬，找不到丝毫被他的男性魅力所迷惑的痕迹。

"感谢我吗？如果你心怀感激的话就给我一张你的名片吧。"

成延下定决心之后，朝她抛了一个性感十足的媚眼，原本哈哈大笑的微笑表情一下子变得微妙起来。虽然成延看不出微笑为什么会露出这样的表情，但他确定这并非欣喜的表情。

呃，真奇怪。怎么总是不管用呢？成延以惨淡收场，表情也跟着变得微妙起来。

"不好意思，我出门没带名片。"

连续几次都被拒绝，成延顿感不妙，但更不能就这么错过，所以鲁莽地用了一招。

"那告诉我电话号码也行。"

"什么？要电话号码干什么？"

"我没别的意思，主要是我常年生活在国外，很少有机会见到国内的粉丝，所以偶尔想和粉丝们聊聊作品的事。"

"啊，原来如此，那好吧。"

微笑面带笑容、行云流水般在便签上写了一串数字之后递给成延。

"我近期就会联系你的。"

"好的，谢谢，能见到您是我的荣幸，那请您慢走。"

微笑利落地道别后转身离去，成延站在原地不甘心地低头看着手里那张便签，心中想着："留得青山在，不怕没柴烧。以后有的是机会……嗯？"

便签上的那串号码莫名很怪异，居然还有这种电话号码？

"010-1212-1818？"

*

办公桌正中央的袋子里散发出阵阵油香味。

"拿开，我不想闻到这股味道。"

"什么？"

英俊随即瞟了一眼咖啡，又补充了一句：

"这两杯难喝的咖啡，你跟金智雅秘书分了吧，给我倒杯水。"

"嗯……？您这是……什么意思？"

微笑的表情瞬间晴转阴。

"副会长，您现在是在跟我开玩笑吗？"

托腮靠着书桌出神的英俊这才回过神来，面无表情地抬头看着她。

他一眼就看到微笑一只胳膊肘里夹着的那本书，绝对令人忘不掉的书名——《雪上加霜的女人》，眼神立刻变得凌厉起来。

"这书你是从哪儿拿到的？"

"什么？"

"你见过我哥了吗？"

"哥哥？您在说什么？"

"我在说这本书！是不是我哥给你的？"

"今天来公司的路上偶遇了我喜欢的作家，所以拿到了签名版……"

英俊莫名有一种"自己私藏了多年但还是被发现了"的感觉，这种诡异的感觉驱使他突然站起身走向窗边。微笑见状一时不知所措，惊讶地看看手中的书，又看看英俊的背影。

"虽然之前就知道您哥哥是作家，但万万没想到他就是墨菲斯。"

英俊俯视着林立的高楼大厦，在脑海中整理着思绪，听到她的话，他不禁用更敏感的态度问道：

"你们两个聊什么了？"

"也没聊什么特别的，他把书给我之后，跟我要名片……"

"你给他了？"

"没有，我当然是说没带了。他后来还跟我要电话号码，我随便留了一串奇怪的数字。"

英俊回头疑惑地看着微笑，微笑则是笑盈盈地果断说道：

"现在这世道太危险，可不能随便把私人信息告诉陌生人，不安全啊。"

"做得好。"

微笑发现英俊的领带有些歪了，随即放下书走上前看着他问道：

"我不在的时候，您跟您哥哥发生什么事了吗？"

"没有。"

"那您的表情怎么……"

这么难看？

"我表情怎么了？"

056
再靠近一点点

瞧他这不友好的语气，想必是发生过什么事，不过既然他不想说，微笑也就不再追问，只是默默将他的领带摆正。

当她细心地帮他系蓝色真丝领带的时候，英俊轻而缓慢的呼吸吹在她的额头上，吹动了她额前的碎发，惹得她心里痒痒的，心跳也随之加快。英俊身上混合着香水味的淡淡体香，让她有些晕眩。

虽是经常做的事，此刻却有种全新的感觉，仿佛回到了很久以前第一次为他系领带的那天。

"金秘书。"

"是。"

"你知道古希腊罗马神话里的墨菲斯吗？"

这没头没尾的问题倒是让微笑觉得有些莫名其妙，她松开领带回答道：

"墨菲斯是梦境之神，可以在梦中幻化成他人的形象出现，我没说错吧？"

"没错。"

"为什么突然提墨菲斯？"

"有时候觉得我哥哥……像是生活在梦境里的人。"

微笑自然不知英俊这句话里的深意，笑着回答他：

"这或许就是艺术圈经常说的'才华'吧？在艺术领域崭露头角的人当中不乏独特之人，著名画家、音乐家或舞蹈家当中不就有很多奇特的人嘛，大约就是这种感觉……"

英俊直勾勾地盯着她，没等她说完又丢了一个问题给她。

"你说过多年来一直在找一个哥哥对吧？"

"啊……"

微笑的笑容瞬间消失不见。

她忽然觉得这或许是一个可以问问的机会。寻找多年的那位哥哥到底是英俊还是刚才碰到的英俊的哥哥呢？

"你找他干什么？"

"这个……因为我总是会想起他……"

"找到那家伙之后你想干什么？"

微笑慌张地支支吾吾了半天，英俊见状不由得用更加严肃的语气追问道：

"难不成你想跟一个身份不明的人谈恋爱吗？"

事实上，微笑很久之前就问过自己这个问题了。

"不是那样的。"

看到微笑义正词严地否认，英俊反而更严肃地问她：

"所以呢？"

"我也说不清楚，就好像拼拼图的时候如果少了一块，心里就会感到烦躁和不安一样，差不多是这种感觉吧。"

"人的记忆……"

英俊转头看向窗外，沉默片刻又继续说道：

"总是会往保护自己的方向发展，某些事从记忆中删除，都是有原因的。"

"您这话是什么意思呢？"

"如果……如果金秘书你……"

就在这时，伴随着一声巨响，微笑的身体也突然向一边倒去。

"啊！妈呀！"

今天凌晨在人行道地砖上卡了一下之后，鞋后跟一整天都颤颤巍巍的，它偏偏在这个节骨眼上"寿终正寝"了。微笑突然失去了重心，以一种莫名搞笑的姿态虚晃着向后退了几步，一屁股坐在了英俊的办公椅上。

"金秘书！你没事吧？"

英俊也吓得不轻，一手搭在椅子把手上，身子微微向前探去，关切地查看她的情况，两人的距离骤然缩短，额头几乎挨在一起。

"啊，没事，我没事的。"

微笑的脸一下子红了起来，而英俊的脸也在不知不觉中染上了一抹绯色。

两人都沉默了好长一段时间，身体还微微颤抖着，暗暗交换着眼神。

"副会长……"

"金秘书……"

两人试图打破这尴尬的沉默，不约而同地喊出来，但这没有特别含义的称呼反而让气氛变得更尴尬了。

橘色的夕阳透过透明的窗户洒了进来，给整间办公室都披上了一层柔和的浪漫情调。

微笑的脸被英俊的影子笼罩着，英俊直直地看了微笑好一会儿，用一种跟他不相符的小心而谨慎的语气轻声说道：

"我要……吻你。"

这句话仿佛是在给她时间做心理准备，然而微笑说不出任何话来。正当她犹豫不决时，英俊的脸和额头已经近在咫尺。

有生以来初次面对如此诱惑，微笑内心不禁生出一丝期待。她慢慢阖上眼睛，脑海中已然一片空白，忘记了这是在哪里，现在是几点，靠近她的男人是谁，过去的事，未来的事，她究竟应该如何应对……现在她唯一能感受到的只有他温热的体温和迷人的气息。

微弱得几乎听不到的气息伴随着他的双唇轻轻擦过她的下唇，即便是轻微的触碰，也引得她浑身战栗，毛孔仿佛都在收缩。

虽然感觉怪怪的，但是……拜托，再靠近一点！

初尝甜蜜之吻，微笑有些不知所措，正当她欲抬手抓住英俊的衣服时……

咕噜噜。

她甚至来不及分辨这是什么声音，就感受到身体以一种不可思议的速度移动起来。

原来初吻就是这种感觉吗？

微笑一时有些疑惑，但总觉得哪里不对，这分明是坐高铁的时候，坐在逆方向座位上才有的感觉。

"嗯？"

等到她转了一圈睁开眼睛的时候，才发现眼前并非英俊那张帅气的脸，而是办公室侧面的墙壁。

就在刚才，英俊望着微笑闭上双眼的样子，一时间无法控制自己的理性，如此美丽又可爱的女人专属于自己，等待着自己，他突然有了一种无所畏惧的感觉。然而下一秒，这种感觉立刻被想要占有她的欲望吞没。

他像微笑一样闭上眼睛，微微低头。

不巧的是，就在这时办公椅吱呀响了一声，直让人浑身起鸡皮疙瘩。而这声响恰恰又让他想起了那一天的声音。

"你看着我。你替他看着我吧。看着我最后的时刻。"

"不要！有没有人！有没有人帮帮我啊！帮帮忙吧！拜托！"

"再见，这所有的一切。"

咣当！

"不要啊！啊！"

吱呀，吱呀！

等到他再睁开眼睛的时候，微笑早已不在眼前。直到昏暗的视线逐渐明晰，恍惚的神志逐渐清醒，他才后知后觉地看到了微笑。

她正坐在带滑轮的办公椅上，匀速地滑向办公室一侧的墙壁。

"嗯？"

正当他思考这是怎么一回事的时候，蓦地想起了往事，也终于明白自己为什么会无意识地用力推开她的椅子。

"嗯？天哪！"

而现在不论理由如何，他想追上去抓住椅子，但为时已晚。

微笑坐着的那张椅子已经旋转了一圈，稳稳地停在了墙壁前，随之而来的是办公室里死一般的寂静。

057

无限接近于零

"啊……那个，金秘书，我可以跟你解释，这都是……"

微笑面对着墙壁，一动不动地坐在椅子上开口打断他：

"我这下才想起来，副会长是何方神圣，何许人也。"

"什……什么？"

英俊瞪大了眼，紧张地盯着椅背，万万没想到她会说这些。

"只爱镜子里的自己，十足的自恋狂。除了自己，世人皆屏风，您心里肯定在腹诽吧？'你这种丫头竟敢觊觎我？'我刚才居然还抱了一丝期待，我真是个傻瓜。"

"金秘书，你听我说啊，这都是误会！并不是你说的那样。"

"不，不必了，没关系，我都能理解。毕竟您本质就是这样对吧？这种事情勉强不来的，但是，我现在觉得很委屈……"

"金秘书。"

"只是无限接近于零，却绝对不是零。"

英俊被微笑这番不明所以的话搞得一头雾水，他错愕地看着仍旧面对着墙壁的她，只听她又以平淡的口吻继续说道：

"以后呢，如果有人问'微笑你的初吻是什么时候？跟谁呀？'，那我就要考虑到底是以前在幼儿园，被小鸡班东哲那家伙捉弄亲亲的那一次，还是现在这一次。"

"金秘书啊……"

英俊自知罪孽深重，不敢轻易开口说点什么。然而面壁颤抖了许久的微笑突然脱下断了跟的高跟鞋，随后起身像平时那样笑盈盈地走向英俊。

"副会长。"

"金秘书。"

微笑一直笑盈盈地对着英俊，笑着笑着突然冷不丁说道：

"公司运动会两人三足比赛我得了第一名，那个奖品我想用一下。这个星期天我能休息一天吗？"

"啊，好。但是……奖品是什么来着？"

"婚介中心的相亲券。"

"什么？"

"还是一对一的。托您的福，我会玩个尽兴的。谢谢。哈哈。"

"等等！"

英俊看起来十分惊慌，微笑撇下他，光着脚横穿过办公室。

"等等，站住！金微笑！"

听到英俊的命令，微笑停下脚步，猛地转身。

她又嗒嗒嗒快步走到英俊面前，笑盈盈地从口袋里掏出了什么，递了出去。

"这个，还给您。"

"金秘书……"

微笑又重新转过身，走出办公室，恨不得把门摔碎似的，哐的一声关上门，装饰柜的玻璃随之轰鸣着颤动起来。

直到振动声消失，英俊还低头看着拿在手里的辞职信，表情错综复杂地说道：

"没有记起当时的事吗……总之真是万幸。"

大约三秒之后，他才后知后觉地忽然明白了什么，胡乱撕扯着自己的头发，陷入了痛苦。

"不对，万幸个屁啊！不应该这样啊！"

*

微笑悄悄瞥了一眼挂在墙上的钟表，皱起了眉头，现在已经是晚上9点了。

躺在床上已经看了一个半小时，《雪上加霜的女人》这本书她还没看完第十页。

这本书的内容从第五页开始就已经十分香艳。男女主人公在酒吧里一见钟情，欲火焚身，不由分说走向洗手间，展开亲密的肢体接触，进入主题，从第十页开始，两人已经倚在墙上，站立着合二为一了。

若是往常，微笑早就红着脸一字不落、津津有味地往后读了，但今天她却没什么兴致。这是因为下午和英俊之间发生的事。

世界那么大，像小说里一样迅速确定关系的男女，肯定也是存在的。

有一见钟情欲火焚身的男女，也有九年里每天黏在一起也没发生过任何事情，只有无限接近于零的初吻，不，根本不能称之为接吻吧。总之稀里糊涂暧昧不明的男女，应该也是有的吧。所以也没关系啦。

没关系吗？

没关系个屁。

微笑哗地扔开无辜的书，趴在床上，把头埋进枕头里，疯了一样吱吱怪叫起来。

是不是生气了，如果真的生气了，到底在气什么呢？到底怎样做才能消气呢？完全不知道啊。一直苦思冥想但也想不出个所以然来，反倒让自己生了闷气。

微笑冲着枕头撒了好一会儿的气，手机突然响了起来。

肯定又是那家伙。

下班以后总是狂轰滥炸地打电话、发信息，好端端地问什么明天的行程、后天的行程，就连平时毫不关心的事儿，也刨根问底地追问个不停，真是烦死人了。

明明就是觉得抱歉，却连一句抱歉都不能坦率地说出来，每次都是装作一副了不起的样子，说上一大堆废话，然后挂断电话，真是可恶。

"副会长！今后三个月的行程，我不是已经给您发过两次邮件了吗？请您不要再打电话了！"

微笑把手机调到扬声器模式，痛痛快快地喊出来的瞬间，手机里传来女人的声音，听起来带着犹豫和谨慎。

"咳咳，微笑。"

来电话的是微笑的大姐必男。

"妈呀，姐姐！"

"要不我一会儿再打？"

"啊，不用，抱歉，我弄错了。"

"看来你最近还是很忙呀？"

"反正副会长每天都那么折腾人。有什么事吗？"

"非得有事才能打电话吗？没什么事儿，就问问你最近过得怎么样。"

"嗯。我不是一直都过得挺好的嘛。反而是姐姐们更让人担心。"

必男犹豫了好一会儿，才又谨慎地问道：

"微笑，你，什么时候辞职？"

"啊……"

微笑的辞职信就像排球似的来来回回，装辞职信的信封都开始卷边了，现在又回到了英俊手里。但是，现在的状况这么暧昧不明，她又不可能立刻辞职。

微笑纠结了很久，支支吾吾地说道：

"现在还不确定。好像还要过段时间……为什么突然问这个？"

"其实吧，我学长在你们公司附近开了一家整形医院。今天他来拜访教授，看到了我桌上你的照片……"

"说要优惠吗？可是我不想整呢。啊，对了。有人向我打听双眼皮手术，要不要给他介绍一下……？"

"不，不，不是那个意思。他让我把你介绍给他。学长还没结婚呢。今年三十五岁。人特别好，谦虚又善良，就是人有点腼腆，但特别体贴。"

"啊？"

"他这个星期天有时间，你要不要见一见？"

微笑愣了好一会儿，把枕头拉进怀里抱着，回答道：

"星期天不行。我已经约了一场相亲。"

"怎么回事？你都有一百万年没相亲了吧。"

"不是一百万年，我这次是生平第一次。"

"什么？哎哟，太过分了。总之，人得多见一些，要不然给你约其他时间？"

"嗯，再说吧。"

"你声音听起来怎么这样无精打采的？"

"没什么。"

"你那时候不是还对我们说，想辞职相亲结婚的嘛。"

"嗯，是那样……但现在觉得什么都很烦。"

"难道，是因为你老板？"

058

跑跑卡丁车

"什么？"

"很久以前我和末熙就说呢，微笑你……是不是喜欢他？就是李英俊。"

喜欢吗？

听到必男的话，微笑的脸一下变得火辣辣的。继朴博士之后，这已经是第二次了。

李英俊是谁呢？对金微笑来说是什么呢？他是什么意义上的存在呢？就让自己对自己坦诚一点吧。

他是个帅气的男人。

当然他自我感觉好得有些过头，很可恶，但是微笑活到现在见过那么多男人，都没有他出众。他是让人可以发自内心去尊敬的帅气男人，无论跟谁说喜欢他，都不会觉得丢脸。

微笑也曾怀疑过。只作为老板和下属、甲方和乙方，不可能一起度过那么长的岁月。不知从何时起，待在他身边变得像呼吸一样自然，所以心底才不那么舒服吧。

喜欢吗？是的，好像是喜欢。

不，是喜欢。

就是因为喜欢，所以才会这么苦涩哀伤吧。

必男见她没有回答，好像是明白了什么，继续说道：

"那，他呢？他不是也喜欢你吗？所以才会留你在身边那么久，送你那么多贵重的礼物啊。"

"不知道。"

"难道……他说没办法结婚吗？因为你是普通百姓？"

"姐姐，不是那样的。"

"微笑，你别担心。你赚钱供我们读书，现在我们理应砸锅卖铁送你出嫁。"

"什么？砸锅卖铁？姐姐，你这话是在哪儿学的？"

"嫁妆需要多少钱？十亿[1]？二十亿[2]？还是更多？"

"都说了不是那样。"

"不要觉得为难，快说。两个姐姐现在都是医生，这点钱还算什么问题吗？我放弃教授职务，日夜到处坐诊赚钱。无论如何，我和末熙一定把钱凑够。绝对不要泄气。贷款不够的话，这儿不就是医院嘛，姐姐们就是卖肾，也会把钱凑起来……"

"贷款？卖肾？说什么呢！别用这么轻松的语气说这种瘆人的话！怪吓人的！而且我也不是因为钱。副会长早就提了结婚，会长夫人也说，只要人嫁过来就可以……咳。"

微笑不知不觉地说出这些没用的，再怎么补救也补救不回来了。就像离弦的箭、泼出去的水。

---

1 约合人民币 600 万元。

2 约合人民币 1200 万元。

"那到底有什么问题？"

"那个……"

"难道他是花花公子？我偶尔会在体育报纸之类的地方看到他的花边新闻……"

"还不如是个花花公子。"

"这又是什么意思？"

一直很苦恼的微笑，心想"哎呀，不管了"，慢慢打开了话匣子。

"天地之间，唯我独尊。自恋狂里的终身独裁者，明明很可恶，却又不可恶，让人心情超级不爽。这又怎样，这些我都知道，也已经都适应了。之前都是这么过来的，就算我能忍吧。但是他周围半裸的丰满女人多得数不清，一个个瞪红了眼睛看着怎样能和他擦个肩呢，天天老鹰抓小鸡似的黏着他。一个正当年的正常男人，九年里没有和女人发生过任何事情，这像话吗？就算他再怎么自恋，怎么能那样呢？是和尚吗？还是神父？"

"难道是同……"

"也不是！他是不是因为太喜欢我，所以才会那样恪守道义？我隐约这样怀疑过，但今天又觉得好像也不是……"

本来气氛刚刚好，两个人的嘴唇马上就要触碰到的时候，英俊吓得打了个寒战，一把推开了微笑，想起这个，微笑又一下子哭丧起脸。

又不是碾了香蕉皮滑出去的跑跑卡丁车，而是坐在转椅上哗的一下被推了出去。打了个转之后，和墙"亲密接触"的一瞬间，真是百感交集，他能体会这种心情吗？不，他当然不可能体会。他可是满脑子只有自己的自恋狂！

"现在我知道了这种苦涩的感觉是什么！反正就算我喜欢他，和他结了婚，对他的感情终究不过是我的单相思罢了，这一点，从头至尾却只有我自己知道！啊！不是，怎么能这样？啊？"

微笑疯狂地自言自语了很久，必男轻声叫她：

"微笑，我在医院工作，不是一直能见到许多病人嘛。"

微笑听到必男莫名其妙的话，呆呆地看着手机。

"不仅是身体上生病的人，精神上生病的人也很多。就算内心千疮百孔，但他们的外表，看起来却是再正常不过了。也许你老板也是这种情况吧。因为压力太大导致没有性欲的情况也很多。"

"姐，姐，姐姐，什么性，性，性，性欲，羞不羞！他有没有关我什么事！总之，有机会我就辞职离开，寻找我自己的人生。照料他，还有作为女人的屈辱之类的，我概不接受！"

"我再多说就是啰唆了，微笑你很聪明。"

"什么？"

"你那么聪慧，自己的人生自己肯定能把握好。而且，一开始也没有姐姐们的插足之地。"

"哎呀，不是那样的。姐姐。"

"微笑，姐姐们对你的期望只有一个。就是你能幸福。大姐、二姐、爸爸、其他人或其他事，你什么都不要担心，你就只用考虑自己，去做自己想做的……"

"姐姐……"

"啊，等等，我接到了传呼。学长那边我会看着拒绝的，你不用在意，以后再联系。"

连一句再见都没说，电话就被挂断了。微笑愣了一下，长叹一口气。

"幸福？"

她再次把头埋在枕头里，低声嘟囔着：

"只用考虑自己，去做自己想做的……"

嘀嗒嘀嗒。房间里一片寂静，只有时钟上的指针转动的声音。

"我珍贵的初吻……必须重新制造一个。笨蛋，笨蛋，笨蛋！"

英俊去医院探望了他的晚辈。今天拜罪孽深重的名字所赐，这个晚辈出了好大的洋相。探病之后，英俊回到家里，打算和整个下午都沉浸在忧郁之中的朴博士一起喝几杯。

但是，就算这样，他也没有办法就今天发生的事情想出一个完美的解释。

"唉。"

微笑趴在床上长叹了一口气，她拼命伸手要去够那本《雪上加霜的女人》，但书因为刚才的那一扔，被抛在更远的地方，怎么也够不到。

她现在的心情本来就烦闷低落，对这些色情小说完全失去了兴趣。微笑拿起了放在折叠床桌上的另一本书。那是墨菲斯的处女作——《古老的故事》，是她好不容易才从智雅那儿借到的。

也许因为它是一本自传体小说，书中的场景历历在目。看完之后，不由得为男主角的不幸遭遇而落泪。

"哼，是自传体也好，他传体也罢，反正肯定又是色情的内容……"

微笑嘴里嘟囔着随意翻到了某一页，眼睛突然停在了某处。

059
内急的小狗

她紧咬嘴唇，脸色渐渐变得惨白，开始一行行往下读：

顺着狭窄而蜿蜒的小路，一排排小屋整齐地排列着。再开发地区的居民纷纷离开后，只留下刺鼻的水泥味在巷子里萦绕着。

巷子口竖立着废弃的电线杆，不知是谁的恶作剧，在与我视线平齐的地方有一块奇怪的痕迹。

它看起来活像是张着血盆大口朝我追来的怪物，令我胆战心惊。

我曾被锁在哪一间房子里呢？

在巷子的正中间，有一间屋子，里面种着银杏树，树上挂着的几片枯叶越过了墙头。而它正对面的那个屋子有一扇黑色的铁质大门，门早已掉了漆。我曾经就被关在那个屋子里。

狭小的院子里有一处空着的狗窝，曾经居住在这里的人家留下的家具散落在地上，没有一件是完好的。前门的玻璃窗是磨砂的，挂在里面的门帘上，五颜六色的花纹隐约可见。

即使有人路过，大概也不可能发现我。

"这……！"
微笑不知不觉间举着书唰的一声坐了起来，瞪大着眼睛急忙把书往后翻。
她在找的是关于男主角在女主角面前回忆过去的片段。

我不知道那四天是怎么过去的，因为我太孤独，也太难过了。一想到只有我孤零零的一个人被留在这里，我就觉得痛苦难耐。

那一夜，当我挣脱了手脚上的束缚，从这个令人生厌的地方逃出去的时候，天空中那轮残缺的月亮仿佛也在为我落泪。

在我跟跟跄跄地走去派出所的路上，巷子里一直有冷风穿堂而过。

味道，啊，那个味道。就连冰冷的水泥味都在嘲笑着我孤独的处境。这世上只剩下我一人。

当我在医院里醒过来后，整整半个月……我连一句话都没有说。

"啊……！"
微笑太过惊讶，举着书愣了好久。

这分明就是那天的故事。但莫名有些古怪，因为在这本书里，没有任何关于微笑的故事。

而且不知为何，她感觉到一种奇怪的违和感。看似快要接近真相，心情却夹杂着遗憾和惋惜。

"早知道这样，白天的时候我就把电话号码告诉他了！"
微笑腾地坐起身，猛然从床上跳下来，把掉落在房间地板上的那本《雪上加霜的女人》捡了起来。

在书本的扉页，墨菲斯的签名下面写上了她要求加上的手写文字：

堂山洞白雪公主金微笑小姐，祝你幸福。墨菲斯李成延敬上。

"李成延，李成延……李成延！"
她脑海中响起了那天的声音：

"笨蛋……不是……是李，成，延！"

封面的勒口处印有他的邮箱地址。微笑抱着试试看的想法，着急忙慌地跑到书桌前，打开了笔记本电脑。

*

"没错，金微笑，生日是 4 月 5 日。什么？她今天下午提交了申请？这是真的吗？真的亲自受理了吗？什么？居然已经匹配好了。你又在胡说八道什么？相亲？星期天下午？你想死在我手上吗？"

英俊给他的熟人打了个电话，这位熟人就是曾赞助了秋季运动会的婚姻介绍所负责人。英俊向对方询问微笑的情况之后，暴跳如雷地攥紧了手机，又一次提高了音量：

"你告诉对方那小子，约会取消了！还有，你什么都别跟金秘书说。以后绝对！绝对！不要给她介绍任何人！什么？打算怎么办？你说怎么办！"

英俊说完以后，紧捏着拳头大喊着补充道：

"我去跟她相亲！"

英俊千叮万嘱地叫对方千万不要让微笑知道，她星期天下午要见的男人更换了人选，然后倒在沙发上神经质地抓着头发。

整整两个小时，他像内急的小狗一样，坐立不安地绕着客厅转来转去。

侑植把威士忌酒杯放在面前，欣赏着英俊的表情。随后，他低头将视线转到堆放在桌子一角的书上。《恋爱的基础》《这样做你也会成为恋爱达人》《如何抓住我的女人》《闹别扭的女人要不要哄》等诸如此类的书名实在是不言而喻。

本来还在想他为什么一大早就开始讲一些倒霉事，果不其然。看来两人之间发生了什么事情。

"李英俊，到底怎么回事，你倒是说啊。"

见英俊仍旧沉默不语，自顾自地摆弄着酒杯。侑植无奈地嘀咕道：

"虽然我也很郁闷，但是你也实在是了不起。微笑秘书上午的时候不还好好的嘛，怎么突然就跟你闹别扭了呢？你们两个人之间发生什么事了？"

"发生了一点误会，小误会。"

"什么误会？"

226

"那个……我不能说。"

侑植知道他是绝对不会把真相告诉自己的，于是不再追问，随意挑了一本恋爱指南翻看起来。

"所以，你代替那个人去相亲，打算干什么？"

"当然要把误会解释清楚啊。"

"啊？就为了这个？"

"不然还能干什么？"

"这可是相亲啊，相亲。"

"所以呢？"

英俊疑惑不解地望向侑植，侑植也回以疑惑不解的眼神，说道：

"这回可是策划惊喜的绝佳机会啊。"

"惊喜……吗？"

"对啊。在重新开始的气氛中一起体验浪漫，误会也会自然而然地解开，还能互诉衷肠，不是吗？另外再进一步……"

侑植不知道到底联想到了什么，奸诈的表情令人心里发毛，他补充道：

"我来给你好好参谋一下，你先把计划写出来吧。"

虽然英俊对他很是怀疑，也不太赞同，但他还是老老实实地在台式电脑上打开了文档的界面。

060

安全感

11 月 25 日下午 1 点。

"我在这儿。"

成延坐在窗边，午后耀眼的阳光洒落在他身上。微笑看着他转过身朝自己招手，勉强稳住颤抖的身体，挪动了脚步。

"您来得真早呢。不好意思，让您久等了。"

"没有，我也才刚到。真没想到你会主动联系我，我很荣幸。我叫李成延。"

成延用一只手撑着下巴，他微笑时的眉眼和英俊极为相似。

"我是金微笑。那天我不知道您是副会长的哥哥，对您多有冒犯，真是抱歉。"

微笑与他握了下手，在他对面落座。她小心翼翼地将那本《古老的故事》放在桌子上，声音颤抖地问道：

"我是为了这本书约您见面的。"

微笑仔细地观察着成延温和的笑脸。

成延的眉眼虽然和英俊一模一样，但是看向微笑的眼神却和他截然不同。微笑正暗自猜测着到底是哪里不一样，没想到一下子就找出了答案。那就是频率的差别。如果说英俊的笑容就像换季打折活动那样罕见的话，那么成延的微笑就像批发市场的长期促销一样随时可见。她和成延不过是第二次见面，却早已对他微笑时魅力十足的眼睛印象深刻。

"这本书……"

"这个，稍等一会儿。在此之前还是先点餐吧。你想喝点什么？"

微笑想说的话被成延毫无预兆地打断了之后，紧张感一下子就消失了，不过她仍然有些不痛快，但还是回答道：

"和您点一样的就行。"

成延叫来了女店员，点了两杯咖啡，习惯性地眯着笑眼。点餐的女店员一下子红了脸，羞涩地走开了。

环顾四周，其他的女人也频频用余光扫向这边。微笑见此多少有些诧异。啊，原来这世上真的存在这种人呢。

"你刚才想说什么来着？这本书怎么了？"

听到成延的询问，微笑回过神来，摸了一下书角，将它朝成延推了过去。

"我听说这本书是您的自传体小说，您写的是您亲身经历的事情吗？"

成延垂头看了一眼书的封面，淡笑着翻着书页。

"没想到还有人保留着这本书，我很惊讶呢。这本书，连我都没有呢。真是久违了。"

他似乎很是诧异，不停地摩挲着这本书，突然开口承认道：

"这的确是我的经历。我小时候曾经被绑架过。"

"上小学四年级的时候。在如今唯一乐园所在的再开发地区发生的事情，对吧？"

在微笑的追问下，成延一直荡漾着微笑的眼睛倏地瞪大了，他吃惊地反问道：

"嗯？你怎么知道的？"

那一刻，微笑全身上下都起了鸡皮疙瘩。

她提高了音量，呼唤着从那以后一直停留在梦里的哥哥的名字：

"成延哥哥！你不记得我了吗？"

咖啡厅里的人把视线聚集到了微笑的身上，她却因为太过激动而浑然不觉：

"我们当时不是在一起吗！当时我们整个晚上都待在一起，你不记得了吗？我是微笑，金微笑！"

"呃……"

成延闻言一头雾水，呆呆地看着微笑，自言自语道：

"整个晚上都……待在一起？"

"你不记得了吗？你知道我找了你多久吗？"

"我不记得……"

成延漫无焦距地放空好一会儿，脸上的笑容突然消失了。

"呃啊！"

成延突然抱住了脑袋，一脸痛苦的表情，微笑见此连忙起身，看他有没有事。

"哥哥！你没事吧？"

"呼……没事，我没事。"

成延用手顺着气，见微笑仍然一脸惊讶地站在对面看着自己，安慰她道：

"因为当时受到的打击太大，所以我的记忆也很混乱了。"

"啊……对不起。是我太激动了。"

"不，没关系。"

微笑坐了下来，递了一杯冷水给成延。他喝了一口之后，继续说道：

"我不太记得了呢。不好意思。"

成延因为自己想不起来而感到惋惜，微笑却努力笑着安慰他：

"没关系的，这也是没办法的事。其实我那时也还太小，记不太清了，一直到前段时间都以为那是一场反反复复的梦境。"

"那时候竟然有人陪在我身边，简直难以置信……"

成延苍白的脸上再次露出欣喜的笑容，同时还透着一种无法言喻的释怀。

"可是那天晚上我为什么会在那里呢？哥哥又为什么会……"

"你好奇过去的事吗？"

"是。"

"其实也没什么不能说的。"

服务生恰好在这时把咖啡端上来，打断了两人之间的对话。

成延盯着正冒热气的香醇咖啡，托着下巴，冷不丁问道：

"那家伙怎么样？"

"什么？您在说谁？"

"我指的是你的老板啊，他对你好吗？"

"啊……就还好啦，挺好的。"

微笑支支吾吾地回答着他，笑着的脸上还有些微妙的抽搐。自从那天接吻……不对，自从那天的"轻微擦碰事故"后，已经三天了，除了谈论业务之外，她就没跟英俊说过一句别的话。

大概是太阳打西边出来了，那个天下唯我独尊的自恋狂竟然会看她的脸色，没有跟她说一句废话，然而即便如此微笑还是觉得很别扭。

"既然我们以前就认识，那我可以不跟你说敬语了吧？"

"那是当然啦。"

成延温柔地笑着，将过去的事情娓娓道来。

"我跟英俊从小就是宿敌，那小子小时候就跟现在一样讨人嫌。他几乎无所不能。做任何事都比我这个当哥哥的做得好、做得快。甚至连身高都比我高……好像他生来就是为了压制我一样。所以父母、亲戚、老师，还有在家里工作的用人们，周围所有人的注意力都理所当然地聚焦在了英俊的身上。其实我也没有那么差劲，至少可以达到一个平均水平，只不过是他太出众了。"

微笑闻言不禁露出惋惜的神色，成延刻意避开她的目光接着说道：

"小学四年级的时候，英俊跳级，跟我成了同班同学。"

"我听副会长提起过。"

"长辈们都希望我能好好照顾年幼的弟弟，他们也真是多虑了。"

"难道……"

"不，我没欺负他，以他的水平，已经不需要我来保护了，反而是他欺负我，冷嘲热讽嫌弃我弱小，还肆意殴打我……"

微笑心中不免觉得奇怪，这番话跟英俊之前说的截然相反。英俊虽然很自恋，可他不是会撒谎的人，以他的自尊心绝对不允许自己做出这种事来。

061

暗黑色

微笑虽然觉得有些混乱，但仍继续听成延说了下去：

"可是有一天放学的时候，那小子把我拐到了一个地方，说是要去爸爸公司的游乐园。因为司机叔叔在正门等我们，所以我们就从狗洞钻了出去。一切的源头就是那天我毫无防备地跟着他离开。那是我第一次坐公交车，车子行驶了好久之后，我们在一个完全陌生的小区下了车，可是无论怎么找都看不到游乐园。我当时太天真，被他骗了，他带我去的那个小区跟我们生活的地方简直有天壤之别，窄窄的巷子里挂着很多蜘蛛网，冷冷清清的，看起来就像没人住的地方。"

"当时那片区域要进行再开发，所以很多住户都搬走了。"

听到微笑的补充，成延痛苦地叹了口气，继续说道：

"我说口渴……他说他去买水，让我在原地等着。还吓唬我说，迷路了可就不好了，让我待在原地不要动。所以我就乖乖地在原地等他，可是那小子再也没回来。当时我手里一分钱都没有，因为从小被家里过度保护，第一次经历孤身一人的情况，我又怕又慌，什么都不敢做。"

嗯？这……这似乎有点……

微笑的表情再次变得微妙起来。

"听说那个抓走我的疯女人是一个已婚男人的情妇。"

"哦，对。当时除了我和哥哥之外，那里好像还有别人，就在我们被关着的那个房间外面。"

"就是那个女人，她怀了情夫的孩子又堕了胎，结果被人家单方面宣告分手，所以一气之下才做了那种事。"

"啊……"

"那是一幢陈旧的平房，那种房子我还是头一次见到，感觉破旧得有些可怕。院子里散落着被遗弃的狗窝和破碎的家具，到处都是枯萎的花草……真的很可怕。"

"那个，我打断一下，您在那里等人，又是怎么被那女人拐走的呢？"

"啊……"

微笑的问题让成延迟疑了片刻，他若有所思地眨眨眼睛，随后像是被什么东西牵引着一样，用十分机械的声音补充道：

"这些我已经不记得了，大概是带给我的冲击太大了吧。"

"是这样啊。"

"当时又冷又黑，我觉得很孤单，就好像独自一人被抛弃了似的，几乎快要撑不下去了。那样被囚禁了三天，直到那女人死了以后才逃出来……"

他的描述听起来就像是照着书本读出来的一样，根本无法从中找到任何新线索。

"我们是一起出来的。"

"你说什么？"

"我跟哥哥是手牵手一起走出那幢房子的。"

"真的吗？"

"而且哥哥还把我送到家门口才走的，您还在我家门口对我说以后会来找我玩，然后一瘸一拐地……"

话没说完，她突然感到胸口一阵刺痛，痛到连呼吸都有些困难。

眼前忽然清晰地浮现出英俊伤了腿还强撑着走路的样子，正如运动会那天明明痛得要命还要装得无所谓，连声说着"真是丢脸"并让她放手的刻薄模样。

"原来如此，可是这些我也不记得了。"

微笑也不知这种悲伤从何而来，她只好强装镇定，用笑脸掩盖住空落落的心。

成延静静地看着她，认真说道：

"我回到家以后，有半个多月都没办法开口讲话，其实就是把自己的心关起来了，而这一切都是因为那小子。"

"因为副会长吗？"

"是，他把我丢在那里，以为我会想方设法回到家，然而我却没有，所以家里直接炸开了锅。他们以为我是被绑架了，一直在等勒索电话，但是也没有等到。那天晚上长辈们揪着他追问，'是不是你？到底把人丢在哪里了？'逼迫他快点说出我的所在地。"

微笑听着成延的话，舌尖却泛起阵阵苦涩。

"那小子也吓得不轻，对长辈们说了谎，可能是怕自己会挨骂，所以随便说了个不相关的地方。他们把那个地方翻了个底朝天也没有任何收获，这个结果一点都不意外，毕竟根本就不是那个地方。假如唯一集团的孙子被绑架的事情传出去，反而会招致人身威胁，所以也没有新闻报道。这就是我被囚禁的那三天发生的事情。"

"哥哥……"

"我遭遇了那种事之后就住院了，我也是人，所以我很恨他，可是……毕竟他是我弟弟，不谙世事的弟弟，除了原谅他，我还有别的选择吗？所以我选择了原谅他所做的一切，自那之后我一直睡不好觉，活在痛苦当中，可是你知道现在最让我难过的是什么吗？"

"是什么？"

"我这样痛苦地原谅了他，可他却忘得一干二净。"

"什么？"

"大概是因为太内疚了……所以英俊至今都不记得当初的事。"

"啊……"

她这才明白，为何英俊从不提以前的事，并非是刻意回避，而是因为他不知情。

"曾经弃我于不顾，让我痛苦不堪的经历，对他来说竟成了无稽之谈。"

微笑目不转睛地望着成延，片刻后真挚地问道：

"您恨副会长吗？"

"不，我不恨英俊，虽然他明面上厌恶我，但是我并不讨厌那小子。"

"您真的很了不起。"

明明把好奇了许久的过往听完了，但不知为何，微笑却觉得如鲠在喉，心情十分不爽。

"你刚才说找了我很久？"

"没错。"

"为什么？为什么一直在找我？"

"这个……"

微笑眨眨眼，笑盈盈地回答道：

"就是说呀，我为什么会找您呢？虽说我自己也不太清楚，但我就是非常想找到您。总之，很高兴能跟您重逢。"

"我也是。"

成延微微一笑，伸手试图抚摸她的脸颊，但微笑却抢先躲开了他。

"哇，你这动作够迅速的。"

"对啊，经常有人夸我反应敏捷。"

成延看她笑盈盈的模样开口问道：

"我想要找回丢失的记忆，如果是你的话，或许能够帮到我……你愿意吗？"

微笑闻言，依旧笑着回答道：

"我倒是乐意至极。"

不知为何，她眼前再次浮现出英俊的模样。

"就算记不起来，那磨牙棒肯定还在某个地方。虽然埋了起来，眼睛看不到，但它并没有消失。那么我们有必要去挖开确认吗？费劲挖开之后，会不会发现它已经多处腐烂、面目全非？如果是那样，还不如不看。"

英俊当初说这番话的时候，眼眸里透着一层无法形容的暗黑色，那是一种藏了心事的、让人无法猜透的暗黑色。

"要不要跟我一起出去？我们先去兜风，然后找一家不错的餐厅吃顿晚饭……"

成延以一种意味深长的眼神暗送秋波，不料微笑却只是盈盈地笑着，干脆地拒绝了他。

"抱歉，我有约在先。"

062
魔性男子

"有约？"

要知道迄今为止，从没有女孩拒绝过成延的邀约，一个都没有。

"是，我约了相亲。"

"相亲？啊哈，哈哈。"

成延似乎有些惊慌，无比尴尬地干笑了两声。

"第一次相亲有点紧张呢。我得准时到地方才行，那哥哥我就先走了。"

看着她天真无邪的样子，成延的脸不禁变得有些僵硬：

"好吧，那下次一定要跟我约会哦。"

微笑听到这话一下子红了脸，连连摆手，笑了起来：

"天哪，哥哥！什么约会啊，您说什么呢？真是幽默！哈哈。"

嗯？这是怎么一回事……成延的表情不禁有些扭曲，事情的发展好像有点……

接着，微笑向成延的方向微微倾下身去，像在说什么秘密一样轻声道：

"听人说成延哥哥是个'魔性男子'，说实话我听了之后还有点紧张呢，不过现在看来好像也不是那么回事。我还担心要是一下子被您迷住，以后丑态百出可怎么办。如此看来，还真是万幸呢。"

没错啊，魔性男子。

"很高兴今天能见到您，我会再联系您的。"

她这是……！反攻击啊！任何攻击都无法攻破的坚固心墙！这女人到底是……？

成延像是被下了诅咒了一般，不知所措地望着微笑的背影。

*

总感觉怪怪的。

微笑已经到达相亲地点，正趴在桌子上沉思着什么。

终于与寻觅多年的哥哥重逢了，但她却丝毫没觉得轻松或开心，更别提幸福了，眼下只让她觉得思绪混乱。

这难道是把想象带进现实的后遗症吗？

不对。

现在让她陷入混乱的，就是这不爽的心情和这微妙的违和感。

到底是怎么回事？到底是为什么？

经过长时间的梳理，她终于找到了问题的症结所在。

这一切都是因为成延的说辞中有太多断裂的部分，原本应该存在于他回忆当中的东西全然不在，反而多了许多没必要的内容。

且不说被那个女人绑架的过程和拘禁的方法，以及弄断绑缚逃出来的经过，成延连在被拘禁的三天中所受的肉体上的痛苦都不曾提起过。一般人遭遇痛苦的事情后，首先想到的就是身体上的疼痛，但是在他的回忆中只有"孤独"和"难过"这种含糊其词的表述。

相反，被关的屋子外的情况和被关期间英俊的心理及父母的行动却又说得非常详细。

让人意外的是，他只把与微笑在一起的那段记忆忘了。不，不是忘了，是从一开始就像用剪刀剪去一样，完全没有关于微笑的任何记忆。而且除去微笑以外的记忆却记得清清楚楚，毫无遗漏。就好像在他的记忆中，从来没有过微笑一样。

还有最不正常的一点。

那就是一个人遭遇了可怕的事情，因为精神创伤而记忆错乱，还能如此轻描淡写地说出当时的事情吗?

"为什么……为什么? 不对,等等。"

微笑想着先不管这些,现在不是纠结这些事情的时候,双手握成了拳头。

这是她有生以来的第一次相亲,不能以这样心不在焉的状态见人。

还爸爸和姐姐们的债,跟在自恋狂老板后面服侍他,已经让微笑浪费了最美好的时节,直到现在二十九岁了才有了第一次相亲。所以要打起精神才行。

微笑为了平复心情,趴在桌上陷入了冥想。

当微笑萎靡的精神得到恢复,不安的心跳重新找回节奏的时候,头部上方响起了一个男人的声音。

"打扰了。请问您是金微笑小姐吗? "

这个声音让微笑刚刚恢复的精神又陷入了萎靡,刚找回节奏的心跳也重新变乱了。

不是因为对对方的期待。

是因为这是在过去九年中每天都能听到的,熟悉到讨厌的声音。

*

"打扰了。请问您是金微笑小姐吗? "

低沉有力的声音听起来非常有魅力。

如果这不是那个特别熟悉的声音,没有特别露骨的自我炫耀,她一定会被迷住。

"难道……"

就在微笑头也不抬,紧紧握着拳头的时候,站在桌边的男人又以从容的语调说道:

"您来的可真早啊。我一般不太习惯等人,但是今天我还特地提前出来,想表现一下等人的诚意。"

"啊啊,这不可能,不可能……"

微笑仍然趴着,因为抑制不住内心的愤怒而瑟瑟发抖。男人像用一种故意气人的语调说道:

"为了报答您对我这么魂牵梦萦,以及提早前来的诚意,我一定会回馈给您一段毫无遗憾的时间。您可以充满期待。"

微笑像充满了气压，即将爆炸的高压锅一样"呲呲"地出着气。她抬起头向上看。

只见一个用尽所有华丽辞藻也不足以形容的帅气男人正低头看着她。修长的身材，雕像般的身体，宽阔的肩膀，坚实的胸膛，画一样精致的眼睛、耳朵、嘴巴、鼻子，这一切从他转头的角度就能看出一二。

李成延是魔性男子？

不，不是。这种词不是什么人都可以用的。

魔性男子必须要长成这样才行。既能掩盖住全世界的晦气，又能像盾牌一样竖起坚实的屏障。对，至少也要这样才称得上是魔性男子。

先不提这个。

挡住别人的去路还不够，现在还来这里诽谤我，不可以这样，不可以这样。

感到荒唐不已的微笑突然张大嘴巴，下巴发出好像树枝折断一样的声音。她尖锐地大叫道：

"副会长！"

"咦？金秘书，你在这里做什么？"

英俊假惺惺的表情和声音，是她九年来见过的最让人讨厌的样子。

"这是我应该说的话吧。您到底在这里做什么呢？！"

"明知故问嘛，当然是来相亲啊。"

"您说什么？"

他们的高声喧哗引起了其他顾客的关注，但是微笑毫不介意，气冲冲地说：

"您今天下午不是有日程安排吗？！您是怎么处理的……！"

微笑说到一半好像猜到了什么，叹了口气，哆哆嗦嗦地说：

"原来是智雅被收买了！"

"被收买？只是战略合作而已，我想，隐瞒今天行程的需求，正好和金智雅秘书想要限量版包包的需求不谋而合。"

063

怪圈

微笑突然笑盈盈地讥讽道：

"天哪，因为战略合作失败，到头来竹篮打水一场空的公司我可是见多了呢。"

英俊听后皱起了眉头，说道：

"不让我坐下吗？"

微笑叹了口气，让英俊坐下：

"请坐吧。"

英俊走动时显得有些不自然，他左脚上的绷带不觉间已经拆除。

"去医院了吗？"

"嗯。去完刚回来。"

"不是约好了明天上午跟我一起去的吗？"

微笑看着笑眯眯的英俊，不知为何心里有点苦涩。

英俊的日程到底安排到什么时候了？什么时候开始安排的？微笑竟然不知道他的日程，心情有些异样。

"您是怎么找到这里的？"

"给自家公司运动会提供相亲券的婚介所，要暗中调查还不容易吗？我直接给企业相关人员打电话了呗。"

"这是赤裸裸地侵犯个人隐私，我要起诉您。"

"有自信的话就去吧。"

"妈呀，好怕怕啊。您到底为什么要这么做？"

微笑强颜欢笑地问道。英俊凝视着她额头上 3 点钟方向突出来的青筋，反问道：

"那你又到底为什么要这么做？"

"是我先问您的。"

"我是你上司，先回答我的问题。"

"这里不是公司，不分什么上司和下属。"

"是吗？那就叫声哥哥试试。我马上愉快地回答你。"

微笑听了这突如其来的"哥哥"，表现得更加欢快，欢快到让人毛骨悚然。

"我会一片诚意地先回答您的问题的。啊哈哈。"

英俊有礼貌地伸出手示意微笑先说。微笑火冒三丈，更强有力地说：

"您真的不知道吗？我在过去九年里受了很多苦。对，老实说，要说对部长一点感情都没有那是假话。不过只有一点点，大概有一颗老鼠屎那么多。您的确讨人厌，但有时候我也会怦然心动。"

"这是要吵架吗？不要在我面前说'讨人厌'这种话。很不爽。"

"那就不要听不想听的话。不管怎样，在辅助您期间我并不是很讨厌您。"

"是吗？"

"但是副会长您不一样啊。您只是因为需要我，才把我留在身边而已。我不喜欢活在让自己受损的爱情中。我也想在付出的同时，得到同样多的关怀和爱。所以我拒绝继续在副会长您身边虚度岁月。"

英俊怔怔地看了微笑一会儿，从容地说道：

"如果你真是这么想的话，前后不一致啊。"

"什么？"

"又不是讨厌我，又说要离开。你到底想表达什么？如果真的想辞职，公司也会有接替你的人。就算无故缺勤也没有任何关系啊。"

"我不是那种被一时的感情冲昏头脑，毁掉自己积累起来的事业的可怕女人。"

"对，金秘书很聪明的。思考深刻，贤明通达。"

"那当然。"

微笑以为这也是称赞，傻呵呵地笑了起来。英俊的脸色突然变得僵硬，严肃地说道：

"那不是更奇怪吗？像你一样聪明的女人，非要推掉周日的安排，如实地说去相亲。好像是说给我听的一样。"

微笑脸上的笑容瞬间消失不见。英俊看着尴尬扭捏的微笑，又说道：

"其实你是希望我把你抓得更紧一些吧？"

“不是。”

“你可以实话实说。我不会传出去的。”

微笑一下子又来了气，瞪着眼反驳道：

“那副会长您就不奇怪吗？表面上好像没我不行一样抓着我不放，身边的位置却绝对不会给我。”

“身边的位置不给你？这是什么话？我再说一次，我没有和那些女人睡过！绝对没有！”

“不是，我说的不是这个身边……！”

微笑想起了失败的初吻，因为感到屈辱而哆嗦起来。她平复好自己激动的心情，重新笑着说道：

“还没到打破这个无限循环的怪圈的时候吗？我现在已经完全整理好心情了。”

“你是因为初吻失败才这样的吧？因为赌气，都四天不说话了，不是吗？”

“咳咳。”

“不管是什么理由，珍贵的初吻搞成那样确实很遗憾。那天推你确实是我的错。我感到非常抱歉，真的对不起。”

英俊无端地道起歉来。微笑睁大眼睛，眨了眨，伸出手放在他的额头上。

“没发烧啊。您哪里不舒服吗？”

“是啊。因为是第一次，所以会更加特别，更加遗憾。我理解。所以，今天我要挽回。给我一次解释的机会，一次挽回的机会。”

“不行。”微笑噘起嘴，生气似的斩钉截铁道。

英俊恳切地唤道：

“金秘书。”

“您回家吧。拆除绷带之后，不好勉强用力。我也要回去了。”

英俊闭着嘴深呼吸，终于说出了就算死千万次都不愿说不出口的话：

“求你了，金秘书。”

“啊？您刚才……说什么？”

“我说求你了。拜托。我都做到这份儿上，你还要回避我吗？”

这是在唯我独尊的李英俊身上绝不会发生的事情。

"求你了，拜托。"虽然是一句非常简单的话，但是对英俊来说就像是在一家人快要饿死的时候，低头向仇人哀求要口饭吃一样。如果朴博士看到这个珍奇的场景，一定会气绝人亡。

微笑听出了英俊声音中的恳切，多少有点吃惊。她闭起嘴巴向后坐了坐。

英俊从外套口袋里拿出什么东西，放到桌上，推到微笑面前。那是一张字如芝麻大小的 A4 纸。

微笑小心翼翼地打开纸，把第一行读了出来。

"相亲企划案……？"

"是的。"

"这是什么旅行团吗？不同时间的安排一目了然。"

"从各个地方咨询来的。"

微笑仔细地看着字条，皱起了眉头。

"世界上哪有人参加这样的相亲啊？这不是相亲，是烧钱啊。天啊，等一下，Stop！这是什么？又不是出差，还叫了直升机？"

"是啊。"

"副会长。"

"嗯？"

"您疯了吗？"

英俊的脸上仿佛写着"绝对没有疯"。

"再怎么是大老板也不能这样啊！快打电话取消吧！快点，快点！哎呀呀！真是没法儿活啦！有钱人就是有这个问题！现在油价那么高，这算什么事啊！"

微笑摆着手，像已经结婚三十年的妻子一样发起牢骚，英俊立刻打了个电话，取消了待命的直升机。

英俊挂了电话，面无表情地说道：

"恭喜。吃过晚饭我们就没事干了呢。"

064

无法触及的领域

"不是，相次亲用得着这么卖力吗？喝杯茶，吃个饭，道个别就完事儿了啊，谁会待到这么晚……嗯？这又是什么？哎哟，这么没有创意的店名又是什么？Motel California[1]？就算这世界再怎么开放，谁会和初次相亲的男人去这种地方？而且一开始就抱有这种幻想您觉得妥当吗？龌龊！"

"你可别有什么奇怪的误会啊。这都是朴博士推荐的。"

微笑吧嗒着嘴，认真地问道：

"副会长，朴博士不是离婚了吗？您是向离婚人士咨询相亲问题吗？别的先不说，这对独居人士来说不太礼貌吧？"

"我也这么觉得。所以，这里面只有这一条是朴博士的意见。其他的都是 H. com 公司的河代表告诉我的。"

"啊，真是疯了！"

微笑哭丧着脸，一下趴在桌上叫苦不迭：

"那个代表不都结过五次婚了嘛！"

"是四次。"

"还不是一个意思。"

"这叫多多益善啊。有经验的人……"

微笑又"啊"的一声突然起身，把手里的纸条紧紧攥成一团。英俊扑哧笑道：

"日程不满意吗？"

"当然了！如果相亲男提出这样的日程，有哪个女人会哭着喊着贴上去啊？"

"那你不要一味地说不喜欢，提个方案吧。"

---

1 加州汽车旅馆。

"首先在这里喝杯茶，然后出去散散步，吃个晚餐。如果觉得合得来，再去看个电影，然后回家。这才是正常流程啊。"

"这就完了？没有其他想做的了？"

"那您还想做什么吗？"

"好，那就这么办。到时候可别后悔啊。"

"当然……哎？好像有点奇怪啊？"

看着英俊笑得得意扬扬的，微笑才后知后觉地明白了什么，抓起自己的头发：

"啊！中计了！"

微笑环视着咖啡厅，偷偷地打量着英俊的脸色。这家咖啡厅促成了好几对情侣，是红娘推荐的，气氛确实很好。但是一直高高在上的人会怎么想，微笑就不知道了。

英俊似乎是有所察觉，淡淡地说道：

"咖啡不错，气氛也很好。"

"幸好。"

英俊把茶杯放在茶碟上，微笑看着他，有种全新的感觉。越仔细看越觉得他和他哥长得像，却又不像。

"您自己去的医院？"

"不是，和朴博士一起。"

"天哪，昨天朴博士还半死不活的，现在已经满血复活了啊。"

"禁不住他的苦苦哀求，今天早上我给他前妻打电话解释了一下。"

"您是怎么解释的？"

"我说圣基确实是圣基，但此'圣基'不是你想的彼'圣基'，所以不要误会。"

"这种话，不管是解释的人，还是欣然接受的人，从多种意义上讲，都很了不起呢。"

英俊一副没什么大不了的样子，耸了耸肩，喝了一口咖啡，又问道：

"你来之前都做了什么？"

"啊……"

微笑不知道到底该不该说，她考虑了很久，好不容易开了口：

"其实，我去见了您的哥哥。"

也许是英俊早就料到了，他一点都不吃惊，只是表情严肃地思索了一会儿，又问道：

"你们俩谈了以前的事情？"

"什么以前的事情？"

"很久以前的诱拐事件。"

微笑瞪大了眼睛，一脸困惑，还有一种被背叛的神情。她看着英俊，冷酷地喊了起来：

"所以您明明一直都知道，却装作不知道吗？太过分了！我怕对您造成伤害，都不敢开口问您，白白一个人战战兢兢了这么长时间。"

"又不是好事，知道了又怎么样。只会搞得乌烟瘴气的。"

"您一直都是这样……"

这么看来，英俊一直有一些"无法触及的领域"。在一起那么久，她却仍然觉得他绝对不会把身边的位置留给自己，也许就是这个原因。

微笑十分伤心地看着英俊，但英俊并没有理会她的眼神，他苦涩地问道：

"所以呢，见了以后觉得怎么样？成延哥是你一直找的那个哥哥吗？"

"也许……是吧。"

这个回答听起来十分模糊。

英俊眼神回转，再次看着微笑，面无表情地问道：

"我哥怎么样？"

"他应该是个心地善良的好人。长得也很帅。"

"真是赞不绝口啊。一见钟情了？"

"天哪，哪有的事！您这是说什么呢？没有！绝对没有！"

"没有就直说没有呗，干吗反应那么大。"

见微笑板起脸生气起来，英俊觉得又好笑又莫名的安心，他平和地问道：

"那你高兴吗？"

"嗯，当然高兴了。但是……能重新见面的确很高兴，可是明明期待了那么久，我却没觉得有那么感动。"

微笑耸了耸肩，撇嘴笑着说道：

"本来还以为会有种'怦怦怦'的感觉，却不是那么回事。感觉就像是拆开了礼物华丽的包装，却发现里面全是积满了灰尘的气泡膜。也觉得……有点可惜。"

"没什么可惜的。不仅是石头，记忆也会风化。随着时间的流逝，细碎的部分已经被打磨掉，只剩下变了质的、看起来光滑的表面。"

咖啡厅里响起克里斯蒂娜·阿奎莱拉的"Beautiful"。

微笑静静地倾听着歌词，轻声地问道：

"那么，您的记忆呢？"

"我的记忆怎么了？"

"您哥哥说，以前的事您全都不记得了……"

英俊低头望向那杯黑咖啡，过了很久，他声音空洞地回答道：

"那是事实。不管是因为刺激，还是什么其他原因，当时的事情，我全都忘记了。"

随即他浮起一抹讥讽的笑容，继续说道：

"都是二十年前的事情了。说实话，我实在不能理解，为什么哥哥对过去那么执着，现在也该放下了吧？"

"但是……"

"你也是一样。拼不起来的拼图，还有记不起来的过去，统统都忘掉。这样会更轻松。"

"就算情况相同，每个人的接受程度都是不同的。"

"这就是意志力的差距了。"

"您的意志力还真是完美啊。就算您当时再怎么不懂事，可您哥哥受了那么多苦，您怎么连丝毫的负罪感都没有……"

微笑有些不可置信地看着英俊，英俊自信地反驳道：

"我为什么要有负罪感呢？哥哥那么执迷、到处宣扬的过去，在我的记忆里根本不存在。一无所知的情况下，负罪感不过是一种伪装罢了，有什么意义呢？"

065

男人香

"那个……听您这么一说，确实是那么回事儿呢。"

英俊的话听起来有种意味深长的感觉，是自己的错觉吗？

他理直气壮的态度，和成延回忆中的星星点点连在一起，形成了一种奇妙的违和感。

两个人喝完咖啡以后，离开咖啡厅，开始沿着人潮涌动的街道散起步来。

不过几天的时间而已，天气一下子冷了起来，就算扣好衣领，寒气还是一个劲儿地往怀里钻。

"你冷吗？"

"有点。"

"我们坐车吧？"

"不用了，马上就到了。"

"微笑居然也有请我吃饭的时候。"

"这机会可不常有，您可要抓住了。"

英俊静静地望着微笑笑盈盈的脸，突然说了一句话：

"你嘴唇裂了。"

"天哪，是吗？"

微笑刚要打开包翻找，英俊就从口袋里拿出一支润唇膏，打开盖子递了过去：

"给。"

情况紧急的时候，两人时常互相借东西用。润唇膏也不例外，但也许是今天气氛不同吧，有种奇怪的感觉。

微笑接过细长的润唇膏，不知该如何是好，她犹豫了一会儿，顺时针旋转了一下底部。顿时，一股薄荷清香，夹带着英俊时常散发出的男人香，扑鼻而来。

"会染上口红的颜色，没关系吗？"

"真稀奇，说什么呢？"

带有英俊香气的唇膏很柔软，一碰上微笑的嘴唇，就温暖地融化开来。这触感有点像失败的初吻，莫名有些凄凉。

"谢谢，我用好了。"

英俊接了过来，拿着略微染成粉红的唇膏，一脸调皮地盯着微笑。见她瞪圆了眼睛抬头看过来，他把唇膏放在自己的嘴唇上，从容地擦个不停，还抛出一句无聊的玩笑话：

"间接接吻。"

微笑一下子红透了脸，满脸笑容却冷冰冰地说道：

"哎呀，'直接'机会来临的时候，您怎么不好好把握呢。"

"那个……我有我的原因。"

"这么说来，让我摇身一变化身'转椅骑士'的，到底是什么了不起的原因呢？得让我知道一下理由吧。"

微笑重新走进拥挤的人群，对话就此中断。

直到走到巷子的最里面，一块灯火通明的黄色牌匾映入眼帘的时候，英俊才又重新开口：

"趴着睡觉的时候，有时候会不自觉地痉挛着醒过来吧？就跟那差不多。"

"啊。您是说和我接吻的瞬间，您无聊得睡着了呀。"

"抱歉，我骗你的。"

"这么明显的借口您也觉得不妥吧？我不会生气，您就直说吧。"

微笑仍然笑盈盈的，英俊为难地低头扫了一眼微笑，挪动着脚步淡淡地说道：

"闭上眼睛的话……我偶尔会看见鬼。"

"噗！"

微笑笑喷了，英俊却十分认真。

"我没有开玩笑。现在你身后就跟着一个呢。"

"谁啊？"

"不知道，我不认识啊。听她说'姑娘！一定要把旁边的男人抓牢！'，应该是你的祖先吧。"

这个玩笑并不怎么好笑，微笑却咯咯地笑了起来，英俊也露出一抹浅浅的笑意，继续说道：

"恐怖电影没办法轻松地观看，你知道是什么原因吗？"

"嗯。是不是因为，不知道什么时候会被突然吓一跳？"

"对。如果在电影前半场没有任何防备的状态下，被突然吓一跳的话，那剩下的时间里，都只能一直揪着心去看了，对吧？我眼里的鬼也是一样。闭上眼睛，不知道什么时候就会突然出现。"

英俊边笑边说，他的眼眸忽然一沉，看上去很是茫然。虽然不知道那鬼到底是什么，但至少他的话不像是骗人的。

微笑惋惜地抬头看着英俊，英俊突然哇地大喊一声，吓了微笑一大跳。

"妈呀！吓死我了！"

"你看吧。"

微笑松了口气，一脸狐疑地问道：

"那么，那个鬼偏偏那时出现了？"

"嗯。"

"哈哈，算了。"

"真的。"

微笑一副信不过的样子，瞥了一眼咏咏笑着的英俊，像是放弃了似的叹了口气，带着他进了餐厅。

"我给您说的就是这里。"

"嗯。'去吧猪皮'，店名很个性。"

"是吧？我也这么觉得。"

"什么店？"

"猪皮店。"

英俊环视着店内破破烂烂的环境，略显迷茫地说道：

"我还是第一次来这种地方。"

"别看这样，味道好着呢。"

"是吗？"

微笑正笑盈盈地来回翻着烤盘上的猪皮，突然好像想到些什么，皱起了眉头。

"等等，这不是实打实地成了'富贵公子穷游记'嘛。把我的第一次相亲还给我。"

微笑哭丧着脸，瞪着捧腹大笑的英俊。曾经被她所忽略的那些事实，现在却串联成了甜蜜的回忆，让她不由得惊叹。

从她懂事以后，除了爸爸以外，第一个和她牵手的男人就是李英俊。

第一个连拖带拽地把她拥入怀中共舞的男人也是李英俊。第一个若无其事地与她共用一只杯子的男人还是李英俊。第一个在天冷时把手套、围巾和外套借给她穿戴的男人，还有在她睡梦间突然打来电话的男人也统统都是李英俊。

不仅如此，她的第一次亲吻和第一次相亲不也全都是跟那个家伙嘛。

但是，她会因此而感到遗憾吗？会对此感到排斥吗？短短的时间里，微笑却陷入了沉思。

不，她并不觉得遗憾，也不排斥他。如果是其他男人与她分享彼此的各种第一次，她光是想想都觉得尴尬而厌恶。

所谓的熟悉感和舒适感，说不定在潜移默化中转化成了一种喜欢。

英俊笑得露出两排整齐的牙齿，此刻他看起来比任何时候都要放松。微笑看着他，心情也前所未有地放松下来：

"爸爸和姐姐们每次来的时候，我们都会在这里小聚。"

"这家店有这么好吃吗？"

"不，其实也没有。人多的时候，来这里吃饭可是最实惠的。为了还家里欠下来的债，我天天累得连腰都直不起来，像韩牛这样的东西怎么敢去想呢？呵呵。"

微笑像是毫不在意一样，说出的话多少有些讽刺，这让英俊的表情变得复杂起来。

"是吗？"

"哎哟，我开玩笑的，是玩笑话。"

"这听起来一点都不像开玩笑。"

"准确来说的话，大概占了 51% 的比例？"

微笑顽皮地解释着自己刚才说的玩笑话，惹得英俊扑哧笑了出来，向她问道：

"你父亲是个怎样的人？"

"呃，他是一个摇滚歌手。"

066

传染

"什么？"

"我跟你说过吧？我爸爸本来在乐园商业街开乐器行，结果被朋友骗得倾家荡产。从那以后，他反省自己，做过许多的尝试，但都以失败告终……不过幸运的是，他现在在乐队做吉他手，每个月也有了收入，起码安定下来了。"

虽然他曾经听微笑说过她父亲事业失败以后落魄的事情，但那之后的事他还是第一次听她说起。英俊的心情稍微有些复杂，她对此到底是觉得遗憾还是庆幸呢？

"真是万幸。"

啊，看来她很庆幸。英俊正打算附和两句，微笑突然接着说道：

"为了给姐姐们凑学费，他逞强去工地上干粗活，结果还受了伤。他还为了扩建房子找人借钱，结果反倒弄巧成拙……他之所以落得那样的下场，不都是因为他硬要逞能去做他不适合做的事吗？爸爸在尝试中终于找到他喜欢并且想要做一辈子的事情，姐姐们也都实现了自己的梦想，真的很幸运。"

英俊一直静静地听着微笑说话，直勾勾地盯着她的眼睛。

"金秘书的梦想实现了吗？"

"也许吧。过了太久，我连自己的梦想是什么都忘了呢。"

"你说话像老奶奶一样。"

微笑捂着嘴窃笑，英俊却不打算一笑带过，继续认真地问道：

"一直以来，你有没有埋怨过你的家人呢？"

"哎哟，我为什么要埋怨我的家人？"

微笑的脸上虽然在笑，眼珠却很轻微地颤动了一下。如果不细心观察的话肯定会忽视掉，但英俊却看到了：

"人们总是把吃亏的人生或者做出牺牲的人生说得很有价值，但其实并不尽然。那就是吃亏，他们只是在牺牲中迷失了自我而已。就算得到了别人的认可，到头来自己却什么都没得到。"

这是从未向任何人说起过的秘密。

微笑也和其他平凡而普通的同龄人一样，希望体验一下大学生活，哪怕并不精彩，至少别人享受过的她也想试一次。然而现在来不及了。不知不觉间，她的青葱岁月早已悄悄流逝，她马上就要三十岁了。

为了顾及家人而做出许许多多的牺牲，换作任何人都不可能乐在其中吧。

她常常感到厌倦和烦闷，也曾经想要抛下一切逃到某个地方去。说实话，她内心深处的确对家人们有些许怨恨。

"金秘书，你又不是特蕾莎修女，无论任何时候最重要的——"

英俊的话戛然而止。他伸出手直直地指向微笑的胸膛：

"都是你自己。无论任何时候，都不要忘记，自己才是最重要的，自己才是排在第一位的。"

虽然这乍一看是十足的利己主义言论，但是不知道为什么，微笑反而对此感同身受，几欲落泪。

"看来九年的时间的确很漫长啊。"

微笑冷不丁的话换来英俊一脸的诧异，她笑吟吟地接着说道：

"看来我已经彻底被您传染了啊。"

吃过晚饭，两人原本打算去看电影，但是这位少爷表示不喜欢人多的地方，最终没能如愿。

在猪皮店前的巷子里，两个人面对面站着，对路过的行人投来的视线置之不理，自顾自地吵着嘴：

"去汽车影院怎么样？"

"画质不是很差嘛。再说了，这不等于是在停车场看电影嘛，我可没那兴趣。"

"这也不行，那也不行。全都被您否定了，您说怎么办？"

"电影等下回定好日子，我们把整个电影院包下来看吧。"

"随您喜欢。我现在也不知道怎么办好了。要不就各回各家吧？"

"当然不行。"

"可我们没什么可做的不是嘛。"

"想想看。"

"那要不去看夜景吧？现在唯一乐园夜晚的灯火演出不是开始了嘛。"

"要不再把直升机叫来？"

"什么？叫它来干吗？！"

"在直升机上看一定很漂亮。"

"就这样去看不就行了嘛。还有观光车呢。"

"我都说了，我最讨厌人多的地方。味道难闻死了。"

英俊抱着双臂，一脸的傲慢。微笑抬头看着他，猛地抓着头发跳了起来：

"您可真是让人无语啊！啊！我的相亲！把我的美好时光还给我！"

英俊从容不迫地欣赏着微笑焦躁的表情，冷不丁开口道：

"其实要看夜景的话，我倒是知道一个不错的地方。"

微笑闻言唰地抬起脑袋，半信半疑地追问道：

"那是哪儿？"

*

两人就这样来到英俊名下的六十六层汉江江景顶层公寓。这对英俊来说是他的安乐窝，对微笑来说却是每天起早贪黑工作的地方。

由于从明天开始书房就要装修了，因此从今天一直到完工为止，英俊打算暂时住到唯一酒店去。

房子已经改头换面，很难看出它原来的模样了。昂贵的家具都被巨大的防尘罩遮盖着，书房里的书也被人从书架上搬了出来，堆放在客厅的地板上。

主人离开这所房子不过短短几个小时，房子就像是从来没有人住过一样，显得格外冷清。

"真是乱七八糟啊。"

"我们只是来看夜景的，乱又有什么关系？要我给你泡杯茶吗？"

"哎哟，怎么回事！明天太阳要打西边升起了呢。还是我去泡……"

微笑正要说些什么，突然改变了主意，笑吟吟地改口说道：

"好，来一杯吧。我要喝大吉岭。"

"稍等。"

英俊淡淡地回答她。趁他离开的工夫，微笑浏览起被挪到客厅里的那些书。

英俊是名副其实的书虫，哪怕再忙都会抽空抱着书读，所以他的藏书量自然很大。他博览群书，任何领域都有所涉猎，其中还能看到几本题材较为独特的书。在这些书之中，还有几本他哥哥签名送给他的。

"毕竟他是我弟弟，不谙世事的弟弟，除了原谅他，我还有别的选择吗？……我不恨英俊，虽然他明面上厌恶我，但是我并不讨厌那小子。"

"人们总是把吃亏的人生或者做出牺牲的人生说得很有价值，但其实并不尽然。那就是吃亏，他们只是在牺牲中迷失了自我而已。就算得到了别人的认可，到头来自己却什么都没得到。"

她看着成延写的那些书，舌尖莫名尝到一丝苦涩。

怎么回事呢？为什么呢？

微笑为了抹去心中的不安，努力把注意力放在这些书上，却突然注意到一个蓝色封皮的文件夹，旧得已经褪了色。

067

Back Hug

微笑忍不住好奇起来，又莫名觉得有点熟悉，于是把它拿了起来。她吹开上面的灰尘，小心翼翼地掀开了封面。这正是九年前应聘英俊私人秘书的求职者们所提交的简历和自荐信。

微笑注意到放在最上面的恰恰是她自己的简历，忍不住烧红了脸。

"哎哟喂，我那时候有这么土吗？"

证件照里的她剪着一头短发，左右两边的长度隐约有些不对称，脸上还有点婴儿肥，夸张的妆容活像是用蜡笔画出来的，笑得很勉强，一边的嘴角还有些歪。而更可笑的是，这张从文具店买来的简历表还是手写的。毕业院校旁边，她用芝麻粒大的字密密麻麻地写着在校任职经历和竞赛获奖经历，除此之外她还涂了厚厚一层胶水，把她名列全国前百分之一的高考成绩单贴了上去，乍看上去还以为简历是被眼泪给沾湿了。从这上面可以明显看出，她在想方设法地弥补学历上的劣势。

她想象着英俊当时看到这份简历得笑得多开心，自己忍不住笑了出来。

然而笑容转瞬即逝。当她翻到下一页时，她终于紧紧闭上眼睛无声地叫了出来："我的天哪！"

介绍信比起简历更加精彩。假如说她的简历是高级西餐，那么介绍信则相当于自助餐。五星级酒店的豪华自助餐。

"'您好，我叫金微笑。虽然我年纪尚轻，但我是一个梦想成为贤妻良母的十九周岁少女。对不起，其实我暂时还不是。我的生日还没过。但是也没剩几天了，所以我就这么写了。哈哈哈。'呃，太丢人了！我到底干吗要把'哈哈哈'写上去呢？不要卖萌！就算是老土的情书都比这个强吧。比起这个，我居然说我的梦想是成为贤妻良母，这个才最雷人啊。"

开口读着自己九年前写的自荐信，她恨不得找个老鼠洞钻进去。

"'从小到大有很多人夸我聪颖过人，我也认为自己非常聪明。具体的我就不细说了，请参考我简历上的高考成绩表。这百分百是原件。'班门弄斧的事就不说了，下面这些这才是让人吐血的内容。'另外，我多年来作为学生干部，一直恪尽职守。虽然由于时间紧迫，我未能把学生生活档案复印下来，但师长们常说，我们微笑实在是跑腿小能手。'啊，怎么办，实在太可怕了，我都读不下去了……"

微笑用手捂着眼睛笑出了声，又重新睁开眼睛向下看。

自荐信上没什么重要的内容，篇幅却很长。微笑跳过了中间的内容，直接看到了最后的部分，好不容易才忍住没有放声大笑，结果忍得掉了几滴泪。

"'请先让我试试吧。我会誓死效忠的。'扑哈哈！"

微笑捂着肚子忍着笑，忍得全身都在颤抖。她擦去眼角渗出的泪水，慢慢揭过了这一页。后面则是和她同一时期的求职者们的简历和自荐信，这些都被分门别类地存放着。

"大家的资历都好棒啊。哇，还有 SKY[1] 毕业的……"

微笑看着这些镶着金边的简历和格式规范的自荐信，表情渐渐严肃了起来。

"嗯……？"

真奇怪，这其中明显有什么问题。

"为什么……这些牛人都被淘汰了，偏偏选上了我呢？"

她光看这简历就觉得很奇怪。英俊为何放弃其他出色的求职者而选择了她呢？当时的微笑身上显然并没有什么过人的优势值得让他这样做。

在她不知所措的时候，突然听到了声响：

"金秘书，你后面有人，小心点儿。"

"别开玩笑了。我们家的祖先可是在祭日那天才会显灵的。"

"唉，真没意思。"

"我现在很严肃。"

"怎么了？"

"副会长，您为什么录用我呢？"

"怎么突然说起这个？"

1　SKY 是韩国最高学府首尔大学、高丽大学和延世大学的简称。

微笑一边翻阅履历资料，一边提高了嗓门：

"您看看这些履历，照理讲我应该最先被淘汰才对啊！"

脚步声越来越近，微笑的耳边突然传来一阵热气。

温暖香甜的呼吸轻轻掠过她的耳畔，仿佛一股电流自耳根顺着脖颈流遍了全身，在不经意间填满了她的内心。正当她的嘴唇紧张得向上扬起时，一股炙热又紧实有力的触感将她的肩膀、双臂、背部、臀部甚至她的腿根紧紧围绕，原来这就是传闻中的后背抱。

"这是干什么……"

"我说过的，背后有人，你要小心。"

英俊在她耳边低语，声音比以往更加有魅力。

"就这样待一会儿吧。"

微笑强行按捺住内心的激动，有些赌气地说道：

"这一次您想把我往哪里推？我得先做好心理准备。"

"我不会推开你了。"

"真的吗？"

"真的。"

微笑的心扑通扑通地跳个不停。

与他零距离接触、望着同一个方向的感觉颇为奇妙，也很浪漫。一种莫名的兴奋让她全身微微颤抖，同时又感到无比安心，浑身软绵绵的，甚至还有了一丝困意。

话说回来，微笑还是第一次与异性紧紧相拥，这个男人到底想夺走她多少回"第一次"？

她望着窗外一览无遗的美丽夜景，情不自禁地用手轻抚着英俊抱着她的双臂。

"你很好奇我当年为什么录用你吗？"

"是。"

回答她的是一阵沉默，微笑轻叹了口气低声说道：

"您要是跟我说什么'好奇的话就给我五百万'[1]之类的玩笑话，我就真

1 　出自韩国某笑星的一句流行语。

的直接回家了。”

身后的人听完明显一震，想必是让她猜了个正着。

本以为他这一次也会不露声色地糊弄过去，结果英俊将额头轻轻靠在她肩膀上，轻声叹了口气，低声呢喃：

“因为你是微笑啊。”

068
见者非全

哗啦啦……

别的不论，这单间公寓的水压之大，简直能让淋浴喷头里喷洒出的水声跟雨声相媲美了。

第二日的清晨，微笑闭着眼睛，沐浴在热水下，回想起昨夜看着夜景被英俊拥在怀里的那一刻，有种难以名状的温暖，同时混杂着一种陌生感，那一瞬间的他仿佛不像她认识多年的那个李英俊。

喷涌而出的水流重重地打在她的身上，微笑一动不动地站在水下，或许是因为水温太高，又或许是什么别的原因，她的脸颊和耳郭不知不觉间已透着一抹红色。

“因为你是微笑啊。”

这句话到底是什么意思？

要不是朴博士在那个重要的时刻打电话过来坏了好事，他会不会在分别之前好好解释一下那句话的意思呢？

不对，如果他一开始就考虑跟她解释的话，之前就不会一直闭口不谈了。

虽然不清楚他的想法，但至少有一点可以确定，在微笑入职之前，英俊就已经认识她了。

问题是究竟是何时，何地，为何见面的呢？

想来想去也想不出两人的过去有什么交集可言，唯一够得着边的线索就是成延的诱拐事件。

若真的是这样，那事情就变得愈发奇怪了。

被诱拐的当事人成延因为遭受了巨大打击，根本不记得微笑。微笑也不记得当时跟她在一起的人是谁，英俊也因为那件事失去了所有的记忆，但英俊却一早就认识她。如果这些都是事实，那么这前因后果未免有些说不通了。

微笑很疑惑，总有一种"见者非全"的感觉。

"天哪，瞧我这精神头儿。"

微笑光顾着发呆，回过神来才发现，挤沐浴露的时候忘了拿浴花。

挤多了的沐浴露不断流向瓷砖地面，微笑手一滑将浴花丢了出去。她探下身去捡浴花，不经意间发现自己的脚踝处还挂着淤青，不由得眉头一皱。

"唉，为了拿第一那么拼命，这算什么嘛。"

这可怕的淤青都是她在参加两人三足比赛的时候，脚踝上的绳子系得太紧，还使出吃奶的劲儿全力奔跑而留下的后遗症。看来在痊愈之前，只能多穿几天黑丝袜了。

她看着脚踝上青了一圈的伤痕，突然感受到阵阵莫名的寒意。

"我……怎么会突然这样？"

感到不寒而栗的她摇了摇头，片刻后，她似乎在逃避着什么，匆匆洗完澡离开了浴室。

　　　*

昨晚分别前，英俊让微笑早上直接到公司上班。平时他都会让微笑到自己的住处协助他做上班准备，顺便汇报当天的行程。他这次之所以这样做是希望微笑可以多休息一会儿。

炙热的拥抱过后还有出人意料的体贴，除了让她不知所措之外，更让她担心英俊是不是生病了。

上午 6 点钟，因为时间还早，公司的大厅冷冷清清的。

她先跟保安打了个招呼，然后打了卡，正准备上电梯的时候，听到后面一阵匆匆的脚步声越来越近。

"微笑秘书，一起一起！"

听到一阵熟悉的声音，她回头看去，原来是朴博士，微笑看到来人之后眯起眼睛盯着他。

"哎哟，你别这样看着我啦，真的很抱歉，我也没想到你们那时候居然会在一起啊。"

"这话要是让别人听去了，还以为我们凌晨三四点待在一起呢，当时天还亮着呢。"

"啊，是，是，抱歉。嗯……不过……难道是……？"

侑植突然涨红了脸认真地低声问道：

"是 Motel California 吗？"

"什什么么？！您在说什么啊！"

微笑慌张地失声尖叫，吓得大厅里的保安和几名员工齐刷刷地看向她。

"我当时在副会长家跟他谈事情呢。"

微笑好不容易冷静下来，镇定地给出了一番解释，侑植听完也安心地长舒了一口气，点了点头。

"啾……真是万幸啊，如果是我破坏了你们的重要时刻，那我今天一整天都得躲着英俊了。"

看着一脸天真的侑植，微笑似乎想起了什么，快要哭出来的她不由得一边抽着鼻子一边腹诽：确实是超级十分重要的时刻啊！你这个大叔！

"啊，对了，听说您跟前……夫人的误会解开了？"

"算我拜托你，说的时候能不能别在'前'和'夫人'之间停顿那么久，嗯？"

"抱歉，我实在不知道该怎么称呼她。"

"那个，算了，反正我们已经约好周末一起喝一杯了。"

"那很好啊，趁此机会重新开始吧。"

"说得容易，哪有那么简单啊？不过我还是会努力一把的。先不说这个了，你怎么样啊？你俩有进展了吗？"

"什么进展啊。"

看到微笑羞红了脸，侑植乐呵呵地回她：

"赶紧学一下如何控制表情吧，你这样子快赶上画图纸了。"

"不知道啦。"

员工专用电梯门一打开，两人慢步走了进去。

微笑笑盈盈地按下电梯楼层，侑植冷不丁说道：

"对了，微笑秘书，之前运动会的时候，英俊伤到了脚踝，咱们跟他一起去的医院对吧？"

"对，没错。"

"当时你跟着他进了诊疗室吗？"

"没有，我只是在走廊等着。"

"那当时是谁跟着英俊进去的？"

她若有所思地歪着头回想。

"不太清楚，这么想来当时好像没有人跟着他进去……"

"是吧？"

"啊，没错，我可以确定，当时是副会长一个人进去的，本来我想跟进去的，但是他突然发脾气……"

"果然如此。"

看着侑植的表情突然变得僵硬起来，微笑似乎猜到了什么，开口问道：

"昨天在医院出了什么事吗？"

"虽说只打了半截石膏，但是自己去拆石膏未免太凄凉了，所以我就死皮赖脸要跟着，但他十分强硬地拒绝了我。你也知道我的脾气，我一时气不过，就拼命跟着他去了。"

"嗯，然后呢？"

"虽然只有短短的一会儿，但是护士开门出来的一瞬间，我瞟到了……"

069

迷宫

微笑惊讶地看着侑植，他语气稍加严肃地继续说道：

"我最开始还以为是袜子的勒痕，但后来发现并不是，那分明是伤疤，触目惊心的伤疤。"

微笑的脸色顿时变得苍白。

"您这是……什么意思？"

"英俊的脚踝上有一道老伤疤，虽然我不敢确定，但我总感觉，那好像是被什么东西绑过的痕迹。"

"只是被绑过怎么会留下那种痕迹呢？"

"我以前看过一档动物保护节目，他们救助过浑身缠满了电线的流浪狗，长时间血流不通的地方，电线会陷进肉里……"

"别！别说了！"

微笑不敢再继续听下去，立刻捂住了耳朵，侑植见状立刻转移话题。

"总之，我真的觉得是这样的。"

他偷瞄了一眼面色苍白、默不出声的微笑，轻声说道：

"或许那小子……"

"两兄弟当中被诱拐的是副会长的哥哥，我昨天跟他见面聊过了，而且我记忆中的名字也是'成延'哥哥。"

"是吗？那英俊脚踝上的伤疤到底是怎么回事？"

微笑忽然感觉一阵晕眩，眼前一黑，下意识地靠在了电梯墙壁上。

眼前仿佛出故障的电视机画面，叫人分不清是梦还是现实，只听到一个陌生的声音响起。

"好痛，呜呜。我想解开这个回家。我害怕。呜呜，呜呜！"

"别哭，哥哥帮你解开。"

"哥哥你可以解开吗？"

"嗯。用剪刀剪开就行。"

"可是这里没有剪刀啊。"

"外面可能有……"

"呃！我不要！我害怕！外面有好大的蜘蛛。"

"没关系，你就待在这里，我去拿。"

"不，我不要，哥哥！你不能丢下我跑掉！呜呜！"

"我不会丢下你的！哥哥绝对不会丢下你离开的！所以你别哭了。"

"微笑秘书？"

"啊，是。"

"你这是怎么了？脸色这么苍白？"

侑植关切的声音把她拉回了现实，微笑强打起精神眨了眨眼睛，镇定
自若地答道：

"没事。"

看来当时被绑架的不止成延一个人。也对，按照常识来讲，如果跟一
个被诱拐的儿童待在一起的话，那他肯定不能自由活动。

常识？要说常识的话……

按照常识来推测，诱拐犯自己了断性命之后，孩子们能够轻易走出那
个家，这就代表房子的门并没有从外面上锁。那么，成延整整三天没能离
开那个地方，到底是什么原因呢？

假设脚踝被绑倒是有可能，而且在微笑的记忆中，成延最后留给她的
背影恰好是一瘸一拐的样子。

一想到这里，她不禁心生怀疑，那个少年是否真的是成延呢？如果是
的话，从各种方面来看，这一切都太过模棱两可了。而且如果昨天侑植没
看错的话，根据当前的种种情况推测，英俊更像是被诱拐的当事人。

为什么会对不上呢？那天自己究竟为何会出现在那里呢？

这迷茫的感觉仿佛像是走在没有尽头的迷宫里。微笑深深地叹了口气，
就在此时，一声清脆的铃声响起，电梯门也随之打开。

"嗯？呀……我们副会长这么早就上班了啊。"

英俊好像有什么事要下楼的样子。他站在门前，身姿挺拔，十分耀眼。

"是你上班来得晚吧？啊，对了，朴博士，你怎么就这样来了？"

"嗯？"

"不是说好了嘛，我给你前妻打电话解释，你今天要跳'Red Flavor'[1]来上班啊？"

"哎哟喂！说什么胡话呢，一大清早的！"

"怎么是胡话呢？要么上班的时候跳'Red Flavor'，要么一辈子把我当大哥一样伺候，你没说过这样的话吗？"

"你不要随意捏造记忆！我说过'Red Flavor'，我可没说过一辈子把你当大哥一样伺候……"

"是吧？"

"咳！中计了！"

"快开始吧。"

"呃。"

英俊打趣地望着一上班就愁眉苦脸的侑植，笑着冲微笑打了个招呼：

"金秘书，早啊。"

没有任何防备就撞上了英俊，微笑的脸一下变得火辣辣的。

看着微笑的脸一下子红到耳根，支支吾吾的，英俊有些诧异，他一个箭步走到她面前，认真地命令道：

"抬头。"

"什么？"

"我让你抬一下头。"

微笑一头雾水地抬起头，英俊紧紧盯着她的脸，靠得更近了些。

"干，干，干，干什么啊？！"

微笑慌得语无伦次，还有些滑稽，英俊一副没事儿人的样子抬起手，轻轻拂过她的脸颊。

"有根眉毛掉在脸上了，真邋遢。"

"啊……"

---

[1] 韩国女子演唱组合 Red Velvet 的主打歌。

微笑满脸的羞涩，像金鱼一样嘴巴一张一合地说不出话，英俊则一反常态，满眼温柔，深情地看着她。一步之外的侑植把这一切都看在眼里，意味深长地嘟囔道：

"还说什么没进展呢。分明就是有什么嘛。"

*

成延回国以后，仍旧整天漂在外面，直到周一下午才回了家。

"这么久才回来一趟，也在家里睡一回吧。你这是不分白天黑夜地外宿吗？你这小子。"

听到崔女士温柔的斥责，成延笑得灿烂，一下把她紧紧抱在怀里。

在国外生活了那么久，这次回家最让他吃惊的就是父母的变化。日子一天天地过去，并没什么感觉，猛然看到父母脸上布满岁月的痕迹，他不禁感慨："啊，不知不觉时间已经过了那么久啊。"

"很久没回来，所以我去见了见朋友。"

"是女朋友们吧？你这个花花公子。"

"妈你也真是的。"

成延咪咪笑着，扑腾一下躺在沙发上，崔女士心疼地看着他，一边削着保姆拿来的苹果，一边问道：

"你昨天干什么了，也不接电话？你爸爸很久没下围棋了，想下一盘呢，英俊去医院拆石膏，你又不接电话。别提他有多伤心了。"

"啊，昨天我见了个人。对不起。"

"知道你忙，但你也顾及一下你爸爸。"

"好的，妈。"

成延横躺在沙发上，出神地望着吊灯，温柔地笑着问道：

"妈，你知道我昨天见了谁吗？"

"不知道啊，我儿子见了谁呢？"

"一个很高兴见到的人。她跟我说很久以前的那个时候，我不是一个人被困在那里的。在那个又冷又黑的地方，除了我，还有一个人。"

"什么……意思，这是？"

真是闻所未闻。崔女士震惊得瞪大了眼睛，而成延则满脸洋溢着欣喜，两人都直直地看着对方。

"我逃出那里的那天，她说和我在一起。我们两个人一起逃离了那个恐怖的地方。是不是很惊讶啊，妈？"

崔女士的脸突然变得很苍白。她只是观察着成延的脸，什么都没有说，似乎是想分辨出事实的真假。

"听到那些话的瞬间，您知道我有多安心吗？原来那时我并不是一个人孤单又寂寞啊。幸好。真是幸好……想到这些，我简直要哭出来了。"

"不……不可能吧。那天一大早去派出所的只有你一个人。"

"她说我是把她送回家以后才离开的。看来她是住在那儿附近吧。"

"真是难以置信。我觉得不太对劲儿，虽然不知道她是谁，但那些话你就别往心里去了。肯定是对你有意思，才故意编造的。"

崔女士摇摇头，又重新开始削苹果。成延一脸顽皮地看着她，起身问道："您知道那天和我在一起的女孩是谁吗？"

"不知道。"

"是微笑。"

"谁？"

"金微笑。"

"你说……是谁？"

"就是英俊的秘书，金微笑。"

砰，骨碌碌碌。

崔女士手里的苹果和果刀掉在地上，她面色苍白地直打寒战：

"这孩子……说什么呢？这叫什么话啊？微笑……那天在那里，到底为什么……"

崔女士的耳边回响起不久前李会长的话：

"老婆，其实我早就觉得，英俊他……也许已经恢复了记忆……"

英俊，那家伙难道从一开始就……

咔嚓嚓——遮盖在水面上的薄冰渐渐出现了裂纹。

*

傍晚时分，微笑接过智雅拿来的箱子，放在秘书室的桌子上，问道：

"什么东西这么重？"

"笔记本电脑。"

"啊啊。"

上一个笔记本电脑被英俊摔碎了，又重新买了一个。微笑看了看座钟，估算了一下安装软件所需的时间，瞪圆了眼睛大声喊道：

"天哪！已经这么晚了啊！智雅，副会长马上就来了，抓紧时间。"

"是！"

"把那把剪子递给我！"

"给！"

微笑接过剪子，匆匆忙忙打开箱子，突然手一滑。

"啊啊！"

事情发生在电光火石间。

锋利的剪刀刃划过微笑的左手手背，虽然是轻轻地掠过，酥麻的疼痛感瞬间就扩散至全身，刺痛的伤口处渗出了鲜红的血滴。

微笑冷冷地看着长长的剪刀，只见黑色的手柄上画着鸽子，这是怎么回事，微笑的眼前再一次变得模糊起来。

"哥哥，很疼吗？"

是孩子们抽泣的声音。好像是在一起哭泣的样子。这是为什么呢？

"疼……呜呜呜……好疼啊，微笑……疼死我了，呜……"

一滴滴落在地上积聚起来的血珠，画着鸽子的黑色手柄剪刀，急切地想要拆下来的那条纤细的绳子，还有像是自我安慰似的一直不停地叫着"微笑，微笑"的少年。

"哥哥，你不要受伤……"

"金秘书。"

"别哭，哥哥，别哭……"

"金微笑！清醒一下！"

听到英俊冰冷无比的声音，微笑仿佛被泼了冷水一般，猛地回过神来，这才发现自己瘫坐在地上。

"副会长……？"

微笑抬头看着英俊，蒙眬的双眼忽然泪如泉涌。

"天哪……？我这是怎么了？"

豆大的泪珠犹如断了线的珠子掉落下来，微笑惊慌得不知该如何是好，但决堤的泪水却没那么容易就止住。

"你不工作干什么呢？还不快打起精神来？"

听到英俊严厉的斥责，微笑的眼泪竟然神奇地止住了。

"啊……对不起。"

微笑精神恍惚地不停擦着自己的脸颊，英俊冷静地指示道：

"金智雅，别在那儿愣着了，去拿冷水和急救箱来。"

"啊……是！"

智雅飞速离开秘书室，英俊单膝跪地，打量着微笑的脸，小心翼翼地问道：

"没事吗？"

"是，现在没事了。"

"怎么回事？"

"不……不知道。突然想起以前的事……"

英俊的眉间紧紧皱成一团。他深深地叹了口气，伸手帮微笑整理了散落的发丝，轻声说道：

"你的状态看起来不太好，今天就先下班吧。"

"不用了。真的没关系。"

"让你下班，你就下班！"

英俊突然敏感地大喊出声，微笑吓得肩膀蜷缩起来。

英俊像僵住了似的没有说话，好一会儿，他才淡淡地问道：

"你见到了一直寻找的哥哥，也亲眼确认过了，这不就行了嘛。还有什么没做吗？"

"不……不是，不是那样的。"

"还有，如果你不想和成延哥交往的话，以后不要再见他了。再翻出以前的事情，想些没用的，只会平添烦恼罢了。"

"但是……"

"没有'但是'。如果因为你的私事妨碍了工作，我真的会生气。你以前可没这样过，一点也不像你的作风。"

"我会注意的。"

这时，智雅拿着装了水的杯子和急救箱回来了。

英俊接过杯子递给微笑，又向智雅伸出手。

"把急救箱给我。"

"我来吧，副会长。"

"我明明说过，凡事不要让我说第二遍吧。"

听到这冰冷的回答，智雅心中一紧，飞速地递出急救箱。英俊取出消毒药，给微笑手背上的伤口消毒。微笑疼得皱紧了眉头，发出一阵呻吟：

"啊呀……"

"疼吗？"

"有点。"

英俊在伤口上抹了软膏之后，又贴上了一次性创可贴，冷静地说道：

"这点伤根本算不上疼，忍着。"

嘀嗒嘀嗒。

微笑背靠着床坐在地板上，一动不动地待了好一会儿。

提前下班以后，她什么也没做，只是呆呆地看着钟表的指针，不知不觉已经过了9点。肚子也不饿，晚饭也没有吃。

"你记住，这个世界上只有两个人是绝对不能在我面前提'体贴'二字的，一个是我哥，另一个就是你，金微笑。"

"虽然 Bigbang 很久以前就不在了，但现在，我家院子里的某个角落肯定还留有它以前埋的磨牙棒吧？记忆就是那样。就算埋得再深，再怎么忽略它，存在过的事实是不会消失的。我和我哥的关系也不是不好。我俩的关系，说起来……就好比是 Bigbang 的磨牙棒。"

"人的记忆总是会往保护自己的方向发展，某些事从记忆中删除，都是有原因的。"

"因为你是微笑啊。"

脑海中的思绪纷纷扰扰。就像是模糊的拼图，有很多不同的版本混杂在一起，根本拼不起来一样。

微笑摩挲着手背上的创可贴。她好像还能感受到英俊手上的余温，又一次烧红了脸。

也许是因为一下子变得太过悠闲，她莫名感觉到寂寞和空虚，实在难以忍受。早知如此，她怎样也要留在公司，按照原定计划参与英俊的晚宴安排才是。

"现在差不多结束了吧？"她心里嘀咕着。她刚拿起手机，屏幕就一下亮了起来，响起了 KaTalk 的短信提示音。

"啊！吓我一跳。"微笑自言自语道。

微笑大吃一惊，连忙拍了下胸口，抓着手机点开了短信：

 还不睡？

短信内容让她一下子联想到发件人说话的口气。是英俊。

微笑不由自主地笑出了声，与不久之前低落的情绪截然相反，她兴致勃勃地回复起信息：

现在才 9 点多，哪有这么早就睡觉的。

好不容易提前下班，当然要好好补充一下睡眠。你又在看我哥写的那些奇怪的小说吗？

哎哟，那些小说才不奇怪呢。

既然是我哥写的，那肯定奇怪。

微笑习惯性地在对话框里打出了"呵呵呵"。

伤口好点了吗？

您不都说了嘛，这点小伤不算什么。我现在一点都不痛了。

对话框突然安静了好一会儿。

微笑开始纠结起来，心想：哎呀，难道我应该装一下可怜吗？

就在这时，眼前突然弹出了一个长长的对话框：

任何时候都不会向人示弱。

这是什么意思？

271

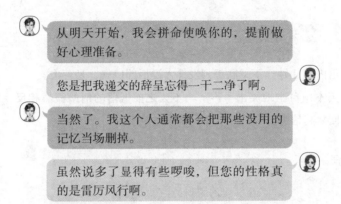

这正是我喜欢微笑的众多理由之一。

哎哟喂，这个男人从昨天开始，就好像把浪漫天分都施展出来了一样，说出来的台词句句堪称经典。

微笑有些不知所措，一下子羞红了脸。此时又弹出了信息：

从明天开始，我会拼命使唤你的，提前做好心理准备。

您是把我递交的辞呈忘得一干二净了啊。

当然了。我这个人通常都会把那些没用的记忆当场删掉。

虽然说多了显得有些啰唆，但您的性格真的是雷厉风行啊。

微笑咯咯地笑着低声自语道："当然，这也是我稍微有芝麻粒那么一丁点儿喜欢副会长的其中一个理由。"

早点睡。

哎哟？这就要结束了吗？微笑莫名觉得有些意犹未尽，咬着手指开始盘算着有什么能刺激他的借口。

就在这时，屏幕上突然蹦出来一行非常意味深长的信息：

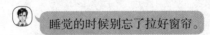

睡觉的时候别忘了拉好窗帘。

"啊……！"

微笑看了一眼因为闷热而掀开的杏色窗帘，把手机扔在一旁，唰的一下站了起来，不管三七二十一地冲出了房间。

他在那里站了多久呢？

微笑三步并作两步地从楼上飞奔下去，跑得气喘吁吁。当她一眼看到独自靠在车旁拿着手机的英俊寂寞的身影，险些落下了眼泪。她想不明白，今天她怎么老是想掉泪。

"副会长！"

英俊看到跑出来的微笑，眼珠晃动了一下。

他紧紧皱着眉头，焦急地把外套脱下来披在她肩上，突然发怒道：

"感冒了怎么办？怎么穿成这样就出来了？！"

"我太心急了就……"

"有什么好心急的？先上车。"

英俊亲手打开了副驾驶座的门，微笑坐了进去。

英俊把门关上，坐到了驾驶座上。车厢里隔绝了外面的喧嚣声，完全陷入了寂静。

英俊启动了车子，把暖气调到最高档。这让她感受到了无微不至的关怀，而且还是从这个自私自利、唯我独尊的李英俊身上。

不，这样说来倒也不尽然。虽然英俊总是唯我独尊又目中无人，说话也不顾他人感受，但却唯独对微笑给予特别优待。

微笑的肩膀被英俊的外套紧紧包裹着，她的鼻尖嗅到一股稳重而浓郁的香气。他是施了什么魔法吗？他明明和其他男人用着同样的香水，但从他身上散发出来的却是完全不同的香味。

她对英俊那比自己宽阔许多的肩膀再熟悉不过了。她回想起昨晚被他抱住的场景，心脏怦怦狂跳，眼前顿时有些恍惚。虽说两人单独相处也不是一次两次了，但她不知道自己为什么会这样，反倒更加无措。

"你在想什么？"

英俊低声问道。微笑闻言红着脸尴尬地笑着，回答道：

"什么都没想。"

"是吗？"

"副会长，那您呢？"

"我也是，什么都没想。"

两人不约而同地露出相同的表情。他们神色复杂，他人一眼就能看穿他们的谎言。

车厢内又陷入了长久的沉默。

英俊轻轻地吸了一口气，为了打破这种沉默，冷不丁地开口道：

"你之前不是说，你的愿望是在家门口的巷子里体验一次浪漫的亲吻吗？"

"啊……对，我说过。"

扑通扑通。

在莫名的期待之下，微笑的心跳慢慢加快了。

"那个……"

原本一直看着前方的英俊转过头来直视着微笑，认真地说道：

"要我现在吻你吗？"

072

热情似火

听到这话，原本绝佳的气氛瞬间被破坏掉了。

"您说'要我现在吻你吗？'"

微笑被气笑："果然是'江山易改，本性难移'啊，副会长。"

"你在说什么？"

"'要我现在吻你吗？'是什么鬼？'现在可以吻你吗？'或者'现在怎么样？'，哪怕是这样说也会好一点，不是吗？"

"都一样嘛。你别老是挑刺，气氛都被你破坏了。"

"虽然本来就没什么气氛，但是就算有，也早就被您给破坏了。"

"你说话怎么句句不饶人啊？金秘书，你到底是怎么了啊？"

"我都伺候副会长九年了，这点'内功'还是要有的。"

"真是了不得。"

"总不能光让副会长赢吧？"

"当然要啦，你难道想骑到我头上吗？"

两个人针锋相对地面对面吵了好一会儿，微笑涨红了脸，气鼓鼓地说：

"够了！还是算了吧！"

见微笑气得扭过头去，英俊有些强硬地伸出双手捧住了她的脸颊，把她的脸重新扳了回来。

"什么算了！"

英俊从驾驶座上直起身子，径直把微笑的脸挪了过来，一下子把嘴唇贴了上去。

"唔唔！"

英俊用力地亲吻微笑，焦急而迫切地品尝着她的嘴唇，甚至能清楚感觉出她牙齿的形状。他双眼用力地瞪着，眼睛上的血丝清晰可见。

"呃……"

微笑的脸颊被英俊紧紧地按着。因为触及他掌心的冷气，她的脸颊也渐渐凉了下来。

虽然这样迫切的亲吻已经是第二次了，但微笑从来没见过他的手抖得这么厉害过。她悄悄睁开眼睛，与目光幽深的英俊视线相撞。只见他的脸色不知不觉中变得苍白，目光中的恐惧让人心疼。

"闭上眼睛的话……我偶尔会看见鬼。"

这话看来并非虚言。

微笑记起自己被剪刀刺伤之后英俊痛苦的表情。她慢慢将她的手放在他的手腕上，又顺着臂弯和肩膀，落在了他的脖子上。她温热的手轻柔地向上游走，最后停在英俊冰冷的双颊上。

微笑什么话都没说，只是用她的嘴唇去回应他。就像是在说，你眼前的人是我，所以没关系。

在稍稍分开的唇齿之间，英俊用暗哑的嗓音低吟道：

"现在没事了……我现在没事了，不会再把你推开了。"

原本拉开了很小一点距离的嘴唇，又再次密不可分地贴在了一起，继续分享起更深、更缠绵的吻来。

英俊与微笑交换着彼此温热的呼吸和津液，互相感知着对方。这一刻，他胸腔之中深深隐藏着的那股沉重的气息终于吐了出来。

等那长得似乎没有尽头的一口气出完，他的身体终于停止了颤抖，他紧紧地闭上了双眼。

他再也看不到也听不到任何奇怪的东西了。此时此刻，他所感受到的不再是痛苦和恐惧，只有微笑的体温和香气。

无论是不断重复的噩梦，还是不停回想起来的场景，抑或是没有尽头的哭泣声，都随它去吧。随它怎么样。因为我此刻会从那个地方走出来，就像很久以前，握着那只胖乎乎的小手走出来那样。

英俊悄悄地分开了微笑的双唇，探索着更深入的地方。她被这个深吻惊得歪了下脑袋，随后也开始积极地回应着他。

就在两人之间的吻渐渐变得深入而亲密的时候，车窗外开始出现了细微的变化。天空中飘起了绒毛一般细小的雪花。

狭窄的巷子里，除了车子发动机的声音，再没有任何声响。

所有人就像是都约好了一样，不愿扰打这对恋人热情似火的初吻。就连雪也无声无息地在漆黑的夜空下飞舞起来。

　　*

侑植为了下个月的出差计划来到英俊的办公室，刚进去不到一分钟，就又拿着手里的文件走了出来。

"难道是得了什么病？和平时完全不一样呢。"

"什么？"

"我是说副会长。刚才开会的时候就在打瞌睡，现在又在睡。"

微笑也满脸担心地用余光看向办公室的门。

"昨晚你们发生什么事了？"

"能有什么事呢？"

"哎，是什么？是什么？就跟我老实说吧。"

"我都说了什么事都没有。"

"咦……？不过微笑秘书，你的脖子怎么了？为什么看起来很不舒服的样子？"

果不其然，准确来说她的脖子呈 30 度歪斜状。

"我不，不知道。"

初雪那晚，两人坐在家门口的车上激烈热吻，美好得无与伦比。只不过，美中不足的是，男人在把闹脾气扭过头去的女人拉回自己这边的时候，手劲大了一点。

英俊魄力十足地一下把微笑的头扳了过去，这无疑引发了后遗症。颈椎发出的嘎吱嘎吱的悲鸣声仿佛至今还萦绕在她耳边。唉，她只能庆幸她的脖子没有被扭断。

"肯定很痛吧，啧啧。"

侑植怜悯地低头看向坐姿僵硬的微笑，就像在看着一个手艺不精的农夫做出来的稻草人一样。他问道：

"智雅去了哪里？"

"她被派去银行了。"

"那等她回来的时候，让她顺便来我办公室一下。我有很多膏药，可以分给你一些。"

"谢谢。"

"副会长是不是要准备外出？"

"是的。他和三通汽车公司的权社长约好要共进午餐。"

"那就让他睡一会儿吧。微笑秘书等会儿帮我把这些文件交给他吧。"

侑植把自己拿来的资料轻轻放在办公桌上，随后又从兜里掏出防止瞌睡的口香糖，轻轻推了过来。

"在重要的场合又打瞌睡的话可就大事不妙了。"

"等他醒了我一定替您转交。"

侑植离开之后，微笑拿着资料轻手轻脚地走进了办公室。

此时的英俊躺在沙发上睡得正香。

073

邪恶深渊

上班时间睡觉，这要是换作平时根本无法想象。

昨晚，在那仿佛永远不会结束的热吻之后，英俊紧紧搂着微笑的肩膀，把脸埋进她的颈窝。微笑静静地用全身感受着这份温暖与安心，尽情享受着英俊炽热的拥抱。

可是没多久，微笑就感觉到不对劲，他原本紧紧圈着她的双臂突然没了力气，低头一看才发现，在这窄小的空间里，英俊就这么靠在她的肩膀上沉沉地睡去，她花了好大力气才叫醒他。

不仅如此，英俊今天早上还莫名其妙地睡起了懒觉，以前除了生病的时候，从没发生过这种事情。而且他开早会的时候还因打瞌睡失手打碎了茶杯，回到办公室后，又是打自己耳光，又是摇头晃脑的，也没能战胜困意。最后一不做二不休，干脆躺下来舒舒服服地睡了过去。

微笑轻抚着他安心熟睡的脸庞，情不自禁地轻轻握住他的手。

而熟睡的英俊对这一切浑然未觉，他仿佛一个远游归来的旅人，漫无目地漂泊了许久之后，终于放下行囊躺了下来。看着他疲惫的面容，微笑心中不禁泛起一阵阵酸楚。

"室温这么低，得去拿个毯子……"微笑念叨着，正要转身去拿秘书室里的膝盖毯，下一秒却停下了动作，这才发现是英俊在半梦半醒间紧紧抓着她的手不肯松开。

"您醒了？"

英俊微微睁开眼睛，随即又闭上，声音乏软地问道：

"几点了？"

"还可以休息 30 分钟，再睡一会儿吧。"

"好……"

换作平时，就算是喝多了也不会这么无力，他现在更像是一个完全沉醉在梦乡里的人，就连牵着微笑的那只手也没什么力气。

"您冷吗？"

"刚才就觉得冷死了。"

"我去把膝盖毯拿来给您盖上。"

"不需要。"

"没关系，那个是昨天已经洗过……"

英俊松开微笑的手，随即用右手一把揽过她纤细的腰，微笑一时失去了重心，直接跌坐在沙发上，上半身不偏不倚扑在了他的身上。

"妈呀！"

英俊的声音比刚才清爽了不少，低声说道：

"这种时候你不该喊妈妈，应该喊我才是。"

"这倒是，那副会长，能松开我了吗？您不是说冷吗？我去拿毯子。"

"我说了不需要毯子，微笑你来给我取暖吧。"

"您疯了吗？"

"我没疯啊。"

"这里可是办公室，要是被智雅看到可怎么办？"

"她不是出去了嘛。"

"可是……"

"你要是拒绝我，我就把你昨晚惹的事明明白白地写在公司的公告栏上。"

"什么？我昨晚惹什么事了？"

"竟然敢勾引尊贵的副会长，让他堕入了邪恶深渊。"

"天哪。"

"微笑，你让我堕落，害我淫荡。"

"真是受不了，我发现跟您讲话会让自己变得很奇怪。"

微笑叹了口气表示无奈，但身体却乖乖顺着英俊的意思爬上了沙发。

她的后背紧紧靠着他的胸膛，炙热的体温和香气包围了她的全身，她不禁沉醉其中，连带着意识都有些模糊。

"啊，这可不行，危险。"正当微笑在心里大呼不妙的时候，身后的人果然缓缓动了一下，随即在她的脖颈处落下用力的一吻。

"啊！"

微笑仿佛触电一般，用力动了动脖子，只听脖颈处传来一阵嘎吱嘎吱的声音。

"这是什么声音？"

"可以说是一种新型物理疗法吧，哎哟，还真是舒爽。"

微笑一边揉捏着回归原位的脖子，一边假笑着。

英俊这时就像一只乖巧的猫咪躺在身后，双手整整齐齐地搭在自己的身前，微笑凝视了半晌，有些担忧地开口说道：

"您没有哪里不舒服吧？"

"嗯，怎么了？"

"感觉您突然很疲惫。"

英俊沉默了一会儿，淡淡地回答她：

"现在，已经没有不舒服的地方了。"

那一刻，微笑觉得似有电流从脊梁骨穿延而过。

在她听来，"现在"这个词太过意味深长，甚至令人心酸。

*

正当微笑打算离开公司吃午餐的时候，英俊急匆匆地交给她一袋私人资料和印章，拜托她交给自家母亲。

微笑心想这件事一定十万火急，于是干脆开着英俊的私人车去了他的本家。由于她动作够迅速，比预计的时间到得还要早。

崔女士亲自到玄关来迎接她。

"真是抱歉，我们微笑工作那么忙，还特意让你跑这一趟。"

"夫人，您这是哪儿的话。"

"谢谢你。"

明明说是紧急的事情，但崔女士压根没有打开包裹查看里面的东西，而且她的表现也不同往日，多少让人觉得有些不自然。

"那我就先走了。"

"微笑，来都来了，喝杯茶再走，好吗？"

"您的好意我心领了，但我不能长时间离开工位。"

"就一会儿，一会儿就好。"

微笑这才恍然大悟，明白了刚才那种不自然的感觉究竟源自何处。委托送资料只不过是个借口，崔女士找她另有目的。

微笑怀着忐忑的心情跟在崔女士身后走进了客厅，顺着她的意思坐了下来。

待家政阿姨摆好茶点之后，崔女士便示意其他人都出去，只留她们两人在屋里，房门彻底关上之前，她始终一言不发。

"我们微笑真是出落得愈发漂亮了。"

"您过奖了。"

"是不是有什么好事？脸上容光焕发呢。"

"哎哟，没有那回事啦。"

微笑连连摆手否认，脸上挂着开朗的笑容，崔女士和蔼地盯着她看了一会儿，好不容易才开口说明本意。

"你工作忙，拖着你也不合适，那我就开门见山了。其实我今天把你叫过来是有话想对你说。"

"夫人，您请说吧。"

"听说你前不久跟我家成延见面了？"

果不其然，每当崔女士有私事要找她，不是因为英俊就是因为成延。

"嗯……是的。"

"其实……我听他说了一件很奇妙的事。"

"是有关小时候的事吗？"

"没错，听说微笑你当时也在那里……是真的吗？"

"是，是真的。"

崔女士的脸瞬间没了血色。

"怎么会……！到底为什么会？"

074

天赐的礼物

想必这件事出乎她的意料，毕竟对微笑来说也是如此。她平静地说道："我小时候住在那儿附近，那时还太小，记得不是很清楚，但是我记得我那天跟哥哥一起待了一晚上。我跟哥哥从那里出来之后，就在我家门口分别了，其实直到前阵子，我都怀疑这一切只是一场梦，直到我看了成延哥哥写的书才得以确定。"

崔女士显得有些局促不安，她赶忙拉住微笑的手，急切地问道：

"能不能……跟我详细说一说那天的经过？"

崔女士的脸上透着深深的不安。

即便不问，微笑也能够猜到原因。崔女士和李会长夫妻俩只知道派出所查出来的案件因果，至于儿子被囚禁三天的详细经过，他们一无所知。

纵使微笑也有许多问题想问，但眼下只能先往后推一推，尽量平静地先把自己目前记得的事情说给她听。

"那间房子比我家的小屋还要小，而且非常冷，踩到地上的时候浑身都觉得冷飕飕的。哥哥原本蜷缩着坐在塑料泡沫板上……我有些记不清了，不过他好像一直在跟我发脾气，说我是傻瓜，大概是怪我不该去那里吧。后来，我只记得自己跟哥哥一样坐到泡沫板上，我蜷缩在他旁边，老旧的门外传来那个女人的声音，然后不知从什么时候开始，就听到吱呀吱呀的声音……还有一个巨大的蜘蛛……随着那个声音来回地晃……"

说到这里，微笑已经面色惨白，她微微颤抖着，艰难地继续开口说道：

"哥哥见我很害怕的样子，还唱歌安慰我，然后爬到一个地方拿了剪刀回来，再然后我记得……"

一幕模糊的画面从她眼前一闪而过，是一把印有鸽子图案的黑色手柄剪刀，剪刀剪断了某个东西……到底是什么呢？

"记住，绝对不许用束线带，在这个世界上，我最讨厌无能的人，其次就是束线带。"

"您为什么这么讨厌束线带呢？"

"就跟金秘书讨厌蜘蛛一样。"

"好痛……好痛。太疼了，微笑呀……痛到快要死掉了……"

微笑仿佛被什么东西迷了心神，嘴里止不住地嘟囔着，崔女士的哭声让她瞬间清醒过来。

"夫人！"

崔女士用双手捂着脸忍不住抽泣起来，微笑赶紧把纸巾递给她，她一边擦泪一边催促道：

"呜呜呜,没事,我没事,你继续说……"

其实关于那件事的记忆也只有这些,她能说的已经全都说完了。

"哥哥把我送到家门口之后对我说,以后一定要再见面,然后就一瘸一拐地离开了。他穿着栗色的格子衫……外面套着一件白色夹克。"

崔女士闻言愣愣地盯着微笑,豆大的泪珠顺着脸颊流下,留下两行泪痕。她似乎是极为痛苦,捂着嘴巴抽泣着,含着眼泪努力地挤出一抹笑容:

"不是夹克,那是一件开衫,那件衬衫和开衫是设计师千裁缝专门为他制作的,其实我们并没有委托他,是他主动想做给孩子做的,哎哟……不是我自卖自夸,他穿着实在是太好看了,千裁缝还说能给他穿上就心满意足了,不需要付酬劳,所以后来我又另外送了份礼物给他。这孩子啊……从小就是如此特别,让人觉得他是天赐的礼物。最开始我还以为他只是比别的孩子早熟,后来发现他和同龄孩子之间的差距越来越大,总是比别人优秀,在茫茫人海中一眼就能发现他,他就是如此出众。"

微笑静静地听着崔女士的话,脸色微微一变。

"那天早上,他穿着那件衣服背着书包离家的背影别提多好看了,我都不舍得让他露脸……当时也想过可能会冷,要不要换件衣服,我正想着他就已经出了门……本来想着只穿一天应该没什么事儿,结果……呜……我……我应该拦着他的,管他什么好看不好看,应该给他穿一件更厚实的衣服啊!呜呜。"

崔女士强忍住哽咽,勉强平复了心情之后才开口:

"那三天我根本不敢睡觉,虽然不知道他到底在哪里徘徊,也不知道把他带走的人是谁,我打心底祈求那个人能给孩子多穿一件衣服,我总觉得那孩子在哭着找妈妈,那种感觉都快把我逼疯了,呜呜!"

微笑回到记忆中的那一天,牵起痛哭流涕的崔女士的手。

"那孩子从小就怕冷,自从那件事之后就更怕冷了,所以每次天气转凉的时候,我都会……特别心痛。"

微笑轻声叹息着紧紧抓住崔女士的手,强烈的母爱让那双手变得冰凉。

除了桌子上复古时钟指针发出的嘀嗒声,整个客厅里静悄悄的,静得直让人觉得胸闷。

微笑小心翼翼地张开口,打破了这阵沉默:

"副会长几乎从不提家里的事……所以我之前对成延哥哥的事情一无所知。"

"你有听我们英俊提起过小时候的事情吗？"

微笑想了很久，摇摇头回答说：

"除了养过的狗以外……"

"啊，Bigbang Andromeda Supernovasonic。"

正认真听崔女士说话的微笑扑哧一声笑了出来，不可置信似的看着崔女士。崔女士揉着哭红了的鼻尖，温柔地笑了笑：

"那家伙特别温顺。英俊一有空就跟它黏在一起，自然会提起它。它和英俊的关系非常特别。"

"这名字也太荒唐了，我一直以为是开玩笑的呢，是真的吗？"

"除了英俊，我们都叫它嗨皮。"

"啊啊，幸好。"

"你要对他保密。"

微笑捂着嘴笑了起来。崔女士也对着微笑笑了笑，从容地说道：

"嗨皮是一只治疗犬。是会长托人大老远从瑞典带回来的。"

"治疗犬？"

好像有点奇怪啊。那只狗有一个特别的名字，而且和英俊的关系也很特别，分明是为了安慰英俊才带来的。那就有点矛盾了。因为那件事受伤最严重的人一定是被诱拐的当事人才对啊。

"阿姨，我有一个不太礼貌的问题……副会长说他失去了小时候的记忆。这是怎么回事？"

崔女士的眼神失去了焦点。她恍惚地看着空中，好像想起了不愉快的事情，身子也跟着哆嗦起来。

"那时候我们家真是乱作一团。那种无忧无虑的幸福时光就此消失不见，每天就像活在地狱之中。完全无法把成延和英俊放在同一个空间里。成延一看见英俊就像要杀了他一样扑上去。英俊就像个傻子一样，愣愣地睁着眼睛，手足无措。我看了那是真心难受。心理治疗没有效果，也不知还要这样生活多久，一想到这些就感到害怕，每天除了哭什么事情都做不了。有一天，英俊吃早饭的时候突然晕倒了。再次醒来的时候就什么都不记得了。准确地说，从那次事件发生的当天下午开始到晕倒之前的记忆就像是用橡皮擦掉了一样，被忘得干干净净。"

075

多余的拼图

"啊……"

"英俊失去记忆的瞬间，所有事情都难以置信地回到了正常。难以置信。"

闻言，微笑最先感觉到的是一种强烈的违和感。好像有什么地方不太对劲。只是因为一个人失去了记忆，所有事情就都回归了正常。到底是为什么，究竟发生了什么事情？

"那天之后，我们得以享受长久的安稳生活，不过总觉得哪里很奇怪，我们可能刻意回避了这种感觉。因为不愿打破现在的和谐。没错，或许……或许英俊他……"

微笑为了确认一直以来藏在心底的小小疑问，小心翼翼地问道：

"阿姨，当时被诱拐的人真的是成延哥哥吗？或许……"

崔女士眼神闪烁，怔了一会儿，转过头看着微笑的眼睛：

"如果那天和你在一起的哥哥是成延……你会喜欢成延吗？会和他交往吗？"

微笑摇摇头，坚决地否定了：

"这不是很久以前的事情了嘛。我不会因为这个就喜欢一个人或者跟一个人交往。而且，我已经把副会长……"

"已经把英俊？"

微笑欲言又止，因为慌张，脸唰地红了。她挥挥手说：

"啊，没什么。"

微笑害羞地避开崔女士的视线。崔女士似乎彻底放下心来了，长长地叹了口气，眼里盈满泪水：

"原来如此。万幸，真是万幸。"

崔女士忍住泪水，紧紧抓着微笑的手。

就在这时，客厅门外传来一阵脚步声和高亢的嗓音。是成延。

"妈！听说微笑来了？"

成延高兴得门都没敲，直接打开了门。

可能因为刚跑步回来，即使天气这么寒冷，他也穿着短袖、短裤，不停地流着汗。微笑见状，眼睛里闪过一丝怀疑的神色。

"哇，真的啊？微笑！怎么不提前联系我呢？"

成延径直跑到微笑面前，笑着抓起她的手，用力地上下晃动。

"你好，哥哥。我替副会长过来跑腿，正好在阿姨这里喝杯茶。"

微笑从座位上站起身，一边打招呼，一边偷偷看向成延的腿。

跟印象中的一样，这是两条白得不像男人、苗条纤细的腿。精致的脚踝两侧都非常干净。

"在我家吃了晚饭再走吧？"

成延多情地问道。微笑笑着回答说：

"上班途中跑出来的，得赶紧回去才行。"

"没关系。我会打电话跟英俊说的，别走了……"

崔女士从座位上站起身，果断地制止了成延：

"怎么能让大忙人留下呢？你快去洗漱，让微笑回公司。"

"哎。"

成延遗憾地咂咂嘴，对着微笑灿烂地笑了笑，放开她的手，跟她告别：

"那我之后给你打电话。"

微笑没有回答，只是一个劲儿地笑着。成延转过身马上离开了客厅。

微笑仔细观察成延的背影，直到他消失后才转过身面向崔女士：

"阿姨，那我先走了。"

"对不起。"

"天哪，您可别这么说。我经常因为一些文件跑腿的。"

"不，真的……真的对不起。还有……"

微笑不解地看着崔女士，不明白她到底因为什么事情而感到抱歉。崔女士又泪汪汪地说道：

"其实今天我想跟你说……谢谢你那天陪在他身边。就这句话。"

这里的"他"指的应该是成延，但是不知为什么总觉得有点奇怪。称呼近在身边的人，一般不都会直呼其名吗？

微笑想了又想还是有点怀疑。而且从那件事发生以后一直非常怕冷的成延怎么会在这么冷的天穿短袖和短裤跑步呢？

虽然越是深究就越是让人混乱的事情不止一两件，但是有一件事情是可以确定的。

这个拼图的某个部分分明多出了一块。

*

每年的这个时候，英俊都会去唯一艺术中心观看由唯一集团官方赞助的歌剧团的定期演出。这原本是英俊父亲李会长的事情，英俊接过经营权后也就同时接管了这件事。

唯一艺术中心的歌剧院在今年年初模仿布拉格国家歌剧院进行了重修，内部装饰古色古香而华美绚丽。

其中，英俊和微笑所在的二层贵宾包厢无论在视野、音效还是隐私保护方面都无可指摘。挂着红色丝绸壁画和天鹅绒帷帐的包厢里放着的两把旧式椅，像是在欢迎约会的恋人一般，尽显浪漫色彩。

演出开始之前，英俊沉浸在各种各样的思绪里，一直无法将注意力集中在舞台上。这是完全可以理解的。每天被繁忙的日程逼到连晚饭都没空吃的人，哪有可能放松下来好好地看场歌剧呢？

"您饿不饿？"

微笑低声问道。英俊从深思中缓过神来：

"什么？"

嘹亮而轻快的管弦乐旋律盖过了对话声。

微笑停顿了一会儿，待乐曲声稍小一点的时候，将身体倾向英俊，贴着他的耳朵说道：

"我说您肚子不饿吗？"

"啊，都快饿死了。"

听到英俊的抱怨，微笑像是早就准备好了一样立刻数落他道：

"所以刚才在车里让您吃三明治嘛。"

"三明治这种东西就算了。我想吃方便面。"

微笑吓了一跳，看歌剧用的望远镜掉在了膝盖上。她睁圆了眼睛，一副无法相信的表情。

"方便面？"

英俊懒洋洋地靠在椅背上，一副无关痛痒的表情：

"对啊，方便面。"

"您不是不吃方便食品的吗？"

"那天你做的方便面倒是还可以。叫什么来着？黄鼠狼？浣熊？"

"猪獾吗？"

"对，就是那个。"

微笑无端涨红了脸：

"又不是什么了不起的东西……"

英俊好像有点疲倦，阖上眼休息了一会儿，而后又睁开了眼睛。他看着舞台上唱着动人旋律的费加罗和苏珊娜，自言自语道：

"看来 18 世纪也流行狗血剧情啊。"

"是啊。"

微笑看着英俊毫无表情的侧脸，似乎有些意外：

"您不喜欢歌剧吗？"

"你不是知道嘛。不讨厌，但也不喜欢。"

"我不知道呢。我以为您肯定喜欢呢。"

"为什么这么认为？"

076

地平线的另一边

"您不是经常陪会长去看吗？"

"那是因为我爸喜欢啊。"

微笑一副恍然大悟的表情，笑着反驳道：

"会长跟夫人一起看不就行了。"

"我妈更喜欢音乐剧。"

"那会长可以自己看啊。就算您不亲自陪同，也有很多人可以陪会长看不是吗？"

微笑像是故意惹他生气似的，笑盈盈地说个不停。英俊皱起眉头，终于转过头来看着微笑：

"你到底想说什么？"

这时，帷帐轻垂的二人空间里响起了柔和的二重奏。

这么看来，英俊自始至终都没有改变。表面上一副不可一世、只知道自己的样子，其实一直都在照顾身边的人。

"太讨厌了，太讨厌了。虽然经常这么说，但是……其实并不觉得讨厌。"

"什么？"

"虽然很讨人厌，但又让人讨厌不起来。经常炫耀自己了不起的行为的确倒人胃口，但其实也有非常多情、深沉的一面。这就是副会长您。"

英俊看着微笑笑盈盈地说出这番话，脸颊微微泛起红晕。

"怎么表白得这么晦涩？"

"不是表白。就是……就是这么觉得。"

"没劲。"

在黑暗中观察微笑的他立刻露出了笑容：

"不仅仅是了不起呢。多情、深沉、坚强、善良、聪明、勤劳、美丽，还有……"

"哎哟，我就知道会这样。知道了，知道了。副会长最棒，行了吧。"

"我说的不是自己。"

英俊停顿了一下，抓起微笑放在扶手上的手，与之十指相扣：

"这是发自内心的表白。我对微笑的表白。"

微笑红着脸，一时不知道该说些什么，只是害羞地用手遮住脸。

英俊一脸真挚地继续说道：

"朴博士有一回说我们俩就像进入倦怠期的夫妻。"

沉浸在思考中的微笑轻轻地点点头表示认同：

"有可能。"

有些人会一见钟情，也一定会有一些人像这样慢慢地互相渗透，在不知不觉间陷入爱情。

微笑一件件地回忆过去九年间发生的事情，有了新发现。那就是她在这么长的时间里，从来没有真心讨厌过英俊。

"所谓爱情，不过是一瞬间的感情。睡着了会忘得一干二净，时间久了也会变质。"

微笑愣愣地望着英俊的眼睛，一副不明所以的样子。他的眼眸比任何时候都要深邃而真挚。

"但是生活并不是这样。因为只要还活着，即使是在睡着的时候，生活也仍在继续。就算被说成倦怠期来临的夫妻，我也依然觉得过去在一起的时光很有意义。所以……"

英俊抓着微笑的手，用力握紧了掌心：

"哪儿都不要去，继续留在我身边。"

"副会长……"

"跟我走吧。一起走到最后。"

微笑好像被堵住了嘴，一时间什么话都说不出来，只是低头看着自己的脚面。

"你的回答呢？"

"副会长……您这个人怎么总是这样？"

也许是这个反应太出乎意料，英俊的肩膀微微一僵。

"您这么说，和说'我头脑聪明，外貌出众，钱也很多，Anipang 也玩得好，嫁给我吧'有什么区别？非要躲在这种地方交头接耳地求婚吗？"

"啊，是吗……？抱歉。"

"还有，您平时那么能言善辩，若说您是第二，都委屈了您，竟然傻乎乎地说什么'跟我走吧'，这算什么啊。走去哪儿啊？要一起跑到地平线的另一边吗？"

微笑压低了声音发着牢骚，直直地看着英俊的脸：

"总之……"

反正"爱情"这个词，就是用来表达无形的感情的。虽然无法明确地定义它，但它也因此而变得无限大。

和一个男人一起度过了长达九年的时光，从来没有真正地怨恨过他一次。而且正如他所言，她会继续和他一起走完此生。

如果这不是爱情，那又是什么呢？

就在两个人的鼻尖似触非触的时候，微笑突然停下来，声音十分轻柔地回答道：

"我哪儿也不去。"

"整天给我递辞职信的女人，我可信不过。"

"我保证。"

"真的吗？"

"是，以后就这样继续留在您身……"

话没说完，微笑就被英俊的唇堵住了嘴。

两个人歪着头，一个火热缠绵的深吻之后，又反复轻吻，英俊低声说道：

"不管怎样……我们现在最好不要再亲下去了。"

"什么？"

"对面包厢里的人正在明目张胆地看着呢。"

"天哪。"

微笑吓了一跳，慌忙摆正了身姿，装作看向舞台的样子偷瞄着对面。我的天哪，本来以为离得那么远，又那么黑，根本看不清楚，但舞台的灯光一照，连脸都能隐隐约约看得见呢。

英俊也是后知后觉地发现了这一点，多少有些惊慌。

"这可麻烦了。该被我妈说了。"

"什么？"

"千裁缝也在呢。"

"设计师千裁缝？"

"对。他和我妈关系特别好，小时候还亲自给我做过衣服呢。"

微笑的脑中忽然有什么一闪而过。

"千裁缝特地为您做了衣服？他不是对富家公子很冷淡的吗？"

"没有。他亲口告诉我，说他连亲侄子都不给做，只给我做。因为这个，哥哥还一直闹脾气，从开始设计到衣服完成，闹得天翻地覆。"

"真的吗？"

"你现在是在怀疑我吗？"

"不是，千裁缝是举世闻名的设计师，您再优秀，他也不可能亲自做小学生的衣服啊？"

英俊生起气来，并不知道微笑是在套他的话。他一下就上钩了，十分认真地说道：

"不骗你。虽然我只穿过一次就扔掉了。"

"为什么？"

"就是……有原因的。"

黑暗中微笑的眼神变得犀利起来，但英俊丝毫没有察觉，只是看着舞台。

"真好奇是什么样的衣服呢。大衣？西装？"

"是栗色的格纹衬衫和白色的针织开衫。"

077

炼狱

听到这个回答，微笑脸上的笑容瞬间消失。她僵硬地看了看四周，又问了一个看似不相关的问题：

"这里的冷气开得也太足了吧？"

"你也这么觉得吗？其实我从刚才就觉得冷呢。"

"您还是那么怕冷啊。"

"就这种体质，没办法。要是没有冬天就好了。该死，要不然去赤道附近卖面条过活吧。"

"真是个好想法，您干脆明天一早就收拾一下出发吧。"

"我再考虑考虑。"

扑哧笑了出来的英俊难挡疲惫，乏力地打着哈欠。

"困死了。"

"困了就闭上眼睛休息会儿吧。"

"大家那么努力地表演，我不能太失礼啊。"

"早就不是'失礼'的问题了，我们两个可是'亵渎'了这个舞台。"

英俊咻咻笑着，舒适地靠在椅背上，从容地闭上眼睛，想要入睡。

可能是太累的缘故，不一会儿，就听到了英俊规律的呼吸声。

微笑在他眼前晃了晃手，确认他睡着了后，才开始一点一点地整理起自己的思绪。

她把迄今为止经历过的所有奇怪的事情组合起来，只得出了一个结论。虽然这个结论荒诞不经，很值得怀疑，但是，除此之外，绝无其他可能。

但是，还有一点。

"傻瓜。不是那个名字。我的名字是成……延！李……成……延！"

微笑一直以为是自己的记忆出现了混乱。那如果不是呢？

当时微笑只有五岁，只会按照听到的去理解。但是，也有可能是认知能力的问题，比如说，混淆了相似的发音。

微笑慢慢扭过头，把嘴唇凑到睡着的英俊耳边，轻声叫道：

"成延哥哥。"

睡着的英俊没有任何反应。果然，想通过这种方式来确认是行不通的。就在微笑准备起身的瞬间，英俊的唇间飘出一句话。虽然是在睡梦中，但那句话听起来厚颜无耻得十分自然：

"都说了是成……贤。"

*

成贤哥哥。

很久没有听到这样的称呼了。

无论去到哪里，可恶的权力欲望都是个问题。

如果取个好名字就能解决一切问题的话，那所有人都能当总统了。

英俊的祖父是个十足的贪心鬼，欲望大到让人怀疑孬夫[1]就是他的人生榜样。祖父委托当时富裕阶层起名界的史蒂夫·乔布斯——无天道士，取

---

[1]　孬夫是韩国传统故事中的人物，性格十分贪婪。

了"李成贤"这个名字。"成贤"和哥哥的名字"成延"发音太过相似，理应将这个名字排除在外，但无天道士偏偏向祖父强谏说"用这个名字，肯定会成为总统"，最终户籍上还是用了这个名字。父亲现在耳根子很软，但当时更甚，如果非要打个比方，那就像是微笑补妆时用的蓝色吸油面纸一样，又薄又软。

　　*

　　"哥哥，说好下次一定要来看我的，对吧？你可别忘了。"

　　"好。"

　　"拉钩。"

　　"拉钩。"

　　微笑蜷起小指拉钩，还用大拇指盖了章。她用袖子擦了擦鼻子，嘻嘻地咧嘴笑了笑。月光照耀在她的左脸上，露出一个深深的酒窝。

　　"成延哥哥。"

　　"都说了不是成延。我的名字是成贤。都告诉你多少遍了？"

　　"成延哥哥。"

　　"我叫李……成……贤！x-i-an，贤！"

　　"啊，成贤。"

　　"对了，笨蛋。"

　　"我可不能忘了。不是成延哥哥，而是成贤哥哥。不是成延哥哥，而是成贤哥哥。"

　　微笑蠕动着小小的圆嘟嘟的嘴唇随性地记着名字，一蹦一跳地跑进了一扇窄窄的大门。

　　"再见，哥哥。"

　　也许是紧紧贴在身边的温暖气息消失了，他突然觉得特别冷。

　　"再见。"

　　小男孩转过身，每走一步，都觉得受伤很重的脚腕快要断了一样。太疼了，好想一屁股坐在地上啊，但是微笑还站在那里挥着手，所以不能跌倒。

　　不知道就那样拖着脚"爬"了多久……

　　走出巷子回头看过去的时候，已经看不到微笑的身影，也看不到微笑的家了。

这时他才觉得眼前的环境既陌生又恐怖，仿佛那个面目狰狞的女人还会把自己抓走一样，内心十分恐惧和焦躁。

也许就在那一天，他明白了一点：在紧急情况下，人类可以充分地控制自己的知觉。

脚腕伤口处流出的血浸湿了他的袜子，就像冰块一样冷冰冰地贴着皮肤。但是他顾不得疼，也顾不得冷，只是疯了似的往前跑。

终于，他跑到了灯火通明的派出所前，这一瞬间，他最先恢复的知觉，竟然是抑制不住的困意。

离派出所的门没剩几个台阶的时候，他就躺在混凝土地面上睡着了，不是因为筋疲力尽而昏倒，而是因为实在太困了，因为现在好像没事了。

回想整个人生，那是和微笑初吻之前，他最后的熟睡记忆。

醒来的时候我已经躺在医院里了。

小小的钟表时针指向9点方向。钟表后面的窗户十分明亮。

能活着回来真是万幸。看到家人们真心为我担忧，为我流泪，我又重新深刻地感受到了之前忘却的幸福。

我今年九岁。今后的人生也会像早晨9点的窗外世界一样，只有光明。

再次睡着以前，我确实是这么想的。

好得过头的记忆力真是毒药。

虽然脑子里很清楚，现场已经收拾得干干净净，那栋房子里也什么都没有了。但记忆并不是这样。一旦记忆发作，从梦中惊醒而想再次入睡的时候——不，只要闭上眼睛，瘆人的声音和惨不忍睹的画面，就会像残留的影像一样，反复不停地从脑海里掠过。

身体的疼痛一刻不停地搅动着混乱的意识。

人们受伤的时候，经常会说"找不疼的地方反而好得更快"。但那只是因为疼得不够厉害。那时的我，根本没有不疼的地方。整整三天都蜷缩在那个寒冷的角落，一下子释放不出紧张感，痛苦在所难免。

最疼的地方是脚腕。

人类所创造的东西之中，最凶恶的是什么呢？如果是我，我会毫不犹豫地选择束线带。

拜一对缠在一起的环形尼龙束线带所赐，我的脚腕上留下了可怕的伤口。听说伤疤会留一辈子的时候，我最怕的并不是伤疤本身，而是我的余生都要一直背负当时的记忆。

从噩梦中醒来，痛苦地颤抖哭泣，吃药后重新睡着，再次从噩梦中醒来，颤抖哭泣……这一过程到底要重复多少次，黎明才会到来呢，真的觉得快要疯了。睡不好觉，精神也变得极度敏感，休息不好，身体也觉得越来越疼痛。每一个瞬间，都是摧残精神世界的炼狱。

078

没关系

饭吃不下，觉睡不着，不知道从什么时候开始，话也不会说了。

不能说话的我好像变成了一个傻瓜。而我却希望我真的就是个傻瓜，停止我的思想，就那样呆呆地躺在床上，等待着时间的流逝。

我躺在医院里的那段时间，妈妈哭得很厉害，眼泪多得像流不尽一样。爸爸不去上班，一直守在我的身边彻夜不眠，最终累倒了。

哥哥……

哥哥一直一言不发地在身后看着他们。偶尔会和我对视，红了鼻头，但自始至终都没有流过泪。

说来也很讽刺，这样一来我倒很感激他。没有什么负担，很爽快。我想，等以后我好了，回到家里，肯定要结结实实地揍他一顿，问问他怎么能让我吃这么大的苦头，他还算是哥哥吗。我打算揍得他流鼻血，然后干脆利落地和解。

我还以为，肯定能和解来着。

脚腕上的伤口快愈合的时候，我出院了，但那时我还是无法开口说话。

　　离开医院，在回家的车上，我才听说，我会先暂时休学去接受心理治疗，哥哥也已经转学了。虽然免不了磕磕碰碰，但我和我哥的关系并没有那么差，可不知怎么的我们之间却好像产生了隔阂，实在令人惋惜。

　　但是这份"惋惜"也只是到此为止。回到家我才发现，地狱之门早已向我敞开，恭候我多时。

　　因一时刺激不能说话的我，还以为回到家后最先说出口的会是"妈妈，爸爸，谢谢你们，我爱你们"这种温馨感动的话，但现实却相去甚远，我说的是："哥这是怎么了？"张不开的嘴之所以打开并非因为爱，而是因为觉得荒唐。

　　哥一看到我，就像疯了一样冲我嚷道：

　　"马上从我房间里滚出去！"

　　可是他明明是在我的房间里，坐在我的床上，身上穿的也是我的衣服，连拖鞋也都是我的。

　　"都怪你！你把我一个人扔在那里就走掉了，你知道我过得有多么辛苦吗？你这个坏家伙！坏家伙！"

　　可是，扔下我就走的明明是哥哥。我完全听不懂哥在说些什么。

　　即便是这样，哥的异常行为还是丝毫没有变好的迹象。他还是把自己当成了我。他一直相信被人绑架了三天，后来住进医院，现在又回到了家里的是他自己。

　　我无比郁闷，再也无法坐视不理。他打我一拳，我就打回去两拳，他推我一下，我会将他推倒往死里揍。因此，我们之间的战斗变得越来越粗暴，越来越野蛮。甚至有一次，我们都想弄死对方，最后还是家里那个力气最大的园丁大叔费了好大力气才把我们拉开的。

　　一切都糟糕透了。

　　因为被人绑架这件事，我们兄弟俩每天都会争吵打架。父母看到我们这样，心里也饱受煎熬，而年幼的我把这糟糕的状况都看在了眼里。

　　随着谈话治疗的进行，哥的症状越来越严重。他觉得全家人都在逼迫他，不久他就开始绝食，将自己锁在屋里，终日以泪洗面。

　　有天晚上，我像往常一样从噩梦中惊醒，透过微开的窗帘，看向窗外，屋外的一切都闪耀着白色的光芒。天上挂着一轮满月。不知不觉，从那天算起，已经过去了一个月之久。

"哥哥，说好下次一定要来看我的，对吧？你可别忘了。"

我突然开始想念微笑。

第二天，从医院回来的路上，我让司机大叔把我送去那个地方。虽然母亲极力阻止，但我还是执拗地想去看看她。

就在这一个月的时间里，整个小区都消失不见了，没有留下一丝痕迹。

唯一乐园的施工现场，矗立着一面巨大的铁制围墙。曾经的过往，与微笑的相遇，全部都像梦境一般，什么都没有留下。

就是那天晚上。我偷听到了父母在书房里的对话：

"你怎么能轻易说出这样的话来……？怎么可以……！呜呜！"

"我也很难过，老婆，可是现在更需要被照顾的是成贤啊。那么小的孩子看到了那么惊悚的事情，经历了那样的打击，连大人都很难挺过去，成延闹得这样鸡飞狗跳，成贤怎么静养啊。"

"那不都是因为成延太脆弱才会变成现在这样的嘛，他看到自己让弟弟变成这样，内心愧疚难当，才会现在记忆混乱。他会好起来的，我们要包容他，继续给他治疗，也许会……"

"这话都说了两个星期了。老婆，你昨天没看到成延挥棒球棍吗？我们不能一直这么纵容他。这样我们两个孩子就都毁了！"

"成贤是很可怜，但我们怎么能把成延当作精神病人去对待啊！"

"什么精神病人啊！你说什么呢？不过就是成延目前状态不大稳定，让他去医院进行全面的住院治疗……"

"这不就是那个意思吗！"

"老婆！"

"呜呜！这种事为什么会发生在我们孩子身上啊？为什么！"

如果我没有听到母亲接下来的话，那我们所有人的人生又会变成什么样呢。

"虽然我知道这不可能，但有时候我想，要是成延说的话是真的就好了。

如果被绑架的是成延，事情也许就不会像现在这么糟了……老公，我，真的好痛苦。呜呜，真想死啊……"

人们在经历巨大的苦难时，一般会用"死"这个字眼来加以强调。可能是因为这个字眼里包含了太多感情的极限吧。一个用来抽象地表达尽头、毫无退路的字眼——死亡。

然而，经历过这件事后，对我来说，"死亡"不再是个抽象的字眼。我所认知的"死亡"，不管是形状、声音还是味道，都无比清晰。

我甚至想，如果母亲再这样痛苦下去，会不会也变成那个女人。父亲，哥哥，甚至所有围在我身边的人，都可能会变成那样。想到这儿，我就恐惧得无以复加。

我立刻跑回房间，用被子蒙住头，哆哆嗦嗦颤抖了一晚上。

妈妈说得没错。如果一开始被拐走的人是哥哥，那就不会发生这样的事情了。我虽然还小，但不会像哥哥那样懦弱，因为战胜不了内心的自责，编造自己的记忆。

两块一模一样的拼图。

却只剩下一处空缺。如果我将自己那块拼图悄悄地埋藏起来，那所有的事情就都完美了。

于是，我装作失忆，上演了一出戏。

"爸，我真的不知道，我一点也想不起来。"

"我什么也想不起来。我把哥哥扔那儿就回来了？哥哥因为我被人绑架了，这是真的吗？"

"真是对不起，妈妈，我让哥哥经历了那么恐怖的事情。"

我失去记忆，哥哥替代了我的位置，所有令人纠结的事情慢慢地都化解了，就像在白色画纸上重新勾勒的图画一样，所有的事情都被重新拼凑起来。

当时，封锁消息并非难事。我被绑架三天后回到家，不管是事发当时还是事发之后，这件事情都没有被报道过。我谎称脚踝处的疤痕是小时候和哥哥打闹时留下的。也许是因为我的名字和哥哥名字的发音类似，导致哥哥崩溃，为此我还换了新的名字。所有令哥哥感到不安的因素，全部都消失不见了。

在极度敏感的状态下，因混乱的记忆而备受煎熬的哥哥，在荒诞不经的谎言中终于找到了内心的安宁，不再像以前那样冲过来要杀了我，反倒很乖巧地说自己会尽力试着原谅我。

我将那些本就没有一点温暖的恐怖回忆一股脑儿地全部清除了，父母也都放下了心里的包袱。

就这样，拼好的拼图再也没有了瑕疵，脱胎换骨的生活被装进完美的全家福相框里，挂在了墙上。

当然，在那之后，我被心理阴影折磨不休。我被噩梦纠缠，开始讨厌碰到和那个女人年龄相仿的年轻女子，看到束线带也会条件反射似的感到恶心。但这些都没关系。

即便是我一个人承受也没关系，不管是什么。

在这个世上，我比别人更伟大更坚强，所以一切都没关系。真的没关系。

079

我可以的

"呃。"

英俊从睡梦中醒来，抬头看了看红色的天花板，使劲眨了眨眼睛，这才想起来自己现在所处的地方是唯一艺术中心的歌剧院。不过，也不知道发生了什么事，现场没有音乐，周围的氛围有些混乱。

他欠了欠身，扭头看向坐在一旁的微笑，恍惚地问道：

"怎么这么吵啊？"

"现在是幕间休息时间。"

"啊……第二幕已经结束了吗？"

微笑正襟危坐，眼睛直视前方，有种不太自然的感觉。

"你怎么了，金秘书？"

"什么？"

微笑眼神茫然，依旧看着前方。不知道是不是心情不好，她的鼻尖和眼角都红红的。

"你不舒服吗？鼻子怎么了？你哭过了？"

《费加罗的婚礼》里面还有能让人感动落泪的场景吗？

顿感困惑的英俊歪了歪头，微笑这才看向他，像平时那样笑盈盈地回答道：

"我打了个哈欠。"

公演结束、歌剧团聚完餐时已经临近午夜时分。

因为家里的书房要重新整修，英俊暂时住在唯一酒店的总统套房里。微笑约见酒店管家，详细地安排了注意事项。她回到房间，却没看到先一步回来的英俊。

见接待室和办公室里都没人，她又来到主卧室，敲了敲门，打开门走了进去。这时，卧室一角的浴室内传来了声音。歌剧公演过程中，英俊一直呼呼大睡。看来他还是很累，连工作报告都没听，就直接去洗澡了。

微笑抱着平板电脑来到客厅，径自坐在窗边的扶手椅上，一边看着窗外的夜景，一边陷入了沉思。

"都说了是成……贤。"

听到英俊睡梦中说出的这句话，微笑就像被人重重地打了后脑勺，眼前一片漆黑。和成延聊过后也依旧无法释怀，看来这都是事出有因的。

话虽如此，不过，天哪，这都九年了，他竟然在这九年里一直故意隐瞒着这件事？不管怎么说，他的忍耐力真是太了不起了。她的喉咙里涌上一句话，"请吃我一赞！"

然而，找到当年哥哥的那种喜悦转瞬即逝，微笑又陷入了矛盾之中。

不对，也有可能不是一直故意隐瞒了这件事，而是真的什么都不记得了。对于英俊很早之前就认识自己这件事，她目前只是怀疑，还没有确凿的证据，睡梦里的呓语可能只是无意识的话吧。

"唉。"

就在她低声叹气的瞬间，一阵清爽的香味和湿热的空气突然袭来。

英俊从后面抱住微笑，倚靠在她的身上，湿湿的头发蹭着她的脸颊。他低声耳语：

"突然叹什么气啊？"

微笑耳根一紧，脸颊火辣辣的，心跳一下子乱了节奏，怦怦地狂跳不止。

"没，没什么。"

"要喝杯红酒吗？"

"明天的日程排得满满当当，您又不是不知道。要想早点起床，现在就得赶紧睡觉。"

"你就在这里睡吧，在我身边。"

"真心的吗？"

"你看我像在开玩笑吗？"

一时无语的微笑闭上了嘴巴，转过头来。英俊直勾勾地看着她的眼睛，说道：

"你不是答应过我，哪儿都不会去吗。"

"真是说者无意，听者有心啊。"

"不管你是有心还是无意，反正你就是答应过我的。"

微笑白了他一眼，脸上倒是一副并不怎么讨厌他的表情。她涨红了脸，回答道：

"我没带换洗的衣服。"

"我明天早上给你买，脱了睡吧。全部脱掉。"

啪！

原本笑嘻嘻的微笑使劲用头撞向英俊，英俊揉着发烫的额头，嬉皮笑脸地往后退：

"已经 12 点了。你现在走，也睡不了几个小时，在这儿睡不是更好吗？"

这话倒是一点也没错。业务繁重，身体疲倦，说实话，她真的很想随便找个地方就睡。

"那我住次卧吧。我会锁上门睡觉的，您就不要有邪念了啊。"

"不要有邪念？金秘书，这段时间是我太放纵你了，你越来越狂妄了。"

冷不丁地听到这句话，微笑的眼睛瞪得圆圆的。英俊重新系了系睡衣的带子，真挚地补充道：

"里里外外都要仔细洗干净啊。我……"

话音未落，英俊就看到平板电脑直直地飞到了他的眼前。就在他用双手一把抓住平板电脑的瞬间，微笑笑盈盈地对他说：

"您还是把明天的日程里里外外都仔细确认一下吧。"

套房内的浴室比她那套单人间还要宽敞，微笑舒适地躺在浴缸里享受着泡泡浴。她转头看向时钟，不知不觉，时间已经这么晚了。

她赶紧冲掉泡沫，走出浴缸，擦掉身上的水珠，涂抹了护肤乳，什么都没穿就套上一件浴巾睡衣，嘴里嘟囔道：

"唉，怎么一副离家出走的少女模样啊，早知道就该打个车回家睡觉的。"

她看着洗面台前的大镜子，将酒店备好的高级护肤品倒在手上，涂抹好后，又用吹风机将头发吹干。

九年来，除了出差以外，微笑几乎每天都去他家上班，再从那里下班。即便是和他一起出差的时候，微笑也是在他的住所内工作、做简要报告。

不过，这么长的时间里，她从来没有在他家或者他的住所里睡过。当然，不久前有过一次，她差点就要留宿了，但因为成延的突然出现而不了了之。

"啊，我疯了吧。怎么办，怎么办。要不现在直接回家？"

虽然她让英俊不要乘虚而入，还表现出一副很讨厌的样子，却把自己脱了个精光，还洗了澡。而且，她现在还光着身子。这不就是"口嫌体正直"的既视感吗。

"哎呀，现在管不了那么多了。"

"又不是小孩子，而且彼此已经确认过心意，也约好要携手一起度过余生，如今也没什么好畏惧的了。我可以的。以后如果有朋友在聚会上说：'那种事真的特别美好，只可惜没办法跟你说明，我们微笑也得知道那种美好的事才行啊。'我就不会再恼羞成怒了。所以，我可以的。"

080

非你不可

　　微笑做好心理准备，随后又看了一眼镜子，深呼吸之后走出浴室。

　　皎洁的满月给窗边染上了一层淡淡的蓝色，亮着氛围灯的房里不知何时被盖上了一层黑夜的颜色。

　　她进去洗澡之前，英俊明明独自坐在窗边看着风景，然而现在却没了踪影，椅子上空落落的，桌子上只留了半瓶红酒和装在酒篮里的空酒杯。

　　气氛有些奇怪，微笑四下环顾，这才发现英俊躺在床上。

　　又睡着了吗？

　　正如朴博士所说，英俊真像得了嗜睡症的人，自从初吻过后就一直打不起精神来，不停地打瞌睡，这让微笑既无奈又担心。

　　微笑迈步走向那张宽敞的大床，轻手轻脚坐在他的脚边，近在咫尺的距离，英俊却仍旧一动不动，微笑则是静静地望着他的睡颜。

　　听着他有规律的呼吸声，她不禁感到心跳加快，耳朵发烫。

　　她有些难为情地在角落里坐了一会儿，最终转身爬上了床，这一动，床垫也跟着动了起来，被子也连带着发出沙沙的响声，然而床上的人仍旧一动不动。

　　想必是因为太困而迅速入眠的缘故，他这样怕冷的人竟然忘了盖被子，微笑有些不忍，把被子拖过来打算为他盖上。

　　忽然，她手中的动作一滞，缓缓伸手掀起了他的睡袍一角。

　　他精壮的脚踝上有两道触目惊心的疤痕，正如此前朴博士所说，那是被什么东西绑过的痕迹，或许就是束线带。

　　在看到那道疤痕的瞬间，微笑心里不禁一沉。

　　她终于懂了。

　　她之所以等了他这么久，对他念念不忘，是因为如果有缘再相遇，她想要告诉他一句话……不过那到底是什么呢？

微笑睁大了眼睛僵在原地，她忽然感觉手腕一紧，被人握住，这才回过神来。

"你……看到疤痕了？"

"是的。"

英俊不知何时已经醒来，静静地望着她。

"听说这疤痕是我小时候和哥哥打闹时留下的，不过我记不太清楚了。"

他果然没说实话。微笑面色一沉，也不知他到底是不记得了，还是故意装傻。可是照现在的情况看，除非他自愿说出口，否则她也不好问些什么。

"不痛吗？"

"这个……我不太清楚，毕竟不记得了。"

嘴上明明说着不记得，但语气却有些吞吞吐吐，他费力的停顿听起来像是在忍受回忆的痛苦，微笑突然心痛不已：

"一定很痛。"

"或许吧。"

二人陷入一阵沉默。

英俊率先打破了沉默，他有些紧张地问她：

"这疤痕是不是太吓人，吓到你了？"

"不是那样的。"

微笑伸出左手握住英俊的脚踝，同时用右手握住自己的脚踝，声音中透着颤抖：

"您还记得……运动会时的两人三足吗？"

"我怎么可能不记得？你就在我眼皮子底下跟高贵男黏在一起跑得那叫一个欢。"

英俊用酸溜溜的语气反问道。微笑倒是满不在乎，只是淡淡地回答道：

"当时绑住的那只脚留下了淤青，过了一天之后脚踝就全变青了，还肿得挺厉害的。"

"真是不小心。"

"本以为不必在意这淤青，后来发现只要稍微碰到都会特别痛，用手碰一下也会感到火辣辣的疼，一动不动也会觉得很痛……老实讲，其实这种小淤青过几天就会完全消退，可是……"

微笑的耳畔仿佛回荡着一个少年微弱的哭声。他悲伤地哭泣着："微笑，好痛啊，好痛。"

"我……受了这点小伤都觉得很痛……呜。"

颤抖声最终转变为抽泣声。

微笑突然掩面哭泣，搞得英俊有些不知所措，一脸忐忑地坐起身：

"金秘书，你这是怎么了？哭什么？嗯？"

"该有多痛啊，呜呜，该有……多痛啊……"

她的泪仿佛断了线的珠子一样，英俊望着她哭泣的样子，脸上浮现出浅浅的笑意：

"不要哭了，现在已经没事了。"

"可是……"

他张开双臂，一把搂过她瘦弱的双肩，低声说道：

"看来……我是非你不可呢。"

没错，从一开始就非她不可。

微笑的发旋好似散发着阵阵香气，他情不自禁地在上面落下轻轻一吻。他抬起她的下巴，在她的额头上，还有已经被眼泪浸湿的眼睛上、脸颊上落下细细密密的吻。

她的唇柔软又带着一丝湿气，让他留恋许久。随后他顺着她的下颚线到脖颈，一路吻到了微微敞开的睡衣领口。

"啊……"

他仿佛不忍让她唇缝里的气息被浪费，忍不住又立即封上她的唇。

二人紧贴着的身体突然一歪，直接摔倒在床上。

"哎呀。"

"怎么了？"

"这是什么东西？撞到了。"

"您是不是看日程看到打瞌睡了？"

英俊的头不小心撞在了枕头上的平板电脑边角，忍不住吃痛抱怨了一句，微笑见状露出无奈的笑容，最终二人相视一笑，紧紧拥住了彼此。

"哎呀，这可是我人生中至关重要的一刻啊……"

英俊放慢了语速，微笑心领神会地点点头缩进了他的怀里。

"没关系，我说了哪儿都不会去，要是困了就睡吧。"

"但是……"

"我们有的是时间。"

"也对……往后的日子还长……"

话音未落，英俊长舒了一口气之后便沉沉睡去。

微笑紧贴着他的胸膛，侧耳听着他的心跳声，没过多久也跟着沉沉睡去。

然而这一次英俊并没有因为认床或是不安做噩梦，也没有被鬼压床。

他睡了安稳的一觉。

081

阿萨姆奶茶

"成延啊，起来了吗？吃早饭啦。"

崔女士敲过门之后便径自走进了他的房间，清晨的阳光从窗帘的微缝中透进来，惹得她眼睛微微发酸，不得不先闭上眼睛再睁开，这种情况倒是第一次，想必是近来有些老花眼的症状吧。

如今这房间已经换了家具和壁纸，但仍旧无法改变这里曾经属于英俊的事实。这间房朝向最好，英俊从小就极其怕冷，所以每次他待在家里的时候，都会坐在窗边看书晒太阳。

风顺着微微敞开的窗口吹进来，拂动着轻薄的窗帘，透过窗帘，她仿佛看到了英俊童年时期的身影，在遭遇绑架之前，英俊还是天真烂漫的模样。

浴室里传来流水声，大概是成延在洗澡。

崔女士生怕儿子洗完澡出来会被冷空气冻感冒，赶忙伸手关上窗户。正当她细心拉好窗帘的时候，成延放在桌子上的手机突然响起短信提示音，她一时好奇，走到桌旁瞧了一眼手机显示屏。

OK，那待会儿见喽。这激动人心的时刻❤❤❤

崔女士看到这条莫名其妙的短信先是微微一笑，随后点开了画面。

短信箱里有来自不同国家的女人的名字。成延外表帅气，性格又开朗，以前就深受女孩子们的喜爱，自从他离开公司转行当了职业作家之后，就开始尽情享受自己的生活，丝毫不在意周围人的目光。

如今他也老大不小了，崔女士也不知道该不该继续放任他这样，可是思来想去，正因为他老大不小了，她才更无法轻易左右他的生活。

她轻叹一声，正欲放下手机，不料竟然在无数女人的名字里瞥见了"金微笑"三个字。

崔女士犹豫片刻，最终点开了成延与微笑的对话框。

里面的内容大多是礼貌的问候与回复，只不过有个别几条短信是成延在深夜发给微笑，约她见面的内容，或者是在上班时间突然发给她，让微笑有些不知所措的内容。

其他事可以暂时抛在一边，唯独这件事崔女士必须出面。

"妈，您也太过分了吧，儿子都成年了您还偷看手机。"

成延一边用毛巾擦头发一边数落着母亲，崔女士闻言转过身去指责道：

"你为什么总联系微笑？那孩子工作本来就够忙的了……"

"她要是真忙的话自然就不会回我了，没关系的。"

成延倒是一副毫不在意的样子。崔女士一动不动地看着儿子的背影，随即厉声厉色地说道：

"成延，你不要再联系微笑了。"

"什么？您这是什么意思？"

成延惊讶地看向母亲，只见崔女士用更加坚定的口吻继续说道：

"免得让英俊误会，对你也不好，所以你还是适可而止吧。"

成延的表情在下一刻变得无比微妙。

"当年她和我困在一起，所以我想和她聊聊过去的事情，借此抚慰过去的伤痛，仅此而已。"

看到成延毫不顾忌地说出"伤痛"和"抚慰"这些字眼，崔女士看向他的目光变得五味杂陈。末了，她道出一句意味深长的话：

"成延啊，岁月匆匆肉眼却不可见，某一刻回望的时候才会发现自己走了很远，越走越远……不知不觉你们俩都长这么大了。"

成延一时不知母亲这番话是什么意思，只好目不转睛地盯着她等待下文：

"长大成人也就意味着现在可以承受任何痛苦了，对不对？妈妈以后……"

崔女士下意识地摇摇头继续说道：

"总之，以后都不要再让英俊困扰了，刚才他来过电话了。"

"我怎么让他困扰了？还有，他打电话说什么了？"

"英俊过一段时间会带微笑回家。"

"您不是说他们经常来吗？"

"不，这一次是正式来拜访。"

*

今天的早会比平时早了半个小时，会议结束之后，侑植忍不住频频瞟向英俊。

据说，人一旦换床睡觉，从外表或肤色就能看出来，性格敏感的人更是如此。

但是从各种意义上来说，今天的英俊反差格外大。

一直以来都杀气腾腾的眼神，在今天看来竟然格外清澈。平时孤傲的态度更是在今天早上达到了巅峰。还有他的皮肤，整个都透着光泽，也不知是做了什么黄金保养。他明明是个极度认床的人啊！

《三国志》里讲吕蒙时写道：士别三日，即更刮目相待。但是眼前的这个人竟然在一天之内，不对，在一夜之间就达到了最高等级，还一脸征服天下的神情。

侑植心想其中必定有猫腻，而就在他出发前往其他地方工厂视察时，在英俊的办公室里看到了一幕，这更让他确信了自己的想法。

"这是福南梅森的阿萨姆奶茶，您嘱咐我要甜一些，所以我特意加了很多糖。"

"谢谢。"

"客气了。"

"你给我泡的茶味道更棒呢。"

"哈哈，您是不是忘了什么？"

"什么？"

"您嘴上是抹了蜜吗？"

"啊，真是说不过你。"

无论是态度和缓的英俊、盈盈笑着的微笑，还是你一言我一语的对话气氛，都和平时没什么两样，但是分明又有点不同。那是什么呢，什么呢，侑植偷偷打量着两个人，终于找到了这种微妙感觉的根源所在。

那就是眼神。

两人看着彼此的眼神是炙热的，和之前的舒适平淡不同，有一种很微妙的感觉，带着隐约的紧张感。

微笑出去以后，侑植悄悄地问英俊：

"状态极佳啊。昨天有什么事吗？"

"你问我有什么事吗？"

英俊想得入神。

睡得像死人一样，说的应该就是那种情况吧。把微笑抱在怀里，真的睡得很香甜，酣睡得完全不记得那些讨厌的噩梦。

醒来的时候，整个人感觉就像重生了一样。一直弥漫在脑中的云雾，都烟消云散了。所以，状态极佳自然毋庸赘述。

但是，他不知道该如何作答。明明是一件重大的事情，但从某种意义上来讲，好像也没什么大不了的。这就是所谓的"只是牵着手睡了而已"吧？那应该说是有事，还是没事呢？

082

随风而逝

"还真有啊。"

侑植语气阴险地喃喃自语，听此英俊佯装冷漠地脱口而出。

"不关你的事。"

"你就对我一个人说实话吧。没关系的。男女之间的阴阳调和是好事。既是活力的源泉，又是谋求健康生活的基石。"

正式公布之前，就这样安静地享受着小温馨貌似也很好。微笑之前不就一直期待着这种平凡的恋爱吗？两个人一起分吃一份暖胃的辣味泡面，像相亲那天一样一起走在街上，把车停在家门前，享受一个长长的吻……

"啊，托你的福，我确信了一点，男女之间的阴阳调和如果失调了，人就会变成生了癞癣的驴。就像朴博士你一样。"

"闭嘴。"

侑植闭上嘴，一副吃了苍蝇的表情，英俊又笑了笑说道：

"什么事都没有。"

"哼。"

侑植仍是满脸狐疑，不知是否该就此作罢，他喝了一口茶，转移了话题。

"既然你说什么事都没有，我也就没什么好说的了。但你要记住一点。如果下定决心交往的话，不管在什么情况下，都不要对对方有所隐瞒。"

"什么？"

"所谓恋爱，和脱光了赤裸相对没什么两样。你想想，人家都已经脱了个精光，而我还穿着内裤，那么对方会多没面子多难过啊。我不顾羞耻脱了个精光，那家伙为什么还不脱？说好要脱光光的，为什么到现在还不脱？你说能没有被背叛的感觉吗？就是这个意思。"

不知为何，这次英俊没有下绊子，只是一直静静地听着，脸上渐渐蒙上一层阴影。

"我亲身经历过，才告诉你的。我刚谈恋爱那会儿对妻子撒了谎，结果暴露了，以后再也没有隐瞒过什么。因为我经历过所以知道，那会让双方都很为难。"

"你撒了什么谎？"

"说她是我的第一次……"

英俊眉头微蹙：

"弟妹不是你的第一次？"

"遇见妻子以前，我和一个女人热恋了两个月。后来因为性格不合分手了。"

"真是闻所未闻啊。怎么就暴露了呢？"

"初夜的时候我太娴熟了。她本来就很有眼力，一下就看穿了。不管怎么说，因为我全部坦白以后道了歉，妻子说都是过去的事了，还能怎么办，反而对我说都忘了吧。全部坦白以后，原本尴尬的关系也变得更加和睦，更加如胶似漆了。不知不觉就扯远了，总之我想告诉你的，就只有一句话。"

"什么？"

"简而言之就是，连心里那条内裤也脱掉。不管你穿了多久，就算你觉得它早已成了你身体的一部分，也要脱掉它。如果有什么隐瞒的话，先坦白才是对对方应有的礼数。"

嗯。这些话全都说到了他的心坎上，只不过这比喻太低级了。英俊一脸认真，跷起二郎腿，把身体深深埋进单人沙发里。

"李英俊，你……现在是不是有什么瞒着微笑秘书？"

"瞎说什么呢？"

侑植怀疑地看着英俊，还想要再问些什么时，微笑敲了敲门，走了进来。

"直升机预计10分钟后到达楼顶。"

"哎呀，得拿上包呀。"

侑植看了一眼手表，连忙起身离开，微笑立刻从衣橱里拿出英俊的外套。

就在微笑仔仔细细地检查外套的时候，英俊慢慢地起身，向她走去，停在和她一步之隔的地方，说道：

"周末约了高尔夫球对吧？取消掉吧。"

"嗯？为什么突然取消？"

"我申请约会。我们去杨坪别墅兜兜风吧。"

"您不是说泰山建设的申社长为人很苛刻吗？约会固然很好，但还是要以工作为先啊。"

微笑装作一副无所谓的样子，笑盈盈地回道，但她的脸却忍不住火辣辣地红到了耳根。

"他是我大学的学弟。爽约一次没关系。"

"但是……"

"但是什么但是。我让你做，你就做，竟敢跟我顶嘴。"

微笑哈哈大笑，红唇间露出洁白整齐的牙齿，就像一串珍珠项链。

微笑上午要代替英俊参加唯一集团一家画廊的开馆典礼，所以这次外出不会和英俊同行。一直到英俊下午外出回来，两个人都见不到彼此。

也许正因为如此吧，英俊顿时有一种说不出的惆怅，他向微笑靠近了一步，紧紧地抓住她的双肩。

"怎么了？"

"我想吻你。"

"在这儿吗？天哪，不行！"

"没关系。"

"现在外面秘书室的员工还都……唔。"

和早上温柔又谨慎的轻吻完全不同，这次是狂野又急躁的深吻。

自从确认今后也能和微笑一直在一起以后，英俊对她要比以前更加约束，也表现出了更强的占有欲。

"啊，不行啊，不行……"

微笑嘴里说着不行，双手却环上英俊的脖子，紧紧地把自己的身体贴到他的身上。

英俊牢牢地扶着微笑的下巴，吻得越来越深。微笑一阵眩晕，睁开闭着的眼睛，转移了视线。如果她继续闭着眼睛深陷进去，会以为自己是在做梦呢。

当微笑的视线落在办公室门口的时候，她只能祈祷又祈祷，多希望自己现在是在做梦啊。

不知道是不是落下了什么，侑植去而复返，此时正和秘书室的三名员工肩并肩地站在不知何时大敞大开的门前。

"啊，妈呀！"

微笑吓得一把推开英俊的脸。英俊也后知后觉地搞清了状况，连忙擦了擦嘴上粘着的微笑的口红。

英俊和微笑，还有门外一脸错愕地看着他们俩的人们，两队人马瞬间陷入尴尬得难以言表的沉默中。

"这个……既然已经这样了，那就没办法了。"

英俊轻声低语，微笑和其他人的视线全部集中到他的身上。

英俊从容地抚摸着微笑的肩膀，无所谓地说道：

"既然暴露了，就没必要再藏着掖着了，对吧？"

英俊原本放在微笑左肩上的右手，滑至微笑纤细的腰间搂住，仿佛自己化身成了瑞德·巴特勒[1]。只见他向微笑俯下身子，献上了火辣无比的热吻。他又是否知道，此刻被强吻的一方有多么想要随风而逝呢。

083

彩虹色名牌内裤

"啊！"

秘书室的员工们连蹦带跳地发出一阵敲破锣似的叫喊声。嘴巴大张的侑植看着眼前的光景，嘟囔道：

"还说什么事都没有。我脱了个精光，你却自始至终都穿着一条彩虹色的名牌内裤啊。我去你大爷。"

*

傍晚时分，老板结束了地方工厂的视察，返回公司。

朴代理为了接待贵宾，候在电梯口，门一打开，她瞬间就慌了神儿。

天哪，怎么办，这个男人怎么回事啊，也太帅了吧。完蛋了，我快要融化了。别看我了，别再看我的脸了，我快要昏过去了。不可以，我现在是在工作，不能在这里神志不清。我是专业人士，我可是专业人士。

朴代理的脑子一刻不停地胡思乱想着，为走出电梯的美男子带路。

"副会长马上就到。他已经下了指示，请您到办公室稍候，我给您带路。"

"谢谢。"

男人致谢的声音魅力十足，让人浑身为之一颤。朴代理从没经历过这

1　经典名著《飘》中的男主人公。《飘》（*Gone with the Wind*，也译为《随风而逝》）是美国作家玛格丽特·米切尔创作的长篇小说，于 1937 年获得普利策文学奖。

样的魅力风暴。

"您……您太客气了。"

男人的眼睛习惯性地露出笑意，朴代理感觉自己又要灵魂出窍了，但她一直恪守着职业精神，移动了脚步。

的确是副会长的亲哥哥，两个人的五官长得很是相像。

其实若是只看身材或是相貌的话，都是弟弟略胜一筹，但论魅力指数的话，两个人简直无法相提并论。因为弟弟完美地诠释了"急需救治的自恋狂重症患者"的概念，而哥哥则完美地诠释了小说里才有的"魔性男子"的概念。

"话说，朴秘书？"

在他叫我名字之前，我只不过是一个秘书而已……神经好像快要崩溃了一样，变得越来越细。

朴代理紧绷着最后一根神经，回过头亲切地应声道：

"怎么了？"

"金微笑秘书去哪儿了？"

在此之前，老板的 VIP 礼宾工作都是由微笑来负责的，但是今天却有些奇怪。听说哥哥要来，副会长在直升机上直接把电话打到了秘书室，指示礼宾工作由朴代理全权负责，并指示微笑换个地方待着。就好像是要把微笑从哥哥身边隔离开似的。

"临时有事。"

"出外勤了吗？"

"外勤……倒是没有。"

到了办公室，成延舒适地坐在沙发上，微微抬头凝视着她，拜托道：

"朴代理能帮我叫金微笑秘书过来一下吗？"

看样子，副会长是不想让他们碰面，但她没有接到特别指示，所以也不好拒绝。于是朴代理犹犹豫豫地去找了金秘书。

为了躲开成延而一直待在休息室里、现在又被叫了过来的微笑陷入了沉思。和之前不同，不知道为什么，现在面对成延总觉得别扭。如果要说原因的话，那应该是因为他和英俊之间的纠葛吧。

成延嫉妒弟弟，把他丢弃在陌生的地方。他觉得弟弟那么聪明，肯定能自己回来。而实际上，弟弟原本是能自己回来的，但是中途出了岔子。他只不过想让弟弟吃点苦头而已，不曾想竟然发展成诱拐案件，事情闹到不可回转的地步。如果这样想的话，前后就说得通了。

那天和成延谈到过去的事情，微笑总觉得听起来很奇怪，她现在好像才明白其中的原因。因为那不是成延亲身经历的事情，所以难免会有一种违和感。

年幼的心灵抵不住巨大的负罪感，导致成延的记忆出现了混乱，英俊则因刺激丧失了记忆。不，也许是英俊为了家人，假装忘记了所有的事情。

万一真是那样的话，他所说的"Bigbang的磨牙棒"，也许指代的就是自己的记忆吧。他说过，它不会因为被掩埋起来就消失不见。

最后一个疑点就是英俊的父母，也就是崔女士和李会长的态度。他们为什么不告诉两个儿子实情，纠正这一切呢。

也是，仔细想来，也不是不能理解。

九岁的孩子被一个疯女人抓走，关了三天，好不容易才回来。明明已经统统忘掉了，如果非要再次唤起他的记忆，无异于让他经历两遍痛苦。他们肯定一直都在战战兢兢，时刻担心英俊会记起那些过往。

世界上哪儿还有这样的悲剧啊。

微笑心里觉得凄冷，只是咯吱咯吱地咬着指甲，什么话都说不出口。

"早上我听我妈说了。"

"什么？您说什么？"

"你要和英俊结婚吗？"

不是，天哪，已经谈到那个份儿上了吗？连当事人本人还不知情呢。

"如果副会长求婚的话，也许吧……"

微笑羞红了脸支支吾吾，成延苦涩地一笑。

"所以你才躲着我，我可有点伤心啊。"

"我没有躲着您，我只不过是在休息时间来休息室喝杯茶而已。真的。"

成延慢慢地从座位上站起身，走向窗边。他看着这个寒风凛冽的灰色城市，开口说道：

"虽说我是哥哥，但和英俊比差远了。在这世上，不管是别人的关注、爱情,还是事业,都是靠能力来获取的,不是吗?然而,这个家伙抢走了一切,现在就连一个能和我一起分担痛苦、安慰我的人也要抢走……真让人感觉有点凄凉啊。"

微笑抬起头,用清澈的眼神看了看成延。将一切看在眼里的她觉得不能再沉默了。于是,她小心翼翼地问道:

"成延哥哥,那个……那天和我在一起的事情,您真的什么也想不起来了吗?"

"抱歉,完全想不起来了。"

"那被关了三天的那栋房子呢?"

"我当时不是说了嘛,那里荒凉脏乱,被人废弃了。从巷子那里开始,压根就没有人住。"

"里面呢?房子里面是什么样子啊?我是问,有几个房间?您被关在哪个房间里?窗户又在哪里?"

"那个……"

"拐走哥哥的女人穿什么衣服?被抓之后咱们是怎么逃出来的……"

成延的脸色倏地憔悴下来。在他们交谈的时候,成延感觉到了气氛的怪异。

"您当时不是在路边站着等副会长吗。您又是怎么被那个女人抓走的呢?当时的情况您一点都想不起来了吗?"

听到微笑接连不断的提问,成延脸上的笑容渐渐消失了,他反问微笑道:

"微笑,你现在……是在怀疑我吗?"

084

撒野

"不是那样的,只是……"

成延的声音突然变得尖锐刺耳:

"你知道就因为英俊，我到现在有多累吗？为了原谅他，我费尽心思，为了他，我故意放弃了经营权，去海外待了十多年！但是，现在留给我的是什么？到底是什么！你说！"

面对成延突如其来的激烈反应，微笑的脸色变得像白纸一样煞白，良久才说道：

"我不知道成延哥哥为什么会提到副会长。我只不过是想知道更多关于当时和哥哥一起经历的那件事而已。"

成延脸上的表情更加凝重了。

"我从小就害怕蜘蛛。可能就是从那个时候开始的。因为在那栋房子的某个角落里，我看到了可怕的蜘蛛。记忆一般都是这样的，经历过一些可怕的事情之后，肯定会在心里某个地方留下伤痛。不过，哥哥的记忆……"

这时，成延突然瞪大眼睛，望着空中大声喊道：

"啊……！没错！蜘蛛！我记得很清楚！当时屋子里有很多蜘蛛，很恶心，很恐怖！"

微笑停顿了许久才平静地说道：

"从遇见我的那段记忆开始就是这样，哥哥的记忆全部都是从别人那里听到些什么之后才想起来的。这未免太奇怪了吧？"

"你这是什么意思？当时你看到蜘蛛就哭了，我还安慰你，你都忘了吗？"

"这根本就不可能啊。"

"什么？"

"我不可能看到蜘蛛哭起来的。您知道那起事件具体的事发时间吗？"

"十一月底。"

成延满眼惊异，回过头看着微笑。

"我最近才明白过来。我们随处可见的蜘蛛……"

如同痛苦地去承认自己讨厌的事情一样，微笑脸色煞白，浑身战栗，好不容易才挤出话来：

"蜘蛛是会冬眠的。在没有食物可吃的十一月底，它们是不会出来活动的。不管怎么想，我都觉得……那不可能是蜘蛛。"

成延一时语塞，他闭着嘴，满眼困惑地看着微笑。

"您好好想想吧，哥哥现在是把自己硬装进了记忆里。"

成延勃然大怒，突然情绪激动地大叫道：

"我的家人表面上对我笑脸相迎，但其实都认为我是个让人心寒的家伙！现在连微笑你也要逃避我了吗？别人我不管，你……你不能这样！只有你不能对我这样！那天你不是和我在一起吗？！我们当时在一起，你也亲眼看到了，你最能了解那天我有多么痛苦！你怎么能对我这样？！你又不是别人，你怎么能！啊！"

似乎所有走投无路的人最后都会抓狂。看到性情大变的成延仿佛要扑过来的样子，微笑往后退了一步，这时，她的眼前出现了一个非常熟悉的身影。

"在别人办公室里撒什么野啊？"

来人是英俊。

挡在微笑前面的英俊用力推了一下成延的胸口，恶狠狠地威胁道：

"要不要让你见识一下什么才是真正令人心寒的丑态啊？你再这样对微笑大吼大叫试试！到时候别怪我不认你这个哥哥！我弄死你！"

英俊就像是猛兽亮出了可怕的獠牙，恶狠狠地低吼着，守卫自己的领地。他的情绪异乎寻常，这话绝不是说着玩的，明眼人都能看出来。

英俊的声音嗡嗡作响，茫然失措的成延好不容易才打起精神，他深呼吸了一下，调转脚步，走到门口，而后转过头，对微笑道歉道：

"对不起，吓到你了。下次见。"

微笑惊慌失措，不知该怎么回答，直愣愣地看着成延。英俊代替她回答道：

"以后不要联系微笑了。小时候的事，早就已经在小时候结束了，都这么大的人了怎么还能做出这种事情来呢？"

换作平时，这话肯定又要引起兄弟间的争吵，但不知道为什么，这一次成延乖乖地闭上嘴走出去了。

成延走后，办公室里弥漫着可怕的静寂。

英俊仍然背对着微笑。

他们靠得这么近，不知道是不是因为心情的缘故，他的后背和肩膀看起来比先前更加宽广和结实。微笑现在有一种被这世上唯我独尊，同时又是最优秀的男人保护着的感觉。

"仗着平时对你宠爱有加，尾巴都翘上天了。我之前不是跟你说过要躲着点我哥吗？"

"抱歉。"

微笑乖乖道了歉，没有为自己做出任何的辩解。

"微笑，你能忘掉小时候发生的那些痛苦的事情，但我哥的状态还不稳定。以后，别再揭开之前的伤疤，引起不必要的麻烦了。"

英俊背对着微笑，低声命令的声音里没有丝毫的犹豫和悸动，就像是拿着事先准备好的台本念出的台词一样。

微笑看着他的后背，一个字一个字地呼唤道：

"成……贤……哥哥。"

在这个世上，你可以和地球另一端的人面对面地通话，也可以嗖地发射宇宙飞船，只要有 0 和 1，就没有解不开的难题，但"直觉"这个词仍然可以左右一个人的判断。

听到"成贤"这个名字的瞬间，英俊的肩膀轻轻地打了个激灵，如果不仔细观察都很难察觉到这一激灵意味着什么。

超级电脑无法计算，但微笑却知道其中的答案。凭借她的直觉。

"那是谁啊？"

"您没失忆对吧？您是装作失忆对吧？"

"胡说八道什么呢。"

"听说人在说谎的时候，无法直视对方呢。"

闻此，英俊依旧看着窗外，逃避着微笑的视线。

"不管我是失忆了，还是装作失忆，对金秘书来说有什么意义吗？"

"意义……"

"如果我的过去有所改变，那金秘书的心也会变吗？微笑，过去的九年里一直和你在一起的那个人，和你约定好以后也要一直在一起的那个人，难道不是现在的我吗？"

微笑哑口无言，不知道怎么回答。

这话说得没错，过去不过只是过去而已，现在，她对英俊的心意不会再因为那件事而增减半分。她只是带着点好奇，想确认一下那件事，试图纠正某种错误而已。不过从他的角度来看，这样的行为也许有些轻狂了。

"抱歉，是我不自量力了。"

"知道就好。"

微笑没有失落，反倒冷不丁地说道：

"我爸今年年初跟我说：'我们微笑真像一条狗。'"

085

纸包不住火

"什么？"

"说我的嗅觉出奇的好。"

啊，这倒可以理解，不过这话听上去却有种非常不祥的预感。英俊不解地歪着脑袋，微笑依然真挚地继续说道：

"我察觉出爸爸闯了祸。去年年初，我爸借了高利贷，结果利滚利，欠了一屁股债。姐姐们平日里忙着工作，又生性单纯，不太懂那种事，也就没多想什么，却被我逮了个正着。结果爸爸跟我坦白了一切，还跟我说，说出来之后自己的心情一下子轻快了不少，那段时间一直因为无处诉说而痛苦不已。他说着说着还抓起我的手号啕大哭。我也跟着号啕大哭起来，当然，那是因为想到要把副会长送我的新车卖掉抵债，太心疼了。"

"你想说什么？"

"纸永远包不住火。"

英俊的嘴角明显僵住了。

"即便如此，如果副会长想要隐瞒到底的话，那我以后也不会再过问那件事了。不过，请您跟我约定一件事。"

"约定？"

"对，约定。您要答应我，如果副会长觉得辛苦的话……即便只有那么一点点辛苦……"

微笑走到英俊面前，抬起头看着他的脸，笑盈盈地说道：

"从现在开始，不要再一个人承受了。"

这么聪明的女人，竟然也有如此糊涂的一面。英俊偶尔会从微笑身上感受到这一点。现在便是如此。

有你这样的女人在我身边，有你这样的女人和我在一起一辈子，我怎么还会觉得辛苦呢，傻瓜。

"就算我已经脱光光，副会长却仍然坚持穿着心里的那条内裤。请不要一个人承受那种苦了。"

英俊的眼睛眯成了一条线：

"以后尽量离朴博士远一点。别被他带坏了。"

微笑笑盈盈地帮英俊整理着领带，英俊似乎平平静了许多，淡然地坦白道：

"是，没错。我从一开始就没有失忆过。"

英俊抬起两只手，抚摸着微笑的脸庞，直勾勾地看着她瞪得圆圆的眼睛，毅然地对她说：

"你听好了，虽然我不知道你到底在怀疑什么，但是微笑，你小时候见到的那个哥哥确实是成延。"

"副会长……"

"之前我装作失忆，是为了逃避。因为承认是我让哥哥变成那样的，很伤自尊心。"

英俊停顿了一下，将微笑那可爱的脸庞印刻在自己的眼眸，下定了决心。

纸是永远包不住火的，微笑说得一点都没错。

不知不觉间，所有的事情逐渐浮出水面，成延会受到伤害也是必然的。不过，与当时不同的是，不管是成延还是英俊，他们都已经长大成人。不管发生什么样的事，他们都能相互理解并一起去克服。这也是为了以后的生活，他们各自必须要去承受的事情。

然而，微笑却不一样。

就像他一直以来都在守护着她一样，他要继续这样守护下去。

虽然这么说有点牵强，但英俊就是不希望微笑受到一点伤害。他不想让微笑忆起那些没有任何价值的记忆，不想让她感受到一丝痛苦。他绝对不能那样做。

"你认为我是个卑鄙的家伙也好，反正你已经没办法从我身边逃走了。对我来说，这就足够了。"

*

"成延，你不睡觉干什么呢？"

一个光溜溜的女人抓着凌乱的头发走到酒店窗边，丰硕的屁股坐在成延坐着的扶手椅的把手上，紧紧抱住了他的头：

"你一直醒着吗？有什么心事吗？"

女人悄悄瞟了一眼桌上的笔记本电脑。看起来像是在写稿子，但又好像不是。因为 WORD 文档里面一个字也没有。光标有规律地跳动着，好像正在努力地在白色背景下突显自己的存在感，不知为什么，却让人心里有些不是滋味。

成延抬起埋在丰满乳房里的脸，将头转向窗外。窗帘缝隙间，是铺满了天蓝色晨光的街道。

"说一个现在突然想起的地方。"

听到成延这不着边际的要求，女人睁大了眼睛看着他。成延的眼神恍惚迷离，整个人好像飘去了别的地方。

"突然想起的地方……"

女人在脑海中回想了一下：

"乡下奶奶家？"

"那是个什么样的地方？"

"就是乡下。"

"周围的风景如何？"

听到成延一连串的问题，女人不解地歪着脑袋，但还是老老实实地继续说了下去：

"虽然现在因为重建已经不复存在了，但我记得那个时候奶奶家的围墙旁有一条小溪。重建之前，如果把车停在围墙和小溪之间，其他的车辆就过不去，所以爸爸即便还吃着饭，只要一听到鸣笛声，就会跑出去挪车。奶奶家还有一个小院子，院子里有两棵柿子树，后院里还有块菜园，我常常摘些西红柿和黄瓜什么的来吃，还被奶奶骂了呢。啊！还有最厉害的，就是老式的旱厕。真的，那可真不是开玩笑的！我为了不接近那个散发着恶臭的大黑洞，不知道做了多少努力！好像下一秒就会有一只手伸出来，问我要红厕纸或者蓝厕纸呢。"

女人咯咯笑着，胸脯跟着一阵荡漾。成延直愣愣地盯着她那白皙的胸脯，硬挤出来一句：

"房子里边什么样呢？"

"呃，有两个房间。前面有个门廊，旁边有个老式厨房，就是以前那种老式房子。小小的屋子里常常晾晒着辣椒、蔬菜还有酱曲，因为那个气味，每次去的时候，我都不怎么进厨房。里屋堆满了各种杂物。我奶奶那个人不怎么利索。屋里有一个橱柜，一扇小窗户，还有加了玻璃的隔扇门。门后有一台落满了灰尘的电话座机，旁边的墙上写着我家的电话号码，字特别大。整面墙上挂满了从庙里讨来的月历，还有以前的老照片之类的。有张大红色的貂皮毯子，散发着奶奶特有的味道。还有一台画面扭曲的电视机和摔碎了的收音机……"

虽然一次也没去过，但仅仅听着这描述，他觉得那里的景象就像一幅画一样展现在了眼前。

"哥哥现在是把自己硬装进了记忆里。"

至于房子里是什么样子，那里发生了什么事情，成延完全记不起来了。但是巷子和房子外的风景又为什么那样清晰呢？

很久以前的那条巷子仍然历历在目。那里的味道、空气甚至是锈迹斑斑的铁大门的触感都记忆犹新。他紧紧抓着像监狱窗棂的门槛，从手掌和额头传来的冷气令他背脊发麻，甚至连这个，他都记得清清楚楚。

为什么呢？为什么就像用刀子裁剪过一样，只清晰地记得外面的景象呢？

086

劳斯莱斯幻影

难道……是因为自己根本没有进去过吗？

思绪飘至此处，成延的脑海中开始回响起隐隐约约的声音：

"叔叔，这里就是那个家吗？"

"是的，少爷。"

"小贤真的……被关在了那里吗？"

"是的。"

"因为我，因为我当时把他丢在那里……所以才会……！"

"少爷，您别固执了，快上车吧。要是夫人知道我偷偷把您带来这里的话，可就坏事儿了。"

破旧的黑色大门上挂着的黄色警戒线，像一道闪光掠过他的脑海。

他突然觉得头痛欲裂。

"呃！"

"亲爱的，你怎么了？哪儿不舒服吗？"

"呃！"

突然，成延胡乱抓着自己的头发趴在地上，好像坚实的大坝生出了龟裂，裂缝中有什么东西哗哗地泄露出来一样。

"啊……我……！我到底做了什么……！"

*

十层大楼的正门上挂着五彩斑斓的横幅，横幅上写着"唯一集团梦想之树教育中心竣工仪式"。正门前站满了唯一集团的核心高管和教职人员，还有一群记者，他们似乎是在等候着什么人。

这个教育中心位于总公司大楼附近，由集团买下地皮后重建而成，旨在为集团员工子女提供保育和教育服务。建立这样一个集托儿所、幼儿园、室内滑冰场及室内游泳场于一体的大型教育中心，需要投入大笔的资金，而其中有相当多的一部分是集团副会长李英俊的个人财产。

天气骤然变冷，门前等待的人们鼻头已经泛红，就在这时，一台黑色的劳斯莱斯幻影熄灭了颇有威慑感的车灯，驶入教育中心前的大路，停在了警卫车辆的后面。

待命的集团工作人员一打开后座的"自杀门"，今天的主人公李英俊就以耀眼的挺拔之姿下了车。自带光环似乎并非"附加选项"，而是早在设计阶段就有的"基本配置"。

英俊一现身，包括高管在内的待命人员便毕恭毕敬地对着他行礼，周围的闪光灯闪成一片。

也许是太耀眼了，英俊眉头微皱，整了整衣服。他并没有为了剪彩而立刻走向台阶，而是先护送了随后下车的女人。

下车后站在英俊身边的女人，就是唯一集团人尽皆知的金微笑。就是那个已经辅佐了英俊九年之久，被称为"耐心的标志""秘书界的活佛"的金微笑。

但是，今天她又不是作为派对的女伴出席。一个秘书，在这样一个正式场合，竟然被老板李英俊护送，这实在是有违礼数。看到这一场景，包括高管层在内的许多人都大吃一惊。

"请您戴上手套。"

"谢谢。"

微笑从车上下来以后，把活动要用的白色棉手套递给英俊，观察了下周围人们的眼色，轻声责备道：

"都说了我坐副驾驶座就行，这算什么啊。"

"怎么了？"

"气氛都被搞砸了。大家都看着呢。"

英俊戴好手套后，环顾了下四周，脸上挂起一抹意味深长的笑容，似是有意地把嘴唇紧紧贴在微笑耳边，低声说道：

"那就让他们看个够。"

啪啪啪啪，像是起了什么战事似的，刹那间闪光灯四起，本就乱作一团的氛围，变得更加混乱了。百无聊赖的记者们，果然都瞪起犀利的鹰眼，在手册上奋笔疾书。他们写的肯定都是具有爆炸性的新闻标题。"唯一集团李英俊和女秘书，令人震惊的绯闻！""守在李英俊身边的女人，令人震惊的真面目！"之类的吧。

微笑收回渐飘渐远的思绪思考起来。如果宣传组组长知道了这一事实，虽然不能把他抓来吃了，但肯定会把我抓来吃掉的。反正横竖都是死，也没什么区别，不如趁此机会辞职好了。辞职信是手写呢，还是打印呢，又或者还是干脆写血书更好呢？

"你干吗呢，还不快跟过来？"

微笑一改往日笑盈盈的样子，面色十分难堪地跟在英俊身后。

"为什么愁眉苦脸的？笑得灿烂点，灿烂点。"

听到这话，想要勉强笑一下的微笑，却变得更加愁眉苦脸了。

剪彩和纪念留影以后，为了确认教育中心内部，李英俊进了大楼，他不满意地回头看了眼冷清的走廊。

眼尖的工作人员担心会挨训，一下子紧张起来，微笑也是满心担忧地观察着他，但他说出的话却十分出乎意料：

"我说那边墙上的空地儿啊——"

"是。"

"是不是太冷清了。在那儿挂上我的肖像画怎么样？比起粗糙的油画作品，应该还是我帅气的脸更胜一筹吧。"

"天哪，副会长您太赞了！"

"是吧？这主意不错吧？"

"您真是太幽默了。我的肚皮都要笑裂了。"

"我可没开玩笑。"

"您还是说您是在开玩笑吧。拜托。"

"有什么问题吗？"

微笑一时语塞，这段时间发生了很多事情，她竟然因此忘记了英俊的本色。她再三回味着，笑盈盈地给了他当头一棒：

"很抱歉，这里不是保育和教育机构吗。这样做不符合主旨。"

"怎么不符合了？"

如此理直气壮也实属不易呢。微笑又不能如实回答"孩子们看着副会长的肖像画能学到什么呢"，于是在工作人员的引导下，连忙离开走廊，转移了话题：

"我很好奇副会长您幼儿园的时候是什么样子呢。"

"这有什么好好奇的？生活嘛，大家还不都是一个样。"

"具体是哪些方面一样呢？"

"呃，千字文差不多全背完了……应该正在学习英语和法语语法吧？钢琴和小提琴的课程已经有点厌倦了，偶尔会去高尔夫球和骑马俱乐部，有空的时候会和爸爸下围棋……过得还挺忙的呢。"

"恕我失礼，您为什么要上幼儿园呢？"

087
地铁 cosplay[1]

"一天到晚待在家里多无聊啊。"

"算是一种兴趣爱好？"

"大家不都是这样吗？"

"哎哟，那是当然了。生活嘛，大家都是一个样呢。真的是这样呢。"

微笑竭力隐藏起内心的不痛快，随声附和着。英俊一脸轻松地反问道：

"金秘书你呢？"

"涂色涂得特别好，从来不会涂到黑线外面。剪刀也用得熟练，每天都会受到表扬呢。"这种情况下，微笑实在没办法这样如实作答。

"应该也差不多吧。"

"我和微笑果然很合得来。"

英俊咧嘴一笑，露出一排整齐的牙齿，真是让人讨厌，却又让人觉得魅力十足。微笑的小心脏忽然猛地跳了起来。最近，在毫无防备的状态下，只要看到他就会莫名心动，越来越频繁了。

"二楼是托儿所。装修材料和家具都采用了国内生产的无毒产品，依照副会长之前下达的指示，我们把孩子们的安全和健康放在了首位。"

在中心所长的介绍下，英俊细细地环顾着教室内部，补充道：

"我认为，在这个世界上，只有两种钱，绝对不能心疼。一种是花在我身上的钱，另一种就是花在成长中的孩子们身上的钱。"

1　cosplay 是英文 costume-play 的缩写，表示真人模仿秀、角色扮演。

"啊，是……"

"所以，教具和餐食也都要视作对未来的投资，全部都要最高级别的。"

"是，请您放心。"

在英俊和工作人员进行严肃谈话的过程中，微笑暂时离开，随意地在托儿所内逛了起来。

窗子的采光很好，在阳光的照耀下，亮色的墙壁变得更加鲜亮，壁画上绿色的草坪故意画得歪歪扭扭，就像出自小孩子的手笔一样，草坪里还藏着各种可爱的昆虫。

她跟着蝴蝶、蚂蚁、蝈蝈走在长长的走廊里。音响里流淌出欢快的童谣。

"蝴蝶呀，蝴蝶呀，飞到这里来吧。"不知不觉跟着旋律哼起小曲儿的微笑，在一个教室前突然停住了脚步。

壁画被教室门隔断了。壁画断开的地方，画着一棵枝叶茂盛的古铜色大树。像胳膊一样伸出的长长枝丫上，挂着什么东西。是蜘蛛。

"呃！"

即使是幼儿壁画，对微笑来说也并没有什么不同。"谈蛛色变"的微笑吓破了胆子，不自觉地后退一步，扭开了头。

这时，暂时静止的音响里响起了另一首童谣。好巧不巧，活泼而轻快的节拍和旋律，唱的还是"蜘蛛"。

"蜘蛛沿着丝线爬下来。蜘蛛沿着丝线爬下来……"

听到这熟悉的旋律，微笑的耳朵一下被震蒙了，感觉像是断了电似的，眼前突然一片漆黑。

"L'araignée Gypsie / Monte à la gouttière..." [1]

曾经忘却的吱呀声响和小时候英俊哼唱的歌声重叠在了一起。那分明是同样的旋律。

"金微笑！"

听到英俊的声音，微笑猛地回过神来，这才发现自己支撑不住身体，

1　法语歌词。大意为"吉卜赛蜘蛛 / 爬上檐沟……"

半倚在了他的身上。

"啊……"

"怎么了？身体不舒服吗？"

"没，没有。只是有点头晕。"

"怎么会突然这样？脸都白了。"

"没什么。现在没事了。"

"你脸色可不太好啊，我们去医院吧。"

"我都说了没事。不用去医院。"

"真的没关系吗？"

微笑用力撑起哆哆嗦嗦的双腿，重新站好。她接过英俊递过来的手绢，擦了擦冷冰冰又黏糊糊的冷汗，这才点点头说：

"没关系。什么事儿都没有，真的。"

微笑重新露出标志性的笑容。英俊仍然一副无法释然的表情，看了她好久。

在结束儿童中心开业仪式，奔赴下一个行程的路上，微笑重新为英俊系上了领带。英俊懒洋洋地靠在椅背上，观察着微笑的脸。

美丽而清晰的五官，每时每刻都保持着的笑容，还有一个富有魅力的酒窝。这是一张看了九年，却怎么都看不厌的脸。

英俊好像突然感受到了某种从灵魂深处迸发出来的渴望，以一种期待的眼神看着微笑的眼睛。微笑摇了摇头，瞟了一眼驾驶座，像是给英俊使了一个眼色。

英俊失望地叹了口气，转头看向车窗外，喃喃自语：

"堵车了。"

为了准时参加晚宴秀，他们已经在以最快的速度赶路了，但是因为严重的交通堵塞，车子一动都不能动。

"抱歉，副会长。"

司机尴尬地回过头来道歉。英俊摇摇头，回应道：

"本来就是堵车高峰期，没办法的事。"

"但是糟糕的是，再这样下去的话就没办法准时到达了。"

微笑急得直跺脚。英俊看了一眼手表，问了一个让人意想不到的问题：

"坐地铁怎么样？"

"地……铁？您不是最讨厌人多的地方吗？"

"我更讨厌迟到。"

虽然离举办活动的绿源酒店只有三站距离，应该不成问题，但是不知为什么，她总觉得英俊和地铁不太搭。其实，英俊也感觉到了周围人瞟过来的眼神，还听到了按下相机快门的声音。社交软件上可能马上就会出现诸如"皇太子 cosplay 平民""喂，该给副会长家建个地铁站了"之类的文字吧。

尽管如此，英俊倒映在黑漆漆的玻璃门窗上的脸依然毫无表情。从某种意义上来说，这也是一种坚定的毅力。

微笑背对着英俊，看着出入口。当地铁减缓速度进站的时候，她皱起了眉头。混乱的车厢里本来就像要炸开了锅，站台上又站满了等待的人群。早就感到害怕的微笑刚想挤到角落里去，又停下来抬起头看向后方。她担心一身正装打扮的英俊会发生什么事情。

"副会长，您跟我换下位置吧。"

"为什么？"

"衣服要是弄脏了该怎么办啊？快点。"

微笑咋咋呼呼地催促英俊，但是英俊非但没有躲到角落里，反而故意用严肃的表情和声音命令微笑：

"把包给我。"

"什么？"

"我让你把手提包拿过来。"

微笑的包包向来很沉，因为里面装满了随行时需要的各种物品。英俊几乎以强抢的方式拿过手提包，挂在了自己的肩上。

地铁停了下来，车门打开的瞬间，人潮和预想中的一样汹涌而来。

英俊好像早有准备似的，把微笑推到角落里，用一只手臂围住了她的腰。

"副会长？"

088

剧透

不停碰撞、来回推搡着挤进车厢的人流让英俊处在即将爆发的边缘，可即便如此，英俊还是非常出色地忍到了最后。

随着车厢内广播的响起，地铁再次出发，挤得喘不过气来的一众乘客齐刷刷地倒向一侧，从四面八方传来阵阵抱怨声。英俊也没能躲过被人群推搡的噩运，但他并没有像往常那样发火或是发脾气，反倒哧哧地笑了起来。他贴近微笑耳边窃窃私语：

"你要摸到什么时候啊？"

"啊？"

微笑一脸茫然地眨巴着眼睛往下一看，这才发现自己的手掌正紧紧地贴在英俊的胸口处。她猛地跳了起来：

"天哪，对不起。"

"真是新鲜，道什么歉啊？"

英俊温柔地笑着，把视线转向窗外。微笑静静地抬头看着英俊，无端地红了脸。

虽然只有短短不到 10 分钟的时间，终于抵达站点的两个人却早已筋疲力尽。

"哇，今天可不是一般的挤啊。只坐了三站就晕车了呢。"

微笑倚靠在地下通道的柱子上顺着气。英俊一边向下将着她的后背，一边数落道：

"这就叫苦连天啦。人生路上还要经历比这更可怕的事情呢。我这人这么讨厌人多的地方都扛住了，你就别念叨了。"

在地狱一般的地铁里坐了三站，微笑一直都站在出入口一侧的拐角处。英俊虽然嘴上这么说，但他为了保护微笑分明使出了浑身力气。微笑不可能不知道这一点。

"是，是。"

"不过多亏有你，才避免了迟到不是吗？"

"那倒是。"

英俊重新背起微笑的手提包，突然伸出了右手。

微笑笑盈盈地抓住英俊的手，紧紧地与他十指相扣，想要温暖他因为冷空气而凉透的手。

英俊被这突如其来的举动惊讶得蜷缩了一下，又马上开心地笑了起来。他握紧微笑的手，往前迈出了一大步：

"走吧。"

傍晚时分，地下通道的拥挤程度比地上还要严重。可能是到了年末的缘故，通道里满眼都是圣诞树和圣诞装饰品。

"今年圣诞节的礼物是什么呢？"

九年来，微笑每年都会送英俊圣诞礼物。虽然送的大部分都是可有可无的小东西，但是和微笑亲手写下的贺卡一起送出的礼物总是让英俊非常期待。英俊也总是用昂贵的礼物回赠微笑。其实微笑有几次是为了得到贵重的礼物才送英俊礼物的。

微笑尴尬地笑着反问道：

"哎哟，哪里有人会提前问圣诞节送什么礼物？"

"这里。"

"啊，好吧。"

微笑干咳几声，问道：

"您有什么想要的吗？"

"如果有的话呢？"

"当然要送您啦，只要在我能力范围之内。您想要什么？"

英俊看着熙熙攘攘的人群，忽然停住了脚步转过头去。

微笑也跟着停住脚步，瞪圆了眼睛抬起头看着他。英俊很快便抛出一句令人费解的话来：

"无条件 Yes。"

"啊？那是什么？"

英俊瞥见附近的一家花店，他没有回答微笑，转而放开她的手径直朝那个方向走去，继而呼唤店主人：

"红色玫瑰都在这里了吗？"

"是的，先生。"

"帮我做成花束。"

"您需要多少呢？"

"全部。"

"嚄，全部都要吗？"

"对。"

随后跟过来的微笑插话道：

"天哪，您这是在做什么？"

"想送你。"

"啊，我很荣幸也很感谢，不过，能不能只接受您的心意呢？大致一看就知道不下一百朵，这么重，没办法带到活动地点的。"

"没关系，我帮你拿。"

微笑惶恐地张着嘴，抬头看着英俊。英俊直接无视微笑的反应，再次转头望向拥挤的地下通道，淡淡地说：

"每回来到这种人多的地方，我都会重新感叹一次，原来有这么多人生活在这个世界上，与此同时……还有个疑问困扰着我。"

"什么疑问？"

"缘分到底为何物。"

微笑也跟着看向拥堵的地下通道，陷入了沉思。

这块小小的地方已经聚集了这么多的人，如果世界上所有的人都聚集在一起，那得有多少啊。茫茫人海里遇到一个有缘人的概率，大概用计算器也算不出答案吧。

尽管小时候只有那一天的缘分，但是兜兜转转又重新遇见了彼此，这同样也是绝对无法用数字计算的。

"应该类似于……奇迹吧。"

在他们二人的世界里，时间仿佛停止了一样。英俊和微笑紧紧握住彼此的手，一动不动地站在行色匆忙的人群中。

"刚才说到圣诞礼物，这次圣诞节我要先送你礼物。不过很遗憾，我并不打算给你选择的权利。"

"您要送我什么礼物啊？啊，您肯定不会告……"

微笑还没说完，英俊就立刻回答道：

"戒指。"

"戒……戒指？"

"那天我会为坐在别墅壁炉前的你送上一枚戒指，上面嵌有糖球大小的钻石，再来个惊喜提问，到时候你要无条件地回答'Yes！'。这就是我想要的礼物。"

听了英俊的话，微笑只是呆呆地站在原地眨巴着眼睛，而后她忽然探头至英俊的鼻前：

"副会长，您看得见这里吧？这里。"

微笑用手指了指她的额头上部，笑盈盈地放出狠话：

"请您用力敲打我的额叶。我想忘掉刚才听到的话。"

英俊露出一副诧异的表情，微笑突然哭丧着脸抗议道：

"您知道世界上最恶劣的行为是什么吗？是剧透啊剧透！什么惊喜提问！我只会受到惊吓！我可能会被吓得昏过去，要不要带上心脏起搏器啊！"

看到微笑如此激烈的反应，英俊忍不住哧哧地笑了出来。

微笑恶狠狠地瞪着英俊，紧紧握起拳头，整个人瑟瑟发抖，而后又对着天空大喊道：

"啊！一开始就显摆自己，说什么'我跟你结婚'，后来又对我说'我头脑聪明，外貌出众，钱也很多，Anipang 也玩得好，嫁给我吧'，现在甚至还剧透求婚情节？这算哪门子的求婚啊！快打我！让我立刻忘掉吧！"

089

绞刑架

绿源酒店宴会厅内聚集了今天慈善晚宴秀主办方三通汽车公司的相关

人士以及政经界人士。

英俊进入会场，和三通汽车公司社长团打过招呼并合影留念后入座，活动随即开始。

社长团的代表权贤俊发表完祝词后，演出正式开始。这时，英俊说要出去抽根烟，离开了座位。

独自留下的微笑抬头看着开始表演的魔术秀，胡思乱想起来。

不知过了多久，英俊的空位上传来了一个熟悉的声音：

"你说过……我把自己硬装进了记忆里，对吧？"

微笑转过头发现了成延，着实吓了一大跳。

"成延哥哥……"

不觉间，坐到微笑邻座的成延艰难地开了口，语气痛苦地请求道：

"如果我对过去的事情有什么地方搞错了的话……你可以告诉我吗？"

微笑判别不出该做何回答。因为关于这件事，英俊昨天已经说得很明白了。

虽然微笑并不知道英俊这么做究竟出于何种理由，但她知道，英俊想要隐瞒过去的事情。如果这是为了保护心灵脆弱的哥哥，那微笑现在要是将自己所知道的事实全部告诉成延，就违背了英俊的意愿。

"让你为难到无法回答吗？意思就是我确实搞错了，对吗？"

成延将视线转向舞台，悲痛地继续说道：

"打我懂事起，我就总觉得哪里很奇怪……"

身着黑色衣服，头戴白色面具的魔术师从空无一物的帽子里掏出一只鸽子来，周围立刻爆发出阵阵欢呼和掌声。

"至于什么是什么……我现在真的搞不懂了。"

魔术师用华丽的手法变了多种魔术后，走上一个巨大的台子，准备下一个魔术。台子的木梁上悬挂着一根系有绳套的粗绳，让人不由联想起中世纪的绞刑架。

主持人用激动的声音预告下一个魔术。

"下面为大家献上刺激的绞刑魔术。"

"和英俊不同，小学四年级的时候，我总是瞒着父母，和朋友到处去玩，偶尔也和他们一起坐公交车、搭地铁。英俊从入学开始就一直是孤家寡人，司机师傅不送他的话，他连学校都去不了……可是这小子却把我带上公交车，扔在了一个陌生的地方，这实在有些奇怪。"

魔术师把头深深探进那个粗粗的绳套，再三确认绳子不会松开后，一块黑色幕布降至绞刑架上方。

观众席上一阵骚动。紧接着，增添紧张感的音乐响起，身材纤细的美女助手们咧开红艳的嘴唇，微笑着转动台子。只见台子的一侧伸出一根长长的控制杆，在它的作用下，魔术师会坠落到台面底下。

"昨天和你聊过以后，我回去想了一夜。我既怀疑自己或许真的那样做过，又觉得或许……或许是因为我无法承受自己闯下的祸事……"

转动台子的美女终于停下了脚步。

不觉间，音乐突然变得阴森恐怖起来，四周瞬间漆黑一片。就在这时，成延低声叹了口气，望向了微笑。

但是微笑的状态似乎有些奇怪。

"微笑……？"

"啊……好、好可怕。我害怕……我害怕……"

"你怎么了，出什么事了？"

"不要啊，好可怕……"

微笑吓得脸色煞白，她瞪大了眼睛，瑟瑟发抖。就在成延想要伸手安慰她的时候，一位美女助手毫不犹豫地拉下了控制杆。

哐！

幕布后面，脖子套在绳套上的魔术师的脚底随即响起可怕的坠落声。挂在绳套上被拉长的人就像秋千一样，无力地来回荡着，令人毛骨悚然的摩擦声响彻了整个大厅。

吱呀，吱呀……

"啊！"

近旁一位中年女性突然发出一阵刺耳的惊叫声，吓得成延连忙收回望向那边的视线，又重新看向微笑。

微笑捂着耳朵，深深地把头埋在膝盖之间，甚至无法支撑起自己的身体。

"微笑，你没事吧？金微笑！"

魔术师不知何时已经解开了绳子，走到幕布前向观众致谢，但仍不见微笑有好转的迹象。成延十分恐慌，担心再这样下去，会出什么事情。

"我好像……要吐了……不能再……"

微笑摇摇晃晃地从座位上站起身，一把推开了想要搀扶自己的成延，跟跟跄跄地逃出了会场。

*

走在铺着红毯的走廊里，微笑几次撞上行人，差点摔倒，但她无法停住脚步，一心只想着要找到英俊。

"别过来，微笑！别到这边来！我说了不能看，傻瓜！"

"微笑，听说非洲有一种巨型蜘蛛，个头差不多有成人那么大，只在夜间活动。它非常凶猛，如果和它对视的话，说不定会被咬。"

"L'araignée Gypsie / Monte à la gouttière..."

"啊啊啊，那不是蜘蛛！不是……蜘蛛。"

现在终于知道，英俊一直以来极力隐瞒的到底是什么了。还有，谁才是他想全力保护的那个人！

所有的记忆在脑中犹如泄闸的洪水般倾泻而下，激起阵阵漩涡。

微笑恐惧得难以呼吸，眼前一阵发黑。正当她觉得快要撑不下去的时候，一股温暖柔软的感觉包裹了她的全身，正是她一直徘徊寻找的那个人的体温。

微笑艰难地睁开眼睛，确认了焦急呼喊着她名字的那个人的脸后，当场昏了过去。

再睁开眼时，微笑正站在很久以前的那栋房子里。

似是空无一人的黑暗的角落里蜷缩着一个少年。

他的手脚被紧紧捆住，他抬起头盯着微笑，皱起眉头冷不丁地说了句：

"切，竟然还有个和我一样的傻瓜……"

虽然已经过去了整整二十三年，却清晰得恍如昨日。

*

"妈妈……"

从睡梦中醒来的微笑把眼睛揉了又揉，却还是找不到梦里紧紧抱着自己的妈妈。

"妈妈，你在哪儿？"

必男抽泣着睡着了，末熙则打着呼噜蹬着被子，年幼的微笑呆滞地看了她们一眼，爬了起来。

微笑用力地吸吮着手指走出了房门。

她坐在地板上的鸭子坐便器上，痛痛快快地方便完以后，松松垮垮地提上了裤子。窗帘没有关，院子一下映入眼帘，虽是晚上却像白天一样明亮。

微笑突然想去外面看看，她轻轻地推了推门把手，玄关门便轻松地开了。

090

健康的牙齿

微笑妈妈得了重病后，便一直躺在医院里，从上周起病情开始恶化，现在一直在生死线上徘徊。微笑父亲一直都是白天在家，晚上去医院，但他已经连着两天没能回家了。

爸爸不在家的这两天里，住在再开发地区附近还没搬离的一个老奶奶，帮忙照看着彼此相差一岁的微笑三姐妹。今天晚上就连老奶奶也因为临时有事暂时不在。老奶奶出门的时候，对正在上幼儿园的七岁的必男和六岁的末熙千叮咛万嘱咐，让她们一定要锁好门，照顾好妹妹。但是必男和末熙临睡前却因为"娜娜"玩偶而大打出手，互相薅着头发，直接累得睡了过去，连玄关门都忘了锁。

微笑站在巴掌大的院子里看着天上的满月，忽然瞥见大门外有人走了过去。

"哦……？妈妈……？"

微笑想着可能是妈妈来找她了，连忙打开大门跑了出去。

巷子的入口处，真的站着一个女人，她正出神地望着这边。

"妈妈！"

微笑一溜烟跑了过去，但那个女人并不是她的妈妈。那个女人比妈妈漂亮得多。

"孩子，你在找妈妈吗？"

"嗯。"

"阿姨带你去找妈妈吧？"

"真的吗？"

"真的。阿姨的家就在那边，那里有很多玩具，还有很多好吃的饼干。去阿姨那儿睡一晚，明天一早阿姨就带你去找妈妈。"

"现在就带我去不行吗？"

"现在大家都睡觉了呀。明天早上阿姨肯定带你去。"

"唉。"

"阿姨家还有个帅哥哥呢。"

"哦，真的吗？真的有哥哥吗？"

"嗯。跟阿姨走吧。"

"嗯！"

一无所知的微笑猛地抓住那个女人的手，只感觉她的手像病重的妈妈的手一样冰冷，但微笑却始终紧紧抓着不放。因为微笑觉得，如果撒手的话，也许就不能去见妈妈了。

寒风肆意地钻进窗子，窗外月光皎洁，明亮犹如白昼。刚刚还笼罩在黑暗里的某个地方，这会儿在月光的照耀下，连手表的表盘都清晰可见。

11 月 29 日 23 点整。

过了午夜，成贤就已经连续三天被监禁在这里了。

成贤生日时，爸爸送给他的高级手表真是又大又重。对一个不过九岁的孩子来说，有计时仪和日期功能的名牌手表能有什么用呢。可爸爸说"将成大器之人，一定要懂得时间的珍贵"。但是，神气十足地说出这番话的爸爸，当天晚上在成贤生日派对上，却迟到了整整一个半小时。说是好不容易和熟人喝一杯，一时玩得兴起，忘了时间。

"啊，好讨厌这个味道……"

刺鼻的霉味还有水泥的味道。生在富豪家，像温室里的花朵一样长大的成贤，从来没有闻过这种味道。

"好冷。好想回家。啊，肚子好饿……"

这段时间，那个女人好几次把廉价的饼干推到他面前，但他害怕万一吃了会出什么问题，所以只好饿着没有吃。

成贤想起自己的裤子口袋里还有剩余的卡拉梅尔糖。那是离开家的那天早上司机叔叔送给他的，黄色的盒子里本来满满当当地装着糖块，但是被关起来的这些天里，每当觉得饿的时候，他就会掏出一颗来吃，虽然吃得很省，但现在也只剩下一颗了。

如果是以前，成贤才不会把区区一颗卡拉梅尔糖放在眼里，但现在他却纠结着到底要不要吃。他咕嘟咽了一口唾沫，最终紧紧地闭上了眼睛。

还不知道什么时候才能从这里出去，这一颗一定要留到最后才行。除非是真的快要饿死了，否则绝不能动它。

"啊……事情怎么会变成这样呢……"

他长长地叹了口气，白色的哈气四散在漆黑的半空中，在那之上清晰地浮现出两天前放学路上的情景。

"喂，李成贤。要不要和我一起去游乐园？"

"游乐园？"

"听说爸爸的公司正在建游乐园，我们一起去看看吧。"

"说什么呢。听说现在还在购置土地呢。"

"购置土地是什么呀？"

"买地。"

"哦。"

"真是无知。哥哥你怎么连这个都不知道啊？"

"可恶的家伙。你搞错了。据说已经开始施工了，过山车都建好了呢。远远地都能看见呢。"

"谁说的？"

"俊表。"

"怎么可能呢？它再怎么是个游乐园，也不可能刚开始施工就先建过山车啊？你动动脑子想一想。"

"俊表说他亲眼看见了。我们去看看吧。"

"俊表哥说的话怎么能相信呢？我不去。下午还有法语课外辅导呢。"

"臭小子，你害怕了吧？"

"什么？"

"如果没有司机叔叔，你连家门都出不了。真是个胆小鬼。鼻涕邋遢的胆小鬼！"

"那又怎样？"

愤怒的成贤甩开司机叔叔，从狗洞里离开学校，跟着成延走了。他打算在人迹罕至的荒山野岭，把傻瓜一样的哥哥痛扁一顿。

生平第一次坐公交车，不知道坐了多久，终于在一个陌生的地方下了车。

果然看不见什么所谓的游乐园，一直在迷宫一样又脏又窄的巷子里打转，他只觉得口很渴。

成贤冲着走在前面的成延发起了牢骚：

"这算什么啊！我要回家了。"

"再走一会儿就到了。"

"都说了根本就没有游乐园！"

"不，明明就有！你这个胆小鬼。来到陌生的地方很害怕吧？没错吧？"

"我不是说了我不害怕嘛。我渴了，给我点水。"

"离开学校之前我都丢掉了。"

"哥，你真是讨厌啊。"

"那，要不你在这儿等我一会儿？我去买饮料来。"

"一起去吧。"

"不用，没关系。我是哥哥，我去买。"

"绝对不能买碳酸饮料。对牙齿不好。"

"别装什么了不起了，随便喝点吧，臭小子。"

"你快去快回。"

就那样傻乎乎地站着等了 30 多分钟，成贤才后知后觉地反应过来。啊，被耍了啊。

虽然也要去找消失的哥哥，但当务之急是找水喝。管它什么"健康的牙齿"呢，现在只想拿着碳酸饮料喝个痛快。干燥的风一吹，嘴唇火烧火燎的，嗓子眼好像早已经糊住了一样。

钱包里有钱，他打算边走边找商店，随便买点什么喝。但是好奇怪，在这一片儿转了许久，连只狗都没有遇到。好像根本没有人住似的。

成贤突然莫名地脊梁发麻打了个冷战，这时有人开口叫他：

"小朋友。"

091

天外救星

叫住他的是个年轻貌美的女人，看起来就像他天使一样善良的班主任。她身着一袭黑色外套，脚蹬一双细跟靴子。只见她撩着长长的头发，突然递过来一瓶插着吸管的酸奶：

"喝酸奶吗？"

"不用了，谢谢。"

尽管成贤嗓子渴得都要冒烟了，但他还是礼貌地拒绝了，然后继续往前走。

女人又叫住他：

"小朋友，真是对不住，我的腿实在太疼了……"

成贤回头一看，那女人正指着一个黑色的旅行箱，两腿一瘸一拐的，露出一副痛苦的表情。

"你能帮我提一下这个箱子吗？不是很重。"

"提到哪里啊？"

"我家就在那边，提到那里就行。"

"可是我也急着回家。"

"我丈夫和女儿都在家里等着我呢，我腿受伤了，走不快。这可麻烦了，我女儿从早上就开始发烧，我得早点回去才行……"

"啊……"

"是不是难为你了啊？"

"没事，我帮您提回家。"

"真是个善良的孩子啊，快喝点酸奶吧。"

"不用了。"

"真是个懂礼貌的好孩子，别客气了，阿姨是真的谢谢你才给你喝的。"

"那……谢谢您了。"

成贤没法再推让下去，再说他也实在渴得要死。他喝了酸奶解了解渴，提起那个女人的箱子跟着她不知道走了多久。突然间，困意袭来，那个女人一瘸一拐的背影也逐渐模糊起来。这时，他才意识到箱子其实非常轻，即便是受伤的人也可以轻松地提走。

他这才察觉出了异常，想扔下箱子逃跑，可是身体已经不听使唤了。

他不知道什么时候失去了意识，当他再次睁开眼睛时，四周一片漆黑。那是一个狭窄黑暗的空间，只听到哐当哐当的声音和强烈的震动。当他意识到自己是被关在那个行李箱里时，他惊恐不已，但涌来的困意让他再也坚持不住又睡了过去。

当他完全恢复意识的时候，已是深夜时分。在一个又窄又破、黑暗阴冷的房间里，成贤手脚都被捆住，躺在只铺着一张脏兮兮的塑料泡沫板的地面上。

那个长得很像班主任、面相善良的女人，手里正拿着一把刀锋很长的剪刀，低头看着成贤。他立刻意识到，如果自己大声呼叫或者不听话，肯定不会有好果子吃。

"啊……好疼。"

只要稍微活动一下，身子就不会这么冷了，但是他身上疼痛难忍，一动也动不了，因为他的手脚被人用束线带绑成了手铐一样的8字形。手腕倒还松快点，但他露出的脚腕却被绑得死死的，血液完全无法流通。

别说逃跑了，就连动一下都痛苦万分，他哀求那个女人给他稍微松开一下，但无济于事。从昨天下午开始，他只能以这个姿势躺着，或者蜷缩着坐在那里。

"啊……笨蛋，笨蛋，笨蛋，世上还有像我一样的笨蛋吗。"

是不是有句话说，人类是喜欢后悔的动物来着？

如果放学路上不跟着哥哥走的话，如果他性格冷酷，完全无视寻求帮助的人而直接走掉的话，如果他没有渴到不行的话……就不会发生这种事情了。

爸爸的好友，某知名电影导演曾跟成贤说过关于 Deus ex machina[1] 的故事。

哦，名字听起来还挺酷的，好像《超新星闪光人》中改造实验帝国麦克斯的 BOSS 的名字。

聪明但年龄尚小的成贤当初因为这无厘头的原因，记住了这个拉丁词组。这时他突然想起来，嘴里嘟囔着：

"天外救星……"

那是为了扭转紧迫的局面而引入一股超自然力量的一种表演艺术。简单来说，就好像遇到怎么也解不出答案的难题时，辅导老师一下子跳出来将其解开一样。

照现在的状况来看，只靠自己一个人的力量，实在找不出逃跑的办法。对成贤来说，他迫切希望能有天外救星到来。

"各位神仙快快显灵吧。如果你们太忙没法直接来的话，那就随便派个人将我带回家吧。哪怕是我想揍到鼻血直流的哥哥也行，不管是谁都行，请派个人来吧。拜托了，拜托各位了……"

都说心诚则灵，没过多久，真的有人来到了成贤的眼前。

"阿姨，我在这里住一晚上，你就真的会带我去找妈妈，是吧？"

他满心期待的神仙抑或是使者并没有出现。离开了 10 分钟左右的女人带来了一个看起来只有四五岁的女孩子。

那个孩子就像刚睡醒一样，一头乱糟糟的短发，眼睛使劲地眨巴着。

---

1 Deux ex machina，拉丁语词组，中文译法有"机械降神""天外救星"等。指意料之外的、牵强的解围角色、手段或事件。在虚构作品中，突然引入来为紧张情节或场面解围。

和成贤四目相对时，她嘻嘻地笑了起来。

哎哟……? 不应该啊。

"阿姨，阿姨! 你也给我做一个和那个哥哥一样的手链吧! "

那个孩子被用一模一样的手法捆好手脚后，被扔在了成贤身边。看到她天真地傻笑着，成贤禁不住想：神啊，我祈求您"随便派个人"，但这也太"随便"了吧。我没祈求您给我派一个这样的傻瓜来啊。

"你叫什么? "

"金微笑。"

"几岁了? "

"五岁。"

"正是好时候啊。"

"哥哥呢? "

"我已经九岁了。"

"哇，你是大人了呢。"

"嗯。"

"比必男姐还大，真是太好了。哥哥，你叫什么名字呀? "

"成贤，李成贤。"

"成延? "

"不是，是李，成，贤。"

"李，成，延。"

"你……真是个笨蛋，跟我哥一模一样。"

"哇! 哥哥，你还有哥哥? "

"对，是一个非常糟糕的家伙。"

"你说糟糕? "

"对，糟糕透了。"

"哇哦。"

"我说他糟糕，你'哇哦'什么? "

"好美慕哦! 我很喜欢吃糕呢。"

"我现在是该笑还是该哭呢? "

"微笑没有哥哥，只有几个姐姐。每次和姐姐们在一起玩娃娃的时候，她们总是把最丑的娃娃给我。我要是也有一个'糟糕透了'的哥哥就好了。"

"你是女孩子，当然不可能有哥哥了。你不要妄想了。你要是有哥哥的话，就只能落得我这样的下场。等我从这里出去之后，首先要给那家伙一记上勾拳……"

"上勾拳是什么？是吃的东西吗？"

"小孩子不要问这个。"

"啊，对了！那让成延哥哥当微笑的哥哥不就好了嘛！"

"我都说了我叫成！贤！再说了此'哥'非彼'哥'，你要叫我'欧巴'才对。你这个笨蛋！"

"微笑不是笨蛋！微笑才五岁，已经比上幼儿园的姐姐们认的字多了。"

"你在开玩笑吗？我像你这么大的时候都在背千字文了。"

"哼！微笑还很会撕贴纸，完好无损地撕下来。"

"哎哟！郁闷死了！"

092

失去全世界

看着笑嘻嘻的微笑，他不知为何心里安稳了许多。虽然她傻乎乎的，但有她在身边总好过什么都没有。不过，当看到微笑抬起被紧紧绑住的手，神情自然地抠着鼻孔，一副寒酸不堪的模样时，成贤不禁叹了口气。

"看来你完全不了解咱们现在的处境啊。"

"处境是什么？是吃的东西吗？"

"算了。你是怎么到这里来的？"

"我睡着觉醒来之后，走到大门外面，就看见那个阿姨出现在那里。"

"你不睡觉，去外面干什么？"

"妈妈……"

"什么？"

"我去找妈妈了。那个阿姨说明天带我去找妈妈。"

"你妈妈去哪儿了？"

"医院。"

"身体欠安吗？"

"欠安是什么？是吃的吗？"

"不是，就是问你她是不是不舒服。"

"嗯，我妈妈很不舒服，听说可能会死。"

"谁说的？"

"我爸说的，必男姐昨晚上伤心地哭了很久。但是末熙姐一下子就把必男姐的玩偶'娜娜'的脑袋拔掉，在那儿转来转去，然后她们俩就打起来了。因为她俩太好笑了，我就在那儿哈哈大笑，然后末熙姐就打了我的头。嘿嘿嘿。"

可能因为这孩子只有五岁，所以说的话完全让人摸不着头绪。

"可是，哥哥。"

"嗯。"

"死是什么啊？"

"啊……"

一时不知该怎么回答的成贤闭上了嘴，微笑继续问道：

"妈妈死了会怎么样？"

虽然成贤也不能完全理解死亡的概念，但他从书里读到过，他完全可以照搬那些话，却不想这么做。他想到可能再也见不到妈妈了，突然鼻尖一酸，内心深处涌上来一股什么。如果告诉微笑这一切不是假的，而都是真的，那她得多伤心啊。他只好选择避而不答。

"我也……不知道。"

每次被问到很难的问题，爸爸总是转移话题说："这个啊。我们成贤作业都做完了吗？"每当这时候，他就会觉得，虽然爸爸是大集团的社长，但不懂的事情可真多。这时，他才明白，原来爸爸不是因为不知道才避而不答的。看来，人们都是这样长大的。

"哥哥是笨蛋吗？"

"什么……？"

"必男姐说，要是妈妈死了就再也见不到她了。哥哥你都是大人了，连这个都不知道吗？真是笨蛋，笨蛋。"

"你这小不点说谁是笨蛋呢？死了当然就见不到了，笨蛋！"

从出生起就常被人夸赞"聪明"的成贤，听到她一直叫自己"笨蛋"，一下子火冒三丈。微笑闻此，突然睁大了眼睛，眼泪在眼圈里打转，抽泣起来：

"那……呜呜，微笑是再也见不到妈妈了吗？"

"啊，不是！目前还不会。"

"呜呜！哇啊！"

微笑突然号啕大哭，成贤这才惊慌失措地摇头道：

"嘘，嘘！停！别哭了。你安静一点。"

果不其然，一直坐在檐廊上自言自语的女人打开门走了进来，恶狠狠地瞪着他们两个：

"小孩子真是让人没办法。安静一点，你们的爸爸不是马上就要回来了嘛。我们得高高兴兴地迎接他才行。等等，这是什么声音啊？"

虽然什么声音也没有，但女人眉头紧蹙，侧耳听着外面的声音：

"啊，是院子里的玛丽在叫唤呢。"

看到那个女人满脸的笑意，成贤的后背脊梁一阵发凉。

"爸爸过了下班点还没回来，我们玛丽也担心爸爸了呢。哈哈哈。"

从被带到这里开始，成贤就知道这个女人有些精神异常。从他目前为止听到的话里可以推测出，女人被之前交往过的有妇之夫抛弃后变得精神失常，而随着时间的推移，情况也变得越来越糟，现在的她好像已经把自己当成了那个有妇之夫的妻子。那个有妇之夫是爸爸，成贤是儿子，微笑是女儿，甚至还有压根就不存在的院子里的狗。在那个女人的脑海里，已经不知不觉构建出了一个完美的家庭。

"哦？我爸爸现在和妈妈在医院里呢？"

听到一无所知的微笑天真烂漫的回答，女人用冷冰冰的眼神俯视着她，尖叫道：

"你胡说什么呢？爸爸去公司了！他说今天会晚点回来！你们就不能安

静地等着吗？为什么让妈妈这么累呢？我得教训你们一下才行！看来我得去拿棍子啦！"

"阿，阿姨……？哥哥，这个阿姨好奇怪，呜呜！"

微笑被这气势汹汹的话吓了一跳，又开始抽噎起来。成贤见此，马上接过女人的话说：

"妈妈！小孩子懂什么啊？微笑没睡醒，还没打起精神来呢。对不起，我会好好哄她的，妈妈您先出去吧。我们会安安静静的，就像不存在一样。"

女人一脸不满地看着成贤，什么也没说，而后像个幽灵一样幽幽地走了出去。

破旧的房门发出吱吱嘎嘎的声响，最后啪的一声被关上了。微笑再次号啕大哭起来。

"怎么办！我害怕，哥哥！我要回家！呜呜！"

"停！安静一点，微笑呀，安静。要是那个阿姨听到你哭又进来了该怎么办？"

成贤故意吓唬她，微笑幼小的心灵似乎也觉察到了什么，连忙用手捂住嘴巴，强忍着把哭声咽了回去。

成贤看到她可怜的模样，将被捆住的手放进裤子口袋，掏出来什么东西递给了她：

"你要是不哭的话，我就给你这块卡拉梅尔糖。"

"真的？"

"嗯，真的。"

"呜呜！"

只见微笑像犀牛一样从鼻子里深呼出一口气，神奇地止住了眼泪。她一把抓过成贤手里放着的最后一块卡拉梅尔糖，剥掉糖衣，一下子塞进了自己的嘴巴里。

"啊！我最后的应急粮就这么没了……"

坐在一旁的微笑完全没注意到成贤一脸失去全世界的表情。她用手背擦干了眼泪和鼻涕，津津有味地吃起了早已化掉一半的黏糊糊的卡拉梅尔糖。

"话说，你笑起来好看多了。"

093

娜娜的甜蜜小屋

"嘿嘿嘿。"

看着微笑那张可爱的脸蛋，成贤也不知不觉露出了笑容。

自他一个人被囚禁以来，身心都承受着难以言喻的痛苦，独自被孤独和恐惧折磨着，甚至担心自己也会像那个女人一样疯掉。而现在，他已经不是一个人了，这让他从心理上得到了一定程度的安慰，虽然从另一个层面上来看，眼下的情况也不容乐观。

不过等他冷静下来，仔细思考了一番后发现，当前的情况倒也不至于悲观，或许微笑的到来可以让他们尽快从这里逃出去也说不定。

成贤喝完酸奶晕过去的时候，时间大约是在下午，等他再睁开眼睛已经到了晚上，但是他根本无法确定自己被带到了多远的地方。想必父亲早已动员了一切人力和资源，可是目前为止，他们还是没有找到他，这就说明他被带到了一个非常遥远的地方。

但是微笑的情况就不同了。

那女人离开不过十几分钟，就能将刚刚睡醒走到家门口的微笑带到这里来，也就说明微笑的家离这里并不远。等到微笑的姐姐们睡醒后发现妹妹不见了，一定会把这件事告诉长辈们，那么警察肯定会从她家附近开始搜查。

如今还剩下一个问题，那就是他们究竟能否平安活到那个时候。

假如那个女人还残留有一丝理智，不可能没有考虑到这种连九岁孩子都能想到的状况。如果这场绑架并不是冲着钱去的，而是从一开始就是想要伤害儿童呢？

假如这些假设成真了会怎样？他该怎么做？

成贤陷入沉思，同时用复杂的心情转头看向微笑。

微笑傻傻地盯着成贤看了一会儿，突然开口说道：

"哥哥，你长得好帅啊，人长得帅，声音又好听，就像王子一样。"

这一番话瞬间把成贤心中的乌云驱散，他的肩膀得意地向上耸了耸。

"嗯，我也知道。"

"哥哥你很有钱吗？"

成贤思索片刻回答道：

"嗯，严格来讲不是我有钱，是我爸爸有钱，他说等我长大了会让我继承财产，所以说我有钱也没错。"

"那你有多少钱啊？比八千块[1]还要多吗？可以买一套'娜娜的甜蜜小屋'吗？"

"'娜娜'？你说的是'娜娜'玩偶吗？是 Y 实业制作的那个玩具吗？"

大概是让他猜中了，昏暗的环境下，微笑的眼睛竟然格外明亮。

成贤若有所思地继续答道：

"Y 实业的话……不就是唯一集团的子公司吗？"

"什么是子公司啊？能吃吗？"

"不能吃，Y 实业是我爸公司中的一个。"

"你在说什么呢？我在问你有没有钱买'娜娜的甜蜜小屋'套装。"

在微笑的再三追问之下，成贤顿时有些生气：

"问题不在于有没有钱买'娜娜的甜蜜小屋'套装，我的意思是整个玩具厂都是我家的！"

"哇！"

微笑不禁睁大了眼睛盯着成贤，露出一脸难以置信的表情，随后小心翼翼地开口说道：

"那，那只要去了那家玩具厂……就会有很多'娜娜的甜蜜小屋'套装吗？有五个以上吗？"

"五个？虽然我不是很清楚，但是用机器制作的话，一天怎么也能超过一百个吧？"

"一百个比五个多吧？"

"你不是已经识字了吗？怎么连一百都数不明白？"

1　约合人民币 50 元。

"那是多于五个吗？"

"对啊，多太多了，不过你突然问这个做什么？"

微笑一脸坚定的表情，仿佛暗自下了什么决心，她笃定地对着成贤宣布：

"我要跟哥哥结婚。"

"噗哈哈！你说什么？"

成贤大笑出声，脸上满是不知所措的表情。但微笑却一脸认真地一字一句清晰地说道：

"我爸爸跟我说一定要跟有钱人结婚。"

"啊……嗯……是吗？"

"微笑吃饭的时候都是细嚼慢咽的，而且很爱吃菠菜和胡萝卜，还有豆子也是，玩过的'娜娜'玩偶也会放回原地，真的是个乖孩子哦。而且微笑特别擅长跑腿呢，所以你现在就跟我结婚好不好？"

"那可不行。"

"为什么啦？"

"我们还太小了，只有大人才能结婚。"

"现在不行吗？"

"不行。"

"那等我们长大了就结婚吧。"

"那也不行。"

"哎呀，为什么啊？"

"只有相爱的人才能结婚，如果将来不是恋人，就不能结婚。"

"那等到那时候我们变成恋人不就行了吗？"

微笑瞪大了眼睛紧紧盯着他，成贤无奈地叹了一口气，苦笑着回答：

"好吧，好吧，那就结吧，结。"

"那我们拉钩哦。"

"知道了，拉钩。"

"嘿嘿嘿。"

"话说你……"

微笑喜笑颜开，左脸上露出一个深深的小酒窝，成贤看到之后忍不住笑着嘟囔：

"你长得还挺可爱的。"

"嗯，我经常听别人这样夸我。"

"这种话我也听腻了，真是的。而且我学习也特别好，我同龄的朋友才念二年级，但是我已经上四年级了。"

"是吗？我特别会拼拼图，姐姐们拼不上的都是我都忙拼好的呢。"

"啊，对了，我还特别擅长运动呢，骑马课的老师说第一次见到像我这么会骑马的孩子。"

"哇，我也可会骑马了，爸爸看到我骑马的样子还说如果都像我那样骑马，轮子都该着火了，所以不让我骑。"

"轮子……？马怎么会有轮子啊？"

"嗯？哥哥你家的马没有轮子吗？是不是坏了啊？"

两个人完全不在一个频道上。这时，窗外的月亮正朝着西边缓缓落下。

成贤只要轻轻一动，脚踝上就会传来阵阵刺痛，他朝下看了看，不由得长叹了一口气。

"好痛……"

再过一段时间，微笑的脚踝也会像他的一样肿起来，他很担心她也会这样痛。现在只希望他们能够这样平安无事，一直到早上，到那时候就会有大人赶来救他们。成贤在内心殷切地祈祷着。

"哥哥，我们什么时候回家啊……？"

"再等一下，明早就能回去了。"

"真……的……？"

"嗯，真的。"

"我好想……快点……回……呼呼……"

微笑头一坠一坠地打着瞌睡，最终靠在成贤的身上打着呼噜睡着了。

094

对不起，谢谢你

"真是无忧无虑啊，羡慕你。"

他生怕自己睡着之后会发生什么事，所以一直提醒自己打起精神。可是，或许是因为现在身边有了微笑，又或许是他自己太过疲惫，他感受着她温热的体温，缓缓阖上了眼睛，无论怎么努力睁眼都无济于事，最终他还是睡了过去。

咔嗒。

成贤猛地垂下头，睁开了眼睛，瞬间睡意全无。他用力睁大眼睛，打起精神，下一刻却突然感觉莫名有些不对劲，明明刚才微笑枕在自己的左边，而此刻他身上已经感受不到那份重量了。

他转过头才发现微笑躺在地上，而那个女人此时正在她身侧目不转睛地盯着她，手里还拿着尼龙绳，成贤不禁一惊。

"阿……阿姨！不是，妈妈！您这是……！"

"嘘，妹妹在睡觉呢，你小点声。"

"您先放下手里的东西，妈妈，要是微笑醒了肯定又会大哭大闹。在爸爸回来之前我们俩会安安静静的，妈妈您去外面等着吧，好不好？"

"爸爸不会回来了。"

"不，妈妈，爸爸一定会回来的，他只是晚一点回来而已，等到天亮了……"

"不，爸爸不会回来的，绝对不会，因为……"

成贤一口一个妈妈地喊着，试图去安抚她。然而当那个女人笃定地说出接下来的这番话时，他不禁头皮发麻，顿感一阵恶寒。

"他绝对不会回来的，因为……我不是你们的妈妈。"

他担心的事情最终还是发生了，哪怕再多等一会儿，只要再过几个小时天就亮了，显然上帝并没有施舍给他们这几个小时的时间。

成贤的脸已经被吓得铁青，而对面的女人淡淡地继续说道：

"我本以为只要相爱就可以解决所有问题，其实并非如此。我把自己的一切都给了那个人，但是他却什么都没给我，我现在一无所有，而他此时此刻怕是已经跟妻儿一起安心入眠了吧。我太委屈了，太心痛了，凭什么只有我一个人承受这份痛苦呢？与其一直痛苦下去，倒不如选择离开。跟我一起走吧，我不想孤零零一个人，你们跟我一起走吧。"

女人勒紧了尼龙绳，试图去绑微笑的脖子，成贤见状急急忙忙地喊道：

"微笑妈妈卧病在床，我在学校也是个被孤立的学生，虽然处境各有不同，但我们都一样很辛苦。"

女人用清澈的眼神回头看向成贤，手里的尼龙绳稍稍放松了一些，精神似乎也不像刚才那般紧张了。

成贤抓住她出神的机会，坚定地说道：

"一无所有，您怎么会一无所有呢？要是现在放弃一切，才会真的一无所有。干脆忘记那个卑鄙无耻的叔叔，重新开始吧。"

女人愣愣地望着成贤，半晌后呢喃道：

"你这是……在安慰我吗？"

成贤的眼神透着戒备，他观察着女人的神色，迟迟不敢说话。只见女人微微一笑：

"你这孩子还真是亲切啊。没错，他一开始也像你一样亲切，我也非常喜欢他这一点，现在回想起来也觉得很幸福。跟他交往的那段时间，我感觉自己拥有了全世界。虽然我们的爱情不会有结果，但是至少有回忆，所以不至于一无所有呢。"

成贤看着女人露出温柔的笑容，心中泛起一阵恶心。

虽然自己的父亲并没有跟哪个年轻女人出轨，但他稍微想象一下都觉得恶心至极。出轨的人总是打着"没有结果的爱情"的旗号，创造着"美好的回忆"，但却不知他的妻子流过多少眼泪，他的子女度过了多少个不安的夜晚。伤害不仅于此，这个女人现在还把与这些事情毫无关联的小孩带到身边折磨，她眼里只能看到自己的痛苦。

真是太懦弱了，他可不想成为一个懦弱又自私的成年人。

成贤紧咬着牙关转过头去，硬着头皮附和她：

"没错，亡羊补牢，为时未晚。现在也可以重新开始。"

"现在重新开始……？"

成贤缓缓点头，用哀求的目光紧盯着那个女人：

"拜托您把这个解开吧。只要您现在放了我和微笑，我们绝对不会报警的，绝对不报警。这件事直到死都不会向别人透露半句，求求您了。"

女人静静地盯着成贤看了很久，最后深深叹了一口气，仿佛放弃了什么：

"已经太迟了，我现在已经无法回头了。"

看着女人再次拿起尼龙绳。成贤陷入了无限的绝望，颤抖着闭上了嘴。

她慢慢走到成贤的面前，缓缓探下身去，成贤此刻只觉得之前的努力全都打了水漂，最终的结局竟然如此虚无。

之前成贤还很好奇走马灯是什么，此时的他却有些懂了。他走过的人生虽然对许多人而言不过是短短几年，可是对他而言却是漫长且充满意义的岁月。直到身处这种情况他才突然醒悟，自己之前的生活有多温暖美好。

成贤吓得面色苍白，紧闭着双眼，没想到耳畔却传来意想不到的一番话：

"你的名字……算了，也没必要知道了。总之，谢谢你啊，小朋友，还有……对不起。"

等到他再度睁开眼睛的时候，只看到了那个女人离去的背影，他不禁有些惊讶。

女人把那扇旧门半敞着，随后便走到了外面准备着什么。

门外传来剪断绳子的咔嚓声响，天花板上好像有什么旧物来回晃着，发出吱呀吱呀的声音，还有椅子划过地板的刺耳声音。

虽然他从未经历过这些，但光凭这些声音和氛围，他立刻就能察觉出这个女人此刻的意图。

"不要啊！"

只可惜无论他怎么喊都没有人应声，成贤情急之下扯着嗓子喊道：

"不要啊，阿姨！别那样！我都说了不会报警啊！我绝对不会报警的，我回去会告诉我爸，让他帮帮您……！所以求求您！"

成贤迫切的叫喊声吵醒了睡梦中的微笑：

"哥哥……？"

357

嘎吱。

耳边响起瘆人的声音。女人似乎踩着椅子站了上去。成贤吓得顾不上脚腕的疼痛，一扭一扭艰难地向门前爬去，嘴里还不停地喊着：

"不要这样！阿姨！不要啊！不要！"

"对不起。还没来得及还你人情就走了。你看着我。你替他看着我吧。看着我最后的时刻。"

被捆了手脚的成贤爬着爬着，突然失去重心，在地上翻滚起来，他激烈地扭动着身体拼命挣扎：

"不要！有没有人！有没有人帮帮我啊！帮帮忙吧！拜托！"

"再见，这所有的一切。"

"不要啊！啊！"

095
临机应变

哐当！吱呀，吱呀！

年幼的成贤什么也做不了。但他也无法直视这样的场面，只能紧紧地闭上眼睛，扭开头，止不住地发抖。成贤好想把耳朵也紧紧地捂住啊，但是手被捆着，他没有办法。

女人的身体因临死前的痛苦而不停地挣扎着，那瘆人的声音未经任何过滤，直击着年幼的少年尚未发育完全的大脑，在他的脑海深处扎了根。

"啊……呜呜，不要……不要……为什么……为什么……为什么会发生这种事……！"

听着不断传来的可怕声音，成贤失魂落魄地蜷缩成一团，不停地抽噎着。

直到这时，被完全遗忘的问题才浮出水面。

"哥哥？你怎么了？什么不要啊？外面的阿姨说什么了？"

醒来的微笑正向着半掩着的门靠近。成贤发现一扭一扭用力爬过来的微笑，连忙半欠起身子，焦急地喊道：

"别过来，微笑！别到这边来！我说了不能看，傻瓜！"

瘆人的声音渐渐削弱。成贤明白那意味着什么，他努力回避那个方向，拦住微笑：

"不能看！去那边！我让你去那边！"

"哥哥你怎么了？怎么了……"

微笑偷偷地望了一眼门缝，表情一下子变得僵硬起来。

"哦？阿姨为什么那样……？"

"笨蛋！我说了不能看！"

"阿姨变得好奇怪……！哇！好可怕！我害怕，哥哥！"

其实，成贤也一样怕得要死，但至少他比微笑大，是哥哥。突然有个想法浮上他的心头：即使这里没有人可以帮忙，他自己也要照顾好年幼的妹妹。

吓坏了的微笑大哭起来，成贤开始临机应变地安慰她：

"不，不是的，微笑！你看错了！那不是阿姨……是蜘蛛。大蜘蛛！"

"蜘蛛？有那么大的蜘蛛吗……？"

"嗯！当然有！"

"啊，太吓人了！"

"吓人吧？所以你绝对不要看那边。知道了吗？"

成贤强压着颤抖的声音，镇定自若地说完，微笑点了点头。趁着这个空当，成贤伸出被捆着的手，把半掩的门关上了。

成贤抬头看了看蜷缩着身体不停抽泣的微笑，用尽全力整理自己混乱的思绪和心情。

怎么办好呢？现在该怎么办才好呢？

处于恐慌状态的微笑呆呆地躺在一边，没过多久，她的抽泣声变得越来越大。

"哥哥，呜呜！"

"哭什么？不要哭。现在蜘蛛不会来了。没关系的，别哭了。"

"不是，我的脚，我的脚好疼……！哇哇！"

微笑的脚腕被束线带紧紧捆着，也慢慢开始肿了起来。时间拖得越久，就会越疼。

"好痛，呜呜。我想解开这个回家。我害怕。呜呜，呜呜！"

成贤苦恼了好一会儿，撑着地面，艰难地抬起身子。

"别哭，哥哥帮你解开。"

"哥哥你可以解开吗？"

"嗯。用剪刀剪开就行。"

"可是这里没有剪刀啊。"

不，有剪刀。那个女人之前一直拿着的那把剪刀。

"外面可能有……"

听到"外面"这个词，微笑警惕起来，不停地摇头。

"呃！我不要！我害怕！外面有好大的蜘蛛！"

"没关系，你就待在这里，我去拿。"

"不！我不要，哥哥！你不能丢下我跑掉！呜呜！"

微笑急切地缠着成贤大哭起来，成贤一字一句斩钉截铁地说道：

"我不会丢下你的！哥哥绝对不会丢下你离开的！所以你别哭了。"

"拉钩？"

"好，拉钩。"

成贤弯起小指认真地拉了拉钩，打起精神再次低头看了看微笑的脸，然后小心翼翼地打开门，爬了出去。

"哥哥，我害怕……"

成贤听到背后传来微笑的声音，轻轻地叹了口气，思索了一会儿说道：

"我唱歌给你听好吗？"

"嗯。"

成贤一点点地匍匐前进，努力地转动着被吓得迟钝的脑袋，开始唱起法语课上学过的歌曲《吉卜赛蜘蛛》：

"L'araignée Gypsie / Monte à la gouttière / Tiens, voilà la pluie / Gypsie tombe par terre..." [1]

1　大意为"吉卜赛蜘蛛／爬上檐沟／哎呀，下雨了／吉卜赛蜘蛛掉在了地上……"

着急的时候没觉得，一扭一扭往前爬时，才感觉脚腕特别疼。只要稍微一动，火辣辣的疼痛就好像爬上了双腿和脊柱，扩散至四肢和全身。

"啊……好疼……"

成贤爬着爬着停下来蜷缩起身子，不知何时，浮肿的皮肤被磨破，火辣辣的脚腕已经流血了。

"哥哥……你没走吧？快回来……我害怕……"

虽然疼得要死，但听到微笑呜呜的哭声，他无法停歇片刻，再次用力在地上往前爬。不知爬了多久，成贤的眼前出现了什么东西。原来是尼龙绳和椅子腿。

看到这些的瞬间，比疼痛更令人毛骨悚然的恐惧席卷而来。

就在这儿。那个女人，已经死了的女人就在这上面。

"啊……！呜呜呜……"

突然有种像是从头到脚被人紧紧抓着不放的感觉。恐惧是如此真切鲜明，他全身僵若铜像，丝毫动弹不得。

"好可怕……好可怕……呜呜。"

成贤实在是太害怕了，不停地抽噎着，却没有流出一滴眼泪。他瑟瑟发抖地四处摸索，终于发现了落在不远处的剪刀。他使出吃奶的劲儿，朝那边爬去。

"快点……快点离开这里……"

捡起剪刀的刹那间，不知从哪里吹来一阵寒风。平息了好一会儿的吱呀声又响了起来，成贤吓了一大跳，下意识地抬头望向上面。

"啊！"

死去的女人大睁着眼睛，黑眼球空洞洞的。成贤看了个正着，他瞬间大声喊出的，既不是"妈妈"，也不是"爸爸"或"哥哥"。

"微笑！微笑！微笑啊……！你在吧？你在吧……呜呜呜！拜托对我说你在吧！"

"哥哥！"

"你在那儿吧……？在吧……？嘤嘤，微笑啊，你哪儿都不要去！千万别走……！不要丢下我一个人！不要走，不要！呜呜！"

此时此刻，附近有一个活人对他来说是莫大的安慰。能够有人告诉他这里不是地狱，还有地方可以回去，真是万幸。

"哥哥，你哭了吗？怎么了？！被蜘蛛咬了吗？怎么办！这下可糟了！"

成贤扭头呜咽着，好不容易振作起精神，本来想在那儿剪开束线带再走回去的，但他改变了主意。因为他不想在那儿多停留片刻。所以他又拼尽全力爬向微笑所在的房间。虽然血流个不停，但和那种触目惊心的恐惧相比，脚腕的疼痛根本不值一提。

"哥哥！"

微笑乖乖地等在门口，一看到成贤回来，她面露喜色，但似乎马上又要哭起来。

"哥哥，都流血了！"

"没关系。没关系……"

成贤大口喘着粗气，焦急地给微笑的手脚松了绑，然后将剪刀刀刃冲下，开始剪掉捆着自己脚腕的束线带。

"啊……"

刀刃一碰上脚腕，伤口处便感受到一阵可怕的灼热感。

成贤疼得浑身直哆嗦，微笑抬起头看着他，十分担心地问道：

"很疼吗，哥哥？"

"不会，一点也……不疼。"

"看起来好像很疼的样子……怎么办，怎么办……"

"笨蛋！不疼！我说不疼！都说了不疼！……"

一直咬着牙逞强的成贤终于放声大哭起来。

"好疼……好疼……微笑，真的太疼了……呜呜呜！"

"哥哥不要受伤……呜呜……"

哇哇大哭的微笑鼻涕一把泪一把地俯下身子，努力往成贤的脚腕上"呼呼"地吹气。

看到微笑为自己打气，成贤止住哭泣，艰难地剪开了束缚着脚腕的一对束线带。

"哥哥，把剪刀给我。绑在手上的，我帮你剪掉。"

微笑软乎乎的小手不熟练地摆弄起剪刀，成贤松了口气，伸直了双腿坐在地上，不停地深呼吸平复自己的心情。

成贤身心俱疲，早已是满身疮痍。现在手脚自由了，他归心似箭，只想不顾一切地逃跑。

但是，还有一个问题需要解决。

"微笑。"

"怎么了，哥哥？"

"我们出去吧。"

"嗯。但是……但是外面……"

成贤呆呆地凝视着半空，似是自言自语地说道：

"微笑，听说非洲有一种巨型蜘蛛，个头差不多有成人那么大，只在夜间活动。它非常凶猛，如果和它对视的话，说不定会被咬。"

"嚯！"

"吓人吧？"

"嗯，吓人。"

"外面的大蜘蛛……也许就是那种蜘蛛。所以，你绝对不要看它。不能和它对视。"

这种可怕的冲击，自己一个人经历就够了。微笑连什么是死亡都不知道，决不能让她有那种体验。也许她的妈妈马上就会去世，就更不能那样了。

"知道了吗？"

"嗯。知道了。"

成贤的手腕终于自由了，他振作精神站起来。

脚腕虽然痛得厉害，但还没到不能走路的地步。他忍着疼痛，想带着微笑尽快离开这里。

"闭上眼睛。在我让你睁开之前，绝对不能睁开，绝对不行。知道了吗？

跟哥哥拉钩。"

"嗯，拉钩。"

"来，牵着哥哥的手。"

"这样吗？"

"嗯，我们现在出去吧。"

微笑抓着成贤的手，在他的引导下，摸摸索索地迈开步子。

越过门槛，来到檐廊，成贤的手立刻变得冰冷，浑身哆嗦起来。

"哥哥……? 你怎么了？"

"啊，没什么。"

不知从哪儿传来了吱呀的声音。

"哥哥，有声音。"

"什么声音都没有。"

"明明有声音啊！你没听到吱呀声吗？"

"什么声音都没有，你继续闭好眼睛！这一切都只是个梦，一个能让你长高的霉梦，梦醒了就什么都不记得了！"

"真的吗？"

"真的。离开这里就会忘掉所有的一切。"

"那会忘记哥哥吗？我讨厌那样，我下次还想再见到哥哥。"

"那就见好啦。就算你忘了今天的事情……我们总有一天会再相见的。"

"嗯。以后长大了，哥哥一定要和我结婚。"

"好。"

"拉钩。"

"好，拉钩。"

成贤的手被微笑紧紧握住，他瞬间又感觉充满了力量。冰凉的肌肤下，温暖的血液又循环开来。

微笑抓着成贤的手安全地逃了出来，她沿着熟悉的小巷向前飞奔。

前面那户人家就是微笑的家。她现在只想赶紧钻进暖和的被窝，酣畅淋漓地大睡一觉。

然而，她什么也没想地跑了这么久，突然觉得有点空虚。

"哥哥……?"

她回头一看，发现成贤茫然地杵在大门外，看着微笑的家。

"哥哥，怎么了？快来啊！"

"哦，好。"

成贤拖着沉重的脚步，一瘸一拐地挪着步子，向微笑走去。

"这里是你家吗？"

微笑正站在一栋房子前，成贤往大门里面瞟了一眼，看到院子里放着一个可以骑着玩的小马玩具，忍不住笑了出来：

"啊，你说的马就是这个啊。"

"嗯，很好玩，哥哥要骑一下吗？"

"不了，下次吧。"

"真的很……好玩……"

神采飞扬的微笑打了个长长的哈欠。

成贤似乎有点遗憾，伸出手摸了摸微笑的头。他们说了几句再见，就此分别了。

"你好好的，微笑。"

"嗯，哥哥，再见。"

微笑一下跳进大门，横穿过院子，还未打开玄关门，突然停下了脚步。

"啊！对了！"

微笑又跑回大门口，把头伸到外面。成贤虽然一瘸一拐行动不便，但不知不觉已经走远了。

"还有话要说呢，怎么给忘了呢。"

微笑噘着嘴，耸了耸肩，又回到屋里。

微笑打开玄关门，来到姐姐们睡觉的里屋。她扒拉开刚好能装下自己的被卷，钻了进去。这时，旁边躺着的末熙不知道是不是醒了，迷迷糊糊地问道：

"金微笑，你去尿尿了？"

"不是。"

"那去干什么了？"

"我被魔女抓走了，但是王子击退了可恶的蜘蛛。以后我长大了要和他结婚。"

"胡说八道什么呢。"

必男"噗"地放了个屁，接着翻了个身："快睡吧，你们两个小屁孩。我明天还得去幼儿园呢。"

微笑舒舒服服地躺好，闭上眼睛，自言自语道：

"下次再见到哥哥，一定要跟他说。不能忘了，一定……"

097
到此为止

一晚上都没怎么睡的微笑，没过一会儿，就呼呼地进入了甜甜的梦乡。

遮住月亮的云朵飘过，皎洁的月光透过窗户倾泻进来。

窗外呼啸的风声渐渐平静下来，这个世界仿佛什么都没有发生过一样，依旧安宁平和。

*

这世上再没有比作为业务延伸去参加别人的宴会更加无聊的事情了。

活动中途，英俊抽完烟准备返回会场。经过古雅华贵的走廊时，他好像发现了什么，瞬间瞪大了眼睛。

只见远处有个身穿黑色连衣裙的女人，脚下歪歪扭扭，跟跟跄跄地走了过来。是微笑。白天她就有些眩晕，现在肯定是出了什么问题。

"怎么了？又觉得头晕吗？"

英俊赶紧迈开大长腿跑过去，接住四肢无力晕倒的微笑，将她抱在怀里。

"金微笑！你这是怎么了？快醒醒！"

她的脸色很糟糕，脸颊苍白，没有一丝血色，就像冰块一样冰冷。

英俊让失去意识、身体瘫软的微笑半躺在地上，走廊里的人们开始喧闹起来。英俊回头看向急忙跑过来的随行人员和酒店负责人，指示道：

"叫救护车，联系金秘书的家人。"

"是，要联系江南唯一医院吗？"

"无条件配备最好的首席专家组。"

"什么？如果会长知道了……"

"这个我会处理，按我的吩咐去做！"

英俊赶紧解开微笑衬衫领口上的扣子，为她按摩冰凉的四肢，冷静地观察她的状态。

一名与微笑同行而来的职员稍晚一些跑了过来。为了得知微笑晕倒的原因，英俊回头看着他，用犀利的语调问道：

"发生了什么？本来好好的，怎么突然这样啦？"

"我也不太清楚……"

"刚才你们不是都在里面吗，没看到吗？"

"她突然站起来，一摇一晃地走出去了。我也不知道是因为什么。啊……！"

那位职员好像想起了什么，艰难地开口继续说道：

"这么看来，当时是副会长的哥哥坐在副会长的座位上……"

"什么？"

英俊听到这话后抬起头，正好在人群中看到了从远处急匆匆跑过来的成延。

在和成延四目相对的瞬间，原本非常冷静的英俊，内心开始激荡起来。放大的瞳孔里，燃烧起咄咄逼人的气焰。

"他妈的……"

我早该阻止的。

即便没有发生今天这样的事情，也该阻止那家伙再次接近最近一直过得不大安稳的微笑才对。不该让他见到微笑，应该把她藏得严严实实才对。那家伙刚回国的时候，就应该把微笑派去国外出差，让他们压根见不着面才对。早该进一步把他们分开，阻止他们拿着彼此不同的拼图拼凑在一起、打开原本不该打开的封印才对。

英俊站起身，径直朝成延的方向走去，完全被愤怒冲昏了头脑。

这到底要怪谁呢。

我的错吗？不，是那家伙的错。最初，这一切就都是那家伙的错。哥哥从一开始就很坏！

英俊的脚步越来越快，步幅也变得越来越大。

他瞬间就来到了成延的面前，使出浑身的力气挥了一拳。

砰！

不知道英俊用了多大的力气，这一拳结结实实地打在成延的脸上，成延后退几步，一屁股坐在了地上。

"啊……！"

成延发出痛苦的呻吟，鼻血噼里啪啦地滴落到地上。他伸开双腿瘫坐在地，英俊那双锃亮的皮鞋出现在了他的视野里。

"你跟微笑说了什么？"

"我什么都没说。只是……"

"你又跟她提起以前的事情了吧？"

"英俊，当时那个女人是不是……是不是上吊……"

英俊粗暴地一把抓住成延的领口，两只虎口猛地用力，将他拽到自己面前，低吼道：

"咱们打开天窗说亮话吧，哥。"

成延只是抬起头默默地看着英俊。英俊死死盯着他那失去焦距的眼睛，压低了声音，恶狠狠地说道：

"你还想继续折磨我到什么时候？"

"英俊啊，我……"

"你还要折磨我到什么时候才能满意？"

他愤怒的吼声吸引了周围人的目光，但英俊毫不在意，又继续提高了分贝。事态严峻，情况不妙。

"你说啊！你到底还想折磨我到什么时候啊！可恶！适可而止吧！够了！我也得喘口气不是吗？！求求你收手吧，求你了！"

李英俊在公共场合从来都是镇定自若的，今天却大不相同。他眼珠通红，粗鲁地摇晃着哥哥的领口，甚至恶语相向。

"我真是受够了！如果再有一个像哥哥这样的人，我真的会血枯而死！"

一直以来压抑的愤怒、痛苦、悔恨等等各种情绪，一股脑儿全都爆发了出来。英俊那可怕的吼声在走廊里回荡着。那声音碰撞到大理石墙面，回音萦绕。周围的气氛也如同被浇了一盆冷水，一下子冷寂下来。

沉默中，英俊的肩膀剧烈地耸动着。

不知道时间过去了多久，英俊放开成延的衣角，直起身来，往后退了一步。急救人员从远处跑了过来，发出嘈杂声响。

"作为弟弟，我第一次也是最后一次拜托你。哥，求你现在就出国吧。我们不要再互相伤害了，到此为止吧。"

"对不起。"

成延低头道歉，但英俊什么也没说，只是掏出手绢扔了过来。

"对不起，对不起，哥哥真的……真的对不起你……"

"够了。"

就在英俊说完这话正要转向微笑的时候，成延的一句话让他瞬间僵住。

"对不起，成贤。"

英俊怔怔地站在那里，慌忙看了看成延那噙满泪水的双眼，又转过身来。

英俊再没说一句话，跟着急救人员走了出去，直到最后也没有再看成延一眼。

＊

"啊，走开！走开！别过来！"

没有尽头的黑暗之中，微笑漫无目的地狂奔着，就像在一条传送带上奔跑一样，怎么跑都像是在原地踏步。她回头一看，可怕的鬼魂在不知不觉间已经快要追上自己了。

不管她怎么大声呼喊救命，嗓子眼都像被堵住了一样，一点风也透不出来。

她停下脚步不再往前奔跑，蹲坐在地上蜷缩着身子，紧闭双眼，只觉吱呀吱呀的可怕声响仿佛离自己越来越近了。

098

雄伟的大树

啊，好可怕，好可怕，好可怕！

就在她疲惫至极，再也撑不下去，想要放弃的时候，不知道是哪里出现了一束明亮的光线，包裹住了她的身体。柔软、温暖，微笑舒服得眼泪都要流出来了，就跟英俊第一次从后面抱住她时的感觉一样。

"这都是梦，醒来就会忘得干干净净的梦，没事的。"

从指尖到手指的每个关节、手背、手腕、胳膊，慢慢地，全身上下的感觉开始苏醒。

"回来吧，金秘书。"

微笑睁开眼，周围和梦境里一样漆黑一片。嘈杂的汽车引擎声，剧烈的晃动，焦急地说着让人听不懂的话的陌生人，还有警笛和嘀嘀作响的仪器声，一切都让这个混乱的空间变得更加的阴森恐怖。而让微笑瞬间镇定下来的，只有那只紧紧抓住她左手的手。那只手大而坚毅，还很温暖。

"副会长……"

英俊用力握紧微笑的手，仿佛绝对不会放开一样。

他一直不停地跟她说着话，但因为救护车嘈杂的警笛声，微笑根本听不清他在说什么。

她强忍着要闭合的眼皮，好不容易才读懂了他的唇语。

"现在没事了。"

没事了？真的没事了吗？

回首过往，好像每次都是这样。

过去的九年里，尽管她嘴上说着讨厌，但每次他说没事了的时候，还真的不偏不倚刚好就没事了。不管怎样，只要是他说可以相信的事情，就都是可以相信的。他如果那样说了，就不用再去多想，事情就会是那样的。

他现在说没事了，那应该就是没事了吧。没错，没事了。

再次闭上眼睛的时候，微笑不再寒冷，也不再害怕。当然，那个令人恐惧的鬼魂也消失不见了。

微笑从睡梦中醒来时，最先恢复的是听觉。她感觉自己仿佛被淹没在水中，朦朦胧胧地听到一个声音，依稀能听出是英俊在打电话给别人下达命令。

"从现在起到明天下午的工作安排全都取消，上午的研讨会交给朴侑植社长负责，不允许出现任何差池。我的紧急内线电话会 24 小时待命，如果有紧急情况可以随时报告。"

在微笑跟随他的这些年里，除了私人原因之外，他从未耽搁过任何工作，而他现在却单方面取消了所有工作安排。

英俊挂掉电话走到床边，发现微笑已经睁开了眼睛。

"你醒了。"

他的语气中透着淡定，仿佛刚才的事情并没有影响到他一样。

"现在感觉怎么样？"

微笑仍旧一言不发，躺在床上出神地盯着他。英俊见状坐到床边，将上半身微微向前探去，双眼对上了她的眼睛。他的眼神带着一丝炙热和急切，似乎想确认微笑的记忆恢复了多少。

"您就是用这种眼神……"

她费力地张开有些干燥的嘴唇继续说道：

"您就是用这种眼神，盯着我看了这么久吗？"

英俊没有回答，仍旧目不转睛地盯着她，目光中带着些许询问的意味。

她的视线被泪水模糊，已然看不清眼前人的脸庞，两行清泪从她的脸颊划过。

"您是不是怕我想起当年的事，所以才……才……一直小心翼翼的，用不安的眼神看着我？看了我这么久……？"

微笑忍不住抽泣着。看着她像个孩子一样泣不成声，英俊耸耸肩，随即叹了口气嘟囔道：

"彻底失败了啊，我本来想瞒到最后呢。"

微笑突然起身，伸手抓住他用力摇晃起来。

"笨蛋，笨蛋！呜呜呜！为什么要这样做？您以为独自承担一切，摆出一副'全天下我最了不起'的样子就会有人喜欢吗？一个人藏着这么辛苦的心事，怪不得心里会难过，整夜整夜地失眠，还会鬼压床！您怎么这么残忍啊？无论您有多了不起，您也不该……！为什么！为什么！为什么一个字都没跟我提过，独自承受这么久……！"

微笑哭得一把鼻涕一把泪，伸手抱住了英俊的头。

"早点告诉我多好……我比任何人都了解，所以能给您更多安慰，为什么没说……"

英俊乖乖地任由她抱着，直到她的抽泣声小了一些才开口。

"你去过伐木场吗？"

平息了哭声的微笑不明所以地望着他摇摇头，英俊温和地笑笑，继续说道：

"我曾经见过一棵雄伟的大树被砍伐之后倒在地上，我看到它的年轮上有一道奇怪的痕迹，于是就问别人那是什么。人家告诉我说，那是它小时候树皮受到严重损伤之后留下的痕迹，但是从外观上看它仍旧是一棵雄伟的大树。"

微笑收紧了环着他的双臂。

"无论是人还是树，世上一切生灵都一样，大家都怀抱着各自的伤痛活着，这样想来……还是能得到一丝慰藉。"

字字句句仿佛戳得他鲜血直流，迫使他连讲话都有些困难。

"每一天，不，应该说每一秒，我都无法忘记。那天的那件事，那个人的样子，就连味道和声音我都记得清清楚楚，一闭上眼睛，那可怕的画面……就会活生生地浮现在我眼前……"

英俊说到一半，长叹了一口气继续说道：

"反正你都已经忘了，所以我不希望你再想起来，至少不要因为我而想起来。"

"副会长。"

"正如你所说的那样，纸是包不住火的，我也明白早晚有一天会被发现，可是……晚一天也好，晚一小时也好，哪怕只能晚一分一秒，我也想要尽量拖延，我不希望你来分担这份痛苦。"

微笑闻言早已泣不成声，英俊轻轻抚摸着她的后背，淡淡地说道：

"我在过去的九年里隐瞒这件事或许会让你感到失落，但我没关系。"

"怎么会没关系！呜，笨蛋，笨蛋……"

英俊挣脱微笑的怀抱，用手指轻轻拭去她眼角的泪，轻轻吻了她一下。

"我绝不后悔。"

微笑强忍住泪水。

"就算恢复了记忆……当初年纪还太小，所以记得不那么清楚，最多只记得我把死人错当成了可怕的蜘蛛，仅此而已，不会像副会长那样痛苦的。"

"那就好。"

"好什么好！"

099
自带 BGM[1]

微笑看到英俊惊讶的表情，忍不住再次落泪。

"既然我们一起看到了那一幕，倒不如两个人一起痛苦……呜，那样的话，我现在也不至于这么内疚……呜呜！"

英俊轻轻抚摸着微笑因抽泣而起伏的肩膀，后来干脆把她圈进怀里打断了她的话。

"别这么说。"

"一点都不像您的作风。副会长不是唯我独尊又自私自利的形象吗？像

---

1 英文 background music 的缩写，意为"背景音乐"。

您这样的人……不应该啊，这是犯规。"

英俊闻言眉毛微微一动。

"怎么了？就像你说的，正因为我唯我独尊又自私自利，所以才能这样做。"

"您这是什么意思啊？"

"除了我还有谁能这样做？这件事只有李英俊能做到。"

微笑心想这个人还真是自大！怎么能自大成这个样子！可偏偏她还不讨厌，这种感觉到底是怎么回事？

转念一想这种感觉不难解释，怕是只有面对李英俊的人才能感受得到。微笑看着英俊面无表情的样子，接过他递过来的手帕擦了擦眼泪，动情地说道：

"其实……我那天有句话没跟您说完，一直都很想对您说来着。"

"说什么？"

"谢谢您……"

微笑热泪盈眶地凝视着英俊的双眼，随即露出了明媚的笑容。

"那天您肯定也很辛苦……谢谢您保护我，真的很感谢您。"

话音未落，英俊的嘴角已经微微扬起，此时此刻，满面笑容的他比任何时候都要平静，都要俊秀。

"不，反而是我该谢谢你。"

挂在她睫毛上的泪珠，最终还是顺着她的脸颊缓缓落下。

当英俊正欲抬手替她擦泪的时候，微笑不禁睁大眼睛，伸手抓住了他的手腕问道：

"您的手……！您的手怎么了？在哪里伤到的？"

他一时气不过，挥拳打了成延，没想到留下了痕迹，刚才忙着担心微笑，这时才后知后觉担心起自家哥哥来，心里不禁一沉。

"没什么。"

"是不是……跟哥哥打架了？"

微笑一语道破，英俊只能点点头承认。

"其实不算打架，是我单方面揍了他。"

如果成延恢复了记忆，无论如何都应该了结这件事。但假如英俊还像当年那样，控制不住对哥哥的怨恨，就一定还会重蹈覆辙。

"其实……"

正当英俊严肃地准备说些什么的时候，只听门外传来一阵急促的敲门声，随行人员探头进来说道：

"现在刚到大厅。"

"好，我这就下去。"

英俊倏地起身欲离开，微笑惊讶地仰头望着他，英俊有些紧张地告诉她：

"我去把伯父带上来。"

"伯父……？谁的伯父？"

英俊整理了一番衣着，随后深吸了一口气，说道：

"嗯，更正一下，我去把岳父大人请上来。"

英俊离开病房后，微笑愣了半晌，下一刻就红透了脸。

"岳父……大人？"

或许是微笑的父亲出场自带 BGM，英俊仿佛听到了 20 世纪 80 年代的重金属摇滚乐环绕在耳畔。

只见一名中年男子穿着布满铆钉的黑色夹克，正站在大厅里左顾右盼。

该男子身形极高，四肢颀长，除了饰有骷髅的腰带上方微微凸出的啤酒肚之外，外形堪称完美，说他是电影演员也不为过。当英俊站在这位外表帅气的中年男子面前时，脑海中不禁浮现出微笑的模样。看照片的时候觉得微笑的两位姐姐长相平凡，还以为她父亲也一样，今日一见反而觉得是那两位姐姐随了妈妈。

英俊急忙走上前郑重地向他行礼。微笑的父亲见状心里一惊，颤抖着双手摸了一包烟出来。

面对微笑父亲，英俊盛情难却，只好乖乖接过烟，将他带到大厅外的吸烟区。

这下子英俊反倒成了没有互通姓名就跟未来岳父抽烟的没教养的小子。

微笑的父亲轻吐了一口烟，尴尬地颤抖着双手，小心翼翼地问道：

"微笑……我家微笑哪里不舒服？怎么会晕倒呢？"

英俊闻言也小心谨慎地答道：

"医生说是过度疲劳，都怪我没有照顾好她，才会发生这种事。"

"啊，没有。都怪我这个当爸爸的没能力，让孩子吃了不少苦，实在没脸见她。副会长，还请您多关照我女儿。"

"您跟我不必这么客气。"

"但您毕竟是我女儿的上司……"

看到微笑的父亲一时不知所措的样子，英俊心里一横，当着他的面宣布了一个爆炸性的消息。

"其实我跟您女儿正在以结婚为前提交往，原本打算过一阵子就去拜访您的，没想到在这里先见了面，实在是抱歉。"

"什么……？ 您在说什么……？"

"岳父大人。"

英俊这声"岳父大人"吓得微笑父亲连着翻了两个白眼，他猛吸了两口烟反问：

"你们俩正在交往？ 您刚才说的交往是我理解的那种交往吗？"

"没错，都说了您不必这样客气。"

"那个，你们是从什么时候开始交往的？"

"嗯……"

英俊一时语塞，表情也变得微妙起来。

等等，从什么时候开始交往的来着？ 第一次见面是二十三年前，但是当时并没有交往，难道要说是九年前吗？ 也不对，九年前只是重逢之后共事而已，那之后并不能算是交往。那应该说是什么时候呢？ 一个月以前？ 上周？ 等等？ 话说回来，定做戒指花费的时间太长，导致他还没能正式向微笑求婚。

英俊一反常态地陷入了恐慌，微笑的父亲见状反倒是赞许似的点了点头。

"已经久到不记得是什么时候了吗？ 微笑的魅力果然不同凡响啊。"

看着英俊一脸尴尬的笑容，微笑的父亲还是觉得不可思议，他半信半疑地继续说道：

"人活久了真是什么事儿都能碰上，没想到我家微笑能跟唯一集团的继承人在一起……"

"我还没正式向您女儿求婚呢。"

"我家老幺从小失去母亲，但她从没让我操过心，没上过补习班也回回拿第一……我家微笑因为家里人受了不少苦，呜呜呜，她肯定很埋怨我们，那丫头连一个不字都没说过，隐忍了这么多年……我才是最该死的那个，是我该死，呜呜呜……"

100

都是我的错

微笑的父亲一口咬住戴着骷髅戒指的拳头，拼命忍住泪水。

英俊静静地看着那根来不及抽一口的香烟，淡淡地说道：

"微笑肯定受了不少苦，但是她从未埋怨过或者恨过您。毕竟你们是一家人。"

英俊的话听起来并不像是毫无灵魂的安慰，微笑的父亲感受到他的诚意，抬起头，目不转睛地看着他。

"就算她恨过……但如果家里有人受苦，其他人心里肯定也不好过，我认为划分谁吃的苦多，谁该死，其实都没什么意义。"

英俊一面说着，一面想明白了一些事。

虽然表面上装作若无其事，但其实自己在内心深处也一直埋怨着哥哥和父母。

但是现在并不是指责谁的时候。为了减轻所有人的痛苦，他一直虚张声势要独自承担。事实上，没有人可以逃离痛苦，过舒适的日子。

如果一切都已经过去，无法改变，那现在就没必要再大哭大闹、大加指责。坦然地接受一切不也是一种人生吗。就像一直以来所经历的一样。

"你……"

微笑的父亲把拳头从嘴里拿出来，看着英俊的脸，良久突然说道：

"以前我做乐器生意的时候学过一点看相，你是名副其实的帝王相啊。

我特别想有一个像你一样的儿子。如果我老婆还活着，现在我也想再生一个呢。"

"我会把您当作父亲。请您把我当儿子一样对待吧。""哎哟，这孩子可真懂事，哈哈。"这种时候本应呈现出这种温馨的场面才对，然而并没有。

英俊威风凛凛地笑着，恬不知耻地回应道：

"天底下容不下两个帝王。"

嗯？哎哟？

这是什么？讨厌，但是又不讨厌。这是什么？这到底是什么？

微笑父亲的脸皱成一团，英俊却毫不理会，叫来随行人员，让他带微笑父亲去病房。

"你也会一起上去吧？"

"对不起，我还有一件事情要解决。我回趟家再来。"

在对话的过程中，英俊好像缓解了心中的苦恼，温和地笑着，比刚见时显得更轻松。

李会长夫妇从身边人的口中听说了两小时前微笑在工作过程中晕倒被送到医院的消息，正在追问微笑晕倒的原因。据说那时候成延也在场。李会长夫妇还听说了英俊向成延挥拳的事情。

兄弟之间打架可能跟之前的事情没有任何关系，但是夫妇俩有一种挥之不去的不安情绪。

崔女士心烦意乱地坐在客厅的沙发上，正要跟李会长说话，客厅的门突然无声地开了。成延从外面走了进来。

"成延！你，你的脸……！"

李会长夫妇听说英俊打了成延的消息后，早就料到成延那精致的脸已经面目全非。只见成延的鼻子肿得鼓鼓的，嘴唇也裂开了，流得一塌糊涂的鼻血干后只留下斑斑血迹，套装上衣和衬衫上也全是血渍。

"这是怎么了？嗯？"

崔女士惊慌地把成延拉过来，让他坐在沙发上，用湿巾擦去他身上的血渍。李会长沉默地看了一阵成延，严肃地命令道：

"你倒是解释一下这究竟是怎么一回事。"

成延抓着正在擦血渍的崔女士的手往下推，一动不动地坐了许久。突然，他泪水夺眶而出，跪了下来。

"对不起。对不起。因为我……这一切都是因为我，这些年来我……呜呜呜。"

崔女士和李会长不明所以，焦急地看着成延。听了成延接下来的话后，他们的脸色变得苍白。

"爸，妈！成贤……成贤他什么都知道，这么长时间以来却装作不知道，一直隐忍着。因为我，因为害怕我会出什么事，所以他自己一个人忍了这么久……呜呜！但是我！我到底！我到底是有多混蛋……呜呜呜。"

崔女士腿一软，瘫坐在地上。李会长因为确认了心中的疑虑而备受打击，一句话都说不出来。

一时间，客厅里只有成延低声哭泣的声音。

"别哭了。不是你一个人的错。"

李会长无力地说道。成延停止哭泣，抬起头看着他。

"爸……"

李会长一开始就觉得奇怪。兄弟俩一直就诱拐事件受害者的问题争吵不止。但是突然有一天早上睡醒之后，一方的记忆完全被抹去了，这不是太巧合了吗？而且，比一般的大人还要成熟的小儿子还若无其事地说自己只忘记了那天的事情，这实在让人怀疑。

但是，李会长回避了这个可疑之处。不对，是索性把所有的事情都隐藏了起来。他想着以后再纠正也不迟，总有一天会纠正的，就这样放任了二十年。

本以为这么成熟、这么出色的孩子不会有什么大碍。本以为只是悄悄换了一下位置，而且一切发展得那么稳妥，就算这样下去也没关系。但是没想到这么久以来，他把所有的东西都推给了英俊，自己却退到一边袖手旁观。

"我太害怕了。我不想失去你们俩。你妈哭着喊着要送你去医院的时候，我狠下心决定保持现状，所以没有同意。爸爸太卑怯了。都是我让你和成贤受了这么长时间的苦。"

崔女士用双手捂住脸倒在地上。

"老公……！不是的，呜呜呜！是我……都是我的错！"

从哪里开始出错的呢？

成延无法平复内心的混乱，站起身来，摇摇晃晃地走出了客厅。

他走上似乎无穷无尽的楼梯后，没有打开自己的房门，而是转过头看着英俊房间的门。

英俊在离开家独立生活之前一直使用的房间其实是成延的，而眼前这个房间才是英俊的。

成延安静地打开门走进去，环视了一周宽敞、干净的房间，视线停留在一边的墙面上。

他摇摇晃晃地走到放有书桌的墙边，拿出笔筒中的美工刀，推出一点点刀刃，在墙的正中间划着。墙上立刻被划出了一个手指大小的口子。他毫不犹豫地撕下了墙纸。

成延呆呆地看着壁纸后面隐藏着的过去，垂下双臂，低下了头。

他忍着即将喷涌而出的眼泪，走到窗边，看着窗外陷入了思考。

就这样死去如何？

101

我来守护你们

懦弱也该有个度，这么久以来让所有人陷于困境和悲叹之中，还恬不知耻地责怪英俊。现在明白了一切，还有什么脸面活着呢。

对，就这么死了吧。

成延下定决心的瞬间，看到英俊从大门口走了进来。

英俊大步穿过庭院，突然停住了脚步，盯着宽阔的草地上的某一处，好像要把它看穿似的。这是死去的嗨皮曾经填埋磨牙棒的地方。

或许英俊的记忆也这么被埋了进去。为了成延，为了家里所有人。

英俊听到成延叫他"成贤"的时候，头也不回地走掉了。成延到现在都无法忘记英俊离开时的背影。成延想：很久前的那一天，英俊被扔在那个又冷又荒凉的地方的时候，应该也是用这种眼神看着我的背影吧。

怎么道歉呢？过了太久，现在该怎么道歉呢？

沉浸在深思中的成延把脸埋在双手中，因为痛苦而瑟瑟发抖起来。就在这时，房门开了。

"英俊啊……"

成延抬不起头来，蜷缩着站在那里。英俊静静地看了一眼成延，视线在房间里转了一圈。

成延房间的一面墙上到处是墙纸被撕掉后留下的痕迹。好像是明白了一切的成延为了证实而撕开的。撕开的墙纸下面还留着很久之前的痕迹。那是这个房间原来的主人英俊小时候画的画和不知从什么地方得来的奖状，直到现在还密密麻麻地贴在那里。

这都是妈妈惹的祸。如果要掩埋就彻底地掩埋，这算什么。

英俊低沉地叹了一口气，走进去和成延肩并肩地站着，看着窗外。

"英俊啊，如果以前我能更仔细地想一想我的记忆为什么这么不自然的话……"

英俊从金制烟盒里拿出一根烟叼在嘴里，又把烟盒递到成延面前。

"抽吗？"

不抽烟的成延犹豫了一下，拿出一根烟叼在嘴里。

英俊用打火机点烟，周围突然变亮，后又重新沉浸在黑暗中。

成延吸入一口烟后开始咳嗽起来。

"咳咳，咳咳！"

英俊饶有兴致地看着一边跳脚一边不停咳嗽的成延。

"咳咳！你小子故意……"

成延愤怒地睁大眼睛瞪着英俊。英俊笑着说道：

"我以为你在假装流泪寻死觅活呢。"

成延一怔，肩膀一颤。

"但是很意外，还是安然无恙嘛。真了不起。也对，厚颜无耻地对待这些事情才是你李成延的作风嘛。"

成延好像被堵住了嘴一样，一句话都没说，又低下了头。

"我今天来不是来责怪你的，而是来跟你道歉的。"

"什……什么？"

成延吃了一惊，无法理解英俊的话。英俊威风凛凛地继续说道：

"朴博士说过这样的话：在主人公总是习惯说'我来守护你们'的漫画里，越到后面故事就一定越糟糕。"

"什么意思？"

"我不是牺牲者。相反，可能正因为我觉得自己一个人就可以守护大家，把所有事情都掩盖了起来，所以才会让大家都失去了找回自己位置的机会。"

"不是那样的……英俊啊。"

英俊咬着熄灭了的烟头，不停拨弄着手里的打火机，充满底气地说：

"无意之中对我犯下过错的你，以及被你抢走好好治疗机会的我，都无可奈何地配合着，坚守着。甚至连焦心的父母也……我们都非常累。现在都找到了自己的位置，该道歉就道歉，留下的伤口就好好治疗，过去的事情就忘了吧。"

成延仿佛在为时间代言，看着静静燃烧着的烟，红了眼眶。

"臭小子。你……总是那样。什么时候都把好的留给自己，所有事情都处理得好……还装作不是你做的，最后总是你成为那个出色的角色，总是你成为主角……"

"当然。因为只有我出色，我就是主角。"

英俊耸耸肩。成延痛哭着，泪如雨下。

"不要就这么若无其事地过去了！哼！你就这么轻易地原谅我了？你能这么轻易就原谅一个折磨你这么久的我？"

"如果你问我过去的日子痛苦吗，我不能说不痛苦。但是，说实话，我没有因为你而痛苦。"

成延无法理解英俊的意思，又被英俊接下去的话打击到了。

"比起我因为那次事件所受的精神打击，你怨恨我、为难我的程度简直不值一提。"

没有人能够在小时候经历过这么大的事以后还活得安然无恙。

成延并没有遭遇不幸的事情，只是假装痛苦而已。他看着这样的自己，想象着英俊当时到底是怎样的心情，心里顿时感到无比的凄凉。

"呜呜呜！对不起，英俊啊……对不起。原谅我吧。"

"一开始就不是因为你才痛苦的。没什么好原谅的。"

可能正是这句话让英俊放下了，他舒了一口气，舒畅地伸展了一下身子。

"啊，提前警告你，以后再自以为是为我担心，在微笑身边转来转去的话，绝不会像这次一样两个鼻孔流鼻血就完事了。我之前说过吧？没有什么哥哥不哥哥的。"

英俊马上又从口袋里拿出烟盒和打火机，若无其事地放在成延手上，说道：

"以后和它们好好相处吧。我现在已经不需要了。"

英俊扔下呆呆地站在一边忍不住想哭的成延，猛地拉开房门，冲门前紧紧握着手的父母笑了笑，然后离开了。

*

外面夜色正浓，微笑紧紧抓着输液架，站在窗前，向窗外看去。她听到一阵轻轻的敲门声，回过头去发现是英俊。

"你站着没关系吗？"

"没关系。"

"那也不行。快躺下。"

"我也想躺着，但是实在待不住了。反正也没什么异常。"

"你爸爸已经走了吗？"

"是的，半夜在水原的什么成人夜总会有个演出……您从哪儿过来的？"

"家里。"

"是因为您哥哥吗？"

"嗯，差不多吧。"

见英俊含糊其词，微笑抬起头，用怀疑的目光看着他问道：

"解决好了吗？"

"大概吧。"

对全家人来说，那都是长久以来不得不埋葬的伤痛。明知道事情不会在一夜之间变得像从未发生过一样，却还问出这么愚蠢的问题，想到这儿，微笑轻轻地抓住英俊的袖子，接着说道：

"会好起来的。别担心。"

"嗯。"

时间在慢慢流淌，两个人站在窗前，只是紧紧相拥，默默无言地望着窗外。突然微笑眨着眼睛喊道：

"啊！雪！"

102
记忆的风化

"哪儿呢？我怎么没看到？"

"刚刚有一片雪花飘了下来……啊，又有了！"

微笑一门心思地看着雪，恨不得能贴到窗子上。英俊静静地看着她，突然拿出藏在身后的盒子，忽地递给了她。

"这是……什么？"

"在我最艰难的时候，Y实业被整顿清理了，所以我只找到了这些。"

微笑接过已经褪色了的玩具盒子，瞪大了眼睛。

"天哪！是'娜娜的甜蜜小屋'玩具套装！真是很久没见过了！"

"车里还有两个。这个程度，够当你的新郎官了吧？"

微笑的脸颊染上红晕，她一副摸不着头脑的样子，回头反问道：

"我当时让您给我买这个了吗？"

啊，不记得了吗？小时候急得捶胸顿足，四处打探，好不容易才搜集到，一直珍藏到现在，真是可惜了那份诚意。

但是那又怎样，没关系。

是的，因为都是过去的事情了。

"哇，天哪……"

微笑看着"娜娜的甜蜜小屋"玩具套装，盈盈地笑着说道：

"我小时候真的非常喜欢。姐姐们玩腻了丢掉不要的娃娃，头发都乱糟糟的，衣服也有好几处被撕坏了，但是我别提有多珍惜了。那时候在我的眼里，她的眼睛漂亮，鼻子也好看，还有那镶满蕾丝花边的礼服，简直太美了……但是现在看来，有点……"

微笑细细打量着这个玩具娃娃，看到那用粗劣油漆印染的大眼睛，大小尴尬的鼻子，完全不符合人体比例的身材，还有那挂满了蕾丝花边、凌乱的礼服，她的脸上流露出怜悯的表情。

"很土吧？"

"嗯，是有点。"

"反正人生都是这样。"

"也许这就像您曾经说过的'记忆的风化'吧。"

微笑把盒子放在窗台上，一下子缠上英俊的胳膊，冷不丁地说道：

"对了，您知道吗？据说普通的磨牙棒是用牛皮做的。"

"是吗？"

英俊一副"那又怎样"的表情低头看着微笑，在听到微笑接下来的话后，他不禁哈哈大笑起来。

"那种东西被埋到地里，过不了多久应该就腐烂了吧？也许现在已经消失得找不到一点痕迹了呢。我说的是 Bigbang Andromeda Supernovasonic 的磨牙棒。"

"是吗？"

"那当然。"

这么看来，那像磨牙棒一样的记忆——他原本以为自己早已把它埋在哪儿了，也许反倒是一直没有释怀吧。

埋在英俊脑中某处的磨牙棒终于消失了，黑暗中一直以来都紧闭着的大门豁然敞开，耀眼的阳光倾泻而下。光影之中出现了一个纤巧的身影。忽地出现在眼前的，还有一只白皙纤细的手。他抓着那只手起身，走出关着自己的屋子，发现眼前站着一个人。

那就是唯一一个只是不停地盈盈笑着，就能让唯我独尊的李英俊坐立不安的女人——金微笑。

"我爱你。"

"果然……看来对我来说，非你不可。"

英俊浅浅地笑着，爱惜地捧起微笑的两颊，轻声说道：

"我也是，爱你。"

不知何时窗外轻轻飘舞起片片雪花，两个人的影子叠在了一起。

夜渐渐深了，雪也下得越来越大。

雪纷纷扬扬地下着，在皑皑白雪的覆盖之下，整个世界变得一片雪白，犹如天长地久的姻缘，让两个人合而为一。

*

"啊，不知不觉就到了十二月的中旬。就这样又老了一岁啊。现在都不敢照镜子了。"

都说被爱的女人会变美，看来那话不假。

虽然微笑一直在"哎哟哎哟"地唉声叹气，但她的脸却是神采奕奕，不像在哀叹的样子。本就很惹眼的美貌，根本不需要再打怪升级，索性直接通关了。

半个月前，在办公室目睹了风流韵事、备受刺激的秘书们，怎么想都觉得金微笑部长是被副会长玩弄了，全都在背后替她担心。

但是副会长为了照料住院的微笑，破例取消了所有的正式访问日程。这一消息一传开，两人之间的事情转瞬就变成了本世纪绝无仅有的佳话。

"那个——部长——"

"嗯？"

"您和副会长最近怎么样了？"

这个问题问得突然，微笑脸上露出一丝慌张。智雅俨然一副"什么都知道"的样子，顽皮地说道：

"您真好啊，部长。还有什么好担忧的呢？"

看到智雅满眼的羡慕，微笑的脸上泛起红晕，似是很害羞的样子，同时在心里喃喃自语。

嗯，那当然。当然好了。和那样的男人交往，还有什么好担忧的呢……

不，但是仔细想想，会发现确实有一些不是担忧的担忧。

排队等着点单的时候，微笑陷入了沉思。

最初是什么时候出现的呢？好像是从住院的时候开始的。

"哇，这里就是传说中的唯一医院 VVIP 病房啊。"

"真厉害，真好啊。"

听到微笑突然晕倒住院的消息，姐姐们第二天连忙从其他地方赶来。她们环顾着病房，不停地咂舌。

"我们大学医院的特等病房也超级好，但是嘛，和这儿根本没法儿比啊。"

"设备真不是盖的啊。"

之后必男和末熙聊了很长时间，谈话中夹杂着很多难懂的词汇，微笑完全听不懂。

因为体检的关系，微笑只能喝水，其他什么都不能吃。所以她只能眼睁睁地看着姐姐们一边讨人嫌地不停吃着别人送给她的热带水果（其中还有她最喜欢的山竹），一边开展专业领域的讨论。

"天啊，看我这脑子。抱歉，微笑。我们聊别的，你觉得无聊了吧？"

必男十分愧疚地挠着后脑勺，微笑笑着摇了摇头。

"没有，没有。很久没和姐姐们这么悠闲地坐在一起了，我很开心。"

"本来是来探病的，我们却自顾自地聊了起来。"

"唉，别这么说。你们继续随意聊就好。再多拿点水果吃。"

"谢谢。微……嗯……？"

必男和末熙的脸色突然变得很难看，看起来像是在冒冷汗，不知道是不是她的错觉。

"怎么了，姐姐们？"

103

明知故问

"啊，没什么。是……是吧，末熙？"

"嗯，姐姐。"

要不怎么感觉有一种毒辣又不祥的目光呢。原来是英俊不知何时走了进来，跨坐在宽敞的病房一角的转角沙发上，装作没在看的样子盯着三姐妹。不对，准确地说，是无缘无故地怒视着必男和末熙。

末熙满脸不自在地扭捏了好一会儿，开口说道：

"爸爸说什么时候来？"

"爸爸要表演到凌晨，肯定很累，我特意告诉他不要来了。"

"是吗？那么，必男姐应该也累了，就先回去吧。今天我来守夜……"

"咳咳"，话还没说完，就响起一阵十分尴尬的干咳声。声音果然是来自英俊。

未来的大姨子们涔涔冒着冷汗，偷偷地打量着英俊的脸色。英俊挤出一个刺眼的笑容，连忙道歉：

"我嗓子有点哑，失礼了。请不要在意，继续聊。"

"啊，好……好。"

必男尴尬地笑着，用眼神向英俊打了个招呼，声音压得比刚刚末熙的还要低：

"不用。我也坐明天最早的一班车走。今天晚上，姐姐们会轮流给你守夜，微笑你什么都不用担心，就安心地好好休……"

"咳咳！嗯嗯嗯！咳咳！咳咳咳咳！"

英俊激烈地干咳起来，感觉再这样咳下去，他的喉咙里要硬生生地咳出血了。必男和末熙面色苍白地闭上嘴巴，和微笑交换了眼神。

是在使眼色想让我们走吧？是吧？没错吧？

看到姐姐们不知所措的样子，微笑盈盈笑着皱起眉头站了起来。

"姐姐们，请稍等。副会长，我想和您谈一谈。"

微笑径直走进病房里自带的小会议室，关紧门之后，猛地转过身。

推着输液架跟在后面的英俊愁眉苦脸的，也许是因为刚才硬生生地干咳，嗓子有些疼吧。

"副会长。"

"怎么了？"

"您这么担心我，我真是十分感激，这真是我们家世世代代的荣耀。"

这并非一句空话。

微笑只是受了刺激一时昏了过去，身体又没什么大碍，英俊却强行把她带到医院，还下了指示，让她从头到脚做个全面的精密检查。还有，他不仅取消了所有的正式访问日程，更是彻夜不眠不休地坐在微笑床边的沙发里守着，哪怕她翻个身，他都会腾地起身确认她的状态。

"干吗？又不是别人，是你，这是我起码要做到的。"

他对她如此上心，真的是一件让人十分高兴且十分感动的事情。但是，另一方面也令她觉得十分不便。

今天上午的高层会议，原本定在英俊私宅的会议室召开，却临时改到了微笑的病房里自带的简易会议室。也就是说，今天参加会议的高层多少是了解微笑和英俊的关系的，这下彻底地坐实了。

不知道英俊如何，但是从微笑的立场上看，真觉得羞愧难当，压力巨大。

"不。我不是那个意思，我现在真的没事了，还是请您回去工作吧。"

"现在连检查都还没做完，怎么会没事。"

英俊拿起放在圆会议桌上的纯净水瓶，拧开盖子放在嘴边，咕咚咕咚地喝了起来，接着若无其事地说道：

"我会陪你到明天上午，你让姐姐们先回去吧。"

"什么？今天您还打算睡在这里吗？"

微笑难以置信地看着英俊，英俊一副无语的样子，面对面地看着她，回答道：

"那当然。"

"为什么？"

英俊像是确认有没有人似的，悄悄地扫了一眼关着的门，然后向前迈了一大步，伸开双臂，紧紧地把微笑搂进怀里。

"你这不是明知故问吗？"

啊，他反问的声音像蜜糖一样甜腻腻的，又像刚煮好的咖啡，又暖又香。

哎呀，不管了。

姐姐们好不容易调整了日程安排，大老远跑来探病，她虽然很感谢，但是也管不了那么多了。微笑只觉得一分一秒也不想和这个男人分开，她紧紧地抓住他的领子，把脸贴在他的胸膛上，来回蹭了好几次。

那晚，直到睡前，两个人一直在病房里窃窃私语。那时那刻，一切还都是很不错的。也许是在出院后，在回归日常生活没多久的时候，她才突然意识到有什么相当微妙。

体检结果出来了：只是轻微贫血。让人觉得太对不起那"仅听听数额就让人直咽唾沫"的超高价格了。

对于几乎天天节食、工作繁重的微笑来说，区区贫血她早就习以为常了，但英俊却待她像身患重病的病人一样，态度突然变得十分严肃。工作量已经减得不能再减了，为了让她吃得更好一点，似是铁了心的英俊特地给她配备了专职的营养师和料理师，全天候地确认她的膳食，几乎像要把她圈养起来一样，强制她进食。

尽管英俊年底就要去海外出差，堆积的事务让他的身体有点吃不消，但他还是会严格地卡着时间点，给微笑带便当过来，这让人害怕极了。

真的让人害怕。让我长这么多肉，到底是要干什么。一想到这些就觉得真的真的挺可怕的。

她一再保证以后再也不减肥了，英俊才勉强答应不让营养师和料理师再来了。

事实上，若是只到这个程度，她或许会觉得"这个人原来这么在乎我啊"，心情还是不错的。

而她感觉不太舒服，则是从英俊即将出差时开始的。

英俊乘专机去欧洲出差一周，微笑没有同去。那是因为英俊听从了崔女士的建议。

"她原本身体就不好，带她去万一身体更糟糕了可怎么办。"听到母亲这么说，英俊一直纠结到出国之前，才让朴代理代替微笑随行。就这样，他们踏上了出差的旅程。

出国后，他只要一有时间，就不分时候地跟微笑视频通话。凌晨 2 点、3 点、4 点、5 点……他接二连三地打电话过来，才不管时间是几点。而且，每次打电话，他都要反复确认是不是有人在她身边。

刚开始感觉还是挺好的，但微笑怎么经得起这么折腾来折腾去。微笑感觉他好像在怀疑她，这让她有点伤心。于是，在英俊出差的第三天，她便坦诚地告诉英俊不要再这样了。

他回答说知道了，从第二天起就严格地遵守了约定，再也不会在凌晨给她打来视频电话，也不会在打电话的时候确认身边是不是有人了。

但是，与此同时，英俊的住宅管家——尹室长出现了。

104
压力山大

尹室长是位五十来岁的女性，就像女子高中的宿管老师一样严谨细致。接到了领导的命令之后，在接下来的四天里，她都吃住在微笑的单身公寓里。微笑上班期间，尹室长在那个连电视都没有的单身公寓里无所事事，一天到晚玩着智能手机里的小游戏。她原本就因为老花眼而备受折磨，这几天视力更加恶化了。在英俊回国那天，她从微笑的单身公寓出来之后，就径直去了眼科医院。

除了前面这些事情，还有很多像芝麻粒一样的闹剧。不，应该是荒诞的行径。如果要一一列举的话，数也数不尽。

经历了这一系列的事情，微笑算是切身感受到了英俊对她的深情。但另一方面，她有种透不过气来的感觉，尽管她也不知道到底是因为什么。

就在微笑深思时，她点的饭菜已经被盛到餐盘上端了出来。

"天气这么冷，看来大家都不愿意出去了，就跟温室里的豆芽菜一样。"

"就是呢。"

午饭时间，公司内部食堂里简直是人满为患。微笑和智雅端着盛好饭菜的餐盘，从拥挤的人群里挤出来，好不容易找到了座位。

放下餐盘坐下后，智雅说道："最近我的皮肤太差了。"

"因为最近天太干，皮肤自然也就容易失去弹性。"

"部长，您没事吧？"

"我也是一样。我冰箱里有过期的酸奶，看来得擦点那个了。"

"啊，对了。我上周末去了趟商场，把基础护肤品都换成改善皱纹系列的了。精华液和晚霜的效果都不错，需要我给您一些送的样品吗？"

"全部都换成祛皱系列的了？"

"嗯，花了一百多万[1]呢。我用了六个月的分期付款，而且上个月开始我就不去给皮肤做按摩了，但光这费用我也快负担不起了。哎呀。部长您用什么护肤品啊？"

"我什么都用，基础护肤我只用爽肤水和水嫩霜，偶尔做一次面膜，就这些吧。"

智雅直勾勾地看着微笑那丝毫没有斑点和皱纹的脸庞，继续问道：

"基础护肤真的只擦这些吗？骗人，您皮肤这么好？"

微笑脸上依旧笑嘻嘻的，轻轻弹了弹自己那焕彩光滑的脸蛋，说道：

"你也减少一点护肤品的数量吧，反正也都是一些化学成分。这样也能省点钱，光护肤就花一百多万，多浪费啊。这些钱能买多少袋大米啊。"

"啊……？"

"也是，像我这样，生来皮肤就跟猪皮一样皮实，什么都不擦也没关系。"

"您说的什么话啊，您的皮肤就跟婴儿皮肤一样。"

"天哪，智雅你真是的，什么婴儿皮肤啊，嘻嘻，要是别人听到了还以为是真的呢。不过我倒是经常听人这么说。"

呃。这是怎么了？这到底是什么意思啊？刚刚还很谦虚，现在怎么又完全一点也不谦虚了。智雅面对微笑时，经常有这种不得劲的感觉，这让

---

1 100万韩币约合人民币6000元。

她时不时地会想到一个人。

"快吃吧，副会长马上就要回来了。"

"啊，好的，您也多吃一点。"

"智雅，你也要去参加总务部的聚餐吧？真是太让人期待了，这都多少年没有聚餐过了。"

微笑不知道有多高兴，她像孩子一样脸红红的，笑得像一朵花一样。然后，她开始用筷子认真地将拌饭上面的肉挑拣出来。

"天哪，部长，您只吃素吗？"

"不是，一会儿不是要喝酒嘛。"

"对啊，不过这和肉有什么……难道您又要减肥？这要是让副会长知道了该怎么办啊？"

"今天如果就着下酒菜喝酒的话，肯定要胖的。从上周就约好了要聚餐，所以我得少吃点肉。"

"啊。"

"多吃点，智雅。智雅你得长点肉，这样才能有力气工作啊。啊，刚刚你看到的这些一定要对副会长保密啊。"

智雅看了看面前肥腻得流油的炸猪排套餐，又看了看自己小腹上塑身衣也掩盖不住的赘肉，再上下仔细打量一下微笑那苗条匀称的身材，她一下子没了胃口，把眼泪咽进了肚子里。这人怎么这么让人讨厌呢。

"部长真的是很自律啊。"

"我有吗？"

"是啊，难道是因为副会长的原因吗？"

将肉挑出来后，微笑挖了半勺拌饭放进嘴里，就像嚼口香糖一样，咀嚼了很久。听到智雅这样问，她回答道：

"不是，我就是这样的性格。"

智雅听她这么回答，又产生了疑问，小心地问道：

"那个……这个问题可能会有些冒昧……您跟副会长交往，难道不会觉得有压力吗？"

"压力？"

正歪着头想事情的微笑开心地回答道：

"不会啊。"

"真的吗？"

"嗯，为什么会感觉有压力啊？因为副会长是有钱人？我曾经因为缺钱而大哭过，但是我了解，钱够吃够喝就可以了。最重要的事情，是活着的时候要活得很幸福很满足才行。"

智雅的眼睛睁得圆圆的。

李英俊，拥有男神级的外表、难以超越的才华，是唯一集团的最高领导人，五年以来从未跌出过国内年轻富豪榜前十名。除了他超级自恋的缺点之外，这样的精英人物一般人难以望其项背。

和这么完美的李英俊交往，完全没有压力，这肯定是假的，但微笑的话听起来却完全不像是谎言。

不过也是。

副会长从欧洲出差回来后，忙于应付外面各种烦琐的活动日程，大家都很难见到他。工作繁忙，再加上最近在戒烟，所以他的状态非常敏感。

他对职员们比之前更加严格了。在追求完美的他的折磨下，刚升职不久的几个领导已经逐渐脸色发黑了。这些大家都看在眼里。那作为秘书，这种折磨还能少得了吗。大家都因为工作劳累，想索性撂挑子不干了。

然而，在这些人里有个人与众不同，那就是微笑。从职位来说，她承受的压力最大，但反而看起来非常平静。他们两个人在一起时，反倒是副会长看起来更加焦躁不安。

这么看来，最厉害的应该不是副会长。智雅看着表情无比愉悦、脸上笑嘻嘻的微笑，不自觉地颤抖了一下。

105

你和他之间

再厉害的角色又能怎样，如果一个女人笑嘻嘻地就能将其摆平，那这个女人不是更可怕吗？

智雅想，自己的恋爱还搞不定呢，又怎么能试着去理解别人的恋爱呢。不过，有件事她可以确定。

那就是，在这个恋爱关系里面，一直握着刀把的微笑绝对处于甲方的有利位置。

*

英俊结束了外面的午餐活动回到公司，趁着千载难逢的午后闲暇时间，在办公室与侑植谈天说地，享受着休息时光。

"圣基怎么样了？"

"啊，圣基啊，不知道是没做好手术，还是没好好护理，听说得重新手术。"

"哎呀。"

"这几天我想去一趟医院，你要一起去吗？"

"那可是圣基啊，当然得去了。看来得让微笑去掉一些活动日程了。什么时候去啊？"

"越快越好吧？"

天哪，怎么回事。智雅瞟了一眼在尬聊的领导们，战战兢兢地准备了些茶点。

"哦？这个不是鲫鱼饼吗？"

侑植看到搭配着两杯原豆咖啡的鲫鱼饼，从沙发里一下子跳起来，表现出很感兴趣的样子。

"哇！这个真是很久没见了，现在还卖吗？这是哪儿来的？"

听到侑植的问话，智雅将托盘放到一边，回答道：

"这个是金微笑部长从企划组高科长那儿收……"

话音未落，性急地瓣下鲫鱼头放进嘴里的英俊，噗的一声吐出来问道：

"企划组高科长，是不是高贵男？"

"是的。"

智雅快速地回答道，脸上露出了"他是怎么知道"的表情。闻此，表情冷峻的英俊将鲫鱼饼扔在托盘里，冷冷地说：

"去把金微笑秘书叫来。"

侑植和智雅一时难以理解英俊为何如此敏感，怔怔地看着他。

"干什么呢？我让你马上去把她叫来！"

其实也不用去叫，因为一听到英俊的声音越来越大，微笑就吱嘎一声打开门跑了进来。

"什么事？"

微笑瞪着圆圆的眼睛紧张兮兮地跑来，看了看散落在托盘里模样凄惨的鲫鱼饼，又看了看用猛禽般的眼睛怒视着她的英俊，担心地问道：

"难道是鲫鱼饼没熟吗？"

"噗！哈哈。"

听到这荒唐的问话，侑植不自觉地笑出了声。看到英俊那仿佛要吃掉自己的眼神，他赶紧闭上嘴，把头转向别处。

"听说这个是你从高贵男那里收到的，是真的吗？"

英俊指着鲫鱼饼，仿佛指着一个令人厌恶的东西。他嘴里还嚼着东西，那应该是消失的鲫鱼头吧。这么看来，这前后矛盾的行为到底是什么意思。

"是的。"

"还蹬鼻子上脸了。"

"什么？"

"高贵男要求什么了？"

"要求？谁跟谁要求什么啊？"

"现在是我在问你，那个家伙给你这个鲫鱼饼，跟微笑你要求什么了。"

看来没错。忍了这么长时间，现在他又要开始折磨人了。行动的意义是哪个吃饱了撑着的家伙提出来的，有些行动压根什么意义都没有。原本笑嘻嘻的微笑，眉宇之间如被揉皱的纸团一样皱了起来。

"哎呀，副会长，看来是到了您要换尼古丁贴片的时候了。您给我吧，我来给您贴，为您献上我所有的热情和真诚。"

"别转移话题，快回答。"

对此无语的微笑又嘻嘻地笑起来，详细地跟他解释道：

"我真的不知道您到底想要什么样的答案。高贵男科长中午有约会出去了一趟，回来时买了一些鲫鱼饼，要和组员们一起吃。他路过食堂时看到我，高兴地给了我一些。就这三千块[1]的鲫鱼饼，需要什么代价啊？反正他明年初就要去印度尼西亚分公司了。"

"你觉得我能信吗？"

"不是，您这是说什么呢？您是觉得因为这鲫鱼饼我和高科长之间就有了什么关系，是这个意思吗？您觉得我是一个因为这三千块的鲫鱼饼就会完全被人骗去的女人吗？您可能是忘了，但我不是那样廉价的女人。"

"别在这儿一句句地解释了，把你的手机给我。"

"什么？"

"金智雅，去把微笑秘书的手机拿来。"

"天哪，哪有！什么都没有！给您！这是我的电话！您随便看吧！"

"呵呵，没错！你看这个，这里有电话！高贵男科长！你们之间都交换电话号码了，是吗？"

"公司内部运动会时，我只是存了他的号码，一次也没打过电话！需要给您看通话记录吗？"

"现在我关注的不是你们有没有通过电话，而是你不应该有他的电话号码！金智雅秘书！"

"在！"

"金智雅的手机里存着高科长的号码吗？"

"啊……？为什么问我……？"

"有还是没有？说清楚！"

"呃，没有！"

"你看，这种情况你要怎么解释？嗯？金微笑，你回答我！"

"天哪？副会长您是不是搞笑节目看多了？我应该从哪里开始笑啊？嗯？"

1　约合人民币 20 元。

本以为也就是鸡毛蒜皮的事，没想到气氛的走向越来越不受控制。

一脸笑容却咄咄逼人的微笑，还有面露刻薄的英俊，这二人之间弥漫着山雨欲来风满楼的紧张感，一触即发。

不对，仔细回想一下，最可怕的是这件事竟然是因价值三千块的鲫鱼饼而起。从某个角度来看，这却是非常严峻的问题。

侑植越想越心慌，赶紧对智雅使了个眼色示意她回避，直到智雅后退着溜出了办公室，二人也丝毫没有停战的意思。

"那副会长您呢？您的手机里不还存着各地区名媛小姐的联系方式吗？您不是也有定期见面的女孩子吗？这您要做何解释？"

"那都是不得已而为之，为了跟生意场上的人打交道和扩充自己的人脉，我只能那样做！况且我把一切都跟你公开了！我跟那些女人什么关系都没有，甚至连她们的衣角都没碰过，你应该比任何人都清楚啊！"

"哦，是哦。我也知道你们没什么关系，也知道你们是为了生意才打交道，毕竟我对副会长是深信不疑的。可是现在到底是什么情况？您为什么总是拿一些不像话的事怀疑我？"

"我最讨厌不清不楚了！所以你现在就跟我说明白！你跟高贵男是什么关系！"

106

操之过急

"哇！我真是要疯了，还能有什么关系啊？什么关系也没有！"

"既然没什么关系，为什么要互留电话，还送零食？"

"啊啊啊啊啊啊！我感觉内心有某种阴暗的……"

"你快点回答我！"

她现在才终于明白，之前英俊给她的那种微妙的感觉其实就是"偏执"。

"从前阵子开始到底是怎么了？为什么总是逼得人喘不过气来！没完没了地怀疑别人，一直试图束缚我！风平浪静了一阵子而已，怎么又开始了？"

"我怎么了！"

微笑面露难色，先是捶胸顿足了一番，随后转头看着侑植，向他求助。

"社长！您别隔岸观火，赶紧说两句啊。"

"我站在赢的那一方哦。"

听到侑植开玩笑，微笑再也忍不住愤怒，她狠狠地揪住自己的头发，大声喘着粗气，向英俊大吼：

"好！好！我也管不了那么多了，要不要误会你都看着办吧！该下班的时候我就自己下班了，今天我要敞开了喝，死了都不要联系我！"

微笑突然收起了平时的笑脸，看起来格外淡漠，从未在办公室里提高过嗓门的她这一次竟然震得室内装饰玻璃都在颤抖。

"喂，李英俊，你……"

"吵死了。"

英俊在原地僵了半天，随后突然瘫倒在沙发上长叹了一口气。

"你也觉得我像疯子吗？"

"不，你像个彻头彻尾的疯子。"

英俊一面将头发撩上去，一面整理着自己的思绪，只可惜收效甚微。

最近他变得越来越奇怪，导致他有些怀疑自己之前的岁月是怎么忍耐过来的。最开始还以为是戒烟的后遗症，现在想来恐怕并不是。

自从他们俩整理过去，确认了彼此的心意之后，英俊渴望每分每秒每个小时都能够完全拥有微笑，搞得自己的精神都有些混乱。每当工作繁忙导致他们聚少离多，他的这种状态就会愈发严重，如果可以，他巴不得能把微笑放进小口袋里随身携带，他越来越不能忍受两人分开。

不知道是不是他多心了，但自从那天之后，微笑好像就一直躲着自己，前几天甚至在她家门口被拒绝了，他可是李英俊啊。

英俊越想越上火，口干舌燥，躁动不安，如今的他迷茫得不知所措，这种感情他还是第一次感受到。

"又不是别人，你竟然也会坐立不安，真是惊人啊。是不是因为你从来没谈过恋爱，怎么连欲擒故纵的基本方法都不懂。"

英俊闻言，额头上 3 点钟方向的青筋突然暴起。

"李英俊，你先别这么激动，你听好了。你别看我离婚之后一直拼命努力想跟前妻复婚，但无论如何，我在恋爱方面都是你的前辈。"

稍稍平复了心情之后，英俊静静地看着侑植，等待他说下去。

"你知道吧？上周末我跟前妻见了一面，许久未见，还一起小酌了一杯。两人面对面把过去我对她的疏忽，还有她惹我伤心的事统统都说了一遍，说完以后我们俩都轻松多了。可是自那之后就变得急躁起来了，心里就想着要结束这孤独的生活，赶紧复婚，过上以前那种和睦幸福又温暖的生活。有了这种想法之后就再也按捺不住了。"

"所以呢？"

"恰好我俩那天都喝多了，索性就缠着她去了酒店，而且她当时也没有拒绝，然后我一进房间就一鼓作气把她推到墙上，非常激烈地……"

英俊突然露出极度疲惫的神情，一手将前额的刘海撩到后面，顺便打断了侑植的话。

"我还要继续听你说吗？"

"嗯，继续听。"

"唉……"

"本来想整夜都过得激烈一点……结果还是失败了，你猜是为什么？"

"体力不行？"

"就算我体质再差，根本都没开始呢，体力怎么会不行？"

"这我怎么知道。"

"裙子，不对，我没能把她的裤子脱下来。"

英俊闻言不禁微微蹙眉，内心不禁嘀咕："果然不出我所料，真是浪费时间，我还能盼着你有点出息吗？啧啧。"

侑植从他眼中看出了无奈，继续用悲壮的语气说道：

"不是，其实我到现在都分不清那究竟是裙子还是裤子。"

说完，侑植脸上更是浮现出哀伤的神色。

他撩起她的裙摆，正欲将手放进去，结果却发现裙子和踩脚裤竟然是连在一起的，手根本无法放进去。平素自称聪明的侑植瞬间陷入了无知的恐慌当中，他上一次慌成这样还是不久前看到连身裤的时候。所谓"精神崩溃"，说的就是这种情况吧。正当他纳闷"这件衣服到底是怎么回事？为什么长成这样？我在哪儿？这人是谁？"的时候，他的前妻丢下一句："你还是老样子，还是一点都不懂女人。"随后她扬长而去。

"真是遗憾啊，更令我遗憾的是我不清楚你要说什么。"

听到英俊颇为不满的回复，侑植不禁摇摇头接着说道：

"鸭嘴兽到底是鸭子还是貉，鲸鲨到底是鲸还是鲨鱼，打底裤裙到底算打底裤还是裙子，这些问题根本没必要去纠结。反正只要从上往下脱就可以了，然而这个道理我也是很久以后才明白。臭小子，所以说重点在于操之过急会让你的视野变窄，什么都看不到。"

他这话说得倒是在理。

朴博士的优点就是能在日常生活中总结出哲学性的结论，而他的缺点则是总结得太晚，典型的"马后炮"说的就是他。

"女人比男人细腻多了，你步步相逼不代表能让你们的爱情坚如磐石，像你这样纠缠根本没用，适当一点就好。你对待感情要放松一点，明白了吗？"

"适当，放轻松……"

道理谁都懂，问题是办不到啊。

英俊仍旧一副闷闷不乐的表情，身体往后靠在了沙发椅背上，随后长长地叹了口气。

107

妥协点

12月14日晚9点。

在某幢能够俯瞰南山全景的高楼顶层的男性专用VIP社交俱乐部里，商界青年才俊们正聚在一起谈笑风生。

谈话主要涉及公司运营，其中也不乏一些低俗玩笑。

换作平时，英俊都会睁一只眼闭一只眼，但他今天心情格外烦躁，根本按捺不住。再加上刚才错过了换戒烟贴的时间，导致他血液中的尼古丁浓度急剧下降，但让他生气的最根本原因显而易见。

"李英俊，你的表情怎么回事？"

英俊瞥了一眼映在窗子中的影子，皱眉说道：

"我的表情怎么了？我看着挺帅的。"

"简直愁容满面啊，你是欲求不满吗？"

英俊闻言不禁怒目而视，吓得某富三代赶紧夹紧了尾巴跟别人搭话。

英俊微微叹息，从口袋里拿出手机按下 home 键。

没有未接来电。

不仅如此，整个下午他都在出外勤，但他发给她的私人微信和短信，以及他的电话全数被她无视掉，这分明就是在向他示威。

英俊犹豫了片刻给她发了条 KakaoTalk，但聊天窗口仍旧没有答复，犹如一潭死水。

"李英俊，听说你最近在跟秘书交往啊？"

"嗯。"

"你敢承认在交往，足以证明你俩的关系非同一般啊，你打算跟她结婚吗？"

"大概明年初结婚吧。"

"之前看到她的时候就觉得她长相不输明星，你可要把人看住了。"

"你这是什么意思？"

"并不是自己表现好了，对方就一定不出轨。无论男女，但凡自身优秀的人，难免会招蜂引蝶的，所以人们常说人不可貌相啊。"

英俊突然回想起之前的种种疑惑，怎么每次他要做点什么的时候，周围的人都要上来说一句呢。他本以为只有朴博士这样，万万没想到是四面楚歌啊。

"这话倒是没错，尤其要小心酒局。"

在场的某人随意一说，英俊却竖起了耳朵，微笑下午说过的那番话环绕在他耳边。

"今天我要敞开了喝，死了都不要联系我！"

"恰逢年末，正是酒局堆积的时段，很多人都会趁着女生醉酒上去搭讪，恶心得很。"

英俊的眼睛仿佛成了暴风雨中摇曳的小船，摇摇欲坠。

 金伟笑！你再哪里，跟谁在仪器？到底是不是真的在拒贿？

打字的双手都在颤抖，害他打了好多错别字，不过他已经无暇顾及这些。

"我以前的随行秘书就是这样失去女友的，他们从高中开始恋爱，谈了十年左右。后来他忙于工作，他女友寂寞难耐就找了其他人玩一夜情，谁知道老天开了个巨大的玩笑，一夜情之后他女友就怀孕了，无奈之下就干脆嫁给了那个一夜情男。那位秘书整日酗酒，最终因为急性肝炎住了院，后来工作也辞掉了，真是可惜。"

话未落音，英俊的眼神已然空洞无比，他蓦地站起身暗自嘀咕道：

"适当？放松？开什么玩笑！"

他匆匆拨通了电话，随即大声吼道：

"朴博士！30秒之内把总务部聚餐的地点发给我！"

*

慕尼黑皇家啤酒屋（Hofbrauhaus）里装饰着令人印象深刻的巨型圣诞树。此时，这里挤满了年末聚餐的公司员工。其中，唯一集团总务部员工所在的区域，比其他区域要热闹得多，几乎要把屋内播放的欢快的圣诞颂湮没了。

"干杯！"

本以为周常务第一场结束就会离开，谁想得到他还跟到第二场继续唠叨呢。先是没完没了地说着工作的事情，接着又爱管闲事地絮叨起"姑娘们抓紧嫁人"，就连本来没事人似的微笑，都开始觉得眩晕了。

直到周常务说完"非常可惜，我还要参加其他年末聚会"起身离席以后，聚餐才有了聚会应有的气氛。

"哈，我们的常务真是没有眼力见儿啊。上次聚会的时候，都跟到KTV撒酒疯了。就像个令人讨厌的大叔，一天里说了几十遍'不结婚吗'，'英熙，你要快点嫁人啊'，'英熙啊，如果错过了时机，只能卖个白菜价了'。自从他女儿的婚期定了以后，听这些话听得我的耳朵都要起茧子了。呃！真不愿听啊！偶尔有客人在的时候，他也那样呢。真是烦死了。"

周常务的秘书刚才一杯酒都没喝，一直强颜欢笑。为了不让人听见，此时她轻声地发泄着愤怒，拿起啤酒猛灌。

"哎呀，怎么办啊？应该很辛苦吧。"

见同龄的微笑正笑着安慰自己，英熙托着腮帮子，漫不经心地嘟囔道：

"也是。我在部长您面前这么说就不合适了。您伺候副会长，承受的压力之大，可不是闹着玩的吧？"

"怎么会有压力呢，没那回事儿。呵呵呵。"

说什么呢？人怎么能一味地冷漠接受呢？如果承受了什么的话，就应该抓住机会，竭尽自己的"热情"和"诚意"，好好地回敬，直到让对方流眼泪啊。

微笑摆摆手，确认了一下手机，差点忍不住说出心里话。

哎哟喂。电话和信息一概没理睬。哎呀，这个人好像是着急了啊。最后一条信息错字连篇，根本看不懂是在说什么。毫无瑕疵的人真是毁得没边儿了啊。但还真让人起劲。

"您看什么呢，从刚刚就那么专心？玩游戏吗？"

微笑连忙把手机放进包里，摇了摇头。

"啊，没什么。"

自从微笑出院以后，英俊总是做些奇怪的举动，一直束缚和压迫着微笑。微笑一开始只当是戒烟的关系，所以打算无论如何要理解他，不去追究。但是今天下午竟然被无理取闹地怀疑，实在是没法忍了。

其实，刚刚她还打算直接跟他闹情绪，再让他担心个够。但是看到这个一直把整个世界踩在脚下发号施令的人急得捶胸顿足，她也觉得有些愧疚。所以，用这场聚会当妥协点再恰当不过了。

108

休假

　　她打算先不联系他，等聚会结束后，再与他见面安安静静地谈一谈。反正英俊现在也在离这儿不远的社交俱乐部。她非常清楚那儿的日程结束以后，英俊没有其他安排，到时只要联系上，肯定立刻能见到面的。

　　等等。

　　这么看来，虽然微笑对英俊的日程了如指掌，但英俊对微笑并不是。从他的立场来看，应该会十分郁闷吧。

　　"我男朋友只要一喝酒就联系不上。我都不知道他在哪儿干什么，特别不安心。一直打电话吧，事后他只会大发脾气，质问我是不是跟踪狂之类的。那么一开始就别让人家不安心啊。"

　　附近有人沉重地吐露心声，大家便你一言我一语地说了起来。

　　"总之，秘密很多的人是最差劲的。"

　　"对了，上个月辞职的企划三组的王纯珍代理知道吧，听说她打算和交往九年的男朋友结婚，相见礼[1]都办完了，那人却得了性病。医院说，正常的关系绝对不会发生这样的事的。"

　　"啊！好恶心！"

　　"那个男人工作过于繁忙，频繁去国外出差，经常联系不上。后来才知道不是去国外出差，而是在脚踏多只船。听说其中还有一个是公司应酬时认识的会所小姐。"

　　"哎哟，幸好婚前发现了，真是老天有眼啊。"

　　"反正男人嘛，啧啧。"

　　看着女员工们瞥着这边，叽叽喳喳，男员工们愤怒地反驳说女人也是一样。随即两队人马之间展开了相当严肃的争论。微笑愣愣地看着，陷入

　　1　韩国人结婚前两家见面叫相见礼。

了沉思。

"看来对我来说，非你不可。"

英俊的这句话里蕴含着多重含义。其中有一种，也许是作为"男人"对"女人"说的吧。

微笑作为秘书协助英俊的岁月里，英俊极其忌讳和年轻女性的肢体接触。甚至，对那些为了在男人间炫耀自己的实力，像饰品一样带在身边的女人也是，只有约定好不会触碰他的身体，才能随他一起参加聚会。

实际上，就连和微笑第一次接吻的时候，他不也表现出极度不安的样子嘛。

在知道实情之前，她以为那也许是洁癖的一部分，但现在好像依稀明白了。

也许是从那件事以后，他下意识地把年轻女人和死亡混为一谈了。也许他并不是讨厌女人，而是本能地抗拒，也可能更甚，是恐惧。

如果真的是这样的话，那么现在他那样焦急也能理解了。

虽然很清楚自己是不可能见其他异性的，但是微笑并非如此，英俊是因为这个才不安的吗？所以才那么怀疑她，才那么费尽心机地想要束缚她吗？

虽然若即若离让人很焦急，但借此机会要把该说清楚的明明白白说清楚。

微笑陷入沉思的工夫，男女之间展开的小小争论已经不知不觉画上了句号。英熙突然提了一个问题：

"啊，对了！部长。我好像听说副会长年底请了几天假啊？"

"嗯，是的。24、25 日两天。"

"再加上星期天就是三天呢。到底因为什么事呢？副会长竟然请假。"

听到"因为什么事"这句话，微笑回想起过去的九年，忍不住对他的狠毒咬牙切齿。那么漫长的岁月里，那个人只是得重感冒住院时请过一次假，除此之外，一次都没有。

"大家听说以后都震惊了，这事都上新闻了呢。'李英俊副会长九年来首次年底休假，或许是要构想年初新项目。'是真的吗？"

嗯。虽然项目是项目，但不是那方面的项目吧，也许。

微笑笑盈盈地反问道："这个嘛，我怎么知道呢。反正副会长也是需要休息一下才能提高工作效率，不是吗？"

"部长您到时候也会休假吧？"

"是的。"

"那您平安夜要不要和我们一起去酒吧？谁能说得准呢？说不定在那儿就遇见自己的真命天子了。"

听到这些，智雅用微妙的目光望着微笑，笑了起来。

只有为数不多的几个人知道，英俊和微笑的关系已经从工作伙伴升级为人生伴侣了，智雅就是为数不多的几个人之一。虽然英俊煽动大家大张旗鼓地散播出去，但接到消息的宣传组组长传唤了当天目睹接吻的所有人，责令在消息正式公布之前保持绝对沉默。

"智雅也会去的。是吧？已经超过五个人要去了，我把您也算进去吧。"

"啊……我有些难办呢……"

啊，当然难办了。那请的是什么假啊。那请的不就是一直在等待的、一生中最重要的求婚假嘛。

虽然就像怀着"都说了瘸子是犯人，还有什么好看的[1]"的心情，喝着刚打开瓶盖就跑了气儿的啤酒，但是，唉，没关系。不，不是没关系，该死。

微笑再一次想起新奇的事实，唇齿间流露出的不知是笑容还是呜咽。

"部长，您笑什么？有什么有趣的事吗？"

"没什么。总之，那天我有点事……"

"单身族平安夜能有什么事？同为单身族，同是天涯沦落人，怎么能这样背信弃义呢？不行。部长您一定要来。结束以后我们一起去吃炸鸡喝啤酒。好吗？"

"对不起。我真的去不了。"

微笑好像很为难似的尴尬地笑了，一直调皮地看着她的智雅，借着酒劲儿，闯了大祸。

"对。部长绝对去不了。因为她已经变身了，和我们不是一类人啦。"

"什么？"

1　悬疑电影《非常嫌疑犯》的剧透。

"我们的部长不再是单身啦。"

"欸？这话是什么意思？"

半径一米以内的视线都齐刷刷地集中到微笑身上。

"啊，天哪，智雅，看来你是真的醉了。怎么都开始胡言乱语了。"

微笑惊慌地瞪圆了眼睛，想着无论如何也要补救回来，连忙冲着智雅使眼色。但是智雅却更大声地宣布道：

"我们部长其实有男朋友！是个很有名的人，只要说出名字，大家都认识！"

听到智雅这样说，男员工们全都惊呼"啊！"，传出"呜呜"的哭声，女员工们则无一例外地海狗式鼓掌，同时两眼直放光。

"到底是谁啊！"

"什么时候开始的？"

"在哪儿？怎么回事？为什么！"

109

我的女人

时间、地点、人物、起因、经过等等，各种问题从四面八方扑面而来，微笑大惊失色，不知该如何是好。

正在她费尽心思、搜肠刮肚地想要说些什么的时候，已经又干了一杯啤酒的智雅，就像大喊"国王长了驴耳朵！"的理发师一样，神色十分紧张地开了口：

"大家都很好奇部长的男朋友是谁吧？来来，是谁呢……噔噔噔噔，敬请期待吧！"

脸上一直笑盈盈的微笑，冷冰冰地开口说道：

"金智雅，看来你忘了宣传组组长的命令啊。你再多说一句，下个月你会来回看自己的信用卡账单和劝退通知的。"

"啊……唔唔。"

智雅吓得连忙闭紧嘴巴，在座的人一下子炸开了锅，就像浑身打完肥皂，却发现洗澡水停了一样，纷纷放下酒杯爆发了。

"为什么？！为什么？！到底是谁呀！话怎么能说半截呢！"

"部长！真是好奇死了。竟然是大家都认识的人，拜托，哪怕是告诉我们他名字的缩写字母呢！"

"啊！我今晚要睡不着了！"

微笑看着这难以消停的场面，心情变得沉重起来。

虽然迟早会公开，但不是现在，也不应该是在这里，以这种方式传出去。更重要的是，她不希望这件事带上绯闻的色彩，让英俊沦为酒桌上下酒的谈资。

"虽然我不知道为什么需要给大家解释，但我还是解释一下。我确实是有男朋友了。但是，是很久以前就认识的人，并不像各位想象的那样惊天动地。"

"啊，够了！所以说，对方到底是谁啊！"

一个新入职的男员工大声喊道，微笑盈盈地笑着反驳道：

"哎哟，新员工真是霸气十足啊。那霸气可不是让你用在这种事情上的。很抱歉破坏了大家聚餐的气氛，但我们又不是在玩真心话大冒险，这样逼问也太不礼貌了吧？我觉得，不仅仅是今天这种场合，不管是在哪儿，如果对方为难的话，退一步体谅一下对方，也是职场生活中必备的一种技巧。"

噢，果然，待在李英俊身边九年、身经百战的秘书就是不一样。灿烂的笑脸，再加上轻声细语直击要害的语气，那令人发疯的说服力，让大家觉得就算是好奇得要死，也要咬紧牙关忍着。大家像是着了魔似的，只能闭上了嘴巴。

微笑沉着地掌控着局面，又露出妈妈般的笑容，从容地接着说道：

"反正发请柬的时候，大家就知道了，干吗那么着急呢？这段时间，我们就暂时把它当作我们之间的秘密吧。这样不是更有趣吗？唉，都知道了就没意思了嘛。"

如果是平时，男员工们肯定会恶作剧似的继续死磕的，但他们点头接受了。

"听您这么一说，确实是呢。"

哈哈，呵呵，其乐融融的气氛之中，微笑生怕露馅，心如鼓擂。她平复着自己的心情，高高地举起酒杯，努力带动气氛。

"来，借此机会，我们来个'波浪接力'吧！噢噢！干杯！"

但是，微笑想要把大家对自己的关注送到滚滚波浪的另一边的计划，彻底成了泡影。因为，波浪还没召唤起来，滔天的海啸就铺天盖地席卷而来。

转瞬间，椅子拖地的嘈杂声便响了起来，只见三十余名围桌而坐的唯一集团的员工全部腾地起立，朝着一个方向，毕恭毕敬地行了个90度的鞠躬礼。

能让喝醉之后趴在桌子上的某科长都像吃了章鱼的牛一样立马站起来的人，不用回头看也知道是谁。

"那个，您光临这简陋的地方有何贵干呢？副会长。"

"我来找人。"

"找人……？"

"我有话要马上和金秘书说。"

坐在这里的很多员工，只是在电视或者杂志上见过他的照片，也有很多人是第一次见到副会长本人。

他环视着那些在紧张之余不约而同站起来的职员，语调平稳地说道：

"我要带走我的女人，谁有异议？"

听到"我的女人"这话，整个餐桌上的氛围如被冷水浇过一样，鸦雀无声。店里其他客人听到这突如其来的骚动，也纷纷转过头来看发生了什么事，听到这话大家也都纹丝不动。宽敞的空间里，响起了雄壮的颂歌。

千万不要响，不要响。

咚！咚！咚！

在音乐声里，好像从哪里传来了捣臼的声音。原来，李英俊口中的"我的女人"正随着音乐的节奏叹着气，用额头磕着桌子。

"您这人怎么这样啊？"

"我还想说你呢。"

"为了不让大家知道咱们的事情，您知道我有多辛苦吗？可是，副会长您让我的努力一下子变成了泡影。而且，您这是给宣传组职员们增加了多少负担啊。"

"我希望他们知道，我为了找到微笑有多么的努力。"

从俱乐部到微笑所在的地方，道路非常拥堵，英俊随便找了个停车场将车停下，沿着路跑了15分钟才到了那里。寒冷的天气里，一个身着晚礼服，戴着领结的男人，连外套都没穿，就这样在人潮拥挤的路上奔跑着。光是想象一下这个画面，就感到匪夷所思。

"而且，这事传出去，至少在公司里再也没有人敢觊觎你了。"

"到底谁会觊觎我啊？压根就没有这样的人！"

听到自己尖尖的声音在单身公寓的走廊里回荡，微笑降低了分贝，边上楼梯边嘟囔道：

"您怎么改头换面地变成这种火急火燎的角色了？这一点也不像您。"

"现在要讨论的不是我的角色问题，而是你的态度问题。你没觉得你现在变了很多吗？"

"我吗？"

"这里除了你，还会有谁啊？"

从停车场开车回家的路上，英俊和微笑在车里一句话都没说。到了这会儿，两个人打开了话匣子，从单身公寓入口直到爬上三层楼梯，他们之前没说的话终于说出了口，像开了闸的水一样没完没了。

微笑看到英俊气不顺地瞪着她，没有继续回答，而是叹了口气，向他道歉道：

"是，是，我错了。我那样突然跟您断了联系，实在抱歉。又不是小孩子，真没想到您会二话不说地追过去发表那些'爆炸性言论'。"

"你是在道歉，还是挑事啊？把你的态度放端正。"

110

聪明的傻瓜

微笑一下子挺起肩膀，明快地回答道：

"我在跟您道歉。"

英俊没再说话。

微笑打开门走进去，然后静静地抬起头来看了看他，并没有让他进来的意思。

"可能是好久没喝过酒的缘故，我有点累了。我马上就要睡觉了，副会长您也早点回去休息吧。"

"既然说到这儿了，咱俩好好谈谈吧。"

"不行。我现在有非常着急的事情。"

"什么事情这么急啊？"

"这都怪副会长您。"

微笑回来的路上想了一下，虽然这事突然公布出来令人苦恼，但是还有一件更迫切需要解决的事情。

刚刚英俊很自然地搂着微笑的腰从聚餐场所出来，看到人们纷纷拿出手机拍照录像，他光明正大地摆了个 V 字手势。一想到用不了多久就会有人把他们人肉搜索出来，曝光他俩各方面的信息，微笑心里就焦急万分。

"一小会儿就行。"

英俊为了不让门关上，将皮鞋一下子伸了进来。

微笑想起了很久之前自己用过但尚未注销的 Yworld 迷你网站。之前，她为了将从英俊那里收到的名牌礼物换成现金，在二手产品网站上上传了很多卖货的文字。还有就是在门户网站的知识搜索服务一栏里，她曾经提过一些荒诞的问题——"歌词是，叮咚咚咚叮当！叮咚咚咚叮当！请问谁知道这首歌的名字？"她赶紧回想了一下，这些内容自己到底是删了还是没删。

出大事了。微笑现在的记忆有些模糊。她需要尽快将这些痕迹抹掉，将所有".com"和".net"的注册信息注销掉，可这人今天偏偏这么黏黏糊糊的。

微笑低头看看英俊光滑的皮鞋，它已经侵占了门的一半位置。她叹了口气，一下子打开门，将他迎进来。

"真的就一会儿。"

素雅的房间里，弥漫着微笑香水的味道。

隔着一张双人用餐桌，他坐在了她的对面，抿了一口咖啡，重新考虑了一下侑植的建议后，开口说道：

"我提前跟你说一声，我现在心情很放松，也控制得很好。"

"啊？"

微笑一脸惊慌，英俊干咳了一下，转移了话题。

"我突然跑过去说那些，你肯定很吃惊吧。对于这一点，我感到很抱歉。"

"您现在是在道歉吗？"

"是的。"

"那我就大人大量接受您的道歉。"

微笑悄悄瞟了一眼英俊，她心平气和地向英俊提出了在聚餐时思考了很久的问题：

"您是不是觉得不公平啊？"

微笑用手指按了按温暖的马克杯的把手，用平静的语气继续说道：

"因为我没有明确说以后会只爱副会长您……所以您内心不安，对吧？所以您想现在紧紧地把我抓在手里，对吗？"

听到微笑的话，英俊像被重击了一下，好长一段时间里他都一副茫然的表情。然后他露出整齐的牙齿，嘻嘻地笑了，就像是在这尴尬的气氛中怔了一下之后，现在才醒过来一样。

"啊，看来微笑没有上当啊。"

连自己都无法理解自己，为此一直暗暗摇头的英俊，最终还是恢复到了平常的样子，直勾勾地看着微笑的眼睛，问道：

"现在微笑你这么问我，是让我确定你的心意吗？"

"您这是什么话啊？事实上，一想到您认为我不是那种能让您安心的人，我就感到很伤心。"

英俊稍微苦恼犹豫了一下，艰难地回答道：

"不是那样的。不管怎么说，我……可能是做得不够好。"

"啊……？哇……哇……！"

这可不是别人，是李英俊啊，他竟然从自己嘴里说出自己做得不够好。看到这令人难以置信的场面，微笑像傻瓜一样张着嘴，还不住地吧嗒吧嗒。

英俊一下子脸红了，表情有些苦涩，但始终没有收回刚刚这句话。他反而开始讲一些其他的事情，不知道这段时间里他是不是一直将这件事情藏在心里。

"这些事看起来就像诅咒一样。"

"什么啊？"

"那天，就是那个恐怖得让人发疯的时候，当时我就想不是只有我一个人，所以没事的……微笑啊，微笑啊，我就这样一直叫。不知道你的名字是不是在那时就已经深深地刻进了我的心里。所以我拒绝了其他所有的女人，觉得只有微笑是可以陪在我身边的人。"

英俊像是回到了过去，他抬头放空，淡淡地一笑。

微笑看着英俊，眼神里满是怜惜，她伸出手放在他的手背上。

"您不怨恨那个女人吗？"

"这个啊，不知道这样说会不会很奇怪，但那天我和微笑一起从那个屋里出来，再回头往里看的时候，比起怨恨……我在想，如果我能再长大一点，也许就能阻止那个女人死去了。所以，我就是觉得很惋惜，一点也不怨恨。再说，她已经死了。"

"那您不会怨恨命运吗，为什么会让您经历这样的事情？"

"嗯，如果说一点也不怨恨肯定是假的，不过……"

英俊稍微停顿了一下，低声言语道：

"我觉得，男人和女人见个面谈个恋爱并不是很难的事情。不过，命运却完全不同。如果经历那件事是为了让我遇到微笑，如果有人问我是否愿意重新回到过去，再经历一次那样的事情，从而遇到微笑的话……"

英俊将手抽出来，紧紧地抓住微笑握着他手背的手，决然地说道：

"我肯定会那样做的。为了见到你，不管是经历一次，一百次，一千次，即便是疯掉了，我也绝不会后悔。"

"副会长……"

"我一直想跟你说这些话。"

感受着手背传来的温度，微笑眼含热泪，笑嘻嘻地说道：

"副会长是我见过的最聪明的傻瓜。有哪个女人会对您这样的男人不理不睬，反而去看别的男人呢？"

"是吗？"

"我只爱副会长一个人。所以，请您不要再扮演这种黏黏糊糊的角色了。这真的和您一点也不搭。"

111
口嫌体正直

两个人凝望着对方，嘿嘿地笑着，不约而同地从座位上起身，隔着两杯凉掉的咖啡，深深地吻上了对方的唇。

不知道是不是光抬起胳膊搂着脖颈不够尽兴，两个人绕过小桌子紧搂着对方的身体，瞬间如胶似漆地纠缠在一起。

英俊火热的嘴唇和舌头离开微笑的嘴唇，慢慢向下而去。微笑突然浑身如麻痹一般，一动也动不了。

"嗯。"

"就像你刚才说的。"

英俊不再说话，深深地舔吻着微笑的脖颈，一把搂过她的纤腰，让她紧紧地贴在自己身上，低下头，深情忘我地吻着她锁骨间的颈窝。

"我现在控制得很好，心情也很放松。你要知道，我绝对不会性急地去逼你做什么。"

"啊……啊？"

感觉全身都要飘起来的微笑双眼迷离地睁开眼，转过头来看着英俊。

不过，并不是因为她感觉良好而飘起来，而是她真的飘起来了。不知怎的，他两只胳膊抱起她，就像抱着一个行李一样，正朝着窄窄的单人床走去。

"啊？等一下！您现在可不是控制得很好吧？您太性急了。好饭不怕晚，是吧。心急是吃不了热豆腐的……"

"人家都喜欢这样，你还磨蹭什么啊。你就是个老封建，老顽固。"

"啊，一点意思也没有。别跟我开玩笑！不行！我还没有做好心理准备……啊！"

微笑被扔到床上，就像被人咬了一口，然后随便扔到餐盘中的鲫鱼饼那样。满脸邪笑的英俊解开领结，向她袭来。

"这段时间，你不断折磨我对你的心思，从现在开始，我要把这些折磨都埋藏在你的身体里。"

最终手握刀把的人，永远都是人生的甲方。

＊

李英俊对含糊不清的状态、混沌、混乱等不甚明朗的事物都深恶痛绝。由于他这样的性格，他的周边也需要时刻保持整洁，他本人也是每时每刻都保持着完美的状态。

不过，现在这一刻除外。

"啊，不……行，不……行啊……那个……求你了……嗯。"

"我听不见。"

"我说……不行……啊！"

"行，还是不行，你说清楚。"

"不行……"

"那到此为止吧？"

"啊，不行！这也不行……"

"到底要怎样啊。"

漆黑的夜里，在被脱掉之前一丝褶皱也没有的光滑笔挺的高档男性羊绒晚礼服，和黑色的女性两件式套裙混在一起，杂乱无章地散放在地上。单人床和墙壁的空隙里，洁白的衬衣和领结与粉红色女性内衣套装乱糟糟地堆在一起。这场景，和"干净利索"这个词可是差了十万八千里。

"别这样，求您别这样，拜托了……"

"你嘴上说不要，但身体却很诚实嘛。把手放开。"

"不行！一放手您不是会做出更过分的事嘛！"

"微笑，你这么有眼力见儿，有时候还怪可怕的呢。"

"我知道了，您现在……"

"那这个怎么样？"

"啊！我的妈呀！"

"这种情况下就别喊'妈'了，喊我的名字吧。"

英俊轻轻欠了欠身子，悠然地端详着微笑的脸庞，完全没有了素日里端正的模样。他那敏锐的目光不知怎的，像喝醉了一样渐渐迷离起来，明朗的眼眉也逐渐模糊，嘴里时不时蹦出几句充满魅力的话语。他嘴唇上浸染着的唾液散发着性感的光芒。这模样和"完美"可是相差甚远。

微笑静静地凝视着英俊的眼睛，如叹气般嘟囔道：

"这太……奇怪了。"

"什么。"

"就现在这样。"

英俊嘻嘻一笑，轻轻吻上微笑的嘴巴。他熟练地轻咬着她的下嘴唇，欠起身子嘟囔道：

"是啊，在这九年里，我们天天都在一起，你什么都不穿的样子，我还是第一次见呢。"

"您别这么光明正大地看啊。"

她似乎有些害羞，捂着脸转过去背对着他。他的眼睛贪婪地上下打量着微笑的背影，继续说道：

"我觉得，幸亏有'衣服'这个东西。"

听到这话，微笑有些恼怒，她放开捂着脸的手，嗖的一下转过身来看着他。

"您说什么？"

"我说，幸亏有衣服的存在，才能遮住微笑的身材，这真是太幸运了。"

"哦，天哪！您在说什么呢？您知道我为了保持这个身材，付出了多少心血吗？"

微笑干脆一下子坐起来强烈抗议，她那丰满坚挺的双峰在黑暗中轻轻地荡漾。

"没错。如果没有衣服，那这么漂亮的东西不就被别的家伙看到了吗？"

"哦……？"

微笑惊慌失色，脸庞一下子变得通红，两只胳膊交叉抱在胸前，将身体再次扭转过去，数落他说：

"天，天哪，真是太肉麻了。"

"如我所愿啊。"

英俊从后面紧紧地抱住微笑的身体，将嘴唇轻轻地贴在她的耳郭边，低语道：

"不光让你肉麻，我还想让你从头到脚都起鸡皮疙瘩。"

他们之间没有隔任何东西，紧紧地贴在一起。她的后背和他的胸部不约而同地火热起来。

英俊沿着微笑的耳郭亲吻着，就像在勾勒图画一样。他轻声低语道：

"你希望我怎么做？"

"啊……不行！那里不行！"

大惊失色的微笑扭动着身体，想从他的怀抱里逃出来。但英俊用两只胳膊和自己的膝盖将她捆在自己身上，深深地吻着她的脖颈。

随着他的嘴唇和舌头的游走，碰触到的部位传来湿润柔和的感觉，让微笑渐渐地沉沦。

"你和我一起走过这么多年，你应该知道的。不管什么事情，我最讨厌的，就是毫无章法，左顾右盼，最后把事情给搞砸。现在，我们这辈子这么重要的初体验更是如此。"

微笑不知道英俊在说什么，一句话也没说，只是深深地喘着粗气。很长一段时间后，英俊艰难地继续说道：

"帮帮我。"

112

爱你

"啊……？"

"我要怎样做，微笑你才能喜欢。我们两个人之间，只有微笑你知道这些。所以，我希望你的反应能诚实一些，不要因为太害羞而只知道闪躲。"

微笑一时不知该怎么回答，似是而非地低声呢喃道：

"还是……很奇怪。"

"又怎么了。"

"我说副会长您这样很奇怪。您不是一直天下之大唯我独尊的吗？但是，您突然这样……"

微笑蓦地又想起了什么，连忙闭上了嘴。其实这么看来，副会长这样并非突然，也并不是很奇怪。

从九年前到现在，一直以来默默忍让又关心她的人不正是李英俊吗？

微笑不再说话，轻轻地抚摸着英俊的胳膊，抚摸着这独自默默地守护着身边人的火热结实的胳膊。

"即便是奇怪，也要忍一下。要不这样，在床上的时候，你就把自己当作我的上司。"

听到英俊低沉的话，微笑鼻头一酸，眼圈发热，热情迸发开来，再也抑制不住了。

"我爱你。"

微笑双眼迷离地仰视着他，跟他告白。这时的她比任何时候都要美丽。她的模样，让他胸中的烈火燃烧得更加猛烈。

"我也爱你。"

*

英俊从黑暗中睁开眼，撑起像被人打散架了一样到处酸痛的身体，环视着周围。

"呃。"

这是哪里啊?

他还以为,这里是因为书房要扩建施工而暂时住着的酒店房间,但他感觉有些陌生。

在桌上的小夜灯的照耀下,标有"唯一集团夏季研修会"的座钟指向了凌晨5点。

一张比英俊小时候用过的还要狭窄的床,粉红色的被子,被踩扁的大熊玩偶。英俊环视了一周,才想到了这是什么地方。他也想起了昨晚是怎么度过的。

微笑身上隐隐散发出的身体乳的香味,包裹着英俊的身体。

昨晚,在两个人进行了充分的"预习",又经过酣畅淋漓的"正式上课",还有扎实的"复习"之后,不知不觉已经过了半夜,到了凌晨。

微笑已经起床,正在洗漱,浴室的木质门后隐约传来细微的水声。

"果然还是那么勤劳啊。"

他费力地支起像吸了水的海绵一样松软的身体,伸了一个大大的懒腰,浑身的骨头关节恢复到原来的位置,发出吱嘎吱嘎的声响。

从床上起来后,英俊将微笑捡起来放在椅子上的晚礼服裤子胡乱穿在身上,打开灯,径直走向房间一角的冰箱。他饿得快撑不住了。他打开冰箱门,映入眼帘的是一杯酸奶。

就在他津津有味地吃完整杯酸奶时,浴室门开了,穿着舒适的微笑用毛巾擦着头发走了出来。

跨过门槛,她看了看英俊,又看了看他手里拿着的酸奶,目瞪口呆地结巴道:

"哦!那个!"

"抱歉,就只有这一杯了,我太饿了,就全吃掉了。"

"不是,不是因为这个,这杯酸奶是我留着做面膜的……"

酸奶已经过期三天了。微笑没有这样说,而是笑嘻嘻地摆摆手道:

"没事,没事,哈哈哈。"

没事的。我的皮肤就算了,这酸奶倒是会让副会长的肠胃变得更坚强吧,或许吧。

420

"睡得好吗？"

英俊大步流星地走过来，轻轻地亲了一下微笑的脸颊，径直走向书桌，坐在椅子上，打开了笔记本电脑的电源。每天早上开始工作之前，先喝杯茶，看一下新闻，这是他多年来的习惯。

"要给您泡杯茶吗？"

"不用了，没事。没时间了，你先收拾一下准备上班吧。"

"需要现在给您汇报一下今天的日程吗？"

"你先把头发吹干吧，别感冒了。"

"那我一会儿化妆的时候给您汇报。"

"那样也行。"

"啊，对了。昨天我接到一个电话，因为您下班了，所以我没有跟您讲。大湖集团的姜会长那边突然间变更了日程，所以不能参加下周的聚会了。"

"啊，这个大叔又爽约真让人为难，这已经是第几次了！"

"要把日程延期吗？要不就干脆取消……"

两个人随意地聊着工作业务，突然，微笑吞吞吐吐，又倏地大笑起来。

"怎么了？"

"没事，哈哈，就是突然间觉得太好笑了。"

他回头看了看捧腹大笑的微笑，然后慢半拍似的也大笑起来。

"虽然是发生了很大的事情。"

"但什么也没有变化啊。"

两个人你一言我一语，接着不约而同地伸手搂住对方的脖子，深深地吻住对方。

"你以后还会继续工作吧？"

"除了我，还有谁能做这些事情啊？"

"那倒是。"

英俊笑了笑，重新将头转向笔记本电脑屏幕。就在这时，桌上放着的商务手机开始振动起来。

"需要我来接吗？"

"不用，电话我来接，你去帮我熨烫一下衣服吧。"

因为英俊需要到处跑，而且不知道什么时候就会有事，因此他的办公室和车里都时常备着衣服。微笑用手轻轻地按住英俊裸露的肩膀，温柔地说道：

"您就穿成这样去找车吗？把头发吹干后，我去给您拿衣服，然后把衣服熨烫得整整齐齐的，您就别担心了，安心做您的事情吧。"

"谢谢。"

英俊也温柔地笑了笑，打开网站的主页面，接起了电话。

"您是哪位？"

"洪常务啊，你可真是正好赶着起床时间打来电话啊。"

"啊……？那么说来……！"微笑一听到"洪常务"的名字，突然想起一件被忘得干干净净的事情。她手里的动作一下子顿住了，直直地凝视着电脑的主页面。

"副会长！这么早给您打电话真是抱歉！出大事了！"

"我知道。"

"啊！您为什么要这样做啊！"

113

改口

现在这个时候，想哭的并不只是宣传组组长。微笑将英俊手里的鼠标夺过来，焦急地点击着页面。

唯一集团副会长李英俊令人震惊的"一夜情"，这其中的内幕是？

加粗的醒目的新闻标题下面，赫然在目的是李英俊的照片：在啤酒屋那巨大的圣诞树背景下，李英俊搂着满脸绯红的微笑的肩膀，自信满满地摆着 V 字手势。

果不其然，图片下面的帖子可谓洋洋洒洒，蔚为大观。

"真的吗？真是中了大乐透了。"

"金微笑毕业于政尚女子高中，在李英俊手下作为专属秘书工作了九年，身世全被曝光了。"

"这是我高中同学，我说的绝对不是假话，她真的很漂亮，而且上学的时候每次都得全校第一。高考排在学校前几名，但家里一下子败落了，真是太悲催了。"

"双眼皮100%是割出来的，垫了鼻梁、削了下巴，胸也是隆的。"

"长得这么狐媚，肯定有不少男人追吧。不过，这个男人可是唯一集团的继承人。彩票不是谁都能中的，这也太棒了吧。"

"真让人大吃一惊，不过这也太恐怖了。李英俊可是我的人！"

"大家快去Yworld迷你网站看看吧，真是太夸张了。我也是刚从她的Yworld'观光胜地'回来。"

"啊！"

微笑哭号着粗鲁地将英俊从椅子上推开，发疯般地要登录Yworld网站，但由于很长时间没有登录，她连用户名也想不起来了。

"啊！怎么办？我要怎么做才好？您别光在这儿看，快帮我想想怎么办啊！"

看到微笑大为恼火，英俊哧哧地笑了笑，拿起电话，用平静的语气命令道：

"跟舆论公司联系，让他们不要进行报道。另外，马上将金秘书的Yworld迷你网站的账户进行匿名处理。我马上就到公司。"

英俊挂掉电话，拍了拍趴在笔记本电脑键盘上绝望不已的微笑的肩膀，说了一句话。这话让微笑火冒三丈。

"哦，怪不得你的胸这么好看啊，什么时候动的手术啊？"

"我从高中毕业起，每天累得像狗一样工作，连休假都没有，我哪里来的时间去做手术啊？"

微笑将各种火气一股脑儿发泄出来。可能是吵醒了隔壁熟睡的女邻居，只听到她在咚咚地敲着墙抗议。

微笑的心情很糟糕，哭丧着脸，猛地坐到椅子上，用两只手捂住了脸。这时，英俊的电话又响了起来，是一个收到短信的提示音。

英俊确认了下内容，但什么都没说。微笑没有抬头，长长地叹了一口气。

"谁啊？"

"我爸。"

"他说什么？"

"顺便去一趟微笑家，把网线剪断。"

天啊，这么慈祥的人，现在却破罐子破摔了。

"然后呢？"

"马上带回家来。"

"带谁？"

"还能有谁？明知故问吗？"

"喂，副会长。"

"嗯。"

"昨天在这么多人面前这么做，以副会长您的性格来看，一定已经想好了后来的事情吧？是先计划好怎么收拾后事才做的？对吧？"

"抱歉，我没那精神。"

微笑怔怔地看了一阵房间的地板，笑着抬起头认真地问道：

"我怎么想都觉得不对。我，能不能干净利落地从这里离职？"

英俊也和微笑一样笑着，斩钉截铁地说：

"你干净利落地离职试试。你会看到世上最糟糕的样子。"

*

英俊和父亲李会长一起在书房谈话，讨论对策。微笑和崔女士则在客厅喝茶。

"阿姨。我……"

喝完茶已经过了 10 分钟，崔女士还是抓着微笑的手不放开。

"又叫阿姨，现在应该叫妈妈了。"

崔女士严肃地说。马上她又以一副悲壮的表情说道：

"我说过了，微笑你什么都不用担心。会长和英俊会看着处理的，你什么都不用做。知道了吗？哎哟，可吓坏我们家心灵脆弱的微笑了。啧啧，英俊可从来没像你一样过呀。"

微笑看着像哄小孩子一样的崔女士，尴尬地笑了。

其实，微笑因为恶劣的评论而心情不好，但是她心里相信不管怎样英俊会为了她处理好一切，所以就没有那么担心了。

唯一担心的一件事情就是条件太偏向一边，会让英俊父母为难。但是他们好像一直都不在意那些方面。

"微笑，你问过父亲什么时候见面了吗？"

"他说要推迟到一月初才可以。"

"好，那你尽可能也配合一下你姐姐们的时间，一起见个面。"

"谢谢您的谅解。"

"天啊，请别说这些。我已经说过好多次了，结婚这种事情不要有任何负担。我们会看着办，微笑你只要人来就可以了。知道吗？"

"谢谢。"

"谢什么谢……"

崔女士说不出话来，红着眼睛，更用力地抓着微笑的手。

"我们才应该感谢。"

父母和家人对英俊深深的伤痛都爱莫能助。在过去的日子里，在那些消除他心理负担的日子里，反而是微笑一直守护着英俊。这种感谢无法用语言表达。

此后，崔女士又拍着微笑的手，反复说了几次感谢。

"夫人，会长在找您。"

崔女士听了保姆的话，边请求微笑原谅，边离开了座位。

独自留在客厅里的微笑小口喝着杯子里剩下的茶，环顾客厅四周，打发着时间，突然发现了不知什么时候进来的成延，吓了一跳。

"天啊，成……"

无论叫"成延哥哥"还是"大伯哥"都觉得尴尬。

微笑含糊其词地笑着，话尾也含糊不清。成延笑着走过来，坐在微笑对面的沙发上。

最近，成延的脸瘦了，但是看起来比以前更放松了，可能是因为谈话治疗的原因。从英俊那里听说，他接受了所有的事实，并开始接受谈话治疗。

"在举办仪式之前，我们之间就随便一点称呼吧。没关系吧？"

成延问道。微笑笑着点点头。

"好。"

"英俊对你好吗？"

"一直都那样呗。"

"是对你好还是对你不好？"

"嗯。很难回答呀。"

成延听了微笑的搪塞之词，大笑起来，然后一动不动地看着她。

"向你求婚了吗？"

"还没有。可能圣诞节放假的时候……"

"圣诞节？英俊这小子，我以为不会求婚呢，还挺浪漫。"

"哪有，我没觉得浪漫。"

"为什么？"

"因为提前泄露了求婚过程。期待和幻想都破灭了。"

微笑笑着表示不满。成延有趣地看着她，反问道：

"嗯，因为知道结果，过程就没有意思了吗？我不这么认为。"

114

考拉农场

"啊？"

"我的小说都是以喜剧结尾。但是就算知道是这样，人们不还是手不释卷，激动地彻夜阅读吗？"

"啊……"

"我觉得跟这个是一样的。"

微笑对成延的轻松语调有些惊讶。

成延莫名的不安和心浮气躁的样子已经在不知不觉间消失不见了。现在才算是一切都找到了自己的位置吗？

"什么时候出国？"

"跟你们见面后就马上走。"

"是要待在尼斯对吧？"

"啊，暂时不想回法国。现在想要真正的旅行了。"

"真正的旅行？"

"对，如果必须一直转悠到疲惫之后才能回到原位，我觉得现在就是最好的出发时间。之前有过一段虚假的记忆，生活在这样的记忆中我也很痛苦。当然，这期间英俊是真的生活在地狱里。"

微笑什么话都没有说，只是低头看着茶杯。

"我很感激，也感到非常抱歉……但是我还没有想好怎么去做。所以我要消除所有自己下的结论，真正从内心出发走向一个舒适的地方。这是向英俊和父母赎罪。"

成延说完后，表情苦涩地耸耸肩。

"像我这样的混蛋，一直都这么自私是吧？"

"不是，就算您不说，副会长可能也会理解的。"

成延听了微笑的话，露出了微笑。

"那您要去哪里呢？"

"你知道吗？考拉一天要睡二十个小时。非常多吧？"

"我知道，我觉得不是很多……"

"是吗？我觉得特别神奇。"

"您要去澳大利亚吗？"

"其实我正在构思《古老的故事》的后续作品。"

"看来是以澳大利亚为背景啊。"

"嗯。故事说的是一个女人在一个男人身边做了很久的秘书后，离开那个男人，去了澳大利亚的考拉农场。不明所以的男人终于后知后觉地明白了爱情，于是就去澳大利亚找那个女人。"

这个故事以突破其固有风格的题材和情节展开，和他平时的作品不一样，有一点陈腐。且不说这个故事，为什么偏偏是考拉农场呢？没头没脑的。

"觉得没意思吗？"

"没，没有啊。"

"我刚才说了，慢慢展开的过程是最重要的。"

"是啊，是一部非常好的作品。等书出版了，送我一本签名本。"

"好。我会在书上写上'堂山洞白雪公主，祝你幸福！'这几个大字。"

微笑红着脸笑了。成延呆呆地看着她的脸，认真地说道：

"主角是以你和英俊为原型的。没关系吧？"

"妈呀，当然没关系。这是我的荣幸啊！"

微笑扑闪扑闪地眨着眼睛，显出一副非常感兴趣的样子。成延好像从微笑的反应中得到了力量，接着说道：

"其实书名都想好了。"

"是什么？"

"金秘书为何那样。"

"什……什么？"

"金秘书为何那样。"

刚刚还充满期待的微笑，表情突然僵硬了。

"为什么？不好吗？"

"不是……"

"怎么了？奇怪吗？"

"怎么说呢。说实话……"

"说实话？"

微笑不停地笑着，说道：

"非常无厘头。"

那天晚上下班的路上，微笑和英俊没有去他下榻的酒店，而是去了他的公寓，为了寻找书房里的重要文件。

因为书架上所有的书都已经按照原来的分类被搬到客厅并套上了封皮，所以要找到文件不是非常困难。但是，他们到达后马上发现事情并没有那么容易。因为公寓正在扩建和更换所有灯具，整个家完全沉浸在黑暗中，暖气锅炉很久没有工作了，到处回旋着从大理石地面上升起的寒气。

微笑穿着皮鞋走进客厅，看到这凄凉的景象不由自主地颤抖起来。

"冷吗？"

"嗯，你不冷吗？"

"我也冷。"

"我想了想，与其这样在黑暗中费心思地寻找，不如明天白天派人来找。"

"那就这样爽快地放弃了？"

微笑笑着说："好！"英俊扑哧笑了出来，从容地走向了沙发。

"今天一整天很累吧？"

如果是平时，微笑不管多累都会说"不累"，但是今天不一样。

"啊，太累了。"

从早上开始一直被众人缠着，微笑东一下西一下地奔波才能让丑闻早早平息，最后终于在下午通过宣传组发出了唯一集团掌门人李英俊和首席秘书金微笑将于明年结婚的消息。

"再也不想经历这种事情了。"

"对不起。"

虽然英俊道了歉，微笑还是一副不高兴的样子，只是瞟了他一眼，什么话都没有说。

英俊哧哧地笑着，为了不坐到灰尘，他掀开沙发套坐下，看着微笑。

"过来。"

微笑走过来坐在英俊的腿上，伸出手臂搂住英俊的脖子。

英俊把脸埋在微笑的后颈上，反复吸气、呼气了一段时间，用沙哑了一半的嗓音轻声说道：

"这样抱着，温暖得好像要融化了。"

"所以呢？"

"两个人的体温都一样。这是为什么呢？"

"难道是副会长的体温稍微低一点？或者是我的体温稍微高一点。"

"我不能接受。不管是体温还是什么，我怎么可能不如你呢。"

"当然。你怎么会不如呢。什么话……"

微笑噘着嘴嘀嘀咕咕。英俊扑哧一笑，咬住了她的耳垂。微笑小小的耳环碰到了英俊的牙齿，发出无比诱人的声响。

微笑毫无防备地被咬住了耳垂，马上闭上了嘴，身体开始发抖。她的呼吸变得急促而沉重。

薄薄的罩衫下，她的胸鼓鼓的。

"那么……还想再高一点吗？"

英俊挑逗着微笑，嘴唇调转了方向，寻找着微笑的嘴唇。

英俊给了微笑深深一吻后，开始越过她的下巴往脖子下面吻去。他像蜗牛爬行一样慢慢地用嘴唇和舌头在微笑的脖子上留下一串吻痕。微笑的嘴唇经过英俊深深的一吻后，有点发胀，她张开嘴，热烈地呼吸着。英俊的体温在升高，黑暗中充斥着口中呼出的白色气息。

"我们活到现在，怎么能连这个都不知道呢？"

"深有同感。"

英俊温柔地把微笑放在沙发上躺下，然后急不可耐地解开了领带，之后开始解衬衫的纽扣。

逼人的寒气让人浑身直起鸡皮疙瘩，但是两个人却浑然不觉，一门心思地脱掉了衣服。

不知不觉，欲火焚身的恋人交换起彼此的体温，对他们来说，连日寒流肆虐的天气根本没有造成丝毫妨碍。

115

幸好

12 月 22 日星期六晚上 8 点。

唯一乐园内的空中旋转餐厅里正在举行着私人派对，餐厅下方的游乐场尽收眼底，那里正如火如荼地举行着迎接圣诞节的灯光庆典。

此次派对邀请的人士，是辛苦了一年的唯一集团的干部，其中就有李英俊副会长的至交朴侑植及其前妻。侑植的前妻本是拒绝的，她说："都离婚了，还夫妻同行参加什么派对。"是微笑亲自给她打了电话，郑重地邀请她出席。指示微笑打电话的人是英俊，而拜托英俊这么做的却是侑植。听说侑植把这次圣诞节当成和前妻复合的"分水岭"，下定了决心要全力以赴。当然，这"全力"中包括，作为交换，明年侑植得替英俊去国外出差。

竟然用去国外出差来换区区一通电话，无论谁都看得出这实在是一桩很不公平的"交易"，侑植却全然没有在意，足以见得他有多么迫切了。

产地直送的顶级食材，加上名厨发挥得淋漓尽致的手艺，一场 Full Course 晚宴完满结束之后，紧接着的是一场简单的红酒酒会。

窗外璀璨的灯光和爵士乐队的圣诞颂歌把欢快的气氛带向高潮，这时，英俊一个手势唤来了服务生，悄悄耳语，做了什么指示。

稍后，灯光略微暗了一个度，悠扬的布鲁斯舞曲流淌开来。

隔了一桌坐着的侑植，像是多领了工钱而深受感动的长工，望着英俊竖起了大拇指。英俊面无表情，愣愣地看着他，侑植则满怀期待，两颊绯红。微笑来回地看着两个人，狠狠地掐自己的大腿，才忍住没笑出来。

侑植和前妻手牵手滑入舞池，跳起了布鲁斯。英俊掀起西装的袖子，瞥了一眼腕表，轻声对微笑说道：

"我们走吧。"

"什么？这么早？"

"你想再多待会儿吗？"

"不是，那倒不是，但……"

微笑刚要开口说"我很好奇朴博士夫妇到底会怎样"，就听见侑植的前妻发出一声惨叫。可能是踩到脚了吧，只见侑植连连低头向前妻道歉。微笑呆呆地看着，心想：还是不看的好。从多种意义上来讲。

悄悄离席的英俊和微笑立刻乘全景电梯回到了地面。

本以为英俊会立刻出发去别墅，开始享受为期三天的假期，没想到他并未直奔停车场，而是往游乐场的方向移动着脚步。微笑眼睛瞪得圆圆的，抬头看着他。

"时间很充分，我们欣赏一下庆典再走吧。"

"啊……"

英俊低头瞥见微笑一副难以置信的表情，反问道：

"怎么了？你不喜欢？"

"怎么会呢。但是，您不是讨厌人多的地方吗？"

"当然讨厌。"

英俊没有多做说明，只是紧紧抓着微笑的手，抓得她生疼。

微笑低头看了看被紧紧抓着的手，没有再追问什么，只是盈盈地笑着，缠上他的胳膊，迈起步子。

"听说纪念品商店里推出了圣诞麋鹿冬季限量套装。"

"那是什么？"

"吉祥物牛角发箍和发光的鼻子。据说是情侣套装呢。"

"那么丢人，你想戴着那些到处跑？"

"那又怎样？也是一种回忆嘛，多好。"

"我可不怎么想有那样的回忆。"

"如果什么都不戴，就这样露着脸四处走动，可能会引起大家的注意。"

"那倒是。毕竟我的脸长得确实有点帅。"

"啊，是。当然了。那还用说嘛。"

英俊瞄了一眼满脸不情愿嘟嘟囔囔的微笑，咧嘴笑了起来，露出一排整齐的牙齿，俨然一副故意哄逗小孩子时很享受其反应的表情。

色彩绚烂的灯光更加烘托了庆典的气氛，主路上欢闹的夜间游行方兴未艾。也许是最后一场游行了吧，人潮全都涌到了主路上，旋转木马前面比刚刚冷清了些。

微笑吃着棉花糖，静静地看着英俊。

"您为什么突然要来这儿啊？"

英俊恍惚地望着旋转木马，刚想要回答这个问题，旋转木马出入口的门打开了，等待的人们排成一队开始往里走。

英俊松开微笑的手，使眼色示意她赶快进去。微笑察觉到他眼眸中的异样，摇摇头从队伍里出来，退到一边。

"赶快去坐啊，一会儿就清场了。"

"都多大年纪了，还要坐这个？我不坐。"

"多大年纪了……？"

盈盈笑着的二十九岁的微笑，鼻头上麋鹿的鼻子一闪一闪地冒着红光。和她相对而望的三十三岁的英俊的鼻头，果然也是一样。

好一会儿，两个人相视无语，终于爆发出一阵大笑，几乎要笑得呛过去。

"所以我就说不要戴啊。"

"没关系。因为大家都戴呢。"

"如果别人都死的话，你还打算跟着一起死吗？"

"都死了，我一个人留下干什么呢？如果您也留下，那就不一定了。"

听到这句话，英俊用手指擦了擦眼角那也许是因大笑溢出的泪水，反问道：

"微笑，就算世人都死了，只剩我一个，你也能活下去吗？"

"那还用说吗？当然了。"

英俊低头看着微笑，脸上带着温柔的笑容。他将微笑手中的棉花糖撕下一角，放入口中，喃喃低语：

"我也是。"

棉花糖进入口中后便消失得无影无踪，只在舌头上留下甜蜜。就像变魔术一样瞬间消失，直让人怀疑到底有没有放入过口中，这突然让人回想起很久以前的事情。

"这儿……"

"什么？"

"正是这个位置。"

"什么？"

英俊愣愣地看着一圈又一圈地旋转着的木马上看起来非常幸福的人们，喃喃低语道：

"我突然很想知道，所以我对比了航拍照片、以前的地籍资料和唯一乐园的设施分布图。那栋房子……就在这个旋转木马的位置。"

微笑瞪大了眼睛回头看着英俊。

他耸了耸肩，看着微笑微微一笑，接着说道：

"知道这个事实以后，我最先想到的是什么，你知道吗？"

"不清楚。"

"幸好。真是万幸……"

四周纵声播放的风琴声混杂着人们的喧闹声，特别混乱，但英俊却一脸平静地继续说道：

"明知道已经全部推倒了，但我总觉得那栋房子好像还留在某处，真的很讨厌。"

"现在没关系了。"

"对。因为，至少没有人会坐着这个痛苦哭泣。虽然我曾嘲笑它很幼稚，但真是万幸。"

微笑轻轻地靠在英俊的肩头，英俊恍惚地望着那些幸福的人，轻声说道：

"我觉得应该告诉你，让你也看看，所以就带你来了。"

"谢谢。"

英俊没有说话，只是笑着揽过微笑的肩膀，慢慢地挪动了脚步。

"还有……"

微笑摸不着头脑，一味地被英俊拉着，走过旋转木马和长凳，在某个地方停下了脚步。

"这里是微笑你的家。"

"天哪。"

微笑望着灯光璀璨的小小喷泉，眼眸里泛起柔光。

"不是洗手间或鬼屋，也不是野生动物园的熊洞，真是万幸啊。呵呵呵。"

微笑掩嘴笑着，还开起了不怎么好笑的玩笑，但她眼角的湿润，全然被英俊看在眼里。

"有共同分享的回忆真是一件好事。不论是好的，还是坏的。"

微笑轻轻地伸出手，搂住英俊的腰，抬头看着他。

"吻我。"

"在这儿？"

"那又怎样。反正有发光的鼻子，也认不出是谁。"

"那倒也是。"

英俊没有一丝犹豫，温柔地吞噬了微笑的嘴唇。

亲吻虽然火热，但却没有持续太久。

这是因为那一对像圣诞老人雪橇上的转向灯一样，一闪一闪，一闪一闪，疯狂发光的鼻子。

116

唯一

12 月 25 日下午 4 点。

李英俊的杨坪别墅。此刻，卧室内热气萦绕。

英俊一边温柔地抚摸着微笑的头发，一边悠闲地长舒了一口气，喃喃地说道：

"假期竟然结束了，真空虚啊。"

"那也是因为好久没有这样好好休息了吧？"

"我们假期里都做了什么？"

"呃……"

从唯一乐园直奔杨坪，放下行李后，两人在露天浴缸里一起洗澡，洗着洗着燃了起来，一次。之后他们觉得肚子饿，两个人用水果当消夜，又共饮了一杯红酒，这下又"惹了祸"。餐桌上，又一次。洗澡后乏了直接睡了过去，醒来时已经是正午时分了。

简单地吃了早餐兼午餐，发现外边大雪纷飞、积雪皑皑，两个人出门打了刺激的雪仗，浑身湿透地进屋后又一次燃了起来，在客厅正中央站着一次。洗漱后睡了一会儿午觉，起来就是晚餐时间了，晚餐吃得有点多，就当作饭后消食，一次。在自带家庭影院的房间里，看了一部电影，拂晓时突然萌生起一阵火热，又一次。熟睡一觉再起来时，已过了正午，吃了迟来的午餐，磨磨蹭蹭的，结果又……

"吃睡做，睡吃做，做吃睡。"

"嗯。"

"不是一个'嗯'就完了。说实话，我们的情况很严重。"

"对，几乎是禽兽。"

"如果要论程度，不是'几乎'，而是'简直'。"

英俊瞟了一眼一脸严肃地嘟囔着的微笑，咯咯笑了起来，嘟囔道：

"费了力气，我又饿了。"

"我有点困。"

"那睡一会儿，再起来吃饭吧？"

正苦恼着的微笑再一次听到响起的手机铃声，猛地起身，把手伸向侧面桌上的手机。休息的时候也无法放松，这是她长久以来的职业病。

"不是休假嘛。别接。"

"是寿成集团的秘书室。可能是因为日程变动吧。"

"嗯。"

微笑笑盈盈地接了电话，站了起来，横穿过卧室。

"您好，我是金微笑。哎呀，您好，吴室长。是。没关系。休息日您突然联系，是有什么事情吗？好，我也隐约觉得会是这样呢。1月3日吗？请稍等。那天已经安排了其他的日程呢，第二天怎么样？啊，好……"

线条优美又纤细的身体一丝未挂，来回走动着，忠诚地处理着业务，英俊望着微笑的背影，觉得有点荒唐，忍不住又爆笑起来。

不知不觉间，夕阳西下，坐落在空旷大山里的别墅被淹没在深深的黑暗之中。

温馨暖和的壁炉火光照亮着客厅的角落，微笑正坐在那里整理文件资料。

"都到这儿了，你还要工作，是不是太过分了？"

"反正我从明天开始又要开始辛劳，那趁现在有空的时候，提前做好准备不是更好吗？"

正在努力工作的微笑，并没有把视线从笔记本电脑上移开，但是她能感知到身后有人在动。

她仿佛听到英俊拉椅子的声音，接着耳边传来英俊猛地坐在某个地方的声音，然后是哗啦哗啦翻书的声音。

紧接着传来的，是如在耳边窃窃私语般的钢琴旋律。

加布里埃尔·福雷的《三首无词浪漫曲》第三首。

微笑放下笔记本电脑，轻轻地转过身坐着，双手抱着膝盖，凝视着英俊。

不知什么时候，英俊已经换上了正装，坐在黑色三角钢琴前面，抚摸着琴键，专心致志地演奏着。英俊那样子俊美得让人窒息，仿佛已将他的爱意融进悦耳的音符，在跟微笑告白。

在这甜蜜温馨的氛围里，她感觉自己马上就要进入梦乡了。她将下巴放在膝盖上，轻轻闭上眼睛，仔细倾听着他的演奏。

虽然这个短短的曲子连3分钟都不到，但这就像是微笑在三天里听到的爱的私语，绕梁不绝。

当弦槌离开琴弦，最后一个音节在空中弥漫开来时，微笑悄悄地睁开眼睛，看着英俊。这个男人什么时候变得这么浪漫了？

"到底有什么是您不会的？"

"就是啊，现在连我自己都有些惊讶呢。"

"呃。"

微笑做了个鬼脸，吐了吐舌头。英俊嘻嘻地笑着，摸了摸琴键。

"好听吗？"

"当然啦，真是太让人感动了。"

英俊的脸庞一下子明快起来。

他从座位上慢慢地站起来，不顾在壁炉前面坐着的微笑，径自走向别处。当他再次出现的时候，手里拿着把椅子。那是一把刻着碎花纹样的复古摇椅。

"这椅子真漂亮。"

"喜欢吗？"

"嗯，很喜欢。"

"我感觉比较适合现在这个情调，所以专门从法国空运来的。"

英俊看了一眼壁炉前面的地毯，将椅子放在其中一边，前后反复调整位置后，对微笑说：

"坐吧。"

微笑上一次被恶作剧过，但在此刻，她感觉英俊应该要开始"圣诞节礼物的授予仪式"了。她尴尬地笑了笑，坐在了椅子上。

"坐好了。"

"好。"

扭扭捏捏的她将两只胳膊放在扶手上，肩膀和后背靠在椅背上。不知道是不是因为这是英俊专门买来的，椅子就像是量身定做的一样，非常舒服。

尽管都准备好了，英俊还是杵在那里，一动也不动，只是俯视着微笑。

壁炉里火光摇曳，英俊的脸庞和身体渐渐向下，将微笑包裹在自己投下的影子里。

他们就这样相视无言，不知道互相凝视了多久。

英俊用低沉的嗓音喊她：

"微笑啊。"

听到这个声音的瞬间，微笑从头到脚蓦地一阵悸动。

他不仅仅是在叫她的名字。这个名字让他鼻尖一酸，眼前逐渐模糊，一片苍白。他是在毫无保留地跟她倾诉这段时间里自己珍藏的思念。

"微笑啊。"

"哥哥……"

微笑不光听，还回应他，这倒让英俊有些吃惊，身子一颤，接着大笑起来。

"好久没听过你喊'哥哥'了。"

英俊轻轻地低头，看着笑嘻嘻的脸颊绯红的微笑，从口袋里掏出了什么，放在手上。微笑还没看就马上知道了。

紧接着，英俊的举动看起来很让人惊讶。现在微笑眼前的人如果确定是李英俊的话，那这样的事是绝对不会发生的。

他在她的面前单膝跪地。

"副，副会长！"

一侧的膝盖跪在地上，另一侧的腿弯着，英俊单膝跪在微笑面前，温柔地笑着，将一个戒指盒伸到她面前，打开了盒盖。

"啊……"

之前听说"鸽子蛋一样大的钻戒"时，她完全没有概念，然而现在亲眼看到了，才知道是怎么回事。要说是钻石，这么大的尺寸简直令人难以置信，这求婚戒指，不同寻常，奢华无比。

"金微笑，你是李英俊在这世上唯一认定的女人，你知道吗？"

微笑一脸茫然的表情，点了点头，英俊满眼自信，抬头看着她，继续问道：

"我能有这个荣幸，成为微笑的丈夫吗？"

啊。这个普天之下唯我独尊的男人，竟然肯这样屈尊跟自己求婚，有哪个女人会拒绝呢？这难道就是从金字塔顶端俯视天下的感觉吗？

微笑慢慢地从座位上起身，来到英俊面前蹲下身子，并膝坐下，默默地伸出了左手。

"如果我可以的话。"

英俊一脸无比满足的表情，默默地将戒指戴在微笑左手的无名指上，开怀大笑地说道：

"不是'如果我可以的话'。"

戒指戴在微笑的手指上大小正合适，就像他们一起去量过尺寸一样。

英俊深情地吻了一下微笑那白嫩细腻的手背，抬起头，直直地看着她的眼睛，喁喁细语道：

"我之前不是说过没有你不行吗？"

微笑甚为感动，眼泪汪汪地看着英俊，笑嘻嘻地告白道：

"我爱你。"

"我爱你。"

他们就像是历经了长时间的等待而终成眷属。壁炉前，那两个长长的身影合为一体，一直延伸到窗边。

外面白雪皑皑，月光倾泻下来，窗边如白昼般明亮。

窗外，银装素裹的雪地上，一个五岁的女孩和一个九岁的少年紧紧地拉着手，边走边叽叽喳喳地说个不停。他们的身影就像雾气一样，袅袅地升腾起来，又像梦境一样倏地消失了。

117

复合

在一个春天气息扑面而来的三月末的周六晚上，侑植的前妻洪美京说了这样一句话："怎么没来呢？"

刚过去的圣诞节里，英俊求婚成功而心情大好，借着他大赦天下恩深似海的契机，侑植也迈出了他"打开前妻心扉大作战"的第一步。

倦怠期算什么啊。没错，人生很长。千辛万苦得来的，怎么能这么轻易地放弃呢？现在，不要再一个人孤单地活着，不要再为过去的事情而感到后悔。

带着这样的决心，侑植矢志不移地说服美京，向她示爱，终于在二月初旬时节，得以和她共度春宵。就在英俊和微笑办完结婚仪式，前往塔希提岛去新婚旅行的那天，两个人一起送走新婚夫妇之后，径直来到侑植的家里。他们喝了杯红酒，讨论着新婚之夜，不知不觉就对上眼了。

很久没有这样在同一张床上醒来了，他们心情大好，仿佛重新回到了恋爱的时候。这件事成为改善他们关系的润滑剂，直到现在他们仍然保持着良好的沟通往来。今天，她凌晨过来之后对家里进行了大扫除，整天都待在他家忙活个不停。看来，现在他们两个之间剩下的事情，就只有复合了。

然而。

"什么？"

侑植又问了一遍，美京切好豆腐，放进咕嘟咕嘟沸腾的大酱汤里，脸色平静地回答道：

"我说，大姨妈没来。"

侑植正坐在餐桌边，心满意足地看着美京的背影，听到这话，他心里咯噔了一下。

他愣愣地坐了好一会儿，这才使劲挖了挖耳朵，问道：

"刚才你说什么？"

"已经过了一周了，还没来。"

"这不是明摆着的吗？"

"所以我才担心呢。"

"不知道是不是身体哪里出现问题了，我们去医院看看吧。"

"去医院之前……"

美京顿了顿，勉为其难地接着说：

"不管怎么说，最好是测试一下。"

侑植眨巴眨巴眼睛，脸上闪过各种复杂的表情。

第二天上午7点，常务会议开始之前，正在英俊办公室喝茶的侑植放下茶杯，冷不丁地说道：

"不可能怀孕啊。"

听到这前言不搭后语的话，英俊的眉毛蠕动了一下。

"你这突然间在说什么呢？"

"我是说我老婆，她说大姨妈已经延迟一个多星期了还没来。"

英俊连续好几天都在针对同一个议案进行尖锐的攻坚战，现在马上又要去开会了，此时他的神经正处于非常敏感的状态。这样的状况下，听到侑植说些与工作毫无关系的话，若按照他以前的性格，他会觉得没什么了不起的，甚至完全无视，但这一次他没有那样。因为英俊比任何人都要清楚，侑植和他的前妻曾经因长期不孕而备受煎熬。

"检查过了吗？"

"没，还没有。"

"为什么？"

办公室里一时陷入了尴尬的沉默。

过了很长时间，侑植才艰难地回答道：

"如果去检查……发现没怀孕怎么办。那我老婆不是又要伤心了吗？"

虽然这是个人隐私，他并不知道其中具体的隐情，但他能大概察觉到，他们之前怀不上孩子大概是因为侑植前妻的缘故。

"你想想看，我们结婚第十年的时候离了婚。期间我们也试过很多次试管婴儿，如果能有孩子，那也得有不少于五个了。"

"那倒是。"

英俊摸着下巴表示认同。侑植仿佛安慰自己道：

"不可能怀孕。可能是因为压力，稍微延后了几天吧。"

这时，金智雅敲门进来，向英俊报告会议已经准备好了。

英俊从座位上起来，轻轻拍了拍侑植的肩膀，安慰了他一下，开玩笑道：

"虽然你们复合了，不过别再发结婚请柬了，我可不想再随份子了。"

"哎呀，你这么有钱的家伙，怎么这么小气啊。可别这么过日子了，你这个家伙也就是碰到了像弟妹那样的女人，才有了点人情味，要不然真的……"

无精打采的侑植又恢复了平时那嘟嘟囔囔、唠唠叨叨的样子，英俊这才笑嘻嘻地迈开了步子。

*

星期天下午,微笑和英俊一起来到英俊父母家。马上要为微笑过生日了,崔女士打算在自己家里亲自准备生日饭菜。

现在吃饭还有点早,在饭菜准备好之前,英俊随父亲李会长来到书房,想听一听父亲关于最近的投资议案的建议。不过,看样子他们的谈话还要很长时间才结束。

父子间深刻的对话已经持续两个多小时了。窗外,不知什么时候太阳已经落山,饭菜也早就准备好了,可是只有保姆们在那儿转来转去,餐桌前依旧空空如也。

崔女士和微笑坐在客厅聊着天,等着他们父子俩结束谈话。这会儿,崔女士坐立不安,小心翼翼地问道:

"微笑肚子饿了吧?"

"不饿,妈。我刚才吃了很多水果呢。"

"这是你结婚后的第一个生日,费了这么多心思,可这都是什么事儿啊。要不我们先吃吧?"

"没事,我真没事。谢谢您,妈。"

微笑笑着摆摆手,崔女士细细地打量着她,转瞬用十分真挚的语气问道:

"'哥哥'最近不怎么照顾你吗?"

"什么?"

"你英俊哥哥是不是平时对你很怠慢。"

接连听到"哥哥"这个词,微笑的脸颊泛起红晕。

"怎么了?没关系,没关系。你一点都不用看妈的脸色。叫哥哥又怎么样呢?显得很亲近嘛,多好。"

两个人独处的时候,微笑从不用"老公""亲爱的""您""英俊"称呼英俊,而是叫"哥哥"。一大把年纪了,虽然这么叫有些肉麻,但以前的记忆也都回来了,所以从那以后就一直这么叫了,谁想到会被婆婆看穿呢?真让人难为情。

"怎么不回答?难道吵架了吗?"

"啊,没有。怎么会吵架呢。我们俩关系好着呢。而且,他一直对我很好。您说到哪儿去了,妈。"

微笑满脸通红地笑着，崔女士仍是一脸真挚的表情，直直地盯着她，继续说道：

"但怎么会这样呢？我们微笑的脸，怎么看起来比上周见面时憔悴了很多……"

"我的脸吗？"

微笑用手摸着自己的脸，过了好一会儿，才尴尬地回答道：

"可能是因为春困吧。最近总是嗜睡，消化也不太好……"

"天哪天哪天哪，那难道是？！"

118

野生芝麻粉

崔女士就像在暴雪里等了整整一周终于等到了快递员，一下喜笑颜开。

从筹备结婚开始到现在，李会长和崔女士一直把微笑当成自己的小女儿，把她视为掌上明珠，对她呵护有加，从没给过她一点压力，这要说出去，估计都没人肯信。但是，就是这对世上绝无仅有的公婆，果然也有难以隐藏的一点欲望，那就是……

"哎哟，我失了分寸！不是，不是，微笑，你不要有压力。绝对不要有压力啊。有压力反而更不容易怀呢。刚刚我说的话，你绝对、绝对不要在意，和'哥哥'两个人好好的，开开心心地过就好，嗯？啊，对了，我已经把两剂补药放在你们车的后备厢了，回家时带着。盒子上分别贴着你和英俊的名字，你们可看好了，每次吃饭时，都要记得吃上一包。是在很灵验的地方配来的，看在妈的诚意上，千万不要落下，千万不要啊。嗯？"

崔女士的语气知性十足又轻声细语的，真让人怀疑她说的怎么会是那方面的事情呢。一直"吧啦吧啦"说个不停的崔女士，用漂亮的手轻轻掩着嘴笑着，就像唱到了副歌似的，她又补充道：

"绝对不要有负担，知道了吧？"

"好的，妈。"

微笑温顺地回答道，她哭笑不得，表情十分微妙。崔女士像是等着她的回答似的，听到以后瞬间乐开了花，从桌子的一角拿了什么突然递过来。原来是用金色包袱包着的一个蜜罐大小的瓷瓶。

"这没什么，就是野生芝麻粉。据说用豆浆冲着喝，对女人特别好。不知道对身体有多好呢，房会长家的大儿媳妇儿每天吃这个，上个月生了双胞胎呢。"

这位母亲啊，您肯定做梦也想不到，您的二儿子为了享受新婚生活，从结婚前就一直使用着乳胶避孕用品吧。

"哎呀，妈！我没有一点压力，真的太高兴了！妈，真的非常非常感谢您！"

"哎哟，谢什么啊。这孩子真是太客气了。对了，从今天开始，周末你们就别回来了。你们两个人要独自地、十分温馨地过自己的小日子。知道了吗？还有，你们现在是不是得慢慢开始看房子了？不管设施再怎么好，孩子出生了的话，比起一个冷冰冰的公寓，还是有院子的家比较好。孩子小的时候能和动物们在草地上跑着玩是最棒的。如果工作忙的话，我帮你们带孩子。"

"咳咳。"

微笑想起来，去年年底，英俊制订的今年的日程里，完全没有子女的计划。虽然也曾想过找一天正式地和父母谈谈这个问题，但看到崔女士眼里含光，满是期待的样子，她不能不懂事地说"哥哥说今年不打算要孩子"啊。

微笑把让这瓶能让别家大儿媳妇生双胞胎的野生芝麻粉抱在怀里，一脸复杂的表情，最终变得愁眉苦脸起来。

"啊，对了。先不说那个了，你听说成延的事了吗？"

成延年初说去澳大利亚旅行，说走就走了，他四处游走了多个地方，现在已经在墨尔本停留了一个月。

"什么事情？"

"相亲被甩了。"

"噗！什么？"

见微笑的反应这么激烈，崔女士一副"就知道你也会是这种反应"的表情，接着严肃地说道：

"唉，这个嘛，听说只见了三次面就被甩了。又不是其他人，是我们成延啊。怎么会那样呢？"

上周初，听说熟人的独生女正在墨尔本留学，李会长风驰电掣地给成延安排了那次相亲。但是已经被甩了？

不，光速被甩先不说，作为极具魔力的男人，一直雄风赫赫的李成延，竟然被女人拒绝？真是难以置信。

到底是什么原因呢？正当微笑好奇得要死的时候，保姆前来喊了崔女士：

"夫人，有您的电话。"

"这个时间会是谁找我？微笑，你先在这里稍坐一会儿。妈去去就回。"

"我没关系的，您别着急，妈。"

崔女士连忙起身离开，只剩微笑孤零零一个人，无所事事地呆坐着，一直呆呆地看着窗外。

不知道那样过了多久。不知不觉，微笑迷迷糊糊地打起了瞌睡。她的头猛地垂了下去，身体倒向一边。就在这时，微笑突然感到一股柔软的温暖，温柔地包围了她的上半身。

"困了的话就去房间睡吧。别那么凄惨地坐在这种地方打瞌睡。"

不知道何时回来的英俊，此刻正坐在她的身边。

微笑被英俊抱在怀里，惺忪地睁开眼睛，眨着蒙眬的睡眼，正了正身子，打了个长长的哈欠。

"我又睡着了。我为什么总这样？"

微笑擦了擦眼角溢出的眼泪，英俊静静地观察着她，不解地歪着头问道：

"你……最近好像一直都这样吧？"

"有吗？"

"嗯。哪里不舒服吗？脸色也不太好。"

"没有哪儿不舒服啊。可能是春困吧。"

"是吗？"

"都说是了嘛。"

英俊完全一副怀疑的眼神。

"如果不舒服，可不要傻乎乎地忍着，随时告诉我。"

"我知道了。"

微笑像平时一样盈盈笑着，抬起头看着英俊。

"您和爸爸都谈完了吗？谈得怎么样？"

"就……就那样吧。"

看他回答得那么不痛快，微笑马上就明白了，事情没有达到预期。

英俊没有再多做说明，微笑为了不伤及他的自尊，连忙转移了话题：

"对了，哥哥。"

"嗯。"

"大伯哥被女人甩了，你听说了吗？"

"谁说的？"

"妈说的。"

"还说是秘密呢，结果反倒是自己亲口四处宣扬啊。"

英俊咧嘴笑着耸了耸肩，轻声说道：

"吴利智你认识吧？"

"利智小姐的话……是国家流通吴社长的独生女吧？"

"对，就是她甩了成延哥。"

"啊？那位，之前是大韩食品吗？总之是和某食品公司的某人发生过什么事情吧？"

"是被胜洙哥甩了。"

"啊啊，对了！原来是尹胜洙啊。"

"好像是那时被彻底地拒绝了，所以对男人完全没了兴趣。"

"哎呀，真可怜。那个人很不错呢。"

"上周和我哥第一次见面的时候，吴利智已经委婉拒绝了，是我哥死缠烂打才又见了两次面。但是，前天两人见面的时候，她直接开门见山地表露了心迹。"

"说了什么？"

"说单是我哥的长相，她就没看上。"

119

太阳梦

"哇！真的吗？"

成延当时听了这话是什么表情，不用猜都想得到。肯定是震惊得眼球以 300 赫兹的频率振动了吧。他的魂魄肯定是离开了加州理工学院亚毫米波天文台，飞出 120 光年后，被吸入黑洞了。

"从那以后到现在，我哥好像一直对她死缠烂打。"

"天哪，大伯哥应该还是第一次这样吧。"

其实，对成延的魔力不为所动的人，早在吴利智之前就刚好有过一位。但把这一事实抛诸脑后的当事人，此时，无比清澈的脸上一副惋惜的表情。

"唉，真是可惜啊。"

"可惜什么可惜？那个人就应该多遭些罪。依着我的想法，我还想给吴利智打个电话加加油呢。"

"也是，那倒也是。"

两个人交换了狡黠的目光，咯咯地笑了很久。

笑声渐渐消失的时候，英俊才一副惊讶的样子，问道：

"那又是什么？"

"什么？"

"你抱着的那个像神器一样的东西。"

"啊？啊，这个……"

微笑这才想到怀里抱着的野生芝麻粉瓶，面色绯红地认真回答道：

"哥哥，我们在避孕的事情，什么时候告诉爸妈呢？"

"怎么了？爸妈向你施压了？"

"虽然没有施压，但也不是全然没有压力，所以……"

微笑含糊其词没了后话，英俊耸了耸肩。

"我会找机会好好跟他们说的。"

"但是。"

"我会看着办的，你就不要太在意了。"

微笑不得已只好点点头，英俊低头静静地看着她装模作样的脸，拿过她怀里的瓶子，放在桌上，动作轻柔地推了下她的肩膀。

微笑无力地往后一仰，半躺在沙发的扶手上，她瞥了一眼英俊，数落道：

"妈马上就来了。别闹。"

"听到脚步声，我就停。"

"不行。多丢人。你到那边去。"

"就一下。"

"都说了不行。啊，别闹。好痒啊！哈哈哈！"

想要接吻的英俊，还有推脱的微笑，拌起了嘴。

新婚夫妇在客厅的沙发里打情骂俏地开着玩笑、咯咯笑着的时候，门外的李会长和崔女士一脸的欣慰，捂着饥饿的肚子站在那儿。

"我不吃饭，都要饱了。"

"哎哟，你也真是的。不吃饭，肚子还是会饿啊。"

*

四月的第一天，也就是周一的下午。

马上就要召开最终会议了，英俊坐在办公室的转椅上，静静地整理着自己的思绪。英俊和理事们就某个问题已经展开了几天的拉锯战，现在到了该做决定的时候。

由于精神一直高度集中，英俊只觉得脑壳剧痛。

英俊长长地舒了一口气，把身子靠在柔软的椅背上，静静地闭上了眼睛。

突然不知从哪儿传来像是波浪的声音，他睁眼一看，辽阔的水平线展现在眼前。一望无际的大海和湛蓝的天空，耀眼的阳光，这一切都让他目瞪口呆。就在刚刚，他还在办公室的桌子前呢。

啊，当他意识到是在做梦的时候，随着开天辟地的巨响，眼前的水平线动荡起来，一条巨大的金龙带起巨大的浪花，飞跃而上。嘴里含着的龙珠可不是一两颗。

还有，好家伙，那条龙，不知贪心地往嘴里塞了多少龙珠，还有几颗干脆骨碌碌地滚了出来，也不知它有什么好忙的，慌慌张张地直冲云霄升天而去。

但是，这又是什么啊。不一会儿，水平线的另一边，又有一只凤凰扇动着巨大的翅膀飞了过来，公然落在了一棵不知何时长在那儿的、壮观至极的松树上。

英俊惊讶地张着嘴巴，都忘了想说的话。不一会儿，他却遇上了更让人震惊的情况。

不知为何他渐渐觉得有些热，景色变得有些尴尬。

哎呀，那太阳？难道是自己的错觉吗，怎么莫名地感觉变大了呢？

并不是莫名地感觉变大了。而是渐渐地变大了，确确实实地变大了。转瞬间已经靠得那么近了。

哎哎，说话的工夫太阳已经近在眼前，散发着难以言状的祥瑞之气，瞬间掉进英俊的怀里。

"嘀！"

英俊像根弹簧一样，从座位上弹跳而起，急促地喘着粗气，好不容易打起精神，才后知后觉地发现了微笑。

她正脸色铁青地低头看着他。

"您没事吧，哥哥？"

"啊……嗯。"

"又做那个梦了吧？"

折磨了英俊一辈子的噩梦，虽然频率减少了，但婚后也没有轻易消失。

"不是，不是那个梦。别担心。"

"那是什么……？"

英俊抬头看着心疼自己的微笑，虽然想要把梦境告诉她，但觉得那会更加奇怪，所以最终还是放弃了。

"就是……一个荒唐的梦。"

如果说是荒唐的梦，那规模也太像电影大片了吧？升天的金龙、凤凰、巨大的松树，甚至还把太阳抱进了怀里。这不是赤手空拳就能征服地球的节奏吗？

啊？等等。有点奇怪啊。这难道是……？

"微笑，你，上个月……"

多少有些担心的时间段，有次刚好避孕套用光了，所以只那么一次，没有任何防护就睡了。但是，没过多少天，微笑在洗手间嘟囔"这次生理期的量怎么那么少"，他可是听得清清楚楚，所以不可能会那样啊。

"什么？"

"没什么。"

英俊一改往日的作风，含糊不清，微笑心疼地说道：

"可能是您最近太操劳了。"

"也许吧。"

一阵沉默之后，微笑用"工作模式"叫了英俊：

"副会长。"

"怎么了？"

"这次的议案，大家都反对，所以您很担心吧？"

"什么？"

"作为辅佐了您很久的首席秘书，我想要告诉您……"

微笑微微弯下腰，视线和英俊的保持水平，静静地盯着他的眼睛，认真地说道：

"不管别人说什么，我相信您。"

这次的投资案以目前唯一集团的实力来说，有十足的胜算，但正如微笑所言，反对者也不在少数。

当然，如果是以前的英俊，但凡是自己确信的事，他会勇往直前地直接推进，全然不在意周围人的反对。但这次不一样。

李会长打算今年年底就把会长之位传给英俊，彻底退居二线。他再怎么是天才，现在也不过三十多岁，对英俊来说，这担子真的很重。在这种情况下，多数的理事，甚至连自己的父亲李会长，都表现出否定的态度，所以此时，他实在无法像往常一样，毫不犹豫地做出决断。

"就算世界上所有的人都反对，只要副会长您确信那是正确的，就请不要苦恼，果断进行吧。"

微笑的眼神中没有丝毫的动摇，这充分证明了对漫长岁月里同舟共济的搭档的信心。

"副会长您可以那样做，因为是您——李英俊。"

听到微笑满含真情的话语，遮在英俊眼前的灰蒙蒙的迷雾顿时烟消云散。重现光明的视野之中，忽然出现一条康庄大道。

虽然觉得很神奇，但也觉得这感觉很熟悉。

回顾过往，微笑好像一直如此吧。从很久以前起，她就是这样唯一的存在，每次英俊陷入困境，她都会马上出现，陪在他的身边，立刻给他打气鼓劲儿。

"因为是我李英俊？"

"嗯，因为是您——李英俊。"

"对嘛，因为是我李英俊。"

"嗯嗯。"

"不是别人，而是我李英俊。"

"嗯嗯，因为是您——李英俊。"

120

Miss 朴

两个人对视着，像傻瓜一样重复着同样的话，不停地点头，过了一会儿，也不知是谁主动，两个人抱在一起，爽朗地笑了起来。

"现在打定心思了吗？"

"嗯。"

"怎么定的？"

"能怎么定呢？我说要做，就无条件地要做啊。"

"噢，果然，得有这个气魄，才是天下无双的副会长啊。"

耍贫嘴的微笑笑盈盈地接着说道：

"现在脸色看起来好多了。"

英俊温柔地抬头看着微笑，郑重地道谢："谢谢。"

微笑没有回答，而是一副调皮的表情，兴奋地低语道：

"那我就期待您送的生日礼物吧。"

"什么生日礼物？"

英俊假装毫不知情的样子开着玩笑，微笑翻了个白眼，轻推了推他的肩膀，低头看了看手表，催促道：

"会议时间到了。请动身吧。"

"之后没有其他日程了吧？好久没兜风了，下班以后，我们去兜兜风吧？"

"好呀。"

"等我。"

英俊留下一个火热的吻离开后，微笑心情更加舒畅，开始收拾办公桌。

她刚把不需要的东西收拾整齐，放到一边，就听到了敲门声，接着金智雅走了进来。

"夫人。"

"唉，智雅你又来了。"

微笑结婚以后，虽然升职为常务理事，但主要负责英俊私宅的业务和外部行程，没有特殊事情，不怎么来公司。她也已经吩咐过小组的成员，工作时不要叫"夫人"，要叫"部长"。这么做既是为了微笑自己，也是为了秘书室的成员，是减少双方心理负担的两全之计。

"啊，对，部长。"

"怎么了？有什么事吗？"

"您有多余的卫生巾吗？能借我一个吗？"

"卫生巾？"

"是的，我的都用光了。几乎都结束了，不用也可以，但走得不彻底，不用我又有些不放心。"

"我手提包里应该有。稍等。"

微笑走向衣橱拿包的时候，后知后觉地想起什么，反问道：

"你说你几乎都结束了吗？智雅，你这个月来得有点早啊？"

"什么？没有啊。"

"你原来不是比我晚一天吗？"

"虽说是这样，可我的日子没错儿，来得很准时啊。"

"什么？"

哎呀？这个有些……

微笑掏出手机确认了下日历，然后久久地站着一动不动，只是低头看着屏幕。

*

4月3日星期三午餐时间。

"刚刚我接到李女婿的电话了，他说很抱歉不能参加。所以我告诉他'下次再缺席就送他上直通地狱的快车'。哈哈！"

"爸，一点都不好笑。"

英俊乘专用直升机去出差的时候，微笑见了娘家人，一起吃午饭。

"必男，肉都熟了吗？快拿一点过来。"

"还没熟呢。"

"喂，你这家伙，牛肉如果太熟，会嚼不烂，不好吃的。话说这顶级的韩牛啊，真是'滋滋'流油啊。"

"今天是末熙请客，所以请好好享用。"

这次不是在猪皮店，而是在高级韩牛专卖店，包间宽敞的窗外是一条四车道的大马路，马路对面高楼鳞次栉比，其中有一栋新建的五层建筑，挂着一条巨大的横幅，上面赫然写着"金末熙医院四月底即将开业"。

"多吃一点，爸。微笑也多吃点。如果能赶在你生日当天庆祝才好呢，真是可惜。"

"姐姐，你真是操心的命啊。就为了过生日，她老公特意请了一天假，婆婆还亲自张罗生日宴，公公送昂贵的健身卡。对这样的孩子，竟然还说可惜，有什么可惜的？不是吗，金微笑？"

"哎呀，姐姐也真是的。"

微笑红着脸摆摆手，末熙却幽幽地说了句：

"业主大人，看在这个情分上，医院站稳脚跟之前，就只需在这之前，租金能不能便宜一点啊？"

"不行。"

微笑盈盈笑着拒绝得很干脆，末熙调皮地"切"了一声，撇开了头。

"爸，话说就那样关了店门出来，没关系吗？"

"就隔着一条街，马上就能到嘛，如果看到有客人来，我跑过去就可以了呗。"

那栋建筑的一楼有一家大型的乐器店。那是微笑买下整栋楼以后，为父亲开的。

"生意还好吗？"

"哎哟，那当然了。上周还卖出去一台超千万[1]的吉他呢。"

女儿们都用惊奇的表情看着他，纷纷说道："噢，我们的爸爸真厉害啊。"他耸了耸肩，接着说道：

"微笑，亲家公真是热情啊。"

"什么？"

"上周他来店里玩，哎哟，那老爷子真是的，我给他讲了吉米·亨德里克斯[2]的故事，他说隐退后他也想走那条路……"

"您说什么？"

"不是，我吧，本来没打算卖那么贵的吉他给他，是 Miss 朴一直从旁鼓动说'钱那么多，就稍微花一点'，所以才会这样。"

"Miss 朴又是谁？"

"嗯。是隔壁青瓦茶馆新来的小姐。原来那孩子并不是干这行的，但后来父母双亡，为了照顾年幼的弟弟妹妹，才入了这行。我看她可怜，所以经常光顾……"

"啊！爸爸啊！"

121

中奖

一直笑盈盈的微笑顿时变得愁眉苦脸。

怪不得最近觉得爸爸和亲家之间的感情笃深呢，原来是那方面深啊。前几天公公出门的时候，手上戴了个不搭调的骷髅戒指，还举起手生疏地打着手势高喊"和平"。当时还以为他吃错了东西，原来真的是吃错了东西啊。是吃了坏水，被污染了。

"爸，虽然我对您两位的兴趣爱好不能说什么，但是如果您再找茶馆的小姐来，我会把您的房租翻番的。"

"什么？"

"我是认真的。您知道就好。"

"哇！微笑，微笑！你、你、你这孩子，真的不是那样。哇，真的，我……你……真是的，啧啧。哎哟，漫长的岁月里，我独自一人孤单地把三个丫头带大，我为什么还要受到如此蔑视啊。呜呜，话说，这肉还真是入口即化啊。"

微笑的父亲像个老头子似的不停发着牢骚，简直对不起他那身狂野的紧身皮衣，和双手上成串戴着的骷髅戒指。可这却一点没耽误他疯狂吃肉。

姐妹们无语地看着父亲好一会儿，才扭过头继续吃饭。

"微笑你也吃点。"

"我没胃口……"

"你又在减肥吗？妹夫不说什么吗？快吃点。"

从刚才开始，微笑就很微妙地觉得肉味很刺鼻，听到必男的数落，她尴尬地笑着，勉强夹起一块肉。就在那一瞬间，微笑感到胃里一阵翻江倒海，像是脾胃从最深处打了结似的。她本能地意识到，这不是单纯的消化不良。

"你怎么了？"

"啊，没什么。"

事情发展至此，微笑多少也猜到了些什么。

饭是绝对咽不下去了。

父亲和姐姐们瞪圆了眼睛看着她，微笑在他们的注视下轻轻地起身。

"对不起，我突然有点急事，先走了。爸爸，您不要在意我，慢慢吃。一会儿我给您打电话。"

微笑一脸紧张地匆忙离去，剩下三人愣愣地看着彼此的脸，摇了摇头。

过了一个小时以后，微笑精神恍惚地站在附近一家妇产医院的门口。

她呆呆地站着，手上拿着一个明信片大小的手册。她低头看了好久，才抬起头，望向旁边大型气球招牌上的字句。

"大乐透一等奖，这周就是您！"

这个消息，这个好消息，应该用什么方法有效地传达给英俊呢？微笑冥思苦想，只等着英俊出差结束归来的时刻。但是，今天的时间为什么过得格外地慢呢？要等到晚上，实在是太辛苦了。

晚上晚些时候，自己魂牵梦萦的英俊一到家，微笑就性急地跑了过去，想要立刻开口告诉他，但是很可惜，打开门看到的他，已经是筋疲力尽的样子。

她觉得这话不应该逮着一个筋疲力尽地回到家的人说，所以她悄悄地闭上嘴巴，接过夹克，一言不发地跟在他身后。

"家庭聚会还圆满吗？"

"什么？啊……哎……那个，当然了。"

"我也应该参加的，真是对不起。"

"没关系。你饿了吧？要不要吃点东西垫垫？"

"晚饭我吃过了。我打算洗个澡就睡了。"

"洗澡水我已经放好了。"

"一起吗？"

"您累了，今天就算了吧。"

英俊边解领带和衬衣的纽扣，边走向里屋的浴室。突然，他转过头来，对微笑眨了眨眼睛。

"我们一起吧。"

"我不是说过不要了吗。"

"哎呀，一起呗，嗯？"

英俊用和他不搭调的讨人嫌的语调，加上那恶作剧般的肢体动作，向微笑靠过来。微笑双眼迷离，也向他倚靠过去。

就在这时，微笑耳边响起了妇产科医生的忠告——怀孕初期一定要注意夫妻间的房事。

"啊，不行不行不行的。"

微笑一脸严肃地从他怀里挣脱出来，头摇得跟拨浪鼓一样。英俊吃惊地看着她，问道：

"怎么了？发生什么事了？"

"那个，就是那个……"

"说说看。"

"哥哥，其实我……"

就在犹豫不决的微笑终于下定决心，满脸毅然决然的表情准备跟他坦白的时候，英俊手里的电话响了起来。

"这个时间朴博士找我什么事啊？"

英俊看了看来电显示，用手示意微笑稍等一下，接起了电话。

还没等英俊说出"喂"，就听到侑植那洪亮的嗓音响彻了整个浴室前面的空间。

"英俊啊！我的朋友英俊啊！嘿！终于成功了，成功啦！哈哈！美京怀孕啦！我有孩子啦！孩子！我老婆也回来了，我们也有孩子了，阿弥陀佛！真是美好的夜晚啊！我要在饭桌上多放一只碗啊！"

英俊静静地听着侑植那发疯般的胡言乱语，嘻嘻地笑了笑，说：

"你这家伙，要有孩子也应该之前早就有啊，为何偏偏离了婚才有孩子啊。别说这些废话了，赶紧去重新办理结婚登记吧。不管怎样，真心祝贺你。"

侑植可能是高兴得忘乎所以了，连招呼也没打就挂掉了电话。

听到侑植直接挂掉了电话，英俊满脸荒唐的表情看着手机，不自觉地干笑了两声，回过头来看着微笑说：

"听到了吧？说是侑植的前妻怀孕了。"

"啊……呵呵，这真要祝福他们啊。真的是太好了，这真的是太好了。"

正欣慰地点着头的英俊突然睁大眼睛问道：

"啊，你刚刚不是有什么事要说吗？"

微笑的表情一下子复杂起来。

这又不是什么怀孕比赛，朴博士家怀孕的消息传来还不到三秒，微笑打死都不能紧接着就说"天哪，我也怀孕了"。

这难道不是这辈子最重要的消息吗？其实，也不用非要执着于现在，得找一个恰当的时机和氛围，想看到他被感动得哗哗流泪。

"啊，没什么事。"

微笑尴尬地笑了笑，低下了头，不再说话。这时，英俊蓦地一下子想起了什么。

122

30

他知道，在结婚之前，李会长和崔女士就因为孩子的问题让微笑有负担，但他一直都没放在心上。不知道这件事会不会给她造成很大的压力。

他看到微笑突然间脸色凝重，而且眼神有些莫名地惊慌。在这样的情况下听到侑植家怀孕的消息，看来她心里不是个滋味。

英俊为了安慰心情失落的微笑，故意夸大其词，没心没肺地胡说起来：

"朴博士这家伙现在倒是欢喜得很，以后孩子生出来他就知道了。到时候孩子又哭又闹又不听话，好不容易养大了，到了青春期，孩子肯定得问他：'爸爸，你为我做过什么？'孩子本身就是个麻烦。"

他肯定不是觉得孩子麻烦或者讨厌孩子。从英俊的立场来看，尽管两个人在一起很长时间了，但从没有这么好好地享受只属于两个人的时光，他希望能有更多时间来感受这二人世界。然而，对微笑来说，这些话给了她莫名的压力和负担，而英俊却完全没有察觉。

微笑的视线有些恍惚，英俊的脸部如马赛克般模糊。

"孩子是个麻烦……"

微笑的脸色沉了下来。

啊，他小时候经常和哥哥打架，难道是因为这个才不喜欢孩子的吗？不过，要怎么办呢？这可怎么办？怎么办才好啊？他还没有做好准备，我就已经怀孕了？

微笑表情复杂，陷入了沉思，她长长地叹了一口气。

"哥哥……"

"微笑……"

英俊站在她对面，也陷入了深深的思考，重重地叹了一口气。

深谋远虑向来是他们两个人的优势，但就现在的情形看，这对他们俩来说可不见得是什么好事。

清晨的阳光透过薄薄的窗帘，照进硕大的卧室的每一个角落。

床头柜上的数字钟表显示着 4 月 5 日早上 5 点。今天是微笑出生的日子。

为了给微笑庆祝，英俊好不容易请了假，今天他想静静地和微笑在一起度过。

英俊望着天花板，眨了眨惺忪的睡眼，轻轻地转过头看着微笑。

可能是因为换了地方，微笑一整夜都辗转反侧难以入眠，现在睡得正香。不知道梦见了什么好事，她嘴角还笑嘻嘻的。

英俊用一个胳膊撑着脑袋，斜身侧躺着，凝视了好久妻子的脸庞。他将被子拉过来，一直盖到她的下巴，盖好后，轻手轻脚地从床上起身。

他披了件睡衣，悄无声息地走出卧室，伸了个大大的懒腰，径自走向厨房，打开了冰箱的门。在冰箱最上面一格里是他昨天悄悄吩咐用人准备的海带汤的原材料，这些食材都已经收拾好了，放在密闭的容器里。

他取出装着食材的各个容器，放在料理台上，回忆了一遍已经记在脑海的配方，才正式开始着手进行制作。

英俊把米放进电饭煲，然后将泡开的海带放在香油里炒一炒，旋即陷入了沉思。

孩子。

我竟然和在小时候相遇、长大后又长时间像磁石一样跟着自己的微笑结婚了。我们竟然组建了家庭。

尽管我们两个人一起生活也非常美好，但如果能生养个孩子，那肯定也会像现在一样很有意义也很幸福，因为我们的孩子肯定会特别像我们两个人。

英俊一旦下定决心就会马上付诸行动，现在他心里满满的全是崭新的计划和期待。

提出"要孩子"这事倒是挺好，但什么时候说呢？就趁着今天的惊喜，趁着这么温馨的气氛，提这件事好像也不错。微笑要是听到这话，表情会是什么样子呢？光想想就挺开心的。

不知道事情真相的英俊一个人沉浸在这样的幻想中，手上开始忙活起来。

"哇，好帅啊。"

这景象真的让人叹为观止：微笑只在童话书里见过的老虎正优雅高冷地坐在她的眼前，但她一点也不害怕，也不会吓得浑身发抖。

不一会儿，老虎低下身子钻进微笑的怀抱。就在微笑抚摸着老虎脖子里柔顺的毛时，老虎开始用自己的脸蹭微笑的脸蛋。

"啊，哈哈，太痒了，别蹭了。"

微笑连连摆手，想推开老虎。但老虎还是纹丝不动，反倒是伸出舌头到处舔她，开着玩笑。

就在微笑痒得笑得喘不过气来时，不知从哪里传来了熟悉的耳语：

"你要睡到什么时候啊？"

微笑一下子睁开眼，盈盈地笑着。看到低头看着她的英俊，她慢慢地欠起身子。床头柜的钟表指向了8点。

"呃，不好意思，我睡了个大懒觉。"

"虽然我还想让你多睡一会儿，但我想着应该让你吃了早饭再睡，就把你叫起来了。"

在微笑睁得圆圆的眼睛前，出现了一个漂亮的蛋糕。

微笑被感动得鼻头一酸，这已经是第二次了。

这种时候，难道就不能带点眼力见儿，不要把长长的蜡烛插得这么明显吗？他还偏偏明目张胆地插上了数字"3"和"0"的蜡烛，这让人心里多少有些不舒服。

"生日快乐。"

微笑轻轻地吹灭蜡烛，笑嘻嘻地跟他道谢：

"谢谢。"

英俊用左手稳稳地托着蛋糕的底部，右手抚摸着微笑的后脑勺。这已经是第十个年头了，这十年里她一直辅助他处理业务，已经心有灵犀的她用平静而又令人恐惧的语气，坚决地说：

"如果您敢把蛋糕扔在我的脸上，那您就死定了。"

"扔什么啊。你把我看成什么人了，怎么说这样的话啊？你这么一说，我倒是想在你头顶上玩一下了。"

虽然英俊故意傲慢地用严肃的语气来吓唬她，但他把右手慢慢地放了下来。如果她不那样说的话，他可能马上就把蛋糕糊到她的脸上了。

"我去给您拿杯咖啡。早上……"

"不用，稍等一下。"

123
跨凤乘龙飞跃海平线拥抱太阳

英俊倏地起身消失了，不一会儿他端着一个床用餐架出现了，上面放着一对油光锃亮的黄铜器具。微笑马上就知道里面装的是什么。

"这可是你的荣幸啊，我亲自给你煮了海带汤，作为你的生日礼物。"

"您亲自做的吗？"

"对。"

"天哪……！"

这个原本就累得要死的人，竟然起这么早精心为我煮生日海带汤，我怎么可能会不流泪呢？

微笑内心深处涌起一股莫名的感动，她用手捂住嘴，眨了眨湿润的眼睛。

英俊将床用餐架放在微笑的膝盖上，轻轻坐在床边，拿起勺子，亲手打开碗盖，将一勺米饭浸沾了一点海带汤，送到微笑的嘴边。

"你要都吃了，别剩下。"

"哥哥……"

英俊有些脸红，这可不是他的风格。他那明朗又充满笑意的脸庞，比任何时候都要俊秀稳重。

微笑静静地凝视着他的眼睛，一时间陷入了深深的思索。

没错，我必须跟他说。为了报答这个帅气的男人对我的爱，我要更加主动地去抚慰他内心残留的伤痛，让这个伟大的生命来治愈他的伤口，让他走向更加辉煌的未来……啊，什么，这什么味道啊，有点恶心，快把海带汤拿走。

微笑心里默念的洋洋洒洒的演讲一时间变为了嘟嘟嚷嚷，肠胃开始翻江倒海起来。

"呕，呕……"

微笑使劲捂着嘴，紧紧地闭上了眼睛。英俊看到她因为感动而激烈的反应后有些难为情，连忙尴尬地将头转向一边，说道：

"应该挺好吃的，快吃吧。"

"呕，呕……"

"不用这么谢我。快点……"

"呕，呕……！"

微笑羸弱地干呕着，英俊大吃一惊，赶忙将勺子扔到托盘上。

"呕，快闪开……！"

微笑从床上爬起来，仓皇地将英俊推开，冲向浴室，过了好久才出来。她满脸惊慌地站在那里，手里拿着个什么东西。

"这，这个是什么？"

"育儿手册。"

"你……！"

微笑对着眼神时而惊慌时而怜惜的英俊低声嘟囔道：

"我还说这个月的生理期为什么会推迟，原来是怀孕了。我前天去医院确认过了，医生说已经十周了。"

"十周了？上个月你明明……！"

"医生说那个是着床出血。"

英俊好一会儿都不再说话，只是愣愣地站着，微笑担心地抬头看了看他，温柔地说：

"我们，要好好把他养大。"

"怎么现在才说啊？为什么一个人凄凄惨惨地去医院啊！怎么能不跟我说就自己去啊？"

一脸嗔怒的英俊似乎有些惊慌，却又茫然不知失措，在整个屋子里转来转去，像侑植一样开始前言不搭后语。

"那个梦果然是胎梦啊。没错，怪不得那么真实呢。不对，稍等！首先，得先买一栋带院子的房子，孩子最好能在草坪上和宠物们一起跑跑跳跳。哪里的房子好呢？给孩子起个什么名字啊？儿子？女儿？不对，稍等，现在还不知道孩子性别吧？不管了，不管是儿子还是女儿都没关系，这孩子将来肯定能征服整个地球。不过话说回来，孩子，孩子，我们有孩子了……"

英俊不再说话，一下子转过头来看着微笑，然后大步流星地走上前，紧紧地搂着她的肩膀，感觉快要把她揉碎了。他低声道：

"恭喜你。不对，是谢谢你。不对，我爱你，我爱你，金微笑。"

英俊反复说着"我爱你"，深深地吻了一下微笑的嘴唇，平静地问道：

"孩子出生之前，是不是得给孩子起个胎名啊？"

"嗯，爸爸给起吧。"

英俊一脸严肃的表情仔细想了一下，诚恳地提议道：

"'跨凤乘龙飞跃海平线拥抱太阳'，这名字怎样？"

刚刚还笑嘻嘻的微笑，额头上一下子青筋暴起。她两手紧紧抓住英俊睡衣的领口，冷静地反问道：

"您是真疯了吗？不能给咱们的孩子起这么中二的名字，重新起一个吧。"

"怎么了？这名字挺不错的啊？也不常见。"

"啊，不行，不行，我说不行！这算什么啊！就不能平凡一点吗？"

"你疯了吗？这可是我们的孩子，怎么可能平凡啊？"

"不是，平凡的反义词应该是'非凡'才对吧，难道是'不正常'吗？"

"'跨凤乘龙飞跃海平线拥抱太阳'这名字怎么了？"

"这一听就不是人的名字啊！"

两个人你一言我一语的争吵声一直持续了很久。

最后，经过激烈的讨论，孩子的胎名最终定为"太阳"。

那年冬天，儿子健健康康出生后，两个人又因为孩子的名字展开了激烈的讨论。这些都是后话。

番 外

番外一：爸爸他有点那啥（1）

　　宝贝的父母可能担心孩子会遗传父亲的瘦弱体质，因此每天都给孩子吃好的。不知道是不是因为这样的缘故，比起出生的时候，宝贝现在的身形结实了许多，而且不光身体健康壮硕，连声音都非常浑厚。"我爸爸说周六要给我买'Dragon Fire'。"

　　"哇，太酷啦。哲秀太幸福了，太羡慕你啦。"

　　"切！这有什么？我爸爸说要给我买'Action Sonic Ultra 电车'呢。"

　　"哇，闵才的爸爸最棒啦。'Action Sonic Ultra 电车'可贵了呢。"

　　"不是啦。我爸爸才棒呢。我爸爸说要给我买'Dragon Fire'，还有'Action Sonic Ultra 电车'，还有'Andromeda Assault Bike'呢！"

　　"哎呀，你撒谎！"

　　"我没撒谎，是真的。"

　　"什么时候啊？什么时候给你买啊？"

　　"虽然我不知道什么时候，但爸爸肯定会给我买的。"

　　幼儿园放学之前，唯一集团梦想之树中心幼儿园"美丽阳光班"的教室里，孩子们起了小小的争执。

　　有线电视台的儿童频道正在热播的 3D 漫画电影"安德洛墨达 GO!"系列，最近成了幼儿园里男孩子们之间讨论的热点，由此衍生的玩具也不例外，"安德洛墨达 GO!"玩具虽然价格昂贵，但在每个大卖场都被一抢而空，是首屈一指的超人气玩具。

　　"喂，那太阳的爸爸不就是最棒的吗？'安德洛墨达 GO！'不就是太阳的爸爸造出来的吗？"

　　不知道谁说了这么一句，那些七岁的男孩子们都睁着炯炯有神的大眼睛，看向教室一角的书桌。

　　一个少年正端坐在一张圆角桌子边，读着一本厚厚的书。闻此，他抬起头看了看大家。

柔软的半卷头发，白皙的皮肤，尽管不是双眼皮、但又大又圆的眼睛，精致的鼻子和嘴巴。这个少年出类拔萃的模样，让人赞叹不已。他那浑身散发出的不容侵犯的魅力，仿佛是他的基因链中与生俱来的"富贵之气"。

如果是见过唯一集团李会长的人，哪怕只见过一次，那他不可能不知道这个少年到底是谁，李英俊和李太阳这对父子的脸庞真的是一个"24K纯金模子"刻出来的。

"这不是我爸造出来的。"

太阳一下将书合上，蹦出了一句这样的话。听到他这样说，有人用惊讶的语气问道：

"我爸说过，整个'安德洛墨达GO！'工厂都是你爸爸的，难道不是吗？"

"是我爸的没错。"

"那不就是你爸造出来的嘛。"

"不是，不是我爸'造出来的'，Y实业公司只是唯一集团旗下的一个分公司，我爸是总公司的会长。"

太阳环视了一下这些完全理解不了的朋友们，看着他们阳光的笑脸，一下子合上书，深深地叹了口气。

"哎呀，我和你们到底有什么好说的啊。"

孩子们都围到太阳的身边，一个一个地跟他问道：

"那你家里是不是有全套的'安德洛墨达GO！'玩具啊？"

"你能自己组装起来吗？"

"你能给我一个吗？就一个可以吗？你还可以再跟你爸爸要啊。"

太阳面无表情地坐在那里。这时，有个人一下子挡在了他的前面。这个人正是李英俊会长最好的朋友——唯一集团副会长朴侑植的独生女朴宝贝。

"喂！你们难道都是傻瓜吗？"

"我们太阳会玩'安德洛墨达GO！'这种无聊幼稚的玩具吗？我们太阳，和你们不一样！完全不一样！对不，太阳啊？"

宝贝扭过身子，贴在太阳身边。太阳一脸难为情地想推开她，但她力量太大了，他压根就不是她的对手，怎么也推不开。

"哇，太阳的爸爸拥有整个'安德洛墨达 GO！'工厂，太阳真是太幸福了。"

听到有人羡慕似的嘟嘟囔囔，周围的小朋友们也都纷纷点头附和着。

"嗯嗯，太幸福了，太阳。"

"真羡慕太阳爸爸。"

太阳听到大家这么说，脸上的表情有些不大对劲儿。

"这有什么好羡慕的，我爸……"

"你爸怎么了？"

"我爸……"

这时，一名身着黑色西装的身材魁梧的男保镖打开教室门，喊了太阳的名字。

"少爷，您到放学时间了。"

"好的。"

太阳背上书包，将书抱在怀里。他看了一眼其他小朋友们，嘟起嘴欲言又止地嘟囔道：

"反正……我爸他……有点那啥。"

*

英俊这一天的对外日程结束得有点晚，到家的时间比平时晚一点。

为了准时参加公司的成立周年派对，本应该抓紧时间才行，但他仍然不慌不忙。看到他这样，微笑心里焦急得很。

"太阳已经都准备好了，早就在那儿等着咱们了。快点换衣服吧。"

"别唠叨了，我知道了。"

英俊一边焦急地解开身上穿着的礼服衬衣的纽扣，一边深情地凝视着微笑。

微笑穿着一件黑色衬裙，坐在椅子上，抬起腿正穿着紧身丝袜。她那玲珑的身体曲线，不管是过去还是现在，没有丝毫改变，还是那么让人叹为观止。

"你今天要穿那件连衣裙去吗？"

"嗯。"

那件衣服挂在衣架上，是一件黑色的真丝材质的连衣裙，长袖处采用了透视设计。

看到英俊不甚满意的表情，微笑一边穿着连衣裙，一边担忧地问道：

"很奇怪吗？"

"没有，不奇怪，就觉得是不是有点危险啊。"

"有什么危险的啊？"

"我在为纪念派对致辞的时候，如果不小心和微笑你四目相对，不知道会不会一下子兴奋起来，然后对着话筒喘粗气啊。"

"真受不了你啊。"

听到英俊这讨人嫌的笑话，微笑眉头皱了起来。但她没有责备他，而是将背转向他，拜托道：

"帮我拉一下拉链吧。不知道最近是不是得了肩周炎，连胳膊都抬不上去了。"

英俊走过来，并没有将微笑那散在两边的衣角加以对齐，而是用右胳膊紧紧地将她纤细的腰肢搂在了怀里。

"都等着呢，您这是干吗啊。"

番外一：爸爸他有点那啥（2）

"稍等一下。"

英俊弯下身子，轻轻地亲了一下微笑那黑色衬裙上裸露的白皙的后背。她的肩膀一阵颤抖。

"不要，不要这样。"

"10分钟，不，就给我5分钟。"

"现在真不行，我们要迟到了。纪念仪式结束后，我们晚上再做吧，晚上再说。"

"晚上是晚上，现在是现在。"

英俊湿润的嘴唇沿着微笑的肩胛骨，慢慢地游动起来。

"真不……行……啊。"

英俊伸出舌头沿着微笑的脊柱深深地吻上来，微笑的声音也渐渐迷离起来。

"我一会儿就结束，好吗？"

英俊将嘴唇贴紧微笑的耳郭，低声细语地问道。微笑闻此，长长地舒了口气，带着火热的气息转过头来，直视着他的眼睛。

一瞬间，两个人交换了下眼神，不知道是谁先开始的，他们着急忙慌地脱起了衣服。

"您早来10分钟也好啊，这算什么啊。"

"对不起，路上太堵了。"

"知道了，要赶紧结束啊。"

"好的。"

英俊加快了手上的动作。他掀起微笑的衬裙，抚摸着她的大腿，一路而上。

就在这时，传来一阵敲门声，发生了一件意想不到的事情。

门外，一个稚嫩的声音，一字一句地开始"唠叨"起来。

"妈妈，爸爸，你们也都知道，现在差10分钟就5点了。爸爸回来得这么晚，我们所有人都要迟到了。现在你们都换好衣服了吗？"

惊慌失措的微笑一下子跑开了，在离英俊有一段距离的地方，开始慌慌张张地穿衣服。不知道是有多惊慌，她竟然爆发出了惊人的柔韧性，成功地将后背的拉链拉了上去。

"嗯……太阳，妈妈都穿好了。我们一会儿就出去，你先下去吧。"

微笑努力假装平静地劝慰太阳，但太阳偏偏今天有些执拗。

"不行，我等着你们，咱们一起下去。"

"爸爸还没有准备好呢。你先下去等一会儿，好吗？我们太阳最棒了！"

木质门后，传来一阵悠长的叹息声，其中似乎有些失望的情绪。紧接着，门外的人话里带刺地说道：

"爸爸不是说过'男子汉大丈夫就应当珍惜时间'吗？但是，爸爸为什么每天都这么磨磨蹭蹭的？我早上起来去上幼儿园，一次也没有迟到过，上次爸爸也没有遵守约定的时间。不遵守约定是一种很不好的行为。"

就在微笑不知所措的时候，太阳似乎很无奈地，用一种非常傲慢的语气又补充了一句后，从门前走开了。

"我先下去看会儿书，你们快点下来啊。我最讨厌等人了。"

噔噔噔，轻轻的脚步声渐渐远去。微笑过了好一会儿才转过头来，看着英俊。

英俊上半身光着，手扶着桌子，尽管这姿势很撩人，但他的脸上却不是这样的表情。

英俊的脸上红一阵青一阵好一会儿，这才露出一副完全不敢相信的表情，张开嘴大声喊道：

"李太阳到底是随谁啊，这么欠收拾？他虽然是我们的儿子，但这也太欠揍了不是吗？"

英俊因为太兴奋而声音高亢。他长长地叹了一口气，用一种甚为不满的语调补充道：

"不过，仔细听他说的话，好像也没有什么不对的。虽然很欠揍，但也没有那么出格。这是怎么回事啊？怎么会有这种事呢？"

微笑一直静静地听着，脸上的表情很微妙。她皱了皱眉，说道：

"哎呀，就是说呢。他到底是随谁啊？"

　　＊

创立周年仪式上，太阳端正地坐在祖父母——名誉会长夫妇的身边，五官精致非凡，那模样不带一丝小孩子气。

仪式结束后，名誉会长夫妇就像平时那样，对着太阳连连赞叹："这孩子怎么那么像英俊小时候的模样啊。"其他人也都纷纷你一言我一语地说着相似的话。话题的核心，离不开这孩子以后会像他父亲那般优秀。

大家都觉得他会像爸爸一样出色。

不仅仅是在这里。

到现在为止，太阳遇到的所有大人都像约好了似的，做出完全相同的反应。爸爸，爸爸，爸爸，听得太阳耳朵都起茧子了。甚至连幼儿园的朋友们也开始这样说。刚开始太阳还觉得开心，现在他讨厌起自己的爸爸来。太阳想着到底为什么爸爸跟他如此酷似，忍不住生气起来。

他对爸爸不满的还有另一件事。

每次过完周末到了周一的时候，朋友们都会炫耀和爸爸一起出去玩的事情。但是每当这个时候，太阳却完全无话可说。

无论是周末还是平时，太阳的爸爸总是忙着公司的事情，聚会、出差，连下班都要到深夜。有时候太阳甚至两天都见不到爸爸。虽然，英俊偶尔也会和太阳一起玩，但也是借着日程安排的名义来实现的。

太阳生气地看着只顾着照顾爸爸的妈妈。妈妈却没有发现儿子的嘴已经噘得老高。

这时候，太阳会觉得连世界上最美丽、最善良的妈妈也站在爸爸这边。

妈妈为什么站在爸爸这边？我自己可以做契卡[1]，也会穿幼儿园园服，无论作业有多少，从没有让别人帮忙写过。爸爸没有了妈妈连领带都不会系，马甲也要妈妈帮忙穿，日程也要问妈妈。爸爸除了忙，到底会做什么呢？

爸爸确实如此。

"太阳啊。"

妈妈好像发现了太阳的情绪，笑着弯下腰。果然，还是只有妈妈好。

"我们太阳要赶紧长大，成为像爸爸一样优秀的人，嗯？"

天啊，太郁闷了。现在妈妈也不需要了。世上没有人是站我这边的。

满面愁容的太阳远远地看着和外国人严肃交谈的爸爸，悲壮地宣布：

"不，我长大了一定要比爸爸更出色，要成为一个顶天立地的优秀的人！一定！"

"天啊，真不愧是我儿子。"

太阳丢下感到欣慰的妈妈，转过身跑开了。

*

在会场的迷你庭院里来回踱步的太阳，听到有人叫他，转过头去。

"太阳啊！"

这洪亮的嗓音都不需要确认。这个人是宝贝。

1　一种饮料。

"你在这里干什么？"

"没干什么。"

"巧克力蛋糕很好吃，你吃了吗？"

"没有。"

"为什么？"

番外一：爸爸他有点那啥（3）

这种心情还能咽得下什么呢？太阳失望地转过头去。宝贝担心地看着太阳，猛地抓起他的手摇晃着。

"你怎么了？奶油蛋糕更好吃吗？"

"不是。"

"哎，没关系，没关系。我也喜欢奶油蛋糕。"

啊，这家伙能不能不提蛋糕的事情了！

"那我们牵着手去吃奶油蛋糕吗？"

正在太阳犹豫不决，不知道该怎么回答的时候，一个巨大的身影从他们两人身后盖过来。

这是计划室王部长的老来子王振成。他的块头看起来连个子比同龄人高的太阳和壮实的宝贝都招架不住。

"喂，你们的手还不放开吗？"

振成眼睛凸起，上下翻着白眼，生涩地摆出跆拳道的姿势，凶狠地威胁道：

"喂，太阳。我告诉过你，宝贝是我的女朋友，不要和她太亲密吧？你为什么不听我的话？"

太阳一副若无其事的样子，刚想说"不是我抓的她"，宝贝抢先一步说道：

"天啊，太可笑了！王振成你为什么要拆散我们？"

"什么？我们？我们是什么关系？是可以吃的吗？"太阳不明所以地看着她，一副疑惑的表情。宝贝完全无视太阳，提高嗓门制止道：

"你听好了！我和太阳是要结婚的关系。所以你走开！你还是回去看波鲁鲁 7 吧。"

振成听了这话勃然大怒，抓住话柄继续说道：

"我不看波鲁鲁这种东西！我看的是'安德洛墨达 GO！'，我们家有'安德洛墨达 GO！'系列！波鲁鲁是李太阳看的吧！"

太阳面对轻率的挑衅，失望地说道：

"我不看波鲁鲁。"

"说真话。你不是看的吗？不是每天都死守着首播吗？"

"说了不看！"

"哎，我觉得你好像看啊。"

"我说了不看！太无聊了，我不看！"

情况慢慢变成了两颗幼稚的自尊心的对决。

"有人说你们家一个'安德洛墨达 GO！'都没有。"

"这个，这个……"

"难道是因为自己不会安装才没有的吗？"

"不是！"

他不是其他孩子，他可是李太阳，这种简单的积木怎么可能不会安装。只不过太阳有难言之隐。

去年儿童节前的那个周末，全家人都聚集在一起，爷爷问太阳要不要给他买一整套"安德洛墨达 GO！"。太阳觉得如果直接当面说"好，全给我买了"显得太孩子气，想推辞一下，于是就回答说："太幼稚了，我不要。"当太阳意识到自己说错话的时候已经晚了。

爷爷应该再问一次啊。但是并没有听到爷爷温暖地说"爷爷给你买的，收下吧"。相反，太阳听到爷爷说：

"真是跟英俊小时候一模一样。看看我们太阳像个小大人。真是唯一集团的未来。"

未来啊，胡吹啊，把太阳日思夜想的"安德洛墨达 GO！"永远送走了。留下的只有那徒有其表的小大人。

"那就是你想要可你爸爸不给你买？"

"不是这样的。"

"那是喜欢玩波鲁鲁娃娃？难道是晚上抱着睡？"

"不是！不是！说了不是！"

"都说你长得像小女孩。你有小鸡鸡吗？"

太阳本来就因为"安德洛墨达 GO！"和爸爸而生气，再加上振成的讥笑和挑衅，他气得再也忍不了了，挥起拳头打了振成。

砰的一声，振成坐倒在地上，张着嘴一副难以置信的表情。过了一阵，反应过来的振成开始大声哭了起来，好像心疼自己的身体。

"呜哇！呜哇！呜哇！呜哇！呜哇！太阳，呜哇！呜哇！太阳打我！"

正在太阳慌乱得不知所措时，从身后盖过来一个长长的影子。

"李太阳。"

光听这威严的声音就知道是谁了。

绝对不能看到这种场面的人只有爸爸。

果然，他表情严肃地看着太阳，那眼神像是在追究事情的原委。

"爸爸，振成他……"

"振成怎么了？"

"振成被吓到了。"

"是你打的吗？"

"不是我的错。"

"回答我的问题。是不是你打的？"

太阳紧闭着嘴唇好一阵，最终迫不得已地说道：

"是。"

"快道歉。"

"我说了不是我的错。"

"快把他扶起来，然后利索地道歉。"

太阳听了这假装的严肃责备，扭捏了一阵，转过身向振成伸出手。

振成抓着太阳的手，像傻瓜一样拖拖拉拉地站了起来。太阳瞪着振成，忍着火气，不情愿地挤出三个字。

"对不起。"

太阳简短地道歉后，转过身来，冷酷而委屈地看着爸爸，突然大声哭着跑开了。

*

太阳回到家后，心里特别不舒服，在房间里闭门不出，连个人影都看不到。

英俊洗漱后，没有直接回到床上睡觉，下楼去了儿子的房间。

英俊轻轻地敲门后，打开门看了一眼，房间里黑漆漆的，只有一盏小小的夜灯亮着。

"睡了吗？"

太阳没有回答，只见床一边的被子蠕动了一下。英俊轻轻地把带来的东西放在门旁边，径直穿过房间，把书桌的椅子搬过来，放在床边。他坐在椅子上，轻声说道：

"太阳啊，我们谈谈吧。"

"不要。"

"有什么话，尽管跟爸爸说。"

太阳像是在等着一样，毫不迟疑地说道：

"我讨厌爸爸。"

番外一：爸爸他有点那啥（4）

"为什么？"

"就是讨厌。"

"哪有这种回答？聪明的人都会拿出确凿的证据来。好好回答。"

"就是……"

太阳仍然背着英俊躺在床上，过了好一阵才开始张口诉说。

"别的朋友的爸爸，周末和他们一起看棒球比赛，一起去博物馆，一起去钓鱼，我爸爸……"

"我爸爸总是忙于日程安排和出差？"

"是。"

"你刚才说讨厌我。那你想跟爸爸在一起吗？想跟爸爸一起玩吗？"

"嗯。"

"看来也不讨厌嘛！"

英俊扑哧一笑，若无其事地说道。太阳好像被戳中了要害，又闭上嘴不说话了。

英俊缓缓俯下身子，贴在太阳耳边小声说道：

"周末不管妈妈了，跟爸爸一起去看棒球比赛吧。然后下一个周末去博物馆和钓鱼，怎么样？"

不管多聪明，小孩子毕竟是小孩子。明明开心还故意装作若无其事的样子一眼就可以看出来。

好一阵没有反应的太阳尴尬地点点头，但是仍然背对着英俊，没有面向英俊。英俊好像看出了什么。

"再怎么高兴都不能熬夜啊。"

英俊意味深长地留下一句话后，站起身向着门口走去。

太阳感觉到有什么情况，突然起床跑向入口处放着的那堆东西。那是他一直以来梦寐以求，却因为自尊心说了不该说的话，差点就被一句"小大人"夺走的"安德洛墨达 GO！"系列。

"爸爸！"

英俊的手停在门把手上，回头看着太阳。太阳低下头，哭着道歉。

"白天……是我错了……我打了振成，是我不对。"

英俊重新大步走回床前，一把抓住太阳的肩膀，严肃地说：

"爸爸没有跟你道过歉。"

"爸爸……！"

今天我爸爸有点帅气。太阳的眼里闪烁着憧憬的光芒。

"下次振成还是会挑衅的……"

英俊沉默了一会儿，坚定地说道：

"打他。"

"啊？"

"然后再道歉。"

"哦……啊？"

"如果再挑衅就再打他。狠狠地打他，打到他魂都没有。"

啊，这个，有点……这应该不是一个优秀的成年人在儿子面前说的话吧？是真的还是开玩笑？

摸不着头脑的太阳歪着头。英俊继续说道：

"宁愿死也不能憋屈地活着。知道了吗？"

"啊……知道了。"

太阳勉强地回答，一副不乐意的表情。英俊继续温柔地说道：

"还有，振成今后不会再欺负你了，绝对不会。为什么呢？因为振成的爸爸比不过太阳的爸爸。"

太阳瞪圆了大眼睛，抬头看着英俊，英俊开怀大笑，笑得有些瘆人。

"我可是他高中的学长呢。"

虽然不能完全理解爸爸的话是什么意思，但太阳却立刻明白了一点。

啊，原来大人活得也并不那么成熟啊。

*

笼罩在黑暗中的卧室里，微笑的体温把特大号双人床暖得恰到好处，英俊嗖地爬上床，轻轻地咬着她的耳垂。轻薄的丝质睡裙下，英俊的手长驱直入。

"消气了吗？"

"稍微吧。"

"我知道您忙，但您也多少再用点心。看到我们儿子因为爸爸这么难过，我真要心疼死了。"

"知道了，知道了。"

"'安德洛墨达 GO！'给他了吗？"

"这家伙，如果想要，就早说'想要'啊。反正啊，他这么犟也不知是像谁。"

英俊咧嘴笑着嘟囔起来，微笑痒得扭动着翻了个身，寻上他的嘴唇。

两个人品味着唇舌交融的热吻，眼神逐渐变得迷离。

"现在慢慢着手要老二怎么样？"

"嗯，我不喜欢。现在这样不也挺好的吗？"

"您不想要个女儿吗？"

"我再想想。"

在英俊的舔舐啃咬之下，微笑的脖颈隐隐发疼，对话也就到此结束了。

宽敞的卧室里，响起了火热的喘息声和摩擦声。

英俊把头深埋在微笑丰满的胸里，头也不抬，只是用手去解睡衣的扣子。微笑的肌肤火辣辣的，犹如夏季炎炎烈日下炙烤的沥青。英俊的鼻尖掠过时，她全身都麻酥酥的。英俊腹部下方的深处，膨胀起一股强烈的欲望，此刻，温柔的前戏之类的统统省略吧，他只想粗暴地把她生吞了。

但是，就在此时。

"爸爸。"

听到这个声音，就犹如被泼了一盆冷水，所有的火热瞬间冷却。

不觉间被单里乱成一团。英俊和微笑匆忙理了理凌乱的衣服和头发，同时掀起被子猛地起身，低头望向声音传来的方向。

太阳抱着庞大的恐龙枕头，笑眯眯地站在床前，以一副大发慈悲的口吻说道：

"为了向爸爸表达歉意，今天我就陪你们睡一晚。"

"啊……太阳，爸爸的耳朵好像有点奇怪。我怎么听不太懂呢，你说什么？"

"我说今天我陪爸爸妈妈一起睡。咳咳。仅此一天。知道了吗？"

太阳不由分说地爬上床，熟练地挤到两个人中间，摆好枕头，舒舒服服地一头躺了下去。

转眼间，英俊和微笑间隔开一个难以逾越的山谷，两个人一脸无奈地看着对方，良久，终于爆发出一阵大笑。

两人说着"反正，偶尔这样也不错嘛"，一边轻轻地拍着太阳，一边谈笑起来。

聊着聊着，就听到低沉的呼噜声。也许是太累了，不一会儿的工夫，太阳就沉沉睡去。

微笑眼含爱意地低头看着儿子熟睡的脸，又看向一模一样的爸爸的脸，说道：

"您知道太阳刚才对我说什么吗？"

"说了什么？"

"长大了，要变得比爸爸更优秀，要成为一个顶天立地的优秀的人。"

听到这儿，英俊扑哧笑了，一副理所当然的样子，说道：

"告诉他，我死之前别做梦了。竟然敢……"

"哎哟，是是。您说得是。"

两个人对视着咯咯笑起来，隔着儿子轻轻地吻了一下。

一个平凡家庭的一天，就这样结束了。

番外二："女儿奴"的眼泪（1）

利用短暂的假期，侑植和英俊一起来到了济州岛，享受着久违的家庭旅行。

总是渴望能够和繁忙的爸爸共度欢乐时光的五岁孩子们，高兴得欢呼雀跃，在酒店的室外温泉池里玩了一整天的水。

此时，英俊还在泳池里陪儿子一起玩着沙滩球，侑植却早已体力不支，躺在私人海滩小屋的沙滩床上，头一捣一捣地打着瞌睡。

"亲爱的，睡着了吗？"

"没有，还没。"

"宝贝的游泳服啊，是去年秋天才买的，现在就已经小了。现在她才五岁，比起她的个子，我真有点担心她是不是长得太胖了。"

听到妻子美京的话，侑植望向坐在对面沙滩床上的女儿，只见她用力

"唧唧"地吸着袋装的儿童红参汁,吸得特别投入。她的泳衣长短还可以,也许是因为那快要爆炸似的圆滚滚的肚子吧,看起来确实……被塞得紧紧的。

"看起来很结实嘛,多好,干吗那么担心。"

"是吗?嗯。"

在父母看她时,宝贝正倒提起红参袋子放在舌头上,把最后一滴红参精华抖出来喝掉,她突然瞪圆了眼睛,冲侑植喊道:

"爸爸,爸爸。"

"我们的好女儿,叫爸爸什么事啊?"

"宝贝决定了。"

"什么?"

"宝贝要和爸爸结婚。"

侑植把滑下来的眼镜推了上去,高傲地看着远处的英俊。看见了吗,李英俊!这就是养女儿的感觉。你这个只有儿子的家伙,到死也体会不到啊。

"还有,爸爸。"

"嗯?"

"我想吃西班牙炸油条。"

"这里好像没有西班牙炸油条呢。"

"妈妈!那就再给我点刚才的炸鸡。"

"这孩子,午饭刚吃了没多久,又来了!"

美京刚开始数落,侑植就伸出手制止了她,说道:

"喂,孩子本来就身子弱,刚玩了水,得有多饿啊。"

"亲爱的,你再怎么是个'女儿奴'也不可以这样啊。清醒一下。这孩子怎么就身子弱了?在幼儿园所有的孩子里,她的体重早就遥遥领先了。"

"反正,她想吃的时候就让她吃,快点单吧。"

"哎哟,你总是这么惯着她,都成习惯了。这样下去,孩子只会越来越壮的。真是头疼啊。"

宝贝看着不停抱怨的妈妈,丝毫不在意她到底是去还是不去,又冲着她的背后,用嘹亮的高音喊道:

"妈妈!炸鸡里多放点萝卜啊!"

"我真是没法活了。"

侑植眼含爱意地看着宝贝那红扑扑又胖嘟嘟的脸。哎哟，这孩子这么漂亮，真不知道她是吃什么长大的。

"来，我们的宝贝，你刚刚说的话能再说说吗？"

"什么话？"

"你说长大了要和爸爸结婚，为什么会这么想呢？"

宝贝一双大眼睛滴溜溜地转着，嫣然一笑，回答道：

"恩书约好了，长大以后要和志赫结婚。还有，书延和俊浩是同桌，他们也说以后会结婚的。"

恩书和书延，都是宝贝幼儿园的同班同学。但是最近的孩子们怎么这么早熟呢？

"嗯……原来是这样啊。"

"我也不能认输，所以，得和爸爸结婚呀。"

原来是因为这个啊。侑植的眼角悄悄泛上露珠。

"好，我们的宝贝长大了一定要嫁给爸爸。知道了吗？"

"知道啦。"

"爸爸长得最帅吧？有天和地那么帅吧？"

"那当然了。在这个世界上，宝贝最喜欢的就是爸爸啦。"

"所以，以后也不能喜欢其他家伙。我们约好了。"

"那当然了，那当然！啊，宝贝也想吃胡萝卜[1]蛋糕了呢。"

"这里应该没有胡萝卜蛋糕呢。"

"哼。"

直到此时，侑植还没有意识到，但凡有女儿的爸爸们都会经历的人生考验，竟然会来得那么快。

"太阳的盘子已经空了啊？妈妈去给你拿水果好吗？"

"不用，我自己去拿。"

夕阳西下时，大家不再戏水，来到自助餐厅吃晚餐。吃饭的时候，大

1　韩语中，"胡萝卜"和"当然"发音相同。

人们不知不觉就聊了很长时间。本来是聊宝贝和太阳的幼儿园里，某家的女儿打了某家的儿子，双方父母闹到了院长室，不知怎的就聊到了国际形势。在此期间，五岁的孩子们能做的就只有吃了。

"太阳，太阳，那个很好吃呢。"

不知是什么时候跟上去的，在水果区前，宝贝一下子拉住太阳。一个女孩子家，怎么力气大得就像个壮汉似的，她不过只是抓了衣袖而已，太阳的整个身体都被一下扯了过去。

"哪个啊？"

"这个，这个，屎蛋糕。"

"恶心。屎蛋糕是什么啊？"

"蛋糕上有屎奶油。但是很好吃，这个屎。"

"这不是屎，是栗子。真无知。"

"你说什么？"

"这儿不是写着名字嘛。栗子蒙布朗。"

"栗……这么复杂的东西，我还不会念。"

"M-eng 蒙，L-ang 朗……"

宝贝也许是不想听，直接打断了他。

"反正，屎蛋糕很好吃。话说，太阳，你怎么什么都知道啊？"

因为他问过爸爸，爸爸告诉他那是用栗子做成的甜点，所以他才这么说的。其实，太阳也一样，也觉得那看起来像屎。但即使是那样，他也不能直说。

"嗯。没有我不知道的。我一出生就什么都知道。"

番外二："女儿奴"的眼泪（2）

"哇。"

宝贝张大了嘴巴，不禁露出很惊奇的表情，不过呆头呆脑的她，转瞬间就又把心思放到了甜点上。

"这个布丁也好吃。我都吃了两个，你也尝尝？"

太阳突然觉得有点伤心。不是，现在不应该是夸奖和称赞狂轰滥炸的时候吗？这个丫头不夸我，到底在干吗呢？总之啊，还是和七岁的哥哥们才谈得来，和同龄的小家伙们实在是没有什么共同语言。

"甜点得适量吃。"

听到太阳的话，宝贝瞪圆了眼睛问道：

"什么？为什么呢？"

"甜点本来就是吃完饭以后，稍微吃一点的东西。"

"谁说的？"

"我在爸爸的杂志上看到的。"

"哇！"

"还有，吃太多甜的和油腻的东西，对身体不好。这是常识。"

"常识是什么？不是吃的吧？"

"常识，不是吃的。常识是什么呢……嗯，那个吧，妈妈和爸爸都知道的。"

太阳还太小，明明不懂，却还硬要装出一副什么都懂的样子。听到他说大话，宝贝的眼睛都直了，变得亮晶晶的。

"你……"

"干吗？"

"你，真聪明。"

太阳终于等到了称心如意的反应，他耸了耸肩，露出骄傲的神情。

正在此时，有一位金发的外国小姐从太阳和宝贝身边路过，不小心轻轻碰了下太阳的肩膀。

"Oh! Excuse me."

外国人非常愧疚地道歉，太阳微微一笑，一字一句地回答道：

"No problem. Never mind."

外国人觉得这样的太阳可爱极了，一边海豚音尖叫着，一边海狗式鼓着掌，走了过去。看到那个样子，宝贝的脑袋里乱作一团。

"喂，坏事儿了，太阳。"

"为什么？"

"你太太太帅了。"

"嗯。我本来就帅。"

"但是，怎么办啊？"

"什么怎么办？"

"宝贝刚才和别人约定好要结婚了。"

太阳想起了最近在幼儿园流行起来的"新郎新娘"游戏。到现在为止，扑向太阳说要跟他结婚的女孩子远不止一两个了。在自由活动时间里，太阳想要一个人安静地拼拼图、看看书，这时如果有人黏上来的话，他就会觉得很烦，所以他都一一拒绝了。

"哦……这样啊。"

"怎么办啊，要是早知道你这么帅，宝贝就不会说'要和爸爸结婚'这样的话了。"

"哦？你和爸爸是不能结婚的啊。"

"你说什么？"

"你和爸爸是不能结婚的呀，你的爸爸已经和你妈妈结婚了。结婚不是只能结一次吗？"

"真的吗？"

"嗯，应该是这样。"

宝贝不知道在想什么，满脸悲壮的表情。她将蛋糕放到一边，猛地抓住了太阳的手。

"走吧，太阳。"

"哦？我是来拿水果的。"

"水果和蔬菜这类的食物不吃也行，吃了这些肚子就饱了，就不能再吃炸鸡和蛋糕了。"

"不是，我想吃橙子和西瓜……"

"哎哟，你是猪吗？别拿这些了。"

"啊！"

束手无策的太阳被宝贝抓着，像行李箱一样被拖走了。

另一边，大人们正就国际形势严肃地讨论着。不知怎的，他们的话题转向了"明天要不要去吃黑猪"。

"爸爸，爸爸！"

宝贝喊爸爸的声音很洪亮，不仅她所在的这张桌子的人，就连其他五张桌子前坐着的所有人，也都朝她这边看过来。这嗓音真的是很厉害、很有威严。

侑植不自觉地脸红了，看着女儿问道：

"啊呀，我的女儿，你拿的是'屎蛋糕'吧？"

"天哪，爸爸，什么屎蛋糕呀。你真无知，这是蒙……蒙蒙猪排？"

"蒙布朗。"

"嗯，对，就是那个，那个。"

太阳在旁边一使眼色，宝贝跟着不断地点头附和。突然，宝贝一副在幼儿园发言时的模样，举起右手喊了出来：

"爸爸！我……朴宝贝有话要对你说……"

"我的女儿这么支支吾吾的，是有什么有趣的事要跟我说啊？"

"宝贝决定了，我要跟太阳结婚！"

朴宝贝的话让坐在桌子前的大人们大吃一惊。

"你说什么？"

"太阳是世界上长得最帅气的人。他的帅气普天之下无人能敌。所以我喜欢太阳，我要跟他结婚。"

"等等！喂，你突然……呜呜！"

惊慌失措的太阳想说些什么，但嘴巴被宝贝蛮横地用手给死死地捂住了。

"不想挨打的话，你就安静点，李太阳。"

宝贝恶狠狠的威胁和疯狂的攻击让太阳不知所措，他放声大哭了起来。

微笑强忍着笑意，把太阳抱在怀里安慰他。英俊脸上一副傲慢的表情，双手交叉，托着下巴，把侑植的女儿叫了过来。

"宝贝呀。"

"嗯，叔叔。"

"你说，你长大了想跟太阳结婚？"

"是的。"

英俊嘴唇的一角上扬着翘起来。

"以后真的会如你所愿……噗！"

话还没说完，英俊的脸就被猛然飞来的一张厚厚的餐巾纸盖住了。

"李英俊，你要再说一句话，我立马辞职。"

听到侑植这不同寻常的有魄力的声音，英俊不由得严肃起来。在平时，只要是宝贝的事，侑植总是战战兢兢的。这么出名的"女儿奴"突然遇到这种事，他得有多么惊慌失措啊。一想到侑植的心情，英俊感觉眼泪都要流下来了，因为他得使劲憋住不能笑出来。

"宝贝，你怎么能这样？你刚刚还说'在这个世界上，宝贝最喜欢的就是爸爸啦'。"

"对，刚刚确实是这样的。"

"现在呢！"

"我现在喜欢太阳。"

瑟瑟发抖的侑植确认了这一事实后，脸色变得苍白。

"喂，朴宝贝！我把你养这么大，你就这样对我吗？啊？"

"对不起，爸爸。"

"啊！怎么能！你怎么能变心呢？"

宝贝拉着哭泣的太阳去拿"屎蛋糕"，心脏狂跳的侑植看着她离去的背影，再次受到了打击。

"都说养女儿一点用都没有！唉！真是的！"

"什么，哈哈，真是没办法，哈哈，安慰你啊。加油，哈哈哈，朴博士。噗哈哈。"

"你这小子，要笑就笑，要说话就说话！以后你生了女儿，照样也要承受这些！"

"女儿奴"从口袋里掏出清心丸使劲嚼着，难过地咽下了痛苦的眼泪。

番外三：欢迎家庭新成员（1）

大家好，我是现在就读于首尔某私立小学一年级的男生李太阳。

其他更加详细的个人信息，我就省略掉不再说了。因为就像爸爸说的那样，这本来就是个可怕的世界。

爸爸在我小的时候就一直对我说："不管发生什么事，绝对不能相信世界上的任何人。"这句话听得我耳朵都起茧子了。每次这样说的时候，他一定会加上"当然，你还是可以相信爸爸的"这句话。虽然我不知道他为什么这样说，但他每次都会加上这一句，一直如此。这句话就像循环歌曲的高潮部分一样，无休无止。

我爸爸……虽然不能非常准确地说出他是什么样的人……反正他就是这样子的。

我现在在江南唯一医院二十二层的 VIP 病房里。

您是问我哪里不舒服吗？不是的。现在躺在病床上的不是我，而是世界上最美丽，不，曾经是世界上最美丽的人——我的妈妈。

妈妈完全变了一个样。她再也不是我以前的妈妈了。直到出发去医院之前还对我笑盈盈的妈妈，现在再也不对我笑了。

妈妈刚才在病房让我去接待室的时候，她紧紧握住我的手，对我说：

"太阳啊……，不要担心妈妈……，我的太阳最棒啦……啊……"

妈妈说话的时候，脸色变得很难看，和平常完全不一样。她的皮肤也变得很苍白，冒着冷汗，一直都很温暖的手也变得冰冷。

"呼哈呼哈，太阳，记得写作业啊，啊！自己把明天要用的东西准备好，呼呜，呼呜，啊！出来了，出来了，出来啊！哈，没事，现在没事了。呼呜呼呜，啊啊，可是那个人为什么不来！孩子马上就要生了，啊，现在还去出什么差啊，啊！不是都说生二胎没那么痛吗，完全都是瞎扯啊，啊！给我打无痛针，无痛针！"

我不知道无痛针是什么，从刚刚开始妈妈就一直呻吟着要用无痛针，但医生告诉她，这次生产过程挺快的，现在用无痛针也没有必要了，让她稍微忍一忍。

妈妈素日里是个非常沉着、有忍耐力的人，但在这种事面前，忍耐力却好像没有任何意义。

"啊啊啊啊啊啊啊！"

不知道大家是否知道，我的外公是一名摇滚歌手。

之前，爷爷曾经带我去看过外公的公演。那时候，外公就像现在这样，朝着观众席高声喊叫：

"伙计们，你们的呐喊声只有这么大吗！大家要从丹田使劲大声叫喊出来！摇滚精神永远不死，啊啊啊！"

虽然当时的我不知道那是什么意思，但看到妈妈现在这样大声叫喊，我好像有些知道了。摇滚精神仍然活在妈妈的心里。Peace！

说到这里，大家都察觉到了吧？

是的。

再过一会儿，李太阳就有妹妹了。

不是像大伯的儿子、大姨的儿子、小姨的儿子那样总是吵吵闹闹讨人厌的弟弟们，也不是像侑植叔叔家去年刚出生的二儿子。我马上就要当哥哥了，而且还是一个妹妹的哥哥，嘿嘿。

我最开始知道这件事，是在去年夏天。

那段时间，一向很忙的爸爸不知道哪根神经搭错了，居然休了整整一周的假。爸爸、妈妈和我一起坐着爸爸的专机去了塔希提岛游玩。

比起飞机，我更喜欢直升机，我提议坐直升机去，但是爸爸说塔希提岛太远了，所以要坐飞机去。我气得好一阵都没和爸爸说话。

但是那天，我们在飞机里吃了妈妈打包带去的鱼子酱和鹅肝的紫菜包饭便当，那真的是太美味了。而且作为饭后甜点的松露冰激凌也别有一番风味。因此，我心情美美地宽恕了爸爸。我是一个比看起来更加心胸开阔的小孩。

哦？大家为什么是这个表情？难道大家不是都那样很平凡地活着吗？

话说，在塔希提岛停留的五天时间里，我真的……

差一点就无聊死了！玩水、玩沙子是很有趣，但玩一两次也就够了。那个地方，除了大海以外什么都没有。如果当时没有带书过去，那真的要出大事了。

但是，爸爸和妈妈不知道为什么那么高兴，两个人只要对上眼就笑得合不拢嘴。在海边本来就热得要死，他们还一直牵手、拥抱、亲吻、抚摸，嘴里不住地说"我爱你"，哎哟，我真是看不惯。

呵呵。

当然，他们俩并不是只顾着卿卿我我。爸爸妈妈不知道有多照顾我，我现在想起来都挺感动的。

两位或许是怕我累了，太阳刚下山就无休止地唱着"快睡吧，太阳，早点睡才能长高。好好睡觉吧，太阳，晚上不要醒，睡懒觉也没关系，快睡吧，给你一百万韩元，拜托你快快入睡吧。"

这难道不能说明爸爸妈妈是有多为我着想，有多爱我吗？

当然也多亏了他们两位为我着急担心，我每晚都睡得很香。但我有时候半夜从卫生间回来，想轻轻地把爸爸妈妈的卧室门打开，不知道为什么，每次门都是锁住的。

从塔希提岛回来后，不知过了多久。爸爸在下班路上买了非常大的玫瑰花束回来，送给妈妈，然后在妈妈脸上一通乱亲。

听到我问爸爸为什么这么高兴，妈妈笑盈盈地回答我：

"我们太阳也马上要有妹妹了，开心吗？"

妹妹？

妹妹！我也有妹妹了。

虽然我有些蒙，但还是很开心。前一段时间，当其他小伙伴们说起妹妹和弟弟的话题时，我常常因为没有弟弟妹妹而感到难过。

爸爸不假思索地给还在妈妈肚子里没有名字的妹妹起了个炫人而又酸溜溜的（按妈妈的话就是'有点中二病的'）胎名，然后被妈妈使劲掐了下肋部，还留下了淤青。

你们是不是在想："什么淤青啊，你不会是在说谎吧？"这是真的，我清楚地看到过。那天晚上，我和爸爸一起洗澡，他的肋部有非常大的淤青。

但是……爸爸明明被掐的地方是肋部啊……为什么他的脖子后面、胸部中间，还有大腿根也有淤青呢？背上也有几条被抓过的痕迹。

我问爸爸，这些也全都是妈妈抓的吗？爸爸的脸变红了，嘴里自言自语地说："小孩子怎么什么都问。"他没有回答我，然后就问我："你的作业都写完了吗？"又说："你今天看到的东西，不能告诉任何人，知道吗？"

还说："这是妈妈的习惯，不对，是私生活，不对，是名誉问题。"这些让人完全听不懂的话，甚至还哄我说"如果你保密的话，爸爸下个周末就带你去棒球场，去见李大路选手"，真让人摸不着头脑。

番外三：欢迎家庭新成员（2）

我爸爸是唯一自恋者职业棒球球队的老板，球队里有一位身躯高大的击球员，他就是李大路，我很想要他的签名球棒，所以就答应了。那个周末，我果然见到了李大路选手，还和他一起吃了冰激凌，也收到了签名的球棒。

几天以后，因为听说大伯回国了，所以我们去爷爷家玩。在爷爷家时，奶奶问我"爸妈的关系好吗？"，我不小心说漏了嘴。着实是我的失误。真的是鲜有的失误。我的脑袋那么聪明，一旦作了约定，是绝对不会忘记的。

一直在旁边听着的大伯嘟囔了一句"弟妹比看起来要主动啊……"，被伯母（我伯母的名字是"吴利智"，和"腌黄瓜"发音相同，搞笑吧？）狠狠地唠叨了一番。爷爷则表情十分尴尬地一阵干咳，然后对我说："到了别处可别说这个。"还给了我一大笔零花钱。

那到底是什么事情呢？

我想来想去也觉得虽然我的脑袋很灵光，但世界上好像还是有很多我这个灵光脑袋也理解不了的事情。

不管怎样，妈妈肚子里的妹妹或弟弟的胎名最终定为"若拉"。

爸爸前一周去欧洲出差的时候，路上犯困做了个梦，梦见天空中布满了"欧若拉"，他像吸面条似的，"呼噜噜"一口吞了下去。所以，他想起名叫"欧若拉"，但是妈妈说太肉麻，就把"欧"字去掉，成了"若拉"。

哎呀，竟然叫若拉。太差劲了吧？再说了，取名"若拉"，万一是男孩怎么办？

我觉得"超级索尼涅墨西斯极致梅加索尼"这种程度还差不多，但是这个名字太长，万一是妹妹的话，好像也不太合适，所以我也就马马虎虎地跟着叫"若拉"了。结果，还真是个妹妹。

有妹妹当然是件极好的事情，但另一方面，也不那么好。

因为妈妈总是不舒服。

不知道从什么时候开始，妈妈坐在饭桌前总是皱着眉头，遮着嘴巴"呕呕"地犯恶心，后来连饭也不吃，也不再帮爸爸做事，整天只是在床上躺着。

我问爸爸："妈妈又开始减肥了吗？"爸爸却一脸严肃地摸着我的头对我说："不是减肥，而是害喜。"随后妈妈还说："比起怀着你的时候，根本不算什么。你在妈妈肚子里的时候，爸爸为了讨妈妈欢心，两个月瘦了三公斤呢。哈哈哈哈。"

这话是什么意思，我虽然并不理解，但我觉得那是理所应当的。作为哥哥，我怎么会不如若拉呢，那是不可能的事。那当然。

从那以后，没过多久，借用爸爸的话说，妈妈"食神附体"了。

形形色色的珍馐接连不断地乘特快专列，从全国各地飞来。不，不仅是全国。爸爸甚至改变了海外出差的路径，特地亲自运送妈妈想吃的零食。

有一次，半夜两点，我看到妈妈站在黑乎乎的厨房里的冰箱前，狼吞虎咽地吃东西，吓得我差点抽风，爸爸却只是眉开眼笑地问我："你妈妈是不是很漂亮？"

虽然是我的爸爸妈妈，但有时看他们两位，总觉得有点……太那个了。

也许就是因为那么可劲儿地吃，一直很苗条的妈妈从去年年底开始，就明显胖了起来。从上个月开始，她干脆气儿都喘不上来似的，肚子鼓得吓人。爸爸却一直对我说："不是妈妈在吃，而是若拉在吃，不是妈妈在长肉，而是若拉在长肉。"真是不像话。

我认识的包括妈妈在内的所有人，都异口同声地对我说，爸爸是个天才，让我长大了要变成像爸爸一样优秀的人。可是我们敞开天窗说亮话：总是说那些不靠谱的话的爸爸真的是天才？真的是优秀的人吗？

我在接待室等候的时候，妈妈呻吟的间隔好像越来越短，里面开始传出一些与之前的气氛截然不同的声音。

"呃！"

总是和蔼可亲的妈妈，声音一直很好听，但是现在所听到的妈妈的声音，完全像是另外一个人的。

妈妈那短暂又凄切的惨叫声之后，是一阵沉默，接着陆续传来医护人员忙碌的声音，我突然感到害怕。

"啊，奶奶……妈妈没事吧？"

"嗯，嗯，没事。生宝宝本来就会疼的。生完就好了。"

"真的吗？"

"那当然，我们太阳也是这样出生的呢。"

就在那时，病房的门打开了，一位护士阿姨走了出来，朝接待室走来，招呼了奶奶。

护士轻声对奶奶说着什么，大体是问"孩子爸爸大约什么时候到，孩子好像马上就要出生了，妈妈总是很在意，先带老大去外边是不是好一些"。

奶奶一副很担心的表情倾听着，然后来到我的身边，牵着我的手说道："太阳，你和奶奶先出去一下好吗？"

我忽然想起今天早上的事情。

妈妈的预产期是这个周末，爸爸请了几天的假。今天是休假前的最后一天，爸爸去其他地方出差，一大早就出了门。

不和妈妈一起去上班的日子，爸爸总是会在玄关告别以后，习惯性地亲亲妈妈的两颊再出门，今天却有些不一样。

亲了脸以后，又亲了嘴，然后俯下身子，对着妈妈的肚子说："爸爸从明天开始就休假了，所以若拉，你不要今天出来噢。"然后又对我说："爸爸不在的时候，妈妈就由太阳来守护。知道了吗？我们约好。"说完又多次确认了我的回答。

我放学回到家，洗完澡吃完零食，等着小提琴老师来上课。就是这个时候，妈妈的状态开始变得奇怪。妈妈突然喊着："啊，我的肚子！"脸色变得很苍白，她看了看手表，开始准备去医院。

我和妈妈一起坐车去医院，妈妈在爸爸提前办好手续的医院入住，她反反复复地疼，奶奶赶到后把我送到了接待室。虽然我和爸爸约好了，但在这期间我完全不知道该怎么做。

到目前为止妈妈一直在等着爸爸。爸爸因为重要的会议去了釜山，正着急地往回赶。即便如此，在他回来之前，我都不知道该怎么办，心里很是不安，快要坚持不下去了。

我刚被奶奶牵着出门到了走廊，就听到四周响起乱哄哄的直升机的声音。

过了一会儿，通向楼顶的紧急出口的方向，传来了杂乱的脚步声。原来有一个高个儿的男人，怀里抱着一束巨大的玫瑰花，疯疯癫癫地跑了过来。

借用妈妈的话说，就是拥有"随随便便往哪儿一插，都没法不惹眼的让人疯狂的俊美"的爸爸。

"太阳！"

"爸爸啊！呜！"

看到爸爸那让人安心的脸庞，我的眼泪无端地掉了下来。

爸爸迈开长腿，大步流星地跑来，抚摸着我的头，气喘吁吁地说道："我们的太阳，遵守了和爸爸的约定啊。乖孩子。"

"爸爸……我什么都没做……"

"你坚强地陪在妈妈身边了啊。这就足够了。"

欸？

我爸爸……今天有点帅啊！

番外三：欢迎家庭新成员（3）

我产生了一个想法，长大后我也要成为这样的人，其他的不说，我也要在这种情况下，拽上一串这样帅气的台词。

爸爸咧嘴笑着和奶奶交谈了几句，然后急忙进去了。医护人员忙碌地进进出出，没过多久，终于隐约传来孩子的哭声。

"天哪！看来是生了。"

奶奶高兴得不知该如何是好，我稀里糊涂，不知道该做出怎样的反应。

那样过了好一会儿，里面的护士阿姨打开门现身，招呼了我和奶奶。

我们穿过接待室，站在妈妈生宝宝的病房门前，里面传来了孩子"哇哇"的哭声，还有爸爸妈妈低声谈话的声音。

"辛苦了。"

"哥哥你也是。"

"早知道是这样，今天就不该出差的。你一个人很害怕吧？"

"有一点。"

妈妈和爸爸的关系一直很好，听他们俩的谈话，有时会觉得很肉麻，但今天的对话和平时不太一样。虽然说不出哪儿不一样，但莫名有种鼻头酸酸的感觉。

可能奶奶也是一样吧，奶奶牵着我的手，把大拇指放在嘴唇前，示意我别出声儿，然后就那样站在门前。

也因此，妈妈和爸爸温馨的对话没有中断。

"我们的孩子漂亮吗？"

"嗯，漂亮，漂亮得过分。"

"真的吗？"

"嗯。漂亮得如果有人不爱她，都不能忍。"

"那么漂亮？哼。皱巴巴的，我没看出来呢。"

"说什么呢。不看是谁的女儿,能不漂亮嘛。"

妈妈咯咯笑了一会儿问道:

"看起来像谁呢? 可能因为是女儿吧,和太阳那时候不太一样呢。"

爸爸好一会儿没有说话,然后用刚刚那让人鼻尖发酸的声音回答道:

"长得和五岁时的微笑一模一样。眼睛是,鼻子是,还有漂亮的嘴巴也是。"

完全听不懂爸爸说的是什么意思。不知为什么,妈妈却哽咽着数落道:

"怎么可能。你还记得我那时候的脸吗? "

"那当然。记得清清楚楚。"

"骗人。"

"真的。你把我当什么人了? "

"啊,真拿你没办法。"

"谢谢你为我生了这么漂亮的女儿。还有……"

孩子的哭声也渐渐停了,好一会儿都没有人说话,不用看都知道爸爸妈妈在做什么。总之,时不时就亲嘴。而且,这次时间还格外地长。

"你知道吧? "

"什么? "

"我有多爱你。"

"那当然。"

"我爱你。"

"我也爱您。"

我的爸爸妈妈从不吝啬"我爱你"这句话,所以我经常听到。虽然不明白具体的原因,但是,同样是一句"我爱你",爸爸妈妈之间说的,和对我说的,气氛和感觉都有点不太一样。

为什么呢? 我长大了会明白吗?

我和奶奶静静地陷入沉思的时候,身后的门突然被打开,爷爷、外公、大伯一家,还有大姨妈和小姨妈一家,全部的家人蜂拥而至。

爸爸听到骚动,走到接待室,叮嘱了几个注意事项以后,把家人带到了病房里。

妈妈的脸虽然肿得厉害,但还是笑盈盈地躺在床上迎接了我们。若拉被团团包裹着放在婴儿篮里。爸爸小心翼翼地把篮子转到家人这一面。

聚在一起的家人，生怕刚出生的孩子被染上灰尘似的，全体慌慌张张地往后退了一步。我有幸走到跟前，可以一个人尽情地看着若拉。

"太阳，来给妹妹打个招呼。"

在爸爸和妈妈心满意足的注视之下，我声音颤抖地送上了我的初次问候：

"若拉，你第一次来我们家吧？"

我不知道为什么妈妈和爸爸的表情很不对劲儿，也不知道为什么全家人都大笑成那个样子。

那一天，我又一次明白了，世界上还有很多我这个灵光脑袋理解不了的事情。

不管怎么说，我妹妹若拉比想象的还要小，比想象的要漂亮很多很多。

而且，看到她的那一瞬间，我就知道了：

"啊，不管别人说什么，这就是我李太阳的妹妹啊！"

"看，这五官和我的一模一样，无可挑剔，还完美地继承了我的天才大脑，眼眸里充满了灵气。这孩子，就算将来不如我，也会是个大人物的。"

欸？大家为什么都这副表情啊？

不知怎的，大家好像都用一副很讨厌的眼神看着我，这难道只是我的错觉吗？

番外四：兔子和乌龟（1）

"您那么忙，不用这么费心的。"

听到微笑笑盈盈的话语，英俊优雅地挥舞着刀叉，认真地回答：

"你还知道啊。本尊连喘口气的时间都像金子一样宝贵，还亲自请你吃饭为你祝贺生日，你要心存感激，全部吃掉。"

如果是平时，微笑肯定会生气地说些什么的，但今天不知道为什么，她只是撇嘴笑着，耸了一下肩膀，什么话都没说。

感受到微笑微妙的反应，英俊偷偷地瞄了她一眼。但是，连这她也没有发觉，仍是陷在自己的沉思里。

英俊放下刀叉，用无醇香槟清了清口。

"你怎么了？"

"什么？"

"有什么事吗？"

"没有，什么事都没有。"

虽然这么回答，但其实并不是什么事都没有。

微笑接到那通意外的电话是在几天前，也就是跟随英俊去中国出差回国后。

等行李的时候，微笑去了趟洗手间，就是那个时候，她接到了来自陌生人的电话。对方自称是外国贷款公司的负责人，在公交站和马路上经常看到有关那家公司的广告，微笑自然就当成了广告电话，打算匆忙拒绝然后挂电话的。直到对方用公事公办的声音清楚地叫出了父亲的名字。

虽然听他说了父亲借了多少本金，藏了多久，利息滚到了多少，但她现在已经完全记不得了。脑中只是清晰地印着，当前需要还的钱有三千万。

其实，存折里也不是没有钱，刚好就有三千万。但那是为大姐必男准备的，她的贷款眼看着就要到偿还日期了。二姐末熙上班的医院突然出了问题，还拖欠了两个月的工资，她现在去了偏远城市打工，特别辛苦。所以，微笑连个可以求助的人都没有。

思来想去，四处打探，也实在是没有什么办法，所以也顾不上什么生日了。即便是来自唯一酒店的米其林三星法式餐厅，由首席厨师亲自操刀、撒了金粉的料理，此时也让人难以下咽。

"你说没什么？"

"是。"

英俊没有再问，而是皱起眉头表达自己的不快。

"嗯。"

英俊看着微笑的盘子里几乎一动未动的食物，摩挲着下巴。

去中国出差的这些日子，微笑都能淡定地消化要命的行程。现在的她，虽然面带笑容，却意志消沉。

她给人的感觉发生了微妙的变化，不论怎么看，都像是从出差之后开始的。英俊已经怀疑了好几天，此时好像终于确信了。

"金秘书，人怎么能这样？"

"什么……"

"过去的事情，你就不能忘记，然后翻篇儿吗？你打算耿耿于怀到什么时候？心胸那么狭隘，还怎么工作？"

谈话的方向突然变得让人难以捉摸，微笑一副摸不着头脑的样子，只是忽闪着大眼睛。

"还要事事计较吗？真是幼稚极了。"

"对不起，但我这愚笨的脑袋，完全没明白副会长您在说些什么。"

"不就是那个嘛。"

"什么？"

"我在上海弄丢了纪念品，你现在不就是在示威那个吗？"

"啊……嗯……"

听到这句话，原本笑着的微笑，表情一下子僵住了。啊，这么看来，还真有那么回事儿。

曾经有人说过，用新男友去忘记旧男友。刚听说的时候，微笑不明白那是什么意思，当事情发生在自己身上的时候，微笑才觉得那句话说得对极了。虽然踩到屎会破坏好心情，但是如果又有新屎掉在脚下的话，肯定会把旧屎忘得一干二净吧。不对，等等，这么看来，为什么连新男友也自动成了屎样子呢？

总之，现实就是这么残酷。

微笑碰上了大事，好不容易因此忘记这一事实，托英俊的福，此时又想了起来。此外，让人悲伤的是，"新屎"还抱在怀中，又把刚刚踩到的"屎"也彻底记了起来，她此时不得不忍受着双重的痛苦。不管怎么说，人可恶怎么能可恶成那个样子。

事情的始末是这样的。那是中国出差之行中，在上海的最后一晚发生的事情。

*

十天九夜的中国之旅即将结束，当天的傍晚时分，回到酒店的房间里刚整理完材料，英俊就说道：

"还有很多时间，如果可以的话，晚餐我们一起吃吧。"

"对不起，今天不行。"

"金秘书在这儿也无人可见。就算有人可见，也无事可做吧？"

英俊的态度如行云流水般自然，微笑的眼眸一阵动荡。

"不是，副会长，您怎么总是对我那么……"

"很了解吧？"

"呵呵。"

"附近有家不错的西餐厅。我们一起去吧。"

哎哟，肯定连菜都已经点好了吧。微笑额头上 3 点钟的方向顿时青筋暴起。

"我说，副会长您刚刚可是说了'如果可以的话'这个附加条件吧。"

"我吗？"

"是。"

"所以呢？"

"我完全不可以，晚饭我要自己吃。"

英俊愣愣地看着微笑，最后扑哧一笑，一脸天真烂漫地继续说道：

"那么更正。还有很多时间，晚饭一起吃吧。"

英俊去掉了"如果可以的话"这个附加条件，开始硬撑，但微笑也没有认输。

这是多么难得的机会！

虽然之前出国如同家常便饭，但那全部都是为了工作。脑子里绝对没有一点休假概念的英俊，今年专门给她批假的概率也很渺茫。

但俗话说"天无绝人之路"，中国出差之旅的最后一站——上海，在这儿的最后一晚的日程突然取消了。终于，微笑有了一星半点的闲暇，可以独自游览一番！这样贵如生命的机会，她怎能放过呢。

番外四：兔子和乌龟（2）

"我不要。"

"好吧，吃过饭以后，我再带你去一家气氛很好的酒吧，请你喝鸡尾酒。"

"对不起。今天别说是鸡尾酒了，就是鸡尾酒的爷爷来了，我也不要。"

英俊眯起眼睛，似是嗅到了什么味道。有点不安。

果不其然，他一脸严肃地问道，那眼神就像窥伺着猎物的老鹰。

"你想做什么？"

微笑只看英俊的眼神就明白了。如果她说"我想出去游玩一下著名景点，吃点好吃的，然后去购物。"的话，这个人百分之百会强行一起去的。不行，绝对不行。

"我什么都不做。我就打算回我的房间，洗个澡，然后一觉睡到明天上飞机。因为我累了。"

"嗯，是吗？"

英俊一副洞察了一切的眼神，直直地盯着微笑的眼睛，过了好久，才不得已地继续说道：

"我知道了，你走吧。"

"谢谢。祝您用餐愉快。还有，副会长您应该也累了，您早点休息。呵呵。"

微笑生怕自己的心思被看穿，大气都不敢喘。此时，她露出比任何时候都灿烂的笑脸，转过身。

她一味地横穿过宽敞无比的房间，只觉得在她的眼前，天堂之门终要打开。现在，只要再往前走三步，拧动门把手，走出这个门，那么在上海观光指南里看过的种种，就统统……

"啊，对了。金秘书。"

"是，副会长。"

当人有内急的时候，并不仅仅是抓着马桶盖就算完了。在裤子脱下来

502

之前，那种悬之又悬的紧张感，是绝对、绝对没办法消失的。最终等待你的，是天堂还是地狱，不全都取决于你到底有没有彻彻底底地忍到最后嘛。

"你带自拍杆了吗？把我的借给你吧？"

"天哪，不用了，没关系。又没有多少钱，我出去买一个就行了。"

一瞬间，房间陷入阴冷的沉寂。

微笑回过头，露出哀怨的眼神。太可笑了，英俊痉笑着，光滑的脸看起来十分可恶。

"说吧，你打算去哪儿？"

"呃！"

*

"再往左一点儿。"

"这样吗？"

"太过了啊。你不知道什么叫'中间'嘛。"

"是！"

"现在刚好。等一下，就这样别动。"

"副会长，快点。"

"笑得自然点儿。太虚假了。"

"不是，行了，快点儿……"

微笑的后腰处，流下长长的一串冷汗。

窄窄的路上人山人海，站住拍个照就拦住了所有的人，拍照的英俊也太从容了。他是把这儿当成自己办公室门前的走廊了吧。

"好，就再拍一张。"

"不用了，好了。"

"为什么？换个姿势……"

"不了，真的不用了！我特别满意，从现在起，到我七十大寿，我好像都不用拍照了！"

英俊摇头的工夫，微笑连忙退到一侧，给一直嘟囔的行人们让了路，这才舒了一口气。

"姿势太可惜了。这么老土的剪刀手是什么啊，这剪刀手。"

英俊低头看着手机的屏幕嘟囔着，微笑紧紧地闭上眼睛，浑身一阵哆嗦。

503

"对不起，我品位太烂。"

"那有什么办法，又不是靠努力就能改变的事情。"

"呃。"

微笑一副哑巴吃黄连的表情，英俊却不管那一套，若无其事地环视了下四周，摩挲着下巴嘟囔道：

"豫园我只是听说过，这还是第一次来呢。"

"啊，突然发现还真是呢。"

"比想象中漂亮多了。"

"天哪，真的吗？"

"嗯。"

"我带您来这儿，真是做对了啊。"

英俊果然看起来很满意。

上海的著名景点——豫园商城，古风古韵的传统中式建筑，在绚烂的灯光下，展现出一幅辉煌华丽的景观。

"听说里面的园林也非常漂亮，没有看到有点可惜呢。"

"就是。我们是不是该早点出门的。"

"两点半就停止售票，估计早来也进不去了吧。"

"嗯。你了解得倒是挺多啊？"

英俊惊讶地扭头看着她，微笑耸了耸肩，炫弄着自己的缜密。

"这种程度嘛，是最基本的。"

"那么迫切地想来这儿啊。昨天晚上睡觉了吗？又不是五岁的孩子了，哎，啧啧。"

英俊公然嘲笑着，微笑的脸唰地红了，勃然大怒。

"副会长，您知道我的心情吗？上海我都来过多少次了，别人都去过的景点，我却一次都没去过！就是这样寒碜的照片，我也想拿去给我的朋友炫耀一番，我这种心情，您能理解吗？"

"我并不想理解。还有，这里也不是那种可以悠闲地逛来逛去拍照片的地方啊。"

"您这是什么意思？"

"你知道豫园是什么地方吗？"

"嗯……"

"这个地方是明清时期江南园林的代表作，是迄今为止已建的中国古典园林的集大成者。但是它的主人却家道中落，19世纪的时候，家里的宝物都被英军掠夺走。太平天国时期，此处作为上海的军事基地，也被清政府军破坏得面目全非。金秘书你那么想看的这个豫园，是当今中国政府复建的，也不过才复建了百分之四十而已。"

英俊滔滔不绝地解说的样子都能和导游相媲美了，路过的韩国游客纷纷放慢了脚步，频频点头。

微笑瞪圆了眼睛，倾听着英俊的话，这才明白了什么。

他在这么长的岁月里与她一起工作，形影不离，不可能不明白她的心意。他知道，她很想跑过去，嘴里喊着"我到此一游啦"，然后兴高采烈地拍一张认证照片。

"副会长。"

"怎么了。"

"您要以这个为背景拍张照吗？"

"什么？我吗？"

"嗯，我来给您拍。"

"我从不做这么丢人的事情。金秘书你自己多照一些吧。"

"哎呀，您别这样，如果您觉得一个人不好意思，那我和您一起照吧。"

"我讨厌看到金秘书傻乎乎的样子，你能离我稍远一点吗？"

番外四：兔子和乌龟（3）

"离得远了就拍不到一张照片里了。"

"这么幼稚，拍什么拍啊。"

尽管嘴里碎碎念着，英俊还是紧紧地站在微笑的身边，摆起了姿势。

不知道他是不是将刚刚觉得她傻乎乎的事情完全抛到脑后了，他将手搭在微笑肩上，伸手摆出了一个土得掉渣的剪刀手。

"啊！"

窄窄的巷子里人头攒动，熙熙攘攘。这时，走在人群里的微笑被人重重地推了一下，一下子失去了重心。为了搭配这条华丽的碎花连衣裙，她今天还穿了一双新的高跟鞋。

果不其然，意料之中的唠叨马上随之而来。

"又不是去参加派对，你怎么穿得这么不方便来这种地方啊？"

面对英俊的诘责，微笑一脸苦相地回答道：

"就是呢，我可能是太贪心了。"

"脚腕没事吧？没受伤吧？"

"嗯，没事。对不起。"

听到这话，英俊仿佛一时陷入了沉思。但接下来他说的话，却有点让人出乎意料。

"那个，没办法了。你愿意拍多少就拍多少吧，免得以后后悔。"

"什么？"

"你不就是为了美美地拍那该死的留念照才穿成这样吗？"

"啊……"

英俊悠悠地看了看橘黄色光线下温暖明亮的街道，又没好气地补充道：

"可能以后不会有这样的事情了。"

不知道是不是心情的缘故，英俊的话听起来夹杂着一丝歉意。

这时，微笑才感觉到英俊抓着自己的手，他手心里的温度比其他任何时候都要温暖，这让微笑大吃一惊。

"嗯，那从我下次出差的时候起，我要旷工出去玩玩。"

英俊低头看着微笑开着不搭调的玩笑，冷冷地说道：

"原来金秘书是这种人啊，为了这么点小事都不要命了。"

"哎哟，哪能为了那样的事不要命啊，我就是随口说说。"

微笑白了他一眼，脸上一副不情愿的表情，她悄悄地将手从英俊的手里抽出来，尴尬地咳嗽起来。

她将咻咻笑着的英俊甩在后面，径直往前走了几步。在左右两边的沿街商店中，有一家茶具店吸引了她的目光。

"天哪。"

慢半拍跟上来的英俊，摆了和微笑一样的姿势，弯着腰看着陈列窗。里面整整齐齐地陈列着一些中国传统的紫砂壶，还有一些模样小巧精致的动物泥偶。

"好可爱啊！您看看这些，这是什么啊？"

"茶宠。"

"茶宠……吗？"

"你没见过吗？中国人喝茶的时候摆在旁边作为装饰用的东西。嗯，如果叫 Tea pet 的话，可能好理解一点。"

"啊，我好像知道了。"

"据说可以招财求福，我也不是很清楚。"

怎么这么谦虚啊？

微笑吃惊地回头看他，英俊没有直起腰，只是转过头看着她。这是什么情况啊，怎么他的眼神那么深情呢。

"我们进去看看吧？"

"可以吗？买一些当作纪念品挺好的。"

两个人兴致盎然地走进商店，看看这个看看那个。不久，他们俩又开始了无休无止的口水战。

"这个可以买给社长。"

"你这判断力太差了吧，这都在一起工作多长时间了，你还不了解朴博士吗？"

"您说什么呢？他不是很喜欢这种可爱的东西吗。"

"相比起这些不能吃的东西，他可能更喜欢那些对身体好的、长得像动物屎一样的中药材吧。"

"就是呢，天哪，副会长您真了不起。"

您这一句话，把中国的传统中医学和您的死党都得罪了呢。这句话到微笑嘴边又被咽了回去，她只是笑了笑。

"别管朴博士了，你挑几个吧。"

"啊？"

"今天我说的话，你怎么一遍都听不懂啊？我让你挑一些你喜欢的，我买给你。"

听到英俊这么说，微笑两眼炯炯发光，高兴极了。

"真的吗？太感谢了！请问这里有没有用纯金做的东西啊？"

"你可真厉害，也不会客气地推辞一下。"

"拒绝副会长的好意，难道不是最大的失礼吗？"

两个人你一言我一语，英俊忍不住先笑起来，连连摇头。

"你脸皮还挺厚呢。"

微笑瞪大眼睛，将脸庞凑过去，恨不得将额头贴到展示窗上，专心挑着茶宠，完全没注意英俊在说什么。

不知道是不是为了避免挑选的麻烦，英俊直接将店主叫过来，用中文问这问那。

微笑正目不暇接地观赏着可爱的茶宠，这时她听到英俊和店主的对话。

和只能与当地人进行简单沟通的微笑不同，英俊的中文普通话非常标准，即便是商务会谈的场合里，除非是特别重大的事情，以他的水平甚至不需要陪同翻译员。

不知道是不是听到了很有趣的事情，英俊哈哈大笑起来。他那低沉舒心的笑声传到耳边，微笑聚精会神想听一下发生了什么事情。尽管她为了挑选茶宠，眼睛不住地看来看去，但所看的东西完全进不了脑袋，她关心的只有那让她嗓子发痒的笑声。

英俊悄悄地转过头来看了看，一边真诚地点点头，一边倾听着店主说的话。

英俊指责微笑"不参加派对怎么穿成这样出来"，当然英俊的着装很完美，没什么瑕疵。这也可能是这个像老鼠尾巴一样时间紧凑的旅行中最让人心动的事情了。

内心深处颇为不爽的微笑为了打消自己那凄惨的想法，又将视线转移到展示窗里，正好看到了一个尺寸大小正合适的泥偶。

番外四：兔子和乌龟（4）

"哦……？"

那是一只兔子，眼眉孤傲地上扬着，鼓着圆圆的嘴巴。这怎么有种似曾相识的感觉呢，就像是那个对什么都不满意的副会长，或者是那个因有些事情不顺利而烦躁的副会长，又或者是那个心情不爽的副会长……

"你现在看的这个，如果倒上热水，就会喷水。"

"嘿！"

微笑正在胡思乱想，没想到这些想法里的主人公突然间插进话来，这让微笑吓了一跳。她的呼吸乱了方寸，不禁咳嗽了一下。

"玩偶能喷水，让人这么惊讶吗？"

"对……对不起。咳咳！"

"嗯。"

英俊不管身边的这个人有没有喘不上气来，全然只顾自己的节奏，看向展示窗里面。他看着刚刚微笑关注的兔子茶宠，眼里顿时出现了前所未有的光芒。

英俊猛地转过视线，直直地看向微笑，用温柔的语调说了一句：

"好可爱。"

"副会长，您这话听起来有点歧义，还是明确一下说明的对象比较好。"

"呵呵，竟然没上当。"

"您以为呢。"

"不过，你的脸为什么变得这么红？"

"没有变红啊。"

"切，没意思。"

听到自己的玩笑被人堵了回来，英俊眉头一皱，低声嘟囔道。

微笑看看他的表情，再看看兔子茶宠的脸庞，更加认定了自己的眼光非常不错。

"我挑选好了。副会长，我要这个兔子。"

"不就一个玩偶嘛，这表情也太傲娇了吧？"

"那是因为您的心情才会这么觉得吧。"

"嗯。"

兔子茶宠的旁边，还陈列着一只乌龟，感觉它们就像是一对。

"你看这只乌龟，这个圆鼓鼓的脸就和脸肿的金秘书完全一样啊。"

"不管睡眠再怎么不足，我的脸也不会肿成这样子啊。"

"仔细看的话，眉眼也很像。"

"我的眉眼可没有这么耷拉。我长得这么难看吗？"

"是吧？太好了！就买这两个吧！"

"等一下，喂？副会长，副会长！"

不管微笑脸色好看还是难看，英俊兴奋地径自把店主叫来，让他把一对兔子和乌龟包起来。

"给。"

走出商店，英俊将购物袋一下子递给微笑。微笑接过来，这才脸色明亮起来。

"谢谢您。我会好好珍藏的。"

"嗯，把它当作宝贝传承下去吧。"

"这是当然了。"

尽管玩偶不尽如人意，还被人说成这样，让微笑有点雪上加霜的感觉，但微笑的心情却没有那么差。不知道是不是因为很久没有看到英俊这样笑呵呵的心情大好的样子了。

"听说这附近有家很不错的点心店，当地人经常去那里，我们也去看看吧？"

"是吗？"

"为了答谢您送给我礼物，晚饭我请客。"

"真的？那里有没有用纯金做的食物啊？"

"天哪，真是的。"

两个人你一言我一语，开着不怎么好笑的玩笑，笑着挤进水泄不通的人群里。

公交车出发了，二层开放式的座位上，冷风飕飕的。

"这样的车您是第一次坐吧？"

"我之前看过这样的车从眼前经过，但却是第一次搭乘。"

"我就知道是这样。"

"金秘书不是一样的吗？"

"我也是第一次。挺有意思的。您亲自乘坐的感觉怎么样？"

"挺别致，挺好。"

"那就太好了。我还担心您要是不喜欢可怎么办呢。"

微笑舒了一口气。英俊看着犹如白昼的街道，嘻嘻地笑起来。

"你就是操心的命。"

看着夜景，两个人许久都没有说话。

"我第一次见副会长吃这么多。"

微笑打破沉默说道。闻此，英俊将了将饱胀的心口窝，耍起了贫嘴。

"这全怪金秘书。"

"我又怎么了？"

"金秘书说要请客，我堵着气地胡吃海塞，吃撑了。"

"您太过分了，明明知道我口袋里的情况。"

"说实话，你是不是很害怕花很多钱啊？"

"害……害怕什么啊。我肯定不会因为这样的事情害……害怕的。"

微笑故意连连摆手，开起了玩笑。英俊为此大笑起来。

她一开始就知道，虽然他嘴上这么说，但他是不会因为这么幼稚的原因而让自己的肠胃受罪的，当然他也不是那种故意让手下的职员破费的人。没错，英俊津津有味地吃完后，径自去把让微笑有压力的餐费账单都支付了。

"今天多亏了金秘书，真是太有意思了。谢谢。"

大吃一惊的微笑睁着大大的眼睛，看着他。

这个人今天到底是怎么了。

街边掠过的路灯，色彩斑斓地映衬着英俊的脸庞，这张脸今天格外干净纯粹。尽管微风清冷，耳朵和鼻尖凉凉的，但微笑从指尖到内心深处，都涌上来一股无名的温暖。

"倒是我应该感谢您的。"

"什么？"

微笑第一次在出差的地方来了一次市内旅游，还跟副会长一起吃了饭，而且不是商务接待餐，甚至还收到了纪念品礼物，这样怦动的心怎么可能轻易平静下来呢。微笑悄悄地瞟了英俊一眼，声音低低地说道：

"这样的礼……"

微笑刚一张嘴说话，突然察觉到有一股异常的气氛。

"怎么不说了？"

"哦……？ 副会长，那个……"

"什么。"

英俊手里空空如也，但他无辜地眨着眼，好像还是什么也没有察觉到。他的膝盖上原本应该有的东西不见了——正是那个他在餐厅里强烈要求必须本人亲自拎着，刚刚还在他手里悠荡着的购物袋！

"茶宠啊！"

"啊……？"

英俊猛地从座位上起身，着急忙慌地翻找着身上各个角落。这时，公交车突然加速，他差一点摔倒了。

"难道……您丢了吗？"

英俊坐回去，一脸平生从未见过的惊慌的表情，看着微笑。

过了好一会儿，他尴尬地笑了笑，极力为自己辩解道：

"我放在刚刚咱们等车的时候坐着的那个长椅上了，当时朴博士打电话过来，我就……"

"呃。"

微笑刚刚还笑嘻嘻的，在不到五秒的时间里，她脸上的笑容便消失不见了。

"那些幼稚的玩偶有那么重要吗，像今天这样的日子，你有必要这样皱着眉头吗？"

"请不要把别人收到的礼物当成幼稚的玩偶好吗？ 那对我很重要的。"

"你什么时候这么沉迷于中国茶道了？ 明明连茶宠是什么都不知道。"

不管是中国茶道还是茶宠，其实这些对微笑来说都不重要，她就是可惜那个像极了某人的兔子茶宠。她原本是打算将它放在家里的餐桌上，每次生气的时候，就给它哗哗地浇上滚烫的茶水，好好"疼爱"它的。真是的！可能是心情的缘故吧，总觉得茶宠的用途有些变味了。

不管怎样，唉，已经工作了九年的资深秘书的这个朴素梦想就这么支离破碎了。

番外四：兔子和乌龟（5）

"就是说呢。不过，不是因为在上海丢了礼物的缘故。"

"那是为什么。"

"我这不已经跟您说了吗。我什么事都没有，也没有心情不好。如果您因为我把饭菜剩下了就这样的话，那我跟您道歉。我只是这几天没有食欲。"

不管微笑怎么解释，英俊的表情丝毫没有缓和。

"怎么突然没有食欲了啊？有什么担心的事情吗？"

"我说了没有啊。"

微笑坚决地摇摇头。见此，英俊闭上了嘴，没有继续刨根问底。

微笑看到他那样，将甜点全都吃光了，一点也没剩。不知道是不是因为勉为其难地吃了很多甜食，她起身的时候肚子里有些难受。

"我们走吧。"

"我吃完了，副会长。"

英俊没有再说什么，一副不甚满意的表情，离开了座位。

结账后，两个人来到大厅，但中间他们一句话也没有说。

尽管微笑为了打破尴尬的气氛，说了几句无关紧要的话，但英俊依旧表情凝重，回答也很简单。

他们的车早已经在大厅前面安静地等候多时了。

英俊越过前面自己那辆车，来到微笑的车前。这车是不久前英俊买给微笑，让她用来上下班开的。不知道微笑有多珍惜这车，车身被保养得闪闪发亮。

"我先看着副会长您走了以后，我再出发。"

"不用，今天你先走。"

"以后不管任何约定的场合都是吗？"

"不是，今天不是金秘书的生日吗。"

"啊……我的生日都过完了。"

微笑嘻嘻地笑了笑，英俊拉了拉袖口，低头看了看手表，用冷冰冰的语气冷漠地说道：

"还剩下三个小时呢。"

"就是呢。"

看到英俊亲切地帮她将驾驶室的车门打开，微笑吃惊地抬头看了看他。

"上车吧。"

"今天好奇怪啊，您怎么这么亲切啊？"

"只是金秘书你平时没有察觉到，我一直这么亲切啊。我可是亲切王呢。"

"噗。"

微笑这时才开怀大笑起来。英俊看到她坐到驾驶座上，将一个东西轻轻地放到了她的膝盖上——正是他手里一直拎着的巨大的盒子和购物袋。

"这个是我的……生日礼物吗？"

"不是，是我来的时候捡的。"

"谢谢您。"

"这东西很贵重，小心点别掉了。这是我拜托糕点大师专门定做的。"

微笑没来得及回应英俊的话，正想说点什么的时候，英俊为她关上了驾驶室的车门，弯下身子跟她告别。

"明天见。"

"嗯，您路上慢点，副会长。"

英俊没有回答，笑了笑转过身来。他好像彻底忘记了刚刚跟她说让她先走的话，坐上自己的车，嗖的一下就开走了。刚刚明明还说自己是什么亲切王呢，微笑想到这，嘴角不自觉地上扬了起来。

"真不愧是副会长啊。"

刚离开酒店正门，转入马路，微笑就碰上了一个红灯。

微笑使劲踩下刹车，愣愣地看着英俊的车悠悠地驶向十字路口对面。

收音机里缓缓地流淌出一曲过气的流行歌曲。这首歌在她高考后大为流行，给她留下了很深的印象。

就在她懵懵地看着车窗外的时候，仪表盘上的几粒灰尘映入了她的眼帘。她立马伸手掸去灰尘，手上无比怜惜地抚摸着方向盘，嘴里嘟囔道：

"看来只能把这个卖掉了……"

尽管卖掉这辆没开多久的新车，她会心疼得要命，但除了这个，她没有任何其他办法能在短时间内凑够三千万韩元了。

"要不去找副会长帮忙？他肯定二话不说就给我，但是……"

微笑用余光瞟了一眼副驾驶座上放着的蛋糕盒和装着礼物的购物袋，紧紧地闭上眼，使劲摇了摇头。

"不行，绝对不能这么做。"

这时，咬着嘴唇的微笑耳边传来震耳欲聋的鸣笛声。不知什么时候，信号灯变成绿色了。

微笑一脸苦相，急忙启动车子。

不知从什么时候开始，她就这样被不断催促着，而这似乎成了她的家常便饭。

"啊……"

微笑原本打算回到家就洗洗睡觉的，但一回到家，一切都化为了泡影。

当她看到父亲找的那家借贷公司寄来的信件的那一刹那，她的困意也消失了。

微笑将那些没勇气拆开看的信件扔到桌子上，犹豫了很久，一下子坐在床上，抬头看着天花板。

蓦地，眼泪在微笑的眼窝里打起转来。

"今天可是我的生日啊。"

我当然知道，大家为了生活都在奔波劳累，但这样的日子里，多希望家人能给我发个短信，打个电话啊。我到底是为了谁才这么全年无休止地工作啊，你们又不是不知道。

"唉……"

她觉得早已干涸的眼泪仿佛马上就要决堤了。

"不行，不行。"

微笑想到，如果自己现在哭起来就肯定停不下来了，赶紧用手啪啪地打了打脸蛋。她调整呼吸，咬紧牙关，使出浑身的力气让自己把脑袋清空。

这时候，她想起英俊送给她的礼物。

为了缓解忧郁的心情，她故意夸大身体的动作，猛地从座位上起身，打开了购物袋。

解开系得紧紧的包装纸，里面是两个很眼熟的正六面体的盒子。

"啊！这个……！"

里面是之前被遗失的那对茶宠。那天挑选的兔子和乌龟在里面安然无恙。从不一样的包装纸来看，好像不是找回了原来丢失的那一对，肯定是他向上海的商店专门定制的。

"啊，副会长真是的。"

微笑鼻尖酸酸的，小心翼翼地打开了蛋糕盒。

这个蛋糕是英俊专门拜托知名师傅定做的。单从视觉上看，蛋糕精美绝伦，非常漂亮，而且看起来很美味的样子，蛋糕当中写着的字更让人啼笑皆非。

"'金秘书，祝你万寿无疆'……？噗！哈哈哈！"

番外四：兔子和乌龟（6）

尽管这个玩笑并不好笑，但微笑还是捧腹大笑了好一会儿。她的笑声很大，甚至传到了楼道里。

"哈哈！哈哈！副会长真的，哈哈哈……"

连家人都不记得我的生日了。

李英俊常常很让人讨厌，但除了他，谁还会这么无微不至地关心她呢。

"呜呜！"

她那捂着嘴的手，不自觉地捂住了眼睛。最终，她还是没忍住，号啕大哭起来。

微笑蜷缩着坐在座位上，委屈地发泄着忍了很久的泪水。

她号啕大哭，一直以来憋在心底的委屈喷涌而出。过了好久，她才一脸舒畅地抬起头来。

她用纸巾轻轻地擦了擦混杂着眼泪和妆容的脸，勉强地笑了笑，将餐桌整理了一下。

"嗯，得照张认证照，认证照，哎哟。"

她打算拍张照片，给他发过去，跟他表示感谢。另外，从礼节上来说，应该今天吃一小块，把剩下的干干净净地打包，然后明天早上和秘书室的同事一起吃，还有……

"哦？啊，啊！不要！"

就在她端起蛋糕准备拍个美美的认证照片时，蛋糕一下子失去了平衡，酿成了大祸。

知名师傅定做的这个蛋糕歪向了一边，顿时失去重心，掉在地上摔碎了，完全没有了原来的样子。

"怎么办！啊！"

急得团团转的微笑看了一眼桌子上的手机。恰巧，手机画面上来了一条信息。

 到家了吧？你看蛋糕了吗？怎么样？是不是很赞？

嗯！太赞了。完全毁在我手里啦！呜呜。

好不容易忍住的眼泪又决堤了，对微笑来说，那天的生日真的是永生难忘。

＊

今天，英俊很是难得地邀请了留学时期研究院的同窗来家里聚一聚。

听说客人里有几位是中国的企业家，太阳为此准备了特别的礼物。他要用最近学的中文来热情招待他们。

看到儿子一字一句地练习用中文来打招呼，微笑赞许地点点头。

"怎么声调这么完美啊？太阳跟爸爸一样，没有做不到的事。"

尽管太阳很喜欢别人称赞自己，但如果后面跟着来一句"就像爸爸那样"，那他立马就会很不高兴。

"客人们肯定会很喜欢你。"

"因为他们都是爸爸的朋友，所以我一定要好好地跟他们问好。"

"真不愧是我的儿子。"

"听说侑植叔叔也来？难道宝贝也来吗？"

"不，今天就叔叔来。"

"太好了。宝贝怎么那么吵闹啊，每次和她在一起就头疼。"

微笑笑了笑，站在她腿上的刚满周岁的女儿也跟着咯咯地笑起来。这是英俊和微笑的第二个孩子——若拉。

"若拉这么高兴啊？什么事情这么高兴啊？"

"爸！爸爸！"

"你就只会喊爸爸吗？傻瓜。"

太阳似乎有些失望，嘴里嘟嘟囔囔。微笑耸了耸肩膀，跟他说道：

"她还小，这是当然的啦。虽然她先会喊'爸爸'而不是'妈妈'，我也觉得有点生气。"

"不过妈妈，您刚刚在找什么？"

"啊，那个，我明明记得放在这附近的……嗯？啊！在这里！"

微笑从装饰柜里拿出两个小盒子，心情大好地笑了笑，走向桌子，将它们放在准备好的紫砂壶茶器旁边。

微笑拿出盒子里的兔子和乌龟泥偶，一下子引起了孩子们的好奇。

"这是什么啊？"

"这是茶宠。很久之前，我跟你爸爸去上海的时候，你爸爸送给我的礼物……啊，你们想看吗？"

微笑去厨房取来一个装有热开水的水壶，将茶宠放进茶盘里，开始小心翼翼地浇水。

"哎呀，这是用滚烫的热水洗澡呢，应该很烫吧。"

太阳低头看着，满脸担心的表情，而若拉却兴奋地大声喊叫着。

"呀！呀！"

"这么看来，她可能比宝贝还要吵闹啊。"

太阳嘟囔着，眼睛睁得圆圆的。

"哦？"

兔子模样的茶宠好像脾气更急一些，凸起的嘴里开始喷出水来。

"哇！好可爱！"

"来，乌龟也要加油啊，嗨哟。"

还没等微笑说完，乌龟慢一拍后，也喷出水来。

"哇！"

"啊！"

儿子、女儿和妈妈都一齐笑开了花。

微笑继续倒热水，看着茶宠喷水。她以一种恶作剧的眼神看着太阳。

"你知道这个兔子像谁吗？"

"啊？谁？"

"好好看看。"

"嗯……"

"不是像爸爸嘛！"

"哦，真的呀！"

"哈哈！当初我看到这个的瞬间就觉得，天啊，怎么会长得这么像。特别是上扬的眼睛，看起来任性的样子太……"

正在微笑兴高采烈地说着的时候，太阳的表情突然变僵硬了。但是微笑完全没有觉察到，还在兴奋地说着。

"所以我就把这个想象成爸爸，把它带回家，准备在家里折磨它。天啊，可是爸爸偏偏把它弄丢了。所以我也没办法，只能放弃了。但是谁知道爸爸又鬼使神差地找了回来。哈哈哈，这么努力地找回来，让我折磨他的分身。"

笑得前俯后仰的微笑突然感到后背有一阵凉意。

"爸爸！"

啊，这一瞬间，感觉非常不妙。

不好的预感从来不会错。微笑的耳边传来无比甜蜜、低沉的声音。

"你说上扬的眼睛像谁？把它带回来想干什么？"

"啊……"

英俊问微笑，还是像以前一样，在她眼前卖弄着自己精致、有魅力的脸蛋。

"这是一种新的挑衅吧？"

"啊，这个，这个……"

"现在看来，你真是一个坏女人。"

"对不起，你知道我不是那个意思吧？"

"孩子们，我很无知，不知道什么深刻的含义。"

"知道了，爸爸。"

"爸……爸！"

"坏人就应该受到惩罚是吧？"

"一般来说是这样。"

"爸……爸……爸！"

英俊转过身看着微笑，耸耸肩。

"是这样吗？"

"什么……"

英俊把嘴唇紧紧地贴在微笑耳边，用若有若无的声音轻声说道：

"今天晚上就让你知道。"

"天啊，疯了吧！"

"不，我怎么想都觉得无法原谅你。"

"我不是说了对不起吗？"

"这样践踏年轻时的纯情和记忆，一句对不起就可以了吗？孩子们都说你做错了要受到惩罚，难道你想在孩子面前卑劣地逃避吗？"

"不是，你怎么得出了这种结论？"

就在微笑高呼的时候，茶宠奇妙地以一副生气的表情看着微笑。

番外五：金秘书的第一步（1）

"来，我们金小姐再来一杯。"

"啊，好。"

总务部朴专务的卸任纪念餐会气氛多少显得有点尴尬。不知道是因为身为受人尊敬的老人退休让人惋惜，还是因为他是和会长儿子同一级别的员工。

"我们金小姐这两个月来真的辛苦了。"

"没有，不辛苦的，专务。"

"哎，还想着现在稍微熟悉了，可以让她做点事情了，却要走了。可惜啊，还能怎么办呢，嗯？"

和朴专务配合的秘书两个月前突然因为身体不好停职了。卸任在即的他无法聘用新秘书，于是就找短期派遣两个月的秘书。正好通过和他关系很好的律师的介绍挑选了一个诚实又善解人意的姑娘。这个美丽可爱的姑娘高中刚毕业，虽然年纪小，没有社会经验，但是做事情又快又好，深得朴专务的欢心。然而，也仅仅如此而已。

两个月的时间不知不觉过去了，她又要重新找工作。

"哎呀，我不知道为什么这么内疚，这么伤感。"

"专务，您别这么说。这段时间谢谢您。"

"反正我们金小姐去哪里都能做好。"

朴专务拍了拍对他来说像孙女一样的秘书的肩膀，无端地哽咽了，一口把酒喝完。旁边羞羞答答的金小姐从座位上站起来走了出去。

长桌的尽头有一个男人正悄悄地用犀利的眼神观察着她。

他就是李英俊，刚从美国留学回来，轮流在各部门积累经验，昨天才刚调到总务部。

"啊，要死了。"

微笑只在今年春节的时候碰过一次祭祀的酒，现在两杯啤酒下肚，脸早就又红又热了。

但是真正的问题不在脸上。

"啊，憋不住了。卫生间，卫生间。"

微笑像迷路了一样环顾餐厅四周，快步向卫生间走去。但是却无法轻易进去。

"啊！"

在卫生间的入口处，视线上方有一只指甲大小的蜘蛛在织网。

微笑一看到蜘蛛就条件反射似的缩起肩膀，转过头去。微笑全身都起了鸡皮疙瘩，双脚像是钉在地上一样，一动都不能动。

这时，她听到一个陌生男人的声音传来。

"打扰一下。"

声音非常好听。低沉、饱满，听到的瞬间心里就缓和了。

叫她的人就是李英俊。

他的身材高挑到需要微笑仰视，四肢修长而优美。他的脸精致得就算说是演员也没人怀疑，身上还散发出一种耀眼的气场。虽然从远处看没有真切的感受，但是现在这么近的距离简直耀眼到让人产生一种压力。

"您叫什么名字？"

微笑像丢了魂似的呆呆地看着他，过了好一会儿才缓过神来，回答道：

"啊，我叫金微笑。"

英俊听到名字的瞬间，不由吃了一惊。

微笑心想自己的名字是很特别，但是也没有奇怪到这么吃惊的程度吧。英俊又接着问道：

"金微笑小姐，您认识我吧？"

"当然认识。"

"是吗？我是谁啊？"

真是让人失望的问题。

微笑从小就不是那种梦想特别多、特别上进的人。虽然她成绩非常出色，但是并没有因此就认定自己会拥有宏伟的未来。不管怎样，只不过想过得比别人稍微轻松一点，幸福一点。

但是要实现她那朴素的愿望看起来非常渺茫。

她也没有什么大的欲望，到现在为止，每时每刻都努力地生活着。但是怎么刚踏入社会的第一步就如此艰难。她每一步都步履蹒跚，总是拼了命才能做成一件小小的事情。但是这又不是她的错。

这又是什么话。

竟然在一个完全不知道该怎么办，每天生活在不安中的人面前说"认识我吧？"。

一定要确认一下吗？又不是急于炫耀自己的小学生，真让人无语。

微笑完全无法理解英俊问话的意图，皱着眉头，有些赌气地说：

"您是会长的儿子。"

英俊听了这个回答后，表情僵硬了。

"咦？难道……不是吗？"

英俊以一种复杂的眼神看了微笑一阵，用听起来多少有点失落的声音回答道：

"对，是会长的儿子。"

这种无法理解的状况仍在继续。微笑为了缓解尴尬，勉强笑了笑。

"工作还顺利吗？"

"嗯……顺利。除了这个月末要离职以外。因为是临时派遣的职位。"

其实比起紧张的生理现象和无法克服的恐怖，更严重的是过去和未来不安的现实。

每天都如履薄冰，但是不管怎样都要坚持。微笑本应该赶紧从冰面上走过去的，但是靠一个人的力量坚持，渐渐变得越来越难。

微笑想放弃一切，随便找个地方躺下，要要小性子，但是又不能这么做。这是让她感到最累的。

"有去的地方吗？"

"这个，我的情况比较困难，所以无论如何都得找到工作才行……"

正在这时，悬挂在空中的蜘蛛从屁股后面吐出丝来，径直落了下来。

番外五：金秘书的第一步（2）

"啊，妈呀！"

微笑努力让自己不去关注，但还是被进入视野的这一幕吓得瑟瑟发抖。

英俊沉默地看着微笑好一阵，又马上冷冷地转过身离开了。

微笑被眼前的状况吓坏了。

"咦？难道是我做错了什么？"

微笑在记忆中搜索着，好像并没有做什么让他伤心的事。

"啊，不管了！反正我后天就要被解聘，成为无业游民了，伤没伤富二代少爷的心又有什么关系！不过都快憋死了，怎么办！"

正在微笑急得跺脚的时候，不知从哪里急急忙忙跑过来一名工作人员，他大声说道：

"原来是这只蜘蛛啊！非常抱歉，给您带来不便。"

"啊？"

工作人员用带来的纸巾飞快地抓住了蜘蛛，恭敬地跟微笑打招呼后又跑了。微笑来不及追究发生了什么就匆匆跑进卫生间了。

微笑一坐在马桶上，生理不适就缓解了。她安心地舒了一口气，呆呆地看着卫生间的门，上面有一片乱七八糟的涂鸦。

不要忘了我们的回忆。罗媛❤多恩

"不要忘记，不要忘记……"

微笑呆呆地坐着，无意义地重复着这句话。突然，她想起了刚才碰到的英俊。

不知道为什么英俊的脸就出现在了微笑的脑子里。就像空气浮出水面一样自然。

感到惭愧的微笑紧紧地闭上眼睛，喃喃自语：

"哎，原来我也是个颜控啊。"

*

"帮我把卫生间门口的蜘蛛抓走。很着急，赶紧。"

做这么简单的事情就能收到这么多小费，工作人员惊讶地看了一眼英俊就匆忙带上卫生纸向卫生间方向跑去。

工作人员一抓住蜘蛛，微笑就像尾巴着了火一样急匆匆跑进了卫生间。

英俊一直在稍远处静静地看着微笑。直到这时才迈开脚步摇摇晃晃地走了。

"呼，呼……！"

英俊颤颤巍巍地走到餐厅外面，看起来十分难受的样子。他依靠在马路边的树上，喘着粗气。

"还好吗？"

路过的人都过来担心地询问。但是英俊头也不抬，摇摇手努力地呼吸着。

不知过了多久。英俊的呼吸变得规律了，乱跳的心也安稳了下来。他扑通坐在地上，看着天空。

"啊，竟然就这样遇到了？"

虽然英俊的嘴角露出了笑容，但是眼睛却完全没有笑意。

英俊遇到了一直思念着的金微笑，但是微笑却完全忘记了英俊。不管怎样，那天的事情好像已经完全从她记忆中消失了。

"好。太好了。还是这样比较好。"

回想起她那一侧酒窝深陷的笑容，不知为什么，他的胸口感到一阵强烈的刺痛。

*

听到总务部即将要休产假的吴代理说的那番话，微笑一头雾水地瞪大了眼睛。

"海外派遣？"

"嗯。你见过会长的儿子吧？就是李英俊专务。"

"啊，是。"

见微笑感兴趣，吴代理的耳边又响起了英俊的耳语声。

"不要问为什么，你偷偷帮金微笑小姐申请我的随行秘书一职，我会用私人财产全额资助您的生育费用，还有您家老大国际英语幼儿园的学费，直到毕业为止。"

生育费用和国际英幼的助学金！原因什么的根本不用计较，肯定要帮忙啊！

"专务马上就要被派到海外两年，听说现在正在招聘去当地辅佐他的随行秘书。说是比起资历，更看重人品和态度之类的。微笑，你一定要投简历啊。"

"啊……"

早在认识微笑之前，李英俊就已经是公司里最有名的人物了。

那并不是因为，他是年纪轻轻通过走黄金后门进来占领一席之地的"金勺子"。而是因为，所有见过他的人，即便是一眼，都像是串通好了似的，产生同一种感觉。

用一句流行语形容的话，大概是"难以逾越的四次元之墙[1]"吧。

李英俊为了掌握业务，曾经到各部门轮岗，那些部门的员工，无一例外地都感到绝望。就连各部门那些最出众的员工，都会感叹"啊，我为什么这么垃圾"，彻夜难眠。他就是地表最强的"越四墙"。

凡是和他一起共事过的，哪怕只是和他共事过一次，无论是谁，也都不会说他是走后门被照顾进来的。因为，大家都知道，就算他爸爸不把他插在那个位子上，他也会轻轻松松坐上去。

做那种人的随行秘书，说实话，谁敢有那个念头啊。

"唉，我这种人怎么能行啊。"

"天哪，这是什么话？微笑你又聪明，又能干，哪儿差了。"

"谢谢您想着我，但我觉得有点难。代理，您的产前准备还顺利吗？"

"嗯……重要的是，你再想想。都说了这次不看资历的！"

"好的。您还有一个月吧？应该很紧张吧。"

看着微笑清澈的脸庞，总务部吴代理可谓是心急如焚。

1　形容再怎么努力也难以超越的优秀的人。

不是，微笑啊，你年纪轻轻的怎么这么没有挑战精神啊！如果你不投简历去面试的话，我的特级机会就鸡飞蛋打了！

"试试吧，也没什么损失。反正你都要找工作的嘛。你就轻轻松松地往这儿也投个简历呗。"

"什么？'轻轻松松'？"

微笑大笑起来，吴代理变得愁眉苦脸。

"你不是说家里条件不太好吗？"

微笑突然停止笑声，看着吴代理，吴代理则郑重其事地继续说道：

"听说待遇十分优渥呢。只要被录用，年薪……这可是秘密，你靠近点儿。"

吴代理压低了声音嘀咕着，微笑把耳朵凑到她的嘴边，眼睛瞪得像铜铃那么大。

"哇，真的吗？有那么多吗？"

"是，很多吧？"

看到微笑的眼中闪过强烈的欲望，吴代理就预感到事情办妥了。

她的预感没错，没过多久，她就拿着鼓鼓囊囊的现金红包，开心地休了产假。

番外五：金秘书的第一步（3）

位于公司顶层的会长室庄严十足，说得粗俗一点，就是"绝了"。

微笑走在走廊上，紧张得差点儿昏过去。四周就像是美术馆或博物馆的走廊一样，看起来十分高雅。

同一个公司内竟然还有这样的地方，这让她感到吃惊；另一方面，只因是会长的儿子，就把面试安排在会长室，同样让她感到震惊。

和"下面"的不同，会长室直属秘书的威严也是"绝了"——端庄谨慎又不失从容和气场。微笑看着前辈秘书，一脸憧憬。

"这边请。"

"谢谢。"

秘书敲了下出入口的门以后，替微笑打开门，微笑低头行礼，走了进去。

看起来比微笑住的房子还要宽敞的房间里，萦绕着淡淡的麝香。

巨大的办公桌上摆放着会长的名牌，坐在桌前正在看书的李英俊起身看着微笑，招呼道：

"欢迎。"

"啊，您好。"

"因为没有空着的办公室，紧急之下，就把您叫到这儿了。虽然听了些会长的牢骚，但是嘛，早晚都是我的房间，没什么关系吧？"

嗯，等等，这是怎么回事？有点儿可恶……

微笑的脸上掠过一丝困惑。

英俊迈着大长腿，大步流星地走到待客沙发跟前，劝微笑落座：

"坐。"

"啊，是。"

"您发来的自荐信，我认真看过了。印象十分深刻。"

微笑完全没有理解"印象深刻"这个词语里蕴含着的深意，红着脸尴尬地笑着。

"哎呀，您过誉了。"

英俊强忍着笑意，看着微笑的脸，良久才移开视线，低头看着简历。

英俊盯着资料看了很久，简直让人怀疑"那儿有什么东西值得那样仔细阅读吗"，然后连眼皮都没抬，淡淡地问道：

"您的梦想是什么？"

好奇怪的声音。大概是一种完全不适合公务的场合，一种让人莫名感到怜爱和悲伤的声音。面对这个突如其来的问题，微笑有点慌张，她在脑海中思索了一番，却没有轻易找到答案。

"为什么答不上来呢？您没有梦想吗？"

"不，不，不，不是的！我有梦想！是做贤妻良母！"

微笑紧张得声音发抖，英俊听到她的回答，又一次强忍着笑意，放下简历。

"您什么时候离职？"

"什么？"

"您不是说这个月底就离职吗？上次聚会见面时说的。"

偶然的相遇，不过是擦肩而过，英俊竟然记得那么准确，让人觉得有点诧异。

"其实今天是我最后一天上班。"

"是吗？太好了。"

英俊从座位上起身，重新走回办公桌，回来时手里拿着厚厚的资料袋。

"我三个月以后去美国分公司。在此期间，需要您学习和准备的清单，都在这里面了。"

"什么？"

微笑起身，接过资料袋，眨着眼睛，一副摸不着头脑的样子。

"不管是培训班还是家教，我都会资助的，您去学习吧。吃饭、睡觉的时间，统统减少。如果有必要的话，我希望您拼上性命。因为永远没有第二次机会。"

"什么？"

"其实，那边的情况我也没有完全掌握，下班以后我也有很多东西需要准备。所以，一起做吧。我的电话，您要随时接听。当天学过的东西点点滴滴都要晚上汇报，然后签字报销。三个月的实习期，工资会全额支付。"

"什么？"

"这是我的私人联系方式。"

微笑接过镶着金边的名片，觉得事情来得太突然，张大了嘴巴，抬头看着英俊。

"那个，您现在说的是什么意思，我实在……我，我难道被录用了吗？"

英俊低头直直地盯着微笑的脸，突然冒出一句：

"嗯。理解能力只有这个水平的话，可是很麻烦啊。"

*

离职的第二天。

微笑本以为自己会为了找其他工作而过得非常不安，但一整天她都异常忙碌。为了按照英俊的指示准备资料，她一大早就出门去了很多地方，去了被推荐的培训机构做了简单的测试，报了几个名，结束时已经是晚上了。

因为说过要每天汇报，所以坐在回家的公交车上时，她开始老老实实地发信息。

也许是要"炫耀"自己性急的脾气吧，不到一分钟，英俊的电话就打了过来。

"晚上有安排吗？"

"呃……什么？"

"别让我问两遍。我问你晚上有没有安排。"

啊，刚还纳闷为什么会是这种心情呢，原来是他没用敬语。当然了，进入社会以后，这样的事情不是第一次遇见，但是眼见直到昨天还一字一句都用敬语的人今天突然换了话风，心情确实有些微妙。

但是现在，微笑的心情微妙不微妙并不重要。因为不管怎么说，她现在是实习秘书，如果实习期内不能出色地展现出自己的实力的话，她就会失去这份待遇丰厚的工作。

"晚上没什么安排。今后的三个月里，任何安排都没有，专务。"

"好，我很满意。"

"专务您说满意，我内心深处的幸福感也油然而生呢。"

不知从哪儿好像传来"丁零丁零"的声音，也许是错觉吧。

但是，转瞬间英俊似是察觉到了什么，开口问道：

"我比你大四岁，算是你的哥哥，说话随意一点，不用敬语也可以吧？"

哎哟哟，这种事情怎么还问呢？早就和我的意见无关，您已经随意地不使用敬语了啊。

"是，那当然。"

"你知道我商务公寓的地址吗？"

微笑翻了翻放在膝盖上的单肩包，掏出手册。手册是昨天英俊给她的资料袋里装着的，上面记录了他的住址和车牌号，还有一些重要的个人信息，都是亲笔写的。

"是，手册上写着呢。"

530

"那，你猜猜我玄关的密码。"

番外五：金秘书的第一步（4）

这是什么要求？真想大喊"呃！祖先动怒了呢。有不吉之相，得抓紧写个符啊"！微笑觉得甚是荒唐，反问道：

"什么？"

"圆周率，到小数点后十三位。"

微笑的表情扭曲成一张皱巴巴的纸。啊，这个人的个性怎么感觉和一开始想的有点不太一样呢？也太不一样了吧？

"3.14159265358979……？"

"我不是说了到十三位嘛。"

"对，对不起，咳咳。"

"好。不管怎么说，这程度算是合格。"

"谢谢。"

"我也快要下班了。你先去我家等我。"

"什么？"

"我收到了美国那边的一部分业务资料，觉得一起整理一下更容易掌握。"

"但是，专务，那个……"

"那一会儿见。"

英俊根本没打算听微笑会说什么，直接冷漠无情地挂了电话。

"啊，怎么办啊？"

虽然说了是一起学习，但是随意出入年轻男子的家，总觉得有点别扭。再说，万一他有什么坏心思，那也是个问题。

微笑微微低头看了一眼单肩包里的防狼喷雾。这是为了防止她打工到深夜的时候回家路上出现意外，父亲不知从哪儿弄来给她的。

"万一发生了什么意外，管他什么工作岗位呢。一定要喷防狼喷雾，狠狠地踢他的裆部！"

微笑攥起精悍的小拳头，眼睛灼灼有神。

"您有什么事？"

出国之前英俊暂住的地方是高级商务公寓，也许正因为如此吧，从"进去"这件事开始，看起来就不容易呢。

宏伟的大厅流露着富贵之气，看工作人员那态度，像是连一个苍蝇都飞不进去，微笑不觉有些怯意，结结巴巴地回答道：

"啊，那个，我来有点事，专务，不，是这里的房主让我来的……"

"哪一户呢？"

"1111 户。"

英俊像是已经提前联系过了。工作人员听到门牌号，简单地核实了下身份，就让微笑进了门。

乘着富丽堂皇的电梯上来的这段时间里，微笑努力地克制着内心的紧张，她低头看了看记在手册上的地址。

"呵呵，真有点大家风范呢。"

手册上的字体，端正整齐，毫不潦草，仔细看还夹杂着让人为之疯狂的性感。不知道是不是因为常听人说此人非同寻常的缘故，就连他写的字看起来也非同一般。

微笑从电梯里走出来，环顾了下四周，来到英俊门前，用力地按下门锁的密码。

不是，这世界上怎么会有人用圆周率作为玄关的密码呢？这简直是在开玩笑。她越看越觉得这是个奇怪的人。

尽管密码很复杂，门锁发出一声简单沉闷的电子音后，门禁被解开了，但要微笑自然地开门进去，仍然是件困难的事。

就在她苦恼的时候，门再次被锁上了。微笑做好思想准备后，再次用力按下按钮，门开了。

"天啊……"

微笑原本对"单身男人的家"有些排斥和恐惧，但在她进去的一瞬间，这种感觉便消失不见了。

这难道是"李英俊的办公用房"吗？乍一看，这里根本不是家，说是"高级的办公室"也一点都不为过。

宽敞的客厅里摆着巨大的书架和沙发，并排的书架上排列着满满当当的书。

这个家，就像是把图书馆或者公司的某个地方直接移过来了一样，让人完全感觉不到人情味。普通家庭里的温馨和舒适感，在这里更是想都不敢想。对未知业务的压迫感，让她似乎感到有些窒息。

"这世上居然还有这样的家……？"

就在微笑自言自语的时候，她感觉到里面有动静。仔细一闻，才发现整个屋子里弥漫着食物的香味。

微笑这才意识到，房子里除了自己还有别的人。于是，她小心翼翼地往厨房走去。

映入她眼帘的，是一张六人用的餐桌，这桌子让一个人用的话有些太大了，上面摆满了各式各样的饭菜，桌子两侧正对着摆放了两套碗筷。

餐桌旁边站着一位身着黑色连衣裙的中年女人，这些饭菜应该就是她做的。

"啊，您好！非常抱歉，我不知道您在里面。"

微笑有些不知所措，尴尬地跟她打了个招呼。只见中年女人脱下围裙，放在手里，突然开始向微笑汇报起了工作。

"今天的清扫工作已经全部顺利完成，两人份的饭菜也按照少爷的吩咐准备好了。冰箱里面有红参汤，那是会长夫人亲自熬的，她让我转告您和少爷'一定要喝光不要剩下'。"

眼前这个中年女人，看起来像是家里为了照顾忙于工作的英俊而专门派来的保姆。

应该就是这样吧。微笑完全不知道应该怎样回应。

"啊……那个，因为我还……"

"没想到少爷的第一个秘书是位这么年轻的姑娘，这让我有点意外。当然,少爷亲自挑选的一定是最适合的。我在'唯一家族'做事已经很长时间了,根据我对少爷性格的了解,给您提一个建议……"

这个干练麻利的中年女人说着话,向她走近了一步。微笑的身体顿时僵硬起来,不由自主地往后退了一步。

"小姐,请您成为头等秘书吧。"

"啊?"

"我们少爷从来不需要'第二名'之类的东西。他周围存在的一切,都必须是那个领域最好的。"

"啊?"

"您以后一定要鞠躬尽瘁,做好充分的思想准备。"

"什么?"

这恐怖的氛围和令人费解的话,让微笑惊慌不已。

"那,我先走了。"

那个女人很有礼貌地跟微笑打过招呼后,马上离开了。微笑懵懵地站在那儿,眼睛一眨一眨地,过了好一会儿才打起了精神,嘴里喃喃自语道:

"什么啊,这是……?"

番外五:金秘书的第一步(5)

微笑本应该刚刚和那个大婶一起从厨房里出去的,但她错过了时机。这可不是什么好事。

咕噜噜。

肚子里又传来了响彻房间的咕噜声。

微笑此刻再也忍不住了。

她这一天里跑来跑去,连好好吃一顿饭的时间都没有。早上没胃口没吃,午饭勉强吃了一点紫菜包饭。

现在摆在她眼前的"满汉全席"对她来说简直就是无法抵挡的诱惑。

"啊,肚子好饿。"

微笑静静地看着餐桌,原来有钱人会准备这么多好吃的饭菜啊。

微笑的眼睛和肠胃被食物刺激得再也忍不住了,她慢慢地向餐桌走去。

从两边摆放着的碗筷来看,应该是准备一会儿就要吃饭,那如果自己先尝一下味道的话,应该不算犯什么大错吧。

微笑站在那儿一动不动,但她的眼睛却打量着餐桌,她小心翼翼地拿起筷子,夹起一块看起来很美味的肉串。

尽管这块肉串放进嘴里似乎太大了,但微笑还是忍不住。这菜是用微笑从来没吃过的高级食材做成的,再加上刚刚出去的那位大婶也不是普通的保姆,所以做出来的食物别提有多么美味了。

微笑尽力张开嘴巴,把肉串一口塞进嘴里。果不其然,那从内心深处蔓延开来的满足感让微笑战栗了一下。

热气尚未散尽的牛肉、鸡蛋还有各种蔬菜完美地搭配在一起,味道无可挑剔。

"哇,这个是什么啊。好吃,太好吃了,哇,哇。"

微笑还沉浸在尽情咀嚼的幸福感之中,就在这时,耳边传来了预想不到的声音。

"啊,阿姨已经走了吗?"

"呃……"

来人正是李英俊。他什么时候进来的啊?到底是什么时候啊?

英俊的突然出现,吓了微笑一大跳,她眼睛瞪得圆圆的。英俊脱下外套,挂在餐桌椅子上,轻轻地跟微笑打招呼道:

"等了很久了吗?"

"嗯。"

微笑得赶紧嚼完咽下去,要装作什么都不知道才行。但微笑一下子遇到了难题。

"赶紧把肚子填饱开始工作吧。你还没吃晚饭吧?"

这应该算什么呢,就像是游戏正式开始之前,先进行一下热身活动吧。

"你有什么事吗？为什么那样？"

"唔唔。"

微笑哭丧着脸挪蹭过来，从蠕动着的嘴巴里拔出了一根短竹签。

"对，对不起。肚子实在太饿了，我就……"

微笑手里拿着竹签，脸涨得通红。英俊久久地凝视着微笑，想起了什么。

很久以前，有个号啕大哭的小姑娘，就因为一颗卡拉梅尔糖而心情变得好起来。

英俊想起往事，脸上露出了笑容。原以为经过这么长时间，微笑会有所变化，但她这傻乎乎的样子怎么一点也没变呢。

不知缘由的微笑使劲眨眨眼，接着抿嘴笑起来。英俊见此，比之前笑得更灿烂了。

"洗碗的事你不用管了，晚一点会有人来收拾。"

"哎呀。我怎么能白吃饭不干活呢？就这几个饭碗和菜盘，我很快就能洗完。"

微笑一个个地拿起摞在一起的盘和碗，用洗碗布快速地清洗着。在一旁盯着看的英俊喃喃自语道：

"你洗碗的手艺倒是挺老练啊。"

"我高中毕业前，有段时间在餐厅打过工。"

"是吗？"

两人的对话被洗碗的水声和盘子的碰撞声打断了。

"以你的成绩，没有继续读大学而是选择了就业，这其中肯定是有原因的吧？"

微笑呆呆地看着泡沫里的餐盘，冷静地回答道：

"拿到高考成绩单的那天，我们被赶到了大街上。因为爸爸被骗，房子和店铺都被抢走了"。

英俊面无表情地说：

"现在社会上有很多这样的事。"

可能是他的语气毫无波澜，她听了并没有感到任何悲伤和凄凉。微笑抿嘴笑了笑，继续洗起碗来。

"确实如此。这事很常见，每个人都有可能遇到。尽管我没办法让大脑静下来，但是只要努力工作，总有一天会没事的。所以，我现在什么都不会去想。"

英俊陷入了沉思，没再说什么。过了一会儿，他来到咖啡机前，按下了按钮，低声说道：

"其实也没必要想得那么艰难那么复杂。人生就是一场赛跑。"

"赛跑？"

"是的。摔倒的时候，那些只把心思集中在瞬间的痛苦上、看着摔破的膝盖嘟嘟囔囔的人，肯定追不上那些忍着痛爬起来继续跑的人。这是肯定的。"

"啊。"

"胜利属于那些在赛跑过程中甩开他人最先到达目的地的人。人生也是一样，活着活着你就会经历无数的摔倒和受伤。而每当这个时候，就会有人瘫在那儿唉声叹气，完全一副熊样儿。那样的话，无非是向大家宣布'我长大了会成为一个优秀的失败者'。"

这些话简直就是人生哲理。在这没有家的感觉的氛围里，微笑察觉到了李英俊的另一面。

"金微笑摔倒后，不管多痛都站起来继续努力奔跑，这种意志，我表示高度赞扬。"

这份称赞和激励该有多么珍贵啊。

在这段每天都很艰难的日子里，没有一个人对微笑说过"辛苦了"或者"你真棒"这样的话。

微笑突然感动得鼻子一酸，她看着英俊感叹道：

"哇。"

"为什么这样看着我？"

"因为有点意外。"

"意外什么？"

"因为我听人说，专务是一个百分百自恋的人……"

"是吗？"

"啊！对……对不起……对不起！我在胡说八道些什么！"

微笑还沉浸在英俊刚刚的言辞中，却不知不觉地说漏了嘴。她面如土灰地跟英俊道歉，但他却用诧异的眼神看着微笑，反问道：

"为什么是胡说八道？我确实是很自恋啊。"

"啊……？"

"我做得好啊，因为我做得好所以我才自恋啊，这有什么问题吗？"

"啊，恩，没错，是这样啊。"

虽然这话听起来有点别扭，但也不是很难理解。

"如果碗洗完了，那就开始去工作吧。"

"啊，好的！"

微笑脱下橡胶手套，呆呆地看着英俊那有些熟悉的背影，说道：

"那个，专务。"

"怎么了？"

"刚刚……谢谢您安慰我。"

英俊没有任何回应。

他静静地站了一会儿，始终没有回头，然后走出了厨房。

"天哪。他是害羞了吗？这可不是他的风格啊。不管怎样，他是很好的一个人，而且还这么可爱。嘻嘻。"

然而，没过多久，微笑就意识到这个想法是多么的天真。

番外五：金秘书的第一步（6）

"那个……专务。"

"怎么了？"

"可以稍微休息一下再工作吗？"

"你要尽快地熟悉工作。以后上下班和休息的时间都不固定。"

微笑现在好像知道了这个岗位的待遇极其优渥的原因了。那是为了让人不提出抗议，觉得自己的劳动力应该被人榨取。

"这是我工作的风格，不要有什么不满。如果有什么不满的想法，也要咽进肚子里不要说出来。我说过我永远不会给人第二次机会的吧？"

"咳咳。是，是。我知道了。但是……我感觉现在的工作效率越来越低呢。"

"你说效工作率变低了？那是什么话？怎么人还没做事工作效率就降低了呢？"

"啊？"

听到极其荒诞无稽的话，微笑的脸皱了起来。

墙上的钟表已经指向凌晨一点了。

从吃完晚饭到现在，除了喝咖啡和吃点水果，没有任何一点休息的时间。这么长的时间里，两个人一直在讨论从美国分公司传来的业务材料。不过微笑的眼睛一直骨碌骨碌地转，因为她忙着查询那些不认识的英文单词。

"我真是不明白。"

"嗯。我对这不大在行，真对不起。"

微笑哭丧着脸，长叹了一口气。英俊把手里的材料砰的一声扔在桌子上，直勾勾地盯着微笑的脸。

不觉间，微笑的眼底蒙上一层深深的阴霾。

这么看来，英俊才后知后觉地意识到，是不是第一天上班就连轴转，转得太狠了呢？不管怎么说，像自己这么出色的人，这种日程就像呼吸一样自然，没什么关系，但是从"普通人"的立场看来，也许会觉得累吧。

"累了吗？"

"不，不累，完全不累。我哪有做什么，怎么会累呢。"

英俊低头看了一眼手表，随口说道：

"就是说嘛。哪有做什么。反正也晚了，喝杯咖啡就下班吧。今天，我就破例送你一次。"

听到这些，微笑的眼眸瞬间流光溢彩。听说要下班，微笑稚嫩的脸上不觉露出小狗般令人怜爱的笑容，似是在说着"主人，哈哈，主人，主人太好了，哈哈"。

"我去拿咖啡，很快。"

微笑腾地起身，迈着轻盈的步子往厨房走去。身后响起英俊明快的声音。

"我要加浓的！"

"好的！"

走向厨房的微笑伸展一下紧绷的肩膀和关节，拿出两个马克杯来。

不过是个马克杯而已，却镶着大金边，看起来特别昂贵。不仅仅是杯子，周围所有的东西都不容亲近。

真的是越看越觉得这是另一个神奇的世界。

"我到底怎么会来到这儿呢？"想到这，微笑咧嘴一笑，把杯子放在咖啡机的咖啡出口下方，然后坐在餐桌旁的椅子上。

看着并排放着的一对马克杯，不知为何，竟有一种亲切的感觉。

咖啡豆的研磨声之后，是咖啡"哗啦啦"的滴落声，微笑突然觉得浑身软绵绵的，眼前逐渐变得模糊。一直强忍着的困意渐渐袭了上来。

"哈啊。"

她打了个长长的哈欠，趴在餐桌上，暂时闭上眼睛。"等咖啡滴完了，我就赶快拿去，喝完下班，然后好好休息一下，再开始新的一天。"

是的，直到那时，她分明还是这么想的。

"呃！"

微笑感觉有些冷，睁开眼睛环视了下四周。周围一片漆黑，窗外夜色朦胧。

实在分不清现在是何时，自己又身在何处。

"这是怎么回事？我睡着了吗？呃！"

微笑惊慌之余猛地起身，这才搞清楚状况。

现在是凌晨五点半，她正躺在书架前的转角沙发上，甚至身上还好好地盖着一条毯子。

实习员工在上司的家里四仰八叉地睡着了，睡得昏天黑地，还是在上班的第一天。

而且，她最后的记忆是去拿咖啡时趴在了餐桌上。也就是说，是英俊把她从那儿挪到了这儿。

"啊！怎么办！"

"永远都不会有第二次机会。"

会被炒鱿鱼吧，会被永远地炒了吧。

怎么办，怎么办，脑中想起的就只有到底该怎么办的疑问，根本就想不出答案。

微笑抓着头发从座位上起身，环视了四周许久。

没有看到英俊。

微笑用那尚未清醒的脑袋，继续思索着到底怎么回事的时候，发现从里面的房门缝里，透出一束光线。

她努力抑制住自己内心的忐忑不安，朝房门的方向挪动了脚步。

但是，感觉有些奇怪。

"呃……呵……呃呃……哈啊！"

从门缝透出来的，不仅仅是光线。

虽然微笑再三祈祷，希望是自己听错了，但通过耳朵直击大脑的声音，的确是李英俊的呻吟。

不，竟然是呻吟？呻吟？

微笑的脸一下子皱了起来。

"今天……呃，为什么格外地疼呢？呃……"

"因为很久没做了。"

这不是李英俊，而是另一个男人的声音。这个声音粗犷且十分低沉，好像充满了男性荷尔蒙。

"请深呼吸，放松身体。您这样硬邦邦地用力，可能会受伤。好，那我来了。哈啊。"

"呃！哈啊！"

"啊！这是怎么回事！好可怕！"

听到门里面传来的对话，微笑差点失声尖叫出来。她紧紧地捂住自己的嘴巴，内心重复了一百万遍"天了噜"。

虽然她紧紧地闭上了眼睛，但也许是有淫魔作怪吧，脑中华丽地展开的全彩色画面久久挥之不去。

虽然大家都说"爱无国界，爱无边界"，但这也太没边儿了吧！远远超乎想象啊！

谁能想得到，这个完美无缺的男人正享受着难以修成正果的禁忌之恋呢。

不过话说，可真是胆大至极啊。

秘书还睡在外面，竟然公然找来情人大行风流之事。真是狗血剧中的狗血剧啊。

"怎么办，怎么办！溜之大吉吗？不，突然一声不吭地溜了会被怀疑吧？"

如果知道微笑发现了自己的秘密，英俊会做何反应呢？

她想了想"如果自己站在他的立场上会怎样呢"，她的脑中立刻浮现出的只有"炒鱿鱼"这个词。

不知道要多久才能还清那么多债，这么好的工作，绝不能被炒鱿鱼。

对，世界那么大。

世界那么大，有的男人喜欢吃肉，有的男人喜欢吃菜，有的男人喜欢男人，那也是理所应当的。就像能够很自然地接受口香糖、烟、酒等嗜好一样，个人的性取向，当然也应该尊重。

这又不会给别人造成什么伤害，自己就装作没看见，只要努力工作就好了。

微笑紧闭双眼，内心不停地重复。是啊，没关系，没关系。我没看见。我真的什么都没看见，所以没关系。我是站在专务这边的，我支持专务的爱情！

正当她这么想的时候……

番外五：金秘书的第一步（7）

神啊，你又在开玩笑吗？房门突然咔嚓一声，稍微打开了些。不管怎么说，门好像是一开始就没有锁好。

"嗮！"

微笑心中的好奇和理性还有良心产生激烈的碰撞，引起一场龙卷风。

到底要不要看呢？她纠结了很久，终于选择了打开潘多拉的盒子。

微笑蜷缩着身子，悄悄地透过门缝偷看，她震惊得说不出话。

"不是，天哪！怎么会这样……！"

"呃！等等，太疼了！"

"当然会疼了，请您再放松一点。"

"哇！"

"请您深呼吸，'呼'，深一点，再深一点！对了，就这样！"

房内各种运动器械林立，犹如健身房一般。英俊和一位男子身处其中。

"那么再来一次。"

"呼……"

英俊将双腿向两侧打开，俯下上身，额头贴地。而且，他身后身着运动服的肌肉男，把自己的体重压在他的身上，努力帮他拉伸。原来是他的私人健身教练。

"做得很好。好，今天就练到这儿。再做一下最后的体操就结束了。"

面带着满意笑容的教练和英俊之间，涌动着一股暖融融的气氛。

英俊起身，用毛巾擦了擦汗，正好和在门缝偷看的微笑四目相对。

英俊大步流星地走过来，哗的一下拉开房门，低头直直地看着微笑，冷不丁地说道：

"哎哟，主子，您现在起来了啊。"

微笑的脸一下子红透了。

"对不起。我错了，专务。"

"我不知道你有那么累。没什么对不起的。"

"那也是对不起。真的对不起，呃。"

这不仅仅是表面的道歉，更是对虽然仅在内心深处发生，却十分愚昧的误会的道歉。虽然，当事人并不知情。

"但是，你竟然只撑到那个程度就睡着了。该增强体力了。"

听到这句话，教练喜出望外地走近微笑。

"联系我吧。我会好好带你的。"

微笑接过名片，不知是该笑还是该哭，只是一脸不情愿地站在原地。

教练走了以后，英俊用毛巾擦了擦额头上湿漉漉的汗，望着微笑。

"都没和家里说一声，就夜不归宿，没关系吗？"

微笑轻声笑了起来。您问得可真够快啊。

"啊……因为没人等我。"

微笑没有理会英俊惊讶的眼神，继续淡淡地说道：

"姐姐们在其他城市上学，爸爸现在都不知道在哪儿。他说要抓骗子，正在全国到处跑。"

"有联系吗？"

虽然这句话说得随意，但不知道为什么，却能从语气中感受到暖暖的关心。

微笑耸了一下肩，嘻嘻笑了起来：

"会定期收到短信和电话。"

"那就好。"

微笑直愣愣地看着那沉重的哑铃，心想"那个真的能举起来吗"，然后用疲惫的语气继续说道：

"就算抓到骗子，又有什么意义呢。说实话……我希望他不要再继续了。"

许久默默无语的英俊，和微笑一样低头看着哑铃，淡淡地说道：

"如果现在什么都不做的话，可能会撑不下去，所以他才会那样吧。如果留下创伤之类的东西的话，一般不那么容易克服呢。"

"有时候看着他，我觉得他并不像是在追骗子，反而像是被追骗子这件事追着的人，我说不清楚，真是理解不了。"

英俊静静地看着嘀咕着的微笑，突然说道：

"昨天我太着急，肩膀不小心碰到了门上，疼得我都要流眼泪了。你知道我有多疼吗？"

"什么？多疼呢……？"

英俊突然用拳头轻轻打了下微笑的肩膀。

"啊！"

微笑被沉甸甸的痛感吓了一跳，惊愕地抬头看着英俊，他这才调皮地笑着继续说道：

"现在知道了吗？"

"不是，怎么还有这种人。"微笑内心这么嘀咕的时候，英俊诚恳地说道：

"有一些疼痛，如果不是亲身经历过，是不会理解的。但那种东西，没有必要努力去理解吧。而且，那也不是单靠努力就能完全理解的。"

"啊……"

"总会好起来的。虽然因为爸爸，你无意中多了很多负担，还伤心难过。但是人只要活着，就会有更好的事发生的。肯定会。"

微笑就像突然被什么东西打了似的，头脑一阵发蒙。

突然发现，从昨天到现在，她似乎一直在从意外情况中得到安慰。

"自以为是，既可恶又不那么可恶的人"的坊间传闻，也许是那些不了解他的人瞎传的也说不定。

这一瞬间，对微笑来说，英俊是一个温暖的好人，一个莫名地让人感到舒适的人。

"啊，专务……"

"就因为那件事，你才这样遇见了我啊。遇见我，是你金微笑一生中最大的荣耀和幸运。你要一辈子心存感激。"

沉浸在感动里的微笑的眼眸瞬间失去了光彩。

"欸？"

"既然你能得到如此荣耀，服侍这样伟大的我，事情肯定不会那么容易啊，这不是理所当然的吗？今后通宵就如同家常便饭，所以你要增强体力。刚刚给你名片的那位教练怎么样？费用我出，今天之内你联系一下，开始运动吧。还有……这个。"

"什么？"

走向客厅的英俊，递过来的是一堆书。

"这是今天的作业，一直学到标记的地方。晚上测试。"

"什么？啊，等，等等。"

微笑哗啦哗啦翻着书，面如死灰地喊道：

"这也太多了吧？我连高三的时候，都没这么努力学习呢……！"

"我第一次也是最后一次警告你，在我面前绝对不要说'我做不到'这种话。如果做不到的话，不要说，干脆去死。"

"什么？"

"如果测试通不过，我会安排你从头开始。所以你别想着要什么花招。"

"呃！"

微笑尴尬地笑着，用手强行抚平因痉挛而抽动的嘴角。

"一个温暖的好人，一个莫名地让人感到舒适的人，还是留给狗吧。他就是一个自以为是，很可恶的人啊！"

她无声的呐喊划破了黎明的黑暗。

番外五：金秘书的第一步（8）

三个月后，去美国的路上。

"哇啊。"

生平第一次见到仁川机场的威容，微笑几乎要忘记了这段时间以来接受的艰辛训练。

过了海关，站在奔向各自目的地的人流中，微笑像迷路的人一样左顾右盼。

英俊无语地低头看着微笑，随口说道：

"你就像村里离家出走，新进城的少女。"

微笑闻言回过神来，连忙端正姿态，一把抓起男式公文包的提手。

"对不起。我这就打起精神！"

"但也没有必要那么军纪严明。"

"是。适当，适当。"

真是相当惨烈的一段时间。

整个实习期间，微笑突击学习并熟练掌握了语言、业务、礼仪、时尚等各个领域，尝尽了各种艰辛和屈辱，不觉间退去了许多稚气。

她身材高挑，清纯的脸庞散发着知性的魅力。而且此刻，她并没有穿着姐姐们穿过的旧衣服，而是一身知名设计师品牌的两件套正装，看起来无比完美。和一开始土里土气的着装还有稚嫩的态度相比，有了很大的进步，可谓是"当刮目相看"。

"哇，免税店原来这么大啊。"

走在去休息室的路上，微笑努力不着痕迹地环视着四周。

英俊愣愣地看着这样的微笑，突然停下脚步，突如其来地问道：

"你有想要的东西吗？"

"什么？"

"我给你买。"

"哦！"

微笑吓得深吸一口气，英俊似是很寒心地看着她，舒了一口气，走向某处。

他走进附近一家名牌珠宝店坐定，然后叫来经理，挑选了一些东西。经理从陈列柜里拿出被指定的几种首饰，放在铺着绒布的托盘里，拿了过来。

"你喜欢哪一个，选一下吧。"

"什么？"

"快点，你知道我最讨厌别人浪费时间的吧。"

感觉到有负担是一方面，再就是胸针都太漂亮了，实在难以选择。

"那个……不是，我……"

见微笑支支吾吾，英俊的眉头一皱，食指嗒嗒嗒地敲着桌子，显得特别不耐烦。

"我选不出来！专务您帮我选吧！"

"哼。"

不知是不是一开始就已属意了，只见英俊毫不犹豫地拿起一枚胸针。

"这个很适合，就这个吧。"

这枚胸针的形状像个耀眼的太阳。

也许是因为英俊为自己选的吧，那枚胸针看起来格外与众不同。

"给我钱包。"

微笑从男式公文包里掏出钱包递了过去，英俊把信用卡和护照交给珠宝店的经理，解开了胸针的别针。

"过来点。"

微笑踟蹰了下，微微挺起胸膛，英俊亲手把胸针戴在了她的衣领上。

呼吸交错的瞬间，两个人不知为何，有一种暧昧的感觉。

"真漂亮，很适合你。"

"啊，真的吗？谢谢。"

"这份恩情，你绝对不要忘记。"

"是，是，那当然了。肯定至死不忘。"

两人一唱一和地开着玩笑，坐了没一会儿，经理拿着英俊的信用卡和发票，还有装着胸针盒子的购物袋回来了。

"没什么其他要买的就走吧。"

"好。"

英俊从座位上起身，大步流星地走出珠宝店，微笑三步并两步地紧随其后。

微笑正努力跟上他的脚步时，英俊突然停在原地。

"啊，难道您忘了什么东西吗？"

微笑惊讶地抬头看着他，英俊的身体并没有动，只是稍微转过头，说了一句：

"实习期间辛苦了。今后也继续拜托了。"

听到意外的称赞和鼓励，微笑似是吓到了，红着脸回答道：

"天哪，谢谢，专务。这话该我说才是，今后请多多指教。"

"好。"

英俊的眼神里饱含满意、信任，还夹杂着难以言明的悲伤。他直直地盯着微笑的眼睛良久，继续说道：

"走吧，金秘书。"

竟然叫我"金秘书"，第一次听到这个称呼虽然感觉很陌生，但现在才感觉被认定是他的人了，心情特别好。

微笑点着头，用坚定的声音回答道：

"是！"

两个人步调一致，大步向前，午后灿烂的阳光透过玻璃窗，照耀在他们的肩上。

（全书完）

后　记

大家好，我是郑景允。

自 2013 年 3 月发行初版后，时隔五年，终于发行了修订版，又重新和大家见面了。

过去的五年里发生了很多事情，其中印象最为深刻的当属读者朋友们的爱。

感谢大家一直以来的厚爱和支持，也因此《金秘书为何那样》才得以制作成纸质书、电子书、Kakao Page 限时免费小说、网络漫画等多种形式，我写这篇后记的时候，这部作品也即将被拍成电视剧并进军海外。

这部作品仍有很多不足之处，能享有如此盛誉，我认为全都得益于长久以来给予厚爱和支持的读者朋友们。谢谢大家。

五年的时间里，世界和我都发生了诸多变化，所以此次，为了使故事变得更加顺畅，我创作时也格外花了心思。

世界上无比珍贵可爱的孩子们、老公还有家人，

一直给我力量，所以我也特别特别喜欢的姐姐们，

黑乎乎、暖融融，最近变得有点懒的我的四脚天使猫咪，

一直很可靠、很让人感激的朴代理和纪次长，还有编辑部的家人们，

热情洋溢地鼓励我，永远值得尊敬和学习的 Kakao Page 的各位工作人员，

不管别人说什么，造就了今天的我的、让人想念的秀珍姐姐，

我最信任且最爱的，希望能一直走花路的我的朋友胜振部长，

最后，还有寄予厚爱的读者朋友们。

在此，谨向你们献上我的爱和感谢，还有百万次吻。

这部作品无论是创作、修订，还是后来补充番外的时候，我都觉得特别有意思。好像没有其他作品像这部一样，每次翻开都觉得很有意思。作为一名作家，能够创造出这样的作品，真的非常幸运，我也感到无比幸福。

希望在读者朋友们心中，这也是一部能够让人开心很久、心情愉悦的作品。

再次感谢！

郑景允

2018. 02

图书在版编目（CIP）数据

金秘书为何那样 ／（韩）郑景允著 ；张静怡译． —— 北京 ：
外语教学与研究出版社，2019.7
ISBN 978-7-5213-1045-0

Ⅰ．①金… Ⅱ．①郑… ②张… Ⅲ．①长篇小说－韩国－现代
Ⅳ．①I312.645

中国版本图书馆 CIP 数据核字 (2019) 第 155890 号

出 版 人　徐建忠
项目策划　张　颖　王宇诺
项目编辑　姜霁凇　何碧云
责任编辑　郑树敏
责任校对　徐晓雨
封面设计　范晔文
版式设计　苏木又又
出版发行　外语教学与研究出版社
社　　址　北京市西三环北路 19 号（100089）
网　　址　http://www.fltrp.com
印　　刷　三河市北燕印装有限公司
开　　本　889×1194　1/16
印　　张　35
版　　次　2019 年 8 月第 1 版 2019 年 8 月第 1 次印刷
书　　号　ISBN 978-7-5213-1045-0
定　　价　79.90 元

购书咨询：（010）88819926　电子邮箱：club@fltrp.com
外研书店：https://waiyants.tmall.com
凡印刷、装订质量问题，请联系我社印制部
联系电话：（010）61207896　电子邮箱：zhijian@fltrp.com
凡侵权、盗版书籍线索，请联系我社法律事务部
举报电话：（010）88817519　电子邮箱：banquan@fltrp.com
物料号：310450001

记载人类文明
沟通世界文化
www.fltrp.com